ローマ散歩 II

スタンダール

臼田紘 訳

S T E N D H A L

新評論

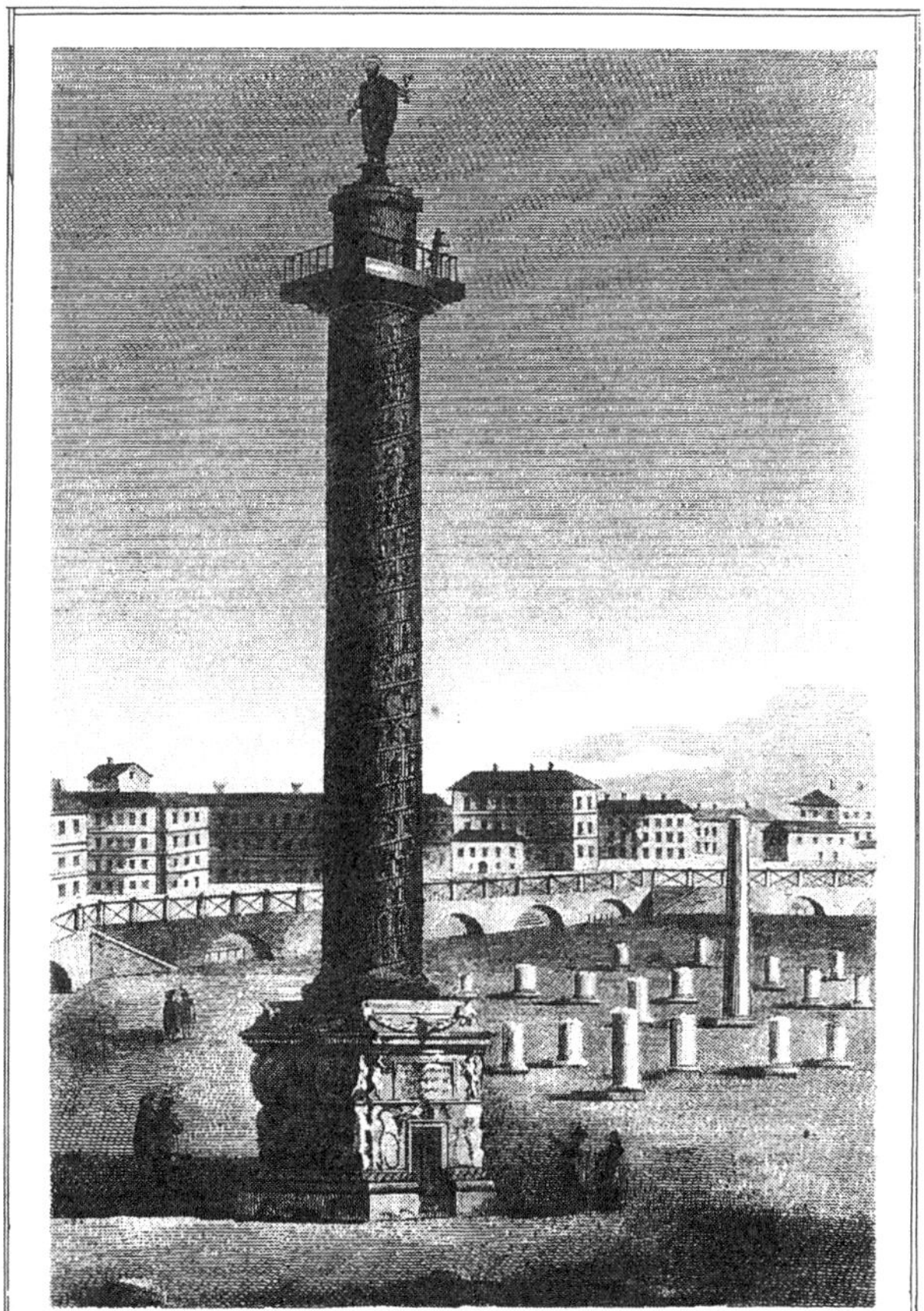

トラヤヌスの円柱とフランスの行政府によって発見されたバジリカ
（オリジナル版口絵石版画より）

古代ローマ地図
（オリジナル版挿入の地図より）

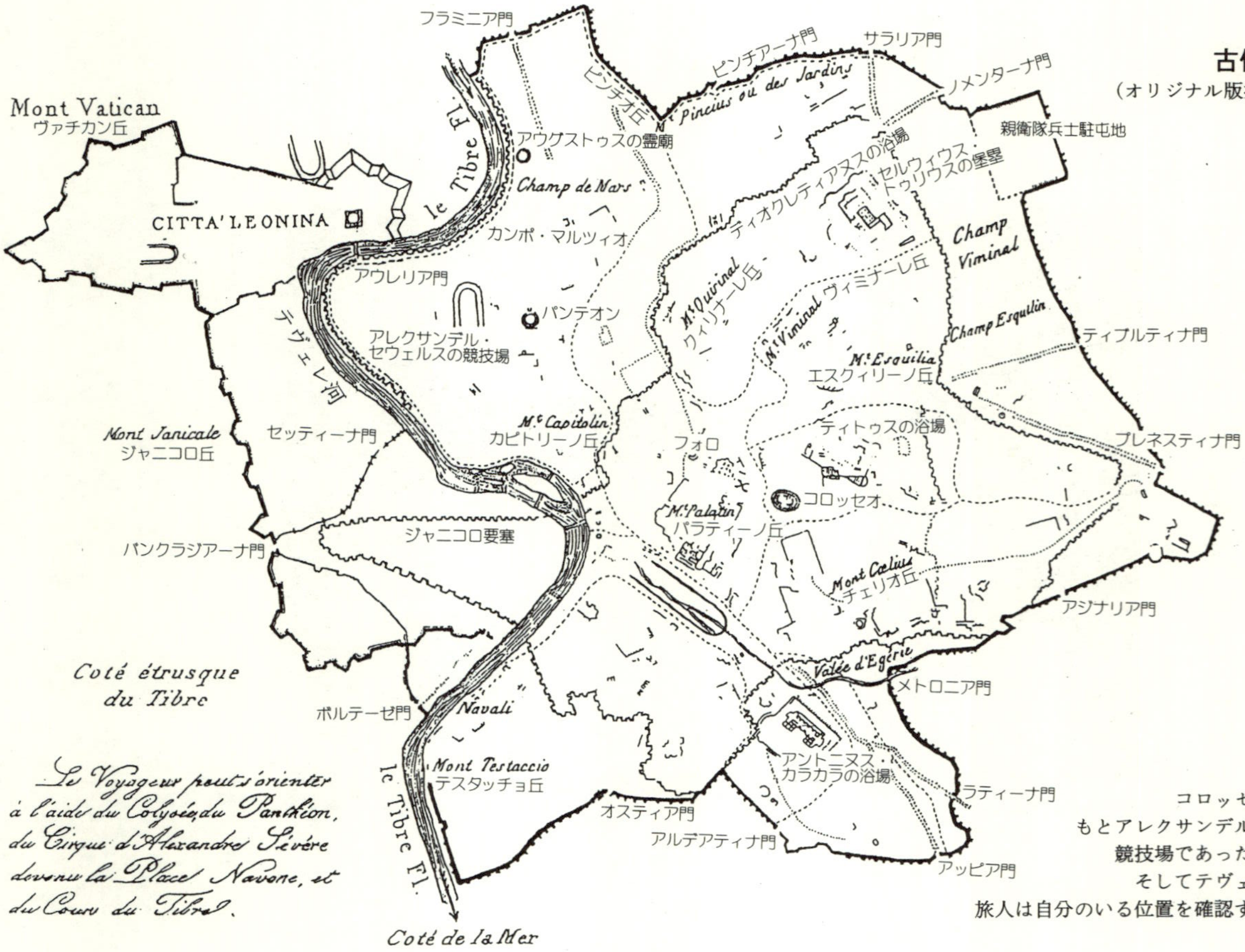

コロッセオ、パンテオン、
もとアレクサンデル・セウェルスの
競技場であったナヴォーナ広場、
そしてテヴェレ河のおかげで、
旅人は自分のいる位置を確認することができる。

ローマ散歩　Ⅱ／目次

ド・スタンダール氏著　ローマ散歩　5

付録　389
内容目次　397

訳註　407
訳者あとがき　447
参考図版一覧　455
事項索引　479
人名索引　528

凡例

＊翻訳の底本には *Promenades dans Rome,* par M. de Stendhal, tome second, Paris, Delauney Libraire, 1829 (édition originale)を用いた。
＊原著のイタリック体の部分やギュメで挟まれた部分は、傍点を付けたり、『 』や「 」で括るようにしたが、厳密に対応させることはしていない。
＊原著に出てくるフランス語以外の引用文や作品名等固有名詞はフランス語原文と区別することなく日本語に訳し、とくに断ることをしていない。
＊原註は和数字によって日付ごとにまとめた。
＊訳注は算用数字によって巻末にまとめたほか、［ ］で割註とした。人名については、索引で簡単に説明を加えた。

ローマ散歩（Ⅱ）

ド・スタンダール氏著

エスカラス　――　ねえ君、君は少し厭世的で、嫉み深く見えるぞ。
マーキューシオ　――　ぼくは完全な美をあまりに早く見てしまった。

シェイクスピア[1]

◆ローマ、一八二八年五月二十九日

以下は、実際のところ、あまり興味をそそりそうにない一連の情痴事件である。[2] 秘密の調査から偶然＊＊＊の州総督であるＮ＊＊＊枢機卿が突きとめたばかりのものである。

フラヴィア・オルシーニは、マルケにあるカタンツァーラ[3]の貴族修道院を慎重かつ堅実に運営していた。彼女は修道女の一人、尊大なルクレツィア・フランジマーニが、フォルリの若い男と情を通じ、夜中に修道院に引き入れているのに気がついた。

ルクレツィア・フランジマーニは、教皇領でも最上流の家柄に属していて、修道院長は大いに気をつかわねばならなかった。

修道院長の姪でほんの数カ月前に修道女になったクララ・ヴィスコンティ[4]は、ルクレツィアの親しい友だちだった。クララは修道院でいちばん美しい女性と見做されていた。レオナルド・ダ・ヴィンチがそのヘロディアスの顔のなかで不滅にしたあのロンバルディーア風の美のほぼ完全な雛型であった。[5]

伯母は姪に、友だちが続けている情事は露見しているし、名誉を保つためにそれを終りにすべきだと注意してくれるように頼んだ。そのクララに対してルクレツィアは答えて言った。「あなたはまだ臆病な子供にすぎないし、まだ愛したこともない。時がくれば分かるでしょうけど、わたしの恋人のちょっとしたまなざしは、修道院長さまの命令よりも、院長さまが科すもっともぞっとする懲罰よりも、わたしのなかで支配力をもつようになっているの。それにこうした懲罰をわたしはあまり恐れてないわ。わたしはフランジマーニ家の身内ですもの！」

修道院長は、どんな穏和な手だても失敗するのを見て、ついには厳重な叱責をおこなった。ルクレツィアはそれに答えて、自分の過ちを告白したが、高飛車にだった。彼女によれば、名門の生まれは、ありふれた規則を超越したところに位置しているはずだった。「わたしの立派な両親は、わたしが何を誓約するのか理解できない年齢のときに、わたしに恐ろしい誓いを立てさせました」と彼女は苦い頬笑みを浮かべてつけ加えた。「二人はわたしの幸福を喜んでいます。二人の愛情は、自分たちの名前を継ぐ娘が虐げられることに我慢ができないくらい強いものです。それは二人にとってはお金に替えがたいものです。」

このかなり激烈な場面から少しして、修道院長は、フォルリの若い男が修道院の庭に隠れて三十六時間を過ごしたことを確信した。彼女は、司教や州総督に言いつけるとルクレツィアを脅した。もしそうした事態になったら、何らかの調査がおこなわれ、公然たる不名誉を招いたことだろう。ルクレツィアは居丈高に次のように答えた。それは自分のような生まれの娘への対処の仕方ではないし、もし事件がローマに伝われば、ローマには、＊＊＊猊下（教皇の宮廷の高位の人物）という名のフランジマーニ家のうしろ盾があることを修道院長は思い出さなければならないだろう、と。修道院長はこれほどの自信に憤慨したが、この最後の言葉の重みを充分に理解した。彼女は自分の修道院の名誉を汚した情事を、法的手段によって取り除くことは諦めた。

フラヴィア・オルシーニは、彼女自身とても高貴な生まれであり、その地方では多大な影響力があった。彼女はルクレツィアの恋人が、とても不用意な若者であり、炭焼党員の嫌疑が濃厚なことを知った。この若者は、暗いアルフィエーリの本を読んで育ち[6]、隷属状態のなかでイタリアが不振を託《かこ》っていることに怒って、本人が言うには、うまくいっている唯一の共和国を見るために、アメリカに旅行したいと熱烈に思っていた。ただ金がないことだけが旅行の障害だった。かれは吝嗇な伯父に頼っていた。まもなく、この伯父は聴罪司祭の意見に従って、甥に国を離れるよう勧め、旅行する資金を与えた。ルクレツィアの恋人はあえて彼女に再会しようとはしなかった。かれはフォルリとトスカーナ地方を隔てている山を越えた。そしてかれがリヴォルノでアメリカの船に乗ったことが伝わってきた。

この出発はルクレツィア・フランジマーニにとって死ぬほどの衝撃だった。当時二十七ないし二十八歳で、稀有な美貌の娘だったが、表情はとても変わりやすかった。厳粛なときには、彼女の犯しがたい顔だちと鋭い黒い目は、彼女をとりまく者すべてにいつも及ぼしている影響力を、おそらく少し強すぎるくらいに表していた。別な瞬間には、才気と活発さで溌剌として、彼女に話しかける人の考えの先を越していた。恋人を失った日から、彼女は青白い顔になり寡黙になった。しばらくして、修道院長を憎んでいると表明している幾人かの修道女と彼女は親しくなった。修道院長はといえば、これに気づいていたが、いかなる注意も払わなかった。まもなく、ルクレツィアは、新しい友人たちのそれまでは燻っていた甲斐のない憎しみに、彼女の天分を差し出した。

修道院長はお勤めに付き添う助修道女に全幅の信頼を置いていた。マルティーナは普段は陰気な、飾り気のない娘だった。シスター・マルティーナが修道院長の糧となるとても質素な料理を一人で準備していたのは、健康を口実にしていたが、実際はもっと重大な動機によってであった。ルクレツィアは新しい友人たちに言った。「是が非でも、マルティーナと仲よくならなくては。まず、彼女に院外でどんな情事もないかどうかを突き止めなければなりません。」数カ月の忍耐強い観察ののち、マルティーナはカタンツァーラの隣町の駁者《ヴェットゥリーノ》を愛していて、徳高い修道院長に知られることを死ぬほど恐れていた。ヴェットゥリーノのシルヴァはいつも転々としていた。しかしカタンツァーラに巡ってくるたびごとに、必ず口実を見つけだしてはマルティーナに逢いにきた。ルクレツィアと数人の新しい友人たちはいくつかのダイヤモンドの装身具を相続で譲り受けていた。彼女らはそれらをフィレンツェで売りさばかせた。ついでこれらの婦人たちの一人に付いていた小間使いの弟が、国の外に用事があるふりをして、マルティーナの恋人の馬車に乗り、かれと親しくなった。そしてある日かれに、マルティーナという修道院の助修道女が、少し前に亡くなった修道女から、熱心に世話してあげたこともあって、内々で財産を遺贈されたと何気なく言った。

ヴェットゥリーノは財産没収とヴェローナで耐え忍んだ三カ月の獄中生活によって、まさに破産状態に近くなっていた。かれの乗客の一人が、馬車に密輸品をいっぱい持ち込み、ポー河国境線のオーストリアの税関吏に輸入禁制品が押さえられたときには、当人は逃走したあとだった。この不幸ののち、シルヴァは賃借の馬とカタンツァーラに戻ってきたが、かれの持物は売り払われていた。かれはマルティーナに金を無心したが、こちらは実際のところ貧しく、恋人の非難と、棄てるぞという脅迫に悲嘆に暮れた。この娘は病気になった。ルクレツィア・フランジマーニは親切にもしばしば彼女に会いに行った。

ある晩、彼女はマルティーナに言った。「わたしたちの修道院長は過度に怒りっぽい性格をしています。気持を静めるのに阿片を服むべきよ。日常的な叱責でわたしたちを苦しめることも少なくなるわ。」しばらくして、ルクレツィアはこの考えをまた持ち出した。「わたし自身、苛々が昂じてくるのを覚えると、阿片に助けを求めるの。不幸な事件があって以来、頻繁にそれを服んでるわ」と彼女は言った。修道院ではみんながよく知っている出来事をほのめかされて勇気づけられ、マルティーナは涙ながらに、不幸にも隣町の男を愛していることと、この恋人が自分を金持だと思いちがいし、自分に援助を求めたが、援助を差し伸べられないために自分を棄てようとしていることを、この力のあるシスター・フランジマーニに打ち明けた。

ルクレツィアはその日、ウィンプル頭巾のしたに、ダイヤモンドで装飾された小さな十字架をつけていた。彼女はそれをはずし、マルティーナに無理やり受け取らせた。しばらくして彼女は、再び、修道院長の毎日の憤激を静めるために阿片を服ませようという考えを巧みに持ち出した。ルクレツィアがこの提案にどんなに慎重を期しても、毒という決定的な観念がマルティーナをぞっとさせた。ルクレツィアは不機嫌になって言った。「毒ですって。三、四日ごとに、院長の食物に数滴の阿片を入れればいいの。それではわたし自身もあなたのまえで、同じ薬壜から出して、同じ分量の数滴の阿片をコーヒーに入れて飲みましょう。」マルティーナは素朴で信じやすかった。彼女は恋人を熱愛していた。彼女は、限りない機転と才知をもった情熱的な人を相手にしていた。恋人は感謝してダイヤモンドの小さな十字架を受け取り、彼女をこれまでにないくらいに愛するようになった。彼女は修道院長に阿片と呼ばれているものを与え、ルクレツィアが自分のコーヒーに同じ液体を数滴落とすのを見てまったくと言っていいくらい安心した。

マルティーナを決心させるのに、とりわけもうひとつの誘惑が役に立った。カタンツァーラの貴族修道女会の修道女は、五年間の修道生活をすると、各人が順番に二十四時間の修道院門番の任務を実行する特権があった。ルクレツィアはマルティーナに言った。彼女あるいは彼女の友達が塀のくぐりを管理することになったら、人夫が食料を運びこむ調理場脇の小門に、閂をかけるのを忘れることもあるだろう、と。マルティーナはその晩恋人を迎えられるのだと覚った。

修道院長が断固たる考えをもってルクレツィア・フランジマーニの恋を邪魔してから、一年近くが流れた。この期間に、祖国で炭焼党の責めを受けた若いシチリアの男がやってきて、叔父である修道院聴罪司祭の保護のもとにいわば避難していた。ロデリーゴ・ランドリアーニはカタンツァーラの村の小さな家に引きこもって暮らしていた。かれの叔父は、かれに人の口にのぼることのないように命じていた。だからといってロデリーゴは少しも自制しなかった。心が広く夢見がちだがとても敬虔な性格から、一八二一年の革命[7]以来受けていた迫害によって、かれの生まれながらの憂鬱が加わっていた。叔父はかれに修道院のなかの教会で毎日数時間を過ごすように勧めていた。「そこにわしの本貸してあげる歴史書を持っていったらよかろう」とかれに言った。ロデリーゴの目には、こういった場所で世俗の本を読んだとしたら、冒瀆に思えた。かれはそこでは信仰の本を読んだ。教会の清掃をしていた助修道女たちは、この美男子の青年に注目したが、何事もかれに気晴らしを与えることができなかった。かれの男性的な美と軍人的な雰囲気が、善良なシスターたちの目には、極端に控えめな挙措振舞いと奇妙な対照に見えた。

修道院長はこの模範的なおこないを知って、修道院の聴罪司祭である重要人物の甥を、彼女の私的な談話室での夕食に招待した。こうして何度かの稀な機会をえて、ランドリアーニはクララ・ヴィスコンティに話しかけることができた。クララは、彼女の霊的指導者の命令で、鉄柵で囲まれた修道女たちの祈禱席を教会の他の部分から隠している大きな帳の背後で、何時間も瞑想して過ごしていた。ロデリーゴと面識を持つと、彼女はかれが教会に足しげく通ってくることに注目した。かれは読書に集中していたが、アンジェラスの鐘が鳴ると、本から離れ、跪いてお祈りをした。

ランドリアーニは、シチリアでは社交界暮らしをしていたが、カタンツァーラでは陰気で暴君的な叔父の交際社会以外の交際はなく、一日おきに修道院長に会いにくるのが徐々に習慣になった。かれは伯母の傍らにクララがいるのを見たものだった。かれの言うことに、彼女は言葉少なくとても悲しげに、そしてまるでぶっきらぼうに答えた。いかなる目論みもなかったロデリーゴは、あまりさびしく感じなかった。しかしまもなくクララに会わずに過ごす日が、かれには耐えがたいほど長く思われた。かれが図らずも、ほとんど無意識に、そのことについて何ごとかをその若い修道女に言ったので、彼女は、お勤めでほとんど毎日修道女たちの祈禱席に行っていて、そこからかれが内陣で読書しているのが見えると答えた。こうした打ち明け話のあとでは、時として、クララが自分のいるところを示すように、帳や鉄柵に頭を寄せていることがあった。

ある日、ロデリーゴがかれとクララのあいだにある鉄柵を注意深く眺めていた。彼女は気持ちが挫けて少し帳を開けた。かれらは互いにたやすく声をかけられるほど近くにいた。しかし調査のなかで明らかにされたことだが、この時期にはかれらは教会内で決して互いに言葉を交わさなかった。数週間の幸福と幻想ののち、ロデリーゴはとても不幸になった。かれは自分が恋していることを認めざるをえなかった。しかしクララは修道女で、天に誓いを立てていたので、この恋愛はどんなおぞましい罪にかれを導いたことか!

ロデリーゴは、すべてをクララに言い、かれの良心の呵責と不幸を伝えた。これが彼女に愛を語った最初だった。彼女はまともに受け取らなかったが、情熱を告白するこの変わったやり方が、若いローマ女性の目には、かれをますます興味深いものにした。こういったのが情熱的な魂の持主における恋愛である。このうえなく大きな欠点、犯罪、このうえなく極端な短所も、愛を消すどころか、それをいや増すことしかしない。「恋人が泥棒だったとしても、わたしはかれを愛するでしょう」と、僕が語っている話を教えてくれたL＊＊夫人は言ったものだった。

すべてこれは、ルクレツィアがマルティーナと黒い陰謀を仕組んだ年に起こった。八月末の暑い最中だった。すでに数カ月前から、もはやクララにとって二日に一日は談話室で、もう一日は教会で、ロデリーゴに会うこと以外のしあわせはなかった。模範的な修道女で、修道院長のお気に入りの姪である彼女は、大いなる自由を味わっていた。しばしば夜眠れずに、庭に降りていったものだった。

裁きで明らかにされたように、八月二十九日午前二時頃、彼女はゆっくりと庭を離れて房に戻るところだった。使用人用の小門のまえを通ったとき、通常は壁に固定された二つの鉄輪と扉に留められているもうひとつの輪をくぐらせて扉を閉ざしている門が、きちんと塡まっていないのに彼女は気づいた。彼女は何も考えずに歩き続けたが、そのとき二つの掛け金のあいだを通る小さなほのかな光が、扉には鍵さえかかっていないことを彼女に教えた。彼女は扉を少し押して、通りの舗石を見た。

この眺めは彼女の魂に混乱を巻きおこした。このうえなく突拍子もない考えが彼女を捉えた。突然、彼女はベールを剝ぎ取り、一種のターバンのように巻きつけ、ウィンプル頭巾をネクタイのように調えた。彼女の属する修道会の黒絹の大きなゆったりした衣装は、一種の男物のマントになった。こうして仕度ができると、扉を開け、それを押し戻すと、彼女はカタンツァーラの街路に出た。そしてロデリーゴ・ランドリアーニのところを訪れた。

彼女はかれの家を知っていた。この家を彼女は修道院の屋上のテラスからしばしば眺めていたのだった。彼女は震えながら戸を叩くと、召使を起こしているロデリーゴの声が聞こえた。召使は誰が戸を叩いているのか見るために二階にあがり、再び降りてくると、戸を開けた。戸から入る風が、かれの点けたばかりのランプを消し、かれは火打石を打ちつけた。この間に、ロデリーゴは隣の部屋から叫んだ。「誰です。どんな用です」――「あなたの安全に関わるお知らせです。」クララは声を太くして答えた。

ついに再びランプに火が点され、召使は報せをもってきた若者を主人のところへ案内した。クララはロデリーゴが身仕度をして、武装しているのを見つけた。しかしロデリーゴの方は、そのとても若い男が怯えきっていて、しかも神学校生みたいな格好なのを見て、手にしていたラッパ銃を置いた。ランプは光が届かず、若者はたいそう興奮していたので、話すことができなかった。ロデリーゴはランプを取り、それをクララの顔に近づけた。突然、彼女だと分かると、召使を別室に追いやり、クララに言った。「何ということを！　ここに何をしにきたの。修道院が火事にでもなったの。」

この言葉はかわいそうな修道女からすべての勇気を奪ってしまい、彼女は自分の無分別な行動の大きさが分かりはじめた。これまで口に出しはしなかったが彼女が熱愛している男の冷たいもてなしに、彼女は椅子のうえに崩れて気を失いそうになった。ロデリーゴは質問を繰り返した。彼女は手を心臓のうえにもっていき、出て行こうとするかのように立ちあがりかけたが、彼女にはどうしてもその力がなく、意識を失って倒れてしまった。

徐々に彼女は正気を取り戻した。ロデリーゴは彼女に話しかけ、そしてついにクララの長い沈黙から、かれは愛する人の不可解な様子を理解した。「クララ、どうしたの」とかれは言った。かれは彼女を腕に抱き締めていた。突然かれは彼女を椅子に押し戻すと、少し離れて、断固として彼女に言った。「きみは主の妻だし、ぼくのものになることはできない。罪を犯せば、きみにとっても、ぼくにとっても、おぞましいことになるだろう。君の罪を悔い改めなさい。明朝、ぼくは永久にカタンツァーラを離れよう。」この恐ろしい言葉に彼女は涙に暮れた。ランドリアーニは隣の部屋に行き、まもなく大きな外套を着て出てきた。「どんな風に出てきたの」——「調理場近くの門から。それが開いているのをたまたま見つけて、ほんとうに偶然」——「叔父のところに連れていくつもりでいたが…。これ以上はごめんだ。」ロデリーゴは彼女に腕を差しのべながら言い、ひと言もつけ加えずに、彼女を修道院に連れ戻した。かれらは、小門がおよそ四十五分前にクララが出てきたときと同じ状態なのを見つけた。かれらは静かに入ったが、クララはもう耐えがたかった。ロデリーゴはやさしく彼女に言った。「君の部屋はどこ」——「こっち。」彼女は消えいるような声で答えた。彼女は二階の大寝室を指し示していた。

階段を昇りながら、クララは恋人から軽蔑されることを恐れ、かれに話しかけるのも最後だと感じて、階段上で完全に気を失って倒れた。遠くの聖母像のまえの点ったランプが、この場面をほのかに照らしていた。今や彼女は修道院に戻っているし、ランドリアーニは、かれの義務感がクララを置いて立ち去るように命じるのを自覚した。しかしかれにはそうする勇気がなかった。まもなく激しい啜り泣きがクララの息を詰まらせようとした。「彼女の泣き声が誰か修道女の注意を引くかもしれない。ここにぼくがいることは彼女の名誉を失わせることになる」とロデリーゴは思った。しかしかれはこうした状態の彼女から離れていく決心ができなかった。彼女は立って歩くことが不可能だったし、彼女の啜り泣きが彼女の息を詰まらせようとしていた。ロデリーゴは彼女を腕に抱えた。入ってきたばかりの扉の方に再び下っていったが、かれは扉が庭に近いはずだと知っていた。実際、あいかわらずクララを抱えて、扉の近くへ廊下を数歩進んだあと、かれは庭に気がつき、そのいちばん奥、建物からもっとも離れた場所にきてやっと立ち止まった。そこで、かれはとても低く刈り込まれたプラタナスの木立に隠れた石のベンチに、かれの愛する人を降ろした。

しかしかれは自分の熱愛する若い娘を長すぎるくらい腕に抱き締めていた。プラタナスのしたに到着したかれは、もはや彼女から離れる勇気がなくなり、最後には愛が宗教を忘れさせた。曙の光が現われたときには、カタンツァーラから決して離れないことをかれに何度も誓わせて、クララはかれと別れた。彼女は一人きりで扉を開けに行き、それが閉まってないのを見つけ、恋人が出ていくのを離れて見守った。

次の日、かれは彼女が談話室にいるのを見た。かれは夜を小門の近くの通りに隠れて過ごした。クララはこれを開けようと試みたが無駄だった。続く毎晩、彼女は扉が鍵と閂で閉まっているのを見た。彼女の運命を左右した夜から六日たって、クララは扉の付近に隠れ、音もなくやってきたマルティーナをはっきりと見た。一瞬後、扉が開いて若い男が入ってきたが、扉は入念に閉められた。クララと恋人はこの男が出ていくまで待ったが、それはもう空の白みはじめる頃のことだった。かれらは手紙を書いて慰めあう以外なかった。翌日の手紙で、ロデリーゴは愛する人に、自分よりもしあわせな男はヴェットゥリーノのシルヴァであるが、マルティーナにはどんな打ち明け話もしないように頼むと言った。今では宗教的な良心の呵責を見失っていたランドリアーニは、庭の塀を越えて修道院のなかに入ろうかとクララに申し出た。彼女はかれが冒そうとしている危険に慄《おのの》いた。この塀は、中世に、サラセン軍の上陸から修道女たちを護るために建てられ、いちばん高くない部分でも四十ピエ［約十二メートル］の高さがあり、縄梯子が入り用だった。ランドリアーニは、近所で縄を買うことでかれの愛する人を危険に晒すことを恐れ、フィレンツェに出発した。四日後、かれはクララの腕のなかにいた。しかし奇妙な巡り合わせによって、この同じ夜、不幸な修道院長フラヴィア・オルシーニは息を引きとろうとしていた。彼女は死にぎわに聴罪司祭に言った。「わたしは修道女たちが外部の男と情事に耽るのを妨げようとしたために毒殺されます。おそらく今晩も禁域が不法に荒らされています。」

こうした告白に驚いて、修道院長が亡くなるやいなや、聴罪司祭は規則を厳密に実行させた。修道院のすべての鐘が、起こったばかりの出来事を告げた。村の百姓が急いで起きて、修道院の門のまえに集まった。ロデリーゴは最初の鐘の音で逃げ出していた。

しかしヴェットゥリーノのシルヴァが出ていくのが見つかり、かれは捕まった。この男がダイヤモンドの十字架を売ったのが分かった。かれはマルティーナからそれをもらったと白状し、次に彼女はルクレツィアが気前よくそれをくれたのだと言った。修道院の扉を開けたことで瀆聖の罪を犯したと告発されたマルティーナは、聴罪司祭の神父の甥を巻き添えにすることで助かろうと思った。彼女は、シスター・ヴィスコンティが恋人のロデリーゴ・ランドリアーニのためにこの扉を開けたと言った。聴罪司祭は、R＊＊＊の大司教が派遣してきた三人の司祭に補佐されて、クララを尋問した。聴罪司祭は修道院を出るとき、翌日クララをマルティーナと対決させると宣言した。その夜、ロデリーゴはかれの愛する人の牢獄になっている房まで侵入し、扉ごしに話した。翌朝、ルクレツィア・フランジマーニは、これまで少しも関わりあいにされていなかったが、マルティーナのクララとの対決をひどく恐れていたので、おそらくチョコレートに毒を仕込ませてこれを彼女たち両人のところに持っていかせた。七時頃、大司教の代理が調査を続行するために到着したとき、クララ・ヴィスコンティと助修道女のシスター・マルティーナがもはやこの世にいないと知らされた。ロデリーゴは英雄的に行動したが、誰も罰せられず、事件は揉み消された。それについて語る者に災いあれ！

◆一八二八年五月三十日

今朝、空は雲に覆われていて、僕たちは焼けつくような危険な太陽に晒されることもなく、ローマの街を走りまわることができた。僕たちの旅仲間の女性たちは、計画も深い考えもなく、単にそのときの衝動に従って、もう一度フォロを見たがった。

僕たちはまずはじめに中央にフォカスの柱が聳えている深い穴のなかに降りた。フォロの古代の舗石に、倒れ横たわっている円柱の断片に僕たちは注目したが、そこは十五から十八ピエ［約四・八七から五・八四メートル］の深さがある。というのは、この場所では、そのくらいの厚さで土が堆積しているからなのだ。フォロを発掘しようとしたあ

皇帝たちの広場

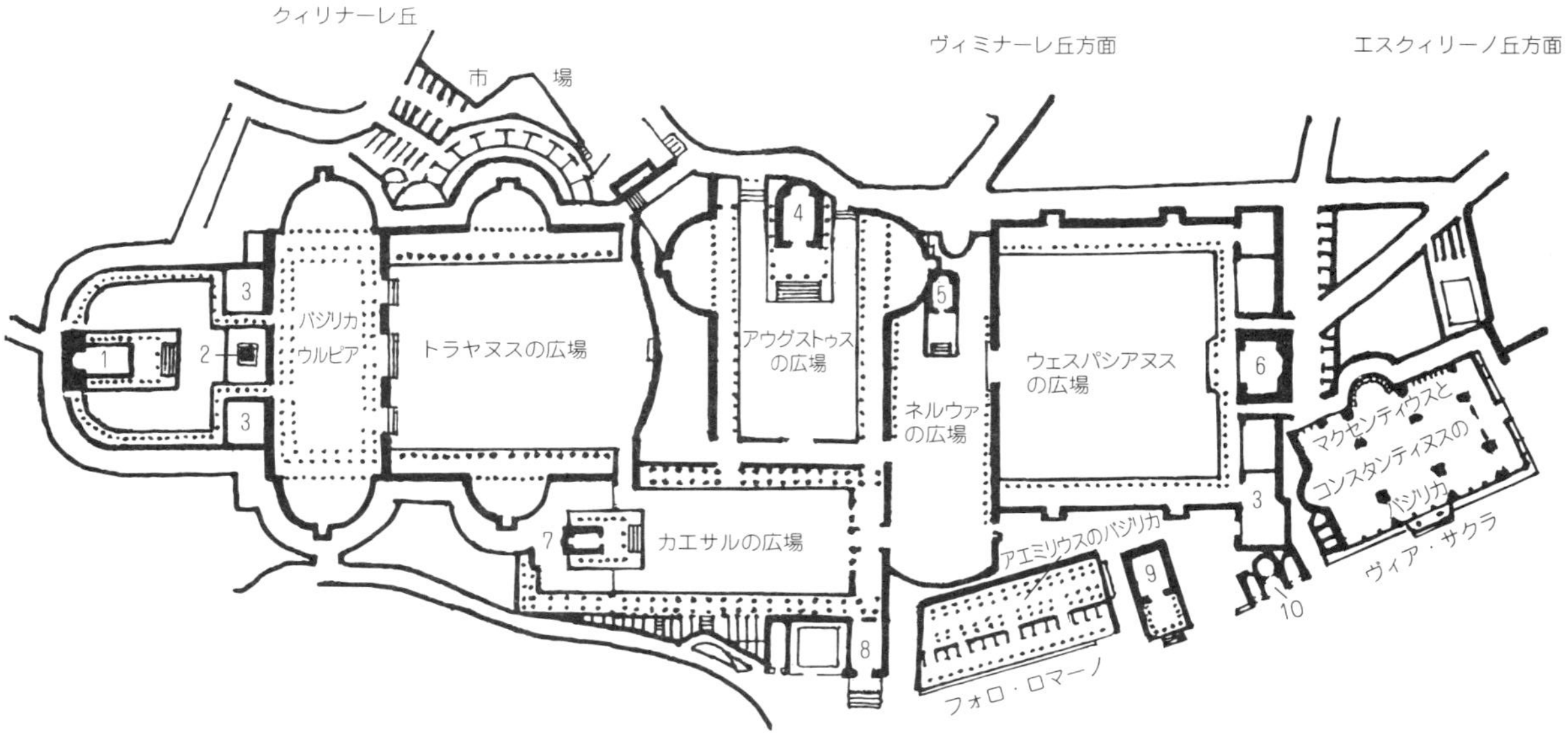

1．神格化されたトラヤヌスの神殿
2．トラヤヌスの円柱
3．図書館
4．マルス・ウルトルの神殿
5．ミネルヴァ（パラス）の神殿
6．平和の神殿
7．ウェヌス・ゲネトリクスの神殿
8．クリア（元老院議事堂）
9．アントニヌスとファウスティナの神殿
10．ロムルスの神殿

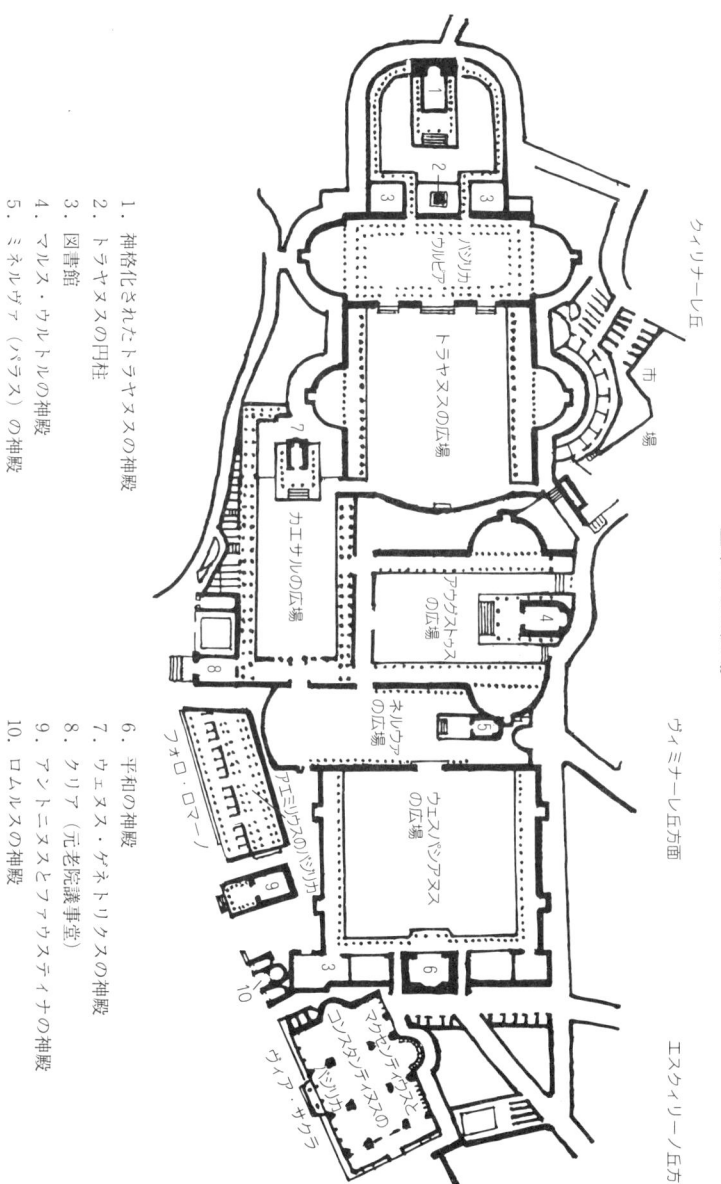

の私心のないロシア人なら、どんなにたくさんの円柱やおそらくは彫像を発見したことだろうか！　レオ十二世の宮廷の連中の気分を損ね、ローマを強制退去させられる代わりに、かれらを買収すべきだったのだ。今日、かれの名声はどんなに違っていたことだろう！　少しの巧妙さと二十万フランの援けを借りれば、デミドフの名前は、ナポレオンや、ロッシーニや、バイロン卿に続いて、アメリカやインドにも広まったことだろう。

最初の日以来、フォルム・パラディウムと呼ばれるきれいな廃墟が僕たちの旅の道連れを魅了したのは、その小綺麗な様子のせいだと思う。それは、ドミティアヌスによって建設がはじまり、ネルウァによって完成され奉献されたものだが、大きな四角形の広間である。各側壁に沿ってコリント式の十六本の溝入り柱が置かれていた。現在残っている二本から判断して、それらは九ピエ半［約三・一メートル］の周囲、二十九ピエ［約九・四二メートル］の高さであった。それらが支えているエンタブラチュアは、美しく彫刻された装飾をつけていた。フリーズに浅浮彫りで彫られた小さな像がすばらしい。

この広場《フォルム》全体が十二から十五ピエの土で埋め戻されている。一八一四年の帝室費を資金にして、皇帝ナポレオンは、ここでトラヤヌスのバジリカでおこなったのと同じ仕事を実施するよう命じていた。

地面から突き出て、フォルム・パラディウムの東隅の壁の上部、二本のコリント式溝入り柱の先端、エンタブラチュア、フリーズ、そしてそのうえにパラスの立像が見える。すべてこれらはこのうえなくきれいだ。僕が四角形だと言った大広間の両端は、かすかに丸味を帯びた壁によって構成されていた。すべてこうした詳細は、別な説明をする別な古代研究家に否定されている。

クィリナーレ丘の方に行きながら、諸君が左手に認める白大理石のあの三本のすばらしい円柱が、フォルム・トランジトリウム、別名パラスの神殿、ないしはネルウァの神殿のものであった。僕たちがいる場所が、おそらく古代のローマで頻繁に人が往来した場所であった。そこでは全体が見事で壮大であった。

それは自然にできた道であったが、それによって、ヴェラブロの方に位置するローマの低い部分、コロッセオとサン・ジョヴァンニ・イン・ラテラノのあいだにあってもっとも人口の多い通りのひとつであるスブッラ通り、そして最後にフォロが、クィリナーレ丘、ヴィミナーレ丘、エスクィリーノ丘のうえに位置する町の高い部分と連絡していた。（読者は地図でこのことを確かめていただきたい。）ティトゥスの浴場を頂上にいただく高台は、スブッラ通りの住人が最短直線を辿って、エスクィリーノ丘に赴くのに障害となっていた。

ネルウァによって奉献された広場《フォルム》はトランジトリウム［通路として用いる］という名前をもっているが、それは僕たちが指摘したばかりの位置が原因であったか、もしくは、ヌマの時代にローマの市門のひとつであったパンターニの門からこの名前は由来した。この場所で、アレクサンデル・セウェルスが焼き藁の煙で、トゥリヌスという名前のかれの廷臣の一人を窒息させた。この男は複数の市民に、かれが皇帝から獲得する予定の寵愛を売りつけたのだった。煙を売った者は、煙によって処罰される、とセウェルスは言った。

この広場《フォルム》は、僕たちにとってローマでももっとも驚くべきもののひとつに思われる巨大な壁に接している。それはペペリーノの塊を、モルタルを使わずにとても堅い木材の鎹《かすがい》で繋いで造られている。僕はこの壁に関して何も満足すべき説明は探し出せなかった。しかし僕は読者に、ローマの記念建造物に関する二、四百冊の本、しかも大部分がフォリオ版の本から成る膨大な量を調査したと言い切ることはできない。もっと悪いのは、著者たちの頭には論理がなく、ひねった難解な文体で書かれていることだ。

この壁の造営方法と、壁が見る者の魂のなかに残すいかにも大きいという印象と、西に位置する建物群と少しも調和していないその向きとによって、それがネルウァよりも数世紀先行するものと推測できる。

トラヤヌスがネルウァのために建てさせた神殿は、古代ローマのもっとも美しい建造物のひとつと見做されていた。その大きさは、わが国の現代の教会に近いものだった。古代を通じて、かれの建築は優れたものとして称讃されたが、結局トラヤヌスは建築にこのうえなくたくさんの装飾をつけ加えさせていたのだった。

これほどに大きな記念建造物のうち、今日では、地面のうえに、五十一ピエ［一六・五二メートル］の高さと十六ピエ半の周囲をもつ三本の白大理石の見事な円柱しか残っていない。それらは溝入りで、コリント式の構成要素をもっている。三本の円柱とひとつのつけ柱とともに、アーキトレーヴを支えているチェッラ（つまり聖域）の壁の一部分が残っている。中世のあいだ、このアーキトレーヴのうえに、とても高く、とても重い、煉瓦でできた正方形の鐘楼が建てられた。それは、今ネルウァの神殿のうちで残っているものを、最後には倒壊させてしまうだろう。この鐘楼には、ローマのすべての古代研究家が反対の意向を出している。鐘楼がこれらの方々の幾人かに自由主義的な考えをもたらした、と僕は確信している。みんながそれを取り壊すことを欲しているが、それはアヌンツィアータ教会に所属する。信仰に捧げられた建造物を取り壊すことを認めるほどに、しかも好事家《ディレッタンティ》の世俗の楽しみを増やすほどに物事の分かった教皇を、いつ僕たちは迎えることになるのだろうか。

僕たちが心配している柱廊のアーキトレーヴと天井には、最高に美しい装飾が施してある。パッラディオはこのネルウァの神殿の平面図を描いた。それによって、正面はヴィア・サクラとフォロの方を向いていたと結論することができる。この神殿は巨大な高さと完璧な美しさをもった円柱に囲まれていた。正面を形成する柱廊は各列八本二列の円柱で構成されていた。柱廊の左右の二つの部分には、その記念建造物の大きな側面に沿って、角のも含めて九本の円柱があった。

僕たちはパウルス五世ボルゲーゼの大罪のところまで辿り着いた。サン・ピエトロを完成したこの教皇の命令で、ネルウァ帝によって建てられたパラスの神殿のうち残存していたものが奪われた。この壮大な廃墟は白大理石でできたコリント式の七本の大きな溝入り柱から成り立っていた。それらは豪華なエンタブラチュアとペディメントを支えていた。昨晩、僕たちはD＊＊夫人のところで、パウルス五世以前の状態のこの記念建造物を描いた何枚もの版画を見た。この教皇は、ジャニコロの丘のうえのパオリーナの噴水のために大理石が必要だったので、それを破壊させた。諸君がもっか読んでいる本の効用は、もし本当に効用があるとするならば、おそらく、将来こういった犯罪的な目論みを防ぐことだ。今日の散歩を終える前に、大胆にも一八二三年に実行されたことを諸君に見てもらいたい。

ある人々の執拗かつ大胆な愚行を食い止めるのは、ヨーロッパの世論に訴えることによってしかない。僕はかれらの名前を出すべきかもしれないが、かれらは一年早く帽子に到達するためにはコロッセオを破壊させることもしかねないのだ。

数日前、一人の英国人が、英国からここまで乗ってきた馬数頭とともに、ローマに到着した。かれはチチェローネを入用としなかった。そして、監視人の制止もむなしく、馬に乗ってコロッセオに入った。そこで、雨によって脆くなった壁面を補強するのにいつもながら専念している百人あまりの石工と徒刑囚を見た。英国人はかれらがしていることを眺めて、その晩僕たちに言った。「神かけて！　コロッセオはローマでぼくの見たいちばんいいものだ。この建造物は気に入った。完成すれば、壮大なものになるだろう。」これら百人の人たちがコロッセオを建設しているとかれは思ったのだ。

フォロに戻る前に、僕たちはコンティの塔に入った。古代の著述家によってあれほど称讃された大地の神殿の廃墟のうえに、十三世紀のはじめに、コンティ家出身のインノケンティウス三世によって建てられたものだ。

ティトゥスの凱旋門

たいそうきれいなこの小さな凱旋門は、ウェスパシアヌス帝の息子のティトゥスのために建てられた。エルサレムの征服を不滅のものにしようとしたのだ。それはアーチにすぎない。サン・セバスティアーノ門の近くのドルススの凱旋門の次に、ローマで見られる凱旋門のうちもっとも古いものである。もっとも優雅なものであったが、それもヴァラディエ氏によって再建される運命的な時期までのことだ。

この人は建築家であり、フランス名であるが生まれながらのローマっ子である。崩れそうになっていたティトゥスの門を、記念建造物そのものとははっきり異なる鉄の補強材、もしくは煉瓦の飛梁で支える代わりに、この不幸な人はそれを造り替えた。かれは大胆にも、無機質石灰岩の塊を古代の石の形になぞらえて切り、どこかから運んできたそれを古代の石に代えた。したがって今ではティトゥスの門の複製しか残っていない。

この複製が古代の門のあった当の場所に置かれていることは事実であり、門の内側を飾る浅浮彫りは残されている。

21–20　5月30日

ティトゥスの門（コロッセオ側）

この恥ずべき行為は、善良なピウス七世の支配下で犯された。しかしこの君主はすでにとても年老いていて、通常の修復でしかないと信じていたし、コンサルヴィ枢機卿は、ヴァラディエ氏を庇護していると噂される反動派に抗しえなかった。

さいわいにも、僕たちが嘆かわしく思っている記念建造物は、アンコーナやベネヴェントにあるトラヤヌスのために建てられた凱旋門とあらゆる点で同じであった。

ティトゥスの門の浅浮彫りは見事な仕事であり、カルーゼルの門の浅浮彫りのような細密画の仕上がりを思い出させることもない。これらの浅浮彫りのひとつは、四頭の馬に繋がれた凱旋の戦車に乗ったティトゥスが表されている。かれは先導の役人に囲まれ、かれの軍隊を従えて、元老院の守護神に護られている。皇帝のうしろに、右手でかれの頭に冠を置き、左手でユダヤ地方を暗示する椰子の小枝をもつ勝利の神が認められる。反対側に向きあって置かれた浅浮彫りはもっと特徴がある。そこには意気揚揚と運ばれるエルサレムの神殿からの戦利品が見られる。つまり、それらは七つの枝の付いた黄金の燭台、聖典が収められた木箱、黄金の延べ板などである。フリーズの小さな像は、記念建造物の説明を補っていた。そこにはさらに、ユダヤ地方の河であるヨルダンの横臥像が、二人の人物に運ばれているのが認められる。

この門は両正面が四本のコンポジット式溝入り柱で飾られていたが、それらは極めて豪華なコーニスを支えていた。何人かのディレッタンティは、ここで見られる浅浮彫りの勝利の神々を、ローマに存在するもっとも美しいものと見做している。この門はトラヤヌスによってティトゥスのために建てられたと推測されているが、かれの慎み深さで、コロッセオ側のアティックに見られる碑文には、名前が入っていない。僕はその簡潔さと気高い飾り気なさゆえに、それを書き写すことにする。

S. P. Q. R.
DIVO TITO DIVI VESPASIANI F.
VESPASIANO AVGVSTO

ティトゥスの門の浅浮彫り

ティトゥスに与えられた神《ディウス》の資格は、この記念建造物がかれの死後にかれのために建てられたことを告げている。門の穹窿の中央に、トーガを着たこの偉人の像が見られる。かれは鷲に跨がっている。

この魅力的な記念建造物は二十五ピエ半の高さ、二十一ピエの幅、十四ピエの奥行しかない。外面はペンテリコン産の大理石でできている。ティヴォリの石、つまり無機質石灰岩は、内部のいくつかの部分のために使われた。知ってのとおり、ヴィア・サクラはこの門のしたを通る。

コロッセオの方へ数歩行ったあとで、僕たちは右手にコンスタンティヌスの門を見た。この記念建造物の全体は堂々としていて美しい。カルーゼルの門のように三つのアーケードがあるが、僕たちはカルーゼルの門とのたくさんの共通点を見つけた。それは正面がそれぞれコリント式構成要素をした古代黄大理石の四本の溝入り柱で飾られているが、それらの柱には彫像がついている。

トラヤヌスのために建てられていたこの凱旋門を、コンスタンティヌスが、卑劣なことに自分のために模様替えをさせたのは明らかである。こう

コンスタンティヌスの門

して、いくつもの細部の粗末な施工とは不調和な全体的なプランの美しさが説明できる。連続した怪物の支配によって打ち砕かれ堕落したローマ的性格は、芸術の退廃によってその衰微を露見していた。この記念建造物は三二六年頃に建設された。碑文はコンスタンティヌスがマクセンティウスを打倒した勝利を祝おうとしたことを告げている。

ロレンツィーノ・デ・メディチは、かれ自身、自由を再びもたらすことができるような政府を召集する才知もなく、アレッサンドロ公を殺害したが、不朽の名声を得ようと思って、夜間に、コンスタンティヌスの門の円柱のうえに置かれている戦争捕虜となった異民族の八体の彫像から頭部を取り去ったのだった。したがって今日僕たちが見た頭部は近代の作である。ブラッチとかいう人が、古代の見本にならって、クレメンス十二世のもとでそれらを作った、ということだ。[11]

アティックのすべての浅浮彫りと、両わきの入口の上方、それぞれの側に置かれた八つの円形彫刻《メダイヨン》は、稀な美しさをもっている。これらの浅浮彫りはトラヤヌスの戦争、狩り、そのほかの行動を表している。この凱旋門の別の彫刻には、キリスト紀元三二六年にローマを襲った蛮行の痕跡がある。

僕たちは歴史的関心から、あるいは好奇心に駆られて、書物よりも真実を明らかにしているこれらのひどい浅浮彫りを検証した。そこにはヴェローナを占領するコンスタンティヌス、かれのマクセンティウスに対する勝利、かれの凱旋が見られる。かれが演壇からフォロに集まったローマ人に話しているのが見られる。二つのメダイヨンは、太陽の戦車と月の戦車を表しているが、いちだんと入念に造られている。

ラファエッロ・ステルニ氏は僕たちに、中央のアーケードのしたに見られる二つの大きな浅浮彫りは、トラヤヌスの世紀のものと見做さねばならないことを教えてくれた。ただそれらはコンスタンティヌスに雇われた彫刻家によって台なしにされていた。かれらは、トラヤヌスの武勲に関する浅浮彫り、しかもアティックの浅浮彫りの続きのように見えるものを、かれらの英雄に当て嵌めようとした。

コンスタンティヌスの門の浅浮彫り

この記念建造物が半分埋もれていたときに、これらの彫刻は通りすがりの人に台なしにされた。セプティミウス・セウェルスの門と同じく、この門が掘り出されたのは、やっと一八〇四年、ピウス七世のもとでのことだ。それらは今では、八から十ピエの土留め壁に囲まれたコントラバスの形をした小さな中庭のまん中みたいなところに立っている。

デミドフ氏はこれまで、フォロを覆っている土の除去に関わるかれの作業を拡大する計画を持っていた。一方はティトゥスの門、ウェヌスとローマの神殿、コンスタンティヌスのバジリカ、もう一方はコロッセオ、コンスタンティヌスの門、これらのあいだにあるものすべてを掘り出そうと思っていた。

この記念建造物を飾っているコリント式の円柱のうち七本は古代黄大理石でできている。八本目は白色を帯びた大理石である。戦争捕虜となった異民族の王の彫像のうち七つは、紫色の大理石であり、トラヤヌスの門のものであった。八番目は白大理石でできていて、この凱旋門を修復したクレメンス十二世の時代の近代の作品である。

僕たちはアティックに小部屋があるのを見せられた。

僕たちはここから数歩のところ、フランス人によって植えられたアカシアの木立の日蔭に行って、トラヤヌスの伝記を読んだ。それはとても興味をそそられたので、凱旋門に戻って、この偉人の武勲を思い起こさせる浅浮彫りを詳細に検証した。

コロッセオからきて、見る人の左手にある最初のものは、トラヤヌスのローマ入市を表している。第二のものは、かれによって改修されたアッピア街道にまつわるものだ。三番目のは、民衆への食料配給。四番目のは、トラヤヌスによって王座から追放されたアルメニア王パルトマシリスに関係する。

ファルネーゼ庭園の方に向かって位置する正方形の浅浮彫りは、チェリオ丘の方角のものと同じく、トラヤヌスがダキア人の王デケバルからもぎとった勝利を示している。ほかの正方形の浅浮彫りは、デケバル王によって企てられた陰謀の摘発、パルティア人に新しい王を与えるトラヤヌス、兵士たちに演説をするこの皇帝、そして最後はスオウェタウリリアと呼ばれる荘厳な犠牲を表している。

小アーケードの内側各側面に置かれた八つの丸い浅浮彫りは、トラヤヌスがマルス、シルウァヌス、ディアナ、そしてアポロンに捧げた狩と犠牲を表している。この凱旋門には斑岩とブロンズでできた装飾があったようだ。コンスタンティヌスの乗った四頭だてのブロンズの凱旋戦車が門のうえに乗っていたと推測されている。カルーゼルの小綺麗な凱旋門から、この全体を理解することができる［一］。はじめは一人の偉人のために捧げられたこの記念建造物に、コンスタンティヌスに雇われていた労働者たちが加えた侮辱がどんなものであろうと、この建造物はつねに典型として役立つにちがいないように僕たちには思える。これほど役に立たないものが、これほどの喜びを与えるのは奇妙だ。凱旋門の類が建築を征服している。

［一］　その建築の詳細は、ボーセ氏の回想録で見られたし。

◆一八二八年六月一日

ハドリアヌス帝は建築に心底からの情熱を抱いていた。このことはまさに、ティヴォリへの途中にある有名なヴィッラ・アドリアーナの遺跡がよく示している。かれはそこに、旅行中に見たすべての有名な建造物のミニチュア模型を造らせた。かれの時代には、皇帝たちの遺骨を埋葬するのに、アウグストゥスの霊廟にもはや余地がないことが分かっていた。ハドリアヌスはこの機会を捉えて墓を建設しようとした。エジプトで見た墓の記憶が、おそらくこの決意に大きな役割を果たした。かれはテヴェレ河にいちばん近いドミティアヌスの広大な庭園の一画を選んだ。そしてこの建造物はその世紀の驚異になった。

各辺が二百五十三ピエ［約八二・一七メートル］の長さをもつ正方形の基礎に、霊廟の巨大な円形の塊が立っていたが、もはや今では、破壊することができなかったものしか諸君は見ることができない。大理石の外装、見事なコーニス、あらゆる種類の装飾が壊された。ただ、正方形の基礎の遺構が八世紀まで残っていたことが分かっている。

サンタンジェロ城

今日僕たちが見る巨大な円形の塔は、建造物の核みたいなものだった。それは廊下と、表側を形成する別の壁に囲まれていた。すべてこれらは消えてしまった。この丸い部分のうえに、慣例によって、巨大な階段状のものが聳えていて、建造物のうえには、これもまた円形の壮大な神殿を載せていた。二十四本の紫大理石の円柱が、この神殿の周囲に柱廊を作っていた。最後に、円蓋の頂点に、ヴァチカンの庭園のひとつにその名前を与え、そこで僕たちが目にした巨大な松毬が置かれていた。[12] この青銅の墓に、これまで玉座に就いた人のなかでもっとも知的な人の一人の遺骸が置かれたのだ。かれは芸術家のように情熱的で、時として残酷であった。もしタルマが皇帝であったら、かれはジョフロワ神父を死に追いやったことだろう。ハドリアヌスはエジプトに長く住んでいた。しかもかれの栄光のためには長すぎるくらいだった。そこで体験した不幸は、かれの残酷さ以上に、今日ではかれの不名誉となっている。僕たちは原形をとどめない廃墟を調べているにすぎないが、このような墓が、ピラミッドよりも優雅であるとかれが考えたのも、もっともなことである。しかしピラミッドはまだ残っている。そしてあらゆる原因が結びついて、おそらくこれまでに存在したもっとも美しい墓を、今サン・タンジェロ要塞ないしはモレ・アドリアーナと呼んでいるものにしてしまったのだ。

いくつかのとても低い稜堡に囲まれて、周囲五百七十六ピエ［約一八〇メートル］の丸い全体が聳えているが、[13]そのうえにかなりばらばらな建物が載り、天辺には大きさ十ピエ［約三・二五メートル］のブロンズ像がある。

アウレリアヌスがローマの市壁のなかにマルスの野を入れたとき、かれはハドリアヌスの霊廟を用いて、今日であればテヴェレ河右岸の橋頭堡と呼ばれるようなものを造った。かれはそこにコルネリアという名前の門を開いたが、これはパウルス三世の治下になるまで残っていた。

プロコピウスは、かれが見たままのハドリアヌスの墓の描写を僕たちに残してくれた。かれの時代には、上部はすべての円柱がすでに取り除かれていた。新しい宗教がそれらをサン・パオロ・フオーリ・レ・ムラのバジリカに持っていってしまったのだった。しかしプロコピウスはまだ大理石の外装と墓の残りの部分を飾っていた装飾を見た。

五三七年に、ゴート族がコルネリア門を急襲した。隣接するこの要塞に閉じこめられたベリサリウスの軍隊は、大理石の装飾を細かく砕いて攻囲軍に向かって投げた。ハドリアヌスの墓は、この大被害のあと、いくつもの名前が、とりわけ祖国に自由をもたらそうとした不滅のクレスケンティウスの名前が付与された。シラーのポーザ侯爵のように、若いブルートゥスのように、クレスケンティウスはかれの生きた世紀とはかけ離れていた。別の時代の人物だった。僕たちの大革命は、心が広く、政務を進めるのに不器用なこの種の人間にひとつの名前を与えることになった。ジロンド党員という名前だった。世間の人々に影響を与えるためには、世間の人々にもっと似なくてはならない。もっといかがわしくなければならない。おそらく少なくともナポレオンと同じくらいいかがわしくなければならない。[14]

皇帝オットーに攻囲されたクレスケンティウスは、この君主が申し出た譲歩を信頼した。城塞から出ると、かれはただちに刑場に引き立てられていった。この偉人の記憶が失せたあと、かれのいた城塞はテオドリクスの家と呼ばれた。
十二世紀には、それはサン・タンジェロ城の名で呼ばれているのが見られる。おそらく、最上部にある小教会が聖ミカエルに捧げられていたからだ。歴史のなかでは、権力を奪った徒党の長たちが、この要塞の主人になると、ローマにしっかり根をおろしたように思い込むのが見られる。しばしばそれは教皇に占拠された。

一四九三年には、雷がそこに保管してあったかなりの量の火薬に火をつけた。アレクサンデル六世が損害を修理し、防備を増強した。これは不意に思いついたことだった。シャルル八世が入市したとき、サン・タンジェロ要塞を奪取困難と見做さなかったら、この破廉恥な教皇は退位させられたことだろうし、もしくは手間をかけずに殺されたことだろう。三十年後、サン・タンジェロ要塞はクレメンス七世のために同じ貢献をした。パウルス三世がそれをきれいに飾った。最後に僕たちが至る所で出会うベルニーニ騎士が、城塞の外側を今日の姿にした。ほんの数日前、僕たちはチヴィタヴェッキアで、軍隊建築という実用的なもののなかでさえも、イタリア人は美や様式を維持するすべを知っているのに注目した[15]。それらは、その他の点ではおそらくずっと優れているヴォーバンの作ったもののなかには決して見られないものだ。

サンタンジェロ城の大天使像

サン・タンジェロ要塞の番人は、この巨大な丸い塔の厚い壁のなかに、いくつかの小通路があることを教えてくれた。古代人はそこに墓を置いたか、もしくは各階のあいだの連絡に使った。ここで、インノケンティウス十一世は斑岩の瓶を見つけ、今はサン・ジョヴァンニ・イン・ラテラノで、その瓶のなかに眠っている。パウルス三世の命令によって、田園の方に位置する柱廊が絵画と漆喰で飾られた。この教皇は、この城塞につけられた名前を正当化しようとして、建物の天辺に、抜き身の剣を手にもった天使を表す大理石像を置かせた。ラファエッロ・ダ・モンテルポのこの作品は、ベネディクトゥス十四世の時代に、青銅像に代えられたが、この像は現代のイタリア戦争の時代に、この要塞のなかに籠城した一フランス軍士官に、次の見事な返答を引き出させたのだった。天使がその剣を鞘に収めるときにわたしは降伏するだろう、と[16]。

　この彫像はフランドル人のヴェルシャッフェルト[17]の作である。広間にはピエリーノ・デル・ヴァーガの絵画が見られる。そして国事犯に占領されていない部屋があるとき、番人はジュリオ・ロマーノのいくつかの小さなフレスコ画を見せてくれる。重要な囚人がいるときは、それらを見る許可はもらえない。

　ローマの宮廷をたぶらかしたと評判なのは、エジプト人の大司教であるが、次にはかれが、ナポリ政府に騙された。大司教はジェズイット教徒［イエズス会士］を腹心にしていたのだった。

　ローマの守護者の聖ペテロと聖パウロの祭日の六月二十八、二十九日に、僕がこれまでに見たことのないような、このうえなく美しい花火がサン・タンジェロ城のうえから打ちあげられる[18]。大花火は四千五百発のかんしゃく玉で構成されている。この花火の考案はミケランジェロによっている。

　そのことは断言するのを差し控えよう。このうえなく取るに足りない細ごましたことを取りあげて、真実を明らかにするために必要な調査を考えるとぞっとする。

　祭日には、テヴェレ河沿いの城壁のうえに置かれた支柱に、派手な色彩の大きな天幕が張られて、風がそれらを弱々しく煽る。これ以上にきれいなものはない。僕たちはこうした習慣に、ヴェネツィアのサン・マルコ広場と、ヴェネツィア地方全土で出合った。

　強盗団の首領の有名なバルボーネが城のなかにいると教えられたが[19]、そこに閉じこめられている炭焼党員《カルボナリ》については、番人は僕たちの質問に決して答えようとしなかった。夏に罹るかもしれない熱病を別にすれば、かれらは病気ではない。ほとんど全員が極度の信心に陥っている。牢獄のうえからかれらが手に入れる眺めはすばらしく、どんなに爆発しやすい悲しみもやさしい憂愁に変えるようにできている[20]。墓の町が見おろせる。この眺めは死の手ほどきをしてくれる。

都市は陥ち、王国は滅び、
そして人間は死すべきものであることに憤慨しているようだ。
タッソ[21]

ルーヴルを買うためにポケットに二万フランもって現われる男がいるとすれば、これほど滑稽なことがあるだろうか。陰謀を企む者たちだ。

炭焼党員《カルボナリ》について僕たちが質問をしたとき、番人は心づけ《マンチア》をもらいたいために、僕たちに自分の監視下にいる徒刑囚たちのことを話してくれた。警察大臣（モンシニョール・ゴヴェルナトーレ・ディ・ローマ）が目を懸けたいと思っている連中は、街路を掃くことに使われている。うるさい音を立てる重い鎖に繋がれているこの不幸な連中は、毎朝僕たちがコルソを横断するときに、おぞましい光景を呈して、僕たちをやりきれない思いにする。僕たちがサン・タンジェロ城にいたとき、かれらが帰ってきた。番人は僕たちに有名なマリア・グラッツィの亭主を教えてくれた。[22] マリアについては、その顔だちが現代ローマで制作された大部分の絵画、なかでもシュネスの見事な作品のなかで繰り返し描かれている。[23] この女性は、実際には誤解から投獄された夫の自由を手に入れることしか考えていない。彼女のごく当たりまえの常識では、かれが有罪と見做されていることが理解できない。かれは森《アッラ・マッキア》にいた。かれはある教会の入口で恩赦を読んだ。かれは降伏するために自宅に赴いた。恩赦に決められた期限が数時間前に切れていた。そしてあたかも武器を手に持って捕まったときのように、かれは鉄鎖に繋がれた。

番人はヴァチカン宮殿からサン・タンジェロ城に通じている回廊を見せてくれた。それは四百二〔二〕十メートル以上の長さがあり、アレクサンデル六世によって、昔のチッタ・レオニーナの城壁のうえに作られた。ピウス四世が町のこの部分を広げたときに、この城壁に今日見られる大きなアーチをつけさせた。最後にウルバヌス八世の命令で、この回廊に接して建てられていた家々を離させた。

この高所に吹いている涼しい微かなそよ風《ヴェンティチェッロ》[24]を気持ちよく感じて、サン・タンジェロ要塞のいちばん高い部分にある柱廊のしたに、僕たちは引き止められていた。ポールはアイスクリームを持ってこさせて、僕たちのあいだに嬉しい驚きが起こった。フレデリックはローマ劫略の物語を読んでくれた。[25] 僕たちの目は戦場の一部を見下ろしていた。

一五二七年五月五日、ブールボン大元帥はローマの手前の草原、ヴァチカンとジャニコロ丘のあいだに延びている市壁沿いに現われた。かれは喇叭《らっぱ》を吹いて町に最後通牒をした。この大事件で、クレメンス七世は極端な臆病とおとなげない虚栄心が滑稽にも入り混ざった行動しかとれず、この喇叭に高飛車に返答した。かれはローマを守るために五千の歩兵と小部隊の砲兵を率いて駆けつけたランゴーネ伯爵に、方向を変えて、トスカーナからくる大隊に合流するように命じた。町のサン・ピエトロが位置する地区の城壁のまえに大元帥が現われたので、何人かの機転のきく連中は、もしボルゴが陥落したら、テヴェレ河の向こうを守るために橋を落とすことを考えた。クレメンス七世はそれを許可しようとしなかったし、[26] この連中の慎重さは意気地なしととられて、宮廷のもの笑いの的になった。かれは市門の衛兵に命じて、何もローマから出さないようにした。ナポリへの道はフラスカティやティヴォリへの道などと同じくまだ自由だった。フラスカティを通って、たやすく人跡稀な森に到達することができた。

教皇は、たくさんの貴重品を載せていた大型船団から荷を降ろすことを望んだ。

城壁を脅かしていた軍隊は四万人の兵力であった。多くの兵士はルッター派のドイツ人だったし、ローマとその宗教を毛嫌いしていた。大元帥自身、祖国に対して刃向かい、自分がひどく軽蔑されているのを感じていた。輝かしい勝利だけが、かれ自身の目に、そして他人の目に、かれの真価を示すことができた。

五月六日の朝、かれは町の西方、ジャニコロとヴァチカンのあいだにあるローマの市壁の一部に、かれの軍隊を突撃させた。攻撃がはじまるや否や、かれが見るところでは、ドイツ人の歩兵はおずおずと戦闘に臨んでいると思った。かれは梯子を摑み、それを自分で市壁に架けた。かれが三段昇ったそのとき、マスケット銃の弾丸が当たって、かれの脇腹と右大腿部を貫通した。かれはすぐさま致命傷だと感じ、兵士たちが勇気を挫かないように、まわりにいた者たちに自分の身体をマントで包むように命じた。かれは突撃が続いているあいだに市壁のしたで息絶えた。

大元帥の死はまもなく兵士たちに知れ渡り、かれらは怒り狂った。しかし抵抗は挫けなかった。教皇の衛兵のスイス人たちは、英雄的な勇気で城壁を守った。ローマの丘の頂に置かれた砲台は側面から攻囲軍を捉え、多くの死者を出させた。残念なことに、太陽が昇ったとき、突然濃い霧が発生し、砲兵は砲の狙いをうまく定めることができなかった。スペイン兵はこの瞬間を利用して、市壁に接したいくつかの小さな家屋を手だてにして町に入った。同じ瞬間に、ドイツ兵もまた別の方向から町に侵入した。そのとき攻囲軍は一千人あまりの兵士を失っていた。

二カ所から町に入ることで、ブールボン大元帥の兵士は、今日ならローマ国民防衛隊とでも呼ばれるようなものの一部を分断していた。カポリオーニ（地区指揮官）の命令のもとで行進していたこれらの青年たちは、大部分が武器を投げ出し跪いて命乞いをしたにもかかわらず、全員が情け容赦なく虐殺された[二]。

ベンヴェヌート・チェッリーニは、その日サン・タンジェロ城のおそらく今僕たちがいる場所にいたが、この日とそれに続く日々の興味深い物語を残している[27]。しかしかれには少しはったり屋のところがあり、僕はほとんど信じない。戦闘のあいだ、クレメンス七世はヴァチカンのかれの礼拝堂の祭壇のまえでお祈りをしていた。軍人になることから人生を歩み始めた人物の風変わりな小事実である。死を目前にした人々の叫びがかれに町の占領を告げた。かれは、僕たちが語ったばかりの、もっとも高い家々のうえに聳えている長い回廊を通って、ヴァチカンからサン・タンジェロ城に逃げた。クレメンス七世に従っていた歴史家のパオロ・ジョヴィオは、教皇がもっと早く歩けるようにかれの長い装束を持ちあげ、さらには一瞬のあいだ遮蔽物のない橋にやってきたときには、その白い祭服で正体が分かり、誰か狙撃のうまい兵士に狙われることを心配して、教皇を自分のマントと帽子でくるんだ。

この回廊に沿っての長い逃亡のあいだ、クレメンス七世は小窓から、かれの下方に、すでに街に散らばった勝利者の兵士たちがかれの臣民を追いまわしているのを見つけた。かれらは誰も容赦することなく、手当たり次第に槍で突き刺し殺していた[三]。

サン・タンジェロ城に到達したあと、教皇は、要塞の砲兵隊の防衛下にあった隣接する橋を通って、逃走する時間もあったようだ。町に入り、急いで町を横断し、そして近衛軽騎兵隊に守られて、田舎のどこか安全な場所に到着することもできたろう。しかし不安と虚栄心がかれを愚かしくしていた。この最初の日に、七、八千人のローマ市民が虐殺されたと計算されている。

ボルゴとヴァチカン地区はたちまち荒らされた。兵士たちは殺し乱暴した。かれらは修道院も、教皇の宮殿も、サン・ピエトロ教会そのものも見逃さなかった。トラステーヴェレ地区を掠奪するには小戦闘を交えなければならなかった。今日でもまだたいそう好戦的な住民が、自分たちの家を防衛することでは少しも名声を保てなかった。皇帝の兵士たちは、ロンガラ通りを急いで走りまわった。そしてとうとう、イタリア人歩兵隊の隊長に就いていたロドヴィーコ・ディ・ゴンザーガが、一番乗りで、厳密な意味でのローマにシスト橋から入城した。

僕たちが一八一四年にパリで見た奇妙な軍事情勢が、一五二七年のローマに存在した。大元帥の軍隊がローマを占領したその日、ランゴーネ伯爵は良識を働かせて、クレメンス七世からもらった滑稽な命令に従わず、軽騎兵部隊と八百人の火縄銃隊とともに、サラリオ橋にまで達していた。もし橋が切断されていて、町が数時間持ちこたえれば、町はこの勇ましい軍人に救われたのだ。大軍がローマ救援に進軍していたが、それはやっと三日前にフィレンツェを出発したばかりだったし、そのうえ、総司令官は個人的に教皇の敵であった。

ドイツ人兵士ほとんど皆が唱えていた新しい改革への狂信が、ローマ劫略で犯された残虐行為のほんとうの原因であった。そのくらいに、実際、古代人が知らなかったこの情熱は手がつけられないのだ。似たような状況で、かつてこれ以上の残虐さが生じたことはなかった。何人もの妻や娘が不名誉を避けるために窓から身を投げ、ある者たちは父親や母親に殺されたが、これらのぴくぴく動く血まみれの肉体も兵士の乱暴を少しも免れなかった、と現代の歴史家ヤコポ・ブォナパルテが言っている［四］。かれらは教会に侵入し、司教の祭服に身を包み、そしてこの状態で修道女を捕まえにいき、彼女らを裸にして仲間のまえで晒しものにした。教会の絵画は粉ごなにされ焼かれ、聖遺物や聖別されたパンは泥のなかにぶちまけられ、司祭たちは鞭打たれ、兵士の群れの罵声に晒された。

この恐怖は七カ月続き、兵士たちがローマを支配し、自分たちの将軍を嘲笑していた。

スペイン人兵士は貪欲さと残忍さで際立っていた。初日のあとでは、ドイツ人がローマ市民を殺すことは滅多に起こらないことが観察された。かれらは捕虜たちをとても安い身代金で引き渡すことを承知した。逆に、スペイン人は捕虜たちの足を火にあぶり、長い苦痛を与えて無理やりにかれらの富を探し出したり、ローマ市外にいるかれらの友人の財産をすっからかんにした。多くの商人が皇帝軍の接近で、財産をあの君主の仲間である枢機卿の館に預けたが、それだけに枢機卿の館は念入りに漁られた。しかし誰に対しても容赦なかった。

マントヴァ侯爵夫人は五万ドゥカーティで自分の館を買い戻した。一方、皇帝軍の指揮権を握っていたその息子は、掠奪の分け前として一万ドゥカーティを受け取った。身代金を払ってスペイン人兵士から解放されたシエーナの枢機卿は、ドイツ人兵士の捕虜となり、すっ裸にされ、殴られ、五千ドゥカーティの値段でもう一度自分の身を買い戻さねばならなかった。ドイツ人もしくはスペイン人の高位聖職者は、かれらの同国人に少しも容赦されなかった。

ポンペオ・コロンナ枢機卿は、ローマが占領されてから二日してこの町に入り、かれの敵クレメンス七世の屈辱を喜んでいた。かれの封地の一群の百姓たちがかれとともに到着した。少し前に、かれらは野蛮にも教皇の命令による掠奪を受けたのだった。今度はローマの家々を荒らしてそれに復讐した。その家々ではかれらは大きな調度品を見つけたりした。

しかしポンペオ・コロンナは、自分が協力して祖国を存亡の危機に陥れた様子を見たとき、深い憐れみに心を動かされた。避難しようとする者すべてにかれの館を開いた。兵士たちに、捕虜として拘束された枢機卿の身代金を、党派の別なく、友人であろうと敵であろうと、自分の金で支払った。かれは一群の惨めな人々の命を護ったが、かれらは最初の日からすべてを失い、かれがいなかったら飢えて死ぬところだった。

これらのおぞましい場面は、パンプローナの司教のサンドバルによって詳細に記述されている。[28] かれは、カール五世に不興を買うことを心配して、ローマ劫略を非聖的な所業（オブラ・ノ・サンタ）と呼ぶにとどめている。カール五世は、たった二十七歳だったが、自分自身の軍隊を使ってしかローマを制圧しえない、ということを理解していた。そんなとき、かれは惨禍を知ったが、それはかれの側からの取り消し命令がなかったので七カ月続いたのだった。かれは神に教皇の釈放を願うために、美しい祈願行列をおこなったが、教皇はかれカール五世だけを頼りにしていた。この巧妙さを示す行為は、幾人かの現代の高位聖職者の眠りを乱すにちがいない。サンドバル司教は、一人のスペイン人兵士が、サン・ジョヴァンニ・イン・ラテラノ教会の至聖所《サンクトゥス・サンクトゥルム》で、聖遺物の詰まった箱を盗んだと報告している。それらのなかには、イエス・キリストの肉体の小部分があったが、それは救世主の幼少のみぎりに大祭司が切り取ったものだった。皇帝軍の退却の際に、その兵士はこの箱をローマ近郊の村に棄てた。一五五一年、つまり三十年後に、一人の司祭がそれを発見し、急いでそれをマッダレーナ・ストロッツィのところに運んだ。彼女の義理の姉妹であるルクレツィア・オルシーニの助けを借り、七歳になる彼女の娘クラリッサを同席させて、マッダレーナ・ストロッツィは箱を開けた。これらの婦人たちはまず、聖ヴァレンティヌスのまだまったく腐敗していないひと塊の肉と、聖女マリア・マグダレーナの姉妹である聖女マルタの歯が一本ついた顎の一部を見つけた。

　ストロッツィ公女は次に、イエスの名前としか他に読みようのない名前がついた小さな包みを取りあげた。ただちに彼女は手が痺れるのを感じ、それを手放さざるをえなかった。この奇蹟がルクレツィア・オルシーニを開眼させ、おそらくこの包みにはイエスの身体の一部が入っていると叫んだ。彼女がこの名前を発するや否や、その箱は甘美な匂いを発散した。それはとても強い匂いだったので、隣の住まいにいたマッダレーナ・ストロッツィの夫フラミニオ・アングィッラーラは、かれのところまでやってくる香気がどこから出ているのか訊ねた。

　何度も包みを開けようとしたが無駄だった。最後に、箱を発見した司祭が、やっと七歳になった若いクラリッサの汚れのない手なら、もっとうまくいくだろうと考えた。聖遺物は結局姿を現わし、ついでチヴィタ・カステラーナの司教区のカルカータ小教区教会に安置された。

　ローマで一七九七年に許可を得て再版された論文が、この遺物について詳細を伝えているが、僕はあえて繰り返さないことにする。これくらいむずかしい主題を扱う本が許可されたことは、ローマの宮廷によって正統と見做された見解からその著者が少しも逸脱していないことを証している。著者は、神の御子がまったく完璧に甦ることを主張する聖アタナシウスの発言に異議を唱えている。御子について語って、ダマスクスのヨハネは言った。《御子は一度採ったものを決して棄てなかった。》ここには、零と見做されうる無限小量についてのオイラーの理論が現われている。

僕たちがカルカータの近くを通るようなときには、世にも珍しいこの遺物を見にいくことにしよう。

［一］ 似たような回廊が、メディチ家の不信から、フィレンツェに作られた。それは君主にとって、ピッティ宮殿からパラッツォ・ヴェッキオまで、容易な避難の手段となっている。しかしトスカーナの人はヨーロッパでもいちばん反抗的でない国民である。かれらは一八二九年にもまだフォッソンブローニ大臣の賢明で正当な政府をありがたく思っている。この偉人が四十歳だったなら、イタリアはどんなに違っているだろう！

［二］ グィッチャルディーニ、第十八巻、四四六ページ。パオロ・ジョヴィオ、『歴史概論』、第二十四巻、一四ページ。パオロ・ジョヴィオによる『ポンペオ・コロンナ伝』一七二ページと、すべての同時代の歴史家たち。

［三］ バンデッロの作品中で、シェイクスピアが魅力的な喜劇『十二夜』に仕立てた短篇小説を見られたし。[29]

［四］ 『ローマ劫略史報告』一〇〇ページ、コロニアエ、一七五六。[30]

マルシャル・ダリュ

◆六月四日

昨日、一人で、マルシャル・ダリュ氏[31]（ナポレオン支配下のローマにおける帝室の監督官）の命によって見事に修復されたモンテカヴァッロの宮殿を訪れ、コロンナ神父殿に面会した。神父にナポリから手紙を運んできてあげたのだった。かれは僕への敬意の証に内緒《イン・コンフィデンツァ》で話してくれたが、そのことを僕がわざわざ言うのは、かれが警察をとても莫迦にしているところにいるからにすぎない。（僕たちはモンテカヴァッロの庭園の心地よい日陰で三時間過ごした。）門番の妻君が僕たちに極上のコーヒーを煎れてくれた。

ナポレオンの政府が崩壊すると、ピウス七世はある人物をローマに送り、この人物はフランス人によって擁立された権力者たちを急いで解任させた。そして故意に、三十時間のあいだローマを無政府にしておいた。善良な市民は恐怖に捉われた。乞食坊主によって鍛えられたゆえに、このうえなく残忍なこの国のならず者連中は、さいわいにも、虐殺し掠奪するこの絶好の機会に気づかなかった。もしトラステーヴェレの者や、ローマの他のサン・キュロット連中が、自分たちの幸運の大きさを理解していたら、かれらは、フランス人から何がしかの職をもらっていた七、八百人の市民の喉を掻き切りはじめたことだろう。この虎のように血におびき寄せられる民衆は、おそらくすべての金持の商人を虐殺したことだろうし、それから酒に酔って道端で眠りこんだにちがいない。この日は、ミラノでのプリーナ大臣の殺害に見事に匹敵するものになったはずだ。

　このローマのおぞましいならず者連中こそ、一七九三年と一七九五年にバスヴィユ氏とデュフォ将軍殺害のために、同じ人物たちに雇われた連中だった。このあわれなユーグ・バスヴィユは、死に臨んで、モンティによって不滅になろうとは思いもしなかった[32]。犠牲者に過ちがあるので、お手柄として褒めたたえられているこの政治的な殺人は、『バスヴィリャーナ』という見事な詩（バイロン卿が作ったすべてのものに匹敵するか、もしくはもっと優れている）を生み出す契機となった。おもしろいことに、当時モンティは自由主義者で、死ぬほど不安になっていた。かれはバスヴィユを知っていて、かれの自由主義的組織の立案のために情報を提供し、それを材料にして何かを書こうとは露ほども考えていなかった。このすばらしい詩を読むと、それは疑いない。

　僕はこの偉人の不滅性が現われはじめた今になって、この逸話を思い切って明らかにする。オラース・ヴェルネ氏はかれの『競馬』（ラ・リプレザ・デ・バルベリ）のなかで、おぞましいが同時にエネルギーでは称讃すべきこのローマのならず者連中を、とてもうまく描いていた。

　このならず者連中はキリスト教の忠実な陰画であり、教皇たちが耳を傾けるような手合いである。理神論者に近いパリの下層庶民と何という違いがあるだろう！　こちらは、国民の財産の売却のおかげで誠実さを持つようになった百姓の出身者が多い。パリのならず者連中は一七八〇年には残忍だった。大革命以前には、ラペでの日曜の舞踏会でしばしばナイフの一撃があったということをアジャンクール氏から聞いている。もし今民衆のなかで人殺しがあれば、それはオセロのように愛情からである。一八二九年ポーでの家具職人ラファルグ氏の見事な弁論を見られたし。[33]
僕がたった今示したような不安の日々は、民衆の性格を変える。こうして、殺人と冷血漢がイベリア半島を教育している。

◆六月五日

僕はサンティ・アポストリ教会のクレメンス十四世ガンガネッリの墓碑のまえで、再びコロンナ猊下と会った。この墓碑はカノーヴァの最初の大作である。聖具室の入口のうえに置かれたこの墓碑は、かれの才能を語る際にはとても興味深い。それを見ながら一時間おしゃべりし、僕たちはとりわけ「節制」をじっくりと眺める。カノーヴァは、ヴェネツィアで、細かく自然を模倣することからこの道に入ったが、それがあまりに細かかったので、かれの敵たちは、かれがモデルを写す代わりに鋳型に嵌めていると言っていた。かれは二十歳で、故ウードン氏が胸像を作っていたように仕事をしていた。――サンティ・アポストリ教会の玄関広間の美しい古代の大鷲。カノーヴァがかれの庇護者の一人のために建立した小さな墓碑。

カノーヴァ『クレメンス十四世墓碑』
(サンティ・アポストリ教会)

僕たちはこのかわいそうな貴紳ガンガネッリの毒殺（一七七五）[二]のことを話す。ある勅書に署名しながら、かれは「これでおしまいだ！」と言った。コロンナ猊下は風変わりな小事実を僕に教えてくれる。それからいかにも中世らしい別の毒殺事件を語ってくれる。今では、僕の語ったショーヌ公爵に関する逸話、公爵が真夜中に妻のところでヴォワズノン神父にばったり出会い、これを冗談だと思ったという逸話が、なぜボローニャであんなにも莫迦げているようにみえたのかを納得する。[34]それは僕が厚かましい嘘つきだという評判を惹き起こした。しかしありふれたことを語ることに何の意味があるだろう。

僕たちは風変わりな顔つきの老人に出くわしたばかりだった。「ほら、良心の呵責そのものです。あの男は司祭たちに十万スクーディを残すでしょう」とC＊＊＊猊下は僕に言った。若い細密画家が、ローマの最上流の婦人としばしば会っていた。六カ月のあいだ夫はそのことにほとんど注意を払わなかった。ついにこの画家、しかもとてもうまい画家だったが、かれが生まれもよくなく、誰にも庇護を受けてないことが夫には分かった。

ある非常に暑い日だったが、夫である大公は自ら一杯のレモネードを画家に与えた。この青年はまもなくとても喉が渇き、自宅に戻って床に就いた。ベッドで、二十四時間後、たいそう激しい嘔吐と、たいそう耐えがたい痙攣に襲われたので、仰向けに寝たが、苦痛のために胃から流れ出る漿液は噴水のようで、かれは部屋のまん中に行って倒れた。往診した医者は、砂糖水を処方すると、ただちに田舎に出発して、再び姿を見せたのはやっと二週間後のことだった。そして二十年間画家の名前を口にしなかった。言うまでもなく、ローマの司法当局はこの死をごく自然なものと考えた。しかし翌日夫と夕食をする大公の妻のことを想像してみたまえ！　それはダンテを読むことができる女性だし、その夫も同様だが、今日散歩しているとおりの人物だ。[35]詩人にとってはしあわせな国だ！　英国では、天性の暗さが、早すぎる死という結果を生んでいる。二十年前に人生を終えた人ほど感動させないものはない。しかもこの二十年を先刻の老人のように過ごした人なんて！

一七五〇年にローマで知られていたたくさんの毒は現存しない。フランス革命という文明化戦争以前にはまだ使われていたいくつかの毒が、もはやナポリでさえも、見つけようとしても見つからないだろう。

一八一五年に離婚を廃止したフランスの極右派連中を驚かせるのは、大革命以前にはローマでは離婚がめずらしくはなかったことである。実際は、破廉恥な裁判のあとでしか離婚にまで至らなかったし、それはほとんど上流社会の人たちによってしか請求されなかった。この点での習慣は、たいそう染みついていたので、フランスの当局者が教皇の当局者のあとを引き継いだとき、いわゆる役立たずのローマの若者の結婚破棄を宣言しなければならなかった。その若者ときたら、一週間後には情婦と結婚し、三人の子供を生ませた。
コロンナ猊下は今晩、僕たちの仲間の婦人に、一七九〇年頃、結婚解消を願い出にやってきた若く魅力的なジェノヴァ女性がローマに到着した際に、モンティが作った甘美なソネットを朗読した。

ジェノヴァにおける
有名な結婚解消に際して

愛神は不幸な結婚を悲しみ、
恥ずかしさでいっぱいの視線をそむけた。
豊穣神は嘆き、天に向かって苦情を言い、
裏切られた熱情の恥辱を語った。
しかし天上からユピテルが
キュテレイアの子の過ちをなおすために赴いた。
かれは弱い絆を見て、それをほどき、
一方で乙女の恥じらいが現われた。
今や、リグリアの妖精よ、おまえの運命について
天上では会議が開かれ、またおまえに復讐するために
別な罠がキプロスの息子によって仕掛けられた。
そして、かれは見事に成功しよう。というのは
この甘美な企みに、おまえの美しい睫の稲光が拍車をかけ、
おまえの年齢は人を誘い、侮辱は明らかだからだ。

41-40　6月5日

言葉によって諸情熱を描く芸術を愛する人々は、僕がそれをかれらに証明せずとも、ヴォルテールやヴォワチュールのマドリガルの粋な調子とモンティの情熱的な手法の相異をよく理解するだろう。人から称讃されるような魅力的女性は、多くがヴォルテールの詩句と同列といったところだ。モンティの詩句に、漠然と感じられることだが、愛は

平等を生み、平等を求めない。　コルネイユ[36]

昨日、一人の英国人が絵を値切っていた。かれは画家に言っていた。「きみ、この絵に何日かかったかね」――「十一日です」――「それでは、その代金として十一ツェッキーニあげよう。一日一ツェッキーノとはかなりいい値のはずだよ。」憤慨した画家は絵を壁に掛けなおして、その貴族に背を向けた。[37]この種の礼儀正しさが英国人をいかさま師の言いなりにしている。僕はかれらが二十ないし三十ルイで購入したいくつかの絵を見たが、百フランの値打ちもないものだった。このことは僕をとても喜ばせた。しかし、今後一世紀で、イタリアのすべての絵画は、英国で赤い絹製の美しい布を貼った壁に展示されることだろう。英国の湿った風土は、これらのあわれな傑作にまったくなじまないことだろう。

フランスの若い仲買い商人のマロ氏が僕に言った。「ある大使が、自分の夜会に招いていた一人の旅行者に近寄って、こんな風に言うのは、百年前のことではないのです。《ああ！　ムッシュウ、あなたにどうお許しを求めたらいいか！　六週間前からローマにいらっしゃるのに、うちにきてくださるようお招きしませんでした。あなたが仲買い商人だと言われたものですから。》」

この同じ人物が英国人を迎え入れたのは、かれらが臨時に雇った従僕を見てのことだ。（史実）。

〔一〕　博識のポッテルによるピストイア司教シピオーネ・リッチ伝を参照。[38]

◆一八二八年六月七日

今晩、『エリザとクラウディオ』[39]の上演が僕たちに限りない喜びを与えてくれた。タンブリーニ[40]が歌い、僕たちの魂が純真で優しくなったためである。そのあと、若い侯爵令嬢《マルケジーナ》のメティルデ・デンボ＊＊[41]が見事な弁舌をふるった。彼女が話したのは、何人かの高貴な魂の持主が彼女らの神つまり彼女らの恋人に対して抱く、快活さにあふれ、飾り気のない、しかし限りなく一途な献身についてであった。これは、僕が今度の旅行で聞いたもののなかでも完全な美[42]にもっとも近いものだ。僕たちは、まぎれもない完全な飾り気なさから受けた感激に酔ったようになって、彼女の家から出た。

ぼくたちのなかでいちばん素朴な男性が、他人におよぼす影響を考えずに自分の時間を過ごすのではないでしょうか、と愛想のいいデッラ・ビアンカ[43]が僕に言った。公衆に立ち向かう人は、おそらくいちばんそのことに専念している人です。邪念のない人は、この時間をすべて自分の情熱や自分の芸術を考えるのに使います。みなさんは素朴で誠意ある芸術家の優位にびっくりするかもしれませんね。しかし自由の国ではかれらは新聞記事に取りあげられないでしょうし、君主政府のもとでは十字勲章をもらえないでしょう。――したがって、今後優位を保つためには、とても金持でとても高貴な生まれが必要でしょうし、そうなることであらゆる小さな誘惑に超然としていられましょう。――ええ、しかし特権者として、民衆を恐れることで自分の時間を過ごすでしょう。――魂にほんとうの偉大さがなくて、十九世紀の芸術において卓越することができるとお思いですか。――脆弱な魂を持っていても大いに才能を持つことはできます。ラシーヌをごらんください。宮廷人になりたがっていたのに、スカロンの名前を、その後釜のルイ十四世[44]の面前で出してしまったために悲嘆のあまり死にそうになりました。人を実際よりも立派に見てはいけません。ぼくは誠実な芸術家が一人ならず、策を弄する芸術家の成功に悩まされ意気沮喪するのを疑いません。したがって、今後抜きん出るために、金持で貴族に生まれねばならないでしょうし、これこそ文学や芸術が統治者の庇護で獲得しているはずのものです。[45]いくつかの国では靴製造職人は、画家よりしあわせです。ありきたりの職業であることに護られ、抜きん出れば、財をなすことは確かです。大臣の靴を作る下手な靴職人は、権力者からもらう山師根性のせいで、羨望を集めても、称讃されません。そして誰がこの巨大な梃子に抗えましょう。絵画にいくらかの金額しか費やせない公衆は、称讃されている画家のところで買い、プリュドンには見向きもしません。」

――コロンナ猊下は僕に、ティエール氏の『大革命史』を一緒に読むように求めた。僕は、この著作のなかの、外国人にはあまり理解しがたい部分をかれに説明する。かれは、一七九三年にオーストリア軍がパリに到着するのを防いだあの人たちの巨大な姿に心を打たれる。かれは僕たちが一八〇〇年には自由に嫌気がさしたことを信じようとしなかった。

◆一八二八年六月九日

エネルギーにあふれたこのうえなく情熱的な国民であり、かつ運命と人間に心底から不信を抱き、したがってその好みには少しも軽々しいところのない国民に、何を期待するか。五百年前からこの国民は、グレゴリウス七世とかアレクサンデル六世とかユリウス二世の個人的な性格によって色あいが決まるような政府に牛耳られていることに注目したまえ。そしてこの政府は国民が従わないと、この世では絞首台、あの世では地獄が待っていることを国民にちらつかせる。

教皇の専制政治は、国民一般と同様に情熱的な連中によって執行され、気まぐれだけで営まれている。その結果、年に十回は、一介の靴職人も、もっとも金持のローマの王侯も、予期しない状況に陥り、創意を働かせたり欲望を抱いたりしなければならない。それはまさに、あれほど大きな資質をもって生まれた人々に、個人として仲間の先頭に立つには欠けていたかもしれないものなのだ。

もし諸君が旅行をしたら、以下に述べる仮定を誠実に辿りたまえ。ロワイヤル橋を通る身なりのいい百人のフランス人、ロンドン橋を渡る百人の英国人、コルソを歩く百人のローマの人を無作為に選び出し、これらのグループのそれぞれから勇気と才知でもっとも優れた五人の人を選びたまえ。正確に覚えておくようにしたまえ。僕は五人のローマの人がフランス人や英国人に勝るだろうと言っておく。しかも、諸君がこの全員をロビンソン・クルーソーのように無人島に置いても、駆け引きを追求しなければならないルイ十四世の宮廷に置いても、あるいは波乱含みの英国下院のただ中に置いても、かれらは勝ることだろう。フランス人、しかし一七八〇年のフランス人であって、一八二九年の口ばかり達者な陰欝なフランス人ではないが、かれらは、夕べを楽しく過ごすことがいちばんの関心事であるサロンでは、勝利を獲得するだろう。

　僕が仮定のうえでロンドン橋に足止めした英国人は、ローマの人よりもっとずっと道理をわきまえ、着こなしも立派だ。かれらは心底から社会的な習慣を身につけるだろう。陪審、団結精神、蒸気機関車、危険な航海、危機対策、これらは英国人にはお馴染みのものになる。しかし、人間として英国人はローマの人にとても劣るだろう。それはまさにほぼ公正な（貴族階級と大差ない絶対権力をもった）政府によって英国人が指導されているからである。英国人は、あとで破滅につながったり、あるいは牢獄とか死にさえも至るかもしれない小さいが危険な事柄に遭遇して、月に十回も判断を下す必要がない。

　フランス人は親切心と目覚ましい勇気をもつ。どんなものもフランス人を悲しませないし、どんなものも打ちのめせない。フィガロのようにみんなを莫迦にしながら、世界の果てまで行き、そこから戻ってくる。おそらくその機知の華麗さと思いがけなさで、諸君をおもしろがらせるだろう（僕は相変わらず一七八〇年のフランス人について話している）。しかし、人間としては、ローマの人より精力的でなく、目覚ましくなく、もっと早くに障害に挫けてしまう存在である。一日中何かで楽しい思いをしても、フランス人は、ローマの人が夕方には感動にすり減っていない心を抱いて恋人のところに出かけていくのに対し、同じだけのエネルギーを費やして幸福を享受することはない。したがって、幸福を手に入れるために、それほど大きな犠牲を払わないだろう。もし諸君が違った風に諸君の選択を決め、三つの国民の百人ずつのグループのなかから、もっとも教育や教養のない者を選ぶなら、ローマの人たちの卓越性はさらにもっと驚くべきものとなるだろう。教育は、ローマの人にとって何の役にも立たないどころか、逆の意味で働いているのだ。政府や文明は徳に逆らい労働に逆らって働きかけ、望まなくてもローマの人に犯罪や不正を教えている。たとえば、政府は人殺しどもと結託している。政府はこれ以上に悪い何ができようか。人殺しどもには言葉が欠如しているし、政府は言葉に事欠かない。（クラヴェン卿の『ある特権階級者のナポリ近郊旅行』と、グレアム夫人の『ローマ近郊での半年間』を参照。）

僕にベアトリーチェ・チェンチの肖像画を売りつけたばかりの商人のような、小商人の一日を占めるあまり重要ではない行動は、五十年もしないうちに政府の色彩に染まるし、そしていくつかの似たような動機によって、また重要な行動と同じ精神的習慣に基づいて、決定される。

もし諸君がドイツ哲学の仰々しさで僕に反論するなら、僕たちは別のことを話そう。しかし諸君が僕に敬意を表して誠実でいてくれるなら、諸君は、急いで粗描されるこれらのなぜから、どうして植物的な人間が、他所のどこよりもローマでは、もっと丈夫でもっと大きいということになるかが分かるだろう。[46] よき政府のもとでなら、かれらはさらに偉大な事柄を実行するだろうが、生きるためにエネルギーを使うことが今よりも必要ではなくなるだろうし、したがってもっと美しくなくなるだろう。言葉だけで僕を信じてくれとは言うまい。ただ、今後もし諸君がローマの方へ行くことがあったら、目を見開き、この本は隠したまえ。

これから先で述べることはうんざりするようなことだし、もっぱら血の巡りの悪い人とか悪意をもっている人向けのものだ。

僕は、ピウス六世ないしピウス七世がチェーザレ・ボルジアの父親と同じ性格を持っていたと主張するようなことにならないようにしたいものだ。しかしかれらは精力的で行動的な君主であり、国民の記憶に深い影響を残したし、ガンガネッリやランベルティーニやここ百年来統治した教皇たちのように、穏やかな人間ではなかった。精神性によって、これらの教皇は、十八世紀にヨーロッパの玉座を占めていた君主たちよりも優れていた。しかしローマの宮廷の政治は、その家臣に対しても王たちに対しても不変だし、最良の教皇の治下でさえも、奇怪なことが起こった。一七八三年に、トスカーナの修道院で、このうえなく徳高い司教が黙認したものを見よ。[二] ローマでは、一般に考えられている以上に、毒が使われている。＊＊＊主任司祭殿の打ち明け話である。ローマの主任司祭たちは、一八一〇年のナポレオン軍の大佐の立場をほぼ保持している。かれらは道理をわきまえ、てきぱきしていて、たくさんの仕事をして、多くの事柄について真実を知っている。しばしばかれらは自分の知っていることの何もかもは警察大臣（イル・ゴヴェルナトーレ・ディ・ローマ）に言いたがらない。こちらは今ベルネッティ氏だが、ほんとうに尊敬できる人だ。（一八二九年には、ベルネッティ氏は枢機卿であり、ボローニャにおける州総督である。）

〔二〕　ポッテル氏の『シピオーネ・リッチ伝』。一八二七年ブリュッセルで出版された『教皇列伝』。パオロ・ジョヴィオの『伝記集』。僕は『絵画史』の最終巻に五十ページのすべてが確かな小事実を発表する予定である。[47]　――バイヤーノの修道院の廃止。

◆一八二八年六月十日

パオロ・ジョヴィオやポッテル氏の教皇史を少しでも勉強していれば[48]、僕と同じ意見になるだろう。教皇史は、諸君が定説となっているもの一切を飛ばすように注意していれば、現代でももっとも風変わりで、おそらくもっとも興味深いものである。

ヴェルサイユでは、一七三〇年にリシュリュー元帥が企んで、このうえなく弱い人間であったルイ十五世に情婦を与えた。（ブランカス公爵夫人の回想録というローラゲー氏によって発行された楽しい断片を参照。）ローマでは、一七三〇年に、聖母の祈りのなかにひとつの単語をつけ加えられるかどうか、あるいは跣足カルメル会修道士たちがキュロットを穿くかどうかを知るために、策が労されていた。カルメル会修道士のキュロットには賛成反対の熱心な連中がいた。両陣営で二十人ものラテン作家たちが引用された。

諸君にお願いするが、オペラにおける台本《リブレット》のせりふへの注意以上には、論争の核心に注意しないでくれたまえ。諸君の注意、僕に言わせれば諸君の称讃を、論争する者たちによって繰り広げられる巧妙さのためにとっておきたまえ。ローマでキュロットに賛成するか反対するかの策を労している誰かしら跣足カルメル会修道士に較べれば、リシュリュー元帥、ヴェルモン神父、ベザンヴァル男爵、つまりヴェルサイユのこのうえなく上品な、このうえなくしあわせな宮廷人たちは、昨晩欲しかったものを今朝には忘れるだらしない子供でしかない。修道院に押しこめられた不幸な僧侶が、そこでいちばんになるために、何をしなければならないかを考えたまえ。そこではみんなが知り合いであり、誰もそそっかしくないし、ぼんやりしていない。この学校はシクストゥス五世やガンガネッリのような人物を世に送り出した。

　これを書いている旅行者は、目撃した権力の執行者たちのなかで、コンサルヴィ枢機卿とピウス七世が、いちばん共感を覚えた人たちだと誓うことができる。下位のものでは、友人たちのなかから、何人かの僧侶、数人の神父の名前をあげることができよう。

　ローマのあるモンシニョーレは、愚かで、どうしようもない気取りやだが、きれいなフルヴィア・F＊＊の伯父であり、C＊＊＊伯爵に自分の肖像画を作ることを許可していた。伯爵は、モデルの愚かさにうんざりして、かれにどう言っていいか分からず、突然叫んだ。「教皇になったら、ほんとうに堂々としたお顔つきになるでしょう！」神父は大いに赤くなり、目を伏せて最後にこう言った。「正直言って、わしはそのことをしばしば考えとった。」

　名門の出の青年と巧妙な陰謀家は、同じように上位聖職者（モンシニョーレ）になろうと考える。モンシニョーレは、枢機卿に雇われると、枢機卿を思い描き、三重冠を考えない枢機卿はいない。これが上流階級から退屈を駆逐しているものである。わが読者の方々よ！　諸君自身はかれらの狂気やローマ政治の手練手管を笑うが、もし今から七年して百万の賞金が諸君の友人四十人と諸君のあいだで抽選になることを知ったら、諸君はどうなるだろうか。どんな人がこうした考えにぐらつかないでいようか。

◆六月十二日

　今朝五時に、僕たちはグルノーブルの有名な幾何学者のグロ氏[49]とサン・ピエトロに行った。僕たちはこの大きな記念建造物を数学的な観点からしか考えないようにした。コロン氏と僕は次の尺度のいくつかを確かめた。[50]

サン・ピエトロの長さは、柱廊と壁の厚さを含めて、六六〇ピエと二分の一［一ピエは約三二・五センチメートル］。

サン・ピエトロ内部の長さは、五七五ピエ。

奥の壁は二一ピエ七プースの厚さがある。柱廊玄関の壁は八ピエ九プース。柱廊玄関は三九ピエ三プース。外部の円柱を加えた壁の厚さは二二ピエ三プース。

サン・ピエトロの交叉廊の内部の長さは、聖プロケッススと聖マルティニアヌスの祭壇から聖シモンと聖ユダの祭壇までが、四二八ピエである。

サン・ピエトロの交叉部の長さは、壁の厚さを含めて四六四ピエである。

側廊と祭室を除外して、サン・ピエトロの大身廊の内部の幅は、八二ピエである。

サン・ピエトロの合計の高さは、舗石から十字架の天辺まで、四〇八ピエ。デュモン氏は四一一ピエだと言っている。

サン・ピエトロの円天井の高さは、要石のしたで一四四ピエである。

正面の外側の高さは一五九ピエである。

趣味よりも才知を多くもっている人は、あたかも数学的な大きさが美しい建築の与える偉大さの感情を増大させるかのように、サン・ピエトロの舗石のうえ、中央扉と大祭壇のあいだの中心軸に、ロンドンのセント・ポールやミラノのドゥオモなどの世界でももっとも大きな教会の寸法を重ねあわせたものだった。

こうした計測は屋根裏に昇る階段が打ってつけの場所だった。この階段は、サン・ピエトロを訪れるすべての旅行者が飽きることなくそこに書き記す名前を消すために、毎年石灰で白くなっている。

ストラスブールの大聖堂は、僕の目には大陸でもっとも美しいゴティック様式の教会だが、一〇一五年にはじまり、一二七五年に完成した。塔は一二七七年に着工し、一四三九年に完成したが、ヨーロッパに存在するもっとも高い建造物である。その高さは四二六ピエある。しかし、それは単なる塔であり、サン・ピエトロのような巨大な記念建造物でないことに注意したまえ。

ウィーンのザンクト・シュテファンの塔は四一四ピエの高さがある。ハンブルクのザンクト・ミハエルの塔は三九〇ピエ、ミラノのドゥオモは広場から三二七ピエの高さがある。

ミラノのドゥオモは一三八六年に着工されたが、四〇九ピエの長さと二七五ピエの幅がある。この大聖堂は暗く荘厳で、大聖堂全体と同じく大理石で造られたゴティック式の五十二本の巨大な柱によって五つの身廊に区切られている。


ピサのサン・マッテーオ広場の斜塔は、一九三ピエの高さがあり、南方向におよそ一二ピエ傾いている。

コンスタンティノープルのハギア・ソフィアは、ユスティニアヌスによって再建され、一四五三年にモスクに変更されたが、二七〇ピエの長さがある。サン・ピエトロのそれのように、南から北に広がるその幅は二四〇ピエである。円屋根の高さは、モスクの舗石からたった一六五ピエである。

エジプトの大ピラミッドは、その麓を四十世紀の年月ののちにボナパルトの軍隊が通過したものだが、一四六メートルつまり四三八ピエある。

パリのアンヴァリッドの迫高は三二四ピエである。

ロンドンのセント・ポールの円屋根は三一九ピエと六分の一である。

パリのノートル・ダムの塔は二〇四ピエである。

ロンドンのセント・ポールの長さは、五〇〇英国ピエ［フィート］、つまり四六九ピエと三分の一である。

パリのノートル・ダムの長さは、壁も含めて四〇九ピエと三分の一である。

パリのノートル・ダムの内部の長さは三七八ピエ。

ストラスブールの大聖堂の外側の長さは三二九ピエである。

同じ教会の内部の長さは三〇六ピエ。

ミラノの大聖堂の長さは三一三ピエ。

パリのノートル・ダムの交叉廊の内部の長さは一五〇ピエ。

ストラスブールの大聖堂《ミュンスター》の交叉廊の内部の長さは一四五ピエである。

ロンドンのセント・ポールの交叉廊の長さは二三五ピエ。

パリのノートル・ダムの身廊の幅は四〇ピエ。サン・ピエトロの身廊の半分以下だが、これがゴティック様式の特徴である。

　ストラスブールの身廊の幅は四三ピエ。

　ロンドンのセント・ポールの身廊の幅は、それに祭室を含むが、一六九ピエである。

　メキシコのチョルラのピラミッドは、一六二ピエ、つまり五四メートルの高さがある。

　ゴティックと呼ばれる建築様式は、インド人とアラブ人のあいだで遠い過去の時代に用いられていたと言われる。それは十字軍の時代にヨーロッパに導入されたようだ。僕は、ギリシアの趣味とアラビアないしサラセンの趣味とノルマンの趣味が同時にぶつかりあったシチリアで、ゴティック様式が生まれたということを喜んで信じるだろう。この様式が生まれるとすぐに、クータンスの大聖堂が建てられるのが見られる。ローマにはゴティック様式のものは何もない、と主張できると僕は信じている。

　英国で僕が知っているもっとも美しいゴティックの記念建造物は、九一四年に古代のアポロン神殿の廃墟のうえに建てられたロンドンのウエストミンスター・アベイと、一二二〇年に着工されたソールズベリーの大聖堂である。

　一八二八年に焼けたヨークの大聖堂は、一〇七五年に再建されたものである。

　建物の長さは五四二英国ピエ、東端での幅は一〇五ピエ、もう一方の端では一〇九ピエ。教会の高さは九九ピエ。大きな塔の平屋根は地上から二一三ピエ。聖歌隊席の端の窓は三二ピエの幅に対して七五英国ピエの高さがある。それは全体に色ガラスが嵌めこまれている。

　僕たちはミラノのドゥオモでほぼ同様の窓を、東のコルシア・デ・セルヴィの方向に見つけた。

　ヨーロッパでもっとも風変わりな記念建造物のひとつがコルドバの大聖堂で、メスキータと呼ばれる昔のモスクである。それは七九二年にアブドゥル・ラハマーンによって建立された。五三四ピエの長さと三八七ピエの幅がある。この教会は千十八本の柱で十九の身廊に分かれている。柱のなかでいちばん大きいものは一一ピエ三プースの高さ、いちばん小さいものはたった七ピエである。

　一五五七年に着工されたエル・エスコリアルは、聖ラウレンティスに敬意を示して、火刑台の形をしている。正面は六三七ピエの長さに対して、五一ピエ八プースの高さしかない。

　昔のアラブ人の要塞であるグラナダのアルハンブラには、モール人の王の宮殿がある。獅子の中庭は、五〇ピエの幅に対して一〇〇ピエの長さがある。それは二対二や三対三に組み合わされた白大理石の柱の立つ回廊に囲まれている。

　パリ近郊のサン＝ドニは、一一五二年にシュジェ神父によって建設されたが、九〇ピエの高さに対して三三五ピエの長さがある。

　ヴァンドーム広場のグラン・ダルメの円柱は一三六ピエの高さがある。一八一〇年[52]に完成したが、建設のときの奇妙な暗中模索。

　サント＝ジュヌヴィエーヴつまりパンテオンは、一七六三年にスフロによって着工された。円屋根は六八ピエの直径がある。それは三四ピエの高さの三十二本の柱に囲まれている。サント＝ジュヌヴィエーヴのいちばん高いところは、舗石から二三七ピエある。

　ランスの大聖堂はフランスでももっとも美しい教会のひとつだが、八四〇年に建てられ、四三〇ピエの長さと一一〇ピエの高さがある。サン・ピエトロは五七五ピエの長さと四〇八ピエの高さである。

◆一八二八年六月十四日

　若い画家にいちばん必要な能力は、それが若い娘の顔であろうと骸骨の腕であろうと、目のまえにあるものを完璧に模倣するすべを知ることである。こうした才能をもってこそ、クロリンデの死を嘆き悲しむタンクレーディの理想的な顔[53]、あるいは海を眺めるセント・ヘレナ島のナポレオンの理想的な顔をうまく正確に写すことができよう。しかしながら、かれの芸術の物理的な部分、つまり色彩、明暗、構成を学んだあとで、かれが主題を獲得できるような魂をもっているなら、かれの想像力こそが、写さねばならないモデルを創造することになる。もしこの魂が、毎日の生活の散文的な内容をあまりに超越した場面を描くようにかれを駆りたてるなら、おそらくかれの絵は言葉では称讃されるだろうが、実際はほんのわずかの人々しかその値打ちを理解しないだろう。

オランダの商人たち、ルイ十五世の大臣のショワズール公爵、そして多数の愛好家は、生鱈の背皮を剝く太った料理女を表現する絵に、絵画の物理的な三要素が揃っていさえすれば、非常に高額の金を支払う。ルーベンスのニンフの巨大な姿（ルーヴルの『アンリ四世の生涯』）、ティツィアーノのしばしば無意味な人物像は、もう少し魂に欠けることのない人々を征服する。最後に、フランス人旅行者の四分の三は、ラファエッロの聖母像と面と向かい合うことができないだろう。かれらの虚栄心は驚くほど傷つき、あげくの果てにはそれを疫病神ととる。かれらは高みから非難し、侮辱されたと思い込むだろう。

きれいな女性を主題にしていないラファエッロのすべての絵画については、ローマに到着するパリの人は、口先の尊敬しか抱かない。そして、もし醜崇拝がフランスで完全に勝利するなら、この画家は八十年前にそうであったのと同じくらい八十年後にも軽蔑されるだろう。

もし僕が話題にした若い画家が、たくさんの才知と想像力はもっているが、色彩、明暗、構成といったかれの携わっている芸術の必要条件《シネ・クワ・ノン》を充たしてないなら、かれはホガースのようにきれいな戯画を作るだろう。ホガースの絵は、見る人に工夫をこらした観念を示すことを目的にしているが、これが一度把握されると、誰にも振り返えられることはない。

文明は魂を萎びさせる。ローマからパリに戻ってとりわけ心を打つのは、極端な丁重さであり、遭遇するすべての人の光のない目である。

僕は今朝若干の若い女性を連れてアグリコラ氏とカムッチーニ氏のアトリエに行き、これらの考察をおこなった。前者はラファエッロのかなりきれいな複製を作っている。聖母の顔からエネルギー一切を取り去って、この偉人を、現代の僕たちの生ぬるい水準にまで引きさげている。疑いなく、アグリコラ氏の描く女性の顔は、[54] ラファエッロのもっとも美しい聖母よりも、今朝は大いに気に入られていた。それくらいエネルギーは、それがこのうえなく愛情にあふれた慈しみを表してどんなに和らげられていても、十九世紀には反感を買う。

カムッチーニ氏はとても器用な男である。『ウィルギニアの死』とか『カエサルの死』などといった三十ピエの長さの大きな絵を制作している[55]。これらの大きな画布は何も新しいものをもたらすこともなく、いかなる記憶も残さない。これは当たりさわりなく、手ごろで、そして冷ややかで、パリで毎冬褒めちぎられている余白の多い詩に全面的に似ている。よき公衆はそれをどう非難していいか分からない。

カムッチーニ騎士殿は見事な複製を作るのにかなりありふれた才能をもっている。イタリア軍の勝利によって、ミケランジェロ・ダ・カラヴァッジョのたいそう精力にあふれた作品『十字架降下』がローマから奪われたとき、カムッチーニ氏はたった二十七日で、芸術の資料としては称讃すべきその複製を作った。しかも受難の表現をあまり薄めていなかったものだった。僕は、ラファエッロの単独像に基づくカムッチーニ氏の素描を喜んで称讃しよう。それは実際豊かな才能を表している。

この画家の壮麗なアトリエを出て、僕たちはバルベリーニ広場の彫刻家フィネッリ氏のところに行った。かれの『波間から出るウェヌス』はとてもきれいなものであるし、同じくとてもきれいな僕たちの旅仲間の女性たちにも大いに受けた。彫刻はきびしい芸術であるし、一目で気に入るようなものではない。しばらく前から、僕たちの旅仲間の女性たちは、あの最初に生じる反感を乗り越えていた。フィネッリ氏は想像力にあふれ、この点から見ると真の芸術家である。

僕たちはヴィッラ・ルドヴィージをもう一度見たい気持ちを抑えきれなかった。そのすぐ近くにいたのだ。ついで僕たちはヴィッラ・ボルゲーゼに下っていった。そこでは、ボルゲーゼ公の新しい購入作品が見られた。夕方、魅力的な舞踏会があった。とても愛想のいい青年たちがいて、その何人かはドイツ人で、他はロシア人だった。この瞬間にもいちばんうまくいっていない連中、それが英国人である。しばしばぎごちない臆病さから、かれらは人を侮辱する態度になる。かれらの一人はひどく暗く、人生のすべての出来事を悪い方にとっていたが、二十五歳で二万五千ルイの年金があった。それにとてもハンサムである。今晩かれはとても粗い平織りのシャツの大きなカラーを見せびらかしていた。これら二つの滑稽なものが、婦人たちのあいだでかれの命とりになった。——ペルージャのフロレン

ツィ侯爵夫人の魅力的な姿。彼女のライヴァルはインドからやってきたミス・N＊＊＊である。

◆六月十五日

シャルル十世の治世下でフランスが摑んでいる現実的幸福の一つひとつを、ヨーロッパ中が羨んでいる。[56] 英国でさえもが繁栄の状態からほど遠いが、僕たちは少し愚かでなければ繁栄を享受できる。なぜなら、砲兵中尉が皇帝になり、千エキュの年金で暮らす運命にあった二、三百人のフランス人を社会の頂点に押し出したし、気ちがいじみていてその結果おのずと不幸な野心が、すべてのフランス人を捉えたからだ。青年までもが、国会議員になってミラボーの栄光を凌駕しようという気ちがいじみた希望を抱いて、その年ごろのあらゆる楽しみを捨てない者はいない。[57]（しかし、ミラボーは情熱をもっていたと言われるが、現代の青年は生まれながらにして五十歳になっているようだ。）このうえなく大きな財産をまえにして、運命的な目隠しが僕たちの目を覆い、それを正しく認識することを拒み、それを享受することを忘れている。反対の狂気によって、英国人の方は、現実には、負債と恐るべき貴族階級から生じる不可避の不幸を運命づけられているが、虚栄心から自分たちがとても幸福であると言い、またそう信じるようにしている。

イタリア人の良識は僕たちの奇妙な狂気を理解できない。外国人たちは一国民に起こることの総体的な結果を見るが、充分には詳細を把握していないので、いかに善がおこなわれるかを見ない。そこからあんなにも愉快な信仰が生じる。つまり、もしイタリアがルイ十八世の憲章を手に入れるために立ちあがるなら、フランスはイタリアを支持するだろう、という信仰が。

この仮定に対して、今後憲章はどんなものも次のたったひとつの条文に縮められうることを、イタリア人の良識はとてもよく理解している。

「各人は欲するものを出版することができるだろうし、出版法違反は陪審によって裁かれるだろう。」

この真実にはじまって、長い政治的な議論が、芝居が終わってから午前二時まで僕たちを占領した。モデナ公殿に

よって公布された新法がすべての才知ある人を興奮させていた。[58] それは、とても器用な画家N＊＊＊氏によって僕たちにもたらされた。かれは僕たちに、モデナに到着すると親しい友人と美術館を見にいったと語る。二人は小さい声で話していたし、番人は遠くにいた、しかしながら、翌朝には、殿下は、かれの蒐集品の絵画についてかれらがその場その場で話したことすべてを知っていた。以下がその法律だが、話だけでは必ずしも信用されないので引用しておく。[59]

「神の恵みによって、モデナ、レッジョなどの公爵、オーストリア大公、ハンガリーとボヘミアの君主であるフランチェスコ四世は、

「たいそう手軽に遠くの国々から到来する刊行物によって、毎日新しい被害を生み出している精神的汚染からわが最愛の臣下を守るために、もっか存在するものよりももっと効果的な対策の必要性がますます増大していることを考慮し、一方で、文字を読む能力が広まると同時に、こうして危険に晒される人々の数をふやしているが、危険を見極めその有害な結果を避けるのに充分な教育に欠けていることを考慮し、

「この恐ろしい汚染からわが最愛なる臣下を保護するために、表面のしるしを見れば、臣下が、自分にも自分たちの子供にとっても誘惑を心配しなくてもいい出版物のしるしであるとただちに認め、それらがわが神聖なる宗教や王侯たちや良俗に逆らうものを何も含んでいないことが明らかであるとただちに認めることができるように、新しい対策をとることに決定した。

「しかしながら、これらの対策が実際に有益で教育的な書籍の流通を妨げないことを欲して、次のようなことを命じたし、命じるものである。

「第一条　聖職者と非聖職者の同数で構成される検閲委員会を設立するものとする。検閲官全員は当方によって任命される。しかし、聖職者の検閲官は司教区司教の同意をえて任命されるものとする。

「第二条　検閲の監視はわが高等警察庁に委ねるものとする…。これに関しては、本庁付きで、検閲監視室と呼ば

れる部局を設けるものとする。すべての検閲官はこの部局に属し、また本庁を担当する国家評議官に従属するものとする。疑わしい場合は、前記の国家評議官に従い、こちらは自らこれを解決し、問題が法廷の管轄に属すると判断するときには、それを法廷に移送するものとする。

「第三条　検閲官たるものは、公証人が署名押印して証書の信憑性を保証するように、証印を受けた書籍の含む諸説の健全を保証するものとする。これに関係して、検閲官たるものは証印を用意するものとする。書籍は、巻頭と巻末のページに、聖職者検閲官と非聖職者検閲官の承認を保証する二重の証印を押すものとする。前者は宗教関係に、後者は王侯と良俗関係に用いる。検閲官は、全体に公序良俗に反する傾向が見受けられる書籍すべての証印を拒否すべきものとする。

「第四条　悪書は一切監視室に託されるものとする。

「第五条　書籍の所有者すべては、検討を委ねたい検閲官を自由に選ぶものとする。もし指名した検閲官が拒否するときには、監視室が官選によって任命するものとする。

「第六条　書籍の所有者は、書籍を流通させる意図、つまり販売、寄贈、交換によって、もしくは他のいかなる方法によっても、自家から出させる意図、あるいはたとえ自分自身の家であっても閲覧させる意図があるときに限って、書籍を検閲に付さなければならないものとする。

「したがって、一八二九年一月一日以降、検閲の証印のない古書籍ないし新刊書籍を流布したものは誰でも、一巻につき四イタリア・リーヴルの罰金刑に処し、そのうえ書籍を押収するものとする。検閲官の証印押印後に印刷または手書きのページを挿入した書籍を保持するものは、同罪に処すものとする。同様の挿入をおこなったものは、百リーヴルの罰金と一カ月から半年の禁固の刑に処するものとする。検閲証印の偽造は徒刑に処せられることがある。

「第七条　検閲の証印のないいかなる書籍も印刷することを禁止する。合法的印刷後に、同じく証印を受けていなければ、一巻も流布させることはできないことに変わりはない。

「第八条　検閲によって否認された書籍の所有者は、それを進んで検閲官に差し出すとき、交換として、健全な基準にあった書籍（リブリ・ディ・サーネ・マッシメ）の同じ冊数を、政府の倉庫で監視室から受け取るものとする。

「この法律の発布から、一年間は書店主、その他の商人、取引業者に猶予が与えられ、書店ないし倉庫にあるすべての書籍は、検閲が流布を許可しない場合、これらの書籍を外国に返送する目的で税関の倉庫に預託するものとする。もっか税関にある書籍についても同じこととする。

「第九・十条　これらの条文は、証印の形や証印につきまとう税の徴収を決めている。証印を受けた一巻につき十六サンチームである。宗教書、聖務日課書、ミサ典書は無料で証印を受けられる。

「第十一条　この条文は定期刊行物に関係する。文学であれ他のものであれ、定期的な著作物を予約することは、検閲室の許可を申請して承認されたあとでしか許されない。この役所は、唯一予約申し込みができて定期的な著作物すべての配達を監督するモデナとレッジョの郵便局の監督官に、同意許可書を送付する。

「モデナ公領宮殿にて、一八二八年四月二十九日記す

「フランチェスコ」

◆六月十六日

ある晩、タンブローニ夫人のところで、カノーヴァは仕事を始めた頃のことについて話した。[60]
「あるヴェネツィアの貴族が、その寛大な心で、ぼくがもう生計に不安を抱かないで済むようにしてくれましたし、それにぼくは美を愛してました。」　タンブローニ夫人とランプニャーニ夫人がかれに話をせがんだので、かれは、あのウェルギリウスの性格の驚くべき特徴となっていたあの完璧な率直さで、引き続き僕たちにその生涯を年を追って語ってくれた。これまでカノーヴァは、世間の駆け引きというものについては、それらを恐れるためにしか頭に浮かばなかった。かれは才知には遅れをとっていたが、天から美しい魂と天賦の才を授かった職人であった。サロンでは、かれは美しい顔だちを求め、それらを熱心に眺めた。二十五歳になってもさいわいなことに文字の綴りを知らなかっ

た。したがって五十歳のとき、宣誓書を出さなければならないという理由で、かれはレジョン・ドヌール勲章を断った。パリへ二度目に旅行したとき（一八一一）、かれはナポレオンの申し出た広大な住まいを断った。パリの近くでも遠くでも、かれの望むところ、たとえばフォンテーヌブローに、住まいは提供されたことだろうし、同様に、五万フランの手当てと、皇帝のために制作する彫像一つひとつに二万四千フランが提供されたことだろう。カノーヴァは、輝かしい生き方を拒み、そして誰から見ても現存の彫刻家のなかの第一人者であることを明らかにしたはずの名誉を拒んで、ローマに戻り、自分の四階の住まいに暮らした。

　かれがもし、世界のともしびであるフランス、今日産業と政治的議論に忙しいように、当時は勝利と野望に忙しかったフランスに居を定めたなら、かれの天賦の才が冷え込んでしまったことだろう。フランス人は、芸術を繊細さとかぎりない才知で理解することができる。しかし、今日に至るまで、それらを感じるまでに高まるようにはなっていない。この邪道の証は絵画や彫刻では論証するとなったら面倒であろう。しかし諸君が誠意をもっているなら、パリの至る所で、たとえば各種の劇場で、蔓延している身体的不調を見られたい。芸術の影響を受けるには、肉体が健やかでなければならない。ブッフ座の初演での気のない完璧な沈黙を見られたし。身を危うくすることを恐れて、見栄っぱりは思い切って語ろうとしない。ローマのアルジェンティーナ劇場での初演は、みんなが同時に身ぶり手ぶりで話す。このうえなく疑り深い老神父が、青年のように夢中になっている。かれらがお気に入りのオペラに対して感じるのは愛である。かれらは小さな蝋燭を買い、その明かりの援けを借りてリブレットを読む。フランス文明と礼儀作法以前に、こうして細蠟燭で目のこえた神父たちは、音楽が気に入らないときには、マエストロに向かって悪態を叫んでいた。そんなとき、相手の無邪気さや無分別に応じて、このうえなくおどけたせりふが出てきたものだった。

ファーブル『アントニオ・カノーヴァ』(モンペリエ、ファーブル美術館)

フランス人は実際には流行しているものしか好まない。
たとえばアメリカのような北国において、二人の青年がお互いに愛情を抱くのは、二十日間もの夕べを共に過ごして、宗教、形而上学、歴史、政治、美術、小説、演劇、地質学、大陸の成り立ち、間接税の確立、そして他の多くの事物について冷静にじっくりと考え、同じ考えであるということを確信したあとのことでしかない。カノーヴァの彫像は、いかなる形而上学的な論証もなく、はじめて見て、若いイタリア女性を涙が出るほど感動させる。一週間にもならない以前に、ジュリア・V＊＊[61]はヴェールのしたで、涙を隠さねばならなかった。ランベルティーニ夫人が彼女を、カノーヴァの『ウェヌスとアドニスの別れ』を見に連れていったのだった。そして、道みち、僕たちはまったく別のことを、しかもおのずからとても陽気に話した。――アルプスの北で芸術を解するのは、突然の心の高揚によってではない。北国では考えた結果やっと分かる、と言えるのではないかと僕は思っているくらいだ。こういった連中には、哲学の形式を借りてしか彫刻のことを話してはいけない。フランスの大衆が芸術理解に達することが可能になるためには、あの『コリンヌ』の詩的誇張を言語に与えなければならない。この作品は、高貴な魂に反抗し、そのうえニュアンスを締め出しているのだが。

　おそらく僕たちのあいだにも、ロラン夫人、レスピナス嬢、ナポレオン、刑事犯ラファルグなどのような何人かの高貴な魂の持主がいる。これらの人たちだけに解ってもらえる神聖な言語で、どうして僕は書くことができないのだろうか！[62] そうすれば作家は画家と同じくらいしあわせになるだろう。このうえなく微妙な感情をおもいきって表現できるだろうし、書籍は、今日のようにお互い月並みに似るどころか、舞踏会の化粧と同じくらい違ってくることだろう。

◆一八二八年六月十七日

　今晩ペトラルカのこのうえなく美しいソネットが僕たちに与えた極度の喜びは、それをここに書き写す言い訳になるだろうか。ラファエッロの新しい絵に予期せずぶつかっても、これ以上の感動はなかったのではないだろうか。そのイタリア語は、情熱の表現においてとても大胆で、ルイ十五世の宮廷の優雅さにぶち壊されていないので、僕はこの作品の翻訳を思い切って試みることができない。一方で、イタリア人たちは、みんなが諳じているような詩句を引用したことで、僕を非難するだろう。

フランチェスコ・ペトラルカ
ラウラの死後に[63]

ぼくがこの地上で探し求め、見つけられない
女性のいる場所へ、ぼくの考えは昇っていく。
そこでは、第三の輪に取り囲まれたなかに
彼女がさらに美しく、峻厳さをいちだんと和らげていた。
　彼女はぼくの手を摑み、言った。この天空に、
かなうものなら、またわたしと共にいてください。
わたしはたくさんあなたを責めた女ですし、
そして日没前に一日を終えてしまった女ですけど。
　わたしの至福は人間の理解を超えています。
あなただけを待っているのに、あなたがそんなにも強く愛し
地上に残っているのは、わたしの美しい脱け殻。
　ああ、なぜ彼女はものを言わずに、手を広げているのだ。
これほどあわれな、これほど清純な言葉の響きに
ぼくはあやうく天上にとどまるところだった。

◆六月十八日

教皇の政府は、カッセルやトリノの政府のように純然たる専制政治である。ただ、八年ごとに、第一等の地位は巧みな駆け引きで獲得され、他のすべての地位には慎重な態度と実績を合わせ持つことによって到達することができる。選挙、この特異な事態は、すべてに独特の性格を与えている。ローマでは、諸君も知ってのとおり、聖職者以外は、王侯であろうが平民であろうが、どんな階級であろうと、いかなる重要な地位も占めていない。平民は弁護士、医者、土木技師になる。何かしら権威のあるすべての仕事は、司祭によっておこなわれている。したがって、一八二八年には、野心家が過度に狂信的で反動的になったとしても、どんな危険があるだろうか。

諸君はミル、リカード、マルサス、そしてすべての経済学の著者たちを読んでいる。かれらが薦める行政の諸規則とは反対のものを想像したまえ。ローマで従っているのがそれだが、しばしば誠心誠意それに従っている。

当地では、十五世紀のフランスにおけるように、同じ問題が二、三の別々の大臣によって決定されることがある。おもしろいのは、それぞれの大臣が決定を綿密に記録していないことだ。書類の束しかないし、忘れられた書類から重要な一部を抜きとることほど簡単なことはないのではなかろうか。諸君の従兄弟がミニム会なりプレモントレ会なりカプチン会なりドメニコ会なりの総会長になるとする。諸君は二十年前に諸君に反対して決定された問題を再び取りあげる。そして、今度は、敵対者に諸君が勝利する。

したがって、個人間の裁判の長さは信じがたい。敗訴になりそうな被告は、判決を遅らせるためにありとあらゆることをする。この判決を言い渡すとき、教皇庁控訴院判事《アウディトール・サンティッシモ》は教皇に話しに行き、すべてが中断する。計り知れない利益だ。というのは、敗訴に決まりそうな訴訟人は、十年後に、親戚の一人が権力を握るようになるのを目にするかもしれない。以上の八行〔訳文では三行〕を諸君に対して否定する者がいるだろうが、諸君は中味のない言葉や巧みな言い落としに惑わされないようにしたまえ。その年のいちばん新しい有名な訴訟事件の明解正確な話を訊ねてみたま[64]え。教皇庁控訴院《ロタ》がしばしば最終的に判断をくだす。それを構成する高位聖職者はとても熟練した法律家である。しかし、これほど常識に反する慣わしがあるなかで、どんな立派なおこないができるだろうか。詳細を述べれば二、三ページを要するだろうし、もの好きな読者は、ジェズイット教徒寄りのラランドの著書を参照した方がいいだろう。子供の一人にいくらか才知の兆しが見えると思うと、父親は子供を司祭にする。[65] この子はいつか家族を護ってくれるかもしれない。誰知ろう。この子は教皇になるかもしれないのだ。この滅多にない幸運が、すべての人の頭を混乱させ、イタリア的想像力の特徴のひとつであるあの熱烈な賭けごと好きとうまく合致する。教皇の甥は王侯になるのが習慣である。アルバーニ家、キージ家、ロスピリョージ家、バルベリーニ家、コルシーニ家、レツォニコ家、ボルゲーゼ家、そして他のたくさんの家の富の源泉は、こういった次第である。

下層階級における富の作り方については、僕の贔屓にしている長靴職人の意見は以下のとおりである。働き者で、敬虔で、よき臣民でいることのないように気をつけなければならない。大騒ぎをし、楽しみ、きれいな女性たちとテスタッチョ丘に行く。町内で醜聞が湧き起こりはじめたら、突然恩寵に心を打たれ、良心の世話を誰かしらフラトーネ（影響力のある枢機卿のところへちょくちょく出入りするカプチン会かカルメル会の抜け目ない僧侶）に委ねる。日中は店で精を出して働き、ただし夕方は慎重に気晴らしをする。施しものをし、五、六年で、上客へ、王侯へ、外国人へと推薦され、有名な商店の店長になる。靴屋はつけ加えて、もしきれいな女を女房にしていたら、わしはもっと早く財をなしたことでしょうが、どっこい、この方法にはぞっとしますさあ、と言った。悪意あるあら捜しをされて、僕はこう言われることだろう。何だって、ムッシュウ、長靴職人が、十五分十行で、これを君に言ったんだって！
――いいえ、あなた、六年で、三十時間ないし四十時間のおしゃべりをしてのことですよ。

◆一八二八年六月十九日

僕たちはM＊＊＊氏の魅力的な館で心地よい夕べを過ごしたばかりだ。古代のローマとかキケロのことが話された。誰かがカスティ神父の音楽劇《ドランマ・ペル・ムジカ》『カティリナの陰謀』[66] の小アリアを引用した。その作品が朗読された。それはオペラの台本《リブレット》でしかないが、何という天分！　何と激烈な楽しいお笑い！　しかもまさに、音楽が効果を倍加する手のものだ。想像力の酔いを当てこんでいるこのお笑いは、このうえなく大胆なほのめかしを可能にする。それは常軌を逸した陽気さをはらみ、生まれさせる。六カ月前だったら、僕たちの旅仲間の女性たちは、イタリアの風俗を充分に理解していなかったので、この活気《ブリオ》と陽気さの傑作に無感覚だったことだろう。『カティリナの陰謀』が読まれたのは、ご覧のように偶然のことである。次に音楽が演奏されたが、かなりよいものであった。しかし高貴で、愛情深く、まじめな感情は、もう僕たちの心に湧いてこなかった。夜遅くなっていて、僕たちはもう八ないし十人しかいなかった。カスティの第二のドラマの朗読が求められた。最初のに匹敵し、おそらくさらにもっと陽気なものである。それは、二幕の音楽喜劇《ドランマ・コミコ・ペル・ムジカ・イン・ドゥエ・アッティ》『クブライ』というものだった。いや、笑い死にするというのはほんとうではない。というのは僕たちは見事な身ぶりによっておこなわれたこの朗読をこらえることができたからだ。『クブライ』は、ロシアの宮廷とその礼儀作法についての熱気にあふれたお笑いである。しかし、さいわいにも、それはヨーロッパで終息しつつある革命以前のものであり、そして革命といえば、三日前にもこのためにローマからそんなに遠くないところで何人かが銃殺された。『クブライ』には少しも嫌らしいところはない。国王は楽しみを追い求める才人であり、廷臣たちを莫迦にしている。どう考えても、僕が話したばかりの二つの台本《リブレッティ》はとても稀少なものである。それらを才能豊かに朗読してくれた所有者のF＊＊＊老神父は、僕たちにその写しをとることを許してくれたが、しぶしぶとであった。収集する習慣くらい、精神を偏狭で嫉み深くするものはない。

僕の友人たちは彫刻に興味を持ちはじめている。以下は、今朝ピオ＝クレメンティーノ美術館の彫像を見て、僕たちが抱いた考えのうちのいくつかである。僕たちのうぬぼれ心は古代人を少しも分かっていない。ナポリのストゥーディの中庭にある墓碑の信じられない卑猥さ。[67] ある墓碑に見られるプリアーポスへの捧げものや、神と戯れる若い娘たちときたら！　死者へのミサという考えはこれとは大違いだ。どんなにキリスト教が魂に情熱恋愛を抱かせるかが分かる。何と！　どんなものも、死でさえも、僕たちが一度は愛したものと僕たちの関係を断つことはできない！

セント・ヘレナ島の岩上から海を凝っと見つめるナポレオンの顔、ないしは、自殺しようとするカッスルレー卿の顔を、彫刻は僕たちに示してくれるだろうか。もしこういったものが可能なら、ここにこそカノーヴァの後継者にふさわしい場がある。
今朝、僕たちとピオ＝クレメンチーノ美術館にいた彫刻家は、僕たちが彫刻に何を求めているかを知り、僕たちに言った。「ある日、ロシアの貴族が宮廷の画家に、かわいがっているカナリアの肖像を描いてくれと頼みました。この愛鳥は、手に一個の砂糖をもっている主人に接吻をする姿で表現されなければなりませんでした。しかし、カナリアが主人に接吻するのは愛情からであって、一個の砂糖が欲しいためでないことが、カナリアの目に表れていなければなりませんでした。」この返答は非常に好評を博したし、しばしばさりげなくこの返答に触れられることがあるだろう。しかし打ち明けて言うが、僕は納得しなかった。

彫刻は、それなしには彫刻が彫刻でなくなるような、いくつかの条件を充たさねばならない。それはあらゆる方向から見て美しい姿でなければならない。例を挙げれば、聞いて心地よくない「レクイエム」の音楽は、その作曲家が存命していて策をめぐらしているあいだしか、音楽ではない。僕が彫刻に想定する、この美しいという必要性は、情熱の表現と両立することができるだろうか。すべての大袈裟な動作が彫刻を滑稽にしているように僕には思える。（古代人はどんなに控えめにニオベの苦悩を表現したかを見ること。）父親に復讐するためにまさに子供を殺そうとする母親（メデイア）の心の動きを僕たちに見せてくれるのは、別の芸術、パスタ夫人の芸術である。

裸体はギリシア人のなかで崇拝を獲得した。僕たちのあいだでは、それは反発を招く。フランスでは俗人は女性的なものにしか美の名前を付けない。ギリシア人においては、召使にすぎなかった女性に対して決して慇懃さを示さなかったが、近代人によって排除された感情がいつもあった。テーバイ軍の兵士は友人のために死んだことだろうが、この友情には情愛のこもった憂愁が入り混ざっていただろうか。ウェルギリウスは自分自身の気持ちをアレクシスの苦悩の描写に仮託しなかっただろうか。古代においては、愛はたくさんの英雄的行為を生み出したが、僕には、憂愁のせいで自殺することはあまりなかったと思われる。敵を殺そうとする男は、自らを殺さないし、そんなことをすれば自らを貶めることになったろう。現代の文学の滑稽さのひとつ、『アナカルシスの旅』を忘れたまえ。クラヴィエ氏による『ギリシア黎明期の歴史』を読みたまえ。これこそ正しい観念への優れた土台である。クーパーの小説のなかにこそ、諸君は英雄時代のギリシア人の社会習慣を見つけだすだろう。[69]（「アドメトスのところへのヘラクレスの到着」を見られたい。）[70]もしエロイーズのアベラールに対する愛が、古代が僕たちに提示してくれるものすべてよりも繊細な感情を創造したというのなら、ラファエッロやドメニキーノが制作したような絵画は、アペレスやゼウクシスたちのあれほど称讃されている絵を超越しているにちがいない。

ラファエッロやコレッジョの聖母は、情熱のニュアンスがかなり抑制され、しばしば愁いを帯びているために深く心に残る。反対に、ポンペイで発見された魅力的なものというのは、バッフォのソネットのように、焼けつくような風土にふさわしいあの官能にあふれた絵画の部類でしかない。情愛の深い魂と関係のあるものはない。それは、自分を苦しめることによって、神に気に入られることを想像する文明と反対である（ベンサムの禁欲的な原理）。メストル氏のすばらしい『犠牲論』を読み、そしてそこから、プリアーポスへの供儀を表しているナポリの墓碑に移りたまえ。一八二九年には僕たちはメストル氏を信じていないし、ナポリの墓碑は僕たちに衝撃を与える。僕たちは何なのだろう。僕たちはどこに行くのだろう。――それを誰が知ろう。懐疑のなかで、実際には、モーツァルトの音楽やコレッジョの絵が与える愛情にあふれた崇高な喜びしかない。

◆六月二十日

現代の上品が身ぶりを抑制しています、と僕はある日カノーヴァに言ったが、かれは僕の言うことがほとんど解らなかった。ある判事がド・ラヴ＊＊＊氏[71]に死刑判決を宣する。ド・ラヴ＊＊＊氏は上品な人である。というのはまさに、かれの隣人がまったくの聾者であれば、見かけだけではかれが無罪判決を受けたのか死刑を言い渡されたのか分からないからだ。遅かれ早かれすべての国民が到達するこの身ぶりの欠如は、〔二〕彫刻を滅ぼすことにならないだろうか。英国とかドイツは、わが国よりも文明化されていないという理由でのみ、彫刻においてわが国よりもおそらく少し優れている。身ぶりが必要な芸術においては、フランスの芸術家たちは、パリの町中で知られ称讃されている身ぶりを、つまり偉大な俳優タルマの身ぶりを、真似する羽目になっている。かれらの演じる登場人物が褒められるということは、かれらが才能豊かに喜劇を演じているということだが、かれら自身が実感している様子は滅多にない。ルーヴル美術館で、亡きジロデ氏の『墓に運ばれるアタラ』を見られたし。シャクタスの顔は、恋人の肉体を埋葬する恋する男の苦悩について、何か新しいものを僕たちに示してくれるだろうか。いや、それはすでに僕たちが知っているものにうまく合致しているにすぎない。この絵は、ジロデ氏以前に絵画が創造したものと同じ高水準に達しているだろうか。自分を追い出すアブラハムを、最後の望みを託して見つめるハガルの顔（ミラノのブレラ美術館にあるグェルチーノの『ハガル』のなかの）を思い出したまえ。[72]

ジロデ『アタラの埋葬』（ルーヴル美術館）

ジロデ氏の絵はアベ・プレヴォが『マノン・レスコーと騎士デ・グリューの物語』の最後で僕たちに生じさせる諸観念と同じ高いものをもたらすだろうか。

いや、現代の大画家の登場人物は、うまく演じる役者であり、それがすべてである。

この絵を絶讃するために書かれた新聞記事は小山を築かんばかりだ。作者がこの世から消えた。新聞の熱はかれとともに消え、かれの作品は、台頭する世代のなかではもはや滅多にしか讃美者を見いだせない。一般に、絵やオペラは、情熱的に愛するしあわせの存在した時代に流行したものが、つねに熱愛される。しかしこの絵は記号として作用し、それ独自の価値によって作用するのではない。それは、愛する人と一緒に聞いた音楽についてはさらにいちだんと真実である。

タンブローニ氏のところで、僕たちは時として、カノーヴァをまえに、文明国の彫刻家にとって、有名な俳優の身ぶりを模倣する必要性、つまり模倣を模倣する必要性について話した。僕たちは興味を掻きたてようとしたが無駄で、カノーヴァは僕たちの話をほとんど聞いていなかった。かれは芸術についての哲学的議論をあまり重視していなかった。かれはおそらく、かれの想像力が描きだす心楽しいイメージを味わう方が好きだった。一介の労働者の息子として、若い頃の幸運な無知が、『アポロン』について大袈裟なことを言うレッシングやヴィンケルマンから、古代の悲劇が彫刻以外の何ものでもないことをかれに教えたはずのシュレーゲル氏まで、あらゆる詩論の伝染からかれを護ってきた。もしこれらの芸術についての理論が、僕が毎晩タンブローニ氏の家で会うデリ・アントニ、メルキオッレ・ジョイア、デッラ・ビアンカ、B＊＊＊、M＊＊＊などの諸氏の会話を楽しいものにしていたとすれば、それは僕たちが大芸術家ではなかったからだ。好ましいイメージを垣間見るために、僕たちは話すことが必要であった。

　こんなにも楽しい集まりで論じられた理論は、僕たちの想像力を刺激し、僕たちがその価値を論じている神聖な彫刻ないし音楽作品を、生き生きと思い浮かべさせた。以上がメカニズム、その効果によって、理論が愛好家《ディレッタンティ》にはたいそう心地よく、そして芸術家にはたいそう鬱陶しいメカニズムなのだ、と僕には思える。フランスでは、哲学者理論家は芸術家にとってさらに恐怖の対象である。というのは、忌み嫌っているものの、たえず想念につきまとうあの新聞に、かれらは記事を書くことができ、それが芸術家の運命を左右する。ジョフロワの記事はタルマを狂気のようにした。この偉大な役者は、桟敷席に行ってその老人をいたぶった。俳優に対して同時代の人が不当なら、かれに何が残りますか、とタルマはまだ怒りで興奮さめやらず僕たちに言った。この滑稽な場面は、僕の目にはタルマの天才のこのうえなく大きな証明のひとつであるように見えた。観客は、今後十年で大俳優の名声を得るような役者に、タルマのよりももう少し単純な身ぶりを求めている。僕は相変わらずかれを真似ている芸術家にそのことをあらかじめお知らせしておく。

　カノーヴァは善良かつ幸福すぎて、僕たちを憎むことができない。僕は、かれがしばしば僕たちの話すことを聞いていないと考えるだけだ。ある晩、かれの注意を掻きたてるために、メルキオッレ・ジョイア氏がこう言ったのを思い出す。「数学とはかけ離れている芸術では、考え方の端緒となるのは以下のような小対話です。

「昔むかしモグラと夜鳴き鴬がいました。モグラは自分の穴のへりを進んでいきました。そして花盛りのアカシアにとまって囀っている夜鳴き鴬に警告して、こう言いました。《風に揺れる枝のうえに陣取り、わたしには頭痛のたねを惹き起こすこのぞっとするような光に目も眩む、そんなに居心地のわるい場所で生涯を過ごすなんて、あなたは狂っているにちがいない。》鳥は囀りを中断しました。かれはモグラの言っていることがどのくらい不条理かを想像しにくかった。それからかれは心から笑って、この陰欝な友人に何かしら生意気な返答をしました。どちらが間違っていたか。両方ともです[73]。」

成金の老代理人もしくは銀行家と、実際のところしばしば金欠病に罹るにもかかわらず金のことを考えずに、書くことの喜びのために書く青年詩人との対話を、僕は何度聞いたことか。

ある人はコレッジョの『聖ヒエロニムス』よりもジロデの『大洪水』が好きだ。もしこの人が、何かの詩論のなかで知ったばかりの意見を受け売りするなら、かれに不快感を与えないよう頬笑みかけて別のことを考えなければならない。「しかしかれが愛想のいい人で、返答をくれと心から求めるなら、わたしはかれにこう言うでしょう、とメルキオッレ・ジョイア氏は続けた。ムッシュウ、あなたは夜鳴き鴬、わたしはモグラです。わたしはあなたの言うことを理解できないでしょう。ほぼわたしと同じように感じる方としか、芸術については話しません。しかしもしあなたが斜辺の二乗について話したいなら、わたしは打ってつけですし、これから四半時であなたはわたしのように考えるでしょう。もしあなたが協力精神とか陪審とかの利益を話したいなら、そしてあなたが司祭でも特権階級の人でもないなら、半年後にはあなたはわたしのように考えるでしょう。もしあなたが自分用に論理学を発明し、それから論理学を実践に移すことに慣れていたら、共通の信条《クレド》に到達するのに、半年でなく、六日しか必要ないでしょう。」

カノーヴァはモグラと夜鳴き鴬の寓話を三度繰り返させた。かれは笑いながら僕たちに、翌日からかれの弟子のデステ氏に、この対話に登場した両者を表す浅浮彫りを作らせると言った。

素描は、算術と同じく無味乾燥な人が四年の忍耐によって学ぶ正確な科学であるので、夜鳴き鴬の寓話は、ダヴィッド氏とかジロデ氏などの主たる才能には少しも適用できない。これらの方々は偉大な数学者である。

音楽の科学についても事情は変わらない。六カ月の時間があれば、十九世紀の迅速な方法のおかげで、愛好家たる者は衒学的であるのに必要なものを入手し、減七度について話すことができる。そのあとでは楽しみは少なくなるだろうし、二倍も退屈になるだろう。

誰か血の巡りの悪い精神の持主を相手にする場合は、昔大きなグレーハウンドに話しかけたバルベ犬がいたことを語ることができる。「ぼくみたいに、かわいらしい芸をしてご主人に愛撫されるのを喜ぶ代わりに、息を切らして野ウサギを追いかけることに、きみはどんな喜びを見つけるの。」以上が同じ種の二匹の動物なのだ。

[一] バイロイト辺境伯夫人の回想録（八折版全二巻、パレ＝ロワイヤル、ドローネー書店刊）のなかで、一七四〇年頃のプロイセンの金持連中の生き方を見られたし。パリには当時クレビヨン・フィスの『炉ばたの戯れ』やマリヴォーの『マリヤンヌ』を読む社会があった。カントとその後継者がドイツを惑わし、聖書とメソジスト派が英国を惑わしていた。わが国と同じくらい文明化されるには、これらの連中はさらに一世紀必要だろう。

◆六月二十一日

ポンペイのいくつかの家の扉に見られる奇妙な刻文。

ここに生殖能力の強いもの住みたり

ポンペイに住み、毎日街路を通るときにこの刻文を読む貞淑な女性が想像できるだろうか。あの恋愛の母である羞恥心は、キリスト教の産物のひとつである。処女でいることの大袈裟な称讃は、初期キリスト教護教論者の愚行のひとつであった。愛ないし崇拝が力になるのは、愛ないし崇拝が命じる犠牲的行為によるのだということを、かれらははっきりと感じていた。しかし、かれらの駄弁の結果、キリスト教徒の処女は一種の独立した自由な生活を獲得した。彼女をそそのかして結婚に走らせる男と、彼女は対等に付き合うことができた。そして女性解放が成し遂げられた。

◆六月二十二日

今朝、僕たちには様々な計画があった。たくさんの記念物を見学することだった。僕たちの旅仲間の女性たちがC＊＊＊猊下を昼食に誘っていたが、かれは僕たちをコルソ近くの＊＊＊修道院に着衣式を見に連れていってくれた。たいへんな人だかりでとても育ちのいい連中がいた。教会のなかを舞踏会に行くように着飾った一人のかわいそうな若い娘が引きまわされた。ズルラ教皇代理枢機卿が彼女の髪の毛を切った。若い修道女はサン・ピエトロの（パウルス三世の墓の）ジャコモ・デッラ・ポルタの「賢明」のように美しかった。彼女はとても青ざめていて、しっかりした様子だった。この光景全体は僕たちを涙が出るほど感動させた。僕たちはさっさとカラカラ浴場に逃げ出した。

僕たちはとても感動していた。これらの原型をとどめない遺蹟が僕たちを楽しませた。わが婦人たちはローマのある家に早くに夕食をしに行った。僕についていては、ギボンの一巻をもって、カラカラ浴場のあの高い壁のひとつに昇って、ウェスパシアヌスの生涯を読みはじめた。七時にはまだそこにいた。毎日次第に強く、この興味を惹くものを追いかける単純でくつろいだ生活に愛着を覚えはじめているようだ。夕方、僕はある家に行く。そこにはとても博学のローマの人たちがやってくる。会話は、たえず古代の碑文や習慣をめぐって展開し、僕は無知にもかかわらず、関心を掻きたてられる。僕はすでに古代の彫刻家がミネルヴァの髪を整える十八とおりの型を忘れていた。計算する人にとってピュタゴラスの九九の表が馴染み深いように、僕にはお馴染みのはずだったのだが。

今晩、トラモンターナ、つまりとても不快な風が吹いていたので、僕は外套にくるまって、九時まで古代について話した。それから僕はメルカダンテのオペラ『ドンナ・カリテア』の一幕を聞きにいった。こうして一人の女性に話しかけることもなく、退屈せずに一晩を過ごした。N＊＊＊氏がスエトニウスの一巻を僕に貸してくれることになる。それは、僕のみたいに、ラアルプ氏の平板なフランス語によって汚されていないことだろう。明日、コロッセオの遺蹟の天辺に行き、英国人が設置させた木製の椅子に座って、一人、二人の伝記を読むつもりでいる。僕は今日カリグラ第三章のなかに次のような一行を見つけた。《ゲルマニクスは勝利のあと弁論をおこなった。》

勝利を獲得したあとでさえ、ゲルマニクスは法廷に弁論をしに行った。帝国の後継者である一人の若い貴公子に何という才能が集まっていたことか！　公衆の意見表明に、そしてその受容に、何と広い門戸が開かれていたことか！

◆六月二十三日

ローマでは、可能なら、三日は社交界で陽気な仲間に終始とり囲まれ、三日は完全な孤独のなかで暮らさねばならない。感受性豊かな連中は、いつも一人っきりでいるなら、どうにかなってしまうだろう。――イタリアの学者は仲間うちの議論では極端に無遠慮だ。かれらはお互いに阿呆、破廉恥、能なし（スティヴァーレ）とさえ呼ぶ。イタリンスキー騎士殿は、革命前にはフランスの学者にこうした調子があったと僕たちに言った。科学アカデミーのテーブルのうえにあがり、端まで走っていってレオミュール氏に平手打ちを食らわせた小男のダラン神父の一場。別のときには、ブーガンヴィル、セバスチャン・メルシエ、アンシヨンの諸氏の罵り合いの三重唱《トリオ》。

◆一八二八年六月二十四日

今朝、僕はサン・タンドレア・デッラ・ヴァッレでドメニキーノのフレスコ画をもう一度見た。僕には絵画がさらに進歩することはありえないように思える日々がある。これらの美しい顔には、やさしさにあふれた、まさにキリスト教的なはにかみが、何と見事に表現されていることか！　何という目！　深い称讃に沈潜し、ほとんど話さず、話しても小さな声で、僕は感じのいいO＊＊＊（五万フランの年金のあるジャコバン）とこれらのフレスコを眺めていた。突然一人の司祭がやってきて、僕たちが教会のなかで大声で話しているときびしく叱責した。これ以上の出鱈目はない。この広い教会には誰もいなかったし、それに教会は通りみちに使われていた。もし外交官たちが司祭の党派と無関係だったなら、僕たちはこの非常に傲慢な不作法者に遠慮なく思ったことを言っただろう。おとなしく従わなければならなかった。ローマの政府は、パリでマガロン氏が扱われているように外国人を扱えば喜ぶことだろうし、外交官たちは、十字勲章も地位もない男たち、しかもこの社会的な特典に過度の讃辞を表明しない男たちが怒るのを見て心から笑うことだろう。

コンサルヴィ枢機卿の時代だったら、僕たちがサン・タンドレア・デッラ・ヴァッレを出るや、枢機卿の門番のところに行って、司祭《プレストレ》の無礼の話をありのまま手紙に書いたことだろう。しかし、この偉大な大臣のもとでは、炭焼《カルボ》党員《ナリ》の絞首刑もなかったし、人を侮辱することもなかった。

この場面は、僕たちの魂が芸術の傑作に深く感じ入って感動しているときに、僕たちのうえに降りかかってきて、極度に不快な印象を与えた。僕たちは小事件を少しも隠さないでおく。以下は友人たちのなかに見られた感情である。――一万のフランス軍がモン＝スニ峠に現われて、あのすべての小暴君たちの信用を落とさせねばならないだろう。もしそうなれば、フランス軍は不幸なイタリアに、ルイ十八世の憲章を少し写し変えたものをもたらすだろう。不幸がこれらのかわいそうなローマの人の精神を惑わしているが、それはこの一万のフランス軍の出現が、かれらには可能なこと、あるいは起こりえることとさえ見えるほどなのだ。D＊＊＊神父殿は今晩僕たちに、一八二一年にはフランス政府はナポリの炭焼党員《カルボナリ》と交渉をはじめたと言っていた。[77] これらの方々が、もし法典にいくつかの変更をしようとしたなら、支援されたとのことだ。ほんとうのことだろうか。フランスの内閣は誠意があったのだろうか。いずれにしても、ナポリの連中は変更しないことに夢中になっていた。憲章の字面が何で重要なものか。決め手になるのは、それを実行する方法である。

僕たちはこうして明け方の二時まで、ある大貴族のところですてきなパンチを飲みながらジャコバンを演じ続けていた。五十年前であったら、僕たちは絵画とか音楽を話したことだろう。そうなると、諸君はなぜ芸術は失墜しているのかと訊ねる！　芸術はここでさえ失墜している。ローマには、暇があるとか、小さな町なのでぺてんが不可能であるとか、あの計り知れない利点がある。しかしここでさえ、モンティが言うように　va mancando l' anima　つまり毎日情熱が消える。政治のことしか考えない。僕たちのうえに降った無礼が、二日間僕たちを不愉快にした。僕たちは今晩社交界で敵意に満ちた気持ちを抱いたし、一、二の権力のある司祭を笑いものにして楽しんだ。かれらは憤って出ていった。かれらは僕たちを追放するだろうか。

◆一八二八年六月二十五日

今朝、サン・ジョヴァンニ・イン・ラテラノ教会の近くで、小高い場所にクラウディウス帝によって建てられたマッジョーレ門を見た。しかしながらそれはコーニスまで埋まっていて、それに手で触れることができる。この十二、ないし十四ピエの厚さに積もった層は、ローマのほとんどすべての記念建造物のうえに被さっているが、土であって、煉瓦とか漆喰のかけらではない。しばしばこの事実は誇張して説明される。しかしこの美々しい説明には少しの論理の跡も見られない。学者たちのもうひとつの弱点は、同じ場所に、入れ替わり立ち替わり作られたすべての記念建造物の廃墟を発見したがることだ。

千年後に、パリが廃墟になることを想像したまえ。そして策を弄するけちな学者がしゃしゃり出てくるのを見たまえ。かれは五つ、六つの言語を知っていると称するが、これは僕が確かめることのできないことだ。しかし、さらに、かれはカプチン会の修道院の廃墟と、カプチン会の修道院に代わった消防士の屯営とか平和通りの別の建物の廃墟を、同時期のものと見たがる。これらの建物は、前後してしか存在しなかったが、厚かましくもかれは自分の作成する古代パリの地図にそれらを並べて置く。

ニビー氏は、ローマでもっとも道理をわきまえた古代史学者の一人で、まだ若いのだが、フォロに見られるユピテル・スタトールの神殿の三本柱に、かれの案内書とかほかの本で、既に四つの異なった名前をつけている。今日、一八二八年には、かれはこの記念物をグラエコスタシスと呼んでいる。かれはそれを、外国の使節を迎えるためにピュロス王の時代から建っていた建造物だと考えている。新しい名前をつけるごとに、この学者は、これらの円柱につけた新しい名前の適切さをただちに認めないなら、気ちがいか莫迦にちがいないと必ず述べたものだ。もし、その時期に流布している説明に当地で少しでも疑いを見せたりすると、怒りがすべての人の顔に現われる。僕は、南の国で宗教裁判所の火刑台に火をつける感情を認めた。

古代の記念建造物を指す単語を、何の説明にもならない固有名詞のように見做さねばならない。あるどもりの阿呆がクリュソストムスと称することはありえないだろうか。

ティベリウスの時代から、ローマは、十九世紀の虚栄心が墓を積みあげている元公園のペール＝ラシェーズ[78]流の、ああいった場所に似ていた。カピトリーヌ丘やフォロなどのすべての美しい場所は、神殿によって占領され、大部分が聖別されていた。一人の皇帝なり金持の市民が、流行の通りの空地の一角をうまく買うことができれば、すぐさまそれを利用し、有名になると称して記念建造物を建てた。ホラティウス・コクレスやたくさんの英雄を記念建造物によって顕彰した共和国の考えに教育され、アウグストゥスの世紀の金持の市民は、死の直後からやってくる深い忘却を恐れた。そこから、金融資本家でしかなかったケスティウスのピラミッドとか、金持のクラッススの妻であったカエキリア・メテラの墓等などができた。これらの連中は成功した。北国の果てからやってきた僕、アルブローゲス人が、かれらの世紀からこれほど経過してかれらの名前を書き、そしてそれを諸君が読んでいるのだから。同じ感情が俗人よりも少しましな心をもっている教皇たちに出現した。芸術はローマでは廃れている。なぜなら、今後、こういった人々の心を占領するのは、ヴォルテールと二院の勝利を遅らせる手段を考えることになるからだ。この国が議会のあるなしに関係なく存在するにしても、十九世紀のあいだに芸術が失墜することをすべてが告げている。しかし、蒸気機関の創意あふれる応用によって、アメリカ人の誰かが、六ルイで、僕たちにラファエッロの絵のとても感じのいい複製を届けてくれることができるだろう。

ある教皇は、かれが再建するこのうえなく小さな城壁や、ヴァチカンないしクィリナーレの控室に備える塗装した木製のベンチにまで、かれの紋章をつけさせている。この虚栄心は赦すことができるが、これが美術崇拝を維持している。こうして、王の庭園には、買い手のつかない作品を送ってくるアマチュアの名前が刻まれる。

◆一八二八年六月二十六日

この国では激しく熱のこもった議論に出合うが、そんな議論のただ中で、ある若い芸術家が誇らかに僕に言った。「ムッシュウ、ぼくが十二歳からラファエッロを研究していることがお分かりですか。」僕は心のなかで、これ以上の真実はないと考えた。毎週、四時間、かれはラファエッロの何かしらの人物像を模写した。それは年に二百八時間にのぼり、十二年間で、というのは件の青年は二十四歳だからだが、二千四百九十六時間になる。ところが、十九世紀のフランス人は、そのパレットを離れると、聖アントニウスの大きな絵を描く委託を取りつけるために、お役人の夜会に駈けつけることを考える。それから、かれは悲しみに沈むか、あるいはこの絵を獲得して政府から一万二千フランもらえることになり、陽気になるかする。

もしわが国の芸術家が、こっぱ役人や聖アントニウスをせせら笑うくらいに金持ならば、かれがD＊＊＊夫人の最近の夜会で輝いていたか、もしくは誰かしらもっと愛想のいい男のせいで霞んでしまったかによって、悲しみに沈んだり陽気になったりするだろう。しかし決してラファエッロの顔の表情は、かれの心痛を慰めないだろうし、わが国の習慣では、羨望によって、あるいは自尊心が傷つけられることによって、あるいは社会的気苦労によって以外に、かれに悲しくなる暇を与えない。

僕は賭けてもいいが、プリュドンは生涯に百回もサロンで笑いものになったが、百年後には大画家になるこの画家と、わが国の芸術家はまったく似ていない。

もしあるフランス人が、サロンの見栄をはる習慣に刃向かうなら、その日のあいだずっと、それに刃向かうのだという名誉心を抱き、このことにかれの虚栄は没頭する。笑いものになることは、自然なことであって気取りのないことだが、今後、美術における天才のいちばんのしるしとなるだろう。しかしやめなければならない。ネクタイを着けるのがうまいか下手かに心を動かす芸術家は、誰しもこうした文句を意地悪に思うだろう。僕たちの世紀は、たいそう退屈しているので、美術の失墜にまつわる僕の予言が間違いであることを熱望している。もし新しいカノーヴァが現われるなら、僕はとてもびっくりするだろうが、その作品を心から味わうだろう。一八〇五年に、ジャンリス夫人が『ラ・ロシェル攻囲』で僕たちに見せてくれたような歴史小説以上に恥ずかしいものがあるだろうか。サー・ウォルター・スコットが出現し、みんなは、批評家たちがありえないと信じていた新しい楽しみを発見した[79]。「砂糖の精製業者ないし陶器の製造業者になりたまえ、そうすれば諸君はもっと早く百万長者とか議員になるだろう。」
ここにポールが大いに自慢し、僕たちの旅仲間の女性たち数人がミケランジェロ風のエネルギーの傑作と見做しているソネットがある。それは暗いアルフィエーリの警句であるが、現代のローマを描写しようとしている。

国家を名乗っている空虚で不健康な地方。
乾燥し荒れ果てた野原。低劣で卑劣な、
血に染まった民衆の、沈痛な、
圧制に苦しむ憔悴した顔。
専横な、自由なき元老院。
その卑劣な巧みさは、輝かしい緋の衣に包まれている。
富める貴族、そして富める以上に阿呆な貴族。
他人の愚かさによって幸福になる王侯。
市民不在の市。もはや宗教不在の荘厳な寺院。
五年ごとに変わるが、それもいちだんと悪く
変わるのが見られる不公正な法律。
かつては金で購え、今は歳月ですり減っているが、
不信心者に天国の門を開けることもある鍵。
おお！　おまえはローマか、あらゆる悪徳の座であるのか。

——ここでは、いずこも同じで、少しのあいだの退屈と引き換えに、権力のある人物に話しかける名誉を購わなければならない。フランス外交は、ナポレオンの宮廷と縁が深かったと推測される人物を護ることを忘れているので、

僕は権力のある老司祭たちの話を傾聴することで、月に十時間を犠牲にしている。——今日、ローマには、女教皇ヨハンナの歴史に多くの重要性を置いている人々がいることを、誰が信じるだろうか。〔二〕とても尊敬に値し、枢機卿の帽子を切望している人物が、今晩ヴォルテールに関して僕を攻撃した。かれによれば、ヴォルテールは女教皇ヨハンナに言及した際には、失礼にもとても罰当たりになったと言う。僕には、ヴォルテールはこれについては一言もいっていないように思える。僕の着ているものに背く（イタリア人の目には欠点のうちの際たるもの）ことのないように、僕は、相手が僕に教えてくれた理由をどうにかこうにか用いて、女教皇ヨハンナの存在を支持した。

現代の何人かの著述家たちは、レオ四世のあと、八五三年に、ドイツ国籍の一人の女性が聖ペテロの座を占め、ベネディクトゥス三世を後継者にしたと語っている。[80]

僕は、歴史が提示できない種類の確かさを歴史に求めてはいけないと言った。たとえば、トンブクトゥ［アフリカのマリ王国の首都］の存在はウェスパシアヌス皇帝の存在よりも明らかである。僕はファラモン王ないしはロムルス王の存在よりも、アラビア中央部で、何人かの旅行者が見たと語っているこのうえなく風変わりな廃墟の現実を信じたい。あまりありそうにないことだと言ったら、女教皇ヨハンナの存在に対してきちんと推論することにはならないだろう。それとは別に、オルレアンの少女の武勲は常識のあらゆる規則に逆らうが、しかしながら僕たちは千もの証拠をもっている。

女教皇ヨハンナの存在は、昔のカンタベリー僧院（グレゴリウス大教皇によってイングランドに派遣された有名なアウグスティヌスによって設立された）の年代記によって証明されている。八五三年のすぐあとに、ローマ司教の名簿に、年代記が（僕は見たことがない）次のような言葉を掲げている。

「この年レオ四世死去。しかしながらベネディクトゥス三世までは年月が数えられる。それは、一人の女性が教皇に選ばれたからである。」

そして八五五年のあとに

「ヨハンネス。これは勘定に入れてはいけない。というのは女性であった。

「ベネディクトゥス三世、云々」

このカンタベリーの僧院は、ローマと頻繁かつ密接な関係を維持していた。それに、僕が写したばかりの数行は、日付の記されたまさにそのときに記録簿に記載されたことが充分に証明されている。

ローマ宮廷のなかでの昇任を期待している聖職者著述家は、教皇の享受しているわれらが罪を宥す権限が、聖ペテロの後継者の教皇から教皇へと伝えられ、聖ペテロ自身はイエス・キリストからそれを授かったのだ、ということを論証するのはまだ有益だと信じている。なぜか分からないが、教皇は男であることが基本であるので、もし八五三年から八五五年まで、女が教皇庁の玉座を占拠していたなら、罪を宥す権限の継承は中断したことになる。

ギリシアやラテンの、そして聖人でさえある少なくとも六十名の著述家が、女教皇ヨハンナのことを語っている。有名なエティエンヌ・パキエは言っているが、これらのほぼ大多数の著述家は聖座に対していかなる悪意ももっていなかった。かれらの宗教の利益、かれらの昇任の利益、そして何かしらの懲罰の心配から、この奇妙な椿事は隠しておくことが求められた。九、十世紀のあいだ、反乱分子がローマを引き裂き、無秩序がその頂点に達していた。しかし教皇たちは、かれらの同時代の王侯たち以上に悪辣だったというわけではなかった。アガペトゥス二世は十八歳になる前に教皇に選ばれた（九四六）し、ベネディクトゥス九世は十歳で玉座に昇り、ヨハネス十二世は十七歳であった。ローマ宮廷の公式の著述家であるバロニウス枢機卿自身、それを認めている。十八歳の青年の顔と、教皇位を切望するのに持つ必要があるような断固として大胆な性格の幾人かの女性の顔のあいだに、多くの違いがあるだろうか。今日では、何人かの女性が、軍隊生活に必ずともなう親密さにもかかわらず、兵士に変装して、レジョン・ドヌール勲章に値する活躍をしなかっただろうか。それもナポレオンの時代にである。

79-78　6月26日

こうした事実を喚起させたことで、僕の論争相手がとても当惑するのが僕には分かる。かれは不可能性からかれのおもな理由を導き出していた。というのは、歴史的な文献がひどいものだからだ。

一〇八六年に亡くなったスコットランドの僧侶マリアヌス・スコットは女教皇の物語を語っている。教皇派の著述家ベラルミンはかれについてこう言っている。《かれは用心深く書きたり。》

ローマの神父であり、天分に恵まれた博学の士、そして女教皇と同時代人のアナスタシウス、通称図書館司書は、かれなりの話を語っている。アナスタシウスの多くの原稿のなかで、この醜聞の記されたページが、筆写した僧侶たちによって取り除かれたのはほんとうである。しかし、ローマの利益に反すると見做すものすべてを削除することが、かれらの習慣であったことは、千回も証明されている。

ル・シュウールはその『教会史』で、またコロメシウスはその『歴史論文集』で、女教皇ヨハンナの物語すべてを所蔵しているフランス国王の図書館から、一巻のアナスタシウスを引用している。アウグスブルクとミラノには類似の二巻本アナスタシウスが存在する。ソーメーズとフレーアーがそれらを見た。

アナスタシウスは充分に情報を得ていたし、ローマに住んで、目撃者として話していた。かれはベネディクトゥス三世のあとにきたニコラウス一世までの教皇たちの伝記を書いた。

コセンツァの大司教で、インノケンティウス四世の赦院長あったマルティヌス・ポロヌスは、女教皇ヨハンナの物語を書いた。

この風変わりな女性は、あるときはアングリクス「イングランドの人」、あるときはモグンティヌス「マインツの人」と呼ばれた。『ファスキクルス・テンポルム』の著者であるロオルウィンクは、「ヨハンナは、名前ではイングランド人だが、出生については、マインツの人である」と言っている。メズレーは『シャルル禿頭王伝』のなかで、女教皇ヨハンナの存在は、五百年のあいだ変わらざる真実として受けとめられていた、と言っている。

読者がお読みになったページの真剣な言いまわしからお分りのように、＊＊＊大使殿のサロンで始まったこの議論は、バルベリーニ図書館で博識な論争相手が僕と会ってくれて、そこで終わった。僕たちは大部分の文献を確かめた。

ブロンデル氏とかは、プロテスタントだが、ルイ十四世治下でパリに住み、昇任を望んでいて[二]、おそらく八五三年から八五五年まで君臨した女教皇ヨハンナの存在に反対して、あまり結論的でない小論文を作成した。[81]

しかしこの逸話の真実はどうでもいいだろう。真相は決して、自分で罪を宥すようなことをするその種の連中のところにまでは到達しないだろう。僕はわが論争相手に言った。あなたの臣下にフランスの民法を与えなさい、そうすれば誰も、聖ペテロとレオ十二世のあいだで折り悪しくその地位についていた若いドイツ女性の記憶をまじめに呼び起こさないでしょう、と。彼女は若かった。というのは、祈願行列の最中に起こった出産のせいで、その性が暴露されたからだ。ルーヴル美術館で、女教皇ヨハンナの物語と関わりのある斑岩の浴用椅子が見られる。[82] しかし僕は破廉恥になりたくない。

　僕たちの旅仲間の女性たちは一流のドイツ人画家数人と親しくなった。これらの方々はギルランダイヨを模倣し、カラッチ一族、そしておそらくラファエッロさえもが、絵画を駄目にしたと思っている。しかし芸術家の理論なんてどうでもいい。かれらの絵は、フィレンツェ派のもっとも古い画家たちとほとんど同じくらい僕を楽しませる。同じ自然愛好、同じ真実なのだ。僕たちは今日これらの殿方に、スペイン広場からすぐのところ、プロイセン領事のバルトリ氏の家で出会った。[83] この家で、かれらは聖書から引用したいくつかの主題をフレスコで描いていた。かれらの一人が僕に言った。「わたしはあなたが大いに好きになりそうだ。でも、あなたはドイツ人に対して不当ですよ。」

「僕は、と答えて言った。イタリア人の風俗とか感じ方に概念を与えようとしています。むずかしいことですし、ご存じのように、僕の平穏にとって危険なことです。

「こうした感じ方のただ中から、コレッジョやラファエッロやチマローザといった人々が、僕の見たことのないすべての人々を掻き分けて出てきたのです。かれらのおかげでおそらく僕はもっとも楽しい瞬間をもち、このうえない感謝を抱いています。僕の描写の背景として、パリや英国の風俗、つまりこれは影を作ったり、色彩の対照によって輪郭を示すことになるのですが、その風俗を用いながらしか、僕はイタリアの風俗を描くことができません。つまり、たとえば結婚において、イタリアにはパリの習慣とはある点で異なった習慣があります。ジェノヴァでは、婦人の未来の扈従騎士《チジスベオ》の名前を入れた結婚契約といったものがあります（一七五〇頃）。しかし、僕がイタリアの行動の仕方をドイツの習慣に比較できないのは、こちらの国が、ルッターの世紀にはあれほどの勇気を示したし、恋愛や、それ以外の身内の交際において、あれほど飾り気がないのに、うわべだけのはかない社会習慣しかないからです。

「ドイツの文明は、[84]まず大学によって停止させられています。学生たち、つまりブルシェンはまじめに勉強する代わりに、楽しい慣わしに従って、ビールに酔い、果たし合いをします。（エディンバラのラッセル氏のドイツ旅行記[85]における、ブルシェンの生活の詳細を参照。）僕は、地上で、おしなべての青年、かれらはそう自称していますが、これがまじめに学んでいる場所はひとつしか知りません。それはパリです。勤勉なのは若い連中で、かれらは、自然科学の分野で発見をすることで地位に就きたがり、唯一立派なアカデミーであるパリの科学アカデミーに入りたがっています。

「ドイツ人は誠実な民族です。それなりに、かれらには想像力があり、したがって民族的な音楽をもっています。ドイツでは、皮肉が、唯一の主導権を握った宮廷の援助を受けて擁護されることはなかった。ミュンヘンの宮廷では、ヴュルテンベルクの宮廷の礼法ないしバーデンの礼法を嘲笑しています。ドイツの社会習慣は、二院の政府によってしか定着しないでしょう。今日では、アルミニウスの祖国を分割している十五から二十の宮廷の影響によって、理性の浸透が邪魔されています。それで、あらたに教皇派に転向したコエテン公爵とかがいるのです。かれは、かれの国家の官吏たちがかれの署名した許可証なしに結婚することを望んでいません。それなのにあなた方は何も嘲笑しない！

「ドイツ人はお互いにこう言い合っていました。英国人はシェイクスピアを自慢し、フランス人はヴォルテールないしはラシーヌを自慢しているが、われわれには誰もいない！と。この観察を受けて、ゲーテは偉人だと主張されました。しかしながらこの才人は何をしたでしょうか。『ウェルテル』[86]です。というのは、マーローの『ファウスト』は、ヘレネ（『イーリアス』の）を登場させていますが、ゲーテのものより価値があるからです。

「あなた方の哲学については、もっぱら次の言葉に依存しています。わたしは信じることが好きだ。あなた方が、正しく美しいものを信じることが好きなのはほんとうです。しかし、好ましいものを信じて楽しむやいなや、不合理がもはや限度を知らず、カントやプラトンが勝利します。僕もまた、信じることが好きです。しかし熱病が隣家で三人のかわいそうな子供の命を奪ったばかりで、このことが、この世では必ずしもすべてが正しく美しいものではないとどうしても僕に信じさせるのです。[87]

「キリスト教徒たちの天国が、僕たちの愛した者たちに再会する保証でしかない場合には、これ以上に美しいものがありましょうか。想像力にとって、何とうっとりさせる観点でしょう！」

しかし、僕はわが善良なるドイツ人とりとめなくさまよった。かれは、シェリング、カント、プラトンなどのあとに続いて、想像の世界でかれの人生を過ごす。これらの哲学者は、ベルリンの住人にとって、その想像力を掻きたてる役目を担った巧みな音楽家のようなものである。そのためにこそ、ドイツ人には、十年ごとに新しい大哲学者が必要なのだ。僕たちの方はロッシーニがチマローザのあとを継ぐのを見た。

ドイツの社会の作法や習慣は、とても好ましいものであるけれども、あまり知られていない。それらは定着していず、三十年ごとに変わる。したがって、パリに三百年前から招聘されているロッシーニ、ピッチーニ、レオナルド・ダ・ヴィンチ、プリマティッチョ、ベンヴェヌート・チェッリーニといった人々の祖国を、もの好きで偏見のない幾人かの才知ある人々に知らせるために、僕はドイツを比較の対象に使うことができない。

会話はとても長く続いた。僕の論争相手はとてもうまくとても丁寧に話したが、実際は僕の信念を少しも揺るがせなかった。ドイツにはひとつすてきなものがある。そこではすべての結婚が恋愛結婚なのである。[88]

フランスはヴォルテール、クーリエ、モリエール、モロー、オッシュ、ダントン、カルノといった類の人を生み出すだろう。しかし、美術はそこではいつもチュイルリーのオレンジの木と同じ状況に置かれていることを、僕はとても心配している。もし僕たちが才知で輝くなら、そのために、可能なすべての利点を結集しようとすること、ヨーロッパに同時にヴォルテールやラファエッロといった類の人を供給しようとすることこそ、怠るべきではないのではなかろうか。諸国民は、いつも相互のあいだで、育ちの悪い思いあがった若者たちのように振る舞わねばならないのだろうか。

ローマの気候の美しさだけで充分に幸福になれる日々がある。たとえば、今日、僕たちはヴィッラ・マダマの周辺をゆっくりと巡り歩きながら、生きる楽しみを味わった。僕たちはラファエッロの神々しい建築が分かった。この偉人に熱中して、僕たちは帰る前に、ナヴィチェッラというかれの小教会を見にいった。これこそロココからこんなにも遠くにあるイタリア的なきれいさだ。ロココという この単語を許されたい。それはフランス的なきれいさを指し示しているが、流行するのが終わって二十年経つ。

わがドイツ人画家たちは、本当に才能に恵まれた連中だが、僕たちにバイエルン王ルートヴィヒのいくつかの特徴を語ってくれた。この王は美術を理解し、一ドイツ人としてそれを愛している（そして英国人ないしスペイン人のようにではなく。これは稀なる讃辞である）。これらの方々の一人が僕たちに言うには、かれの友人がローマと隣接する田園では五万の彫像を数えたとのことだ。


［一］この女性は教皇となり、およそ千年前の八五三年から八五五年まで君臨した。女教皇ヨハンナについて語った者の大部分は、嘘をつくことで利益を得た。イタリアでは彼女がタロッコゲーム［タロット］の札になっているので知られている。

［二］これは僕が使うことのできるもっとも妥当な用語であり、また歴史を記すことに関わる人間が出す第一の要求である。コルベールがメズレーから取りあげたか、かれに返されたかした年金を思い出されたい。ほとんどすべての歴史は書きなおされるべきである。

◆一八二八年六月二十七日
僕たちが一日をともに過ごしたC＊＊＊神父殿は、ここに書いたなら、上品な仲間や、裁判所にさえも衝撃を与えずにはいられないような、たくさんの事柄を僕たちに教えてくれた。

C＊＊＊殿は今晩、僕たちに若い頃のローマについて話していた。一七七八年のことだった。ピウス六世が三年前から治めていた。ローマのほとんどすべての中産階級が聖職者の衣を身につけていた。

妻子のいる薬剤師の一人は、僧侶の衣を着ていなかったので、隣人の枢機卿の贔屓をあやうく失いそうになった。

この衣はあまり値の張るものではなかったが、とても敬意を払われた。というのはそれは絶大な力を持つ人物を包み隠すことができたからだ。これこそ装飾なしの利点である。したがって、黒い衣だらけだった。

ローマには枢機卿の数だけ宮廷があった。もしある枢機卿が教皇になれば、かれの医者は教皇の医者である。かれの甥は公爵である。くじ引きで獲得されるこの札は、大なり小なり、家族のみんなに富をもたらした。一七七八年にはたえず言われていたことだが、聖職の権力者というのは、八年に一度、三十九枚の白い札に混ざっている一枚の黒い札を引くために、帽子に手を入れる人のようなものであった。しかもこの黒い札は玉座をもたらした。（僕はローマの言葉を翻訳する。ここでは、民衆はたえず富くじや、運まかせの賭けごとにかかずらっていて、しかも教皇はほぼ七、八年しか存命しない。）ローマでは毎日、支配者である教皇の病気のことが話題になる。こうした会話は残酷で、悲しく、僕をうんざりさせる。外科医のような細部にまで渉る。みんなは次の格言を繰り返して言う。Non videbis annos Petri. これが意味するのは「あなたは二十五年間なんて君臨できやしない」ということだ。一八二三年に、ピウス六世が聖ペテロの年数に近づいたとき、民衆は、もし教皇が格言を裏切るなら、ローマは地震で破壊されると信じていた。ピウス六世とピウス七世は、二十四年と二十三年支配し、たくさんの枢機卿を死ぬほど悲嘆させた。

一八〇〇年に枢機卿会に蔓延していた計り知れない不道徳は、少しずつ消滅しているし、才知がその後を追って消滅している。ローマでは他所と同じく、このうえない阿呆どもが支配しているか、支配している人を恐がらせている。90

このうえなく専制的だが、もっとも用心深く、もっとも暴力的でない宮廷が、同じくらい用心深い少なくとも三十の宮廷と競いあっている国で、生じなければならなかった用心を考えてみたまえ。たとえば、六人しかいなかったマッテイ枢機卿の宮廷人の行動を想像したまえ。何という精励！　枢機卿が才知があればあるほど、宮廷人には自由が残っていない。この気の毒な宮廷人の唯一の報いは、自宅で過ごすことのできるわずかな時間、一族の尊敬と心づかいに囲まれることである。そこから、ローマの礼儀と用心が生まれる。そこから、真の政治が生まれる。スピナ枢機卿殿はこう言っている。《これらの連中は、人を手玉に取ることでは世にも類まれだ。》

決してフランス人の想像力は、権力ある司祭が一族のなかで受けている前代未聞の気くばりを思い描くことができないであろう。僕たちのあいだには、心底誠実な友情から部屋つき従僕に委ねているいくつかの務めがある。

ローマでは、若者のために開かれている道が少しもないので、職業に就くとなると、四、五年の悲嘆、不安、不幸が十八歳くらいの中産階級の若者を待っている。フラトーネ（権力があって策謀家の僧侶）は、青年を月六エキュ（三十二フラン）の何か小さな地位につけさせて、手みじかにこの地獄から引き出すことができる。この瞬間から、そのローマの青年の想像力は鎮められる。かれは、用心深くしてさえいれば、将来金持になれるし、もはや恋愛のことしか考えない。ローマがディジョンないしアミヤンよりも小さな町であることに注意したまえ。ここでは必ずしもすべてが話に出ないが、すべてが分かっている。

ローマでは今なおベルニス枢機卿[91]のことが話題になる。この思い出は、この国の老人たちのあいだに残っているいちばん堂々とした思い出のひとつである。それはこの枢機卿が立派で礼儀正しかったということだ。それこそ、当地で、用心深い人が私的には大貴族のしるしと考えるものである。マルモンテルやデュクロの回想録は、ベルニス枢機卿が実際はどんなだったかを諸君に教えてくれようし、カザノヴァの回想録は、イタリアで何がかれの心を捉えていたかを教えてくれよう。B＊＊＊枢機卿はヴェネツィアでカザノヴァと夜食をとり、カザノヴァの情婦を奪う。その次第が興味深い[92]。

ローマでは、ベルニス枢機卿はひとつの英雄像である。かれは毎日すばらしい晩餐を出し、週に一度パーティを開いていた。教皇庁控訴院判事（フランスではロタ裁判所判事と呼ぶ）のバイヤンヌ氏のところでは、広間の玉突き台《ポチエッティ》で、ローマでもっとも楽しいコンヴェルサツィヨーネに出合い、別の広間では最高のカストラート、一級の女流歌手、そして立派なオーケストラ、三番目の広間では文学や哲学のおしゃべり、つまりエトルリアの壺やヘルクラネウムの絵画などについての議論に遭遇した。至る所に、ありあまるアイスクリームがあり、機敏な尊敬できる召使がいた。才人のこの家の主人によって指導されたこの快適な壮麗さを思っても見たまえ。これこそかれの生きがいなのだ。

革命がこのすべてを変えてしまった。枢機卿で大司教のD＊＊＊氏[93]は、当代の教皇庁控訴院判事であった。かれは決して人を招かなかったし、フェッシュ枢機卿の家近くの教会にかれがお祈りを唱えに行くなら、フランス大使[94]に通報が入ったものだった。あの機知を閃かせるせいで、ローマの人たちの想像力から、フランス国王《デル・レ・ディ・フランチア》の大人物像が消えたが、ルイ十四世の後継者に対する尊敬は生まれながらもっている。才知あるフランス大使なら、功労に対して五万フランの年金、毎年二つの十字勲章を授与することで、イタリアでなしえないことはないだろう！　戦争の場合には、この五万フランは、ブールボン家にとって何百万もの節約になる。しかしこの国に才人たちを派遣する必要があるだろうし、そうすればかれらは畏敬の念を抱かせる。[95]

　件の神父は続ける。一七七八年に、二人の分別のある男が富くじで当たりくじを引いたあと、ベルニスやバイヤンヌの諸氏のように、公衆に晩餐を出しこれを消化をさせるためにたいへんな苦労をしたことで、ローマの枢機卿や王侯は驚きから立ち直れなかった。アントニオ・ボルゲーゼ公は、少しやきもちをやいてこう言った。あの連中は幸運によって屋根裏部屋から引き出されたんだ。豪勢さは、連中には堪能できない初物だ。

　王侯ないし枢機卿は一人で晩餐をし、ついで情婦に逢いにいき、館を建てたり、自分に名義を与えてくれている教会を修繕するのに、莫大な金額を消費していた。（カザノヴァの回想録を参照。しかし一八二七年にドイツで印刷されたフランス語版を[96]。）

　今日の枢機卿は建てない。なぜならかれらは貧しいからだ。情婦がいるのは多分三、四人だが、彼女らは尊敬すべき年配の女性だ。十二ないし十五人が、完璧な用心で一時的な食欲を覆い隠している。僕たちの隣人の美しいチェッキーナが今年獲得した三つの持参金の物語。

　小速歩の二頭のやせ馬に引かれて、車輪を赤く塗った四輪馬車が通りを進んでいくのが見えるだろうか。青りんご色のうすぎたない制服に包まれた従者がうしろに乗り、かれらの一人は赤い袋を持っている。もしこれが守備隊の近くを通りあわせると、見張りが大きな叫び声を投げかけ、門のまえに坐っていた兵士たちが、のろのろと立ちあがり、銃を探しに行く。かれらが整列するときには、やせ馬は古い四輪馬車を二十歩も遠くに運んでいて、兵士たちは再び坐り込む。もし諸君の視線がこの馬車のなかに届くなら、諸君は病気みたいな田舎司祭を認める。わずかに十ないし十二人の枢機卿だけが、晩餐後に自分の町を散歩する肥った下品な知事の仰々しい顔つきをしている。

行政に関してのこれらの殿方の無知は、一七七八年と同じ、つまり極端である。しかし、世界は一歩前進しているので、いちだんと驚くべきである。僕の隣人のローマの青年弁護士は、イタリア語に訳されたトラシー氏の『論理学』を読んでいる。今日の枢機卿の青年時代は、ナポレオンによって締めつけられて、サンタクローチェ公妃あるいはブラスキ夫人のところで陰謀を企てるのに費やされなかった。したがってローマの宮廷では、ベルニス枢機卿の同僚たちのところで光彩を放っていた優雅さにも、処世にも、出合うことが望めない。おそらく二、三人に才知があるが、このことはとてもかれらの邪魔になっている。

一八二九年の枢機卿は聖人教父の著述や中世の伝説を通して人間を知る。モンスー・ド・ヴォルテールの名前はかれらを青ざめさせる。かれらは、経済学という単語が、何かしらフランスの忌まわしい異端につけられた新しい名前だと信じている。かれらの目には、ボシュエからヴォルテールまでは遠くないし、かれらはもっとボシュエを憎んでいて、かれらにとってはボシュエは裏切り者である。しかし僕は沈黙する。少し時代遅れの社会、小話をする人たちを軽蔑しなければならない社会に、現在のことを話すのはむずかしい。

一七四五年の枢機卿がどんなであったか知りたいとお思いだろうか。デュクロが諸君にそれを教えてくれるだろう。デュクロと言えば、ブルトン人で、ヴォルテールやダランベールについて、次のように言っていたものだった。かれらは実に様々な手を用いて、最後にはわたしをミサに行かせるだろう、と。したがって、かれは貴族に列せられ、二万フランを費してふさわしい職を集めた。

一七四五年には、フランスやスペインの努力も虚しく、フランクフルトでフランツ一世が皇帝に選ばれたばかりだった。ローマにおけるオーストリア派は、一種の勝利を想像した。レアンドロという画家の息子で、きれいな顔の十二、三歳の子供が選ばれて、派手な衣装を着せられた。ひとりの荷物運搬人《ファッキーノ》がかれを肩のうえに立たせて、ローマを練り歩いた。そのあとを一群のごろつきが「皇帝ばんざい！」と叫んで歩いた。この仮装行列はまず、フランスの代理大使ラ・ロシュフーコー枢機卿の館のまえを通り、窓のしたで立ち止まって、一段と大きな喜びの叫びをあげた。

枢機卿はこのことが自分にとって不名誉なことだと理解した。かれは下層民相手にうってつけの決心をすると、バルコニーに現われ、幾つかみかの銭を投げさせた。すぐさまごろつきどもは次のように叫びながらそれに飛びついた。

「皇帝ばんざい！　フランスばんざい！」

　この浮浪者の一団は、自分たちの無礼な言動の成功に興奮し、行進を続け、スペイン広場のアクァヴィーヴァ枢機卿の館のまえに赴いた。そしてそこで同じ悪ふざけを演じようとした。枢機卿がバルコニーに現われた。と同時に、館の格子窓から何発もの銃撃があり、広場にたくさんの死者や負傷者が横たわった。死者のなかにあのかわいそうな子供が数えられた。たちまち、行列は逃走した。しかしまもなく、ローマの民衆は群がってきて、館に火をつけ、アクァヴィーヴァを焼き殺そうとした。こちらの方は、千人以上もの傭兵を確保していて、スペイン広場を埋め尽くした。散弾を詰め込んだ四基の大砲が館のまえに砲座を築いていた。民衆は、あらゆる街路を通ってスペイン広場に到着したが、恐れをなして、散りじりになり、自分たちの怒りを枢機卿に対する悪態によってしか発散できなかった。ローマの民衆は、アクァヴィーヴァ枢機卿の館のしたに下水道を通って侵入し、火薬で吹き飛ばすことを計画した。陰謀の首謀者は、マエストロ・ジャコモという名のきこりで、頭のいい男だった。枢機卿は、心配がないわけではなかったので、スパイを放っていた。かれのところにジャコモが連れてこられた。枢機卿は、部下が民衆に発砲したのは不幸な誤解によるもので、命令は空に向かって発砲せよということだったと語った。ジャコモはスペイン館を爆破する計画を少しも否定しなかった。この件で連れてこられたことをかれはよく承知していた。証人たちが枢機卿の執務室のタペストリーの背後に隠れていたかもしれなかった。とても長い会談のあとで、かれから引き出されたことといえば、聖下の安全に反することは決してしないという保証だった。

　この強烈な攻撃のあと、アクァヴィーヴァ枢機卿はローマでこれまで以上に尊敬されただけで、とにかくかれの気分を害していた連中を追い払うことができた。カザノヴァの回想録は、文体を除けば『ジル・ブラース』よりもとても優れているが、この枢機卿《カルディナローレ》と、一人の若い娘に対する枢機卿のふるまい方とをうまく描いている。枢機卿の政治態度については、ブロス法院長が、一七三九年の教皇選挙におけるかれの行為と行動の心楽しい話をしている。[98]

年老いると、社交の情熱がうすれ、地獄の恐怖が残り、アクァヴィーヴァ枢機卿は、かれの生涯にたくさんあったためになる厳格さの非を認めておおやけに謝罪しようとした。しかし枢機卿会が、レッス枢機卿に対してしたように、《枢機卿位を考慮して》これに反対した。

僕は、無礼者を銃撃で殺させる枢機卿に対して、今日であったらどんな決定がとられるかあまり知らない。おそらく、ナポリ近郊のカーヴァの快適な修道院に一年間の隠居を強いられるだろう。銃を発射した従僕は、終身徒刑の宣告を言い渡され、そして半年後には逃亡することだろう。フランス的からかいへの恐れが枢機卿たちの態度すべてを変えたことを認めなければならない。ヴォルテールはルッターの後継者である。ローマでは、今諸君がご覧になっている本みたいなものほど、汚らわしいものはない。逆に、エトルリアの壺にだけ口を出し、本国政府の綬をつけてローマにやってくる学者は大いに保護される。というのは結局、文学を憎んでいる様子をしてはいけないからだ。自弁で世界を走りまわっているみすぼらしい変てこな旅行者について、何人かの枢機卿は際限なく冷やかしている。旅行者が領事や憲兵たちからあびせられる侮辱を、枢機卿たちは取るに足りないものだと思っている。かれらの一人は、＊＊＊の使節殿のところで、こう言っていた。「これらのあわれな男たちは母国ではパンがないと思わなければならない。」

同席していたポールが言葉を横取りして、かれが選挙権者であると語り、こうした機会を捉えて列席者に、僕たちの国の選挙法、議会の機能、秘跡を拒絶する主任司祭反対の陳情、偽造《コントラファッティ》に対する法廷の判決等などを説明した。まもなくかれは自分のまわりに三十人あまりの人が輪になっているのを見た。そのなかには好奇心でいっぱいの三人の枢機卿と、不機嫌と苛立《エ・ディ・スティッツァ》ちでいっぱいの二人の枢機卿がいた。復讐は完璧だった。この嘲笑的な国民のなかで、冗談をひねりだし、それを冷静に進めることができる人はしあわせだ！　フランスにおいて万人の宗教上の微罪を追求する公示についてのあの説明は、敵である枢機卿のいるまえでおこなわれ、いたずら好きのローマの人には非常に楽しく思われた。ポールはそれで有名になった。いくつもの集まりに出席を求められている。

◆一八二八年六月十五日 [100]

キリスト紀元九九年、ローマ暦八六七年、元老院はこの円柱をトラヤヌスに献じた。トラヤヌスは当時ダキア人との戦争に忙殺されていて、この記念建造物が完成するのを見ずに、シリアで亡くなった。トラヤヌスはこの円柱が自分の墓のうえに立てられることを望んだ、とディオン・カシウスは語っている。トラヤヌスは、場所がなかったので、クィリナーレ丘の麓を獲得させ、高さで円柱がこの丘に匹敵することを、後世の人に知ってもらおうとした。台座に記された古代の碑文の最後の二行が、明らかにこうした意図を示している。

カシオドルスは言っているが、トラヤヌスの遺骨は黄金の瓶に収められ、かれの名前のついた円柱のしたに置かれた。かれは、その遺骸が町のなかに埋葬された最初のローマ人であった。舗石から彫像の天辺までが百三十二ピエ［約四二・八七メートル］の高さのこの円柱は、白大理石の三十四の塊で構成され、全体が青銅の鎹《かすがい》で繋がれている。厳密な意味での円柱は二十三の大理石塊で構成されている。その下層の直径は十一ピエ二プースであり、柱頭の近くでは十ピエに狭まっている。

台座は十四ピエである。
そのうえの台石が三ピエ。
円柱は、柱脚と柱頭を含めて、九十ピエ。
彫像の台座が十四ピエ。

トラヤヌスの円柱

そして最後に彫像が十一ピエである。

この円柱はマルクス・アウレリウスの円柱よりも一ピエ半だけ高く、その天辺は、すでに言ったように、クィリナーレ丘と同じ高さである。大理石のなかに刻まれた螺旋階段を通って昇ることができる。二ピエ二プースの幅の百八十二段の階段がある。この階段は四十三の小さな開口部によって明るくなっている。

一五五八年に、シクストゥス五世が、かつてはトラヤヌスの金塗り青銅の彫像があった台座に、トンマーソ・デッラ・ポルタの凡庸な作品である使徒聖ペテロの彫像を置かせた。この円柱が螺旋状の浅浮彫りに覆われていることはみんなが知っている。それは内部の階段の方向に従っていて、円柱を二十三周している。この大きな浅浮彫りの各部は、トラヤヌスのダキア人に対する二度の遠征から採った主題を表している。そこには行軍、戦闘、野営、渡河などが見られる。浅浮彫りは直《じか》に施されたように思える。人物像は全体に二ピエの大きさがある。彫刻家は、柱頭近くにあるものに、少し余分に立体感をもたせた。それらはまた少し大きさが強調されている。二千五百までの人物が数えられている。優れた芸術家であり、トラヤヌスからとても愛されたダマスクスのアポロドーロスが、この記念建造物の建築に携わったが、おそらく浅浮彫りの作者でもあった。

僕には、ロンドンにあるエルギンの大理石の浅浮彫りだけが、これより優れているように思える。打ち明けて言うと、僕の意見では、エルギン卿によってアテネから運んでこられた彫像は『アポロン』や『ラオコーン』などに勝っている。

トラヤヌスの円柱の浅浮彫りは歴史的スタイルの完璧な見本を提供しているように僕には思える。そこでは何ものも追求されず、そこでは何ものも等閑にされていない。肉体の連続はほとんどフェイディアスに匹敵する壮大さで施されている。それはローマ人が僕たちに残してくれたかれら自身のもっとも完璧な肖像であり、早晩、すべてのローマ史にこれらの軍事行動の図版が入れられることだろう。

ナポレオンの支配下で、ローマの地方長官は、トラヤヌスの円柱の南側に位置する壮麗なバジリカの列柱を隠していた土を取り除かせた。円柱は非常に狭い空間（長さ七十六ピエ、幅五十六ピエの）に建てられたが、それは岩山に挑んでやっと開いた土地だった。行き過ぎた古代信奉者は、この円柱が、とても高い建造物に囲まれて、いっそう優れた効果を生み出していたにちがいないと主張している。確かに、高いところから降りてくる光が、像をさらに浮き出させていたにちがいなかったし、隣接する建物にあがると、それらをもっと近くで眺めることができた。

十九世紀がトラヤヌスの円柱の足もとに甦らせたバジリカについては、ここで繰り返して話さない。僕たちは今朝、周囲の通りよりも十ピエ低いところにあるこの広大な場所に降りていった。相変わらずあらたな喜びを抱いて、トラヤヌスのバジリカの大理石の舗石を歩く。

現代の建築家（それはヴァラディエ氏だと思うが）の不手際で壁が造られ、円柱とは反対側の通りを歩く人にはバジリカを見えなくしてしまっている。この不合理にもかかわらず、この修復はそれでもローマでいちばん美しい。

ローマ旅行記を出版している学者たちが、もしナポレオンの命令によって実施された仕事を明らかにするなら、マエストロ・デル・サクロ・パラッツォ（検閲長官）の許可証は入手できないだろう。これらすべての大仕事は、十人の教皇をも不滅にしたことだろうが、ピウス七世の命令によっておこなわれたと見做されている。いくつかの旅行記、たとえば一八二一年に出版されたフェアの旅行記などは用心深く、僕たちが見たばかりのバジリカについて言及さえしてないくらいである。この行為は、ルイ十八世がとても好戦的な国王だったと母親に言った良家の子供を思い出させる。子供に訊ねてみて、ジェズイット教団［イエズス会］の学院の歴史書では、ナポレオンを、ルイ十八世が軍隊の指揮を委ねた頭のいい将軍として描かれているのが分かった。

◆一八二八年六月三日

ダンクールはかれの時代の風俗に忠実な画家だったと僕は推測する。大革命前は、靴職人、代訴人、医者には、どこかしらにその職業なりの心があった。医者、弁護士は脇役的にしか社交界に登場しなかった。今ではパリは平等が支配する共和国であり、何よりもみんなが社交家である。というのは、サロンの縁故によってしか富や栄光に到達しないことを各人がよく知っているからである。

ローマでは、自分の情熱を満足させることによって幸福になることを考え、各人は自分の魂の衝動に従い、この魂は、人間が生活の資を得るために従事する仕事の色あいに少しも染まらない。靴職人の行動の仕方に、少しも偏狭で低俗なものはない。そして、もし明日偶然にも巨万の富が入ったなら、かれは上流社会のなかであまり場ちがいにならないだろう。そこではせいぜいエネルギーで目だつくらいだ。というのは、いずこも同じくここでも、フランスの教育が上流階級を虚弱にしてしまったからだ。去年、法廷は、恋愛が原因で犯行に及んだ若干の殺人を僕たちに教えてくれた。被告人はすべてが、貧しさのために隣人の意見とか礼儀作法のことを考える暇のないこの労働者階級に属している。家具職人のラファルグ氏は、ポーの重罪裁判所がその生命を救ったばかりだが、わが国のすべての詩人を寄せ集めたよりもかれ一人で多くの魂を、またこれらの方々の大部分よりも多くの才知をもっている[102]。イタリアでは、チマローザが民衆の情熱を描いた。

今朝、僕たちはティヴォリにいた。僕たちの優秀なヴェットゥリーノは、すでに僕たちと友人になっていたものの、かれを迫害の憂き目にあわせることを恐れて名前を秘しておくが、そのかれがカフェで仲間のベリネッティと出くわした。ベリネッティについては、僕たちはかれからたくさんの話を聞かされていた。僕はこの善良な男にパンチをおごった。

去年、ベリネッティはヴェネツィアにいて、カッレ、つまりこのうえなく暗い小道のひとつで、一人の若い娘を見かけたが、彼女はかれに気づくや否や、泣きながら顔をそむけたので、それだけにその姿を見てかれは胸を突かれた。ベリネッティは一瞬動かずにいて、それから思った。あれはテルニのクラリッサ・ポルツィアだ、と。一年前かれは、この若い女性とテルニの裕福な取引商人であるその父親とをローマからナポリに連れていった。僕はかれ自身の言葉を伝えているし、何しろ話の主人公はかれなのだ。ベリネッティは思った。ヴェネツィアにクラリッサがいて、しかも俺を見て涙にくれる態度はただごとではないし、それをはっきりさせなければなるまい、と。この善良な男にこうした考えが湧いた瞬間から、かれはすべての仕事を放り出し、クラリッサ・ポルツィアを見かけた小道の近辺の通りをうろついて、日夜を過ごした。――それできみの乗客はどうしたのかね、と僕はかれに言った。――実際、俺は出発しなければならなかった。しかも四人の上客（これは金払いのいい客という意味だ）を乗せてだ。俺は客たちに馬の一頭が病気だと言い、かれらを一人の仲間に譲った。もしクラリッサを見つけだそうという俺の考えに従わなかったら、俺は自分をいちばん卑劣な人間だと見做したことだろう。

とうとう、四日目に、疲労に打ちひしがれて、ギリシアぶどう酒と小魚の唐揚げを売っている小さな店に入ると、誰あろう、かつてよりもいっそう美しく、しかしとても青ざめ、とても痩せた、あのクラリッサがいた。俺は帽子を脱いで、恭しく彼女に近づいた。彼女は俺から逃げようとしたが、俺は話を聞いてくれと彼女に頼んだ。言いたいことがあるんだ、と叫んだ！　こうした考えを抱かせたのは俺のよき天使だった。あんたのお父上は元気だし、あんたによろしく言ってくれとのことで、あんたに四ツェッキーニ託されてきた。——何ですって！　そんなことありえません、と彼女は泣きながら答えた。

ヴェネツィアではみんなとても好奇心が強く、俺たちを眺めはじめたので、クラリッサが話したがらないのが分かった。彼女に腕を貸し、俺たちはゴンドラに乗った。そこで、彼女は涙にくれ、俺は手を尽くして彼女を励ました。何とまあ彼女は青ざめていたことか！　彼女はとうとう俺に言った。わたしは身をもちくずした娘です、チェッコーネに誘われるままになりました。——何ということだ！と俺は叫んだ。というのは、旦那、知っていただかねばならないんですが、チェッコーネはナポリ生まれのヴェットゥリーノで、ボローニャからナポリへの街道でいちばんのワルだし、冷酷な男で老練な悪党です。結局、旦那、奴はこの十八の娘を誘惑して、有り金と宝石類を奪い尽くし、それからヴェネツィアで彼女を捨てたんで。ここで彼女は六週間前から日に十五サンチームで暮らしてた。俺はおどけているように振るまった。何でもないことだよ、お嬢さん。明日、テルニに出発だ。——ああ！　どうしてもお父さんには会えないわ。——約束するが、お父上はあんたを叱ったりしないよ。

翌日、俺たちは出発した。テルニに着くと、町から四分の一マイルのところのあばら屋に彼女を隠した。彼女は旅のあいだ、父親がチェッコーネのようなワルと逃げたことを決して許さないだろうと俺に言った。——いいかね、あんたを誘惑したのは俺だと言うことにしよう。

俺は殺されそうになる危険を冒した。でもこの事件を首尾よく終わらせたかった。テルニに入ると、寛大なアッシージの聖フランチェスコ様にすがった。俺は父親の家に入った。かれは武器をもっていなかったが、用心をかさねて、カフェについてきてくれとかれに頼んだ。カフェに行くと、一緒に小部屋に閉じこもったが、すぐさま、かれは泣きはじめた。きみはわしにクラリッサの消息をもってきてくれたんだね、とかれは言った。——ええ、彼女と、彼女を奪った男を少しも苦しめないと誓っていただければ、と俺はかれに言った。一時間の充分な話し合いのすえに、かれが落ち着くのを見て、その男が俺であることを告白した。あわれな男はどんな不穏な計画ももっていなかった。俺は自分が結婚しているにもかかわらず、時として意志薄弱になると話した。かれを彼女のところに連れていった。ああ！　旦那、何という瞬間だったことでしょう！　結局、彼女はローマの修道院で半年過ごしました。俺は父親が彼女をそこに入れたままにするんじゃないかと心配してました。ところがとんでもない、かれは実直な男で、スポレートで彼女を結婚させました。

僕は善良なベリネッティと一時間を過ごし、かれは尊敬すべき人物たちの評判を危うくするようないくつかの事柄を語ってくれたが、それをここで繰り返すなら、この本のなかで黒い染みのようなものになるだろう。

ローマに戻りながら、僕たちのヴェットゥリーノは言った。奇妙なのは、クラリッサの父親が、この件にからんで要した八十エキュをベリネッティに返さなかったことです。シニョール・ポルツィアは真相をすべて知っていました。というのはあの悪党のチェッコーネが、クラリッサを誘惑したのはベリネッティなんかではなく自分だ、とかれに手紙を書いたからです。またチェッコーネはベリネッティに、自分の手で始末をつけると手紙を書きましたが、かれは約束を守ることでしょう。Non vorrei esser nei panni di Berinetti.（おいらはベリネッティの立場なんぞに立ちたくないね。）

この事件を公表するのはあまりふさわしくないことが分かっている。僕は、このかわいそうなヴェットゥリーノの魂の広さに感激したのだ。それはかれのまなざしのなかに、そしてあまりに長くなるので僕が省略するたくさんの細部の話に明らかに表れていた。かれは自分が器用なだけで、少しも寛大なんかではないと思い込んでいた。父親との和解を取り計らうことと、告白の瞬間に短刀の一撃を食らわないことに、かれが全身全霊を注いだのが見られた。

この物語は、僕たちの旅仲間の女性たちに気に入り、僕は彼女らにベリネッティを紹介することになるだろう。フレデリックが僕たちに言った。「モリエールは、ルイ十四世から、家臣の各層に理想的な模範を与え、この模範に習うことをためらう者すべてを、嘲笑して槍玉にあげるように仰せつかった。コルベールは、財務官がこの分類の例外となるように約束をとりつけた。ちょっとした気まぐれから書くようになった変わり者なら、ざれ言に立てつくこともできただろう。ところがかれら向けにフランス・アカデミーが発明された。こうして、些細な事柄での自由一切、予期しないこと一切が、フランスから追放された。今は変わり目で、これは百年間続くだろう。そして、ぼくたちが目にしているもののあとに起こる新しい精神秩序は、第一に、最新のものとして、また啓蒙と検討の世紀に確立したものとして、英国ないしは他所に存在しているものすべてよりも優れたものになる。この新しい社会は手始めに現在のすべての書物を火に投じよう。そのときはモンテスキューですら滑稽になるだろう。ヴォルテールは子供じみて見える、云々。バイロン卿は、この遠い後世に、俗人にとってダンテとほぼ同時代の人に思われるくらい、晦渋で崇高な詩人に見えるだろう。」

◆一八二八年六月十五日

昨晩、愛想のいい物知りのフォン・スタ＊＊＊[103]氏が、僕たちの旅仲間の女性たちに、子供のレムスとロムルスが危険に晒された場所について話した。事件がほんとうのことでないにしても、少なくともそれはこの輝かしい民族に信じられてきた。この民族は、ナポレオンのように、その過誤がどうであれ、天から神聖な火を授かった人々としての仕事をいつまでもするだろう。

暑さのために、早朝から僕たち全員はヴェラブロにいた。まさにそこで、羊飼いのファウストゥルスがローマの建設者たちを発見したのだ。カピトリーノ丘の背後、テヴェレ河の近くのこの狭い場所に、河の水があふれてできた池があった。この池の岸辺の森で、レムスとロムルスは雌狼に乳を与えられたのだった。もっとあとで、この池は小舟

ウェスタ神殿

で通行できたし、この池はこう言われた。《ウェラブルム、ア・ウェヘンディス・ラティブス》[104]

大タルクィニウスはこの沼を干あがらせ、この土地に、王たちの治めたローマのもっとも美しい地区のひとつを建設した。廃墟を見るとき、つねに永遠の都の五つの時代を想念に止めねばならない。それは、まず王たちのローマ、共和国のローマであった。皇帝たちのもとでは壮麗だった。中世には、アレクサンデル六世の支配下まで、悲惨で分派に引き裂かれていたし、そしてユリウス二世とレオ十世のもとでは、贅沢でまったく桁外れだった。グラックスの時代まで、建築は簡素だったし、実用性しか求めなかった。ローマ人は次のように言ったかもしれなかった。

われわれには、黄金の代わりに、鉄、兵士しかない。

僕たちの旅仲間の女性たちの想像力はローマ草創の時代にすっかりのめりこんでいた。彼女らの楽しみを壊さないように注意して、草創期が長続きしたおかげで、ローマの王たちはかれら七人で二百四十四年間治めたが、それはつまりそれぞれが三十四年の支配だったと僕は言った。記憶ないし推測に訴えることくらい想像力を掻きたてるものはない。現今の説教師があんなにも退屈な理由はここにある。かれらはヴォルテールやフレレらに反対して理屈をこねる。

僕たちは、テヴェレ河畔にあのきれいなウェスタ神殿を見にいった。ナポレオンの行政府によって人目を惹くほどに整備され（一八一〇）、その現在の名前は勝利者ヘラクレスの神殿（テンピオ・ディ・エルコーレ・ヴィンチトーレ）である。円形の列柱は、白大理石のコリント式溝入り柱十九本で形成されているが、魅力的である。柱の高さは柱脚と柱頭を含めて三十二ピエ［約一〇メートル］で、それらの直径は三ピエ近い。これらの柱は何段かの段上に立っていて、円形の柱廊の直径は百五十六ピエである。チェッラつまり聖所の直径は二十六ピエである。誰か金持の人物が、これらの円柱を覆っているキノコ型の醜悪な瓦屋根の代わりに、ティヴォリの神殿のもののようなエンタブラチュアにするべきだろう。ウェスタないしヘラクレスの神殿の遺物が、外観は昔そんな風だったことを示している。一本の柱とエンタブラチュアと屋根だけが欠けている。円形のチェッラの壁は白大理石で、その大理石塊はとてもうまく接合されている。

フォルトゥーナ・ウィリリスの神殿

　柱頭の様式と柱の多分少しすらりとしすぎた均整は、ウェスタの神殿がセプティミウス・セウェルスの時代ごろに再建されたことを示している。それはまた四輪馬車に乗った聖ステファヌスの教会（サント・ステファノ・アッレ・カロッツェ）とも呼ばれている。三百ルイをかけて修復すれば、ニームのディアナの神殿と同じくらいきれいなものになるだろう。

　ウェスタ神殿から数歩のところにあるフォルトゥーナ・ウィリリスの神殿に使われた材料の貧弱さは、まさに僕たちの目に神殿をたいそう興味深いものにしている。ここで僕たちが目のまえにしているのは、おそらく、共和国の時代に建てられた記念建造物である。ここにはおなじみの寓話がある。この神殿はローマの六代目の王セルウィウス・トゥリウスによって建てられた。かれは奴隷から王になった幸運に感謝したいと思った。この建造物の形は長方形をしている。それは十八本の柱に取り囲まれていて、そのうち六本が独立して立っていて、他のものは半ば壁のなかに食い込んでいる。これらの柱は、イオニア式で溝入りだが、二十六ピエの高さがあり、火砕岩と無機質石灰岩でできている。

それらはみじめにも漆喰を被せられているが、子供たちとか燭台とか牡牛の頭部が見分けられるエンタブラチュアも同じである。ペディメントは均整がとれている。大きな土台のうえに建てられたこの神殿は、ナポレオンの命令で土が取り除かれて以来、非常に美しい効果を出している。この君主は、教会部分を取り除いたり、神殿から教会に変えるために実行されたものすべてを解体して、それを最初の美しさに戻すことをあえてしなかった。それは八七二年に聖処女に献じられ、今日ではアルメニア・カトリック教会に所属している。

僕たちはコーラ・ディ・リエンツォのものとされている家のまえを通った。[106] 刻文が、この家はニッコロによって建てられたことを告げているが、かれは、コーラ・ディ・リエンツォと同じく、自由の似つかわしくない世紀のただ中で自由を夢想したあのクレスケンティウスの息子である。

僕たちはポンテ・エミーリョ［アエミリウス橋］の廃墟に到着した。[107] これはローマにおける最初の石造りのものだった。穹窿は初期建築の大きな発明だった。長いあいだ、ギリシアでは、柱は梁ないしは平たい石によって隣の柱と繫げられた。博識の民族のエトルリア人が穹窿を使用した。

アエミリウス橋は、ローマ暦五五七年に監察官のマルクス・フルウィウスによって着手され、六一二年にスキピオ・アフリカヌスによって完成された。ユリウス三世によって修復されたが、一五六四年に壊れた。一五七五年に再建されたが、一五九八年の洪水によって半分が流された。

この橋に隣接する急な小径を通って、僕たちは一隻の小舟に降りた。この小舟の助けを借りて、僕たちはモンテスキューによってあれほど称讃されている大下水道《クロアカ・マクシマ》を検証したが、モンテスキューの称讃はもっともなことだった。これら初期のローマ人は実用に対して何という情熱をもっていたことか！

古代の事物に感動する僕たちの傾向は相変わらず続いているので、マルケルスの劇場の魅力的な遺蹟を訪れた。このマルケルスはアウグストゥスの甥で、ウェルギリウスの《汝はマルケルスともなるだろう！[108]》というあの数行の詩句ゆえに不滅となった。この偉大な詩人は、あんなにもやさしい息子を失ったばかりのオクタウィアヌスのまえで、その詩を読んだ。このウェルギリウスのおこないは、専制政治のせいでとても堕落した魂によるものだ、と厳格なアルフィエーリは言っている。ウェルギリウスはローマが支配者を欠くのではないかと心配したのだろうか。アルフィエーリは金持だったが、ウェルギリウスは貧しかった。ピエモンテの貴族は、インプルソ・アルティフィチアーレ（金銭的な目的）[109]をもつ文士たちについて話すときには、十分すぎるほど正しい。こうした山のような小脱線[110]についてはご寛恕願いたい。頭に浮かんだことをしゃべりながら、僕たちは目的に到達する。旅仲間の女性たちに遺蹟を見せてうんざりさせることのないようにすること。

マルケルスの劇場跡

　ローマに君臨したかもしれなかったこのマルケルスの死から十年して、アウグストゥスはこの劇場を献じた。ローマ人たちは目のまえで六百頭の猛獣が殺されるのを見て楽しんだ。今日だったら、君主の諸徳をもったいぶって褒めたたえるカンタータが歌われるところだ。オーストリアのフランツ皇帝がミラノに到着したとき、モンティはアストライアの再来を歌った。[111]どうやら、正義はフランス人の時代に追放されていて、メッテルニヒ氏の政府とともに戻ってきたというのだ！　モンティはウェルギリウスのように貧しかった。

　ただ一人ジャン＝ジャック・ルソーだけが貧しくても平気でいて、王侯が訪ねてきた幸福に夢中になって、コンティ公殿をチェスで負かすことができた。この脱線のあとで、僕はチチェローネの任務を続け、マルケルスの劇場の奉献の日に、アウグストゥスは象牙の椅子が突然壊れて仰向けにばったりと倒れたが、このことはローマの老ジャコバンどもを大いに楽しませた、と語った。

もし、ヴァンタドゥール街の劇場[112]についてたいそう醜い巨大な屋根を忘れてもらえるなら、その正面はマルケルスの劇場の残っているものを想像させることができる。この建造物は直径が三百七十ピエ［約一二〇メートル］の半円を作っていて、二万五千人の観客を入れることができた。今日残っているものは、二層の優雅なアーチである。それらは観客席の部分を取り囲んでいた（ピアッツァ・モンタナーラの方向）。下部のアーチの半分壁に食い込んだ柱は、ドリス式である。うえのアーチはイオニア式である。

この遺蹟はたいそうきれいで、芸術家たちが言うように、たいそう気持よく目に入ってくるので、大部分の建築家は、ドリス式のうえにイオニア式を置かねばならないときに、マルケルスの劇場の均整に従う。おそらく、さらにうえに三番目の構成要素があった。二十年後には、僕たちは建築に関してもっと開明になっているだろう。おそらくこの三番目の構成要素をヴァンタドゥールの劇場につけ加えれば、まずい屋根は隠れることだろう。マルケルスの劇場は大きな塊の無機質石灰岩で建てられている。

カエキリア・メテラの墓とか、ヴェラブロのジャノ・クァドリフロンテの門とか、古代ローマの少し堅固なすべての記念建造物のように[113]、マルケルスの劇場は中世には要塞として使われた。ピエルレオーニ家がそれを占拠し、ついでサヴェッリ家が引き継いだ。もっとあとでは、マッシーミ一族がこの劇場の廃墟のうえに、今日見られる館を建設させた。ペルッツィがその建築にあたった。現在の所有者のオルシーニ氏はそれを修復させたばかりだ。長いスロープを通って、館の中庭に到達する。それは古代の劇場の瓦礫によってできた嵩上げに伴うものである。

もしある日とても強い好奇心が湧き起こったら、諸君はマルケルスの劇場とマッシーミ館の研究に向かうことができよう。ローマの記念建造物の一つひとつはフォリオ版二、三巻の書物を生み出した。歴史の分野では、まずまずのものをすべて、国の図書館が提供してくれる。

大きな黒い雲が嵐を予告していた。ローマの野を駈ける代わりに、僕たちはジャノ・クァドリフロンテの門［ヤヌスの四面門］に戻った。このがっしりした建造物は、実際に四つの面をもち、四つのふとい柱で立っている。古代ローマでは、ジャノという名前のこういった門がいくつか見られ、その目的は、しばしば当地ではとても危険な太陽の暑熱に対して、避難所を提供することであった。同じ用途の五つ六つの広大な柱廊の名前や跡地がある。僕によれば、もっとも快適なものは、モンテカヴァッロのジェズイット教徒の修練場にあった。冬には、陽なたぼっこにこれらの避難所のまわりに集まって政治を話した。イタリアの多くの町では、冬の陽の射す日々、今でも住民は会話の楽しみを求めて、大きな外套にくるまれ、どこかの壁のまえに集まるのが見られる。僕たちはこの習慣を、あんなにも北の方に寄った町であるヴェローナにおいてさえも見かけた。

ジャノ・クァドリフロンテの門は白大理石の大きな塊で構成されている。その四つのふとい支柱はひとつの土台のうえに立っている。支柱の外側に面した二つの部分は、それぞれが六つの壁龕《へきがん》で飾られているが、とても悪趣味なものである。建築がこの点まで退廃に至ったのは、ほぼセプティミウス・セウェルスの世紀（一九五）のことである。この種の卑小な装飾群はディオクレティアヌスの治下の二八四年に流行をきわめた。流行というものは、移り変っていくものでしかないが、十五世紀も二十世紀も結果の残る一芸術分野のなかに浸透しはじめていた。民衆の判断力が鈍くなっていたが、それはローマに君臨する気ちがいじみた暴君、あるいは愚かな暴君にとって稀なしあわせだった。

ジャノ・クァドリフロンテの門

ジャノ・クァドリフロンテの門に見られる穴は、大理石塊を繋ぐために使われていた鉄の鎹《かすがい》を取ろうとした異民族の兵士の辛抱強い仕事のせいだとされている。ステルニ氏はこれらの塊のいくつかが、既に別の建造物で使われたものだと僕たちに教えてくれた。

セプティミウス・セウェルスの時代の芸術の退廃が詳しくはどんなだったにしても、改革者たちには大胆さが欠けていたようだ。というのは、この門の全体的な構成はまだ見た目には感じがいい。建築と開口部の調和は、高さと幅の均衡と同じようによい。この建造物のうえにつけ加えられた粗雑な防塁はフランジパーニ一族によって建てられ、この記念建造物はこの一族の要塞になっていた。この大きな全体から、全容を隠していた十二ないし十五ピエの高さの土が取り除かれたのは、やっと数年前のことである。

この門はフォルム・ボアリウム（牛市場）に建てられた。この近くに見られ、開口部が方形をしているセプティミウス・セウェルスの門を建てたのは、フォルム・ボアリウムの牛商人と銀行家であった。そこには碑文と浅浮彫りが見られるが、それは凡庸な仕事で、時代を経てとても痛んでいる。《時間はすべてのものをむさぼる。[114]》浅浮彫りのひとつが、妻のユリアと一緒に「神々にいけにえを捧げるセプティミウス・セウェルス」を示している。別な浅浮彫りには「いけにえをおこなうカラカラ」が見られる。その非業の死のあとで削られたゲタの像があった場所が分かる。しかし、軽蔑すべき暴君に捧げて建てられた記念建造物の描写にどんな重要性があるのか。真の偉人たちについて話した方がいい。

僕たちがその末裔ということになっていて、ヘラクレスという名前でたいそう不完全な観念しか僕たちに残していないあの神秘的な存在は、この近くに大祭壇《アラ・マクシマ》を建てた。それは、カクスを殺したあとで、自分自身のために建立した祭壇である。ヘラクレスからこの泥棒［カクス］は牡牛を何頭か盗んで、アヴェンティーノの丘の洞窟のひとつに隠した。しかし牛たちの鳴声から盗みが露見した。僕たちはティトゥス・リウィウスがこの物語について述べているところを、現場で、しかもとても楽しく読んだ。これらの冒険物語はいまだに僕たちの旅仲間の女性たちのあいだでまわし読みされている中世の聖人の奇蹟話が、僕たちに及ぼしているようなものをローマ人に及ぼしていた。ミニェの十字架の例[115]は、六世紀には奇蹟がどんな風に作られたかを示している〔二〕。しかしこのヘラクレスに帰せられる偉大で素朴な行動の起源を見つけることは、たやすいことではない。ヘラクレスは、ドン・キホーテの崇高な観念に従って、圧政者を罰して、圧政に苦しむ弱者を救けるために、地上を巡り歩いたように思われる。僕たちが今いる場所の近くで、金塗り青銅の大きなヘラクレス像が発見され、それをカピトリーノで見ることができる。

ロムルスが、かれの新しい町の境界を示す有名な畝を造りはじめたのは、この近く、パラティーノ丘の麓であった。このはるか昔の時代から、すでにイタリア人の想像力に絶大な影響力を及ぼしていた宗教が定めていたように、かれの鋤は牡牛と雌牛に繋がれていた。それは、人種に起因するのだろうか、あるいは地震とか、夏には真に恐怖を起こさせるくらいの雷雨の頻発に起因するのだろうか。それらは僕たちさえも恐れさせるが、多分僕たちの神経を揺すぶる電気的な効果のせいかもしれない。そんなとき、僕たちは太い鉄の棒に摑まるが、それは僕たちの不安を減らしてくれる。

祭司の支配力は、今では情熱をなくしているあのエトルリアに中心があった。かれらはそこで、ジェズイット教徒たちが手に入れたいと思っているような役割を演じていた。かれらは土地の小国の王たちを任命し、王たちはかれらの賛同なしには何もできなかった。僕は、才知によって粗暴な力に打ち勝ったこの勝利のなかに、人間精神の第一歩を見ないではいられない。

ロムルスの町は、この町と同じく大胆な悪党によって造られた他の百もの町で起こったように、隣接する町によって破壊されることがなかったので、かれが集めた迷信深い民衆は、かれが畝を作りはじめた場所に青銅の牡牛を設置した。浅浮彫りと彫像は、文字を読むことができなかったこれら昔の原住民の看板であった。このたくましい牡牛はこの場所にフォルム・ボアリウムの名前を定着させたか、あらたに命名させたかした。

この話はすっかり僕たちの旅仲間の女性たちを感動させた。僕はこれを利用して、これまでそのときの好みで決まった僕たちの行程を、少し秩序立てようと提案した。これらの婦人たちは今日は古い時代に一種の情熱を覚えていた。僕たちは家に帰るまえに、多少とも保存され、今日でもなおローマに存在する十の門を再見することに決めた。

僕たちの行程に何かしらの秩序を設けることは、滞在のはじめの頃だったら、滑稽で退屈に思われたことだろう。当時は、情熱がなかった。今日のように、牛の群にテヴェレ河を渡らせるヘラクレスを思い出して感動することはなかったろう。もうひとつのドロウバック（不都合）があった。僕たちの目の訓練がおこなわれていなかった。目は、柱廊に向かっても、アウグストゥスの世紀ないしディオクレティアヌスの世紀を表す小さな形態の違いを見分けることができなかった。以下に十の門のリストがあるが、そのうち六つだけが凱旋門である。

ジャノ・クァドリフロンテの門とセプティミウス・セウェルスの四角い門については、僕たちが検証したばかりだ。セプティミウス・セウェルスとティトゥスとコンスタンティヌスの門については、僕たちが到着してから、フォロを駈け足で歩きながら見た。今日、これから僕たちは次の門を見なければならない。

ドラベラとシラヌス
クラウディウス・ドルスス
ガリエヌス
サン・ラザーロ
デ・パンターニ

フィアノ館の近くのポルトガル門は、一六六〇年にアレクサンデル七世によって破壊された。僕たちはまずチェリオ丘に登り、そこで、アクワ・ユリア［ユリウス水道］とアクワ・マルキア［マルクス水道］を通させるために、七五三年に、無機質石灰岩の塊で建設された執政官ドラベラとシラヌスの門を見た。セプティミウス・セウェルスとカラカラは、この門のうえにアクワ・クラウディア［クラウディウス水道］を通させた。

僕たちは昔のカペーナ門の近くに、クラウディウス・ドルススの凱旋門の遺構を見た。元老院はローマ暦七四五年にそれをアッピア街道に建てさせた。それはゲルマン人から分捕った戦利品で飾られていたが、ドルススとその後裔にゲルマニクスという名前をもたらしたあの勝利の名残りだった。カラカラはこの門のうえに、九五九年頃、アルジダ山からの水道を通させた。

ガリエヌスの門は、二つのコリント式つけ柱に飾られ、無機質石灰岩で建設されているが、今もなお読みとれる碑文に名前が見られるマルクス・アウレリウスによって、ガリエヌス帝のために建てられた。この記念建造物にはあまり重要性はない。

サン・パオロ門に通じる街路に、僕たちは古代の遺蹟の形をなさない廃墟となっている煉瓦の門を見つけたが、それを探してそんなに遠くへ出かけて行くまでもなかった。それには隣接する礼拝堂から命名してサン・ラザーロ門という名前が付いていた。

デ・パンターニの門はとても興味深い。それはフォロとクィリナーレ丘のあいだの谷に、鐘楼を乗せた三本の壮麗な白大理石柱、ネルヴァの神殿ないし広場のものだった大理石柱の近くに位置している。デ・パンターニの門は、ヌマの城門に代わるものだが、僕たちがすでに話したペペリーノの塊を、漆喰を用いずに積みあげて造ったあのたいそう高い城壁の開口部以外の何ものでもない。ご覧のように、僕たちの新しい情熱によって考えだされた行程には、そんなに好奇心をそそる結果がなかった。しかしそれは僕たちの考えにいくらかの秩序を与えた。僕たちはローマに存在する十の門を完璧に思い描けるし、僕たちは館や教会にも同じ仕事を計画している。

十一のオベリスクについては、僕たちは見にいくまでもなく、それらを完璧に思い浮かべることができる。

ヘリオガバルスの競技場のオベリスクは、モンテ・ピンチオの散歩道のまん中に置かれている。僕たちはそれをほとんど毎日、日没一時間前に見ている。

僕たちは同様に以下のオベリスクを知っている。

ポポロ広場のオベリスク
トリニタ・デイ・モンティのオベリスク
宝くじ局のバルコニーと向きあったモンテチトーリオのオベリスク
ミネルヴァ教会のオベリスク。これは象の背中のうえに立っている。
ロトンダ広場のオベリスク。これは他所にもっていった方がいい。パンテオンを沈下させている。
ナヴォーナ広場のオベリスク。ベルニーニによって刻まれた大河を表現する不出来な巨大な彫像のある石のうえに、このオベリスクは置かれている。この噴水は二世紀のあいだ、とても美しいと思われていた。そして今でも目利きの庶民の目には美しく見える。
サン・ピエトロのオベリスク

サンタ・マリア・マッジョーレのオベリスク
サン・ジョヴァンニ・イン・ラテラノのオベリスク
そして最後にモンテカヴァッロのオベリスク。これは巨大な二頭の馬のあいだに置かれている。

［一］ミニェの奇蹟の物[119]語を、一八二七年から一八二九年までのいくつかの教書のなかに、そして一八二九年に出版された八折版の分厚い本のなかに探すこと。ローマでは、ミニェの奇蹟について大いに話が出た。僕たちのなかの二人が、それを信じる立場をとった。同じような事実として、トゥールのグレゴリウスの興味深い年代記を参照。

◆六月三十日

二カ月前から、僕たちの小さな集まりに内輪の変革みたいなものが起こった。僕たちの旅仲間の女性の一人は、ヴィッラ・ルドヴィージとグェルチーノの絵への彼女の情熱をもはや隠そうとはしなかった。僕たちの女友だちの別の一人は、ヴァチカンにあるダンティ神父の地図の回廊を頻繁に見にいっている。ポール自身は、あまり自分の感受性に忠実ではなかったが、アレクサンデル六世とその世紀への関心に捉われていた。かれは一四五〇年からのローマ教皇庁の歴史を強い好奇心を持って研究している。フィリップは古代の彫像について探求をしている。ランプニャーニ夫人は、一日を過ごすのに、カノーヴァのアトリエとこの偉人の何かしらの彫像を欠かさず見ている。ローマには気持のいい友人たちがいるし、到着から三カ月後に一旦はこの町を離れようかと思ったものだが、今では僕たちの滞在は非常に長引こうといているみたいだ。ことによったらまもなくナポリとシチリアに出発するが、ついでわが懐かしのローマに戻り何カ月かを過ごすことになるだろう。予想していたものの、一度は諦めたことのあるこの情熱が、ついに生まれたのだ。

◆七月一日

最近、僕たちはいくつもの館を見た。まず、すべてのなかでいちばん美しいファルネーゼ[120]館だが、コロッセオやマ

ファルネーゼ館

ルケルスの劇場から毟《むし》り取ってきた石で、サンガッロとミケランジェロによって建てられた。とてもきれいな小広場を通って、このぽつんと建っている館に到着する。これは完全な方形をしている。これはまたフィレンツェの館のように城塞でもある。十四世紀にはローマの街路は危険があふれていた。教皇たちは、今日のアルジェの太守のように、退位させられたり虐殺されたりした。しかし、あの独特な、非軍事的独裁政治の影響によって、ローマの歴史はボローニャ、ミラノ、あるいはフィレンツェの歴史よりも、もっとずっと原始的で、もっとおもしろい。

ファルネーゼ館[121]は、ミケランジェロの建築ゆえに見事だが、今日ではぞっとするほど陰欝に思われるだろう。はじめて見た日、わが国のたくさん窓のある家に慣れた若いフランス女性には、それが牢獄としか見えないのが、僕にはとてもよく解る。四方を建物に塞がれた中庭は、城塞とは異なる館にあっては不合理である。それに館の主人は壮麗さを切望しているのだから、必要な土地はすべて買えるくらい金持だったと推測される。

このどっしりした建造物へ入る玄関は、エジプト御影石でできたドリス式の十二本の柱で飾られている。そして積みあげられた三つの構成様式の柱が、その四つの正面でこのたいそう暗い方形の中庭を飾っている。下部の構成要素は、近寄りがたい真にローマ的な威厳をもった柱廊を形成している。この柱廊のしたに、カエキリア・メテラのものであったパロス島の大理石でできた大きな瓶棺が据えられている。庭の片隅に遠ざけられて、この瓶はここではいかなる効果も生み出していない。記念建造物のなかでも肝腎な部分を形成していたのに、それを奪ってきたのは、パウルス三世の世紀の趣味の誤りである。僕たちは、アンニーバレ・カラッチが、オウィディウスによって語られた神話の情景の大部分をフレスコで描いた（一六〇六）回廊に、二時間立ち止まった。穹窿の中央は『バッコスとア

アンニーバレ・カラッチ『ウェヌスとアンキセス』（ファルネーゼ館）

リアドネの勝利』によって占められている。人物像には少しティツィアーノの人物像と同じ欠陥がある。見事にうまく描かれているが、そこにはラファエッロがいつもかれの人物像に付与しているこの世のものならぬ魂と精神が、少し欠けているのが感じられる。

穹窿のもっと低い部分に位置する小さなフレスコ画は『ケパロスを奪うアウロラ』、『一群のニンフとトリトンに囲まれて海を駈けめぐるガラテア』などを表現している。僕たちはとりわけ生気と悦楽にあふれた絵、『ウェヌスが編みあげ靴の片方を脱ぐのをアンキセスが手助けする』に注目した。この作品はアリオストの作品にも匹敵する。十九世紀の見学者は、気取りにあふれたあれほどたくさんの石版画が頭に染み込んでいて、判断が狂っているが、かれらにとってさえもそれは驚くべきものだ。図版集の素描や英国製の暦の版画は、老人や極悪人の人物像においてはいかめしい様式を誇張しているし、その滑稽さを嗅ぎ分けるのはたやすい。しかし長いあいだ気取った人物像を優美な様式に入ると思っていて、それらを少しでもおもしろいと思ったなら、コレッジョ、パルミジャニーノ、グィド、アンニーバレ・カラッチの優美さをもはや感じることができない。

この偉人はファルネーゼ館の回廊の天井を描くのに九年をかけた。かれは宮廷人ではなかったし、注文主の枢機卿をとりまく宮廷人たちのお気に召さなかった。かれは、今日ではプリュドンが遭遇した運命を辿った。十九世紀には芸術家は、金持連中の意見を左右するジャーナリストのご機嫌をとらなくてはならないだろうが、このことは、お莫迦さんで、贅沢好みの、吝嗇な老枢機卿に気に入られようとすることとほとんど同じくらい破廉恥なことである。アンニーバレは、用心深い哲学者ではなかったゆえに、大芸術家であった。かれはこの大作を手懸けることによって、老後のパンを確保できると思った。かれは莫迦ばかしいほどの金をもらい、そのために悲嘆に暮れて亡くなった。

これら不滅のフレスコはダヴィッドの流派のフランスの画家にとても軽蔑されている。反対に、形式を侮蔑し醜を崇拝する画家たちは、それらのフレスコには充分な表現が少しもないと思っている。しかし、火事とか地震が起こってそれらを破壊しなければ、次つぎと画家たちの名前が忘却のなかに消えたあと、さらに何世紀もそれらは鑑賞されるだろう。

打ち明けて言えば、これらのフレスコはかなり煤けている。年に六回、この回廊で外交上の宴を開くナポリ大使殿[122]のたくさんの蠟燭にそれらは焙られている。

ある日、イタリンスキー殿は、洋服のうえに派手な色彩の三つ四つの綬を帯びたあの人々のただ中で、もの思いに沈んでいた。これらの人物はそれぞれ、自分が世論とか炭焼党《カルボナリ》を完全に莫迦にしていることを、周囲に分からせるのに夢中になっていた。それらはかれらを死ぬほど恐がらせていたのだが。それについて、年をとりすぎているので野心的ではないイタ＊＊＊殿が言った。「ひとつの世紀は、その世紀の大仕事になるようなもので抜きんでなければなりません。わたしたちの仕事は政治的な会話をおこなうことです。この目的でこそ、騙したり騙されたりのわたしたちは、よいもの、正しいもの、役立つものについてたえず話すのです。よいもの、正しいものなどを求めることに使われるわたしたちの注意とわたしたちの論理は、アンニーバレ・カラッチが注意を惹こうとした人々にあっては、隈なく美術に捧げられています。世論を指導する権威ある人々が執筆する文芸誌をご覧なさい。何とぞっとするようなカント（風俗の偽善）！　云々」

僕たちはファルネーゼ館の回廊の隣の部屋で、古代が僕たちに残してくれたもっとも美しいカラカラの頭像を鑑賞した。それはナポリのアリスティデス像、もしくはジェノヴァのウィテリウス像のような美しさである。[123]

　　鳥は歩いているときでさえ、翼があるのは分かる。[124]

これらの崇高な彫像を僕たちに残してくれた彫刻家は、理想的なものを作ることを知っていた（かれらはそれを自然のなかから選択することを知っていて、讃美されている彫像を手本にして愚かしく写すことはやらなかった)。

カラッチの回廊を去って、僕たちはタンブローニ氏がリストをくれた三十八の館のいくつかを見に行った。大部分は、教皇の甥が建てたので教皇史を思い出させる。ほとんどすべてが、建築によって、何かしら美しい古代の彫像ないし胸像によって、あるいは巨匠の何かしらの絵によって著名である。

現代のローマの人の怠惰はたいそうひどく、煩わしいことはかれらにとって拷問にも匹敵するので、何人かは心づ《マンチ》け《ア》がもらえる見込みがあるにもかかわらず、かれらが管理を委ねられている館にはこれといって特別見るべきものはないと僕たちに言った。僕たちは勿体ぶった様子で、誰か人望のある枢機卿の名前をつぶやきながら、住まいの配置を是非とも見たいとかれらに答えた。

僕たちは勇気を出してそれぞれの館でひとつ二つのものしか見ないようにする。その思い出が僕たちに楽しければ、あとでそこに戻ってこよう。もっかは、世間の評判に敬意を払って、それに習うことにしよう。

サン・タンジェロ要塞の近くのジラオ館[125]の正面は、有名なブラマンテのものである。これが今朝、僕たちの心をいちばん感動させたものだ。ストッパーニ館[126]は讃辞といったものを超越しているように思えた。これはラファエッロのものだが、かれはまたすばらしい建築家でもある。そこに、カール五世がローマにきたとき宿泊した。ブラスキ館(ナヴォーナ広場)は退廃期の一七八五年に建てられただけに、その階段を感心して眺めた。

ナポレオンによって修復されたモンテカヴァッロの宮殿の前庭は、鐘楼に施されたモザイクの魅力的な聖母像と同じく、とてもきれいだ。こちらの原作はマラッタである。

ヴァチカンの列柱廊《ロッジャ》をどうしてそんなにまで称讃するのか。ひとつの宮殿にとって、何と見事な外部空間のとり込み方だろう! ラファエッロによって作られ、かれが古代様式の壮大さとキリスト教徒の敬虔さで聖書を絵にしたこれら柱廊からは、何という眺めが見えることか!

バルベリーニ宮殿は、アルプスの北側にあったなら厳粛な美しさで感動を惹き起こすだろう。ここではそれはベルニーニの悪趣味を示している。大広間の広大な天井は、セネカの類の別の芸術家、画家ピエトロ・ダ・コルトーナの代表作と見做されている。この不幸な人はラファエッロを冷ややかだと思っていた。セネカはウェルギリウスの簡素さに装飾をつけたいと思ったものだった。僕たちはこの近代の気取りに疲れて、崇高なサンタ・マリア・デリ・アンジェリの教会に純粋な楽しみを求めに行った。建築家ミケランジェロは、当時とてもよく保存されていたディオクレティアヌスの浴場の中心の広間を、カトリック教会に変更するのに、古代の形をほとんど損ねなかった。[127]

ヴァンヴィテッリとかいうのが一七四〇年にすべてをひっくりかえした。ミケランジェロによって開けられた入口をかれは閉ざした。今はこの教会に古代の浴場の一種の窯ないしボイラー室から入る。そこにはサルヴァトール・ローザとマラッタの墓が置かれている。このボイラー室と古代の柱の対照は見られたものではない。僕たちがここにきたのはおそらく二十回目くらいだが、今日はこの教会がとてもよく理解できた。つまり、古代の単なる図書室が、現代の教会よりも高尚なのである。

バルベリーニ宮殿

ここからすぐ近くのカルトゥジオ会士の修道院中庭[128]は、ミケランジェロにふさわしい。無機質石灰岩の百本の柱で形成される大きな方形の柱廊である。

カルトゥジオ会士の修道院中庭から出たとき、まだ少し明るかったので、僕たちはきれいなバルベリーニ広場に戻った。その噴水が旅仲間の女性たちにたいそうお気に召す。それは、角笛で空中に水を小さく吹き上げる半獣神だが、その水がかれの頭上に降りかかっている。これらの婦人たちは、上流のフランス女性だが、それがグルンネルの噴水[129]よりもよいと分かった。

僕たちは、グィドの魅力的な、しかもあまりに魅力的な大天使聖ミカエルのためにたいそう有名なカプチン会士の教会にあがった。きれいなものはそんなに長くは生き延びない。もし多くを作ろうとすれば、当世風のものを描くようになるだろう。そして流行の目的はいつも、隣人とは異なることであったり、目新しさの衝撃をちょっとの年月だけ追求することであるので、ある時代の上流社会のエリートに魅力的に思えたものが、百年後に交代する上流社会では滑稽のきわみに思える。レスピナス嬢やデュ・デファン夫人のサロンに集まった才人たちは、僕たちほど経済学や政治学を知らなかったが、他のすべての点では、僕たちよりもとても優れていた。一七七〇年のこの社会にはひとつの過誤しかなかった。僕たちにその美術作品を残したことである。この唯一の過ちから、後世になって、その美術作品はかつら[130]というぴったりの名前を頂戴することになる。謹厳な神学者はグィドの絵を教会にはあまりに愛想がよすぎると思っている。この天使像のまえで何時間も祈ると、『エミール』のソフィーのように[131]若い娘が恋愛に捉まると語る人がいる[132]。隣接する修道院のなかに、あのおそろしいミカーラ枢機卿が住んでいる。有能な人物であるが、カプチン会士に嫌われていて、一八二七年五月にはかれに対して反抗が起こり、怪我人が出た。滑稽な逸話だ[133]。

　僕たちが見たばかりのすべての好ましいものは、あらたに当地に着いたパリっ子にも充分理解できるだろう。到着後数日して、ここにくるのがいいだろう。

　今晩、一時間、熱狂しやすい連中のまえで、音楽が歌われた。わが国の女流歌手たちは、はるかに凡庸を脱しているというわけではないが、それでも、彼女らは見事にやってのける。天才歌手のタンブリーニは、たいそう下手な共演者と、メルカダンテの『エリザとクラウディオ』の父と息子の有名な二重唱曲を歌ってくれた。かれが「かれはく《エイ・ヴィエ》る《ネ》」と叫んだ瞬間には、みんなの目に涙が浮かんだ。残念なことに！　パリでは歌手たちは高額の金を手にすることができるが、これほど熱狂しやすいこうした観客は決してつかないだろう。僕たちがいた会場は、暗く壮麗で、その昔ピエトロ・ダ・コルトーナの弟子たちによってフレスコで絵が描かれ、四、五十ピエの高さがあり、想像力を掻きたてた。僕たちはあちこちに神話の主題に属する人物を認めたが、絵の全体を把握することはできなかった。集まりはかなり気さくな外国人で構成されていた。ローマにいなければならない二週間をなぜ陽気に過ごさないのか。わが婦人たちは、ロシアの青年たちがいちばん愛想がいいと決めた。ロシアの何人かの殿様は莫大な慈善をしていて、とてもよく知られている。かれらの会話は、フランスでは通用しなくなったが、サンクト・ペテルブルクではまだ尊重されている数限りない作り話のために、時として少し生彩がない。それに、マルモンテルの『教訓小話集』には心を惹かれるようだが、おそらく『クララ・ガズュル』はかれらをうんざりさせるだろう。あまりに素朴だ。

今晩、あるフランス人画家が言った。ぼくは出発する。これまで十四年間ローマに住んだ。生涯ぼくはこの町を懐かしく思うだろう。ここでは悪辣な振るまいにあったことが決してなかったし、この町はどのくらいの心地よい時間を与えてくれたことだろう！

◆一八二八年七月二日

僕はここに見るべき宮殿・館のリストを掲げておこう。わざわざそれを見にいくに値するものを第一に挙げるが、それらは全体で十二である。通りがかることがあれば、第二のリストの館に入ろう。

ヴァチカン　―　一万の部屋。
クィリナーレもしくはモンテカヴァッロ
カンチェレリア（尚書院）
ロスピリョージ　―　グィドの曙《アウロラ》。
ファルネーゼ
ファルネジーナ　―　ラファエッロのプシュケ。
ボルゲーゼ[134]
ドーリア゠パンフィリ　」　すばらしい美術館。
コルシーニ
キージ　」　いくつかのよい絵。
ヴィッラ・メディチは、フランスの青年画家たちに占拠されている。緑のオークのしたの美しい眺め。

バルベリーニ　―　チェンチとフォルナリーナの肖像画。プッサンの絵画『ゲルマニクスの死』。

以下は二番目に興味がある館。

アルティエーリ[135]　―　非常に広大。

ブラスキ　―　美しい階段。

コロンナ　―　美しい画廊。ロレンツォ公が死んで、その墓はサンティ・アポストリにあるが、それ以来もう絵はない。

デ・コンセルヴァトーリ館　―　カエサルの彫像。

コンスルタ館[136]　―　かなり平凡。

コスタグーティ[137]　―　ドメニキーノとグェルチーノのフレスコ。

ファルコニエーリ　―　よい絵。

ルスポリ[138]　―　カフェが占領しているホールのフレスコはフランス人画家の作品である。デミドフ氏がヴォードヴィルを上演させた大サロンは、見た目にはかなり好奇心をそそるし、階段が見事だ。この館は昔カエターニ家のものだった。向かいあってフィアノ館と呼ばれている大きな家があるが、そこには楽しいマリオネットがある。二つの桟敷を借りて、『カッサンドリーノ、絵の生徒』の上演を訊ねたまえ[139]。

ジラオ　―　ブラマンテが建てた。

ジュスティニアーニ[140]　―　たくさんの彫像。

マッシーミ　―　マルケルスの劇場の廃墟。

モンテチトーリオの宮殿は大きなバルコニーがついているが、そこで宝くじの番号が抽選される。近頃、その広場に集まる下層民が、宮殿よりも好奇心を引く。このうえなく激しい情熱のニュアンスが、これらの浅黒い顔にすばやく現われる。ある芸術家はここで、隣人に嫌われる心配でしぼむことが少しもない生き生きした自然な表情を発見している。それでも、この庶民のそれぞれは、たった一人でいるときには違った風に振るまうだろう。

オデスカルキ[141] ― 正面はベルニーニによる。

マッテイ ― たくさんの芸術品。

ジェローム・ボナパルト公の館[142] ― コンドッティ通り[143]。

プリンチペ・ピオの館 ― ポンペイウスの劇場の廃墟のうえに建てられている。

サルヴィアーティ[144] ― アンリ三世を泊めるために建てられた。

ヴェネツィア館 ― 一四六八年に建てられた。

シアッラ ― コルソ通りにあって、絵画の立派な収集。

カピトリーノのセナトーリ館 ― エトルリアの雌狼。

スパダ ― ポンペイウスの彫像。

ストッパーニ ― ラファエッロの設計に基づいて建てられた。

ヴェロスピ[145] ― アルバーニによって描かれた天井。

トルローニア ― ヴェネツィア広場の[146]。あらゆる美しいもので光っているが、これらは紐の販売からいちばん金持の銀行家になった人によって集められた。この住まいをパリの成金の住宅に較べてみよ。これ以上はっきりと国民の性格の相違を示しているものはない。わが国の成金にあっては、機知と気取り、世間でかれらの役に立つはずの百もの細ごましたことへのたえざる関心。ローマのリボン商人にあっては、休息と平穏がすべてである。金についで、芸術にしか興味がない。

◆一八二八年七月三日

蟬の鳴き声が響きわたっているピンチオの樹木のしたで、海から吹いてくる涼しい微風がもたらす無上の喜びを僕たちは味わっていた。僕たちの満ち足りた目は、見慣れはじめたこのローマの町をあちこち見渡していた。足元にはポポロ門があった。長い沈黙の時が流れた。フィリップが突然口を切って、一巻の書物のように、また心を魅了する荘重さで話した。[147]

「一四九四年十二月三十一日、シャルル八世は目のまえに見える門からローマに入城した。この若い王は、ナポリに向かって進軍するかれの軍隊の先頭にいた。イタリアは、この若者の侵略がその政治に及ぼした被害に、今もなお苦しんでいる。シャルル八世は、ミラノ公領を甥から奪おうとした怪物、ロドヴィーコ・スフォルツァに呼び寄せられたのだった。[二][148]

「一四九四年十二月三十一日、はじめて、ローマの人はアルプスの彼方の連中の兵力と新しい軍事組織を見た。かれらはこれに一種の恐怖を抱いた。午後三時、先頭部隊がポポロ門に現われた、と目撃者は言っている。[三] それはスイス人とドイツ人から成り、太鼓を打ち鳴らし、軍旗を翻して、大隊ごとに行進していた。かれらの着ているものは短く、様々な色をしていた。かれらはトネリコの木ででき、鉄の穂先が細く鋭い十ピエの長さの槍で武装していた。各大隊の第一列は、兜と胸を覆う鎧を着けていた。その結果、これらの兵士が戦闘となると、敵に三重の鉄針のむしろを展開し、そのいちばん突き出たものは、かれらの身体から八ピエまえにあった。兵士およそ千人ごとに、百人の狙撃隊がつけられていた。以上が現代の歩兵のはじまりである。

「スイス兵のあとに、五千人のガスコーニュ兵が行進したが、そのほとんどは弩《いしゆみ》の射手であった。かれらが鉄の弩を絞って引く速さはめざましいものがあった。さらに、背丈の小ささのせいで、スイス兵と対照するとかれらが劣っているように見えた。ローマの人たちは、かれらの着ているものに飾りがなかったので、貧しいものと判断した。

「次に騎兵がやってきたが、かれらはフランス貴族の精華で構成されていた。これらの青年は絹の外套、兜、金ぴかの首飾りで光っていた。ローマの人はおよそ二千五百の胸甲騎兵を数えた。これらのフランス青年は、イタリアの憲兵のように、大量の鉄製の武器と頑丈な穂先の強力な槍を持っていた。かれらの馬は大きく丈夫だった。しかし、フランスの習慣によって、尻尾と耳は切られていた。ローマの人はこれらの馬が、イタリアの憲兵の馬と同様、攻撃を防ぐための堅い皮の馬鎧で覆われていないのに気がついた。

「胸甲騎兵一人ひとりが三頭の馬を従えていた。最初のは、騎兵と同じように武装した近習が乗り、他の二頭は槍もちが乗っていた。槍もちは、戦いで右と左で主人を支援するので、側面補佐と呼ばれていた。胸甲騎兵のあとで、五千の軽騎兵がやってきた。かれらは大きな木の弓を持っていた。英国の兵士のように、かれらは遠くまで長い矢を放った。防護の武器としては兜と鎧しか見えないが、ある者たちは、馬のぶつかりあいで転倒した敵を地面に突き刺すために、短槍を所持していた。これらの軽騎兵の外套は、かれらの主人の紋章を描いた銀の記章で飾られていた。

「最後に、若い王の護衛隊が進軍してくるのが見えた。百人のスコットランド人を含む四百人の射手が、シャルル八世のまわりに垣根を作っていた。もっとも著名な家系から選ばれた二百人のフランス人騎兵が、この君主のわきを徒歩で歩いていた。かれらは肩にとても重い鉄の武器を担いでいた。みんなの目はシャルル八世を探していた。とうとう王が現われた。アスカニオ・スフォルツァとジュリヤーノ・デッラ・ロヴェレ（その後ユリウス二世となった）の両枢機卿が王のわきを歩いていた。コロンナとサヴェッリの両枢機卿はそのすぐうしろに従い、それから一群のフランスの領主がやってきた。

「王が通るや否や、耳を聾する奇妙な物音が群衆の注意を捉えた。群衆は強力な馬に引かれた三十六門の青銅の大砲を見て驚いた。これらの大砲の長さは八ピエあり、それが発射する弾丸は人間の頭部のように大きかった。それぞれの大砲は六千リーヴル〔約三トン〕の重さはあるにちがいないと思われた。大砲のあとに、十六ピエの長さのカルヴァリン砲、ついで胡桃ほどの大きさの弾丸を放つ小ハヤブサ砲がきた。二つの重い木材で砲架が作られていた（今日のように）が、それは腕木を用いて固定され、二輪車で運ばれていた。その二輪車には導輪となる別の二輪車が連結されていて、こちらは砲を砲座となる車に据えることで砲から分離されていた。

「伝えられているように、シャルル八世の先頭部隊は午後三時にポポロ門を通りはじめた。四時半頃、夜がきたとき、行進は松明の明かりで続けられ、松明が兵士の輝く武具を照らして、かれらにさらに一段と何かしらいかめしい印象を与えた。フランス軍はやっと九時になって行進が終わった。若い王はかれの砲兵隊とともにヴェネツィア館に宿泊した。」

フィリップの話のあとで、僕たちは議論した。おそらくこの遠征は気ちがい沙汰だった。それは誰の利益にもならなかった。しかしそれは美しかった。今日僕たちがこんなにもしばしばシャルル八世の名前を繰り返して出すのは、間違いなく、かれが芸術家だったからだ。

ナポレオンの戦争はきわめて美しかったし、少し有益だった。そこからかれの名声がくるのだが、それは何千年も続くだろう。僕たちのなかで、モスクワからの退却を体験した者の老年は笑いものにはならないだろう。この偉大な思い出に護られるだろうし、この思い出は一八五〇年以降には語りぐさになるだろう。

今晩、心地よいオペラ・ブッファ『日陰の丘の伯爵夫人』がリッパリーニによって申し分なく歌われた。[149] 僕たちは一時頃ローマの街路を散歩した。街の人が籠に入れて飼っている夜鳴き鶯のうっとりさせるような響きわたるさえずりを聞きながら。

［一］ルーヴルで、シャルル八世の肖像と、ロドヴィーコのかわいそうな甥を訪問するこの君主が描かれている絵を探すこと。この甥は叔父に毒を盛られた。ミラノのアラーリ伯爵殿は、この主題に基づいて、パラージによって描かれた魅力的な絵を持っている。[150]

［二］パオロ・ジョヴィオ、第二巻、四一ページ。ルイ・ド・ラ・トレムーユの回想録、著作集第十四巻、一四八ページ。

◆七月四日

僕たちは日中を有名なサン・パオロ・フオーリ・レ・ムラのバジリカで過ごした。聖パウロが殉教したあとで埋められた墓地の一角に、コンスタンティヌスがそれを建てさせたと信じられている。三八六年、皇帝ヴァレンティニアヌス二世とテオドシウスが、もっとずっと広大な構想に基づいてこのバジリカの建てなおしを命じた。それはホノリウスによって完成された。何人もの教皇がそれを修復し、飾りを加えた。

一八二三年七月十五日の不幸な火災以前には、身側廊が柱で隔てられているバジリカのなかで、おそらくいかなるものもこれ以上に堂々としていて、これ以上にキリスト教的なものはなかった。[151] 今では、火によって生じたおそるべき無秩序以上に、美しいもの、人目を引くもの、悲惨なものはない。炎の熱は、天井を支えている巨大な梁によって勢いを増し、大部分の柱をうえからしたへと引き裂いた。

火事以前の二十年間、僕は、地上のいかなる王の富も同じものをもう二度とは建てられそうにないようなサン・パオロを見た。予算と自由の世紀はもはや美術の世紀ではありえない。鉄道、貧民収容所の方が、サン・パオロよりも百倍もよい。実際は、これらのたいそう有益なものは美しいという感じを与えないし、このことから僕は自由が美術の敵であると結論する。ニューヨークの市民は美を感じる時間がないが、しばしば美が分かるとうぬぼれている。うぬぼれはどんなものであっても怒りや不幸のひとつの源泉ではないだろうか。諸君は美を感じる代わりに、つらい気持を覚える。このことは自由が世界のすべてのバジリカよりも値打ちがあることを変えはしない。しかし僕は誰にも迎合したくない。

再建されたサン・パオロ・フオーリ・レ・ムラ教会

昔、サン・パオロに入ると、見事な柱の森のただ中にいるように思ったものだった。百三十二本の柱が数えられたが、すべてが古代のものだった。この教会を建てるためにどのくらい多くの異教の神殿が損害を受けたことか神のみぞ知るだ！（コルソでサン・パオロの平面図と内部風景を買いたまえ、料金二パオリ。）四列各二十本の柱が、教会を五つの身側廊に分けていた。中央身廊の四十本の柱のうち、二十四本が、コリント式の構成要素をもつ一体の紫大理石でできていたが、ハドリアヌスの霊廟（現在のサン・タンジェロ城）から奪ってきたものだった。

一八二九年[152]の僕たちの楽しみのためには、これらの柱がハドリアヌスの霊廟に残っていた方がどんなにいいかしれないし、そうすればそこは世界でももっとも美しい廃墟になっていることだろう！しかし三九〇年の人々の考えを愚かだといって責めてはいけない。

かれらは僕たちと同じ気持を求めなかった。当時は、かくも長く地上の権力者に嫌われていた宗教に熱中している人々の目に、何よりも最初に映ったのは、教会を立派に飾ることであった。数世紀来、キリスト教徒の社会のただ中から、安心感は消えていて、日々、ただ快適なだけのものについてはいちだんと考えられなくなっていた。

とりわけローマ教会の初期の時代を思い出させ、昔サン・パオロにきわめてキリスト教的な、つまり厳粛で不幸な様子を与えていたものは、天井の欠如であった。旅人は頭上に屋根ぐみを形成する大きな梁を見た。それはどんなものにも隠されたり飾られたりしていなかった。サンタ・マリア・マッジョーレやサン・ピエトロの金塗りの板張り天井とはほど遠い。サン・パオロ・フオーリ・レ・ムラの舗石は、大理石造りの古代の記念建造物から取ってきた不揃いのかけらでできていた。

教会へ入るや否や、この柱の森の彼方の祭壇の背後に見える巨大な人物たちの大モザイクに、目はびっくりしたものだった。それはまわりにあるものすべてにとって碑文のような役目をしていたし、魂を悩ましている感情の名前を魂に教えてくれた。イエス・キリストをとりまく『黙示録』の二十四人の老人と使徒聖ペテロと聖パウロの巨大な大きさは、あの「恐怖および永劫の地獄」という言葉にぴったりだった。このモザイクは四四〇年にできた。

このバジリカには三つの大きな扉から入る。ローマの執政官パンタレオン・カステッリが一〇七〇年にコンスタンティノープルで大きな青銅の扉を作らせた。それは一八二三年の火事で部分的に溶けている。

この教会はキリスト教の初期の時代のいくつかの名残りをとどめている。サン・ピエトロのものと同じような大祭壇が、後陣の壁から（あるいは教会の奥から）非常に離れたところに置かれている。この祭壇の近くの司祭たちが坐る聖歌隊席は、五つの出入口のついた壁で信者の目から隠されている。中央のは主祭壇の正面にあり、他のは四つの側廊のはずれにある。これらの身側廊は四つの柱列とバジリカの側壁によって作り出されている。サン・パオロには、心の状態によって教会へ入るのを自制して、信者たちが立ち止った外玄関がある。

ローマの人の精神のなかでは、サン・パオロの火災には何かしら神秘的なものがあり、この国の想像力豊かな連中は、憂愁というイタリアには滅多になくドイツではよく見かけるあの感情に起因する、あの陰気な快感を抱いてそのことを話している。大身廊には、柱のうえの壁面に、すべての教皇の肖像画が長ながと並べられていたが、ローマの庶民は、ピウス七世の後継者の肖像画にはもう場所がないのではないかと心配して見ていたものだった。それで教皇庁廃止の噂が起こった。臣下の目にはまるで殉教者のように見えた尊ぶべきローマ司教は、サン・パオロに火災が起こったとき、かれの最後の瞬間にさしかかっていた。火事は一八二三年七月十五日から十六日にかけての夜に発生した。その同じ夜、教皇は臨終に近づいていたが、夢にうなされ、ローマ・カトリック教会に起こった一大不幸がたえず目のまえに現われていた。かれは何度かはっとして目を覚まし、変わったことはないかと訊ねた。翌日、教皇の病状を悪化させないために、火事のことは秘密にされ、少しして教皇はそのことをまったく知ることなく亡くなった。

　何人かの古代の著述家は、サン・パオロの屋根ぐみのためにヒマラヤ杉材がレバノン山から送ってこられたと主張している。一八二三年七月十五日、これらの梁によって支えられている鉛の屋根で働いていた不運な労働者たちは、仕事のためにこんろを使っていたが、このこんろからこれに火がついた。灼熱の太陽で何世紀にもわたって乾かされてきたこれらの大きな木材は、柱のあいだを炎をあげて落下し、破壊のかまどとなり、その熱が四方八方で柱を崩壊させた。こうしてローマのみならずキリスト教世界全体でもっとも古いバジリカが失われた。それは十五世紀存続してきた。バイロン卿は、一宗教は二千年しか続かないと主張しているが、これは間違っている。

　遠い昔に聖ペテロと聖パウロの聖遺物は二つの部分に分けられた。一人のはサン・パオロの主祭壇したに保存され、もう一人のはサン・ピエトロにあって、そして二人の使徒の頭部はサン・ジョヴァンニ・イン・ラテラノ教会にある。

　レオ十二世はサン・パオロを再建しようと企てた。公認されているクラカスの新聞に掲載されたいくばくかの誇張に満ちた文章は、ロンバルディーアのマッジョーレ湖畔、ボッロメオ諸島近くにある石切場から、大理石の柱がサン・パオロのために運ばれてきた、と時どき僕たちに教えてくれている。これらの柱は、レオナルド・ダ・ヴィンチによって改良された有名なミラノ公国運河で船積みされている。それらはヴェネツィアに到着し、イタリアをぐるっとまわって、テヴェレ河をサン・パオロから数百歩のところまで運んでくる。一、二世紀の無駄な努力のあとで、この教会を再建しようという計画は放棄されるだろうし、そのうえそれはまったく無益なことなのだ。

火災直後のサン・パオロ（十九世紀の石版画より）

このバジリカの内部は、全体の平面が長方形で、後陣《トリブーナ》（教会奥の円くなった部分）は加えずに、二百四十ピエ［約七八メートル］の長さがあり、幅は百三十八ピエ［約四五メートル］である。教会を五つの身側廊に分けている八十本の柱のうち、中央身廊の左右の四十本はもっとも貴重なものと見做されていて、これらの柱のうち二十四本は一体の紫大理石でできていた。[154]

一年前から、これら二十四本の紫大理石の柱はフォロのバジリカ・アエミリアから出たものだと主張する傾きがある。大プリニウスの一節やスタティウスのいくつかの詩句に依拠している。確実なのは、これらの柱がコリント式構成で、三分の二に溝が入っていて、三十六ピエの高さと十一ピエの周囲があったということである。他の柱はパロス島の大理石でできていた。後陣の大アーチを支えている二つの巨大な粒晶大理石の円柱は、十五ピエの周囲と四十二ピエの高さがあった。火がそれらをうえからしたへと引き裂いた。これらの大きな破片がいつまでも痛ましい記憶を残している。どうして僕はそれを言わずにいられようか。サン・パオロでは、僕たちはまぎれもないキリスト教徒だった。

たくさんの小さな円形の石塊を、バックギャモンのチップの山のように、次つぎと重ねて造ったあのシチリアの神殿の円柱は、見るだけでそうたやすくは感嘆できないように僕には思える。[155] 一方、大理石なり御影石なりの一体造りの円柱を眺めると、尊敬の念に心を打たれる。パリのマドレーヌ寺院の柱のように、小さな切り石を集めて造った柱では、何かしらが虚しい模倣という想念を呼び起こす。しかし僕たちは他にどうしようもないし、まったく柱がないよりも、こうして造られた柱の方が僕は好きだ。

建築の大記念物が与えてくれる喜びの源泉のひとつは、おそらく創造した力への感情である。ところが、豪華さがなければ、不完全な状態の模倣を見るのと同じで、力という観念には何の破壊力もない。確かにフランスないしヨーロッパには石切場があり、その援助を受ければ、マドレーヌ寺院の柱も二、三の石塊だけで造ることができただろう。それがあまりに高価だったゆえにか、そうしなかった。それで虚しい模倣だ。建築は次第にロシア以外のところでは不可能になるだろう。ロシアでは、皇帝《ツァー》がひとつの記念建造物のために一万の奴隷を働かせることができる。

サン・フランチェスコ・ディ・パオラ教会（ナポリの、王宮と向きあう）[156]の柱は、三個の大理石でできている。近隣の家々がのしかかるようなこのサン・フランチェスコは、才能のない建築家がローマのパンテオンと、サン・ピエトロの列柱廊を混ぜあわせた模倣でしかない。しかし、その柱は、別々に集められたものだが、十九世紀でもっとも美しいものである。

サン・パオロ・フオーリ・レ・ムラでは希望のない深い悲しみの印象を受けたものだったが、それを増していたものは、それぞれの柱の柱頭がアーチによって隣の柱と繋がり、ギリシアの記念建造物やマドレーヌ寺院に見られるように直線によって繋がっていたのではなかったことだ。これらのアーチのうえに、教皇の肖像画が延々と並べられていたが、これがこのバジリカの極度にカトリック的な概観にさらなる貢献をしていた。[一]何人かの教皇に付与された顔つきは、サン＝バルテルミーや宗教裁判所の効果てきめんの苛酷な仕打ちを思い出させる。

聖レオ大教皇は聖ペテロから自分に至るまでの肖像を作らせた（四四〇）。このコレクションは四九八年に、教皇聖シンマクスの命令によって続けられた。ベネディクトゥス十四世ランベルティーニは、古い肖像を修復させ、かれ以前の教皇のものをつけ加えさせた。ピウス七世は、二百五十五代目の教皇だったが、このコレクションを完成させた。

僕は火事の翌日サン・パオロを訪れたのだった。[157]そこで僕は、厳粛な美と、芸術のなかでモーツァルトの音楽だけが想念を与えることができるような不幸の痕跡を見つけた。すべてがこの不幸な出来事の恐怖と混乱を生なましく描いていた。教会は、燻ったり、半分焦げた黒い梁で足の踏み場もなかった。うえからしたに裂けた円柱の巨大な破片が少し揺れただけでも落ちる危険があった。教会に詰めかけたローマの人たちは愕然としていた。

それは僕がこれまでに見たことのなかった美しい光景のひとつだ。一八二三年にはそれだけで、ローマに旅行する値打ちがあったし、権力の手先どものあらゆる無礼の埋め合わせになった。あわれな旅行者は次のように独り言をいったものだった。これらの下劣で不当な連中は、この崇高な光景を楽しむことができない。かれらにはそのために必要な魂がない。そのうえ、どれか円柱の残骸の背後に人殺しが隠れているのではないかと心配しているようだ、と。

教会の奥の大モザイクを四四〇年に作らせたのは聖レオ大教皇だった。それは火事によってあまり損害を受けなかった。

ゴティック式の装飾によって仕上げられた天蓋を備えているゆえに、とりわけ注目すべき祭壇についても同じである。

隣の一二二〇年に建設された方形中庭を見なければならない。サン・パオロはいかなる外観もないし、おまけに周辺の空気はたいそう不健康であるので、この教会に祭務を担当しにくる修道士は毎年五月になるや仕事を放棄しなければならない。そこに残される五、六人の不幸な連中はいつも熱がある。——帰りに、僕たちはケスティウスのピラミッドとテスタッチョ丘を見た。

〔二〕これら教皇の何人かの聖務案内原典を、教会参事会員リョレンテの『異端審問史』[158]のなかで見ること。厳しい冬のさなかにフランスから追われたこのかわいそうな男は、マドリッドへの道筋で寒さと悲惨さとで死んだ。かれが反対向きに書いていたら、司教になっていたことだろう。かれの迫害者はC＊＊＊[159]だ。歴史を読む人への警告。

◆一八二八年七月五日

僕たちのローマに対する態度はすっかり変わった。思い切って言うなら、僕たちはこの有名な町に一種の情熱を感じている。僕たちにとっていかなる詳細も厳密すぎたり、あるいは細かすぎるということはない。僕たちは検証する対象に関係すること一切を吸収したいと思っている。

六カ月前だったら、僕たちの旅仲間の女性たちはサン・ジョヴァンニ・イン・ラテラノに一時間も立ち止まることを望まなかったことだろう。僕たちは今朝九時頃そこに到着して、そこから出たのはやっと五時のことだった。僕たちの検証は、ヴィッラ・アルティエーリで過ごしたわずかのあいだしか中断されなかった。『ユードルフォの秘密』[160]のヴィッラには行かなかった。サン・ジョヴァンニ・イン・ラテラノに隣接するヴィッラ・アルティエーリの大きな樹木のしたに、質素な昼食が用意されていた。

ピラネージ『サン・ジョヴァンニ・イン・ラテラノ教会』

サン・ジョヴァンニ・イン・ラテラノは世界で最初の教会である。《ローマと世界の母であり中心である。》それはローマ司教としての教皇座である。教皇は、神の栄光を讃美したあとで、ここにやってきて教皇座を所有《ポッセッソ》する。

三二四年[161]に、コンスタンティヌスが自分自身の宮殿のなかにこのバジリカを建て、ついでこれを教皇に譲った。教皇たちは、アヴィニョンにあった聖座をローマに戻したグレゴリウス十一世まで（一三七〇）、ローマ滞在中はここに住んだ。この教皇は七人のフランス人教皇の最後になった。もしフランス国王が、ローヌ河畔に教皇たちを定住させるのに必要な力と周到さをもっていたなら、僕たちの国は、まだ一八二八年にも例の見られるあのすべての教権論争を回避したことだろう。最初のフランス人教皇（クレメンス五世、ボルドー大司教）の選出をリュブー枢機卿が知らされたとき、かれは隣のナポレオーネ・オルシーニ枢機卿のまえで大声で言った。

《Hodie fecisti caput mundi de gente sine capite.（あなた方は頭［判断力］のない庶民のなかから世界の頭［支配者］を選んでしまっ

た。》クレメンス五世にこの非難は不当だった。教皇になるや否や（一三〇五）、かれは十二人のガスコーニュ人ないしフランス人の枢機卿を出した。かれらは当然イタリア人枢機卿たちを軽蔑したし、こちらはまもなく少数派になった。

もしメッテルニヒ氏がロンバルディーア人ないしオーストリア人の教皇を獲得できたら、僕たちは似たような光景を見るだろう。目撃者のペトラルカは、このアヴィニョンの宮廷の風俗を若干の書簡のなかで叙述している。僕は読者にそれらをお薦めする。不幸なことに、ペトラルカはあらゆる面で十九世紀の著述家と似ていて、上品に書こうとし、詳細を提示することによって品を落とすのを心配している。読者は表題なし《シネ・ティトゥロ》の第十六書簡、七二七～七三一ページを手に取ることができる。そこには、一風変わった状況で赤い帽子を被るどもりの枢機卿の物語が見られよう。

サン・ジョヴァンニ・イン・ラテラノのバジリカは一三〇八年に焼けた。アヴィニョンに住まいを構えていたクレメンス五世は、莫大な金額を送り、火事が破壊したものすべてを見事に再建した。

グレゴリウス十一世は北の門を開設した。マルティヌス五世はその正面を造り、これはのちにエウゲニウス四世とアレクサンデル六世によって装飾を加えられた。ピウス四世は美しい金塗りの格間天井を作らせた。シクストゥス五世は横正面を装飾し、その二重の柱廊玄関がフォンターナ[162]の設計で建てられた。一六五〇年にインノケンティウス十世は、あのバロックの建築家ボッロミーニ[163]の設計に基づいて、大身廊を今日僕たちが見るような姿にした。土台を掘って、この場所がセルウィウス・トゥリウスの市壁内に含まれていなかったことが分かった。

クレメンス十一世はこのバジリカを美しくした。そして最後にクレメンス十二世が正面を建設させた（一七三〇）。これはその時代にはとても称讃されたが、僕たちにはかなりひどいものに思える。この教皇は金を持っていた。ポポロ門からサン・タンジェロ橋までテヴェレ河の河岸を造るよう提案が出された。しかしかれは自分の大聖堂を美しくすることの方を選んだ。

正面は複数のバルコニーによって二つに断ち切られている[164]。教皇が祝福を与えるのは中央のバルコニーである。コンポジット式の四本の柱と六つのつけ柱がこの正面を構成している。そのうえには十一の彫像が乗っていて、それは

サン・ジョヴァンニ・イン・ラテラノ大聖堂

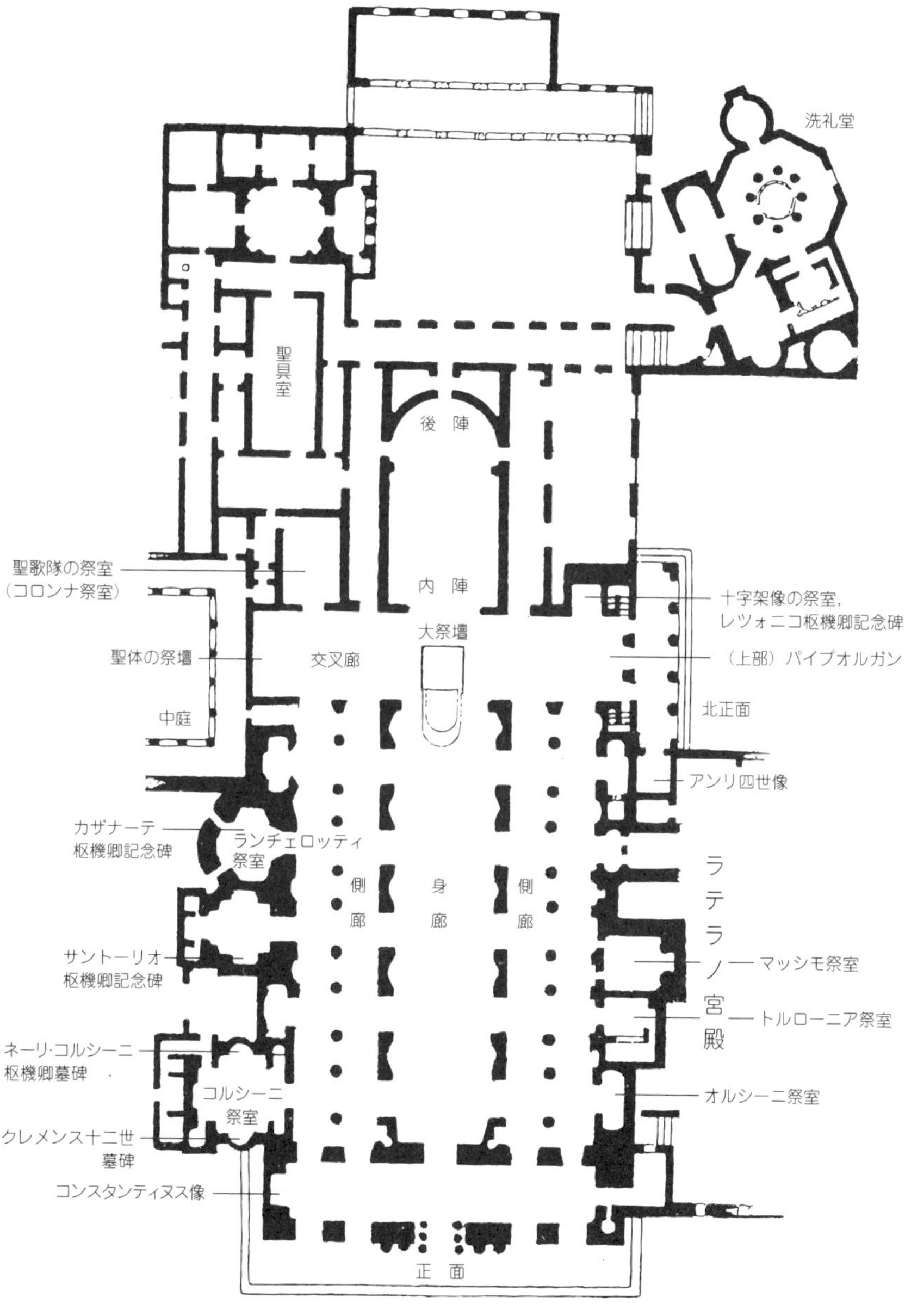

129–128　7月5日

コンスタンティヌス像（サン・ジョヴァンニ・イン・ラテラノ教会）

ここから四分の三リューのところにあるヴァチカンのラファエッロのロッジャからとてもよく見える。この距離はローマ居住区のなかで最長の距離である。

その下部の柱廊にコンスタンティヌスの彫像が[165]置かれている。この皇帝のあとでローマを襲った災難の連続によって埋もれていたものだが、クィリナーレ丘のかれの浴場で発見された。青銅の大扉はアレクサンデル七世の命令でフォロのサン・タドリアーノ教会からはずされ、ここに運ばれた。それは四つの開口部《クアドリフォーレ》を備えた門の扉のうちで古代人が僕たちに残してくれた唯一の見本である。

実際にとても大きいこのバジリカに入ると、四列のつけ柱によって隔てられた五つの身側廊に区切られていることに気づく。これらのつけ柱はボッロミーニ以前に存在した柱を隠している。それらは溝入りのコンポジット様式である。大身廊の各つけ柱の中央に、滑稽な壁龕があり、そこにはさらにもっと滑稽な巨大な彫像が入っている。これらの壁龕はそれぞれ古代緑の二つのきれいな柱で飾られている。彫像は、十四ピエ五プースの大きさがあり、使徒を表している。彫刻の製作者はルスコーニ、ルグロ、オットーニ、マラッティである。いちばん悪くない彫像は、モノによる聖ペテロと聖パウロの彫像である。そのうえに漆喰の浅浮彫りがあり、もっと高いところに、時代の最良の画家、アンドレア・プロカッチーニ、ベネフィアル、コンカによる卵型をした額絵がある。ダニエル、ヨナ、エレミア、そしてその他の預言者が表現されている。おそらくここには、ミケランジェロがシスティーナに描いた崇高な預言者たちの複製を置いた方がよかった。しかしイタリアではつねに新しいものが望まれるし、これは正しい。こうして、芸術は脈々と維持される。

ラシーヌとヴォルテール以降、もし毎年、四つの定められた時期に、俳優たちが新しい悲劇を上演する義務があったら、フランス悲劇は、僕たちが見ているところまで凋落しなかっただろう。

サン・ジョヴァンニ・イン・ラテラノでは、トリエント公会議以来理解されているような、そんなキリストの宗教が生み出した最高に美しい祭室が見られる。ここではキリスト教草創期の感動的な簡素さも、ミケランジェロの恐ろしさも見つけだそうと望んではいけない。コルシーニ家祭室は入って左手の最初である。それはローマでいちばん豪華なもののひとつである。サンタ・マリア・マッジョーレの祭室よりもきれいだが、もっと美しくはないように僕には思える。これがパリで、サン＝フィリップ＝デュ＝ルールにあれば、僕たちは熱狂して称讃したことだろう。この祭室はクレメンス十二世コルシーニの命によって、フィレンツェの建築家ガリレイの設計に基づいて建てられ（一七三五）、この建築家はそれをコリント様式 166 で内装し、全体に高価な大理石を被せた。

そこへ入るには教会と隔てている鉄柵を開けてもらわねばならない。グィドを写したモザイクは近くで見るだけの値打ちがある。それは聖アンドレア・コルシーニを表している。原作はバルベリーニ宮殿にある。入って左手の墓はクレメンス十二世のものであり、かれはあの美しい斑岩の瓶棺に入れられているが、これはパンテオンの柱廊玄関のなかに放棄されていたものだった。そのため、古代学者の通常の論理では、それがマルクス・アグリッパの遺骸を収めていたという結論になっている。

右手の記念物は教皇の伯父のネーリ・コルシーニ枢機卿のものである。ここにはいくつかの彫像と浅浮彫りが見られるが、痛ましい状態で、ローマではベルニーニの死とカノーヴァの出現とを隔てる世紀のあいだ（一六八〇～一七八〇）、芸術が失墜していたことを示している。

円蓋は漆喰とその他の金塗り装飾で飾られている。大理石の舗石は感じがいい。結局、この祭室には芸術家たちの才能以外、足りないものは何もない。僕はそこに古代の瓶棺しか美しいものを見ない。

次にくる卵型の祭室はサントーリ家のものである。大理石のキリスト像はステファノ・マデルノのものである。カザナッタ枢機卿[167]の墓が見られる。この立派な枢機卿こそが、かれの図書室を公衆に残し、その見張りを宗教裁判所判事たち（ミネルヴァ教会のドメニコ会士たち）に委ねたのだ。かれの墓の彫像は、ローマで言われているように、有名なルグロ氏の作である。

大身廊にマルティヌス五世の青銅の墓碑が見られ、そして右の側廊にジョットのものと信じられていて、僕にはとてもよく思えるボニファティウス八世の肖像が見られる。この教皇は二人の枢機卿にはさまれて、教会のバルコニーで、一三〇〇年の聖年の最初の大赦を発表する姿で描かれている。大祭壇はうえにゴティックの装飾を乗せている。そこには、もっとも有名な聖遺物に加えて、使徒聖ペテロと聖パウロの頭部が保存されている〔二〕。教会の奥には、とても古いモザイクが見られるが、それはニコラウス四世の時代に遡る。

交叉廊[168]には美しい聖体の祭壇が見られるが、コンポジット様式で溝入りの四本の金塗り青銅柱ゆえに、とりわけ際立っている。それらの柱は、ユピテル・カピトリヌスの神殿のものだったとか、エジプトの軍艦の船嘴の青銅でアウグストゥスによって作られたとか言われている。祭壇のまわりには大理石の彫像が見られる。そのうえにある『被昇天』はアルピーニ騎士によって描かれた。この近くに、もう一人の凡人アンドレア・サッキの墓と向きあって、かれの墓がある。

『ローマ教会の四博士』はチェーザレ・ネッビアの作である。パイプ・オルガンは非常に美しく、古代黄色の二本の見事な溝入り柱によって支えられている。右の側廊のはずれにある北の扉から出ると、アンリ四世の彫像のまえを通るが、それはこんな場所で人目にふれることですっかり憂鬱な様子をしている。ご存じのように、フランス国王はサン・ジョヴァンニ・イン・ラテラノの教会参事会員である。僕が思うに、国王の大使が毎年聖女ルキアの日に、欠かさずここにやってくる。かれの馬車は、若干の馬車をお供にして、ゆっくりした速度で進む。この折にはすべてのフランス人が呼び集められる。ラヴァル公爵殿はこの種の儀式をとても優雅でかつ質素にしていた。

とても嘲笑的なローマの庶民は、一七九六年にサン・ジョヴァンニ・イン・ラテラノの参事会員だったのは、一にして不可分のフランス共和国だったと強調して言っている。この役目は、今日では滑稽だが、十七世紀にスペインが金持だったときには、ローマの上流社会がこぞって就任していた。スペイン人とローマの人自身も、その役職に大いに謹厳さと華麗さをつけ加えたものだった。隣人に深く尊敬されない大貴族とは何か。[169]もはや英国にしか大貴族はいない。しかしかれらは十七世紀のローマの貴族よりも華麗ではないし粋でもない。

サン・ジョヴァンニ・イン・ラテラノからサンタ・マリア・マッジョーレに続く道は直線であり、高い位置にあるのでまったく泥がないし、少しの人混みもない。結局、それは駆足で馬を走らせながら心地よい散歩をするのに、あらゆる条件を備えている。ローマでは、非常にすばしこくて、とてもいい小型の馬が借りられる。

馬に乗る前に、僕たちは二十八段の大理石でできているスカラ・サンタを一瞥した。それはエルサレムのピラトの家の階段そのものである。イエス・キリストがそれを何度か昇り降りした。そこにはいつも、膝で昇る信者が見られる。シクストゥス五世がこの階段のうえに教皇たちの私的な礼拝堂を置かせた。以前はサン・ジョヴァンニ・イン・ラテラノの宮殿のなかにあったものだ。スカラ・サンタの小さな建物の横正面、ナポリへの街道の方に、聖レオ三世にまで遡る有名なモザイクが見られる。正直に言って、僕には凡庸なものにしか見えない。逆に、この場所で目に入る眺めはすばらしい。それはプッサンの景色である。ローマの近郊でしかお目にかかれないあの壮大な廃墟が点在する見事で厳粛な田園である。

オベリスクに一瞥も投げずにサン・ジョヴァンニ・イン・ラテラノを去るとしたら悔やむことになるだろう。それは知るかぎりもっとも大きなものであり、柱脚と土台を含めずに九十九ピエある。エジプトの王テウトモシスが、あのテーベの町でそれを太陽に献じたのだが、この町については、学者たちが僕たちにあんなにもうまい作り話をしてくれている。

コンスタンティヌスはこのオベリスクをナイル河で船に積み込ませた。それをかれの息子のコンスタンティウスがアレキサンドリアからローマに運ばせた。エジプト人は、愚かな民族だが、[170]巨大な荷を運んだり、岩山に広大な神殿を掘る技術を持っていた。そこにかれらの値打ちが、奴隷の値打ちがある。[171]

ラテラノ宮殿は火事で破壊されたので、シクストゥス五世はそれを再建させた。フォンターナがその建築家だった。

かれはここにあの美しいオベリスクを置いた。それは三つに砕けて、大競技場のまん中に埋まって横たわっていたのだ。アンミアヌス・マルケリヌスはこのオベリスクについて語っているが、その十字架は地上から百四十三ピエのところにある。コンスタンティウスがオベリスクを据えた広場に再び立てた方がよかったろうに。古代の記念建造物を復元するこうした従来のやり方は、一八〇〇年頃に生まれた世代が政権の座に到達するときには、時代遅れになるだろう。

僕はどんな名前も書かない。どんな口実でも、旅行者はイタリア人の名前を書いて保存しておいてはいけない。性格の際立った特徴に従って名前を勝手に作ることができる。とても些末なことにこだわるのを赦していただけるだろうか。もしこの本をローマに持っていくなら、この表題を破っておくことをお勧めする。トスカーナの国境のポンテ・チェンティーノ[172]で、またポルタ・デル・ポポロに近づいたら[173]、ポケットに入れなければならない。ナポリでは、サン・ジャコモ通りのペッロ氏の図書閲覧所のものであるティトゥス・リウィウスの二巻が押収されるのを見たが、それらをある英国人がイスキア島に持ち出そうとしたのだった。

僕たちはサン・ジョヴァンニの横正面から数歩のところにあるコンスタンティヌスの洗礼堂に入った。それはコンスタンティヌスのものとされている八角形の小教会である(三二四)。死の十三年前のローマにおけるコンスタンティヌスの洗礼の物語は、ローマの寄進の動機として役立つように八世紀に作られた話である。この偉大な将軍は大いに用心してキリスト教の勝利の準備を整え、おそらく、三三七年の死の間際になってはじめて洗礼を受けた。罪にまみれたこの人物に、聖シルウェステルが思い切って罪の赦しを与えたのはここだ、と諸君はローマで聞かされるだろう。階段を三つ降りて玄武岩の美しい瓶によって作られた洗礼盤に辿り着く。ここにはとりわけ「正義」の洗礼とコンスタンティヌスの洗礼を表す二つの浅浮彫りが見られる。この関連づけには思わずため息が出る。

柱を何段にも重ねてできている一種の瀟洒な部屋の上方に、サッキの八枚の小さな絵が見られる。それらは洗礼者聖ヨハネの生涯から題材が取られている。内壁にはマラッタのフレスコがある。

隣の祭室は、洗礼者聖ヨハネに捧げられているが、コンスタンティヌスの休息の部屋だった、と言われている。祭壇上の彫像を注意深く眺めたまえ。それはドナテッロの作である。諸君は、一年おきにルーヴルの展覧会で見せられるいくつもの気障《きざ》な聖ヨハネ像の方を好むだろうか。トルヴァルセン騎士殿の巨大な聖ヨハネ像の方が好きだろうか。もうひとつの福音史家聖ヨハネの青銅像は、ジョヴァンニ・バッティスタ・デッラ・ポルタの作（一五九八）である。

全体的に、サン・ジョヴァンニ・イン・ラテラノは、美の点から見ると、大きな価値はない。[174] 以上が、七時間の検証のあとでの僕たちの一致した見解である。

サンタ・マリア・マッジョーレへと馬を駆足で進めながら、右手エスクィリーノ丘の一部に注目したまえ。そこにマエケナスの壮大な庭園や、プロペルティウス、ウェルギリウス、ホラティウスの小さな家があった。この場所は魅力的だし、とても健康によかったにちがいない。

パリには間欠熱はない。しかしおそらく泥の臭いのせいで、空気が人を消耗させ、六十歳過ぎると痴呆になる。多分かなりの例外があるだろうが。しかし、一方はパリで暮らし、もう一方はディジョンないしグルノーブルで暮らす二人の六十歳の人を比較してみよ。

美しい風土は、貧しいけれど感受性豊かな人の宝ものである。世界文明の首都の立地条件がよいのは、ホラティウス、ウェルギリウス、プロペルティウスのような、貧しい芸術家にとって何というしあわせ！ パリが思わぬ巡りあわせでモンペリエ、あるいはリヨン近郊のラ・ヴールトの場所になったと想像したまえ。日に三度、神経が違ったふうに高ぶる風土では、芸術のなかの琴線に触れる部分すべてが不可能であるか、少なくとも困難《ステンタータ》である。僕は神経をハープの弦に譬える。プラトンとかれの流派はどう言うだろうか。

サンタ・マリア・マッジョーレ広場に近づきながら、[175] 僕たちはパロス島の大理石でできたコリント式の一本の溝入り柱に気がついた。それは、フォロに面するあの広大な建物、中世には礼拝堂だった三つの穹窿しかもはや残っていなくて、さしあたってはコンスタンティヌスのバジリカと呼ばれているもののなかにあった。パウルス五世が一六二四年にもってこさせた。そしてかれの建築家であり、サン・ピエトロの正面の作者であるカルロ・マデルノが、サンタ・マリア・マッジョーレの正面と向きあったここに、それを置いた。この小さな作品においてさえも、マデルノは見た目には好かれないような方法を発見した。この見事な柱は、五十八ピエの高さと五ピエ八プースの直径があるが、幼子イエス《コル・バンビーノ》といる聖母像を頂いている。聖母の頭部は地上から百三十ピエのところにある。無礼にも何度か雷がそれに襲いかかった。この柱のしたにある噴水で、あわれな洗濯女が、もってきた下着を洗っていた。これらの対立がある人たちをおもしろがらせ、かれらを夢想に耽らせる。俗人はそこにあたりまえのことしか見ない。

〔一〕　ミッソンの優れた旅行記を参照。かれはリヨンのプロテスタントだが、一六八〇年に旅行をして、奇蹟や聖遺物を真面目に考えている。かれの本には、十七世紀の几帳面な性質と非情な論理が見られる。そこには良識がある。

サンタ・マリア・マッジョーレのバジリカ

◆一八二八年七月六日

この教会はその起源を、一八二六年にミニェで起こった類のひとつの奇蹟によっている。[176] ミニェでは、限りなく大きな十字架が空中に現われた。ローマでは、三五二年八月の四日から五日にかけての夜に、教皇聖リベリウスと金持の市民ヨハネス・パトリキウスが同じ幻影を見た。翌日、八月五日、今日まさしくサンタ・マリア・マッジョーレのバジリカがある場所に、奇蹟的な降雪があった。奇蹟がもとで、はじめこの教会はサンタ・マリア・アド・ニヴェスとかサンタ・マリア・リベリイと呼ばれ、最後に、救世主の母に捧げられたローマの二十六の教会のうちでいちばん大きいので、サンタ・マリア・マッジョーレと呼ばれた。

四三二年に、教皇聖シクストゥス三世はこのバジリカを大きくし、今日見られるような形にした。何人かの教皇がこれを充実させ、最後にベネディクトゥス十四世が（一七四五）正面を造りかえさせた。

僕はもとの正面がとても惜しまれる。それは全体が八本の柱の柱廊玄関と、チマブエと同時代人のガッド・ガッディとロセッティによって制作された大きなモザイクでできていた。それはよき時代だった。画家たちは自分たちの芸術を崇拝していたし、情熱がつねに説得力をもっていた。

ベネディクトゥス十四世ランベルティーニは、正面をフーガの設計で建設させた。二つの構成要素があり、下部の柱廊はペディメントの付いたイオニア式であり、上部の構成要素はコリント式で三つのアーケードを形成している。僕たちはうえの柱廊にあがり、ガッド・ガッディのまさにキリスト教的なモザイクを見た。一階の扉のわきにフェリペ四世の出来の悪い彫像があるが、フェリペ四世は、五つの総大司教座のひとつであるこの教会を飾るために黄金を送ってきた。

サンタ・マリア・マッジョーレ教会正面

　この黄金のおかげで、このバジリカは壮麗なサロンのようであり、全能の神の住まいという恐ろしげな場所の様子はまったくない。実際、板張りの天井はまさに王宮の壮麗さを繰り広げている。それはインドからきた最高の黄金を使っている。白大理石の三十六本の立派なイオニア式円柱が、この広大なサロンを三つの部分に分け、中央の部分は他の部分よりもっとずっと高く、もっと明るい。これらの円柱はユノの神殿から取ってきたと信じられている。ニコラウス四世[177]とクレメンス九世[178]の平凡な墓のまえを急いで通り、シクストゥス五世の見事な祭室に到着しなければならない。この偉大な君主は、さいわいにもフォンターナ騎士が少し凡庸を超えた建築家であることを見抜いた。シクストゥス五世の彫像を眺めるのは、ひたすらそこにかれの表情を探るためである。この偉人の正面で、宗教裁判所判事の聖ピウス五世が古代緑の美しい瓶棺を占めている。この祭室は全体に高価な大理石を被せられているが、絵、浅浮彫り、そして彫像は平凡である。

　金塗り青銅の四つの天使が、祭壇のうえで、これまた金塗り青銅の見事な聖櫃《せいひつ》を支えている。そこにはイエス・キリストの揺りかごの一

サンタ・マリア・マッジョーレ大聖堂

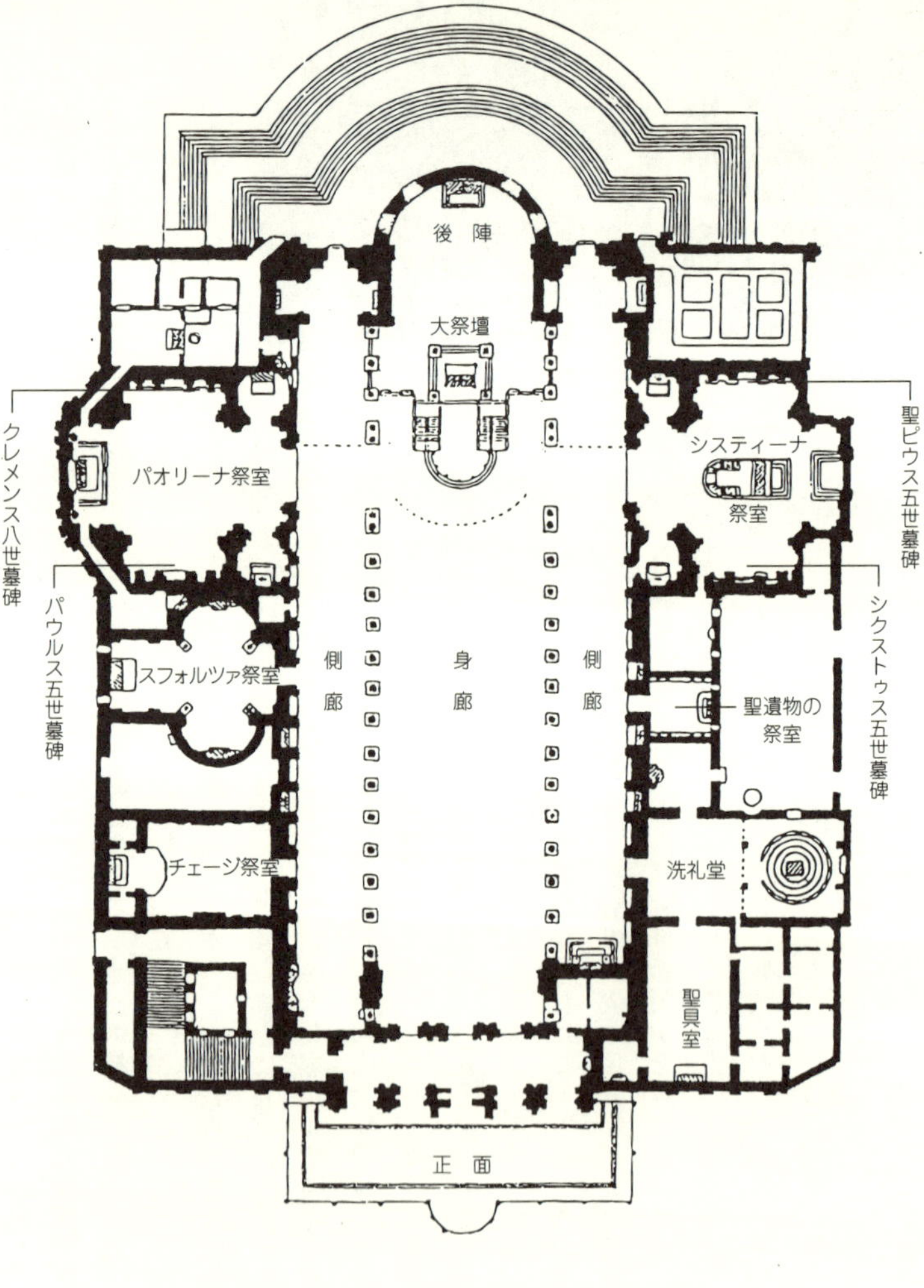

部が保存されている。シクストゥス五世の祭室と隣の聖具室の壁を覆っているすべてのフレスコのなかで、僕たちはパウル・ブリルのいくつかの風景画だけを喜んで見た。[179]

バジリカの大祭壇は、金塗りの棕櫚の葉が巻きついたコリント様式の四本の斑岩の柱に支えられた壮麗な天蓋のしたにある。この装飾はうえに大理石の六つの天使を頂いている。祭壇自体は斑岩でできた大きな古代の瓶棺で作られているが、これはヨハネス・パトリキウスとかれの妻の墓のものであったと言われている。

後陣の奥にあるモザイクは、芸術の再生に貢献した才人、トゥッリータの作である。この教会の他のモザイクは、四三四年に遡り、ルネッサンス（一二五〇年頃に起こった）以前のイタリアにおける芸術がどんなだったかを見せてくれるゆえに、僕たちの興味を引いた。教皇パウルス五世はサンタ・マリア・マッジョーレを選んでここに自分の墓を置いた（一六二〇）。かれの祭室が壮麗であることを認めねばならない。かれは自分の墓と並んで、自分を枢機卿にしてくれたクレメンス八世の墓を置かせた。二人の教皇の彫像はミラノのシッラの作である。大貴族の資質があったパウルス五世が、もっと優れた彫刻家に恵まれなかったことは腹立たしい。かれの祭室は彫像と浅浮彫りに埋め尽くされ、もっとも豪華な大理石がふんだんに使われている。

ドメニコ・フォンターナ『シクストゥス五世像』（サンタ・マリア・マッジョーレ教会）

これほどたくさんの芸術品のなかで、両側面、窓の弓状部、ならびにパウルス五世の墓の上方に見られるフレスコにしか立ち止まってはいけない。それらはグィド・レニのよい作品のなかに数えられる。ギリシアの聖人たちと列聖された皇后たちである。しかしこれらの像に付けられている名前をあげることは重要だろうか。祭壇上の聖処女の姿は、聖ルカによって描かれた。それはラピスの台座に置かれ、宝石に囲まれ、金塗り青銅の四体の天使によって支えられている。この祭壇のエンタブラチュアに、同じように金塗り青銅の浅浮彫りが見られるが、それはこのバジリカの建立の契機になった雪の奇蹟である。

このパウルス五世の祭室と、サン・ジョヴァンニ・イン・ラテラノのコルシーニ教皇の祭室は、壮麗さの観念を与え、北国の連中ないしアメリカの住人の少し繊細さに欠ける趣味を刺激することだろう。ローマではこれらはあまり高く評価されていない。

サンタ・マリア・マッジョーレには二つの正面がある。北にあって、トリニタ・デイ・モンティに続く通りから見える正面は、教皇クレメンス九世とクレメンス十世の命で造られた（一六七〇）。

シクストゥス五世はこの正面のまえにあるさびしい広場に聖刻文字のない赤御影石のオベリスクを運ばせた。クラウディウス帝がそれをエジプトから持ってこさせたのだった。これは、モンテカヴァッロのオベリスクのように、アウグストゥスの霊廟のまえに横たわっているのが発見された。それは四十二ピエ［約一三・六四メートル］の高さがあり、台座は二十一ピエある。

僕たちがここからトラヤヌスの円柱の広場まで辿っていった通りは、登り降りの坂道のために興味深い[180]。そこには下層の庶民が住んでいるように思えた。話しぶりから、暗く、情熱的で、風刺的な性格が伝わってくる。この庶民の陽気さには陶酔のようなものがある。ここにはイタリア人の性格の華すべてが見られる。ロワール河以北の人間である僕たちのなかでは、どんな風に他人が僕たちのことを考えるかに注意を向けることによって、文明は活気《ブリオ》を失ってしまったが、活気がなければイタリア音楽はふさわしい聴き手を得ることができないだろう。反対に、他人へのこうした注意は機知、妙味、喜劇を生まれさせる。パリのサロンで格言が玩ばれるのを見られたし、そこでは華なしにこのうえなく大いに莫迦げたことが言われる。——こうした考察をしながら、僕たちはその通りを辿っていたが、ローマの殺人の半分が犯されるのはここだ。

◆一八二八年七月七日

ランプニャーニ夫人が僕たち、フレデリックと僕をサヴェッリ夫人が開いたコンサートに連れていってくれた。音楽は平凡だったが、そのことは僕を驚かせなかった。それはマエストロ・ドニゼッティのものだった。この人物はどこに行っても僕を追いかけてくる。あいかわらずローマの人のよき趣味を称讃しなければならない。かれらはコンサートで新しい音楽を求める。パリでは、どんなサロンでも、『オセロ』、『タンクレーディ』そして『理髪師』のアリアに出合うが、これらは十年前から劇場で歌われ、しかもマンヴィエル、パスタ、マリブランの夫人たちによって百倍も上手に歌われるのを、僕たちは聞いている。

音楽は吐き気を催させるようなものだったので、僕はわが友人で、ローマでいちばん知的な極右派《ユルトラ》のモンシニョール・N＊＊＊と会話をした。かれは大革命以前のジェノヴァやヴェネツィアで享受されていた自由と称するものをとても莫迦にしていた。僕はかれに、もしこれらの共和国が存続していたならば、今日では二院を開設し、すべての金持のイタリア人が集まってきて、そこに住み着いているだろうということを、楽々と説明してみせた。

わが極右派《ユルトラ》の神父は、頻りとパリに行って議会を見物したがった。かれは他人に、そしておそらく自分自身に、それが嫌悪すべき空想の産物であることを証明しうることが必要なのだ。僕はいくつかの逸話を語るが、それらはかれに微笑を浮かべさせ、一瞬後にはかれを苦しめる。とうとう音楽が終わった。とても愛想のいいフィレンツェの人がランプニャーニ夫人に言っていた。「たとえばアリオストといった大詩人に関する最良の注釈は、かれの生きた時代がどんな状況だったかという話です。

「アリオストが副知事に近い役職にあってフェラーラの宮廷で暮らしていたのは、三十歳のとき、一五〇五年のことでした。その頃、かれがたいそう褒めたたえているイッポーリト枢機卿が、当地でおこなった事柄は以下のようなものでした。枢機卿は親戚すじの婦人に気に入られようとしていましたが、婦人の方は、かれの異母兄のドン・ジュリオ・デステを恋人にしていました。ある日、イッポーリトは彼女が恋仇に寄せている好意のことで彼女を咎めますと、彼女はドン・ジュリオの美しい目が彼女に及ぼした力のことを話し、弁解をしました。枢機卿は怒り心頭で彼女の家を出ました。そして、かれの兄弟のドン・ジュリオが狩に行っていることを知ると、ポー河沿いの森のなかに行き待ち伏せし、かれを無理やり馬から降ろすと、そこで、自分のまえに引き据え、近習たちにかれの目を抉らせました。

しかし、この残忍な所業のあいだ枢機卿がかれの家来たちを見張っていたにもかかわらず、ドン・ジュリオは、顔が醜くなったものの、完全に視力をなくしませんでした〔二〕。

「ジュリオとイッポーリトの兄である愛すべきアルフォンソが当時は君臨していましたが、ローマ教会のお偉方である枢機卿を罰するほどの権力はもっていませんでした。かれは一日の大部分を、青銅の大砲の鋳造を監視して過ごしていました。(ご存じのように、かれはラヴェンナの戦いにおいて、平地で砲兵隊を用いた最初の大作戦によって、不朽の名声を残していて、このことは歴史が言及しています。)かれは午前中はずっと、轆轤鉋工《ろくろかんなこう》の仕事場で没頭し、木工にとても熟練した腕をふるっていました。愉快に生活することしか考えませんでしたので、かれはフェラーラにいる才気あふれる人々から心底親しみを寄せられていました。そのなかには、アリオストや、幇間たち、遊び人たちが数えられました。アルフォンソは自分のなかに王侯たる大きな素質を感じ、気取りもなく、知ったかぶりもなく暮らしていましたが、臣下たちはかれが玉座にはあまりふさわしくないと判断していました。

「かれの二番目の兄弟ドン・フェルディナンドは、その度外れた野心から、こうした状況を利用しようとしました。今ではとても醜くなっていた不幸なドン・ジュリオには、激しい復讐心が取りついていました。二人して、政権を転覆するために仲間を求め、探し出しました。ドン・ジュリオは、イッポーリトと、イッポーリトを罰しなかったアルフォンソを、剣と毒によって復讐しようと思いました。フェルディナンドは王冠にしか関心がありませんでした。

「二人の兄弟を同時にやっつけることが、この陰謀のむずかしさでした。大きな儀式のときしか、かれらが一緒にいるのは見られなかったし、そのときは多くの衛兵に囲まれていました。かれらは決して一緒に食事をしませんでした。アルフォンソは、楽しげな仲間に囲まれ、早い時間に食事をとった。イッポーリト枢機卿は、教会人のあの華やかさと優雅さで、かれの食事を真夜中まで引き延ばしていました。

「謀反人どもは好機を待ちました。かれらの一人、有名な歌手のジャンニは、その才能によって公爵を大いに喜ばせ、この大公は小学生のようにかれと戯れていました。しばしば、かれらは庭で共に遊び惚けて、ジャンニは大公の手を縛りましたが、そんなとき大公を殺すこともできたことでしょう。しかし、イッポーリトの方は、自分がしたことを少しも忘れていなかった。かれの命令で、ドン・ジュリオの一挙手一投足がすぐ近くで見張られていましたし、とうとう、一五〇六年七月に、枢機卿は陰謀の秘密を嗅ぎつけました。

「あわれなドン・ジュリオはマントヴァまで逃げる時間があったが、かれはゴンザーガ家のフランチェスコ二世侯爵によって引き渡されました。ジャンニや他の謀反人に拷問が加えられて、そこから二人の兄弟の計画が完全に露見しました。下っぱは死刑に処せられました。フェルディナンドとジュリオは、かれらと同じ刑を宣告されましたが、死刑台に立っているときに、執行猶予の命令を受け取りました。二人の刑罰は終身刑に減じられました。フェルディナンドは一五四〇年に獄中で死にました。ジュリオは五十三年間の囚われのあと、一五五九年に釈放されました。わたしたちはこれらの人々の肖像画をフェラーラの図書館で見ました。」

181

この逸話が、アルフォンソに気に入られようとした当時の才気煥発なすべての連中によって、多かれ少なかれ隠蔽されていたゆえに僕は報告した。アリオストは、ブラダマンテのまえに現われた亡霊たちのなかに二人の不幸な兄弟を加えることで、アルフォンソの寛容に対して異議申し立てをしている［二］。

一五〇〇年頃、君主たちは歴史を心配しはじめ、歴史家を買収しはじめた。イタリアの歴史は当時まではたいそう美しいが、一五五〇年頃になって、メズレーやダニエル神父やヴェリーなどのフランス史みたいになる。つまり、金によって、ないしは重用されたいという欲求や影響力のある偏見を巧みに操る必要によって買収された人が関係している。サン＝シモンだけが、僕たちのあいだでは例外である。イタリアについては、グィチャルディーニが下劣なろくでなしだ。パオロ・ジョヴィオは、嘘をついて見返りがもらえなければ、そのときだけは真実を言い、かれはそのことを自慢している。

［一］　グィチャルディーニ、第六巻、三五七ページ。
［二］　『狂えるオルランド』第三歌、六〇と六二オクターヴ。

◆一八二八年七月八日

僕たちは今朝、日が射さず、海からの涼風が吹く、うっとりするような天気のなか、アヴェンティーノの丘をさまよった。おそらく今晩は嵐みたいなものがくるだろう。僕たちは生きることがしあわせな真の物見遊山客として、ぶらぶら歩きをした。マルタ小修道院のあと、チェリオ丘を巡り歩いた。レッォニコ枢機卿によってここに置かれた飾り、ルイ十五世の世紀にはぴったりの飾りを見て肩をすくめ、そのあとで、僕たちはあるぶどう園の門に到着した。僕たちはながく門を叩いた。とうとう一人の老女が、吠えたてる子犬に付き従われてやってきて開けてくれた。彼女は犬を黙らせると、とても熱心に案内役《チチェローネ》を務めはじめた。

今その全体の姿が見えるサント・ステファノ・ロトンド、つまりフランス語でサン＝テチエンヌ＝ル＝ロンは、クラウディウス帝のために建てられた神殿であった。聖ステファヌスに捧げられたこの最初の教会は、四六七年に聖シンプリキウスによって建設された。しかし、この聖人自身によって書かれた説明には、サント・ステファノ教会とクラウディウスの神殿が併存しているのが見られる。四六七年のかれの時代には、公権力はまだキリスト教徒に公共の記念建造物を破壊したり、占拠したりすることを認めていなかったことに注目したまえ。やっと七七二年になって、教皇ハドリアヌス一世が、クラウディウスの神殿を奪い、その基礎のうえに、僕たちが今見ている教会を建てることができた。ニコラウス五世が一四五四年にそれを修繕させた。インノケンティウス八世とグレゴリウス十三世が手を加えた。

この教会は非常に変わった形をしていて、二列に配置された五十六本の古代の柱で飾られている。ほとんどすべてがイオニア式で、御影石でできているが、六本がコリント式の構成要素で、ギリシアの大理石である。身側廊の内壁には、ポマランチヨやテンペスタのあのぞっとするような絵画があるが、これらは、たまたまローマに立ち寄る俗人たちのあいだではたいそう有名である。これらの方々にとっては、それは動いている断頭台のように解りやすい。この苛酷な現実は平凡な魂の持主にとっての崇高文体である。旋盤を用いて臓腑が繰り取られる聖エラスムスに較べれば、ラファエッロはとても素っ気ない。

入りながら、僕は入口の近くに、風車の二つの挽き臼のあいだに頭を押し込まれて潰されている聖人像を見た。目は眼窩から飛び出し、そして… 残りはあまりにおそろしいので、僕は書けない。

残酷な光景を描くラシーヌの美しい詩は、その優雅さによっておぞましさを包み隠している。サント・ステファノ・ロトンドのフレスコは、恐ろしい責め苦が充分すぎるくらいうまく、充分すぎるくらい明瞭に表現されているが、これを我慢できるほどの美しさはまったくない。僕たちの旅仲間の女性たちは、教会内をとりまく湾曲した壁一面の絵を見るのに耐えられなかった。これらの婦人たちはナヴィチェッラに行って僕たちを待った。僕たちは勇気を出してこれらのフレスコを仔細に調べた。十九世紀の人間は、初期のキリスト教徒を殉教に走らせた情熱をもはや解さない。僕たちは同情からその苦しみを思い浮かべるが、実際には決して理解できなかった。大部分の殉教者は多かれ少なかれ恍惚状態にあった。一八二〇年から一八二五年まで、ベンガルの六百人の女性が、少しも愛していなかった夫の墓のうえで焼身自殺した［二］。これこそがほんとうに理解可能な犠牲であり、実際に残酷な苦しみである。形而上学的な理論のために、敢然と死に立ち向かうことはもっとたやすい。この理論は、自分たちの言説から、自分たちの考察や生計を引き出す才気ある連中によって支持される。かれらは詩的な魂の持主に、数時間の苦しみと引き替えに永遠の幸福を獲得するだろう、と安易に説く。

僕たちが出会う旅行者のうち、ローマで殉教者のことを話す大部分の者は、すべてを信じるか、何も信じないかをあらかじめ心に決めている。英国植民地のインドで、愛していない夫のために、毎日焼身自殺する女性たちは、主たる異議、ありそうにないことから引き出される異議を拒絶する。これらインドの若妻たちは、ヨーロッパで決闘で戦いあうように、名誉から焼身自殺をする[182]。

迫害と殉教の歴史は、ギボンによって取りあげられている。おそらくこの歴史家は、つねに自分がほんとうだと信じることを言っているが、かれは当然のこととして、十九世紀好みの細部をひどく嫌っている。以下はひとつの逸話である[183]。

聖女ペルペトゥアは二〇四年、セウェルスの治下に、おそらくカルタゴで、その宗教のために殺された。彼女はわずか二十二歳だった。そして殉教の前夜まで、彼女は獄中で、自分と仲間の聖女フェリキタスに起こったこと、そしてまたこの二人の娘とともに死の苦しみを味わった何人かのキリスト教徒に起こったことを、日々書き綴っていた。ペルペトゥアの素朴な話はとても感動的である。そこには、二〇四年頃アフリカでは、信仰のために苦しむことが流行していたのが見られる。それは丁度、ロラン夫人が断頭台に行くために出ていった牢獄では、陽気に、しかもいわば死のことをお考えにならずに死ぬことが流行していたようなものである。

アフリカの死刑執行人たちはペルペトゥアとフェリキタスを、その日観客でいっぱいの競技場の中央に連れていった。かれらはこの二人の娘からすべての着ているものを剝ぎ取り、こうした状態でかれらを網のなかに入れて晒しものにした。民衆はこうした破廉恥な行為を憎んで、叫び声をあげ、死刑執行人たちは二人の若いキリスト教徒の女性に衣を着せざるをえなかった。かれらは、力と獰猛さで観客も承知の猛り狂った雌牛を競技場に入れさせた。雌牛はペルペトゥアに襲いかかり、角で彼女を引っかけると地面に投げ出した。娘は仰向けに倒れ、再び立ちあがると、執行人から返されて着ていた衣の脇が破れているのに気づき、冷静に品よく破れを重ねあわせた。

こうした行動は民衆を感動させ、民衆は目のまえに繰り広げられる光景に再び嫌悪を示した。死刑執行人たちは犠牲者たちとサナ・ウィウァリアと呼ばれる町の門のひとつに向かって歩きはじめた。出発する前に、ペルペトゥアは乱れたその長い髪の毛を結わえて、言った。「勝利に向かって歩いているのに、悲しみの衣を着ていてはいけないわ。」

サナ・ウィウァリアと呼ばれるこの門に到着すると、ペルペトゥアは深い眠りから覚めるようだった。「彼女はこの瞬間まで恍惚として心を奪われていた。彼女は、自分がどこにいるのか分からない人のように、周りを見まわしはじめ、そしてみんなが大いに驚いたことには、彼女は、牢獄のなかで獰猛な雌牛と対面させられるはずだと聞いていたが、その雌牛に立ち向かわされるのは一体いつのことかと訊ねた。」

この瞬間に、民衆のうちの何人かの熱心な、そしてあきらかに権力者から金をもらっている連中は、リエゴ将軍の処刑のあいだがなりたてていた連中のように（スペインで）、大声でキリスト教徒の娘たちを競技場に連れ戻すように求めた。かれらは、彼女らの喉に短剣を突き立てるのを見る楽しみを、民衆から奪わないことが必要だと言っていた。権力者は急いでキリスト教徒たちを競技場に連れ帰らせた。

「全員が話さず身じろぎもせずに最後の一撃を受けた。唯一聖女ペルペトゥアだけが、あの恍惚状態に入っていたせいで以前にはいかなる苦しみも恐怖も感じていなかったので、身も世もあらず嘆き叫んだ。彼女は腕の鈍い、あるいは若い娘を死なせることを恐れた一人の剣闘士の手のなかに倒れた。事実は、剣で娘を刺したが、殺せず、大きな叫び声をあげさせたということである。」（ラモット氏の翻訳によるテルトゥリアヌスの歴史。）

これまで歴史がどんなに不完全であろうと、歴史のなかにあれほど多くの痕跡が見られるあの熱狂の流行のなかで、これら深い情熱の瞬間、麻痺の瞬間、そして恍惚の瞬間はしばしば繰り返し起こったようだ。ベルトラン博士殿は、磁気によって完全な麻痺が自在に作り出されるこの恍惚状態について、著書を出版し評判になった。（一八二九年四月のクロケ氏の話[184]。）

サント・ステファノ・ロトンドから、僕たちはチェリオ丘のうえにある魅力的な教会ナヴィチェッラに行き、旅仲間の女性たちと合流した。建築はラファエッロのものである。それはエロイーズの住んだル・パラクレの修道院にとってなら、教会の理想となることだろう。夜警《ヴィジル》第一歩兵隊の兵営に所属する近隣のいくつかの遺蹟を検証したあとで、僕たちは今日では平和公が住んでいるヴィッラ・マッテイの門を叩いた[185]。そこで、あの美しい大理石のヘルメス像が、ソクラテスやセネカの頭部や名前とともに発見された。この発見は、あの巧みな宮廷人を、みんなが知っている残忍で下品な人物像から解放した。ほんとうのセネカは完全に十九世紀の外交官の姿をしている。かれにはまたその才能もあったし、聖アウグスティヌス、聖ヒエロニムス、そしてローマ衰退期の悪趣味によって堕落させられた才気あるすべての連中のように[186]、僕たちのアカデミーでも光彩を放ったことだろう。

諸君は、ボーセ氏の回想録第四巻最後で、平和公の生涯の一場面を読んだことがあるだろうか。善良なカルロス四世王が、婦人たちを歓待するために、大公に次つぎとあらゆるお仕着せを着させて、婦人たちのまえを歩くように勧めた。この逸話は数日間ローマを驚かせた。カルロス四世はここではとても愛されていた。

この君主から賜っていた友情に悩まされていたあわれなマヌエルは、王妃としばしのあいだ話しあいをするために、四ピエの高さの小壁で噴水を囲わせた。噴きあがる水は、僕たちが今いるヴィッラのいちばん高い部分に位置するこの池を満たしていた。二人しか絶対に乗れないとても小さな舟を平和公は操り、こうして王妃にいくらかの言葉を告げる瞬間を見つけていた。そのあいだ、王は一人で放っておかれて退屈し、岸からかれらに大声で呼びかけた。「マヌエル、戻ってきてくれ。もうたくさんだ！」以上が寵臣の生活である。ローマの諺が言うように《かれらの子供こそしあわせだ！》

毎日、ローマを散歩しながら、どこかしら見事な見晴らしのよいところが発見できる。僕たちはヴィッラ・マッテイの小道のひとつの外れで我を忘れて二時間を過ごした。ローマの田園の崇高な眺め。これについては誰も僕たちに話してくれたことがなかった。

カエキリア・メテラの墓の眺めに思いを馳せ、僕はそこに一人で行った。そのあと、夕方に、まさに店を閉めようとしていたアルメリーノの酒場に到着した。ローマの人の怠惰は、僕を無慈悲にも追い返したはずだった。しかし僕は給仕のなかでいちばんの年配者を相手にして、愉快《アレグラメンテ》に食事をとった。かれは僕にサーヴィスをしようとして、夕食のあいだずっと、権力者たちについてのおもしろい逸話を語ってくれた。僕はかれが言ったことの半分は信じていない。しかし僕にはローマの下層民が、レオ十二世とかれの大臣たちをどう判断しているかを知る。この男は驚くほど気兼ねなく繰り返しこう言っていた。《あれはほんものの獅子《レオーネ》だ。》

ローマの民衆くらい、煩わしいような顧客に対して、尊大で、言うことに応じない連中はいない。この無礼は時として僕を怒らせるが、そのあとでは僕を楽しませる。僕には分かるのだが、フリートリヒ二世のような大王なら、これらの連中に何かをさせることができるだろう。酒場から、僕はフィアノ館のマリオネットに行った。[187] それは僕を一時間のあいだ笑わせた。これらの小さな木製の登場人物たちの即興劇は、事前検閲を受けていない。まだあまり賢くないローマの警察は、陽気すぎたときだけ、支配人を投獄することで満足している。しかし、支配人は芝居をはじめるまえに、見張り役のスパイを酔わせるように手配している。このスパイときたら、もとはN＊＊＊枢機卿殿の部屋付き従僕であったので、罷免されることがない。そのうえこの国ではあまり罷免されない。上役ないし監視がいるとなれば、人生の唯一の問題は、あらゆる可能な方法でかれらに打ち勝つことである。

〔一〕　立法の美しき勝利！　学者たちが保証しているが、この習慣は昔インドの女性たちが毒を使って邪魔な夫から自由になるために確立された。四十年前から、インドの男たちはかれらの賢人バラモンに、なぜ妻たちが焼身自殺をしなければならないのかを思い切って訊ねている。あらゆる宗教は消えていくのだろうか。

◆七月九日

記念物であるものすべてに対して向けられている僕たちのあらたな情熱にもかかわらず、僕たちには、一五六〇年以降に建てられたり修復された教会は、ほとんど立ち止まる価値がないように思える。一五二七年の身の毛もよだつローマ劫略は、ラファエッロの弟子たちを散りじりにさせ、そして暗い悲しみに沈めたが、そのうちの何人かは決して再び立ちあがれなかった。ジュリオ・ロマーノはマントヴァに避難して、ローマに戻ろうとしなかった。こうしてラファエッロの弟子たちは、弟子をもたなかった。

ミケランジェロの性格はあまりに尊大すぎ、同時代の彫刻家を石食い虫と呼んだように、かれらに対する軽蔑はあまりに露骨すぎて、かれは若者たちに実際の影響力を持つことができなかった。その若者たちは金持の老人のご機嫌をとり、教会を建てる仕事をもらっていた。今日では知られていないこれらすべての芸術家は、ミケランジェロを真似ようと思わなかったというわけではない。このことについては、ミケランジェロは言っていた。「わしのスタイルは大阿呆を生み出す宿命にある。」

僕は諸君にフィレンツェで出版された二百ページの立派な本を買うようにお薦めする。それはミケランジェロの存命中にかれの弟子の画家コンディヴィによって出された『ミケランジェロ伝』である。著者は平凡である。が、かれの偏見は、僕たちのとはまったく異なっていて、伝染しないし、おそらくかれの本の観念は、主人公の観念の弱められた写し絵を提示している。

ヴィッラ・マダマ、ストッパーニ館、ナヴィチェッラ[188]、ヴァチカンのサン・ダマソの中庭、そしてラファエッロのその他の建築は、今日のようには少しも讃美されていなかった。それらの冷たさが非難されていた。それは、シャトーブリヤン氏の模倣者の目に映るフェヌロンのスタイルの欠陥ではないだろうか。

以下に十五人の建築家の名前をあげるが、諸君はそのスタイルに注目することで楽しむことができる。

サンソヴィーノ、フィレンツェ出身、一五七〇年死去
バルダッサーレ・ペルッツィ、シエーナの人、——一五三六
サンミケーレ、ヴェローナの人、——一五五九
リゴーリヨ、ナポリの人、——一五八〇
アンマンナーティ、フィレンツェの人、——一五八六
アンドレア・パッラディオ、ヴィチェンツァの出身、称讃すべき人、——一五八〇、ヴィチェンツァを見ること
ペッレグリーニ、ボローニャの出身、——一五九二
ジョヴァンニ・フォンターナとかれの兄弟ドメニコ、コモ近くのミリ出身、——一六一四と一六〇七
オリヴィエーリ、ローマの人、——一五九九
スカモッツィ、——一六一六

カルロ・マデルノ、コモ近くのビッソーネ出身、ピエトロ・ダ・コルトーナと同じ年の一六六九年死去。周知のとおり、サン・ピエトロを完成させたのは、かれである。当時ローマで雇われていた建築家のなかには、あまり世に知られることがなかった五十もの名前が見られる。全員が、一五九八年にナポリで生まれ、一六八〇年に亡くなった有名なジョヴァンニ・ロレンツォ・ベルニーニによって霞んでしまった。有名なヴィニョーラは、ほとんどすべての大建築家と同じようにイタリア北部で生まれ、一五七三年に死去した。

ラファエッロ『四人の巫女と天使たち』(サンタ・マリア・デッラ・パーチェ教会)
左からクーマの巫女、ペルシャの巫女、フリギアの巫女(?)、ティブルティナの巫女(?)

諸君の気づいていることだが、枢機卿各人は教会の名義を持っている。革命が起こって、これらの方々から贅沢を奪うまでは、枢機卿が、自分に公式の名前を与えてくれた教会を修繕したり美しく飾ったりさせることがしばしばあった。

サンタ・マリア・デッラ・パーチェ

外側の柱廊は、ジェズイット教徒の修練場のと同じく半円形を描いているが、ピエトロ・ダ・コルトーナの作である。シクストゥス四世とアレクサンデル七世がこの教会を建てさせた。教会は一四八七年に奉献されたので、数多くある墓には、ラファエッロの世紀のよい趣味がまだいくらか残っているのに気がつく。

入口のすぐ近く、入って右側に、諸君は緑の覆い布を見つける。クストーデが親切な様子で諸君のところにやってきて、覆いを開け、そして諸君はラファエッロの有名なフレスコ『四人の巫女《シビュラ》』を眺める。これらの絵画はとても損傷していて、そのうえ修復されているが、それにもかかわらず、やはりこのうえなく入念な注意を向けるだけの価値がある。そこにはラファエッロの才能の大きさがあらゆる点に渉って見られる。かつてかれのスタイルはこれ以上に壮大ではなかったが、それでもこれらのシビュラは、かれのローマ滞在初期の時代のものである。ラファエッロはシスティーナでミケランジェロのフレスコを見たあとで、はじめてそのスタイルを大きくした、と言い張るヴァザーリやフィレンツェ派の主張はどうなるのか。

表現を判断するためには、人間の心についてわずかの知識しか必要ないが、その表現についてだけ話せば、はじめてきた者は、一度見たらもう忘れられない人物像をここで発見するだろう。このフレスコのしたに、かなり好奇心をそそる青銅の浅浮彫りが見られる。

僕たちの旅仲間の女性たちは、ペストで命を失った七歳と九歳の二人の幼女の墓を、このうえなく愛情にあふれた関心で見ていた。墓碑銘が感動的だ。チェージ枢機卿の祭室では、彫刻家モスカのグロテスクな作品を観察しなければならない。

福音史家聖ヨハネの絵はアルピーニ騎士の作である。そのうえに置かれた『訪問』はマラッタの作である。『神殿への聖処女の奉献』はバルダッサーレ・ペルッツィの作品であるが、これはある人たちにはとても気に入られている。もっと遠くに、アルバーニのフレスコが見える。聖女カエキリア、聖女カタリナ、そして他のいくつかの像は、さる有名な女流画家、ボローニャ派のラヴィニア・フォンターナの作である。身廊ではヴェヌスティの聖ヒエロニムス像が見せられるが、この下絵はミケランジェロによるとされている。こうした指摘には誠意がある。ローマ以外だったら、この絵はミケランジェロ自身の名前を付けていることだろうし、実際かれは、イタリアの大部分の展示場でかれの作品とされているあのカンヴァスに描かれた小品のどれひとつとして描きはしなかった。

油絵は女性のために制作される、と時おりかれは言っていた。そしてこの血気さかんな天才が三ピエの高さの絵を制作することに従事していたならどんなによかっただろう、と考えることができる。フィレンツェのトリブーナの聖母像だけが、確かにかれの作であると僕は思う。デッラ・パーチェ教会の大きなフレスコのなかでは、ペルッツィのとても美しいものが見られる。隣接する修道院中庭の列柱廊はブラマンテのきれいな作品である。

サン・ジョヴァンニ・デイ・フィオレンティーニ教会にちょっと足を止めることができる。というのは、この教会はミケランジェロの設計に基づいて建設がはじまったからである。当時晩年に達していたこの偉人が、かれの同郷人たちに言った。もし諸君がこの計画を実行するなら、諸君はローマでもっとも美しい教会を手に入れることになるだろう、と。かれの死後、あまりに金がかかりすぎるとしてかれの設計を放棄し、そして凡庸な建築家たちが三つの身側廊をもつこの教会を完成させた。右手の交差部に、僕たちはあの変わりものの画家、サルヴァトール・ローザの絵を見つけた。それは『火刑台上の聖コスマスと聖ダミアヌス』である。

サン・ジロラモ・デッラ・カリタ教会は、その大祭壇上に、ドメニキーノの『聖ヒエロニムスの聖体拝領』がほぼ
189
二世紀に渉って見られたことで知られている。僕たちはそこに複製が入れ替わっているのを見た。

サンタ・マリア・デッラニマ教会は、まずそれが一四〇〇年に設立されたゆえに、注目に値する。この時期の画家は凡庸であっても、敬意をもって自然を研究した。そのことから、かれらの作品はいつも何かしら楽しく見られる。正面は、レオ十世のあとを継ぎ、カール五世の指導に努めたあのフランドルの人、ハドリアヌス六世のもとで造られた。ローマでは各国民が教会をもっている。これはドイツ人のものである。主祭壇の絵はジュリオ・ロマーノの作である。テヴェレ河の洪水がそれを台なしにし、修復もよくない。入って、入口の左右に置かれた二枚の絵のまえに足を止める。なぜならそれらは、ローマでは珍しいヴェネツィア派のあの美しい配色を見せているからだ。それらはカルロ・ヴェネツィアーノの作品である。サン・ピエトロに原作のあるミケランジェロの群像、『ピエタ』の複製はバッチョ・ビージョの作である。ハドリアヌス六世の墓碑は悪くない。つけ柱に凭れるように置かれた二つの小さな墓碑は、有名なフィヤンミンゴ（これは、一六四六年に亡くなったブリュッセル出身のフランソワ・デュケノワに、イタリアで付けられた名前である）の見事な像に飾られている。

◆一八二八年七月十日

一人の英国婦人が、ボナパルトの八ないし十通の手紙の複写したものを、ロンドンから持ってきてくれた。ナポレオンは、大部分の征服者たちが俗な連中であるのとは大いに異なって、一七九六年の遠征のあいだに恋愛に夢中になっていたことが分かる。このことがかれの特徴であるが、この特徴はあの真の栄光を得ることと、あの後世の評判を得ることへの熱意に並ぶものだ。もっともこちらの方は、ブーリエンヌ氏にとってはたいそう莫迦げて見えるよ

[190]うだ。

このナポレオンの恋愛書簡は、ローマでは最大の成功を収める。R＊＊＊夫人はそれらを読みながら言った。「かれがイタリア人だったことがよく分かるわ。」僕もこれに同意見である。

以下はいちばん評判になった手紙である。

第三信

「アルベンガ、ジェルミナル十六日（一七九六年四月六日）」[191]

「午前一時、小生に一通の手紙が届けられる。それは悲しいもので、小生の魂は苦しくなる。ショヴェの死だ。かれは軍の主任支払命令官だった。きみはバラスのところでかれに会っている。時には、ねえきみ、小生は慰めてもらう必要を感じる。きみに、きみだけに手紙を書きながら、きみを考えることが小生の諸観念の精神的状況に大いに影響を与えることができるので、きみに小生の苦しみを吐露しなければならない。未来とは何だろう。過去とは何だろう。われわれとは何だろう。どんな魔法の力が、われわれを取り囲み、われわれがいちばん知る必要のあるものをわれわれから隠しているのだろう。われわれは不可思議のただ中で、生まれ、生き、死ぬ。司祭、占星術師、いかさま師が、こうした性向、こうした変わった状況を利用し、われわれの観念をさまよわせて、かれらの情熱の気紛れでそれを導くなんて、驚くべきではないか。ショヴェは死んだ。かれは小生と一体だったし、かれは祖国に根本的なところで役に立ったことだろう。小生と合流するために出発するというのが、かれの最後の言葉だった。もちろんのこと、小生にはかれの幻影が見え、したがってかれはそこを、至る所をさまよい、かれは空中で口笛を吹いている。かれの魂は雲のなかにあり、それは小生の運命に打ってつけだ。しかし、常軌を逸している小生は、友情に涙を流し、そして、流す涙には既に償いようがないということを誰が言ってくれるだろうか。小生の生命の魂よ、毎日手紙を書いてくれ。さもないと小生は生きていられない！　ここでは小生はとても忙しい。ボーリューがかれの軍を移動させ、われわれは対峙している。小生は少し疲れ、毎晩馬上にいる。さようなら、さようなら、さようなら。小生はきみのところに眠りにいく。眠りが慰めで、眠りがきみを小生の傍らに置いてくれ、小生はきみを腕に抱きしめる。しかし目覚めると、残念なことに！ 小生はきみから三百リューのところにいる！ バラスに、タリヤンに、タリヤンの妻に多くのことが起こった。

B」[192]

この手紙は、ほとんど解読不能だが、ジェルミナル十六日（一七九六年四月六日）のものである。ボナパルトは、三十三日前の三月四日にパリを出発していた。モンテノットの戦闘は四月十二日に、ミッレジーモの戦闘は十四日に起こった。

サン・タゴスティーノ教会

◆一八二八年七月十一日

この教会を一四八三年に建立させたのは、フランスの枢機卿デストゥートゥヴィル氏である。正面は簡素で高貴である。内部は三つの身側廊をもち、それに沿って大理石で贅沢に飾られたたくさんの祭室が見られる。不幸にも、前の世紀に、この教会の内部の若干のものがヴァンヴィテッリによって修復された。とても贅をこらした大祭壇はベルニーニの設計に基づいて立てられた。そこにはかなりきれいな二体の礼拝する天使像が見られる。

聖アウグスティヌスの祭室は美しい柱で飾られていて、しかもそこにはグェルチーノの三枚の絵が見られるのだが、このことは僕たちの旅仲間の女性の一人にことさら興味を抱かせた。別の祭室では、カラッチの弟子で、あの有名な策謀家のランフランコの作品が注目される。とりわけ、海岸に立ち止まって聖三位一体の神秘について瞑想する聖アウグスティヌスの像が高く評価されている。同じ主題がヴァチカンのラファエッロのスタンツェの腰壁の一つに粗描

ラファエッロ『予言者イザヤ』(サン・タゴスティーノ教会)

されていた。手法を比較できる。音楽がペルゴレージからロッシーニへと変わっていったように、絵画は、まだ活気を呈する一方で、単純な様式から複合へと突き進んでいた。

入って左手の最初の祭室に、ミケランジェロ・ダ・カラヴァッジョのすばらしい作品がある。この男は人殺しだった。しかしかれの性格のエネルギーは、かれの時代にアルピーニ騎士の評判を高めたあの間の抜けた貴族的な類のものにかれが陥ることを防いだ。カラヴァッジョはその手のものを消そうとした。莫迦ばかしい理想に対する嫌悪感から、カラヴァッジョは、かれが街で引き止めてポーズを取らせたモデルについて、いかなる欠点も直さなかった。ベルニーニでは、注文主から醜すぎるとして断られた絵を僕は見た。醜の支配する時代は到来していなかった。

大部分の外国人はこれらすべての絵をなおざりにして、大身廊の左手三番目の柱まで走っていく。そこにはラファエッロのフレスコ『預言者イザヤ』がある。それはこの偉人が制作したもののなかでいちだんとミケランジェロに似たものであり、僕の意見ではミケランジェロを超えている。[193] かれの他の作品に比較すると、『預言者イザヤ』は、ラシーヌで『フェードル』ないし『イフィジェニー』に比較される『アタリー』のようなものである。[194] ラファエッロはこの単独像以上に威厳にあふれたものをまったく作っていない。それは一五一一年のものだ、とヴァザーリは言っている。

サン・タゴスティーノ教会は、ヴィア・コンドッティからサン・ピエトロへの途上にある。[195] そこにしばしば入り、魂のその時どきの状態に応じて、このラファエッロのフレスコを眺めるように僕は諸君にお勧めする。それが、有名な絵のスタイルについて明確な観念を持ち続ける唯一の方法である。

イタリアを見たことがなくて旅行記を読む人々を、ひとつのことがいつも不快にする。それは著者が教会の叙述に付与している極度の重要性である。

おお、わが読者よ！　信仰と、ついで虚栄のために消費される莫大な総額がなかったら、大芸術家の傑作の四分の一も僕たちの手に入らないということをどうか考慮してくれたまえ。たとえばティツィアーノやグェルチーノといった冷たい魂の持主たちなら、おそらく別の職業にも適応したことだろう。――「そのためにあなたは信心家になったとは！」と、僕が見るべき教会のリストを作ってあげた外国人たちが、二、三度僕に言ったものだった。

◆七月十二日

コルソの大きな教会サン・カルロは、大いに婦人たちの心を奪っている。というのは、ピンチオを散歩すると、散歩者の眼下、しかもこのうえなく好都合な位置にあるサン・カルロの円屋根が、サン・ピエトロの円蓋とほとんど同じくらい高くに見えるからだ。ロンバルディーアの住人たちは、ルイ十四世がフランス人の性格に及ぼしたのと変わらない影響をかれらの性格に及ぼした揺るぎない人のために、一五七一年[196]にこの教会を建立した。

中世にはミラノの人にあれほど多くの栄光をもたらし、かれらの王侯たちの一人（ヴィルトゥ伯爵）の支配権力のもとでは一瞬イタリア全土を結束させる寸前にまで高まった桁外れのエネルギーを、聖カルロ・ボッロメオはかれらから奪い取った。聖カルロはミラノの人に、残忍さと引き替えにロザリオ崇拝を与えた[197]。オノリオ・ルンギは、ヴァレーゼ近郊の風情のある村ヴィッジウに生まれたが、この教会に着手し、その死後はマルティノ・ルンギが引き継ぎ、ピエトロ・ダ・コルトーナによって完成された。オモデイ枢機卿は、あるカプチン会神父の図面に基づき正面を建設させた。円蓋はピエトロ・ダ・コルトーナの作品である。大祭壇の絵がみんなから称讃されているが、これはカルロ・マラッタのものである。右の交差廊の祭壇はとても豪奢で、この近くのサンタ・マリア・デル・ポポロ教会にあるマラッタの絵を写したモザイク画で飾られている。

サン・カルロの円屋根は、サン・タンドレア・デッラ・ヴァッレやナヴォーナ広場のサン・タニェーゼの円蓋のように、たったひとつの半球屋根しかない[198]。それらの外側の形は美しいが、あまりに尖って見え、内部ではあまりに狭く見える。内側の姿は何かしらゴティック教会の持つ暗く恐ろしいものがある。パンテオンやジェズ教会の円屋根は、パリの家々の建築におけるように、内部のために外側が犠牲にされているが、外から見るとあまりにぺちゃんこに見える。サンタ・マリア・ディ・ロレートの円屋根は、ローマで建設された最初のものだが、サン・ピエトロのように二つの半球屋根がある。この小円屋根もまたブラマンテのものが手本となっている。諸君がローマ入市の際にくぐった門の脇にあるサンタ・マリア・デル・ポポロのチーボ祭室は、二つの半球屋根がある。有名なフォンターナはコレッジョ・クレメンティーノの円屋根に程よさを見つけだそうとした（『ヴァチカン宮殿』三六二ページ）。

サン・ピエトロについてとか、教会の建築方法についてさらに詳細を希望するほどの探求心があるなら、フォンターナの優れた書物を参照したらよい。行動した人たちの著作と同様に、こちらは着想にあふれていて、著者は文体のことは考えていない。

◆七月十五日

今晩、僕は軽率にも、僕の友人の一人であるドメニコ会の僧侶のまえで、ローマの新聞を非難した。かれはきちんとした良識を働かせて僕に返答し、ローマ公認の新聞ほど作るのがむずかしいものはないということをとてもうまく証明してくれた。それは『ローマ日々新聞（ディアリオ・ディ・ローマ）』と『今日の消息（ノティッツィエ・デル・ジョルノ）』の二紙で、週に[199]五回出ている。

この新聞がまじめに取りあげねばならない膨大な量のくだらない話、しかもいつも同じ話を、少しでも考えてみよ。とてもうまく切り抜けている。それらを明確、明白に、公用語で、しかしながらあまり仰々しくなく語っている。所有者の名前をとってクラカスと呼ばれているこの新聞は、稀な良識と、自からへ大いなる敬意を払いながら、自由に話すことのできる少数の主題について語っている。古代の記事は優れている。ローマでは最悪のへぼ絵かきないしもっとも取るに足りない彫刻家が、枢機卿に名義を与えている教会に、何かの作品を寄贈する。かれは次に、枢機卿の部屋付き従僕、情婦、ないしは告解師の肖像を制作することが認められる。そして最後に、へぼ絵かきが何か絵を展示すると、枢機卿の秘書が、気の毒な新聞に、クラカス氏が思い切ってそんなに縮めることができないような記事を送る。新聞がこうした不測の事態を免れることができると、絵画の記事は思想にあふれている。筆者にはスペースが足りないのが感じられる。それはパリで僕たちが読むあの取るに足りない美術記事とは逆である。僕たちにはあらゆる自由があるが、同時に心は完璧に干涸びている。それはまさに、どこでも進歩しすぎた文明につきまとうものではないだろうか。文明は人生を疲れさせる。

　政治的な討論は夢想や甘美な余暇を奪い去るだろう。そういったものがなければ、チマローザないしはカノーヴァは、ほんとうの理解者をまったく期待できない。

　ローマの新聞は、トゥスクルムの発掘に関して、パリで印刷され、ドイツで読まれていると言われる『外国文学新聞』[200]の一八二六年四月号が掲載している大きな莫迦げた間違いを、最近大いに嘲笑していた。

◆七月十六日

　僕は案内役《チチェローネ》をしてきたばかりだ。意に反して、しかも上からの命により、僕はミケランジェロのモーゼ像をR＊＊＊氏に説明した。かれは才知で光っているフランス人で、感じたことなら、ラファエッロはひどい画家だというようなことでも思い切って言う人である。かれは僕に言う。「あなたは一七九二年に、『政治論文・風刺文撰』という表題で出版されたあの大部な選集の一巻に目を通しましたか。

「一八二九年の会期に関する政治的意見集や風刺文集の抜粋を開いてごらんなさい。あなたは相異に驚くことでしょう。何かしら漠然とした締まりのないものを感じて、あなたはあくびをしながら、一七九二年の選集を閉ざしてしまいます。反対に、一八二九年の風刺文のなかに、あなたは断固とした調子と明確な考えとを見つけることでしょう。だからといってあなたは、わが国の政治記事の記者たちが、バルナーヴ、カザーレス、ムーニエ、ないしはミラボーよりも才知があると結論づけるでしょうか。」——僕はかれに言う。「この比較は、十六世紀の青年画家にとって、ラファエッロの流派に加えられるかあるいはティツィアーノの流派に入れてもらえるかで桁外れの違いが存在したことを、あなたに感じさせるでしょう。

「こうした流派の重要性という考えは、イタリア人が芸術に関しておこなう議論のなかでたえず繰り返されます。それは若鷹が力強い羽ばたきで飛び立つ出発点のようなものです。同じ才能をもった若い画家が、ヴェネツィアでティツィアーノの流派に従うか、それともローマでラファエッロの流派に従うかによってどうなるか、子供と遊ぶ若い人妻に、色彩しか見ないか、それとも表現と輪郭の気高さしか見ないかによってどうなるか、を見なければなりません。

「一三〇〇年にジョットは、フィレンツェで見られるあんなにも野暮ったいあの絵画を制作しましたが、もしかれが一五二〇年にコレッジョの流派に入っていたら、かれは世界を驚嘆させたことでしょう。」——R＊＊＊氏は僕を遮って言う。「好事家《ディレッタンティ》たちのうちの俗な連中は、一八二九年に、時代と同じ水準にある画家ないし詩人たちのなかで、何を非難したらいいか分かっていませんが、その理由がわたしには分かります。この俗な連中に少し才知があれば、退屈します。もっと才知があれば、これらの世に言う芸術家たちが固有のものとして何ものももっていないということが分かります。かれらは修辞学の優れた生徒です。わたしは現代の詩人よりもレニエの風刺詩を読みながらの方があくびが出ません。しかしレニエの風刺詩は、女性には理解できない。」

　今晩、D＊＊夫人の演奏会でごったがえしている群衆のただ中に、一青年がかなり不作法にみんなを押し退けて、ピアノの方へ進んで行った。ある老神父が僕に言う。あれは某という歌手です。かれはこれからも不作法さを克服できないでしょうし、これがかれの声の価値を損なっています。不作法さはまたかれの性格のなかにも見られます。先日かれは何人かの青年画家たちとティヴォリに行きました。旅籠に十歩ほどのところで、かれはいちばんいいベッドを取るために走りはじめました。——こういう魂の持主では、財をなすだろうが、上手に歌えるようにはならない。

◆一八二八年十月一日

僕たちは七十五日をローマ市外で過ごした。僕たちは雄ラバに乗って、シチリアと呼ばれるあのアフリカの一部を見物した[201]。その神殿は僕たちの心を打ったし、その貴族の幾人かの深遠な良識も同じだ。これらの諸氏のうちの二人と僕たちは友人になったが、かれらの名前をあえてあげないでおく。

かなり清潔な蒸気船が、二十五時間でナポリからパレルモまで僕たちを運んでくれた。船長は四日でナポリからマルセイユまで僕たちを連れていってくれると申し出た。僕たちの一人が船長の言ったことを鵜呑みにし、ナポリで僕たちに別れ、九日後に郵便馬車でパリに到着した。

僕たちの旅行でもっとも快適な瞬間は、フリア（イスキア島[202]）から一マイルのところにある小さな家で過ごした二週間の休息であった。イタリアで僕たちが見たいちばん好奇心を引くものが、ポンペイである[203]。しかしローマの思い出なしには、ポンペイのまだ生なましい廃墟は、僕たちの心をほとんど感動させなかっただろう[204]。

『ナポリにおけるギュイーズ公爵の物語』のせいで、この町における中世の痕跡すべてを興味深く見ることができる。一六四七年五、六月のマザニエッロの反抗は、僕たちの心を打った（六二ページ[205]）。モンリュックとかれの同時代人たちの回想録は、ギュイーズ公爵が着手したものを完結させた。

僕たちはバイアーノの修道院[206]の廃絶を語っている手稿を閲覧した。胸を引き裂くような興味といえば、死刑執行と、あのたいそう美しい二人の修道女が、ナポリの大司教派遣の司祭が差し出す毒ニンジン液の入った大きなコップを取るように迫られる場面を超えるものはない。これらの若い娘たちのわななく動作や、短剣で自ら死ぬことの方を選んだ友人たちに接吻するときに彼女らの口から洩れる言葉は、いかなる悲劇のなかにも匹敵するものはない。司祭の一人は、これらのたいそう美しい女性たちの最後の行動の場面にこらえきれずに、隣室に引き下らずにはいられなかった。

ナポリの中世に関する真実を思い切って明らかにしたために、サルデーニャ王の監獄で死んだジャンノーネの物語[207]はとても価値があるが、僕たちのように、ナポリを見ることしか望まなかった旅行者にとっては、少し退屈である。《ナポリを見て死ね[208]》とナポリの人は言っている。実際、この心地よく崇高な立地に比較できるものはない。それはこれら二つの形容詞を含む世界で唯一美しい立地である。

しかしナポリの建築はひどい。あのカステル・ヌォーヴォ[209]という大きな見苦しい要塞は、取り壊して海浜公園にしなければならない。――僕たちはナポリでフランス人の集まりを見つけた。ナポリは、下層階級では言うなれば少しアフリカ的であり、ローマ、ボローニャ、あるいはヴェネツィアよりもイタリア的ではない。ナポリでもっとも金持の二百人の人はショッセ・ダンタンで生まれたように思える。この上流階級には見事な眼と大きな鼻しかナポリっ子の特徴が残っていない。しかしこれらのたいそう美しい眼は少し表現に欠け、ユノのことをひっきりなしに牡牛の眼をした女神と呼んでいるホメーロスの言葉を思い出させる。

上流社会はナポリのまん中で精神的なオアシスのようなものを形成している。それに似たものは何もないし、それは、英国人の二十もの家族で活気を帯びている。かれらは毎年ナポリにやってきて住み着き、そこに北国の微細な虚栄心をもちこんでいる。

正確に言えば、大部分のナポリの人は深い情熱をもっていないが、瞬間の気持に盲目的に従う。メタスタージョはまったくナポリ的な色彩で、いくつかの極度な情熱が錯乱する瞬間を描いた。ナポリの人を落ち着かせ、かれらを理性的にしたり夢見がちにする唯一のもの、それは上手に歌われるチマローザのアリアである。かれらの普段の生活はとても陽気であるので、情熱といったものは、しあわせなものであっても、かれらを必ず悲しくする。

『ザディーグ』、『カンディード』、そして『オルレアンの少女』は、一七六〇年のフランスを描いている。チマローザのオペラは同じ真実でトーレ・デル・グレコのしあわせな住人の人物像を描いている。

ナポリの住民の物質面については、みんなが街頭で暮らしていると想像したまえ。しかも街は大隊の指揮官［少佐］に占領されている。かれらは赤いカラーのついた青い服と金モールの肩章をつけているが、それは少尉の衣装である。貴族階級全体が貧困から軍務に服している。これらの連中は憲章を待望して生涯を送っている。一八二一年に、フランスの政府はそれをかれらに提示したものだった[210]。もしナポリが二院をもっていたら、一八二九年にメッテルニヒ氏はフランスを脅かしはしなかっただろう。

しばしば、この七十五日の不在のあいだ、僕たちはローマを懐かしく思った。まるで有頂天になって、コロッセオ、ヴィッラ・ルドヴィージ、サン・ピエトロなどに再会した。これらの記念建造物は僕たちの魂に語りかけ、僕たちが一度たりとそれらを愛さないでいられたとは思えない。

◆一八二八年十月二日

今朝早く、暑くなるまえに、僕たちはサン・トノフリオ（ジャニコロ丘のサン・ピエトロに近いところにある）の修道院にやってきた。タッソは、死が近いと感じると、ここに運んでもらった。かれは正しかった。そこはおそらく死ぬには世界でもっともふさわしい場所のひとつである。そこで得られるたいそう広々した、たいそう美しい眺望、墓と思い出のこの町ローマの眺望は、地上の事物から離れるためのあの最後の一歩を、いちだんとつらくないものにするにちがいない。本当にそれがつらいものだとすればだが。

この修道院からの眺望は、おそらく世界でももっとも美しいもののひとつである。僕たちはナポリから、そしてシラクーサから戻り、僕たちにはもっかのところ、どんな他の眺望もそれ以上に気に入るとは思えない。庭園で僕たちは古いオークのしたに坐った。タッソが、人生の終局にいるとすっかり感じて、これで最後と空を眺めにきた（一五九五）のがそこだと言われる。その僕たちのところへ、かれの筆記用具と、かれによって書かれ額装されたソネットが運ばれてくる。僕たちは感動してあのまぎれもない感受性と謎めいたプラトニスムにあふれた一行一行を吟味する。それは当時愛情深い魂の持主たちの哲学であった。

死んだときにこの大詩人の顔から取った蠟のマスクで作られた胸像を、僕たちは見たいと思う。それは修道院の図書室にある。僕たちに随いていた修道士は、上司がいないので僕たちの希望をかなえることができないと答える。かれはタッソについて話しながら、《Era uomo buono, ma non è santo（あれはとても正直な男だったが、聖人ではない）》とつけ加える。このマスクは二世紀のあいだすべての来訪者に見せられていた。しかし礼法が進歩したので、レオ十二世は、聖所で、宗教によって聖化されていない人物の像を見せることを禁じたばかりだ。僕たちは教会に行き、入って左手の扉の近くに、タッソの小さな墓を再び見た。そこには次のようなたいそう感動的な碑銘が読めるが、それは近代人の作ったもののなかでもおそらくもっとも美しいものである。

TORQUATI TASSI
OSSA HIC JACENT :
NE NESCIUS ESSES HOSPES.
FRATRES HUJUS ECCLESIAE POSUÈRE.
[一]
MDV.

この墓碑銘は、それが必要の産物であり才知の産物ではないゆえに、高貴な魂の持主を捉える。この修道院の僧侶たちは、イタリアのあらゆる地方からやってくるよそ者の質問に煩わされていたが、かれら自身タッソを愛していた。かれらがこの碑銘を刻ませた。

ローマの金持連中は、現在、この偉人の墓を建てるために寄付金集めをしている。[211] この企画、とりわけ実施方法が、ほとんど革命的だと見做されている。

この国の嘆かわしい内閣の総理大臣、デッラ・ソマーリャ枢機卿殿は、礼儀正しくも醵金するのを差し控えることができなかった。この記念碑を建てるために、誰か少しは凡庸を超えた彫刻家をどこで見つけられるだろうか。ベルリンのラウフ氏になら塑像を依頼することができるだろう。タッソの現在の墓のうえにある肖像は本人の肖像ではない。僕たちは体験したばかりの拒絶にとても気分を害して、レオナルド・ダ・ヴィンチの聖母像[212]が扉のうえにあると教えられたものの[213]、実際にはそれをよく観察することができなかった。修道院の外の柱廊のしたにあるドメニキーノのフレスコは、その簡素さによって称讃すべきものだが、僕たちの方はあいかわらず怒るだけだった。僕たちの旅仲間の女性はとりわけ憤慨していた。明日は二十もの推薦状を手に入れ、これらの生臭坊主どもが彼女らのまえにひれ伏すだろうということを僕たちは彼女らに示したが無駄だった。彼女らは永久にレオ十二世の敵になった。

僕は今夜『エルサレム』のいくつかの部分を再読した。[214] 昨年フェラーラを通ったとき、[215] ユースタス司祭によれば芸術の庇護者ということになっている一人の偉大な君主が、タッソを七年と数カ月閉じこめた地下室に入ったが、閉じこめたのは明らかに自分の利益のためである。[216] 別の司祭はかれの胸像を見学させることを禁じている。どうぞご勝手に！　タッソの思い出は何といっても僕にはいちだんと貴重なものなのだ。

かれが模倣を忘れたときは、何と神々しい詩人だろう！[217] かれはその作品よりもずっと優れた人物だった。何というやさしさ！　何という戦士の憂愁！　それはまさに騎士道の崇高さだ。何とそれは僕たちの心に近く、ホメーロスの干涸びた邪な英雄たちを古びさせることか！　僕の気分を害するすべての言葉遊び、一五八一年に詩にたいそう急速な繁栄をもたらしたすべての言葉遊びを消して、僕は『エルサレム』の一冊を自分用に作り替えた。[218]

僕たちはもはやこういった人物には会わないだろう。バイロン卿は詩人の心をもっていたかもしれないが、貴族でダンディであるという虚栄心が生じて、詩人の心の最大部分を占領した。詩人の愛情深く常軌を逸した魂が、ある伝染しやすい情熱のなかであれほど大切に育てられるとき、その情熱に染まらないということが、どうして可能だろうか。そして自分の諸々の情熱にどうして逆らえよう。これらの二つのことができるなら、かれはもはや詩人ではない。トスカーナ大公は、タッソがソネットを書くために用いた羊皮表紙の小さな手帳に、四千フランを支払ったばかりだ。文字はとても大きい。いくつかのソネットは、二、三の異なった方法で検討が試みられたすえに、かれによって放棄された。僕の庇護者たちは、とてもよく手入れされていてとてもきれいなピッティ宮殿の図書室で、この小さな手帳を僕に見せてくれた。

トルクァート・タッソ
（十九世紀の銅版画より）

イタリアでは庇護者、肩書き、十字勲章などを持ちたまえ。さもなければ、諸君が十万人の軍隊を自由にできる日まで、人間の心を持ち、腹立ちを軽蔑したまえ。以上は、僕たちが旅仲間の女性に繰り返して言っていることだ。しかし彼女らは怒りを抑えきれなくなっているが、これは十三カ月来はじめてのことだ。

サン・トノフリオの僧侶たちに上から与えられた指令に対して憤慨する彼女らには、あのアルフィエーリのソネットがとても適切だと思われた。

トルクァート・タッソの墓に

叙事詩だけを歌った崇高な詩人、
かれは現代の言葉を用いて、古代の喇叭を
世界の果てから果てまで鳴り響かせたのに、その亡骸は
ここ、こんなにも見捨てられた墓に横たわっているのか。
ああ、ローマよ！　このような飛翔を発揮した人に
おまえは墓を拒むのか。栄光あるその名が天に鳴り響き、
一方で、おまえの寺院の最大のものが、一群の下劣な
司教君主の地下墓地となっているのに。
かつて生きたことのなかったおびただしい死者たちよ、
さあ目覚めて、おまえたちが死臭で充たしている
ヴァチカンから、おまえたちの姿を消すように！
あそこ、ヴァチカンのまん中にそれが置かれるように。
そこでこそ、二人ともにふさわしい。ミケランジェロが

立てた記念碑は偉大なタッソのために。

〔二〕「トルクァート・タッソの亡骸はここに眠っている。それを知ってもらうために、おお、異邦の人よ、この教会の修道士たちが一五〇五年にこの言葉を記した。」

◆一八二八年十月三日

ポールが昨日戻ってきた。かれは、ヴェネツィアの方での用事のために、僕たちと離れていた。六カ月前、ある朝、警察はある町の通りで死骸を発見した。その町を僕はラヴェンナと呼ぶことにしよう。というのはその場所[219]ではみんなに心と気骨があるからだ。こういったことは何もかも、ポールが僕たちに話してくれたばかりの物語のために必要なのである。

それはその地方の住人にはまったく不可解な話だった。死人はチェルカラという名前だった。まだ若かったけれども、かれがしていた仕事のために老人だと見做されていた。当座[220]の間にあわせの金を貸していたのだった。かれは生涯とても粗末なものを着ていたが、死んでいるのが発見されたときは、舞踏会に行くためであるかのように着こんで、高価な宝石をつけていた。宝石はまったく盗まれていなかった。チェルカラにはファビオという弟がいたが、かれは炭焼党の嫌疑がかけられ、才知ある人らしくトリノに亡命していて、そこで外科医になる勉強をしていた。ファビオは、かれに三百万近くを残して長兄が死んだことを知ると修道士になった。

最後に、ポールがヴェネツィアにいるあいだに、とても人望を集めていて、実際少しフェヌロンのような性格をもっている僧侶のところに、一人の若い女性が紹介されてきた。このたいそう若い女性は、ひどく泣いて、二千ツェッキーニはするかもしれないような宝石を僧侶に託した。

「これはこの世でわたくしの所有しているもの全部です、と彼女は僧侶に言った。わたくしはわが身を恐れています。まともな、しかもあなたがよいと認めてくださる目的のため以外に、決してこの預託物をわたくしに手渡さないでください。わたくしは修道女になりたいと思っています、規律がそんなに厳しくない修道院をわたくしに教えてください。どうかわたくしの保証人になって、本名ではなくフランチェスカ・ポーロの名前でわたくしを紹介してください。」――「あなたはオーストリア領で何かの罪を犯したのですか」と僧侶は言った。この点で安心すると、かれは若い女性をかれの庇護のもとに置くことを承知した。[221]

以下はフランチェスカの物語であるが、彼女が選んだ修道院で告解師に彼女が話したそのままである。彼女は二十二歳にもなっていなかった。[222]十七歳のときに、かなり年上のきわめて退屈な一種の愚か者と結婚させられた。この愚か者は、とても金持であったが、チェルカラから金を借りていて、こちらはまもなくフランチェスカに言い寄った。彼女はかれを嫌った。一年後、彼女がチェルカラを愛してないことが知れると、ラヴェンナの五、六人の若者が、彼女のお気に入りになろうと試みた。彼女はおそらくそのなかの一人を愛していたのかもしれなかったが、その若者は去っていった。退屈以外の不幸はなかったが、彼女が言うには、一八二七年の夏のあいだずっと、彼女には人生が重荷だった。夫はこれまで以上に退屈になり、チェルカラは、朝晩きっちりと彼女に会いにやってきた。

ある日、彼女は、注目したものの決して話しかけたことのなかったあの若者に出会ったと思った。彼女は感ちがいしていた。彼女が眺めた男、また彼女を見て突然心を動かされて立ち止まろうとした男は、あの迷惑男の弟のファビオ・チェルカラであった。かれはトリノからやってきたところだった。かれは極端に濃い褐色の髪をしたたいそういい男だった。とても内気な様子をしていたが、[223]教会で、毎晩の散歩で、彼女はかれの目とぶつかるのを確かめた。ある日、かれは彼女の家にやってきて、兄からの包みと称するものを持ってきた。かれはフランチェスカのそばに通された。「小間使いに言ったことはすべて嘘です、とかれは彼女に言った。兄はぼくがあなたに話しかけるのを見ることほど、この世で恐れていることはないのです。ぼくは、あなたに対して抱く情熱をうまく兄に隠せませんでした。ぼくは不運です。これまで何もうまくいきませんでした。あなたには、ぼくのことなど思ってもいないと言われるでしょうし、そうなれば明日またトリノへ向けて出発します。ただしほんとうにその勇気があればのことですが。というのはラヴェンナにいれば、少なくともあなたが見ていられますから。」

フランチェスカはたいそう混乱していたが、かれに対して率直でいられるくらい勇気があった。「もしあなたが出発したらあなたはわたくしをとっても苦しめることになるでしょう。というのは、わたくしはここにいて退屈で死にそうですし、あなたが通りかかるのを嬉しく見ていますの。でも、わたくしはあなたを少しも愛していません。あなたを見て嬉しいのは、おそらくわたくしが愛しているある男の方にあなたが似ているからですわ。」ファビオは絶望した。しかしながら、かれはラヴェンナを少しも離れなかったし、二カ月後に愛されるようになった。かれは、フランチェスカの亭主の家の庭に面して小窓がある家の職人を自分の味方に取り込んだ。週に一度、のちにはほとんど毎日、ファビオはこの小窓に結わえつけた綱を伝わって滑り降りていった。かれは庭から階下の部屋に入り、信じられないことに、退屈な男が妻と眠っている当の部屋にやってきて長居をした。ポールにこの話をしたとても鋭い男は、フランチェスカが彼女の暴君に少し阿片を呑ませたと推測しているが、彼女はそれをまったく否定している。

しばらくして、ファビオはトリノに戻らねばならなかった。ラヴェンナの警察は、かれがはっきりした理由もなく、長くても三週間のはずだと申告していた滞在を延期するのを知って、不審を抱き、かれを尾行させはじめた。かれはとても体面を重んじたので、フランチェスカを巻き添えにすることを恐れていたが、彼女に対する情熱は日に日に加わるように思えた。

自分の恋愛に夢中になって、ファビオはラヴェンナ滞在中に少しの出費もしなかった。思いがけず、かれは兄に気に入られ、兄は出発の数日前にかれに言った。人はいつ死ぬか知れるものでない。おれの公証人のところにこい。おれのすべての財産をおまえに遺贈しよう。ただし、それらを売ったり抵当に入れたりしないと誓約してくれ、と。証書が作成された。情婦と同年の二十二歳だったファビオは、とても感謝した。しかしまもなく出発の悲しみが、かれの新しい財産を忘れさせた。フランチェスカに手紙を書く手段さえもなかった。ラヴェンナの住人は死にそうなくらい退屈していて、お互いによく観察し合っているので、何事も隠してはおけない。ファビオは若く、かれの苦しみは極度だったので、迂闊にもかれよりも十五から二十歳年上の兄に胸のなかを明かした。この打ち明け話は金持のチェルカラにとって落雷のようだった、とかれはのちになって言った。「何だって、おまえは毎晩彼女に逢っているんだって！」とこちらは繰り返し繰り返し言った。「何だって、あの阿呆な亭主がおまえたちの話しているのを聞かなかっただと！」と一瞬後にかれはつけ加えた。——「ぼくたちはその寝室では決して話さない」とファビオは答えた。深い苦しみのなかで、兄は二人の逢引きの詳細を五回も六回も繰り返し話させた。フランチェスカがかれに寄せる愛をファビオが描写すると、その言葉の一つひとつに兄が青ざめるのを見た。ついに、ファビオの出発の日がやってくると、金持のチェルカラは弟と職人の家を訪ねた。そして、ある合図を聞いたら、ファビオがトリノから兄宛てに差し出すフランチェスカへの手紙を小窓から投げることを、兄は約束した。

最初の月、金持のチェルカラは正直にかれの使命を果たしたようだ。かれはいつものように一日に二度フランチェスカに逢いにきて彼女をうんざりさせていた。彼女は、かれがとても変わり、とても青白くなったのをあとになって思い出したが、その日は、かれが庭にファビオの手紙を投げ込むはずの日だった。ついに金持のチェルカラは、弟が落馬して手首をあやうく脱臼しそうになったとフランチェスカに知らせてきたので、弟の筆跡を真似ることを思いついた。一週間後、偽造された手紙は、ファビオが家族には内緒で、彼女に逢うためだけにラヴェンナにやってくることをフランチェスカに知らせた。

僕たちが要約している長い話のこの部分にやってくると、フランチェスカはたいへん赤くなり、告解の神父の励ましで、やっと続けられる状態になった。とうとうわたくしの不幸の日がやってきました、とフランチェスカは死人のように青白くなって続けた。人でなしのチェルカラは図々しくもわたくしの寝室に侵入したのでした。わたくしはこのうえなく奇妙な疑惑を抱いたのを覚えています。わたくしは最後には、ファビオが少し酔っていて、声を出すことによって身を危うくするのを心配しているのだと思いました。しかしながらわたくしの夫は深く眠りこんでいますし、極度の暑さのために、長椅子に行って寝ていました。わたくしがファビオだと思った男、実感としてその日にはもはやほとんど愛していなかった男は、いつもよりずっと早くわたしから離れていったように思えました。かれが出ていくやいなや、わたくしは自分に愛情が欠けていることと、自分の考えが常軌を逸していることで自分を咎めました。翌日けだものは再びやってきました。わたくしのすべての疑惑が確かめられました。わたくしの好意につけこんだその男が、わたくしの恋人でないことを確信しました。しかしかれは何ものだったか。わたくしは物思いに沈み、手をかれの顔にもっていきましたが無駄で、かれの顔だちには、それがファビオのものでないとしっかり確信した以外、際立ったものが何も見つかりませんでした。わたくしは動揺を隠せるくらい自制を利かせていました。

わたくしはその見知らぬ男に次の金曜日にくるように勧めました。その日、夫は田舎に行かねばなりませんでした。わたくしを騙している男にはそれを言わずにいました。金曜日に、とても強い下女をわたくしの脇に寝かさせました。彼女はスカルヴァという名前で、わたくしは彼女のために大いに役に立ってやっているので、まったく献身的に仕えてくれました。見知らぬ男が入ってきますと、わたくしはかれに何も言わずに、短刀で突き刺そうとしました。何とまあ！　何という危険を冒したことでしょう！　それはファビオでした。かれは奇妙な一致で、わたくしに逢いにトリノからやってきたのでした。かれはとても喜んでいましたので、わたくしたちの不幸をかれに打ち明ける勇気がありませんでした。

翌日、わたくしはファビオを待ちかねていました。かれは再会するのに中途半端な約束をしていました。かれの代わりに、その晩誰がきたでしょうか。わたくしを恋人にふさわしくない人間にしたけだものです。わたくしはまた騙されました。それがファビオかと思って、かれの腕のなかに身を投げ出しました。しかし見知らぬ男がわたくしに接吻すると、自分の誤りを確信しました。すぐさま、ひと言も発せずに、その胸に二度にわたって短刀を突き刺し、下女が仕上げをしました。おそらく午前二時だったかもしれません。明け方が近かったし、時間を無駄にすることはできなかった。わたくしはスカルヴァに、ファビオを起こして、きてくれるように頼みに行くことを命じました。わたくしは混乱していて、混乱しているのを承知のうえで、かれに逢う必要がありました。スカルヴァは言いました。こんな時間に、戸を開けてくれればいいのですけど、どうでしょうか。隣近所のみなさんが目を覚ましてしまうでしょう。そうなればこのことはわたしたちを処刑台に運んでいくかもしれません、と。しかしわたくしは彼女に、わたくしがそれを望んでいるのだからと言い、彼女は口答えしないで出ていきました。

前代未聞の幸運で、彼女はファビオの家の扉が開いているのを見つけ、かれの寝室がどこにあるのかを知りました。

二人はほんのしばらくして戻りました。わたくしは自分の生涯最後のこのしあわせな瞬間を、足元にけだものの死骸を置いて、寝台に腰掛けて過ごしていました。それを見ていませんでしたが、部屋には血の臭いがしていました。とうとう物音を聞き、急いで出ていき、すべてをファビオに話しました。命令してありましたので、スカルヴァはかれに何も言っていませんでした。ファビオが家のなかに案内され、彼女がやっとランプに火を点しました。かれはわたくしが血まみれなのを見ました。この瞬間にわたくしの不幸ははじまりました。かれはわたくしを嫌い、話を冷ややかに、そして接吻することもなく聞きました。普通ならあれほど愛撫に夢中になるかれが。

かれの冷淡さはとてもはっきりしていたにちがいありませんでした。というのはスカルヴァが方言でわたくしに言いました。かれはわたしたちを助けてくれません。——とんでもない、とファビオは冷淡に言いました。ぼくがすべてを引き受けます。このことによってあなたがたが危険に晒されることはまったくないでしょう。ぼくはスカルヴァの助けを借りて、死骸を離れた街に運んでいき、もし明日とそれに続く日に、あなたがいつもと変わらない行動をして何事も絶対に変わらなければ、悪魔にも何が起こったかは見抜くことはできません。——だけど、あなたはわたくしのおこないを是認してくださるの、とわたくしはかれに熱をこめて言いました。——今はぼくは震えあがっています、とかれは答えました。実際ぼくはあなたを愛しているのかどうか分かりません。——とにかく！　それを片づけましょう。この死骸をスカルヴァと運んでいってください、とわたくしはかれに言いました。それからわたくしたちは部屋に入りました。かれは叫び声をあげ、椅子に凭れかかり床に倒れました。わたくしよりも先にかれは自分の兄を認めました。死人が仰向けになり、目を開けて、血のなかに横たわっているのを、わたくしはもう一度見ました……。ファビオはかれを抱きかかえていました。

どう申しあげましょうか。ファビオがもうわたくしを愛していないということが充分に分かりました。わたくしは自殺した方がよかったのです。そうしたい誘惑に駆られました。でも、かれが戻ってきてわたくしを愛してくれることを期待していました。スカルヴァとかれは死骸を大きなウールの毛布にくるんで運んでいき、もう一方の町はずれの城塞の方、人気ない通りのまん中に置きました。お祭しのとおりわたくしがもうファビオに再会することはありませんでした。フランチェスカは涙にくれながら続けた。かれはトリノに行って、修道院に閉じこもりました。かれの指図を受けた人がそのことを手紙で知らせてきました。わたくしは露見しないために、しなければならないことをすべてしました。だって、これほど正当な行為がファビオには気に入られなかったのですもの。わたくしは持ちものの半分をスカルヴァにあげました。彼女はスペインにいて、決してわたくしを傷つけることはないでしょう。ずっとあとになって、一人で、わたくしはラヴェンナから逃れ、船に乗ることに成功しました。虚しくファビオの手紙を期待しながら、コルフで数カ月を過ごしました。ついに、数々の危険を避けて、ギリシア人からパスポートを買い、そして今ここにいるのです。もしあなたにそのおつもりがあるなら、わたくしを売ることができます。わたくしは毎日、ファビオが誓願をしたと知らせてくれる手紙を待っています。かれは明らかにわたくしがかれの例にならうことを欲しています。というのは、かれにわたくしの計画を知らせましたし、かれはそれに反対するとは書いてこないからです。

この話はその長さで僕を辟易させる。昨晩、ポールが話したときには、僕たちには短く思えた。かれはフランチェスカに逢わずにヴェネツィアを立ち去りたくなかった。これ以上にむずかしいことはなかったが、かれは障害に阻止されるままになっている男ではない。かれには、彼女の美しさ、とりわけ彼女の穏やかで、無垢な、愛情にあふれた様子に心を奪われたようだ。それはロンバルディーア風の顔で、レオナルド・ダ・ヴィンチがそのヘロディアスのなかにあれほどの魅力で再現した顔に属する。フランチェスカはかすかに鷲鼻で、完全な卵形の顔をしていて、薄く上品な唇、憂愁を帯びておずおずした褐色の目、そしてこのうえなく美しい額をしていた。その額のまん中で濃い栗色のこのうえなく美しい髪が左右に分かれていた。ポールは彼女に話しかけることができなかったが、修道院の告解師から、彼女が見知らぬ男を殺したことで悪いことをしたとは少しも考えていなかったことを知る。彼女はファビオの行為が彼女に惹き起こした驚きからまだ回復していない。死人が兄であることを発見したからといって、かれの冷淡さが正当化されることにはならないように彼女には思えるのだ。時として彼女は、かれがトリノで、ラヴェンナに戻る前に、彼女を愛さなくなっていたと考えている。

ローマの教会

◆一八二八年十月五日

カトリック教はリスボンとスペインで、代議政府を忌み嫌っているということをはっきりさせたばかりだ。代議政治こそまさに十九世紀ヨーロッパの唯一の情熱なのに。したがって、今世紀末以前に、多くの良識ある人々が、報酬者であり懲罰者である全能の神への信仰に、あらたな形を採り入れる可能性がある。[226]

人間が想像力を持つかぎり、人間が慰められることを必要とするかぎり、神に話しかけることを愛するだろうし、そしてその個々の性格に応じて、ローマのサン・ピエトロの円蓋のした、もしくは半ば廃墟となった自分の村のゴティック式の小教会のなかで、ひときわ大きな喜びを抱いて神に話しかけるだろう。宗教心が強いときには、壮麗さをうるさく感じ、森のただ中の打ち棄てられた礼拝堂を好ましく思う。とりわけそれが俄雨に打たれ、人気なく、しかも遠くに別の教会の小さな鐘の音が聞こえるときには。

僕たち北国の連中は、ローマの教会のなかでは、この打ち棄てられた不遇な感情を覚えることはできない。それらは美しすぎる。いつも僕たちにとって、ブラマンテがギリシア人から模倣した建築は、ひとつの祭典である。しかしローマの人々は、僕がこれから急いで描写するこれらの小教会のいくつか、たとえばチェリオ丘のサンタ・サビーナ[227]のなかに、この打ち棄てられた悲しみの感情を見つける。

王たちのローマ、共和制のもとでのローマ、そしてさらには皇帝たちのローマの廃墟の歴史では、すべてが不確実であるのに、教会の歴史ほど確かなものはないし、またこれ以上におもしろくないものはない。

僕は諸君に、見た教会の名前を鉛筆で消していくようお勧めする。[228]

僕はまず参考として、僕の目にもっとも優れていると見える二十四の教会をあげることにしよう。

サン・ピエトロ　―　このバジリカはコンスタンティヌスによって建てられ、ニコラウス五世とユリウス二世によって再建された。

パンテオン（もしくはサンタ・マリア・アド・マルチュレス）　―　ラファエッロの胸像がとり除かれた。古代建築の完璧な見本。

サンタ・マリア・マッジョーレ　―　バジリカ。サロンの雰囲気。

サン・ジョヴァンニ・イン・ラテラノ　―　バジリカ。美とは無縁[229]。

サン・タンドレア・デッラ・ヴァッレ　―　美しい正面とドメニキーノのフレスコ画[230]。

サンタ・マリア・デリ・アンジェリ　―　崇高な建築。古代の簡素な図書室で、わが国の教会の大部分よりも高貴。

アラコエリ　―　カピトリーノ丘を登って左手。古代のユピテルの神殿。古代の円柱、暗い様子、聖なる御子《サクロ・バンビーノ》、巨大な大理石の階段[231]。

サン・パオロ・フオーリ・レ・ムラ　―　一八二三年焼失。崇高な廃墟。ゴティック式教会の憂愁を帯びた様子。

サンティ・アポストリ　―　ガンガネッリの墓と、玄関広間のカノーヴァによる小記念物。古代の鷲。

サン・タゴスティーノ　―　ラファエッロのフレスコ『預言者イザヤ』。かれのスタイルはミケランジェロに近づいている。

マドンナ・デッラ・パーチェ　―　ラファエッロによるその美しいフレスコ。

カプチン会士教会　―　バルベリーニ広場、グィドによる『聖ミカエル』。

サン・カルロ・アイ・カティナーリ　―　ドメニキーノのフレスコ。

サン・クレメンテ　―　初期の時代の教会のもっとも完璧な名残り。教会中央の聖歌隊席。

サント・ステファノ・ロトンド　―　風変わりな形。殉教者たちのぞっとするような絵。

サン・グレゴリオ・アル・モンテ・チェリオ[232]　―　グィドとドメニキーノの二つの『聖アンドレアスの殉教』のフレスコ。快適な立地。

ジェズ ― 一五七五年ヴィニョーラによって着工される。聖イグナチウスの祭室と墓。ジェズイット教団総本部。

サン・ティニャッツィオ ― 一六二六年に着工。建築にとって退廃の時期。

サンタ・マリア・デッラ・ナヴィチェッラ ― 魅力的な立地。見るからに気持ちのいいラファエッロの建築、見事な二十本の円柱[233]。

サンタ・マリア・デル・ポポロ ― 北の方向からローマに入ってくる市門脇にある。十六世紀の美しい墳墓。

サン・トノフリオ ― ジャニコロの丘のうえにある。タッソの墓。すばらしい眺望。モンテカヴァッロの宮殿と向かいあう。両者のあいだにローマがある。

サン・ピエトロ・イン・ヴィンコリ[234] ― ミケランジェロのモーゼ像。聖具室にドメニキーノの絵。

サンタ・プラッセーデ ― 一六二二年に建設。二八〇年頃再建。十六本の御影石の柱。大祭壇の配置はいい。

サン・ロレンツォ・フオーリ・レ・ムラ ― もっとも好奇心をそそるキリスト教の記念建造物のひとつ。このバジリカはコンスタンティヌスによって建立されたが、それは、青年君主として期待を一身に集めていた息子の死という忌まわしい事件から四年後の三三〇年頃であった。五八九年頃すっかり建てなおされた。七一六年に修復され、七七二年に増築されて、一二一六年頃ホノリウス三世によって再び修復された。僕たちは、かれによって造られた柱廊玄関のなかにモザイクでできたかれの肖像を見た。最近の修復は一六四七年である。内部ほど好奇心をそそるものはない。この教会は柱がいっぱいある。そこには何度も行くこと。

何人かの自由主義的な読者は[235]、教会の叙述を二十ページも読むように持ちかけることを滑稽だと思うだろう。これらの大部分の記念建造物はなかば迫害された人々によって建てられた。今日イタリアにおいて自由主義者と見做される旅行者が迫害されているように。これらの教会が建立されたのは、国の予算によってでもなく、計り知れない大多数の願いに反してでもなかった。フランスでなら、大多数の者は、教会の代わりに、百姓たちのための学校を欲することだろう。

ローマの教会は、一般人によって、つまり寄付金によって建てられたが、一七〇〇年頃までは、計り知れない大多数者のいちばん意にかなった記念建造物だった。こうして僕たちは教会のなかに、その世紀の精神的な表現を見るのである。

教皇たちは、美への愛の広がりを百倍にし、副次的なものとしてそれに地獄の恐怖をつけ加えた。一二〇〇年から一七〇〇年まで、この恐怖は金持の老人の気持ちを左右した。愛情にあふれた魂の持主にあっては、神の審判への恐れは聖母への愛によって表された。かれらはこの不幸な母親を慈しむ。彼女はあれほどの苦しみをなめ、そしてその苦しみは、息子の復活、息子が神であるという発見等などのたいそう驚くべき出来事によって癒されたのだ。ローマでは、マリアに捧げられた教会は二十六を数える。

裁判所の判決のせいで、以下のことを述べるのは障害がある。[236] 裁判所が神の信仰に差しのべていると信じている援助はさて措き、言っておかなければならないのは、この神の信仰という崇高な感情が、ローマの教会について僕があえて加えようとしている芸術家としての批評を、しかもまったく世俗的な批評をずっと超越しているように僕の目には見えるということである。宗教裁判所の存在自体は、愛情にあふれた魂の持主がイエスの教えの崇高さを感じることを決して妨げないだろう。ましてや、その教えによって四輪馬車を入手する偽善者どもの存在や、それらに尊敬や権力を求める謹厳で道徳的な人間の存在は妨げにならないだろう。(英国のカントや道徳誌[237]を参照。)

次に名前を掲げる八十六[238]の教会のまえを通るときには、何かしら尋常ならぬ感情に支配されないかぎりは、そこに入ることをお薦めする。

サン・タドリアーノ教会 ― 六三〇年頃建立される。もっとも新しい修復は一六五六年である。そこには青銅の扉があったが、アレクサンデル七世がサン・ジョヴァンニ・イン・ラテラノに移送させた。[239]『天使たちに運ばれる聖ペテロ・ノラスクス』の絵はボローニャ派のものである。ボローニャ派は一五九〇年に起こり、他のすべての流派を模倣した。数人の人たちがその作品をグェルチーノの作だと見做している。この教会が占めている場所のまえは、フォロであった。この近くにサトゥルヌスの神殿があったが、そこにローマ人たちは国家の財宝を入れていたものだ。

サン・タニェーゼ・イン・ピアッツァ・ナヴォーナ — ローマでもっとも美しい教会のひとつ。そこは売春の場所であった。ローマ知事のシンフロニウスは、そこに若い娘のアグネスを連れていかせた。すると、ひとつの奇蹟が彼女を最大の侮辱から護った。インノケンティウス十世がこの教会を建てさせた。正面はボッロミーニの最良の作品のひとつである。内部はギリシア十字形をしている。僕たちはそこでたくさんの高価な大理石と凡庸な彫像を見た。アルガルディの魅力的な浅浮彫りがある地下に降りなければならない。かれは思い切って聖女の殉教の端緒を表現した。アルガルディがカノーヴァの弟子でなかったのは何と残念なことだろう。

サン・タレッシオ — 三〇五年に設立された。いちばん新しい修復は一七四四年である。

サン・タンドレア・デッレ・フラッテ — 一六一二年に再建された。円屋根はボッロミーニの作である。聖フランチェスコ・ディ・パオラの祭室と、ベルニーニの二体の美しい天使を見られたい。

サン・タンドレア・アル・ノヴィツィアート — ジェズイット教団的豪華の代表作である魅力的な小教会。これは一六七八年のベルニーニの作である。この教会は半円形のきれいな柱廊を通ってなかに入る。その形は卵形で、金塗りモルタルで装飾された円蓋をもっている。パリならそれはどんなに気に入られることだろう！ 記念建造物は、いちばんよく人の目に触れる場所にあるべきだろう。ジェズイット教徒聖スタニスラフの祭壇には、マラッタの絵がある。スタニスラフが住んだ部屋には、有名なルグロ氏によるその彫像が見られる。

サン・タントニオ・デイ・ポルトゲージ — シクストゥス四世のもとで建てられ、一六九五年に修復された。ルイージ・アグリコラ氏による『聖女エリザベス』の絵を見られたし。

サン・タポリナーレ — ローマの大部分の教会は二、三度再建されている。こちらはベネディクトゥス十四世によって徹底的に造りかえられた。『聖フランシスコ・ザビエル』はルグロ氏の作品である。聖母像はペルジーノの作と言われる。

サン・タタナージョ・デ・グレチ — 一五八二年頃ジャコモ・デッラ・ポルタとマルティノ・ルンギの設計に基

づいて建立された。アルピーニ騎士の二枚の絵を見られたし。[240]

サンタ・バルビナ ― この教会は三三六年に献堂され、六〇〇年、七三一年、七四六年、一六〇〇年に修繕された。後陣《トリブーナ》のフレスコはフォンテブオーニの作である。

サン・バルトロメオ・イン・リゾラ ― 聖バルトロマイの肉体は九七三年に祭壇のしたに見られる斑岩の瓶に収められた。この教会は二、三度再建され、どこかの異教の神殿から盗んできた御影石の二十四本の柱がある。そこではアゴスティーノ・カラッチの絵が見られるが、誰かしら下手な絵画修復師によってすっかり台なしにされている。[241]

サン・ベルナルド ― ディオクレティアヌスの浴場の暖房室のなかに、一五九八年に建てられた。よく保存されている古代の穹窿と、庭のいくつかの廃墟を見たまえ。

サンタ・ビビアーナ ― 四七〇年、聖シンプリキウス[242]が聖女ビビアーナにこの教会を捧げた。聖女ビビアーナはこの場所に住んでいた。まだ四七〇年には存在していた異教ローマのあらゆる壮麗な神殿のただ中に、この質素な教会を迎えねばならなかった皮肉を想像したまえ。したがって、あまり金持でなく綬章を持たない旅行者は、贅沢好みの人物に軽蔑され、警察によって感情を害されるが、ある日、この旅行者の精神的信仰は勝利するだろう。ベルニーニ騎士は一六二五年にこの教会を修繕した。大祭壇を飾っている聖女ビビアーナの彫像はベルニーニの作品で、高く評価されているものである。聖女は手に棕櫚を持って、柱に凭れているようだ。祭壇のしたに置かれたオリエント・アラバスターの大きな古代の棺に、聖女ビビアーナと、彼女と同時に殉教にあった母と妹の遺骸が収められている。この教会には、八本の古代の柱と、身廊の左手にピエトロ・ダ・コルトーナのフレスコがある。

サン・カルロ・アル・コルソ ― 一四七一年にロンバルディーアの住人によって建立された。ローマに自分たちのものとして教会を持つことが、それぞれの国民にもてはやされていた。この教会は大きいが、サン・ティニャッツィオやサン・ルイジ・デイ・フランチェージなどのように美しいということはない。[243]

サン・カルロ・アッレ・クァトロ・フォンターネ ― 魅力的な小教会。[244]これは一六四〇年、ボッロミーニの気紛れによって造られた。聖母の絵はロマネッリの作品である。

サンタ・カテリナ・デイ・フナーリ　—　一六四四年にフラミニウスの大競技場の廃墟の中央に着工された。右手の最初の祭室に、アンニーバレ・カラッチの有名な絵『聖女マルゲリータ』を見られたし。たくさんの絵がある。いちばん凡庸でないのはフェデリーコ・ズッケーロとラファエリーノ・ダ・レッジョの作品である。

サンタ・カテリナ・ダ・シエーナ　—　大理石で上手に飾られたきれいな教会。ネロの高い塔があるのはこの修道院の庭である。実際は、この塔は一三〇〇年にカエターニ家出身のボニファティウス八世によって建てられた。隣接する二つの小塔もボニファティウス八世のものである。セルウィウス・トゥリウスの城壁に造られたポルタ・フォンティナーレは大塔の傍らにあった。

サンタ・チェチリア　—　殉教聖女の家があった場所に建設され、八二一年に再建された。三つの身側廊が柱列によって隔てられていて、大祭壇は白黒大理石の四本の美しい古代柱に支えられている。このとても豪奢な祭壇上に、墓のなかで発見されたときの姿そのままの殉教聖女を表した大理石像が見られる。この労作はおもしろ味がないが、ギルランダイヨの絵のように真実味にあふれている。姿勢が風変わりである。聖女は左腕でからだを支え、顔を地面の方に向けている。この作品は、ローマ滞在三カ月頃に一旦理解すると、見飽きることはないが、エネルギーにあふれたガリヤの古いソネットの魅力そのままをもっている。それはステファノ・マデルノの作品である。ここでは、アンニーバレ・カラッチの聖母像、そして教会まえの中庭に、古代の美しい壺が見られる。柱廊は御影石の柱で飾られている。

サン・チェザレオ　—　六世紀に存在した。クレメンス八世によって修復された。

キエーザ・デッラ・コンチェツィヨーネ・デ・カプッチーニ　—　一六二八年に、ウルバヌス八世の弟のフランチェスコ・バルベリーニ枢機卿によって建立された。入って右手の最初の絵が、グイドの有名な『聖ミカエル』である。とても信心深いドメニキーノは、第三の祭室にある『聖フランチェスコ』によってこの教会に敬意を表した。ピエトロ・ダ・コルトーナの代表作『聖ミカエル』、アンドレア・サッキの若干のいい絵を探すこと。扉に描かれたジョットの一三〇〇年の作品である『聖ペテロの舟』の素描を見られたし。モザイクがサン・ピエトロにある。

サンティ・コスマ・エ・ダミアーノ　—　ここにはローマの建国者たちに献じられた円形の神殿があった。五二七年頃、フェリクス四世がこの教会を建てた。おそらく七八〇年に、ここに青銅製の美しい古代の扉がつけられた。ウルバヌス八世は舗石を造りなおし、多くの変更をおこなった。

サンタ・コスタンツァ・フオーリ・レ・ムラ　—　コンスタンティヌスによって建立された洗礼堂。それは対になった二十四本の御影石柱をもつ円形建物《ロトンダ》であり、美しく好奇心をそそる建造物である。それを取り囲んでいた壮麗な柱廊は少しも残っていない。この近く、自分の解放奴隷の一人のいなか家で、ネロは自殺した。

サンティ・ドメニコ・エ・シスト　—　残忍な男であった聖ピウス五世によって建てられた。彫像と絵はかなり凡庸なものである。

キエーザ・ドミネ・クオ・ヴァディス　—　アッピア街道沿いの左手に見られるこの小教会は三つの名前を持つ。サンタ・マリア・デッレ・パルメ、サンタ・マリア・デッレ・ピアンテ、そしてドミネ・クオ・ヴァディスである。数人の作家が、この教会は有名なマルスの神殿跡に建てられたと言った。聖ペテロが気弱になっていて、聖パウロがそれを大目に見てくれなかった一時期、かれはローマと迫害から逃れていた。僕たちが今いる場所に到着すると、イエスがかれのまえに現われた。人類の救世主は肩に十字架を担っていた。予期せぬこうした光景に、使徒は叫んだ。《主よ《ドミネ》、どちらに《クオ》行かれるのです《ヴァディ》か《ス》》と。この教会はクレメンス八世のもとで再建された。正面は一七三七年のものである。

サン・テウセビオ　—　教会はキリスト教徒エウセビウスの家があった跡地に建立され

アンニーバレ・カラッチ『聖女マルゲリータ』(サンタ・カテリナ・デイ・フナーリ教会)

た。コンスタンス帝の命令で、一辺が四ピエの小部屋に閉じこめられ、ここで聖エウセビウスは餓死した。この教会は最近では一七五九年に再建された。そのとき、ラファエル・メングスが天井画を描いた。

サンタ・フランチェスカ・ロマーナ　―　七六〇年頃教皇パウルス一世がこの教会を建立した。オリヴィエーリによるグレゴリウス十一世の墓を見なければならない。この教皇は、長くアヴィニョンにあった聖座をローマに再興した。正面はサン・ピエトロのものと同時代、パウルス五世の治世のものである。この教会に付属する修道院から、中庭に出ると、そこで背中合わせに置かれ、完全に同等な、二つの古代の神殿の後陣が見える。それらはハドリアヌス帝の設計に基づいて建てられたウェヌスとローマの神殿のものである。ウェヌスの神殿はコロッセオの方を、ローマの神殿はフォロの方を向いている。

サン・フランチェスコ・ア・リパ[245]　―　この教会には、美しい大理石像がある。福者アルベルトーニの彫像はベルニーニの作である。彼女は臨終の姿が表されている。着衣の表現は凝りすぎだが、肌を見せている部分は美しい。

キエーザ・ディ・ジェズ・エ・マリア　―　美しい大理石とボロニェッティ家の墓がある。聖具室のランフランコのフレスコを見られたし。

サン・ジャコモ・デリ・インクラービリ　―　一六〇〇年に再建され、当時の最良の芸術家によって装飾された。

サン・ジャコモ・スコッサカヴァッリー　―　目に見えない手によって馬が止められるというあの有名な奇蹟が起こったのは、ここである。それらの馬は、コンスタンティヌスの母の聖女ヘレナがサン・ピエトロのバジリカに送る聖遺物を積んだ荷車を牽いていた。

サン・ジャコモ・デリ・スパニョーリ　―　一四五〇年に再建された。聖ディエゴの祭室にはアンニーバレ・カラッチの額絵とフレスコ画がある。アルバーニとドメニキーノはここでアンニーバレの下絵に基づいて仕事をした。聖具室にある呪われた魂と救われた魂の顔は、モンシニョール・モントイアの墓のうえの胸像と同じく、ベルニーニの作である。

サン・ジョヴァンニ・デイ・フィオレンティーニ　―　教会は、ミケランジェロの壮麗な設計に基づいて、一四八八年に着手された。施工に費用がかかりすぎたので、もっとあとになって放棄された。交差部右手に火刑台上の聖コスマスと聖ダミアヌスを表すサルヴァトール・ローザの絵を探したまえ。

サン・ジョヴァンニ・イン・フォンテ ― これはコンスタンティヌスのものとされる有名な洗礼堂である。この皇帝の洗礼は、死ぬ十三年前におこなわれたというが、八世紀に創作された伝説である。ドナテッロの彫像と、カルロ・マラッタとアンドレア・サッキのいくつかの凡庸な絵画を見られたし。

ベルニーニ『福者アルベルトーニ』(サン・フランチェスコ・ア・リパ教会)

サンティ・ジョヴァンニ・エ・パオロ ― 四〇〇年に、この二人の殉教した兄弟が住んでいた家のなかに建てられた。柱廊は十二世紀のものであり、そこにラテン語の四つの詩句が読める。好奇心を引く教会だが、一八二二年頃に下手くそに修復された。

サン・ジョルジョ・イン・ヴェラブロ ― 好奇心をそそる教会だが、三ないし四回建てなおされた。一八二九年にまた工事がおこなわれている。柱廊は十三世紀に建立されたようだ。十五本の美しい古代の柱が、この教会を三つの身側廊に分けている。一三〇〇年頃、ジョットが後陣に絵を描いた。

サン・ジロラモ・デッラ・カリタ ― ほぼ二世紀のあいだ、この教会の大祭壇のうえに『聖ヒエロニムスの聖体拝領』が見られた。この教会は、この愛すべき人物がローマ滞在のあいだ住んだ家のあった場所に建てられた。この家は名門のローマ婦人、パオラのものであった。聖ヒエロニムスの生涯はとても興味をそそる。それは少しルネのような人物である。

サン・ジュゼッペ ― 一五六〇年にマメルティーノの牢獄のう

えに建てられた。アンクス・マルティウスによって造られたこの牢獄に降りてみること。そこでユグルタは死んだ。

サン・クリゾゴノ[246] ― 七三一年頃はじめて再建された美しい教会。そこには三つの身側廊があるが、これはあちこちの異教の神殿から奪ってきた二十二本のオリエンタル御影石の柱によって仕切られている。美しい金塗り板張天井の中央に、『天使たちによって天に運ばれる聖クリゾゴノ』を表すグェルチーノの絵の複製が見られる。

サン・ティジドロ ― 一六二二年頃建設される。カルロ・マラッタとアンドレア・サッキの絵がある。すべての巨匠を模倣しようとしているために、わが国の現代の詩人たちのように、凡庸な連中である。これらの模倣画家の作品は、美術館ではうんざりさせられるが、教会では、建築あるいは記憶によって生み出される感動ゆえに、しばしば好かれている。

サン・ロレンツォ・イン・ルチーナ ― とても古い教会で、最後には一六五〇年に再建された。たくさんの死者が埋葬されるが、時として、この前の八月十七日のように、桁外れの暑さで一日に十四人もが埋葬された。シャトーブリヤン氏が、ここに眠っているプッサンの墓碑を建てさせる計画を予告している。この大使はローマのフランス学院の院長氏のところでの晩餐に応じた最初の人である。（一八二八年に、院長はゲラン騎士殿。）グィド作とされる十字架像の絵を見られたし。

サン・ロレンツォ・イン・ミランダ ― これはアントニヌスとファウスティナの壮麗な神殿である。古代の神殿がどんなだったかを理解しようとするには、ローマに到着したらここに馳せ参じなければならない。ヴィア・サクラ［聖なる道］がこの神殿のまえを通っていた。四十三ピエの高さの、すべてが一体でできた雲母大理石のこれら十本の大きな柱をじっと眺めたまえ。これに、パリがもっか建設し、予算に穴を開けて納税者にぶつぶつ言わせているわが国の惨めなバジリカ[247]をあえて比較してみよ。建築は次第次第に困難になっている。

サン・ルイジ・デイ・フランチェージ ― シャトーブリヤン氏によってある若い女性亡命者のために建てられた墓の、少し気取っているがきれいな墓碑銘[248]。穹窿と聖女カエキリアの祭室の側面にあるドメニキーノの魅力的なフレスコ。祭壇の絵はとても好奇心をそそる。それはラファエッロの『聖女チェチリア［カエキリア］』のグィドによる複製である。ドメニキーノのきれいなフレスコは、僕たちにとって第二の天性である社交上の気取りからこんなにも隔絶したものでなければ、もっと好奇心をそそるだろう。どうして、貧しく一生蔑まれていたボローニャの職人が、ルイ十四世の宮廷の文明を見抜くことができたろうか。ドメニキーノの女性像には、あの少しばかり高貴なしとやかさが、つまり僕たちにジェラール氏の『聖女テレサ』を讃美させるものがなかった。聖マタイの祭室にあるミケランジェロ・ダ・カラヴァッジョの二枚の絵の人物たちは、百姓たちで、粗野だがエネルギーがある。聖具室では、コレッジョ作とされる小さな聖母像を観察しなければならない。[249]

カラヴァッジョ『聖マタイの殉教』（サン・ルイジ・デイ・フランチェージ教会）

ここにはベルニス枢機卿とモンモラン氏の墓[250]がある。フランス王妃カトリーヌ・ド・メディシスは、おそらく何かしら大きな罪を赦してもらわねばならなかったので、この教会を建てるためにかなりの金額をローマに送った。ティチーノ河畔にあるスフォルツェスカの歴史を参照せよ。この町はスフォルチェとかいう男が罪の赦しを手に入れた代価である。サン・ルイジ・デイ・フランチェージ「フランス人たちの聖王ルイ」は一五八九年に献堂された。大いに称讃されている正面は、僕にはとても平板に思える。旅行案内書作家は、それを称讃しないと、フランス大使殿の憤怒を心配することになるだろう。この教会では、たとえば、ナトワール氏、レタージュ氏といったローマで仕事をしたフランスの芸術家を評価することができる。この派の最良の作品は非の打ちどころがないし、冷ややかである。

サン・マルチェッロ　—　教皇聖マルケルスは、危難にあったときに、イシスの神殿の傍らに家を持っていたルチーナという名の寡婦のところに逃げ込んだ。この家が教会に変わって、聖マルケルスは三〇五年にこれを神に捧げた。コンスタンティヌスの対抗者のマクセンティウスは、この奉献を知って、それを馬小屋に変えるよう命令して、その教会を冒瀆した。聖マルケルスは馬小屋の下僕になるように宣告され、そしてまもなく虐待から死を迎えた。この教会は何度か建てかえられ、最終的には十六世紀はじめに一新された。そこにはピエリーノ・デル・ヴァーガ、ダニエーレ・ダ・ヴォルテッラ、そしてズッケーロ兄弟の絵画が見られる。大理石に刻まれた六つの顔のうち、三つはアルガルディの作であり、三つはもっと古いものである。[251]

サン・マルコ ― 教皇聖マルクス一世によって三三六年に創建された。何度か改築されたこの教会は、堂々とした外観をしている。それはシチリア産の二十本の大理石柱によって三つの身側廊に区切られている。絵画を味わうつもりなら、ここでは、ピエトロ・ペルジーノ、カルロ・マラッタ、チーロ・フェッリのいくつかの作品を探すことができる。

サンタ・マリア・デリ・アンジェリ[252] ― ローマでは、キリスト教文明によってこのうえなく見事に創造されたこの崇高な存在に対して捧げられた二十六の教会が数えられる。ロレートでは、聖母は、神そのもの以上に神となっている。人間は弱いので愛することが必要であり、これ以上に愛にふさわしい神はこれまでに在任しなかった。サンタ・マリア・デリ・アンジェリ［天使たちの聖母マリア］はピウス四世の命令で建設された。ディオクレティアヌスの浴場の二つの部屋が利用された。ミケランジェロがその建設者である。縦三三六ローマ・ピエ［約九九・六五メートル］と、横三〇八ピエのギリシア十字形をしている。大身廊は八四ピエの高さがあり、七四ピエの幅がある。ヴァンヴィテッリが一七四九年にこの教会を台なしにした。八本あるエジプト御影石一体作りの巨大な柱に注目されたい。

サンタ・マリア・デッラニマ ― 一四〇〇年に創建された。ジュリオ・ロマーノが大祭壇の絵を描いた。それはテヴェレ河の洪水によって、そしてそれ以上に、それに手を加えた者の無知によって損なわれた。ナンニ・ディ・バッチョ・ビージョによるミケランジェロのピエタの群像の複製がある。カルロ・ヴェネツィアーノの二枚の絵が楽しく見られる。美しい彩色はローマではたいそう稀だ！

サンタ・マリア・イン・アクィーロ　―　四〇〇年頃に創建され、何度か改築される。正面はピウス六世のもとで、カンポレージ氏によって建てられた。

サンタ・マリア・イン・アヴェンティーノ　―　これはよき女神《キュベレ》の神殿であった。そこでは女たちだけが犠牲を捧げたのだった。クロディウスの冒険。この教会は一七六五年におかしな風に整備された。

サンタ・マリア・イン・カンピテッリ　―　一六五七年に建てられた。内部には美しい柱がある。あの古代赤《ロッソ・アンティコ》と呼ばれる大理石でできた四頭のライオンを探すことができる。たくさんの凡庸な絵。

サンタ・マリア・イン・コスメディン　―　その美しい古代の柱ゆえに注目すべきである。柱廊のしたに置かれた大理石の大きな仮面装飾は、民衆から真実の口《ボッカ・デッラ・ヴェリタ》という名をもらっている。誓いをたてた人がそこに手を入れ、そしてもし誓いが真実でないなら、大理石の口がかならず閉まった。この教会はローマでもっとも好奇心をそそるもののひとつである。

サンタ・マリア・イン・ドムニカ別名ナヴィチェッラ　―　聖キリアクス[253]の家に建立され、八一七年に改築された。レオ十世がラファエッロの設計に基づいて再建させた。優雅さの完璧な模範[254]。

サンタ・マリア・ディ・ロレート　―　一五〇七年に着工。外観は方形だが、内部は八角形である。この教会には二重の半球をもった円屋根がある。フィヤンミンゴ（フランソワ・デュケノワ）の『聖女スザンナ』を見られたし。

サンタ・マリア・ソプラ・ミネルヴァ　―　オベリスクを背負った象と向かいあって位置する。ドメニコ会の僧侶たちはこの教会にぞっとする外観、ゴアの宗教裁判所を思い出させる外観を与えるのに成功した。ゴティック様式に訴えねばならなかった[255]。この教会は三つの身側廊、たくさんの祭室と墓がある。墓のなかでは、この陰欝な場所を住みかにするにはあまり似合わない愛すべきレオ十世の墓を、諸君は喜んで見るだろう。イタリアの堕落をひき起こした人物、クレメンス七世がその従兄レオ十世のすぐ近くにいる。レオ十世の彫像はラファエッロ・ダ・モンテルポの作である。大祭壇の左に、諸君はミケランジェロのキリスト像を見るだろう。それは一人の人間でしかないし、『パースのきれいな娘』の主人公のように、肉体的な力に傑出した男である[256]。カノーヴァの『ペルセウス』はキリス

ミケランジェロ『キリスト』(サンタ・マリア・ソプラ・ミネルヴァ教会)

トをもっとうまく表現していると言っていいだろう。かれは男たちのなかでいちばん美しかった。この教会には一群の興味深い絵がある。ベアート・ジョヴァンニ・ダ・フィエゾレの『受胎告知』、フィリッポ・リッピの『聖母被昇天』、ラファエリーノ・デル・ガルボによってフレスコで描かれた穹窿、バロッチの『最後の晩餐』、ジョットの十字架像、カルロ・マラッタの聖母像である。隣接した修道院のなかに、あのカザナテンセ図書館があるが[257]、その監督はたいそうふざけたことに宗教裁判所判事たちに委ねられた。僕たちはある雨の日にこの教会で葬儀を見た。それは、僕たちの旅仲間の女性たちがローマで出合ったもっとも不気味な光景であった。[258]

サンタ・マリア・デイ・ミラコリとサンタ・マリア・ディ・モンテサント ― これら二つの教会は、コルソの入口の飾りになっている。それは昔はよかった。早晩これらの教会は壊され、ロンドンのリージェント・ストリートにあるクレセントの類の円形の柱廊に代わるだろう。[259]これらの教会の無機質石灰岩の柱は、ベルニーニがサン・ピエトロの正面につけ加えた鐘楼のものであった、と言われている。

サンタ・マリア・イン・モンティチェッリ ― ローマでもっとも古い小教区教会で、一一〇一年に修復され、以来何度か改築された。後陣のモザイクは、救世主を表しているが、五〇〇年に遡る、ということである。

サンタ・マリア・デッレ・パルメ ― 別名ドミネ・クオ・ヴァディス。

サンタ・マリア・イン・ヴァリチェッラ、通称キエーザ・ヌォーヴァ ― 聖人で才知の人、聖フィリッポ・ネーリは、音楽趣味を愛好家の魂を救うように方向転換させることを望んで、一五七五年にこの教会に着工した。内部はマルティノ・ルンギとボッロミーニによって造られた。フレスコはピエトロ・ダ・コルトーナの作である。大祭壇の絵と両隣のものはルーベンスの作である。マラッタが聖イグナチウスと聖カルロの絵を制作した。聖フィリッポの祭室にはグイドの有名な原作に基づくモザイクがある。『神殿での奉献』と『受胎告知』はバロッチの作である。ピエトロ・ダ・コルトーナは聖具室の穹窿を描いた。ここで見られる彫像のなかで最良のものは、アルガルディによる聖フィリッポ・ネーリの像である（聖具室の奥に）。この教会では、時として聖歌の演奏会が開かれる。それらはすばらしい絵に基づく下手な版画に似ている。ここでだけ、一七五〇年頃存命していて、今ではとても不当にも忘れられているように思える作曲家の傑作を聞くことができる。いつか、みんなは歌唱と観念にあふれたこの音楽に戻っていくだろう。へぼ芸術家はそこに科学と呼ばれるものをつけ加えることができる。音楽では、一八二九年でも、僕たちはピエトロ・ダ・コルトーナやベルニーニの世紀にいる。これらの人々の同時代人は、ラファエッロを冷ややかだと思っていたが、それは僕たちがペルゴレージをそう思っているみたいなものである。早晩、僕たちはチマローザに戻っていくだろう。

サンタ・マリア・デル・プリオラート　―　サンタ・マリア・イン・アヴェンティーノと同じ。

サンタ・マリア・デル・ソーレ　―　これはテヴェレ河沿いのきれいなウェスタ神殿であり、ナポレオンの命令によって修復された。一八一四年に滑稽な屋根を消滅させるべきだった。

サンタ・マリア・トランスポンティーナ　―　一五六四年に建立された。この近くに、スキピオ・アフリカヌスの墓があった。それはピラミッドだった。ある教皇がサン・ピエトロの柱廊玄関を飾るために、そこから大理石を奪った。アレクサンデル六世はこの墓を壊し、サン・ピエトロに行く通りを拡張した。

サンタ・マリア・イン・トリヴィオ　―　この教会はとても古い。というのは、それはベリサリウスによって創建されたからだ。この将軍は五三七年に教皇シルウェリウスを退位させたのを後悔した、とローマで諸君は聞かされるだろう。かれは悔悛のためにこの教会を建立した。この物語を語っているラテン語の四つの詩句を探したまえ。穹窿にゲラルディ・ディ・リエティのいくつかのフレスコを見たまえ。

サンタ・マリア・イン・ヴィア・ラタ　―　ここに聖ペテロ、聖パウロ、聖ルカが住んだ。コンスタンティヌスがこの教会を建立し、教皇聖シルウェステルによって神に捧げられた。七〇〇年と一四八五年に改築され、一六三九年と一六六〇年に装飾が加えられた。正面はピエトロ・ダ・コルトーナの作である。聖パウロの住まいであった地下に降りることができる。ローマの地面は当時はもっと低かった。

サンタ・マリア・デッラ・ヴィットリア ― 一六〇五年にパウルス五世によって建てられた。正面はシピオーネ・ボルゲーゼ枢機卿によって建設されたが、それは美しい両性具有像を手に入れるための代償であり、かれはこの教会を司る僧侶たちからこれを入手した。今ではパリにある。内部はとてもきれいだ。[260]ベルニーニの有名な群像はコルナーロ祭室にある。古代にはこれに比較できるものは何もない。古代芸術は魂から入ってくる逸楽を決して描かなかった。ドメニキーノ、グェルチーノ、そしてグィドのいくつかの絵を探したまえ。

サンタ・マリア・エジツィアカ ― これはセルウィウス・トゥリウスによって建立された神殿だと言われている。十八本の柱に取り囲まれているが、そのうち六本は独立柱であるが、他のものは半ば壁に食い込んでいる。これらはイオニア式の溝入り柱で、二十六ピエの高さがある。それらは凝灰岩と無機質石灰岩でできている。この神殿は非常に古い時代に修復されたが、いかなる壮麗さもない。それはもっとも手つかずの、もっとも好奇心をそそる、もっとも古い廃墟のひとつである。この神殿はナポレオンの命令で発掘された。それは八七二年に教会に変更された。入って左手に、聖墳墓の雛型が見られる。ローマに到着したら、パンテオンのすぐあとで、この神殿を見なければならない。これらはローマ人にあっては、最大の豪華と最大の簡素という鎖の両端の輪である。

サンタ・マルティナ ― 八世紀の終わりにハドリアヌス一世によって修復された教会である。シクトゥス五世によって画家たちに提供された。ピエトロ・ダ・コルトーナが自費で地下と祭壇を造らせた。その祭壇のしたに、聖女マルティナの亡骸が置かれている。[261]主祭壇には、隣の美術館で（サン・ルカ美術院の）見られるラファエッロ[262]の絵の複製がある。そちらには、このうえなく感動的な聖遺物がある。神々しいラファエッロの本物の頭骸骨である。

サンティ・ネレオ・エ・ダキッレオ ― 五二四年頃建てられた教会である。二つの朗読台と呼ばれる机と、聖グレゴリウスが民衆に二十八回目の説教（ホメリア）をおこなったときに用いた大理石の司教用肘掛椅子を見られたし。

この席に坐るとその説教の断章が読める。

サン・ニコラ・イン・カルチェーレ　―　この教会は、これを修復したアレクサンデル六世ボルジアの枢機卿名義母体だった。正面は一五九九年にジャコモ・デッラ・ポルタによって建立された。教会には三つの身側廊と十四本の柱がある。七段の階段を昇ったところにある祭壇は、法螺貝の形をした斑岩で、そのうえには四本のアフリカ黄大理石の柱に支えられた飾りが乗っている。一八〇八年に修復されたこの教会では、一七八三年に死んだレツォニコ枢機卿の墓が見られる。共和制ローマの時代にこの近くに牢獄があった。それゆえ《イン・カルチェーレ〔牢獄の〕》という名称がついた。一人の老人、というよりも一人の女性が、この牢獄に閉じこめられていたが、彼女には餓死の刑が言い渡されていた。彼女の娘が、自分の乳で彼女に栄養を与え、彼女の命を救った。これは「ローマの慈愛《カリタ・ロマーナ》」という名のもとに、画家たちがたいそうしばしば繰り返して取りあげる主題である。この変わった出来事のおかげで囚人の女性は解放された。食糧が彼女と娘に与えられた。そしてローマ暦六〇四年に、執政官C・クィンクティウスとM・アッティリウスが牢獄の土地に、肉親を敬う《ピエタ》心に捧げる神殿を建立させ、今でもその名残りが見られる。別の二つの神殿がこの場所に存在した。

サン・ニコラ・ディ・トレンティーノ　―　一六一四年に建てられた教会である。パンフィリ家がこれに多大な金を費やしたが、これを美しくすることはできなかった。ローマに芸術家はいなかったし、ボローニャ派の画家たちを呼ぶような機転がきかなかった。グェルチーノの『聖女アグネス』の複製を見られたし。

キエーザ・デル・ノーメ・ディ・マリア　―　クレメンス十二世のもとで仕事をしたドゥニゼ氏とかのバロック建築。完璧な退廃。

サン・パンタレーオ　―　一二一六年に建立されたこの教会は、長く英国人の司祭によって祭務がとりおこなわれていた。思い出だけに生きている宗教は、この教会をアイルランド人に返さねばならないであろう。今ではかれらの信仰はもはやかれらの政府に迫害されていない。現在の正面はヴァラディエ氏の作である。聖パンタレオンは医者であったし、ローマの医者は祭日の七月二十七日にこの教会に集まる。

サン・ピエトロ・イン・モントリオ　―　この教会はコンスタンティヌスによって創設されたと言われている。それはローマにある二十の大修道院のひとつであった。ついで見捨てられ、一四七一年に再建された。ここにはながくラファエッロの『変容』があった[263]。入って右手の最初の祭室で、ミケランジェロの素描に基づいてセバスティアーノ・デル・ピオンボによって描かれた『キリストの鞭打ち』を見られたし。隣接する修道院中庭の中央に、十六本のドリス式御影石柱に飾られた円形の小寺院を探したまえ。それはブラマンテの魅力的な作品である。スペイン国王フェルナンド四世[264]が出費して、聖ペテロが殉教した当の場所に、一五〇二年この記念建造物を建立した[265]。

サンタ・プリスカ　―　二八〇年頃、殉教聖女プリスカの遺骸がここに置かれた。この教会は七七二年と一四五五年に修繕された。正面と地下の祭壇は一六〇〇年の作である。二十四本の古代の柱がある。壁面はフォンテブオーニによってフレスコで描かれた。主祭壇の絵はパッシニャーニの作である。

サンティ・クァトロ・コロナーティ[266]　―　この教会は昔のバジリカの形を保ってきた。ギスカールによるローマ劫略の際に火災に遭い、一一一一年パスカリス二世によって修復された。枢機卿、ついでポルトガル国王となったエンリケが、板張天井を造らせた。最初の柱廊玄関のなかに、サン・シルヴェストロ・イン・ポルティクと呼ばれる昔の小礼拝堂がある。そこには芸術のルネッサンス以前の絵画が見られる。この玄関広間に御影石と大理石の十本の溝入り柱を探したまえ。それらは壁に埋もれている。八本の御影石の柱がこの教会を三つの身側廊に分けている。これらの柱は大きな壁を支えているが、その壁に乗っている八本の小円柱に気づく。それらは両側廊のうえに設けられた階廊席に使われている。舗石は硬い大理石の不規則な断片で成り立っている。地下祭壇のうしろに、聖遺物がいっぱい入った三つの大きな壺が見られる。これらの壺のひとつは斑岩でできていて、二番目のは御影石、三番目のは金属である。後陣《トリブーナ》のフレスコはジョヴァンニ・ディ・サン・ジョヴァンニの作である。僕たちはこれらの古い小教会で、ドーリアとかボルゲーゼの美術館では僕たちの注意を惹かないような絵に注目する。初期の時代の殉教者を見てきたこれらの柱を目のあたりにして、感動を抑えがたい。かれらの後継者の行きすぎや、一八二八年十二月二十八日のノジャン＝ル＝ロトルーの暴動を忘れる。不幸にも宗教裁判を思い出す日には、あまり装飾のないこれらの小教会に入ってはいけない。それらはぞっとさせるだろう。犯罪は派手な飾りで隠される必要がある。

サンタ・サバ　—　サン・タポリナーレと接続しているこの教会は、二十五本の柱に飾られていて、その二本が黒斑岩でできている。柱廊玄関に結婚の儀式を表している浅浮彫りのついた大きな石棺が見られる。

サンタ・サビーナ　—　四二五年に、ディアナの神殿のそば、殉教に遭う前にサビーナが住んでいた家に創建さ
267 れた。内部に、このディアナの神殿のものであった二十四本のパロス島産大理石の溝入り柱が見られる。このようにしてあわれな殉教者は堂々たる異教の神殿に打ち勝った。僕たちは、魅力的な立地に惹かれ、またこの高台で味わえる涼しさに惹かれて、この教会にしばしばやってくる。この教会は一人の盲目の老婆によって管理されているだけである。サッソフェッラートの魅力的な絵。聖母が聖女カタリナと聖ドメニコに挟まれて描かれている。後者は長く隣接の修道院に住んだ。この教会は八二四年、一二三八年、一五四一年、そして一五八七年に改築された。

サン・シルヴェストロ・イン・カピーテ　—　ローマでもっとも古い教会のひとつで、二六一年に創建された。この教会は、ここで所有している洗礼者聖ヨハネの頭部ゆえにこうした名前が付いた。一六九〇年に修復されたが、この教会には非常にたくさんの凡庸な絵がある。

サン・シルヴェストロ・ア・モンテカヴァッロ　—　この教会はグレゴリウス十三世のもとで改修され、金塗りの板張天井、アルバーニの二枚の絵、円天井のつけ柱の天辺にはドメニキーノの四つのフレスコがある。これらの絵のひとつは『民衆にホロフェルネスの首を見せるユディット』を表している。ベンヴェヌーティ氏は、フィレンツェでは大画家として通っているが、この主題を飾りものの大きな絵にした。比較してみよ。

サンティ・シルヴェストロ・エ・マルティノ・アイ・モンティ　—　迫害のあいだ、そしてサン・トレストの丘に避難する前に、教皇聖シルウェステルはこの場所に地下礼拝堂を開いた。ついでかれはそこに教会を造ったが、そのものは埋没し、忘れ去られ、古代の教会の占めていた土地に、紀元五〇〇年に現在の教会が建てられた。これが一六五〇年に建てかえられた際に、古代の教会は発見された。現在の教会は、美しい大理石を使って豪華で、十四本の古代の柱で三つの身側廊に仕切られている。僕たちはしばしばそこへ、プッサンの義理の弟であるグァスプルが側廊の

壁に描いた風景画を眺めにいく。地下の教会は信仰心を鼓吹する。僕たちはそこで盲目の、あるいは盲目であるふりをしたとても美しい女性によく会う。彼女はおそらくこの人気ない場所に贖罪を果たしにやってくるのだろう。

サン・シスト・パーパ　—　この教会はコンスタンティヌスによって建てられたと言われる。分かっている最初の修復は一二〇〇年で、最後の修復は一七五六年である。聖ドメニコが何年かそこに住んだ。

サント・スピリト・イン・サッシア　—　七一七年にサクソンの王イナによって建てられた施療院。268 この施療院の中央通路にアンドレア・パッラディオによって造られた祭壇と、カルロ・マラッタによって描かれた『ヨブ』の絵が見られる。サント・スピリト教会には一群の凡庸な絵がある。

キエーザ・デッレ・スティンマーテ　—　退廃期である一五九五年に修復された。大祭壇の『聖フランチェスコ』はトレヴィザーニの評価の高い絵である。

サンタ・スザンナ　—　もしカルロ・マデルノの図面に基づいて建てられたこの正面が、オルレアンとかダンケルクにあったら、それは完全に名物になるように思われる。

サン・テオドーロ　—　ここでレムスとロムルスが危難に遭った。神殿がかれらのために建てられた。この神殿が教会に変わった。この教会は七七四年にはじめて改修された。善女たちはこれをサン・トトと呼び、子供が病気になるとそこに連れていく。

キエーザ・デッラ・トリニタ・デイ・モンティ　—　聖フランチェスコ・ディ・パオラの求めでシャルル八世によって建てられ、ルイ十八世によって修復された。レオ十世の時代そのままのサン・タンジェロ城、橋、そして隣接する一帯の眺望を求められたし。ダニエーレ・ダ・ヴォルテッラの『十字架降下』を見られたし。これは魂を描く代わりに、力強く、立派な体格をした肉体を描いている。ミケランジェロのスタイルだが、天分では落ちる。ここにはいくつかの立派な古い絵と一群の現代の駄作がある。ドイツの芸術家がこの教会にやってきて僕たちを嘲笑する。というのはこれらの駄作の大部分はフランス人のものだからだ。善意の民族であるドイツ人は、わざとらしい優しさを表現するのがかなりうまい。ラウフ氏の彫像、たとえばフランケと二人の子供の彫像を見られたし。269

キエーザ・デッラ・トリニタ・デイ・ペッレグリーニ　―　一五四八年に創立された施療院。教会は六一四年のものである。大祭壇上の『三位一体』は、円天井に描かれた『永遠の父』と同じくグィドの作である。

サンティ・ヴィンチェンツォ・エ・アナスタージョ・ア・フォンターナ・ディ・トレヴィ　―　かなりきれいな小教会で、一六〇〇年に、情事では運がよかったあの男前、マザラン枢機卿によって修復された。

サンティ・ヴィンチェンツォ・エ・アナスタージョ・アッラ・レゴラ　―　料理人と菓子職人の守護聖人である。大祭壇上に、しばらくよい画家と見做されていたエッランテ氏の絵を見られたし。

サン・トゥルバノ　―　妖精エゲリアの洞窟の近くにある。おそらくムーサのために建立された古代の神殿。教会に変更されたときに柱廊は破壊された。

◆一八二八年十月七日

新しく到着した人がフレデリックに、ローマの見方を記念帳に書いてくれと求めた。フレデリックはこう書いた。

「見ることに熱心になること。名前にはあまり気にかけないこと。碑文しか信じないこと。」

数日前、僕たちの旅仲間の女性の一人が、グロッタフェラータの近く、アルバノ湖畔の暗い部屋で風景を描いていた。彼女の兄弟が、散歩から帰ったばかりでおそらく少し汗をかいていたが、彼女の素描をなおすために、数分彼女のそばに座った。かれは心地よい清涼さを感じていた。この油断が三十時間の発熱を惹き起こした。彼女が戻ってきていたなら、僕たちはみんなで、丁寧な態度と美しい言葉で有名な町シエーナに向かって出発したところだ。著名な医者で才知の人メタクサ氏とかが、熱病に襲われる場所の地図を作った。この地図の伝播の図形くらい異様なものはない。掘り下げるべき立派な研究題目だが、合理的に、かつフランス風の曖昧で上品なきれいな文句を連ねずにやらなければならない。[270]僕は言うのを忘れていたが、学者たちはグロッタフェラータがまさに、トゥスクルムのかつてキケロの別荘のあった場所の一部だと推測している。

この国にはほんの少し陳腐なところがある、とあるフランス人が言っていた。「そうだと思う。態度にはほとんど高貴なところがない」とフレデリックが答える。レオ十世以来ローマには、ルイ十五世の宮廷がわが国の文学や礼法を台なしにした原因の宮廷人的な上品ぶった態度を教える人は誰もいない。ヴォルテールの悲劇はラシーヌの悲劇に劣らず貴族的ではないだろうか。

◆十月十日

ローマで僕にとって不愉快なものは、あの崇高なコルソ通りを臭くしている腐ったキャベツの匂いである。昨日、カフェ・ルスポリの入口のまえでアイスクリームを食べながら、サン・ロレンツォ・イン・ルチーナ教会に三つの葬列が入るのを見た。教会はパリのサン＝ロックのように、家屋に囲まれている。日中には十二の葬式があった。これらの亡骸は教会内の小さな中庭に埋められるが、今日は非常に熱く非常に湿ったシロッコの風が吹いている。それを思うと、否応なしに、街の悪臭とこの国の政府が惹き起こす嫌悪感が僕のなかで増大する。墓地を町の外に設ける提案をしたら、このうえなく不信心な言動のひとつと見做されるだろう。コンサルヴィ枢機卿自身あえて不信心のそしりを受ける危険は冒さなかった。ボローニャでは、ナポレオンの政府が町から半リュー［約二キロ］のところに墓地を遠ざけたが、[271] 一八一四年にフランス人たちが失墜したときに、居住地のまん中に墓地を再建しようという案が出たら、みんなは身震いしたことだろう。文明の光がボローニャからここまで（七十リュー［約二八〇キロ］）浸透してくるあいだにどのくらい弱まったか、諸君にははっきり分かるだろう。

◆十月十一日

当地にいて、とても育ちがよく、とてもやさしく、とても愛想がいいが、深遠すぎるのか非社交的すぎるのか、ローマの社交界に加わらないあわれなフランス人の金持青年は、夕方宿屋の大部屋に仲間内で集まり、エカルテゲームをし、イタリアを呪う。認めなければならないことだが、ブロス法院長と一緒にローマにいたディジョンの青年たちは（一七四〇）、少し違った風に生活を送っていた。それはヴォルテールの世紀であり、クーザン氏の世紀とは対立する。

一八二九年のパリの青年は、英国の暦の手のこんだ版画や、六カ月のあいだ新聞記事が説明してくれる現存の画家の絵にとても敏感である。これらの絵は第一等の価値、とても瑞みずしい色彩を見せているという美点をもつ。フランス青年はブーローニュの森とパリの社交界を離れて、ローマにやってき、そこでかれはあらゆる楽しみに出合うと想像し、実際はこのうえなくぶしつけな退屈に出合う。到着から数週間して、もしかれが天から芸術感覚を授かっていれば、瑞みずしい色調を保ち、たまたまきれいな、何枚かの大画家の絵を少し鑑賞する。ドーリア館の美術館はこの種の絵を若干見せてくれる。かれはカノーヴァの価値を窺い知る。そして、壮麗そのものと言っていいくらいのサン・ピエトロの独特な建築は、かれをかなり感動させる。数人のパリ青年は、解説を施してくれるわが国の大散文作家の文章のおかげで、廃墟の魅力を理解するに至る。礼儀を欠かさないために、百人に一人は古代の彫像が、千人に一人はミケランジェロのフレスコが分かるようになるということを、僕は絶対に否定しないだろう。

みんなはすべてこれを崇拝しているふりをし、いくつかの文句を繰り返して言う。すでに決まり文句になっているものを避けて、現代的な文句を選ぶことが基本である。ローマでは至る所でぶつかるあの退屈した顔、しかも熱烈な称讃を装うあの顔ほどおもしろいものはない。

英国青年はフランス人よりも誠実であり、我慢できない退屈を白状する。とにかく父親がかれらを一年間無理やりイタリアで過ごさせるのだ。

ローマにやってきて諸君は退屈を避けたいと思うだろう。

パリを出る前に、ジェズイット教徒ランツィの『ストリア・ピットリカ・デッラ・イタリア（イタリア絵画史）』と題する見事な絵画辞典を、勇気を出して読みたまえ。この書物は翻訳されている[272]。

美術の先生を雇うこともできようし、そうした先生は、ルーヴルの絵のなかで現在見られるものによって、イタリアの五つの流派、つまりフィレンツェ派、ヴェネツィア派、ローマ派、ロンバルディーア派、そしてラファエッロの死後七十年した一五九〇年に起こり、他のすべての流派を模倣したボローニャ派の手法を見分けるすべを教えてくれよう。

高貴で悲劇的な受難の絵画、殉教者の忍従、息子でもあり同時に神でもある者への聖母の愛情のこもった敬意、これらはラファエッロとローマ派に栄光をもたらした。フィレンツェ派はとても入念な構成で抜きんでている。同様に、ヴェネツィア派は彩色の完璧さで抜群である。誰もこの点でジョルジョーネ、ティツィアーノ、そして有名な肖像画家のモローニに匹敵できなかった。レオナルド・ダ・ヴィンチのヘロディアスの甘美で憂愁を漂わせた表情と、コレッジョの聖母像の神々しい視線は、ロンバルディーア派の精神的な特徴を形成している。その実際面の特徴は明暗法である。ボローニャ派は他のすべての流派のなかにあったよいものをわがものにしようとした。とりわけラファエッロ、コレッジョ、そしてティツィアーノを研究した。グィドはニオベの群像の顔を研究し、はじめて絵画は古代美を模倣した。カラッチ一族、ドメニキーノ、グェルチーノの死後、もはやイタリア絵画史のなかには、とびとびに頭角を現わす数人の人しか見られない。プッサン、ミケランジェロ・ダ・カラヴァッジョ、などである。

パリを出る前に、凡庸な絵が、ラファエッロのスタイルで制作されているか、コレッジョの模倣者によって制作されているかを、一見して見抜くことができなければならないだろう。ポントルモのスタイルとティントレットのそれを隔てている大きな違いに敏感でなければならない。美術館を三カ月走りまわれば獲得できるかもしれないこの小さな能力をなおざりにするなら、ローマではまずは退屈しか見いだせず、これはこのうえなく腹立たしい気持にする。というのはみんなが隣人は楽しんでいると思うからだ。社交界で楽しむために一月にパリにきて、ダンスを知らないような外国青年がいたら、かれらについて諸君はどう言おうか。

もし最初の驚きを免れようとするなら、またいちだんとよくローマを理解するために、そこで出合うはずの感動にあらかじめ慣れようとするなら、パリではリュクサンブールの中庭、その庭園の北東にある噴水、そしてヴァル・ド・グラース修道院の内部を観察しに行くことができる。サン＝シュルピスの正面は、イタリアでは滅多に見られないものの概念を与えてくれるだろう。これは、いかなるスタイルもなく、魂にとって意味のない巨大な塊である。

◆十月十二日

ローマの街には、数年前に、毒を盛るという変わったやり口のために警察でも有名な乞食がいた。二、三の人が命を落とし、一、二度その浮浪者は投獄されたが、誰かしらフラトーネの庇護があって出獄した。この浮浪者は、これもまた物乞いをしていたらしいスペイン人の貧しい女を相棒にしたが、数カ月後に、彼女に砒素を飲ませることも怠らなかった。かわいそうな女は大きな叫び声をあげた。しかし慈善家の医師の手当てで救われるや、彼女は、自分で毒を呑んだので自分の夫はこの出来事には少しも関係ないと言い張った。

ローマの街路では、砒素の影響によって身障者となった彼女が再び見られた。でも彼女はこれまで以上に連れあいを愛していた。しかしこちらは、数カ月後、再び彼女に毒を盛ろうと考えた。そして今度は、かわいそうなスペイン女は死んだ。浮浪者はローマの別な地区に行って物乞いをした。しかし当時ヴァチカン駐在スペイン大使として、バルガス氏という厄介な人物がいて、かれは殺人犯を罰することを主張した。

ローマの知事はかれに、人情にあふれたこのうえなく見事な返事をし、つけ加えて、不幸にもいわば犯罪の疑いがかけられている当人は消えてしまった、と言った。バルガス氏はこの国の憲兵に数ルイ与え、政府にとってはありがた迷惑なことに人殺しを逮捕することになった。この出来事のあと、大使の要請はいちだんと激しくなり、政府の回答はいちだんと苦し紛れのものになった。多量の覚書が交換された。バルガス氏は、乞食の庇護者が時間稼ぎをし、事件を長引かせ、かれバルガス氏がローマを離れたら人殺しを自由にすることができるようにしていることを覚った。

かれは怒り心頭に達して、国務卿のところに行き、断固としたところを示すために、尊敬すべき人物の机をこぶしで叩くまでに憤った。こうした行きすぎは宮殿中で噂になった。「これらの外国人は悪魔よりも始末が悪い」と教皇の宮廷では言われた。そして結局、このうえなく巧みな示談話と、図れるだけのあらゆる遅延策にもかかわらず、バルガス氏の怒りは少しも挫けることなく、ローマで前代未聞のことが起こった。人殺しが公開で処刑されたのだった。

しかしバルガス氏は上流社会において、残忍なぞっとする人物だという評判を獲得したのであった。

毒殺者の庇護者は人の子にすぎず、この浮浪者を護るいかなる理由もなかった。毒殺されたあわれな女がローマ女性だったら、決して人殺しは死をもって罰せられなかっただろう。礼儀正しくない大使、なかば野蛮人、何カ月も怒りを抱き続ける人が必要だった。

ローマの民衆は正確には悪辣ではないが、怒ったときには興奮しやすく、たけり狂う。刑事裁判がないので、どんなものであれ最初の衝動に民衆は動かされやすいということになる。もし諸君がきれいな女性と二人きりで散歩に出るとすると、女性が侮辱されたり、少なくともきわめて耐えがたい様子で眺められることが往々にして起こる。

ローマの人にとっては、かれらの想像力ゆえに、独房、しかも暗やみの牢獄に入れられれば、僧侶からそれについての身の毛もよだつ話を聞いている場合、充分な懲罰となるだろう。僕はきびしすぎる刑罰を望むものではないが、いかなる無礼もしくは半殺人でも、決して罰せられずにいることがないようでなければならないだろう。当地では、権力のある司祭一人ひとりが、一、二の家庭を受け持ち、庇護している。判事は別の司祭であり、ローマでは何事も記憶されている。一八二三年の教皇選挙会議のとき、レオ十二世が指名されたが、ある枢機卿はレプリ事件において投じた一票のために玉座に着けなかった。274

僕は、あわれなスペイン女の逸話のような五つ六つの逸話で、この本を汚すことに興味はない。そのうえ、善良な連中から信じられるのに必要なピューリタン的な誇張が僕にはない。ここで徒刑と呼ばれているものは、スポレートとか他のところではとてもきびしい懲役刑になる。しかし怒りっぽい男が、あえてナイフの一撃を食らわせると、いつも三つの希望を抱く（そしてこの想像力過多の民衆にあっては、どんなに取るに足りないものであっても、希望理由に不足がなければ、いかなる強力な反論をも覆して情熱の勝利を導く。）

怒りっぽい男は希望を抱く。

一、捕まらないこと。

二、誰かフラトーネのおかげで、刑を受けないこと。

三、一旦、刑を受けたら、相変わらず誰か僧侶のおかげで釈放されること。これはミヨリス将軍の管轄下ではまったく起こらなかったことだ。しかし、すべては相殺するものだ。家族にきれいな女性がいることは、一八一一年には少しの利益にもならなかった。したがってフランスの体制は美に敵対する。

ドイツ人の感受性はどう言うだろうか。僕はイタリアで十年過ごし、そこで分遣隊を指揮したが、275 あえて言うなら、この国にとって、誰か無実の者が罰せられたり、いかなる罪人も決して逃げられないことを観念する方がいいのだろう。千もの拷問によって、一八〇一年頃、ナポレオンはピエモンテにおける殺人事件を消滅させた。そして、一八〇一年から一八一四年まで、ナイフによって命を失ったかもしれなかった五千人の人が生き延びた。

しかし人間は同胞に死を言い渡す権利があるのだろうか。熱のある人間はキニーネを呑む権利があるだろうか。それは明らかに神の意志に背くことではないか。この主題についてぼんやりとでも論じるなら精神面での偉人として通る。一八〇一年のピエモンテの例は、情け容赦なく死刑を執行しなければ、イタリアでは殺人が決して滅ぼせないことを証明している。

◆一八二八年十月十五日

僕たちは今朝、コロッセオの背後にあって、すでに四一七年には存在していたサン・クレメンテ教会から僕たちの行程をはじめた。この教会の実際の様子は、千四百十一年前にキリスト教がどんな姿だったかを想像させてくれる。もし諸君がいつか好奇心から、キリスト教という名前の、文明と永遠なる幸福の大きな仕組みをまじめに研究しようとするなら、この教会を思い出すことが必要であろう。サン・クレメンテ教会は、この点で、ローマでもっとも好奇心を引く。

教会に入る前の玄関広間は、四一七年には、他の信者と混ざることのふさわしくない罪人たちが立ち止まった場所だったが、今日、サン・クレメンテでは、四本の柱の小柱廊玄関（九世紀の作）となっている。次に柱廊に囲まれた中庭がくるが、そこには 276 もう少し道徳上の立場が悪くないキリスト教徒が身を置いた。

厳密な意味での教会は、様々な異教の神殿から折にふれて奪ってきた柱二列によって三つの身側廊に分かれている。中央に白大理石の囲いが見られるが、それには八七二年に支配していた教皇ヨハネス八世の組合せ文字《モノグラム》がついている。

この囲いは聖歌隊席に使われていた。信者は司祭たちを取り囲み、かれらの話を聞くことができた。この聖歌隊席の両側に、朗読台ないし書見台が見られるが、そのうえに民衆に読んで聞かせるための聖書が置かれていた。

サン・クレメンテでは、ほぼギリシアの典礼教会のように配置された至聖所《サンクトゥアリウム》が、教会の残りの部分と完全に分かれていた。そこには祭祀を司る司教の椅子があり、儀式に参列する司祭たちの席があった。

サン・クレメンテの建築を吟味したあとで、僕たちはそこでいくつかのきれいな芸術品に注目したが、それらはキリスト教の初期の時代の研究によって生じた疲れを取り除いてくれた。

サン・クレメンテ教会

ロヴァレッラ枢機卿の墓はとてもいい。十五世紀の彫刻はつまらなくはない。ボワローの詩句のように、よくも悪くも、それはつねに何かを語っている。
マザッチョは、フィレンツェ派の天才で、一四四三年、絵画が実際的な完成を獲得する以前の時代に亡くなったが、入って左の祭室に、イエスの磔刑と聖女カタリナの殉教のいくつかの姿をフレスコで描いた。愚かなことにこれらのフレスコが修正され、そこにはもはやマザッチョの偉大な名前にふさわしいわずかな名残りしか見られない（この有名な人物の代表作は、フィレンツェのカルミネ教会にある）。この画家の値打ちは、イタリアに二年間滞在したあとでしか分からない。マザッチョはフィレンツェで、おそらく毒殺されて四十二歳で亡くなった（一四四三）。それは芸術がこれまでに被ったもっとも大きな損失のひとつである。百年後、既に偉大な手本を持っていた流派のただ中に生まれていたら、マザッチョはラファエッロにとって好敵手になっていたことだろう。[277]

僕たちには初期の時代のキリスト教についてほんのわずかの概念もない。モーゼにも比較されるあの天才の聖パウロ以来、ローマで言われているように、巧みに統治した《フェリーチェメンテ・レニャンテ》レオ十二世まで、キリストの宗教は、遭遇する障害物によって迂回するあの大河にも似て、二、三世紀ごとに方向を変えた。

たとえば、現在の宗教は俗人から古くさいと思われているが、トリエントの宗教会議以後に君臨した教皇たちによって作られた。しかしこれらのものは、そこからとてもしなやかなバネをもった立派な四輪馬車ないし権力のおいしい快楽を入手した人々によって、僕たちの目からは隠されている。(『サン・カルロ・ボッロメオ伝』を参照。かれは四輪馬車を軽蔑した。)

◆十月十六日

おそらく、以下のページは、僕が守ってきた節度を少し逸脱すると思われるであろう。これから読まれる記事は『ルヴュ・ブリタニック』と題するまじめな新聞から借りたものである。[278]同紙は、これをさる英国の新聞から意訳したのだ。ローマではみんなが、事実は正確であり、ある人々についてとても寛大に語られている、と僕たちに言っている。

ロンドンのサー・ウィリアム・D＊＊＊に[279]

ローマ、一八二四年十二月二十五日

わが親愛なるウィリアム、わたしが最近の教皇選挙会議[280]の話をすることをきみはお望みだね。グレゴリオ・レティの逸話的な歴史物語とあらたな教皇選挙会議の招集は、この点できみの好奇心をそそり、サン・ピエトロの司教座へレオ十二世が昇る前に起こった駆け引きをきみは知りたがっている。きみがわたしに課した務めは、果たすのがとてもむずかしい。ローマの警察はうまく組織されていて、警察官は告解師たちと強力に繋がっている。座談《コンヴェルサツィオーニ》の席では、当地でお人好しだけが知らないようないくつかの事実を、各人はほのめかしている。しかし誰も外国人にこの神秘を手ほどきすることを引き受けようとしたがらないだろう。したがって、これからきみにする話の材料をうまく集めたのは、努力なしにではないのだ。

一八一四年に、ナポレオンが失墜すると、教皇ピウス七世は全権を委任した一人の枢機卿[281]を当地に派遣した。この枢機卿は、その激しやすく盲目的な熱心さで、フランス人によって導入されたすべての法や規則を廃止し、これら異端者どもによって作られたすべての権限を取りあげた。一時間もしないうちに、ローマは政府もなく、警察もなく、犯罪を防止したり抑えたりするいかなる手段もない状態になった。狂信的な党派は、かつてデュフォ将軍の命を奪ったあの恐るべき庶民連中、とりわけ町のなかのテヴェレ河南西部の位置に住むトラステーヴェレの住人が、ナポレオンからローマの行政職を委ねられていた二、三百人の選ばれた人々を殺すのを期待していたようだ。実際、庶民連中はかなりこの計画を実行する気になっていたようだったし、もしかれらがそうしたいと思ったなら、それを邪魔するようなどんな障害も存在していなかった。人道的な人々は、華々しい祝賀行事で教皇座の復興を祝うことによって、巧みにかれらの注意を逸らした。この祭りの最後には、思想家殲滅の合図があるはずだったし、この数には、フランス軍の病院で月に五十フラン受け取っていたあわれな某外科医までが入っていた。

祝典が終わると、数人の善良な市民は群衆の注意を引きつけ、予定された殺戮を防止する手段をさらに探した。八日ないし十日のあいだ、民衆の憤怒の的となっている人々はずっと危機に瀕していた。ピウス七世はローマに到着すると、この事件を知り、自分より先に問題の枢機卿を遣わしたのが悪い選択だったと、きびしく自分を責めた。この選択の結果、何百人もの罪深い魂が、秘蹟も受けずに来世に向かって出発したかもしれなかったと考えて、かれはおののいた。そんなことになれば、かれらには[282]天国の門は閉ざされることになるのだ。このときから、この卓越した人はかれの世上権の行使をコンサルヴィ枢機卿に委ねた。かれは司教任命と、いくつかの小さな記念建造物を造るぐらいの楽しみを自分のために取っておいた。かれは、大部分の同国人がそうであるように、記念建造物という芸術に夢中になった。
ローマでは四つの大きな職があり、この職を離れるときは枢機卿の位に昇るためである。ローマの知事職と、テゾリエーレつまり財務長官職がその四つのなかに入る。別の四つの職務が、この枢機卿位に昇るという特権をほとんど横取りしていた。たとえば教皇庁控訴院の首席判事はほとんどつねに枢機卿の帽子をもらっている。教皇庁控訴院《ロタ》は教会国家の最高裁判所である。

コンサルヴィ枢機卿は、権力を掌握したとき、これらの地位が融通のきかない高位聖職者たちで占められているのを見つけた。かれらは一世紀以上も前から役職に伴う特権に強くへばりついていた。この才知の人は教会国家を再建するために自分の思い通りにする必要があった。かれはこれらしぶとい部下を枢機卿にすることによって、かれらから解放された。かれらだけが、時としてあえてかれに反抗したのであった。

十八世紀末まで、枢機卿は俗人の宮廷における皇子とほとんど同じ栄華に取り囲まれていて、これらの殿方は当然のようにみずから教皇の顧問であると信じていた。コンサルヴィはこれらの高官たちを、ナポレオンの元老院議員の受動的な身分にまで引き下げた。かれはどこかしら教会国家のリシュリューないしポンバルといったところがあった。ただかれはいかなる過激な手段も用いなかった。一八一四年から一八二三年までのかれの独裁のあいだ、ローマでは、枢機卿たちはこのうえなく大きな名誉を享受し続けていた。枢機卿会のメンバーが衛兵詰所まえを通るときは、兵士たちは捧げ銃をして、敬礼の太鼓を打ち鳴らす。しかしコンサルヴィ枢機卿が大臣になってから、一介の枢機卿は教皇の政府において、フランス国王の政府において影響力をもたないのと同じくらいに、もはや影響力がなかった。

コンサルヴィ枢機卿の不変の政策は、敵たちがかれからピウス七世の寵遇を奪うのに成功した場合にも、かれの後継者が出てこないように、つねに枢機卿会を能力のない者や性格の弱い者でいっぱいにしておくことだった。

この教皇が死んだ場合には、イタリア諸国政府の職員のなかで、教皇のあとに残った大部分の枢機卿よりも無能な人間を探し出すことは不可能であったろう。ジェノヴァの大司教であるスピナ枢機卿、ナポレオンの叔父であるフェッシュ枢機卿、そして全員が高齢の他の少数の枢機卿以外はほとんど例外にすることができない。スピナ枢機卿は七十二歳だった。

これらの予備的な情報は、わたしの話にきちんとついてきてもらうために不可欠だった。それがなければ、きみはたえずわたしを引き止めるようになり、たくさんの時間と言葉を無駄に費やさずには済まされないような説明をわたしに求めるだろう。わたしは今や厳密な意味での一八二三年の教皇選挙会議の物語に到達した。

ピウス七世は一八二三年八月二十日に亡くなった。かれは死に先立つ四、五週間は子供みたいな状態にあった。コンサルヴィ枢機卿は、教皇の様子が知られれば、ただちに、ローマの宮廷の習慣に従って、かれの権威がなくなったところだが、信じられない大胆さで、高位の枢機卿たちが教皇の部屋に入ることを妨げた。

かれの抱いた計画は、新しい教皇を任命して大臣に留まるということだった。まったく突飛に思われたものの、この希望はまさに成功しようとした。そのくらい枢機卿会はかれの支配力に従属する習慣ができていた！　そのうえ、かれの専横だが穏健で慎重な性格によって、かれの権力の継続は、キリスト教界にとって役立ったことだろう。

教皇の死後十二日して、枢機卿たちは古来の習慣に従って教皇選挙会議に入った。翌日、九月三日、会議場は閉められた。わたしは儀式の叙述をくどくどすることはしない。それは当時のどんな新聞にも見ることができよう。わたしの唯一の目的は、これらの記事の筆者がどうしても言わなかったことをきみに教えることだ。モンテカヴァッロの宮殿は、教皇選挙会議の開催中は厳重に閉ざされていなければならず、誰もそこから出たり、そこに入ったりできなかった。キージ公がそのお供と一緒におごそかな会議を警護し、外部との連絡を防いでいた。キージ家の先祖伝来の、しかし莫大な費用のかかる権利であった。

教皇選挙会議はヴァチカンではなく、モンテカヴァッロで開催されていた。それは、ヴァチカン宮殿の近隣でその年のこの時期にとても広がっていたマラリアによる熱病が原因だった。とても信仰心希薄なF＊＊の大使でも、いかなる場合にも、枢機卿会の内部に内通するという罪を犯そうとはしなかっただろう。しかしロシアの異端者の大臣は、非常に奸智にたけ、はるかに良心の欠如した老人だったが、日に二度の報告を受けていた。オレンジとかローストチキンのなかに入れた紙切れが通常の連絡の手段だった。キージ公の衛兵は出入りする召使を入念に検査した。しかし公は猊下たちの食卓に供される鶏肉や果物を調べてかれらと悶着を起こすことを心配していた。オーストリア大使は、ロシアの大臣にならって、教皇選挙会議と毎日の連絡を保っていた。

枢機卿たちは日に二度、朝と晩に投票に行った。どの枢機卿も多数を獲得しなかったので、そのたびごとに投票の紙が、モンテカヴァッロ広場からも煙突が見える暖炉で燃やされた。この広場は日中ずっと人だかりがしていた。夕方、ローマの民衆は、注目していた煙突から小さな煙が出るのを見ると、こう言いながら散っていった。「おやおや！ 今日もまだわしらには教皇さまはいない。」ローマ教会の政府は完璧な専制であり、ローマの民衆にとって教皇の選挙以上に重要なものはない。上流階級では、枢機卿会と個人的に関係のないような人は一人として存在しないし、教皇になる枢機卿は家族や友人を富裕にするのが慣例である。

この時期に、知的であると同時に迷信深く、また残忍なローマ市民の関心を独占した事態は、ピウス七世の死が、大人気の暦『カザミア』のなかで非常にはっきりと、しかも奇妙な正確さで予言されていたことである。この暦は、マチュー・レーンスベルグの暦のようにリエージュで作られているのではなくて、ファエンツァで作られている。

聖ペテロ以来、どんな教皇も、四半世紀のあいだ教皇の玉座を占めることはなかった。そこから次のような諺が出てくる。《なんじはペテロの年数ほど教皇座にあることなからん。》もし善良なピウス七世が一八二五年三月十四日まで生きたなら、かれは使徒と同じ年数のあいだローマ教会を支配したことになるし、そのときローマはすっかり、たちどころに破壊されただろうとみんなは確信していた。こういった考えはロンドンではきみたちを笑わせる。しかしここではそれが絶対的に支配している。ローマの王侯は一般に下僕か貧しい司祭に育てられる。かれらはこのうえなく不合理な迷信を宗教の土台のように考えている。ここではみんなが福音書よりも予言の方をもっと信じてる。ついでに言えば、福音書はローマではあまり大きな信用を得ていないように思われる。それは故意に背景に置かれているように思える。そしてきみがローマで、ロンドンやパリやベルリンなどのような聖書協会を探しても無駄だろう。それらは毛嫌いされている。

九月三日、モンテカヴァッロの門が枢機卿会のまえに開かれたとき、唯一の感情が枢機卿会を動かしていた。この感情、それは九年間に渉って独裁的に枢機卿たちを支配してきたコンサルヴィへの憎しみだった。大臣を務めているあいだに、かれは枢機卿位の威信を大きく低下させて、四分の三の枢機卿はかれのおかげで昇格したものの、かれらは威厳が傷つけられたことでかれを赦さなかった。最後には、コンサルヴィは生来の礼儀正しさときちんと身につけていた礼儀作法にもかかわらず、多数の連中の無能力がかれのうちに生じさせた侮蔑を隠すことができなかった。

ローマと枢機卿身分は宗教がなければ何ものでもないし、猊下たちのあいだで諺風になっている文句で言えば、《宗教は万事においてフランスを恐れている》ので、枢機卿たちが教皇選挙会議に入ったときには、ローマ教会の利益を護ることのできる、勇気のある断固とした人しか教皇座に昇らせない決心を抱いていた。ローマの内部でさえも、新しい考えの拡大がたやすく認められる。ラヴェンナやボローニャや、アペニン山脈の反対側に位置する美しい国々ではそれ以上に目につく。ローマでは、一般大衆は聖人や聖処女を信じ、神には滅多に関心を抱かない。

枢機卿たちが断固とした性格の人を選ぶ決心をした瞬間から、かれらの選択は元ローマ知事のカヴァルキーニ氏に決まるにちがいないと思われた。この枢機卿は知事だったとき、街のまん中で犯されていた殺人を抑えるのに力量を示し、そのために今だに民衆のあいだでは名前が出てくる。カヴァルキーニはまさに教皇に選ばれようとしたが、そのとき、かれにとって不幸なことに、アングーレーム公殿下がスペインでの最初の成功[284]のあとでおこなった穏やかな宣言を掲載したフランスの新聞が届いた。

この宣言がこれら脆弱な老人たちの決心を変えた。かれらはアンドゥハルの調停者がかれの伯父［ルイ十八世］の大臣たちの助言に従って行動したものと憶測して、そこから、フランス政府は穏健であり、チュイルリーの内閣といっそう理解し合うために、もっと柔軟な性格の教皇を選ばねばならないと結論した。かわいそうなカヴァルキーニは、非難の余地があるとすれば、立派な警察を維持して何人かの殺人犯を絞首刑にしたことぐらいでしかなかったが、結果として投票の多数を集められなかった。

当時かれらは、ここでは名前を伏せておく一人の枢機卿の方に動いていたようだ。しかし、ピウス六世の教皇在位時代に、当時は一介のモンシニョーレだったこの人物が、有名なレプリ事件[285]において誓約違反で有罪になったことを、かれらの同僚の一人で、その枢機卿の親友だと言われる人物が猊下たちに思い出させた。この事件はかつては大きな物議を醸した。以下は、わたしが聞いた一部始終である。レプリという名前の非常に金持の男が訴訟を起こし、そのすべての財産の帰属を争った。かれは高位聖職者の地位を手に入れ、ピウス六世はかれに枢機卿の帽子を約束した。約束された顕職に対する感謝から、かれは教皇の甥のブラスキ公に、全財産を訴訟とともに寄贈した。法廷は気高い独立性を保ち、教皇の甥に敗訴を言い渡した。

ピウス六世は怒って、裁判所とその判決を停止して、レプリの財産の最大部分を横取りした、と言われる。この事件で問題の枢機卿が演じた役割と、かれの友人の油断のならない記憶が運を変えた。

別の種類のもっと重大でない性質の疑念が、大多数の票が集まるにちがいないと思われたN＊＊＊枢機卿の選出を妨げた。教皇選挙会議の十五日目にあたる一八二三年九月十七日、三十三人が投票を決心し、この枢機卿は二十八票が確実だった。しかしかれが斎日に一杯のココアを飲んだことが分かり、時機をわきまえないこの一杯がかれに三重冠を失わせた。少なくとも、こういったのが教皇選挙会議の開催後にローマに広まった噂であった。

そこで、デッラ・ソマーリャ枢機卿のことがみんなの頭に浮かんだ。高貴な生まれの老人で、昔は素行の悪さで取り沙汰されていたが、改心し、三十年前から深く信仰に帰依して暮らしていた。枢機卿たちは、かれの高齢（当時八十歳だった）を考慮して、とりわけ大切なのは、かれが誰をセグレターリョ・ディ・スタートつまり総理大臣にするかを知ることだった。この点でかれの意向を打診すると、かれはアルバーニ枢機卿の名前をあげた。「アルバーニ枢機卿だって！　と枢機卿猊下たちは恐怖に怯えて叫んだ。この人物は少なくともコンサルヴィ二人分に相当する。たった一人に苦しめられたことがわれわれの骨身に沁みているのに。」

アルバーニ枢機卿は、その兄弟が莫迦げた結婚をしたものの、一万二千ポンド（三十万フラン）の収入を得ていた。ながく枢機卿をしていたにもかかわらず、一八二三年の教皇選挙会議のほんの少し前になって、やっと聖職位階を持つ決心をした。それまでアルバーニは三年ごとに教皇の特免を獲得していたのだった。しかし在俗信者は教皇選挙会議に入れない。かれは、フランス行政の所産である思想家どもを根絶やしにする目的で、一八一四年に実行されようとした殺戮計画を発案したことで、ローマでは非難されていたが、おそらくそれは間違いだ。敵たちが主張するには、かれは退廃した風俗に、不寛容で残酷な熱を加えたということだが、これは十六世紀ローマの高位聖職者にはとてもありふれていたものの、今日ではさいわいなことにかなり稀である。かれの大きな収入の一部は、かれの享楽好みの傾向を満足させるのに使われているとの噂だった。またかれに向けられたもっと重大な非難は、バスヴィユやデュフォ将軍の身に対して企まれた陰謀の首謀者の一人だったということであった。

ゼランティつまり聖人君子たちの過激派は、コンサルヴィに対する憎しみに動かされていたが、選挙を最初からほとんど意のままにしていた。デッラ・ソマーリャ枢機卿が軽はずみな打ち明け話によって選出の機会をほとんどふいにすると、ゼランティはセヴェローリ枢機卿のことを考えた。セヴェローリはかれらの目には聖人として通っていた。というのは、かれがヴィテルボの豊かな司教区を委ねられたとき、食卓に三皿以上出すことを使用人に禁じたからだ。

この枢機卿は、当然温和で穏健だったが、中世そのままの考えをもっていて、書物を開くことは救霊を危うくすることだと誠心誠意信じていた。かれは、教皇大使としてウィーンにいた時期の一八〇九年に、皇帝フランツ二世と喧嘩をした。ナポレオンが無分別なことにオーストリアの皇女に求婚したとき、フランツ二世はフランス人たちの三度目のウィーン入来を防止するこの方法を見つけて、自分をとてもしあわせだと思った。しかしセヴェローリは、この社交政治に服従することができず、使徒の大胆さそのままに、ローマでとても重んじられているフランスの聖職者ラムネー氏の言い方をするなら、司祭の勇気そのままに、皇帝を諌めて、妻がまだ存命している男に娘をあげることはできないし、そんなことをすれば姦通を認めることになるなどと言った。十五人から二十人のかれより古参の枢機卿の注目を集めたのは、こうした確固たる行動であった。その大部分の者は、結婚に列席しようとしなかったために、ナポレオン皇帝によってパリから追放されたのだった。

この教皇選挙会議の核心となる大きな混乱を理解するには、四列強国が、教皇に選出される枢機卿を拒否する権利をもっているということを知らなければならない。これらの列強国は、オーストリア、フランス、スペイン、ポルトガルである。しかしこの特権は一回の教皇選挙会議の期間に一度しか行使することができない。ある日、セヴェローリは二十六票を集めた。三十三が必要数であった。さらにかれが獲得しなければならない七票に対して、六票を集めることに成功した。[286] したがってかれの競争相手に勝つためにはもう一票だけが足りなかった。

フランスやスペインやポルトガルの拒否はあまり心配ではなかった。議会《コルテス》の囚人であるスペイン国王には、教皇選挙会議のことよりもっと差し迫った自分の問題があった。ポルトガルの拒否は間にあわないだろうと計算していたし、フランスの代表であるラ・ファールとクレルモン＝トネールの枢機卿についてはあまり危惧していなかった。イタリアの枢機卿たちがこの二人に、教皇選挙会議を動かしているのはかれらであると納得させていた。ところが実際には何が起こっているのかかれらはまったく知らなかった。フランスの枢機卿たちは、聖霊の啓示を抑えるのはあまり適当ではないと思っていると言い、フランスの宮廷はロドルフ大公やフェッシュ枢機卿が教皇座に昇ることにしか拒否権《ヴェート》を行使しないだろうと言っていた。

セヴェローリを党派の指導者に頂いていた枢機卿たちは、かれらの候補者に対するオーストリアの意向を知ることが必要だった。これは今度の教皇選挙会議の話のなかで、わたしには完全に明瞭だとは思えない唯一の部分である。

レオ十二世

ある晩、七、八人のセヴェローリの支持者が集まって、アルバーニ枢機卿を監視するためにスパイを放った。枢機卿は、オーストリアの内情に通じていて、つまりその拒否権《ヴェート》をはっきりと伝える役割を担わされていた。突然、かれらは、この枢機卿がかれらの集まっていた小部屋の扉に通じる回廊の方に向かったと連絡を受けた。耳を澄ますと、アルバーニが回廊を抜き足差し足で歩いているのが聞こえた。そのとき、その長身にふさわしい大声の持主のパロッタ枢機卿が、反目から腹を立てている男の調子で叫んだ。「実際、枢機卿猊下が望もうと否と、われわれにはあまり重要ではない。われわれは三十四票を確信しているし、明日はセヴェローリが教皇になるだろう！」パロッタは言い終わると、急いで小部屋を出たが、そこでアルバーニ枢機卿とばったりと顔を合わせた。こちらは死人のように蒼白だった。パロッタはこのうえなく困惑しているようなふりをした。

その夕方、アルバーニ枢機卿はオーストリア大使館にかれの密使を送った。この人物はキージ公とその護衛の警戒をかい潜ることができた。そして翌朝、票の検討をおこなうときに、アルバーニ枢機卿は、まさに実行しようとしている手続きによって野心的な計画の成功が決定的になるのを感じている男の落ち着かない様子で、セヴェローリ枢機卿を指名しようとしていた教皇選挙会議に、オーストリアの宮廷はヴィテルボの司教を排斥すると告げた。

そのときみんなの目がセヴェローリに注がれた。かれは勇気と忍従でこの予期せぬ打撃を耐えた。かれの聖職者としての役割と、それがかれに命じる義務を思い出し、かれは席を立ち、アルバーニ枢機卿の方に赴いて、心を込めて接吻してから言った。「枢機卿猊下が幸甚にもお力添えをくださったおかげで、わたくしの弱気を押し潰そうとしていた重りから、わたくしは解放されます。」

席に戻ると、セヴェローリは書記官が追放を書き留めたか訊ねた。同僚たちはこの屈辱からかれを救いたかった。しかしかれは断固として主張した。候補者からの排斥の権利は、各列強によって一度だけしか行使されえないので、かれの要求はとても道理をわきまえているように思われたし、敵たち自体もかれの魂の高邁さに感動した。議事録に記載されたオーストリアの排斥権行使は、投票がオーストリアにとって好ましくない人物、ヴィテルボの司教の党派に属する人物に再び流れた場合に、オーストリアが再度拒否することを妨げた。

しかしながら、セヴェローリは長くこの英雄的な役柄を続けることはできなかった。候補者からの排斥が公式に確定すると、かれはすぐに苦い喪失感を味わった。教皇選挙会議の議場から立ち去り、自分の房に戻って、寝床に着かざるをえなかった。このときから数カ月後に起こったかれの死のときまで、健康状態はつねに不安定だった。

かれが教皇選挙会議の議場を出たあと、投票の検討がおこなわれた。これはまったく無意味な手続きだが、その状況では、起こったばかりのことを熟慮し、どうしたら望ましいかをよく考えるために、枢機卿会に少し猶予を与える利益があった。何人かの高齢で心から敬虔な枢機卿が、ヴィテルボの司教にかれらの票を投じることで、かれらが聖霊の啓示に従って行動したことを確信していたが、選択をする前に、セヴェローリに相談することに決心した。翌朝、これらの枢機卿はかれのところに行き、言った。「わたしどもは猊下のお導きに全的に依存しておりますし、誰を聖ペテロの玉座につけるべきかをわたしどもにお示し願いたいと存じます。」セヴェローリ枢機卿は答えた。「わたしならアンニーバレ・デッラ・ジェンガ枢機卿かデ・グレゴリオ枢機卿を選ぶ。」

デッラ・ジェンガ枢機卿が推薦されたのはコンサルヴィ枢機卿に対するかれの憎しみのせいだ。この大臣の伯父であるクァランティーニ枢機卿[287]は、モンシニョール・デッラ・ジェンガを一貫して迫害した。若いときには、この高位聖職者はその美貌で引き合いに出され、この利点のためにかれが晒される誘惑に、かれはいつも抵抗することができなかったと言われた。

かれの敵たちは、ローマのP＊＊夫人やミュンヘンのとても高貴な婦人の何人かの子供は…と言いさえした。これらの噂は、一大首都であると同時に小さな町であるローマではとても広まっていた。いずれにせよ、かれは数年前からこれらの若気の過ち、ただしそれらは深い信仰心から犯されたものであったが、それらを消し去ろうとしていた。かれにたくさんの票を得させるのに役立ったのは、かれがすでに十七回も臨終の聖体拝領を受け、毎年出血で死の瀬戸際まで行くように思えた状況だった。

かれの競争相手のデ・グレゴリオ枢機卿は、一八一四年以来、フランス大使にこう言い続けていた。「わたくしはブールボン家の一員です。その血族の誰ぞが聖ペテロの座に坐るのを見ること以上に、篤信王にとって都合のいいことはありえません。」枢機卿は真実を言っていた。かれはカルロス三世の私生児であり、したがって最近二人のナポリとスペイン王たちの兄弟だった。かれには高貴な様子があって、その鼻は少し大きかったにもかかわらず、顔だちは正直そうで好感が持てた。卓越した教皇になったことだろう。デ・グレゴリオ枢機卿はオーストリア大使のところに出向くと、言ったものだった。「早晩、あなたはロドルフ大公を選出させようと思うでしょうが、他の列強は努めてそれに反対するでしょう。なぜならかれが王侯に生まれたからです。あなたの最善の策はわたくしの選出を援助することです。わたくしは王家の生まれで、王侯に近い。わたくしはあなたの大公に道をつけるでしょう。」

セヴェローリと別れると、枢機卿たちは投票するためにパオリーナ礼拝堂に赴いた。開票立会人は票を数え、デッラ・ジェンガ枢機卿に三十四票入っているのが分かった。かれらはこれ以上に審査を推し進めずに、新しい教皇の方に振り向くと、その足元にひれ伏した。

セヴェローリはまずその苦悩を抑制できなかったが、それに劣らずデッラ・ジェンガ枢機卿は喜びを抑えることができなかった。赤紫色の長い衣をもちあげ、枢機卿たちにかれの腫れあがった脚を見せながら、大声で言った。「諸君はわたしに重荷を押しつけたがっているが、この重荷を担うことにわたしが同意するとどうして信じることができるのだろうか。それはわたしには重すぎる。ご覧のように、重い身体障害で苦しんでいるような教皇に、ローマ教会の管理が委ねられるなら、何かしらの困難が生じた場合、ローマ教会はどうなるだろう。」枢機卿たちは礼儀にかなった答えを述べ、そしてただちに教皇礼讃を伴う最初の儀式をおこなった。教皇に向けられる讃辞は、神に捧げられるものとぴったり同じものである。カトリック教徒はこの点について、イエス・キリストの代理人に対してだけこれらの名誉が認められるのだと言って、自分たちを正当化している。

一八二三年の教皇選挙会議は九月五日から二十八日まで二十三日間続いたが、その間、ローマは興奮の坩堝だった。まさにおこなわれようとしている選択が、コンサルヴィによって支持されている自由派、ないしパッカ枢機卿に導かれている極右派のあいだで、勝利者を決めねばならなかった。コンサルヴィは、ローマの民衆に自由主義的な体制を与えて、ローマとイタリアのすべての玉座を脅かしている革命を抑えこむには、充分に高邁な精神と性格を持った人間ではなかった。かれは枢機卿会を、十九世紀精神に合致した方向へローマ教会を導くことのできる見識ある団体にする勇気がなかった。コンサルヴィは不変の意志と完璧な巧妙さを備えた賢明で穏健な見解の持主でしかなかった。しかしながらかれの不完全な自由主義は、ローマの人々を驚かす程度には強烈だった。何しろかれらは英国やフランスに二世紀遅れている。しかしボローニャやフォルリや、ロマーニャ地方のほかの町では、もっと知性の光があり、かれの行政はもっと醒めた目で判断されていた。今ではそれが懐かしく思われている。

教皇選挙会議の期間中、ローマの庶民の関心はひどく混乱していた。つまり、ローマの住人は一瞬自分たちがオーストリア軍に征服されるのかと思ったときがあった。オーストリアの有名な吝嗇、炭焼党員《カルボナリ》に対しておこなっているかれらの迫害、外国人支配に対するイタリア人の反感、こういったものにもかかわらず、このニュースを知らされたときの満足といったもの以上に、聖職者政府の人気のなさを証明するものはなかった。この奇妙な風聞の原因になったものは以下のとおりだ。

オーストリア軍の一大尉が、百五十人の新兵とともに、ナポリの占領軍と合流しようとして、九月十五日にヴィテルボに入った。この大尉は、ぶどう酒が安いのに喜んで、その日飲み過ぎて酔っ払い、かれの部下たちも同じ有様だった。この鯨飲のあいだに、かれは教皇が死に、教皇座が空になっていることを知った。このことが次第にかれの頭のなかを占領しはじめ、ついには、ヴィテルボの市門の衛兵が「誰か」と訊ねたとき、かれはローマ皇帝フランツ二世陛下の名のもとに教皇領を占領しにきたと答えた。教皇の兵士はどんな抵抗もしないように気をつけた。そして大尉はかれの部下とともにヴィテルボの駐屯地の方へ赴いた。かれは習慣どおりに宿泊券を受け取った。兵士たちは宿泊先でもさらに酔い、もはやかれらの征服のことを考えていなかった。しかしヴィテルボの知事は急いでローマに使者を派遣し、この知らせを伝えた。一時間もしないうちに、その知らせは町中に広まり、住民はローマが帝国の本拠地になると思った。翌日、午後四時に、オーストリアの大尉がかれの小部隊とともにポポロ門からローマに入ると、オーストリア大使の抗議にもかかわらず、大群衆が行く手に集まった。教皇選挙会議の内部においてさえ、この知らせは何がしかの信頼を獲得し、もしオーストリアの外交団がこの時期を利用する気になったら、ロドルフ大公がその日に選出されるか、あるいは少なくとも外交団は誰かドイツ人かロンバルディーア人の枢機卿を苦もなく選ばせることができただろう、と堅く信じられた。新しい教皇は、オーストリアに献身的な三十人ばかりの枢機卿によってただちに指名されただろうし、大公の選出は最初の会議で確実になったことだろう。こうした勝利が生まれた場合にこのうえなく奇妙なことになるのは、それが酔っ払った尉官と数人の兵士の発言の結果だったということであろう。この大尉は、もし主君の大使に支援されたなら、教皇を生み出すことができただろうが、実際は営倉に入れられた。

すでにきみにお話ししたことだが、フランスの枢機卿はすべてを操っていると信じ、高慢にもそれを鼻にかけていたが、まったく逆にお人好しと考えられていた。それはアルバーニ枢機卿がオーストリアの拒否権《ヴェート》を告げるときまで、大多数の投票がセヴェローリ枢機卿に集まるにちがいないということを、かれらが知らなかったくらいだった。それにかれらの軽率さは枢機卿会のイタリア人構成員の誇りをひどく傷つけていた。

ブールボン家では、家族の盛大な記念日が九月半ば頃におこなわれる。この祝祭の朝、フランス人の枢機卿の一人が枢機卿会で言った。「もし猊下たちが新しい教皇を選出するためにこの日を選ぶなら、それはわたくしの主人の国王にはとても楽しいことになるかもしれない。」きみはこの発言が引き起こした憤慨を想像することができないだろう。教皇の三重冠の力はたいへん失墜しているが、ローマ宮廷の諸形式は不変である。そしてこの諸形式はこれ以外の王冠に対する優越性を示し、これをローマ宮廷が自認している。この風変わりな申し出は、枢機卿がその最高に厳粛な特権、キリスト教世界の長を選ぶという特権を行使しているまさにそのときに、枢機卿位の誇りを深く傷つけた。今日でさえ、ローマではこの発言はまだ忘れられていないし、わたしは一度ならず引き合いに出されるのを聞いた。

以上が、きみ、アンニーバレ・デッラ・ジェンガ枢機卿が教皇の玉座に昇った物語だ。教皇レオ十世は、イタリア文明を進歩させるために惜しみない努力を砕いている最中に亡くなったが、当時はスポレートの小さな町の一介の貴族にすぎなかったデッラ・ジェンガ侯爵の先祖に封地を与えた。デッラ・ジェンガ枢機卿によって採用されたレオ十二世という名前は、かれの家族の富を生み出したメディチ家に対する感謝のしるしである。レオ十一世教皇はレオ十世と同じくメディチ家の一員だが、二十七日しか君臨しなかったゆえに、あまり知られていない。

おそらくきみは、プロテスタントの無邪気さから、聖霊の啓示を受けて行動するのだと自負している会議において、これほどの陰謀が仕組まれているのに驚くことだろう。これがカトリック教徒に向かって話されると、かれらは、神の道は計り知れないとか、神はその大いなる思召しの実現のために人間の弱さや情念までも採り入れるのだと答える。

レオ十二世はとても才知のある人で、外交官の物腰がある。この王侯は、もちあがりかけたフランス教会の内紛の芽を摘むという叡知によって、当然のことながらかれの同時代人の尊敬を獲得した。この人は外国勢力との関係ではこれほど賢明であったものの、わたしによれば、内政においてはとても無策な極右主義者だった。芝居やその他の娯楽を聖年のあいだ禁止して、かれはローマを殺風景にした。当時わたしは広く心地よい住まいにいたが、それは月に二十エキュしていたし、今では四十八エキュする。家の賃貸料から得る金は、ローマの貧しい住民のほとんど唯一の収入源である。したがってこの措置はまずレオ十二世の政府を不人気にした。この時期に、ローマではとても愛されているナポリ王のフランチェスコ一世が、ローマを奪取しようとしたならば、神聖同盟の同意を得ようが得まいが、大砲の一発さえ撃つことなしに、奪取することができただろう、とわたしは確信している。

《Alb. RUB.》[288]

◆一八二八年十月二十日

僕たちはナポリから帰って以来、教皇たちのローマの記念建造物一つひとつに、もっぱら何かしらの事件の痕跡を見るゆえに、ローマを楽しんでいたが、僕はこれらの事件をわずかな言葉で思い起こしてみよう。

イタリアで、そしておそらく世界でいちばん大きな不幸のひとつは、王位簒奪者の見本であり国王の見本であったロレンツォ・デ・メディチの死である。かれは一四九二年、やっと四十四歳になったばかりの年に、フィレンツェで亡くなった。偉大な君主であり、しあわせな人物、愛すべき人物であった。かれがフィレンツェの共和主義者の不安な精神を抑えることができたのは、国民の性格を過度に脆弱にすることによってよりも、むしろ細かさのせいである。かれは才知の人として、平板な宮廷人をひどく嫌っていたが、君主としてはかれらに褒美を与えるべきであったろう。かれは古代を崇拝していた。かれにはすべてが、その過ちや誤りでさえもが魅力的に思えた。ペトラルカやダンテ以後、一五三〇年にスペインの専制政治が侵略してくるまで、この国のすべての優れた人の態度はこんな風だった。ロレンツォ豪華王はロスコー氏の作品のなかにパステルで（輝きを誇張して偉大さを消し去るような誤った色彩を用いて）描かれていた。かれは、この英国の作家が思っているよりも喜劇を演じていなかった。この作家ときたら、かれを流行児になりたがる現代の王侯にしている。ロレンツォ・デ・メディチは、フィレンツェ近郊のかれの美しい別荘で、かれの時代の卓越した人々と生涯を過ごした。かれは若きミケランジェロを愛し、宮殿に住まわせ、共に食卓に着くことを許した。しばしばかれは、ミケランジェロの熱中を楽しむためにかれを呼び、ギリシアやカラブリアから着いた古代の彫像やメダルを鑑賞させた。

この最初の教育が、ミケランジェロの生涯や作品に認められる性格の高貴さを説明する。

レオ十世はロレンツォ豪華王の息子であった。しかしもう一人の息子ピエロは、かれの跡を継いだものの、阿呆だったので、フィレンツェから追い出された。この時から、自由を保つことがフィレンツェの人にとっていちばんの関心事になった。そしてローマが芸術の都になった。丁度今日ではパリがヨーロッパ文明の中心地であるように。

教皇たちは、自分たちの権威を心配する必要がなかったので、近代でもっとも大きな絵画、彫刻、建築の仕事を実施させた。僕たちはこうして三人のたいそう優れた人物に到達するが、かれらがヨーロッパでもいちばん知られざる片隅を治めたとしたら、その生涯は好奇心をそそることだろう。僕はアレクサンデル六世、ユリウス二世、レオ十世のことを話したい。

十五世紀を通じて、教皇の主要な仕事は、武力によってローマの大貴族を滅ぼすことだった。それはのちにリシュリューがフランスでおこなったことだ。ローマには中世のあいだ固有の政府があった。アレクサンデル六世以後は、ローマにはもはや市の行政しかなかった。ローマに関する真実はどこにも見られないので、僕は、読者が十六世紀のあらゆる物語のなかにばら播かれている嘘を信用しないように、不作法で、品のない、いくつかの手短な文章を記すが、許していただけるものと思う。

インノケンティウス八世は、生涯逸楽のことしか考えなかったが、ロレンツォ豪華王と同じ年、一四九二年の七月二十四日に亡くなった。

翌八月の六日に、枢機卿たちは教皇選挙会議に入った。枢機卿は二十三人しかいなかったし、少人数の利点をよく理解していたので、各人は誓いをたて、教皇になった場合には他のすべての枢機卿の同意なしには新しい枢機卿を作らないことを約束した。これら二十三人の枢機卿は、莫大な富と強大な権力を享受していた。ほとんど全員が名家の人々であった。枢機卿会では信仰心は滅多になかったし、無神論がかなりあたりまえだった。

一四九二年の教皇選挙会議に入った枢機卿たちのなかで、二人が稀な才能で卓越していた。のちにユリウス二世となったジュリアーノ・デッラ・ロヴェレと、地上でもっとも完璧に近い悪魔の化身である不死身のロデリーゴ・ボルジアである。レンツォーリという名前を棄て、ボルジアの名前を採ったスペイン人のカリストゥス三世ボルジアの姉妹の息子が、この大人物であった[290]。教皇カリストゥスはかれの若い甥の頭上に、自由裁量であらゆる顕職を積みあげた。かれは甥にスペインのバレンシアのかれの大司教区を委ね、一四五六年には助祭枢機卿にし、同時にローマ教皇庁尚書院副院長と呼ばれる当時はとても実入りのいい職を授けた。カリストゥスの後継者たちは、ボルジア枢機卿にこのうえなくむずかしい役目を任せ、かれはほとんどいつもうまくこなした。

一四九二年に、教皇選挙会議に入ったときには、かれは三つの大司教区、いくつかの司教区、そして多数の聖職禄から収入を得ていた。それが成功の手段だった。というのは教皇たるものは、玉座に昇ると、自分が枢機卿として受け取っていた禄を昔の同僚に配分したからだ。ボルジア枢機卿の素行が昇進の障害となった。過度の色事によってかつてかれは公衆の批判に晒されたことがあった。今ではかれは、自分がローマの金持と結婚させた有名なヴァノージアと暮らし、四人の息子と一人の娘をもうけていた。この醜聞は、今日だったら、一四九二年に赦しがたく思えたよりも、はるかに赦しがたいことだろう。その時代は、司祭たちに内縁の妻や合法的な妻さえもがいた時代からそう遠くはなかった。後継が問題になっていた教皇、インノケンティウス八世はその極端な色事で有名だった。そして、今日フランスでは虚栄になっている恋愛が、イタリアではみんなの情熱であった。

ボルジアにはジュリアーノ・デッラ・ロヴェレ枢機卿とスフォルツァ枢機卿の二人の競争相手がいた。後者はミラノ公の伯父であり、有名な悪党ロドヴィーコ・イル・モーロの兄弟で、莫大な富を享受していた。かれは、自派の力を何度か試したあとで、教皇になったら尚書院副院長の職をあげようと申し出たボルジアに身売りした。ボルジアよりも金持でない枢機卿は金銭で買収され（たとえばヴェネツィアの総大司教枢機卿は五千ドゥカーティを受け取った）、そしてついに五日間の教皇選挙会議ののち、八月十一日にアレクサンデル六世が玉座に昇った。ただちにかれはスフォルツァ枢機卿に尚書院副院長の地位を授けた。かれはオルシーニ枢機卿に、かれのローマの宮殿を家具ごとすっかり与え、ソリアーノとモンティチェッロの二つの城も与えた。コロンナ枢機卿はスビヤコの大修道院長に任命された。サン・タンジェロの枢機卿はポルトの司教区と、このうえなく美味なぶどう酒を供給するボルジア酒蔵を分け前にもらった。

ジュリアーノ・デッラ・ロヴェレと他の四人の枢機卿はまったく買収されなかった。ジュリアーノはかれの競争相手が玉座に昇るのを見るや、オスティアの城に閉じこもり、やがてもっと遠くに居を構えた。ローマでは無政府状態が極端だったし、インノケンティウス八世の長ながと続いた臨終のあいだ、二百二十人の市民が殺されていた。アレクサンデル六世はひと言で首都の街路に安全を取り戻した。かれは支配の仕方を知っていた。当時教皇の宮廷に一人の律儀なドイツ人がいた。かれは、ルイ十四世にとってのダンジョー侯爵のように、ローマ大司教がすること一切を日を追って報告している。ブルクハルト[二]の書いたもののなかで、アレクサンデル六世が自分自身の館で、娘のルクレツィアとペーザロの領主ジョヴァンニの結婚を祝ったときの下品な宴の詳細を読まなければならない。[291]

この醜聞と他のたくさんの醜聞が、ジロラモ・サヴォナローラを出現させた。かれは偉大な性格と多くの才知を持った人物で、のちにルッターがおこなう役割を試み、一四九八年にアレクサンデル六世の手にかかって火あぶりになった。

臨終のロレンツォ・デ・メディチの傍らに呼ばれたサヴォナローラは、祖国に自由を戻してくれないかぎり、罪の赦しを与えることはできないと言った。かれが友人二人と一緒に、かれらを火あぶりにするために準備された火刑台のうえで杭につながれたとき、フィレンツェ司教はかれらをローマ教会から切り離すと宣告した。サヴォナローラは「現世に生きている信者たちから離れていくのだ」と穏やかに答えた。かれはこの瞬間から殉教者として煉獄にいる信者たち（これは神学の用語である）の仲間になることをほのめかしていた。サヴォナローラはこれ以上言わなかったし、こうして四十六歳にもう少しというところで死んだ。ミケランジェロはかれの友人だった。

教皇たちが実際に心配し、もっと醜聞をなくそうと真剣に考えるまでには多くの時間が流れた。しかし最後にはルッターがサヴォナローラのあとを継いだ。かれは火あぶりにされなかった。トリエントに公会議が招集されなければならなかった。

この少々民主的な公会議は、憤りのなかで行動し、プロテスタント教会、つまり個人的検討の宗教を、教皇の宗教と隔てる裂目を大きくした。トリエントの公会議は僕たちが今日見るような宗教を創りだした。教皇は枢機卿たちによって惹き起こされる醜聞を恐れはじめ、一般に枢機卿会には高貴な身分に生まれた愚か者しか招かなかった。今では最善の方向にすべてが変わっている。

いかなる才知もなかったが思いやりにあふれていた若い王シャルル八世のローマ通過を、アレクサンデル六世は耐え忍ばなければならなかった。ジュリアーノ・デッラ・ロヴェレ枢機卿に煽られれば、シャルル八世は通過途中に喜んでアレクサンデル六世を退位させたことだろう。しかしサン・タンジェロ城が教皇を救った。

アレクサンデル六世はかれ自身、かれの国家の大領主であるオルシーニ家やヴィテッリ家に対して戦をおこなった。この戦争はかれを個人的な危険に晒した。かれはジュリア・ベッラというあだ名で呼ばれるジュリア・ファルネーゼを新しい情婦にし、ルイ十四世がモンテスパン夫人と暮らしたように、彼女とおとなしく暮らした。彼女は一四九七年四月、かれに男の子をもたらした。二カ月後、教皇の長男であるカンディア公のフランチェスコ・ボルジアはローマの街なかで、食事から出たところを暗殺された。まもなく、フランチェスコの実の弟のバレンシア枢機卿チェーザレ・ボルジアが、犯行の張本人であることが露見した。二人は競争相手であり、二人とも妹の美しいルクレツィアを愛していた。

この襲撃はアレクサンデル六世の心にはあまりに強烈だったし、このことは完全な悪党というのはまったくいないということをよく証明している。かれは自分が主宰する枢機卿会議の最中に、むせび泣きながら、かれの過去の生活の乱脈を告白した。それが神のあの正当な懲罰を招いたのだと認めた。善良なルイ十二世がフランスに君臨し、弱気ながらイタリアに遠征したいと

アレクサンデル六世

思っていた。かれは強大なアレクサンデル六世の息子のチェーザレ・ボルジアに親切のかぎりを尽くした。チェーザレはルイ十二世の役に立つようにレオナルド・ダ・ヴィンチを派遣し、こちらはレオナルドを技師長に任命した。

ローマに隣接する田園地帯は、ほとんど全体がオルシーニとコロンナの二つの強大な家のものであった。オルシーニ家はテヴェレ河の西に土地を所有していた。コロンナ家は河の東と南の土地であった。武勇と力のこの時代に、オルシーニ家、コロンナ家、サヴェッリ家、コンティ家、サンタクローチェ家などは、すべて傭兵隊長《コンドッティエーリ》であった。これらの家のそれぞれは、今日なら小連隊と呼べるようなものを率いていた。ローマの名家は、すぐ武器を手に取ることのできる若者の数が多ければ多いほど尊敬された。それぞれの家は、教皇、ナポリ国王、フランス国王、フィレンツェ共和国と別々に、かつ対等に取り決めをしていた。今日正当とか反逆などという名前で知られている諸観念は、誰の頭にもなかった。

オルシーニ家に対するコロンナ家の執拗な戦い(一四九九)は、すでに西ローマ帝国滅亡のときに、異民族の侵入によって住人の減少が起こっていたローマの田野から農家を追い出していた。以上が、ローマ周辺の美しさにあれほど魅力を加え、旅行者を驚かせるあの静寂の起源である。オルシーニ家の兵士たちはコロンナ家の土地で見つけた人間や動物を殺したばかりでなく、ぶどうの木を引き抜き、オリーヴの木を焼き払った。翌年には、コロンナ家がオルシーニ家の土地で報復をした。

アレクサンデル六世はこれらの戦いを鎮圧できるほど強力ではなかった。状況はかれをオルシーニ家と同盟するように運び、しばしばローマの街なかでまで闘いあった。さいわいにもかれの息子のチェーザレ・ボルジアは、戦争では大いに勇気があり幾分かの才能があった。

アレクサンデル六世の巧妙な政治を説明したら、あまりに長すぎることになるだろう。僕たちは、若きラファエッロが成長した土地の精神的な状況を粗描したいとだけ考えた。一四九九年にはかれは十六歳で、ペルージャのペルジーノの工房で働いていた。ミケランジェロは二十五歳になっていたが、かれの友人のサヴォナローラの処刑がかれを恐怖でひどく打ちのめしたので、かれはすべての仕事を放棄した。

一五〇一年九月四日、稀な美貌よりもその才知でいっそう際立っていた教皇の娘のルクレツィア・ボルジアは、フェラーラ公の長男のアルフォンソと結婚した。ペーザロの領主が彼女の二番目の夫だったが、ブルクハルトはその結婚式を語っている。最初の夫とは離別していた[292]。

ペーザロの領主との再度の離婚が彼女の父親によって宣せられ、ついで彼女はナポリ王アルフォンソ二世の私生児、アルフォンソ・ダラゴンと結婚させられた。しかしフランス軍がナポリを征服した。アルフォンソはもはや一介の不幸な公爵でしかなかった。一五〇一年七月十五日、かれはサン・ピエトロ大聖堂の階段で見知らぬ男の手によって短刀で刺された。そして、その傷ではすぐに死ななかったが、翌八月の十八日に、ベッドで絞め殺された。こうして、ルクレツィアはフェラーラの継承権をもった王妃になることに成功した[二]。

彼女の行動は規則的になった。語るのが困難ないくつかの艶事が彼女にはあったが、彼女の離婚はもっぱら恐ろしい父親の政治のせいにされなければならないし、彼女の兄のチェーザレ・ボルジアはマキアヴェッリの『君主論』の主人公であることを忘れてはならない。チェーザレは、一五〇三年八月十八日に父親が突然あの世に連れ去られたときに、かれ自身も死にかかっていなければ、イタリアの王にもなったことだろう。

コモ司教のパオロ・ジョヴィオは嘘つきの歴史家で、たっぷり金をもらっては嘘をついているが、このことはかれ自からが僕たちに教えてくれている。しかしかれは、事件が起こった当の時代の才人である。かれによれば、教皇の死とチェーザレの病気の逸話は以下のとおりである。

教皇はヴァチカン近くのベルヴェデーレのぶどう園に、コルネートのアドリアーノ枢機卿を夜食に招いた。かれは枢機卿を毒殺しようと思っていた。それはかれがサン・タンジェロ、カプア、モデナの枢機卿たちに与えた運命であった。かれらは昔はもっとも献身的なかれの大臣であったが、とても金持になっていた。教皇はその遺産を譲り受けたいと望んだ。

チェーザレ・ボルジアはその日教皇の召使のところに内々で毒入りのぶどう酒を送った。かれは召使にこのぶどう酒を特別な命令ののちにしか出さないようにとだけ言いつけておいた。夜食のあいだ、その召使が一瞬持ち場を離れ、かれのいない隙に、一人の使用人が何も知らずにこのぶどう酒を、教皇、チェーザレ・ボルジア、そしてコルネートの枢機卿に出した。

この枢機卿自身がのちにパオロ・ジョヴィオに言っていることだが、かれがこの飲物を飲んだ瞬間に、胃袋が焼けるように熱くなるのを感じ、視力を失い、やがてすべての感覚の機能を失った。結局、長患いののちに、かれの皮膚全体が剥落してから回復した。[三] アレクサンデル六世は数時間苦しんだのちに死亡した。かれの息子のチェーザレはベッドに釘づけになり、行動できるような状態ではなかった。

アレクサンデル六世は四十三人の枢機卿を生み出した。こうして任命した枢機卿の相当数から、一万フロリンを手にした。他のとても賢明な措置で、今日もなお教会で法として役立っているものは、とりわけ以下のような措置だ。アレクサンデル六世はサヴォナローラの反抗の重大さを完全に理解していたので、印刷業者に、大司教の許可なしにはいかなる本も印刷しないように命令し、しかも違反した場合には破門するという条件を付けた(一五〇一年六月一日の教皇書簡)。

かれは大司教たちに、異端的、冒瀆的、かつ耳ざわりな教義を含んでいるようなすべての書籍を焼き払うように指示した。

チェーザレ・ボルジアはあとでマキアヴェッリに、父の死のときにどんなことが起こってもいいように考えていたと信じ、万策を講じていたが、こうした出来事のときにかれ自身がひどい苦痛でベッドから立ちあがれなくなるとは思ってもいなかった、と言ったものだった。チェーザレは父の後継者を指名することができると思っていた。かれが枢機卿会に入れさせた十八人のスペイン人枢機卿を当てにしていた。

毒の効果でどんなに参っていても、かれは自分自身を見放さなかった。ローマやかれの領地では、どんな場所にも防備を施し、かれの兵士たちが固めていた。かれはヴァチカンを制圧し、コロンナ家と和平を結んだ。

教皇の死の知らせが町に広まると、すぐに民衆はサン・ピエトロに群れをなして駈けつけた。ローマの人々は、九年間恐怖によってかれらを導いてきたこの恐ろしい人物の亡骸を眺めにやってきた。

善良なルイ十二世の覇気あふれる大臣ジョルジュ・ダンボワーズが、教皇になろうと急遽ローマにやってきた。かれとはこのうえなく甘い約束が交わされ、枢機卿たちは一人の徳高い老人を、死にかかっているゆえに選出した。この老人はピウス三世の名前で、二十六日間しか君臨しなかった。またもや、かれは毒殺されたと言われている。

ジョルジュ・ダンボワーズは身勝手な主張から目覚めて、枢機卿ジュリアーノ・デッラ・ロヴェレのために働いた。アレクサンデル六世によって追放されたこの偉人は、かれの敵が教皇座に着いていた時代をほとんどずっとフランスの宮廷で過ごしたのだった。アレクサンデルはかれのことを、あの男には真率さ以外のほかの徳があるのか分からない、と言っていた。

ジュリアーノはとても金持で、数多くの聖職禄を得ていた。かれのすべての友人は、かれが教皇選挙会議で票を買うことができるように、かれら自身の聖職禄や財産をかれに委ねていた。ここには、どんなに微妙な政治の習慣も情熱的な感情を消すことができないイタリア人の魂がよく表れている。

チェーザレ・ボルジアはあいかわらず死の床にあったが、かれの旧敵であるジュリアーノに、かれの息のかかったスペイン人枢機卿たちを売るまでに追い込まれた。そして、一五〇三年十月三十一日、教皇選挙会議に入ったその同じ日に、デッラ・ロヴェレ枢機卿が教皇になったと公布され、ユリウス二世の名前を採用した。

諸君はラファエッロの描いたかれの美しい肖像を覚えていることだろう。今ではフィレンツェにあるが、ルーヴル美術館にあった。

ユリウス二世とともに意志力と軍事的才能が玉座に昇った。数日のあいだかれは自分の立場を研究し、それからスペインで、防備の手薄な所を攻囲して、ひっそりと死の床に着いているチェーザレ・ボルジアを逮捕させた。

ご存じのとおり、ユリウス二世はあの有名なカンブレー同盟の主導者の一人である。これがヴェネツィアを滅亡の淵に追いやり、ヨーロッパにあの君主たちの団体を樹立したが、そこでの習慣が国際法と呼ばれている。[四] この教皇の治世のあいだ中、フランス軍はイタリアで戦争をした。

ユリウス二世は玉座に着くとすぐに、当時三十歳で血気盛んな天分と性格を合わせ持っていたミケランジェロを傍らに呼んだ。この二人の並はずれた人物は、同じように誇り高く、同じように激しやすく、愛し合っているかと思うと、しばしば仲たがいした。

一五〇三年、ユリウス二世の即位の時期に、ラファエッロははじめてフィレンツェを訪れるところだった。ペルージャで学んでいたあいだ、かれは戦争準備のまっただ中で暮らしていた。当時とても勇敢だったブルジョワたちは、戦闘訓練をし、そしてこのうえなく強い関心を抱いて、かれらの小さな町を支配していたとても巧者な小専制君主、ジョヴァンニ・パオロ・バリョーニの政治的たくらみに従属していた。バリョーニは従兄弟や甥の何人かを虐殺して支配権を確立していた。実の妹を情婦にして、いく人かの子供をもうけていた。かれは逃亡するペルージャの豊かな市民の財産を没収しては自分のものにした。ガリリャーノの戦いの少し前に、かれはフランス軍から巨額の金を掠め取る方法を見つけた。

このぺてん師の小専制君主は、千人ばかりの兵隊からなる軍隊と、山の頂上に位置するかれのペルージャの町と、住人の援助とで、世間を嘲笑していた。しかしユリウス二世はかれよりも鋭く、戦闘をせずに話し合いに同意させ、その結果バリョーニは力を失った。

この協議は一五〇五年のことだった。ラファエッロは、バリョーニが教皇に反抗するための準備をしている最中に、ペルージャのサン・セヴェロの礼拝堂のフレスコ画を描いた。一五〇八年に、ユリウス二世はラファエッロをローマに呼んだ。ルイ十四世は、リシュリューとフロンドの乱の習俗によって育まれた大作家たちのなかでエネルギーのいちばん足りない者たちに、高飛車な態度で保護を与えた。ユリウス二世はかれの同時代人の大芸術家とともに生きる必要があり、かれらをこのうえなく近しい腹心の地位にあげて、かれらの作品を熱心に鑑賞した。真実、絵画が扇動的であるには、そうであることを絵画が是が非にも欲しなければならない。一方、文章をきちんと書くことは、間接的にでも、権力に致命傷を与えるような真実を喚起することがなければ、ほとんどの場合不可能である。

僕たちは、ユリウス二世の数々の征服と広大な計画はまったく追跡しない。結局、かれは残された時間がないのを自覚していた。死に近づいたとき、おそらくかれは、それまでの他のいかなる状況でよりも偉大であった。最後の瞬間まで揺るぎなさと節操を保持したが、これこそ歴史上に残るもっとも見事な治世の全期間を特徴づけたものである。一五一三年二月二十一日、かれはこの世を去った。かれのもっとも激しい欲求は、つねに、異民族の軛からイタリアを解放することであった。こうして、すべての教皇権至上主義者を糾合した。かれは自由に対して紛れもない尊敬を抱いていた。かれはスイス人を愛していた。なぜならかれらには自由が勇気と結合しているのを見たからだ。かれは幸福のうちに死去した。なぜなら、計画が成功し、前任者の誰よりも教皇領の国境を遠くに持っていったからだ。ユリウス二世には娘がいたが、彼女は謎に包まれた生涯を送り、かれのいかなる寵愛も受けなかった。

子供っぽさが民衆個々人の性格となっていて、ローマではみんなが、ユリウス二世の後継者はかれに似ないことを欲していた。かれは六十五歳で玉座に昇った。若い教皇が望まれた。かれは荒れ狂い、短気で、怒りっぽかった。そこでみんなは一人の人物に注目した。その人物は文学や、歓楽や、楽天的な生活を好むことから、ローマや宮廷では、もの静かな支配者になると予想されていた。

ラファエッロ『ユリウス二世』(ウフィッツィ美術館)

教皇の葬儀が終わると、二十七人の枢機卿が教皇選挙会議で閉じこもった。ジョヴァンニ・デ・メディチは、ユリウス逝去の第一報でフィレンツェを出発した。しかし病苦のためにゆっくりと、しかも担架に乗って旅行しなければならなかった。したがって、かれは三月六日にやっとローマに到着し、いちばん最後に教皇選挙会議に入った。ジョヴァンニ・デ・メディチは当時三十九歳だった。三月十一日、ジョヴァンニ枢機卿は、自分をローマ教皇にすることを告げる選挙の開票をかれ自身が担当した。かれはレオ十世という名前を採用した。

かれは助祭でしかなかった。三月十五日に司祭に叙階され、そして十九日にサン・ピエトロで即位した。レオ十世は、ローマ司教の大聖堂であるサン・ジョヴァンニ・イン・ラテラノで再び三重冠を戴くことになった。かれはこの儀式のために四月十一日を選んだ。なぜなら、前年、有名なラヴェンナの戦いでフランス軍に捕虜にされたのが、この同じ日だったからだ。レオ十世は戦闘の日に使った同じ馬に乗った。これらの儀式の華麗さと荘重さは、ユリウス二世の厳密厳正な倹約が永久に放棄されたことをローマの人々に示した。レオ十世はかれの戴冠式の祝典だけで十万フロリンを消費した。かれはまずフィレンツェ大司教区と枢機卿の帽子を、当時はロードス騎士団員でとても若かった従兄弟のジュリオ・デ・メディチに与えた。かつて、自由を求めて起こった有名な陰謀の際、フィレンツェの大聖堂でパッツィ家の連中に暗殺されたジュリアーノの私生児であった。このロードス騎士団員は、のちにクレメンス七世の名前で玉座に到達したが、へましかしなかった。ロレンツォ豪華王の愛すべき息子の支配下で、ローマの宮廷は世界でもっとも光輝にあふれ、この宮廷を世界の華にする豪華さを取り戻した。レオ十世は逸楽を追う人物の呑気さがあった。かれはミケランジェロに仕事をさせるすべを知らなかった。しかし、ラファエッロがヴァチカンの部屋に絵を描き、教皇はかれの性格の穏やかさに魅了されたようだった。

フランス軍とスペイン軍はイタリアを奪うために争い続けていた。レオ十世即位の二年後の一五一五年、フランソワ一世がマリニャーノの戦闘でその名を末代まで残した。その戦闘では、血が奔流のように流れ、シャルル豪胆公の災難以来ヨーロッパであれほど尊敬されていたスイス軍が敗北を喫した。

レオ十世がかれの偉大な前任者よりもずっと好ましい人物であるにしても、かれの政治はもっと堅実ではなく、もっと危いものであった。かれの支配下で、イタリアは荒廃して廃墟になった。しかし聖職者としては、かれは見事な勝利を獲得した。みんなはかれがボローニャでフランソワ一世とおこなった有名な会談の話を知っている。教皇はフランス教会の自治権放棄を獲得した。それは再びルイ十四世のもとでしか甦ろうとはしないだろう。

若い枢機卿のアルフォンソ・ペトルッチは、レオ十世の指名のために大いに熱意を示し、ついで「若者万歳！」と叫びながら、その指名を熱狂して民衆に知らせた。かれはシエーナの専制君主ペトルッチの息子だった。しかしのちに、レオ十世の政治にとっては枢機卿の兄弟たちをシエーナから追い出すことが必要だった。枢機卿はこの措置に憤慨し、教皇主宰の枢機卿会議の最中に短刀を手にして教皇に飛びかかろうかと思うことがあった、と何度か言っていた。かれは教皇の外科医に、レオ十世が毎日治療を受けている胃潰瘍を悪化させるように促すことを考えた。秘書に宛てたペトルッチ枢機卿の手紙が横取りされたが、そこには残忍な復讐計画が書かれていた。レオ十世はこの厄介な敵を刑事告発することに決心した。しかしかれはローマの外にいた。教皇は通行許可証を同封した情愛のこもった手紙をかれに書いただけでなく、スペイン大使に、もし枢機卿がローマに戻っても、いかなる危険にも遭うことはないと約束した。ペトルッチは愚かにもこの言葉を信じた。かれはローマに戻ると、ただちにサン・タンジェロ要塞に連れていかれた。

この時代の裁判は現代よりもずっと不完全だった。そして、今日では、英国を除いて、政府にとって腹立たしい被告人を公訴棄却にするのがどこで見られようか。絶対的な支配者であるレオ十世は、逸楽に満ちた生活の安穏からかれを引っ張りだすものすべてを嫌っていた。かれは精彩と勇気にあふれた一青年に危うく毒を盛られそうになったと思った。この青年は一五一七年六月二十一日牢獄内で絞め殺された（ラファエッロは当時ヴァチカンの最後の方の部屋を完成しかけていた）。ペトルッチとともに数人の枢機卿が有罪判決を受け、莫大な金額で罪が購われた。枢機卿会はもはや十二人を数えるだけだった。レオ十世はかれらの恐怖を利用して、いちどきに三十一人の新しい同僚をかれらに与えた。

時として、わが国の貴族院に起こるように、レオ十世は、ローマの町の世論とこの途方もない措置を両立させるために、たくさんの有能な連中を昇進させなければならなかった。かれはローマでいちばん有力な家柄の何人かに帽子を与えた。すべての枢機卿は教皇に帽子の代金を支払い、新枢機卿に能力がなければ、要求される代金がそれだけ高いのに気がついた。

レオ十世は、天才たちが同時にあらゆる仕事で活躍している時期に、玉座に到達した。芸術ではミケランジェロ、ラファエッロ、レオナルド・ダ・ヴィンチ、コレッジョ、ティツィアーノ、アンドレア・デル・サルト、フラーテ、ジュリオ・ロマーノがいた。文学はアリオスト、マキアヴェッリ、グィッチャルディーニ、それに今日では退屈だが、当時は魅力的に思われた一群の詩人によって華やかだった。アレティーノが不快な真実を万人に告げる役割を担っていた。かれはこの世紀の敵対者だったし、この理由のために、破廉恥だと思われている。

すべてこれらの偉人は、数々の恵まれた状況の輝かしい産物だが、ラファエッロやミケランジェロに見たように、レオ十世が玉座に昇るよりも前に世のなかに出ていた。しかしレオ十世は、ローマに住んでかれの宮廷を飾るものを作る優れた人々に、キリスト教世界でかれが授与権を持つ豊かな聖職禄や、免罪符の商売によって獲得した桁外れの金額を分け与えることに、激しい喜びを抱いた。

ペトルッチ枢機卿の死んだ年に、マルティン・ルッターがドイツで活躍をはじめた。しかしレオ十世とルッター自身も、この出来事の広大な影響を予想するどころではなかった。さもなければルッターは買収されたか、毒殺されたことだろう。

レオ十世は優れた芸術に対して、一人の芸術家としてきわめて敏感だった。偶然から玉座に昇った風変わりな人物たちのなかでも、この君主を例外的な存在にしているのは、才知の人として生を楽しむすべを知っていたことであるが、このことは悲しむべき衒学者にとって大きな腹立ちの種であった。

この教皇は狩に行ったものだ。かれの食事は道化師の登場によって盛りあがり陽気だった。その習慣はまだ宮廷から駆逐されていなかった。退屈な威厳を気取るどころか、レオ十世はかれの宮廷にいる阿呆どもの虚栄をおもしろがり、かれらをたぶらかす楽しみを少しも拒絶しなかった。このことが、ものものしい歴史家たちに大きな非難の声をあげさせている。時として、誰かしら阿呆が求めてくる夢のような高位を、かれはその阿呆にあげたいという誘惑に屈伏した。そしてその阿呆の虚栄心が勝利するのを町と宮廷が楽しんだ。ローマは今と変わらずからかい好きだったが、町の支配者の才知に魅了されていた。しかし何人かの衒学者は、たぶらかされ、町からたいそう嘲笑されたので、そのために死ぬほど悲嘆に暮れた。

教皇の素行は、この時代のすべての大貴族のそれよりも、清廉なものでもなく、破廉恥なものでもない。ルッターの出現以来、礼儀作法は五十年ごとに大きな歩みをしていることをつねに思い出さねばならない。ローマはすべてが陽気で上機嫌であった。レオ十世はとりわけうれしそうな顔に取り囲まれることが好きだった。かれの狩が成功を収めたとなれば、その日かれのまわりにいたすべての者に心尽くしをたっぷりと与えた。もしルネッサンスのイタリア人の独創的な精神と才能を思い出し、軍人の衒学主義がこの宮廷を少しもぶち壊すことがなかったのを思い出していただけるなら、これほど好ましいものはこれまでに存在しなかったことをおそらく認めてもらえるだろう。

　レオ十世の政治のなかにマキアヴェリスムがあったとしても、ローマでは少しもそれに気づかれなかった。この教皇は有名なフェラーラ公アルフォンソに対する行動で非難されている。のちに枢機卿になった使徒座書記官ガンバラは、愛すべきアルフォンソのドイツ人警護隊長ロドルフ・ヘロを誘惑する命令をもらった。ロドルフは実際二千ドゥカーティを受け取り、アルフォンソを暗殺することと、フェラーラの城塞であるカステル・テアルドの門を教皇軍に委ねることを約束した。実行のための日が決められ、モデナで指揮をとっていた歴史家のグィッチャルディーニは、フェラーラに向けて教皇軍を進めさせていた。しかしロドルフ・ヘロがすべてを主君に言ったことが分かった。主君の方はひと騒動を避けたいと思い、ガンバラの手紙原物をエステ家の文書庫に収めさせることで満足した。

　その文書庫で、イタリア史にいちばん通じていた人物であり、しかも司祭であったムラトーリは、その手紙を読んだのだった。グィッチャルディーニはかれの『歴史』のなかで暗殺計画を告白しないようによく気をつけている。この故意の言い落としに踊らされて、英国の哀れな称讃演説家は暗殺計画を否定している[293]（ロスコー氏『レオ十世伝』）。諸君にはお分かりのことだが、何かを知りたいときには、原典を読まなければならない。

　一五二〇年、フェラーラに対するこの不当な企ての時期に、ラファエッロは亡くなった。この偉人の死に、教皇は心からの涙を注いだ。レオは、かれの宮廷がそのもっとも美しい飾りを失ってしまったと公然と言った。好戦的な宮廷においては、支配者からのこういった愛情のしるしは、他のどんな功績をもしのぐ目覚ましい軍功のためにとっておかれるものである。

　一五二一年十一月二十四日、レオ十世はスペイン軍によるミラノ占領を知らされたばかりだった。かれは歓喜の頂点にあった。かれはイタリアが異民族の軛から解放されるのが見られると思った。サン・タンジェロ城の大砲が、この勝利のために発射され、一日中鳴り響いた。教皇はマリアナ庭園にいたが、この大きな知らせを枢機卿たちに公式に告げ、すべての教会に感謝の祈りを命じるために、教皇主宰の枢機卿会議を召集する意向を表明した。かれは部屋に戻り、数時間後、ちょっとした不調を訴えた。かれはローマに運ばれた。病気は大したことがないように思われた。そのとき突然、発作がひどくなり、この愛すべき人は十二月一日に亡くなった。四十七歳でしかなかった。かれの治世は八年八カ月と十九日続いた。

病気のあいだ、レオ十世はスペイン軍によるピアチェンツァ占領の知らせを受け取った。そして、かれの死の当日には、パルマ占領の知らせが告げられ、それをまだ理解することができた。それはかれがいちばん欲していた出来事だった。かれは従兄弟のメディチ枢機卿に、自分の命と引き替えにしても喜んでパルマ占領を購うことだろうと言っていた。

かれが病気になる前日、酒を注ぐ係の召使のマラスピナが一杯のぶどう酒を差し出した。教皇はそれを飲んだあとで、腹立たしげにかれの方を振り向き、こんなに苦いぶどう酒を一体どこで入手したのかと訊ねた。レオ十世が十二月一日の夜に逝去すると、マラスピナは翌日の夜明けにローマから出ようと試みた。かれは狩に行くためであるかのように、鎖をつけた犬どもを連れていた。サン・ピエトロ門の守衛たちは、主人逝去の朝に教皇の召使が狩で気晴らしをしようとするのに驚いて、酒を注ぐ係のマラスピナを捕まえた。しかしジュリオ・デ・メディチ枢機卿はかれを放免させた。毒殺が噂になったら、誰か偉い王侯の名前が出て、その結果その御仁をメディチ家の宿敵にすることを恐れたのだ、とパオロ・ジョヴィオは言っている。

美術は三つの不幸を蒙った。その不幸は、僕にその結果を詳細に説明する時間があれば、もっとずっと決定的に見えるものだ。それは、三十四歳でのラファエッロの死、四十四歳でのロレンツォ豪華王の死、そして最後に、大部分の教皇は七十歳に到達しているのに、四十七歳でのレオ十世の死である。イタリアの政治的分裂について話すとこれはまったく別なことになるので話さないが、もしレオ十世がさらに二十年支配したら、どのくらいまで美術の繁栄が成し遂げられたことだろうか。フェラーラ公アルフォンソは、最後の手段にまで追い込まれ、レオ十世の死の知らせを受け取ったときには、首都で攻囲に脅かされて、自分の命を安くは売らない覚悟をしていた。かれがレオ十世の死を目論んだのだろうか。かれは喜んで、銀貨を鋳造させた。その銀貨には、一人の羊飼いが獅子の爪から小羊をもぎとるのが、王の書から引用した次のような銘とともに見られる。《獅子の手から》

読者は僕が弱体なクレメンス七世についてわずかの言葉で話すのを許してくださるだろうか。かれの治世のもとでもまだミケランジェロ、ティツィアーノ、コレッジョ、そしてほとんどすべての偉人が生きていて、そのあとになると、絵画は禁止令によって禁じられた方がよかったくらいになる。

アレクサンデル六世、ユリウス二世、そしてレオ十世の教皇選挙会議はとても短かった。この偉人の後継者を指名する選挙会議の物語は、もっと複雑である。それは十二月二十六日にはじまった。みんなはジュリオ・デ・メディチを称讃していた。かれは有力者であり、従兄弟のもっとも敏腕な大臣だった。(かつてはパリにあって、今ではフィレンツェに戻っているラファエッロによるレオ十世の有名な肖像のなかで、教皇と向き合っている目鼻立ちの大きな枢機卿がジュリオである。)

レオ十世の大臣はポンペオ・コロンナ枢機卿を危険な競争相手にすることになった。最高権力を奪い合う実務経験豊かな二人の宮廷人によって、このうえなく巧みな政治手段が競って用いられた。最高権力を求めることのできない枢機卿たちは、かれらが耐え忍ばなければならない不快な牢獄にうんざりしはじめた。ある日かれらの一人が、冗談から、アドリアーン・フロレント枢機卿を提案した。イタリアでは見たことがない人だった。この枢機卿はビール製造業者の息子で、カール五世の家庭教師をしたことがあった。教皇選挙会議にうんざりしていた枢機卿たちは、駆け引きもなく、事前の準備もなく、この見知らぬ人物に票を投じ、かれは偶然から教皇になって、ハドリアヌス六世の名前を採用した。かれはイタリア語を知らず、ローマにきたとき、レオ十世によって高い金を払って集められた古代彫刻を見せられると、一種の恐怖を抱いて叫んだ。《Sunt idola anticorum!(これらは異教の偶像じゃないか!)》この教皇は善良な人物だったが、ローマの人々には野蛮人に思えた。かれの方は、ローマの人々の風俗の堕落に反発した。かれは一五二三年九月十四日に亡くなった。
ローマの人々の目には、愛すべきレオ十世に代わって、かれらの言葉を知らず、詩とか美術を毛嫌いする野蛮人を見る災いに、どんな災禍も匹敵できないと映った。ハドリアヌスの死の知らせはこのうえなく激しい喜びの合図だったし、翌日には、かれの侍医のジョヴァンニ・アントラチーノの家の門が、次のような銘とともに花輪で飾られているのが発見された。「祖国の解放者へ、元老院とローマの民衆。」ハドリアヌスの教皇在任中に、改宗したユダヤ人とモール人が、スペインから追われて、その莫大な富とともに、ローマにどっと入ってきていた。ハドリアヌスはかれらを迫害する準備をしていた。しかし死がそれを妨げた。レオ十二世は、この金持のユダヤ人の子孫を、強制的にリヴォルノに亡命させている。

一五二三年十月一日、三十六人の枢機卿は教皇選挙会議に入った。ジュリオ・デ・メディチはそこで再び競争相手のポンペオ・コロンナとぶつかった。シェイクスピアが失脚と死をうまく描いているあのウォルジー枢機卿が、往時のジョルジュ・ダンボワーズのように玉座を要求した。しかしローマの人々はどうあっても野蛮人を欲しなかった。長いあいだ、ジュリオ・デ・メディチは二十一票しか獲得できなかった。二十四票必要だった。つまりそれが出席している枢機卿総数の三分の二だった。ポンペオ・コロンナがかれの選出を邪魔していた。何人かの枢機卿が立候補した。票の買収が探られたが、聖職売買の非難を受けることのないようにした。この教皇選挙会議における流行の手だては賭けを使うことだった。こうして、ジュリオ・デ・メディチの支持者は反対派の枢機卿を見ると、誰かれかまわずに、メディチが選出されないことに百対一万二千ドゥカーティで賭けるようもちかけた。

両派の抗争は、たいそう敵意むき出しで、和解の様子もほとんどなく長引いたので、ローマの人々は、両派がきっかけを掴んで教皇選挙会議から出て、同時に二人の教皇を指名することを心配した。至る所に掲示された二行詩は、新しいジュリオ「ユリウス」と新しいポンペオ「ポンペイウス」が、かれらの反目によって再びローマを破滅させようとしていることを非難した。当時ローマでは、気のきいた言葉はラテン語で作られ、ご覧のように、歴史的な引喩が機知と見做されていた。

長すぎる教皇選挙会議を終わらせるために通常聖霊が利用されるが、この方法が使われようとすることにこの教皇選挙会議は嘆いた。我慢できない悪臭が枢機卿たちの小部屋に広がり、教皇選挙会議の滞在を耐えがたくした。何人かが病気になった。もっとも高齢の人たちは自分の最後が近いと感じていた。かれらの一人がオルシーニ枢機卿を提案し、メディチはかれの二十一票をオルシーニに与えたい素振りを見せた。これは選挙の帰趨を制することになる。ポンペオ・コロンナは、長年かれの家とは宿敵である家に教皇座が渡るのを恐れた。かれはメディチ枢機卿のところに赴き、かれポンペオがローマ教会尚書院副院長の地位と、ジュリオが陣取っていた壮麗な宮殿をもらうという条件で、メディチ枢機卿を教皇にしようと申し出た。同夜、メディチは大多数の枢機卿によって表敬され、翌十一月十八日、二年前ミラノに凱旋入市した記念日に、かれは教皇即位を布告された。すべての敵を赦すというかれが立てた誓いを固めるために、クレメンスという名前を採用した。

ラファエッロ『レオ十世と二人の枢機卿』（ウフィッツィ美術館）ジュリオ・デ・メディチ（左）とルイジ・デ・ロッシ（右）

ほとんどの君主がこれ以上高らかな名声とともに玉座に到達したことはなかった。青年時代は軍人として、ついでレオ十世の総理大臣として、数年来ほぼ絶対的な権力で支配していたかれの郷里のフィレンツェの人々から、かれは好意を獲得することができていた。かれの仕事への熱意と適性は知られていたし、かれは従兄弟の贅沢な趣味はいささかも持ち合わせていないことが知られていた。ローマはこのうえなく激しい喜びでかれの即位を祝った。そして五年後（一五二七年に）、ローマは七カ月続いた掠奪によって、究極の悲惨に陥らねばならなかった。

クレメンス七世には大いなる才知があったが、意気地はまったくなかった。ところが政治状況がむずかしくなるや、才知は滑稽であることを僕たちは大革命で見ている。すべてを決定するのは性格の力である。

イタリアは三十年間に渉って戦禍を蒙ったあと、クレメンス七世の治下でやっと戦争がなくなった。その肥沃な平野でこそ、スペインとフランスは雌雄を決するために戦うのに好都合だと思ったのだった。それ以降、ヨーロッパで戦場になったのは低地国［ネーデルラント］である。イタリアは戦争があってもその荒廃をたやすく修復したことだろうが、一五三〇年にカール五世はイタリアからすべての自由を奪った。君主制、それもルイ十八世の憲章のおかげで僕たちが享受している気高く美しいもの[294]とは異なった、このうえなく妬み深く、このうえなく視野の狭い君主制、このうえなく恥ずべき君主制が、フィレンツェやミラノやナポリに確立した。一五三〇年から一七九六年までこれらイタリアの小君主たちが支配したが、その各人の目には、もっとも恐れる敵が、才能ある人物であった。音楽だけが、不穏なものではないので、かれらの目には魅力に思えた。

ラファエッロがピエトロ・ヴァンヌッチのもとで勉強していたときに、ペルージャで君臨していたあのバリョーニみたいな小専制君主は、最後の頃のメディチ家の連中のような王侯にとって代わられた。これらの汚らしい連中は、カール五世の広大な権力に支えられて、もはや交渉する才能も戦う才能も必要なかった。かれらの唯一の関心事は才知のある人たちを迫害することであった。かれらはローマにあと押しされていたが、そのローマの方は、最後には個人的検討とルッターの教義の危険性を理解していたのだった。

一五三〇年以来、そしてクレメンス七世の軍隊によるフィレンツェ占領以来、少し逞しい才能を発揮しようという人は誰でも、早晩死あるいは牢獄によって罰せられた。ジャンノーネ、チマローザなど。たいそうジェズイット的であるミショーの『人物事典』のなかで、メディチ家の完全な低俗さを見られたい。[295]この一家は、クレメンス七世の即位のときには、イタリアでもっとも知的と見做されていたこの有名な町を、一七三〇年まで堕落させてしまった。

すっかり安定した政府の確立は、社交界に膨大な余暇をもたらした。

もはや祖国の利害に関わることのできない市民は、楽しみを求める無為な金持になった。気高い志の一切が、金持で身分の高い人からなくなった。貧しいものは金持になろうとし、金持は侯爵になろうとした。芸術家は傑作を創造したいと思っていた。しかし、もう一度言うが、金持で身分のある人にどんな動機が残っていただろうか。

そこからこの階級の卑しさが生じた。[五]

クレメンス七世は、これらすべての不幸の芽を植えつけたあとで、結局一五三四年に逝去した。かれはその名声を失ったあとも生きながらえたが、ローマ、フィレンツェ、そしてイタリア中がかれに対して抱いた侮蔑を強く感じていた。かれは侮蔑を蔑むことができずに、それがもとで亡くなった。

アレッサンドロ・ファルネーゼは、パウルス三世の名前を採用したが、一五三四年十月十二日に選出された。諸君はサン・ピエトロのなかで壮麗な墓に注目した。この君主は玉座を自分の息子たちに与えようと思った。かれの家系は高名でなくはなかった。

ティツィアーノ『パウルス三世』（ナポリ、カポディモンテ国立絵画館）アレッサンドロ（左）とオッタヴィオ（右）の二人の孫に囲まれている

オルヴィエートの領地にファルネットの城を所有していたこの一家は、十五世紀に何人かの卓越した傭兵隊長《コンドッティエーリ》を生み出していた。パウルス三世には私生児のピエル・ルイジがいたが[296]、このうえなく放埓な人間で、ファーノの若い司教の死によって有名になった[297]。この卑劣漢はピアチェンツァを治めていたが、一五四七年九月十日、かれのやりすぎに反抗した町の貴族たちによって、肘掛椅子に坐っているところを殺された。

パウルス三世は、家族が惹き起こしたあらたな悲しみのために、一五四九年十一月十日に逝去した。かれは七十人以上の枢機卿を任命した。この用心がうまくかれの役に立った。ユリウス三世の名前を採用したかれの後継者は、感謝の気持から、オッタヴィオ・ファルネーゼにパルマを返却することにしたが、オッタヴィオの息子のアレッサンドロ・ファルネーゼが、アンリ四世の競争相手にふさわしいあの偉大な将軍である。

パウルス三世は最後の野心的な教皇だった。ユリウス三世は楽しみしか考えなかった。かれは一人の青年を愛し、かれをインノチェンツォ・デル・モンテの名前で、十七歳で枢機卿にした。(もし読者がこの年代記に飽きたら、数ページを飛ばして、二三四ページ［本巻二四一ページ］の「強盗事件」の記事に移っていただきたい。僕は旅行者にうんざりするような調査を避けさせたいと思ったのだ。)


［一］ブルクハルトのラテン語の日記は『中世史体系』G・エッカルド、ライプツィヒ、一七二三、第二巻、二一三四と二一四九行に見られる。

［二］バイロン卿はルクレツィア・ボルジアの美しいブロンドの髪の毛の小さな一房をもっていた。

［三］パオロ・ジョヴィオ『レオ十世伝』第二巻、八二ページ。『ポンペオ・コロンナ枢機卿伝』三五八ページ。この毒はいい味をした白い粉であり、死は確実で、そうしようと思えば、数日後にはじめて効果を顕わした。スルタン・バーヤェジットの弟イェムの死を見られたし。

［四］アンシヨン『政治均衡の歴史』。

［五］ジロー伯爵の『うろたえた家庭教師』やゲラルド・デ・ロッシの喜劇にローマの侯爵の性格を見られたし。

トリエント宗教会議後の教皇

一五五五年に死去したユリウス三世と、二十二日しか君臨しなかったマルケルス二世の後継に、ナポリの人ジョヴァンニ・ピエトロ・カラファが就任した。選出のとき八十歳で、パウルス四世の名前を採用した。この教皇はルッターがローマ教会にもたらした危機を理解していた。この偉人の方は一五四六年に亡くなっていたが、サヴォナローラのように火あぶりにされることはなかった。これ以降、もはや聖ペテロの説教壇に、レオ十世のような快楽を好む聖職者も、ユリウス二世のようなローマ教会の世俗の利益に野心を燃やす聖職者も見られない。このあとローマには、狂信と、必要な場合には残忍さと、しかしこれまで以上のスキャンダルとが見られることになる。

パウルス四世は、この世に出現したもっとも威圧的でもっとも風変わりな狂信者の一人である。教皇になってから、かれは自分が過ちを犯さないと信じて、個々の異端者を火あぶりにさせる意志が自分にはないかどうかを検討するのに忙殺されていた。自分の良心の過ちのない部分に従わないことによって、地獄に落ちることを恐れていた。パウルス四世は宗教裁判所裁判長だったことがあった。人間は必然に動かされるものでしかないと映るあの運命論者の歴史家には好都合な奇妙な偶然から、フェリペ二世とパウルス四世は同じ時期に君臨しはじめた。

一五五九年、この風変わりな老人のあとを、ミラノのメディチ家のピウス四世が継いだ。そのあとで登場したピウス五世とグレゴリウス十三世は、ピウス四世と同じく、異端を抑圧することしか考えなかった。グレゴリウス十三世はサン＝バルテルミーを見て喜び、それを神に感謝した[二]。

この時代のプロテスタントの書物は、キリスト教の草創期と、教皇の権力の起源に関する興味深い探求にあふれている。プロテスタント信者はしばしば次の詩句を引用する。

　　もらえ、とれ、うばえ、これが教皇の三つの言葉だ。

かれらの書物は良識で優れていて、教皇制礼讃者の著述よりもこの点で卓越している。現在の自由主義者は十九世紀のプロテスタントである。二つの時代の著作物の共通の精神は、倒そうと欲する悪弊を多少とも知的に嘲笑すること、個人の良識に訴えかけること、[298]先頭に立つ強者に対して弱者の立場になって怒ること、等などである。

フェリーチェ・ペレッティは、ルッターが教皇たちを不安に陥れて以来、聖ペテロの座に着いた唯一の優れた人物である。この君主が五年間の支配でおこなったことは信じがたい。かれは遠くから玉座に到達したのだ。諸君はシュネス氏の壮麗な絵画（パリのリュクサンブールにある）を思い出す。[299]当時は豚の群れを率いるのに忙しかったフェリーチェ・ペレッティについて、女占師がその母親にいつかかれが教皇になるだろうと予言している。かれは一五八五年四月二十四日から一五九〇年八月二十日まで君臨した。

シクストゥス五世はまず強盗を鎮圧することからはじめた。実際、かれが亡くなるやいなや、強盗団がローマの野を再び支配下に収めた。かれは、その最初の義務である正義をきちんと貫いたすべての君主のように臣下から憎まれた。情熱にかられた民衆の所業を抑えるために、迅速な処刑によって民衆の想像力に強い印象を与えねばならないことがかれには分かっていた。犯罪のあと六カ月もすれば、イタリアの民衆はいつも死刑になる人を犠牲者のように見做す。（しかし僕はジュネーヴでは残酷で野蛮な人間として通ることだろう。）

諸君はローマを巡り歩きながら、シクストゥス五世の記念建造物の壮麗さと数に驚いた。かれこそが、サン・ピエトロの円屋根を二十二カ月で建設させたのだということを忘れないでくれたまえ。

ローマ国家の精神的退廃を遅らせた二、三の法規はかれが制定したものだ。将来枢機卿は七十人以上にならないようにし、四人はいつも修道僧のなかから選ばれるように定めた。この取り決めは十八世紀のあいだ、イタリアの貴族階級の衰退とその増大する弱点を補った。それはガンガネッリのローマ教会や、ナポレオンに抵抗できた唯一の君主であるピウス七世のローマ教会に匹敵した。

一八二九年に枢機卿会の名声をいちばん高めた枢機卿たちは修道僧である（白衣の枢機卿ミカーラ氏など）。オッサ枢機卿は言った。わたくしの街区のブルジョワの策謀に付き合いながらわたくしは政治を学びました。ある修道僧教皇が言った。修道会の管区長になるには、玉座に昇るよりももっとたくさんのことをしなければなりませんでした。

シクストゥス五世の性格の激しさと、かれの企ての壮大さは、チッカレッリという名前の愚か者が書いたかれの伝記物語を楽しく読めるものにしている。もし、ローマで、プリマ・セラ（七時から九時までの宵はこう呼ばれている）が長いと感じたら、大使たちのところに行く前に、チッカレッリを読みたまえ。

ウルバヌス七世、グレゴリウス十四世、インノケンティウス九世は、数カ月しか君臨せず、異端を除去することしか考えなかった。かれらは正しかった。危機は切迫していた。あらゆる種類の悲惨が、気紛れで莫迦げた行政に助長されて、ローマ国家の住民を急速に蝕んでいった。このうえなく重い税金、このうえなく金のかかる専売権が、仕事をこのうえなく愚かな欺瞞のように見做させるに至った。

もはや産業はなかった。政府の力は臣民を護らずに抑圧した。行政は麦の取引に手を出そうと思い、まもなく飢饉が起こり、いつものようにチフスが続いて人名を奪った。一五九〇年と一五九一年のペストは、ローマで六万人の命を奪った。それ以来、教皇の国家ではいくつかの村が完全に無人になったままである。そこで強盗団[301]が勝利し、もはや教皇の兵士たちにはこれに抵抗する勇気がない。一五九五年のローマはすでに一七九五年のローマと変わらない。この滑稽な政府の前半一世紀、一五九五年から一六九五年のあいだ、教皇たちは不条理を競った。一六九五年から一七九五年までは、悪が露見しても、かれらにはそれを繕うのに必要な意志力がなかった。

〔二〕アドリアーニ、第二十二巻、四九ページ。ダヴィラ、第五巻、二七三ページ。トゥー、第五十三巻、六三二ページ。

強盗事件について[302]

強盗事件の起源は以下のとおりである。一五五〇年頃、教皇領の住人は、イタリアの諸共和国や、それらの共和国が確立した風俗や、そして最後に、各人があらゆる手段で自分の権利を守る習慣を、まだ忘れてはいなかった。（一五三〇年、カール五世が自由をすっかり覆して二十年しかたっていなかった。）不満分子は森のなかに逃れていた。生きるために、盗まねばならなかった。かれらはアンコーナからテラチーナに広がる山の稜線すべてを占領していた。かれらは市民を抑圧している軽蔑すべき政府と戦うことを誇りにしていた。かれらは自分たちの職業をすべての職業のなかでいちばん名誉のあるものと見做していたし、奇妙でとても特徴的なことには、あの明敏さと活気にあふれた民衆が、金品を脅し取られているのに、かれらの勇気に拍手を送っていたことである。強盗になった若い百姓は、教皇に身を売って兵士になった男よりも、村の若い娘たちからずっと尊敬された。

強盗たちに対するこの世論は、ユースタスなどのような病気でメソディストのあわれな英国人をとても憤慨させている[303]が、トリエント公会議以降に君臨した教皇の道理を逸脱した支配によってできあがったものだ。

一六〇〇年に、強盗たちは唯一の反対党を作った[304]。

かれらの波乱に富んだ生活はイタリア人の想像力にとってお気に入りだった。借金を背負いこんだ家庭の息子、事業で躓いた貴族が、田野を徘徊している強盗団に味方することを名誉に思っていた。美徳といったものがまったくないなかで、無能なぺてん師が何かしら社会の旨味にありつこうとしたときに、かれらは少なくとも勇気を発揮した。

強盗団の動線は、普通はラヴェンナからナポリに広がっていて、ローマの東方、アクィラとアクィノの高山を通っていた。当時は、今日と同様、そこは人跡未踏の森に覆われていて、数多くの山羊の群れが集まっていたが、これが強盗たちの食糧源になっていた。（シュネス氏の絵画、強盗たちに小山羊をあげようとしなかったために喉を抉られた『ペコライオ』を参照。一八二〇年の風俗。）一八二六年以来、強盗団はベンヴェヌーティ枢機卿殿の措置で消滅している。しかし、この時期以前には、ローマ周辺の百姓は、大領主ないし権力ある司祭から、気持ちをあまりに逆撫でされる何かしらの不正を蒙ると、マッキアに入って（直訳すると「森に入って」）、強盗になった。

僕たちが粗描している信心で凝り固まった教皇たちの政府は、かれらの同時代人である国王たちの政府よりもずっと道理が通用しなかったが、こうした教皇たちのもとでは、時として、大領主が強盗団の頭になっていて、教皇の軍隊に対する正規の戦争にもちこたえた。民衆の願いがかれらに味方した。アルフォンソ・ピッコロミーニとマルコ・シアッラが、これら反対党首領のなかでも、もっとも抜け目なく、もっとも恐ろしく、わが国のふくろう党員にかなり似ていた。ピッコロミーニはロマーニャ地方を、シアッラはアブルッツォとローマの田園地帯を悩ませていた。二人とも数千人の男を指揮していた。これらの男たちは、それを望んだゆえに、そして強盗の生活が百姓の生活よりも耐えられるように思われたゆえに、戦っていた。シアッラとピッコロミーニは金持連中に、私的な復讐のために殺し屋を供給した。しばしば表面上は教皇の政府に忠誠を誓っている領主が、秘密裏にかれらと結託していた。

ナポリの人にとって現在の気持ちがすべてである。かれらのあいだの宗教は、ただうわべの実践にある。それはローマよりもいっそう道徳と隔絶している。したがって、一四九五年以来ナポリでは殺し屋を商売にするたくさんの団体があり、政府はたいへんな苦境に陥って、かれらを軍隊に徴募したり、かれらにいつも手加減したりしたと考えられる。ローマの田園地帯の強盗団は日々の糧を百姓から奪い、まもなく人里離れた農場に住むことが不可能になった。強盗団は村や小さな町を掠奪目的で襲撃した。大都市にさえ接近し、そして普通は誰かしら修道僧の仲介で、大金を要求して、入手した。もしブルジョワたちが支払わないと、収穫物や田舎の家が焼き払われるのを家の窓から見ることになった〔一〕。

こうしてローマの田園地帯の人口減少がまず異民族の掠奪によってはじまり〔二〕、それはアレクサンデル六世のもとでのコロンナ家とオルシーニ家の内戦によって続いて、そして最後に一五五〇年から一八二六年までの強盗団の支配によってとどめを刺された。

カール五世によって自由の土地に招来されたスペインの専制政治に対して、すべての階級が抱いた激しい憎悪は、強盗という仕事に寄せるあの尊敬の源であり、これはイタリアの百姓の心にたいそう強く刻みこまれた。

風土と不信の影響で、これらの人々にあっては恋愛はいつも激しい。ところで、ローマ周辺、とりわけアクィラ方向の山地の若い娘の目から見れば、強盗団にしばらく加わっていたことが若い男への最大の称讃となる。こうした考え方によって、少しでも仕事上の躓きを体験しているか、何かしらの喧嘩の結果、憲兵《カラビニエーリ》に追跡されたりしていれば、百姓には、追剝ぎや人殺しになるのは少しも卑しいことではないように思われている。国民財産の分割以来シャンパーニュやブルゴーニュの百姓の心の底にある秩序や正義の観念は、サビーニ人の百姓には阿呆らしさのきわみに思われる。諸君のなかで、当地にいてみんなから抑圧され打ちのめされたいとお望みの方がいるだろうか。公正で人間らしくしていたまえ。

強盗団の次に、英国が大陸に送り込む不機嫌な旅行者にとってこのうえなく衝撃的な習慣をイタリアにもたらしたのも、スペイン人であった。僕は貴婦人に仕える騎士《カヴァリエ・セルヴァン》別名シジスベについて話したい。

一五四〇年頃、つまりアジャンの司教バンデッロによって風俗が描かれた時代のすぐあとになるが、金持の女性はすべからく、夫が民間あるいは軍の職務で忙しいとき、人まえで腕をあずけるために付き添い役《ブラッチエーレ》を獲得しなければならなかった。このブラッチエーレが貴族の名家出身であればあるほど、婦人と夫は敬意を表された。

まもなく、ブルジョワの家庭で、妻はミサや芝居に行くのに、夫とは別の男と行くことをいちだんと高貴なことと考えた。権力のある連中は、ブラッチエーレに報いるために、かれを社交界に紹介した。しかしプチ・ブルジョワはどんな風に報いることができたのだろうか。二人の友人同志が、結婚するときに、お互いの妻のブラッチエーレになることを取り決めたものだった。

一六五〇年頃、スペイン人の嫉妬が、名誉に関してまったく現実離れした考えを、イタリア人の夫に植えつけるのに成功していた。この時代の旅行者は、街では女性を決して見かけないことに注目している。スペインはイタリアであらゆる作法をぶち壊した。カール五世は、存在そのものによって、人類にいちばんの破滅をもたらした人物の一人である。その独裁が、中世の生んだ大胆な天才を飼い慣らしてしまった。

恋愛はシジスベつまり貴婦人に仕える騎士の習慣をたちまち取り込み、それはナポレオンまで続いた。ブリユメール十八日にフランスから自由を奪い、フランスにとって有害だったこの偉人は、イタリアにはとても有益だった。かれはミラノとヴェローナに、カンパン夫人の女学校を手本に、若い娘のための大きな学校を開設した。かれの妹のナポリ王妃カロリーヌは、アヴェルサに同様の学校を創設した。ナポリやロンバルディーア地方で、たくさんの若い女性がフランス的な考え方で育てられ、彼女たちはまず何よりも自分たちのことが社交界でどんな風に言われるかを考える。恋愛は一八〇五年以前よりもずっと破廉恥ではなくなった。悪い手本はとりわけ年配の女性によって示される。

貴婦人に仕える騎士の習慣は、ナポレオンの影響が浸透しなかった本街道から離れた地方にしかもはや存在しないし、おそらくすっかり廃れるだろう。ナポリでは、生まれのよさと恵まれた富を合わせ持っている若妻は、パリと同じくらい退屈している。ジェズイット教徒は、他の僧侶に嫌われていて、彼女らにいかなる影響も及ぼさない。

こうして、一七九六年に見られたように、スペイン人がイタリア人の性格にこのうえなく重要なふたつの特徴を与えた。つまり強盗団に対する寛容と、貴婦人に仕える騎士の権利に対する夫の敬意である。

ロディ橋の大砲が（一七九六年五月）イタリアを目覚めさせはじめた。寛大な魂の持主たちは恋愛と美術を忘れることができた。何かしらもっと新しいものが若者の想像力に生じはじめていた。

僕は繰り返す。一八二九年に、ローマとナポリのあいだにはもはや組織的な強盗団はいない。かれらは完全に消滅した。すでにシクストゥス五世の支配が続いた五年間に一度、強盗団は壊滅したと信じられたものだった。[三]

ルッターの恐怖以来、教皇は、ローマに自分の一族が建てた宮殿以外の記念物をほとんど残していない。インノケンティウス九世ファッキネッティ・ダ・ボローニャのあとに、クレメンス八世アルドブランディーニ・ダ・ファーノが就任する。諸君はフラスカティにある美しいヴィッラ・アルドブランディーニを思い出す。かれは一五九二年から一六〇五年まで、アンリ四世と同時期に君臨した。

レオ十一世については、おそらく諸君はサン・ピエトロで、ラファエッロの『変容』から遠くないところでその墓に気づいたことだろうが、何日かしか君臨しなかった。カミッロ・ボルゲーゼ枢機卿がその後継者になり、パウルス五世の名前を採用した。かれはサン・ピエトロを大きくし完成する名誉を得た。かれの命令で、入口にいちばん接したところに三つの大きなアーチが建立された。ヴェネツィアで、十人委員会がヴィチェンツァの教会参事会員と一僧侶を大罪で告発し投獄した。パウルス五世はヴェネツィアの人たちに対してとても高飛車に出た。かれは二人の囚人を手に入れようとし、まさに戦争になるところだった。ルイ十四世以降のフランスよりも賢明なヴェネツィアは、数年間巧みな覚書を交換し、少しも戦争をしないで、自国の法律を守りとおした。

その十五年の支配のあいだ、パウルス五世の主要な関心は、甥たちに莫大な富をふるまうことだった。かれは甥たちにローマの田野のかなりの部分を与えた。強盗団がそこに残した少数の農夫は完全に消滅した。ボルゲーゼ家は、裕福すぎて自分たちの仕事をまじめに考えることができず、自分たちのものである広大な領地を少しも耕作しなかった。かれらは自然だけが生み出すもので満足し、そしてかれらの土地を、家畜の頭数による一定金額を支払えば、放牧のために貸した。[四]

ボルゲーゼ館を建てたのはパウルス五世である。僕たちはそこでこの教皇のものだった高価な家具のいくつかを見せてもらった。現在の大公は四つの大公領の称号を一身に集め、百二十万フランと見積もられる収入を堂々と受け取っているが、もしいつかローマが道理をわきまえた政府を持ったときには、その収入は十倍にもなるだろう。これらの大公領の称号は、おそらくローマの田園地帯を耕作しようと考えるフランス青年たちに、いつか譲渡されることだろう。それでこそ、授けられて当然の栄誉がある。

グレゴリウス十五世ルドヴィージは、その治世は取るに足りないものだが、一六二三年八月六日有名なウルバヌス八世バルベリーニを後継者にした。諸君はこの名前のついた大宮殿をご存じだ。

二十一年の支配のあいだ、ウルバヌス八世はかれの甥たちにかれの資産の管理すべてを委ねた。かれらは伯父の臣下を掠奪することで満足せず、ローマとトスカーナ地方のあいだに位置するカストロとロンチリョーネの公爵領を奪うために、パルマとピアチェンツァの公爵であったファルネーゼ家に戦いを挑んだ（一六四一年に）。

この戦争が、十七世紀を通じて、イタリアで起こった唯一のものであった。ローマ教会の将軍であったタッデーオ・バルベリーニは、ある日ボローニャ近郊で一万八千の兵士の先頭に立っていた。オドアルド・ファルネーゼは三千の騎兵でかれに近づいた。教皇軍はたいそう恐怖を抱き、戦わずに逃走し、完全に散りじりになった。

ウルバヌス八世の墓は、サン・ピエトロでパウルス三世の墓の正面に位置し、諸君がご覧になったように、悪趣味の傑作である。それは、バルベリーニ宮殿に最大の作品がある有名な画家ピエトロ・ダ・コルトーナと同じく、この教皇が重用したベルニーニ騎士の作品である。

一六五五年、インノケンティウス十世パンフィリのあとを、アレクサンデル七世キージが継いだ。この教皇の支配下の、それもローマで、ルイ十四世はヨーロッパに対するかれの諸権利を確立した。この大王は、さっさと自分の役に立つ考えを作り出し、フランスの名前をかくも高めたが、滑稽な自治の特権を利用し教皇を怯えさせた。クレメンス九世ロスピリョージは三年しか君臨しなかった。クレメンス十世アルティエーリは六年だった。これらの教皇は、習慣によって自分の一族に残した大公の称号によってしか知られていない。

ミラノの人インノケンティウス十一世オデスカルキは、一六七六年に玉座に昇った。かれは、殺し屋たちが保護権を利用するという恐るべき悪弊に腹を立てて、ルイ十四世の大使を除くすべての大使から、大使館でのこの権利の廃止を獲得した。この教皇は不手際にも、一六八七年一月三十日にローマで起こったエストレ公爵の死を、フランス大使館の自治権を廃止するために、国王が後継大使を任命する前に利用したいと思った。ルイは、虚栄心によってしか臣民を支配していなかったので、このような侮辱に耐えることができなかった。国王はこの愚行を戦争と破門の口実にさせないだけの分別はあった。ラヴァルダン侯爵が八百人の召使を連れてローマに入り、教皇を身震いさせた。

アレクサンデル八世オットボーニは一六八九年に選ばれた。インノケンティウス十二世ピニャテッリがかれのあとを継いだ。

ベルニーニ『ウルバヌス八世墓碑（部分）』
（サン・ピエトロ大聖堂）

クレメンス十一世アルバーニは、一七〇〇年十一月二十四日から一七二一年三月十九日まで君臨したが、かれの意に反して、フランスでジャンセニストに対しておこなわれた迫害の張本人になってしまった。有名な教書『ウニゲニトゥス』はかれの治世の大事件であった。それは陰謀によってかれが無理やり書かされたのだった。そしてこのあわれな教皇は、ルイ十四世が弱気で、マントノン夫人に意のままにされていたので、不運だった。

前世紀の歴史は、実直で有徳の人物でありながら、あわれな支配者だった人物の名前であふれている。

ランベルティーニ、ガンガネッリ、ピウス七世は、今では自由主義的観念という名前によって指し示されているあの大きな正義感を持っていた。しかしこれほど尊敬に値するこれらの教皇には、ローマ教会国家の恐るべき退廃を止めるために必要だったはずの性格の力がなかった。ローマ、チヴィタヴェッキア、ペルージャ、ヴェッレトリは、一八〇九年にナポレオンの行政下に入ったときには、クレメンス十一世の即位した一七〇〇年よりもずっと悲惨な状態だった。正義は、庶民が専制的支配者に期待するあのいちばんの恩恵だが、ほとんどいつも金銭で動かされていた。僕はローマの判事が、ピウス六世支配下でのレプリ事件で、栄光を一身に集めたのをよく知っている。しかしこの例しか知らない。ナポレオンの失墜以来、大領主は再び容易には敗訴しなくなっていると言われる。この悪弊はイタリアでは普通である。メッテルニヒ氏の名前がイタリア人にはどんなに耳障りに響いても、ロンバルディーアでは正義はもっと金銭に左右されないと言わねばならない。そこでは司祭は自分の職業に専念していて、政治的陰謀にかかずらってはいない。

一七二一年五月二十八日、インノケンティウス十三世コンティがクレメンス十一世のあとを継いだ。このあわれな教皇は一人の枢機卿しか任命しなかった。デュボワ師である。そしてそのために死ぬほど苦しんだ。[306]

ベネディクトゥス十三世オルシーニが、一七二四年にかれのあとを継いで、五年間君臨した。老齢で衰え、敬虔な目的に応えられるようなことは何もしなかった。穏健、謙虚、慈愛にあふれた教皇の支配下でこそ、このうえなく破廉恥な下卑た行為が起こったのだった。ベネディクトゥス十三世の大臣、コッシャ枢機卿の吝嗇と恐るべき横領が、教皇庁の収入に十二万ローマ・エキュの欠損を生じさせた（一エキュは今日では五フラン二十八サンチームに値する）。

一七三〇年二月二十一日、ベネディクトゥス十三世が息を引き取ろうとしていたとき、ローマで激しい反乱が勃発した。コッシャ枢機卿とかれのお気に入りたちは、[307]五年間にわたって聖職、免罪符、そして民事裁判さえも売っていたので、その全員を民衆はやっつけようと思っていた。コッシャはサン・タンジェロ城で九年過ごし、そこを出ると、大いなる尊敬を獲得した。というのは、かれはとても金持だったからだ。つねに死にかかっている老人の手中にある教皇第一主義と絶対権力が、ローマの民衆をたいそう堕落させたので、民衆は自分がもっている不滅のもの、つまりかれらが蓄積できる金銭しか、力と考えていない。ローマでは、外国人は消費する割合で尊敬される。金貨を持っている者は不名誉な目に遭うことはない。英国ではそのうえ生まれが必要である。恐怖の種の強盗がいなければ、ヨーロッパのすべての金持どもはローマに行って住むだろう。パリでは、かれらは軽蔑され、そのことを新聞が書き立てる。

フィレンツェの人ロレンツォ・コルシーニが一七三〇年七月十二日選出され、クレメンス十二世の名前を採用した（諸君はサン・ジョヴァンニ・イン・ラテラノの壮麗な祭室を見ている）。この教皇は七十八歳だったが、九年間君臨した。ローマ国家の退廃の原因を諸君は理解していよう。支配者がどんなに善意をもった人でも、通常なら仕事を辞めねばならないような年令で仕事に就くのだ。クレメンス十二世はポルトガルやフランス、ウィーンやマドリッドの宮廷と悶着を起こした。懐疑と検討の精神が十八世紀の特色になっていたにちがいないのだが、これが及ぼしはじめている影響をかれは理解しなかった。ドイツやスペインの軍隊が教皇領を荒らしまわった。

僕は一通の長い手紙を引用したい誘惑をやっとの思いでこらえている。その手紙では、ブロス法院長がディジョンの友人の一人に、プロスペロ・ランベルティーニつまりベネディクトゥス十四世を玉座に送った教皇選挙会議の物語を語っているのだ[308]。ブロス氏の旅行記を、今後イタリアについて書かれるかもしれないどんなものよりも優れたものにしているのは、著者がこれらの魅力的な手紙を書きながら、いずれ印刷されるとは露ほども考えていなかったからである。

プロスペロ・ランベルティーニは著述家だった。かれは教皇たちのなかでもいちばん徳高く、いちばん見識があり、いちばん愛想がよかった。一六七五年に生まれ、一七四〇年八月十七日に偶然教皇に選出された。かれは長くボローニャの大司教であった。この町はまだかれの名言、かれの善行の思い出にあふれている。そこではランベルティーニは、かつて支配者がどこでも愛されたことがなかったくらい愛されている。ベネディクトゥス十四世は自分の生きている時代を理解し、ローマの宮廷のあまりに滑稽な気取りを威厳をもって放棄した。かれはジャンセニスム論争を沈静させた。かれの治世に、ヴェッレトリで大きな戦闘があり、この町は破壊された。

一七五〇年頃、ローマでは、宗教がいわば変化した。もっとも正統派の神学者が、一六五〇年だったら終身禁固刑に処せられたかもしれないような理論を支持しはじめた。昨年、ヘルモポリス司教のフレシヌー伯爵殿が、ティトゥスとマルクス・アウレリウスは地獄落ちしてはいないと言ったようである。これこそヴォルテールが支持し、ソルボンヌが怒り喚いていたことである（ベリサリウスの譴責を見よ）。カルロ・レッツォニコつまりクレメンス十三世は、ほかのどんな教皇よりも外国人に知られている。その栄光はカノーヴァの傑作であるかれの墓のおかげである。クレメンス十三世は、一七五八年七月六日、不滅のランベルティーニのあとを継いだ。かれには誠意があったが、いかなる才能もなかった。こういった言い方はジェズイット教徒たちが容認しないことだ。かれらはかれの評判を手厚く護っていた。かれらの教団がポルトガルやフランスで締め出されたばかりのときに、クレメンス十三世が教書『アポストリカム』によって、かれらのすべての特権を確認してくれたからだ。そこでは、修道士たちがローマ教会のために果たした役割をこのうえなく大袈裟に称讃している。（教書は表題がなく、本文の最初の言葉によって示される。）

ロレンツォ・ガンガネッリ[309]は、クレメンス十四世の名前を採用し、一七六九年にクレメンス十三世のあとを継いだ。かれは生まれの卑しい修道僧だった。かれは才能と断固たる態度を発揮した。かれは、ジェズイット教徒をやっつけることによって、あげくの果ては自分に死が確実にやってくるということを少しも疑わなかった。それで一七七三年七月二十一日、かれはこの修道会の活動を停止する有名な教皇書簡を発した。

まもなく毒がかれを痴愚にした。あれほど賢明なこの人が、モンテカヴァッロのかれの宮殿の窓に小さな鏡をもって陣取り、日の光を反射させ通行人の目を眩ませて楽しんでいた。かれは一七七四年九月二十二日についに亡くなった。

僕は人類の運命について楽観的な予測をしている。なぜならどの世紀にも誠意をもって善行をしようと思う支配者がいたからだ。たとえば、ガンガネッリとヨーゼフ二世だ。こういった誠実な人物は、これまで、どんな風に振る舞ったらいいかを知らなかった。今日、出版の自由と二院制は、平和公のような阿呆が大臣になるのを防ぎ、道理をわきまえ、しかもそれ自体で自らを改める手段を所有している政府を保証しているが、これが分からないくらい偏狭な人間とはどんな人間だろうか。五、六代の統治ごとに、一国にガンガネッリないしヨーゼフ二世のような支配者が出てくる。

ヴィスコンティ氏の忠告を容れてピオ＝クレメンティーノ美術館を創設したのはクレメンス十四世である。

アンジェロ・ブラスキは、枢機卿のなかでもいちばんの美男だったが、一七七五年二月十五日、哲人ガンガネッリのあとを継いだ。オーストリア皇帝ヨーゼフ二世は、修道院を廃絶して、あの賢明で、道理をわきまえた、一徹な政策、ウィーンの宮廷が今日でもローマに対して続けている政策の基盤を築いた。ピウス六世は、時代をとり違えて、ウィーンに行くのが適当だと思った（一七八一）。ヨーゼフ二世は敬意を尽くしてかれを迎え、何の同意もしなかった。国へ帰ると、ピウス六世はポンティーニの沼に見事な工事を実施させた。かれは大干拓事業に成功した。しかし少しも経済学の概念を持っていなかったので、水を抜いた土地を、唯一不可分の私有地にした。そこに住み着きたいと思うような農夫に、小区画にして配分すべきであった。ピウス六世は、この広大な土地を甥のブラスキ公爵に与え、そこは以前とほとんど同じくらい荒れていて、不衛生なままである。ブラスキ公爵は、ナヴォーナ広場に美しい館を建設させたが、麦の取引きに様々な独占権を獲得した。それによって貧者の悲惨と農業の荒廃が増大した。

ピウス六世はあらゆる点で気取っていた。かれは、教皇領でいちばん男まえだと言われるのを聞くのが好きだった。老齢になってくると、学識者だと言われはじめ、ドイツの司教たちに関する研究を企てた。かれは大臣たちにこの新しい仕事を隠せると思い込み、口述筆記したり必要な調査をするために、若いモンシニョーレ（アンニーバレ・デッラ・ジェンガ）を選び、かれを最大の隠しごとに立ち合わせることにした。モンシニョール・コンサルヴィは、かれもまた当時とても若かったが、かれの伯父のC＊＊＊枢機卿に、教皇のお気に入りを見張るよう言いつかった。ピウス六世は、かれの若き手先が秘密を守らなかったと思い込み、かれを遠ざけた。ついで、一年後、ピウス六世はこの美青年の目に極度の苦悩を読み取り、説明の機会を与え、アンニーバレ・デッラ・ジェンガは自分の無実をたやすく説明できた。かれは再び寵愛を受けるようになった。かれはP＊＊＊夫人に言い寄ったと言いたてられ、失脚させられそうになった。教皇は、ある日モンシニョール・デッラ・ジェンガが晩餐に出席していたとき、こう言った。「ほらとてもおいしそうなヤマウズラだよ、わしからこれをP＊＊＊夫人に持っていかせよう。」この寵愛のしるしが、これまで未来のレオ十二世を中傷していた宮廷の人たちの口を封じさせた。

順境ではかなり平凡な人物であったピウス六世は、俗人の称讃のまととなっているあの自制する勇気を所有していた。かれは逆境では偉大で、すべての貴顕の敬意を集めながらドーフィネのヴァランスにやってきて亡くなった。百姓たちはかれの行く先ざきに急行し、イエス・キリストの代理人としてかれを崇拝した。

ローマではみんなが繰り返し話しているいくつかの逸話を、僕は語る勇気がない。この国では後継者の登場が早い。というのは一般に、教皇はその前任者[310]があまり好きではないからだ。故イタリンスキー騎士殿は、サンタクローチェ公妃とベルニス枢機卿殿に関する逸話を語るとき、とても愉快[311]がっていた。僕はまたトルローニア氏のところで、昔はあんなにも美しかったあのジュスティニアーニ公妃に出会った。彼女の家の失墜を彼女は少しも悲しんでいなかったし、稀な無邪気さで若い日の恋愛事件を語ってくれた。

キャラモンティ神父はチェゼナ生まれで、ピウス六世のように人の好い修道僧であった。とても品行方正で、愛想をふりまくことは少しもなかった。教皇の姪のブラスキ公爵夫人がこのうえなく目立っていたのは、この後者の側面によってではない。彼女は気紛れからキャラモンティ神父を懺悔聴聞僧に選んだ。まもなく彼女はかれを司教にするよう教皇に無理を言った。

ピウス六世は、一ないし二歳の小児であった姪の息子を可愛がることがとても好きだった。ある日、若い公爵夫人は息子を腕に抱き、教皇のところにいた。そのときモンシニョール・キャラモンティの来訪が告げられた。ピウス六世は眉を顰めた。謙虚な修道僧は御前に進んだ。突然、子供が枢機卿の赤い椀型帽子で遊びはじめ、たまたまであるかのようにそれを、教皇の白いスリッパに接吻しようと身をかがめた司教の頭に置いた。教皇は怒って言った。「ああ、そいつが欲しいときにどこにくるかわしには分かっておる。さて！　この話はもうやめよう。モンシニョール・キャラモンティ、わしの面前から出ていきなさい。そうすればわしは君を枢機卿にする。」

一八〇〇年に、ピウス六世が亡くなったとき、枢機卿たちはヴェネツィアのサン・ジョルジョ修道院に教皇選挙会議で集まった。マッテイ枢機卿とA＊＊＊枢機卿の二人の有力な競争相手が票を分けあった。ある日かれらはサン・

ジョルジョ修道院の庭園で出会った。互いに競争相手ではあったが、かれらはある種の丁重さをもって話し合った。そのとき、小道のはずれに人の好いキャラモンティ枢機卿が現われ近づいてきた。かれはその聖務日課書を唱えていた。マッテイが突然A＊＊＊に言った。「あなたもわたくしも教皇にはなりますまい。あなたは決してわたくしに勝てないでしょうし、わたくしもあなたに勝てない。あの人の好い修道僧を教皇にしましょう。かれは、ボナパルトのお気に入りですし、フランスを味方につけることができるでしょう。」――結構なことです。しかしかれは少しも仕事を心得ていません。教皇選挙会議の書記をしている機敏な若者《ジョヴィネ・スヴェルト》のコンサルヴィを大臣にしなければならないでしょう、とA＊＊＊は答えた。キャラモンティ枢機卿に話がされ、かれはモンシニョール・コンサルヴィを信頼することを約束して、翌日かれは枢機卿たちから表敬を受けた。[312]

みんなは、ピウス七世がフォンテーヌブローの牢獄にいるあいだに示した称讃すべき断固たる態度を知っている。〔五〕かれは芸術にとても興味を持っていた。このことこそ、イタリア以外では、同じくらいの才知と、同じような職業の人間に決して見られないことだ。マルヴァージャ枢機卿は僕のまえで、ピウス七世は自分の好きでない人には誰に対しても冷酷無情であった、と言っていた。「たくさんの毛が生えた心臓だ《ウン・クオーレ・コン・タント・ディ・ペーロ》」とマルヴァージャは意味深長な動作をまじえて言った。この判断の原因となった逸話を語ることはやめといた方がいいようだ。[313]

一八一七年に、ピウス七世は、ローマの街頭で自分の肖像画を売るのを許可したことで大いに非難された。その肖像画を取り囲んで、版画家によってつけ加えられた聖人たちの象徴的な図柄がついていた。

僕はピウス七世がどうしてローマ教会のなかである党派に所属し、反対派を嫌っていたのか説明できない。若い頃には、かれは自由主義者だった。有名な《イーモラ司教、市民キャラモンティ枢機卿の》司教教書を見られたし。この司教教書はかれにボナパルトの称讃と三重冠をもたらした。

僕はピウス七世とレオ十二世に関するいくつかの逸話を語るのはやめておく。一八二四年の『タイムズ』は、レオ十二世の私生活と、かれのパリ滞在を有名にした奇妙な不手際とを載せている。[314]（ピウス八世が君臨した期間は三カ月になるかならないかだったが、そのあとローマではとても好かれている、と僕は喜んでつけ加えよう。焼けた鉄柵《カンチェッリ》の逸話。）

［一］　チッカレッリ著『グレゴリウス十三世伝』三〇〇ページ。ガルッツィ『トスカーナ史』第四巻、第三部、二七三ページ。

［二］　ミカーリ『ローマの田園地帯の再建方法について』ローマ、一八二六を参照。

［三］　マリー・グレアム夫人の好奇心あふれる著書『ローマ近郊での半年間』における、教皇領の小邑が抱く不安の正確な描写を参照。クラヴェン卿のナポリ周辺の旅行記のなかに、政府と強盗団とのあいだで結ばれた協定の実話が見られる。クラヴェン卿はサラセン風建築の重要性を誇張している。フォーサイスの優れた旅行記も参照のこと。この英国人はたくさんの創見を抱いていて、小さな一巻を著した[315]。かれはシエーナを中傷している。

［四］　アーサー・ヤングとジュネーヴのリュラン氏の旅行記中に[316]、イタリアの農業に関する基本的な考え方を見いだすことができるだろう。農業協会の仕事のなかに、いちだんと深い知識を探求することができる。いちばん見識のあるのはフィレンツェの協会である。リドルフィ侯爵殿とランブルスキーニ氏の回想記を参照。ヴィユースー氏は、トスカーナから大いに感謝されなければならないが、優れた農業新聞を発行している[317]。

［五］　ロヴィーゴ公爵殿の回想録を参照。

◆一八二八年十一月十五日

今晩、家に帰りながら、僕たちはローマの社交界における僕たちの位置について深く考察しはじめた。

僕たちは幸福にも若干のローマの家庭に親しい友人同様に迎えられている。そのことは信頼のしるしであるが、十五カ月前からここにいて、こうしたことが誰か外国人に示されるのを見たことがない。ローマの人の細やかさが、僕たちが本当によい人間であることを認めたのだと思う。《いかなる底意もなしに。》

住人の好奇心で有名なヴィチェンツァの町が舞台になる魅力的なオペラ・ブッファ『当て外れの志願者たち』に、一人の登場人物がいる。みんなはこの人物を取り囲み、どこからきたのか訊ね、それにかれはこう答える。

Vengo adesso di Cosmopoli.

（みなさんはわたしのうちにまぎれもない国際人をご覧になる[318]。）

これこそ僕たちに示される親切の本当の理由であるように僕には思われる。僕たちは英国人の偏狭な愛国心からほど遠くにいる。世界は、僕たちの目には、とても異なる真実をもった両半分に分かれている。一方に阿呆とぺてん師、もう一方には、偶然から高貴な魂と少しの才知を与えられた特権的な存在がいる[319]。僕たちは、後者の連中がヴェッレトリで生まれたとしても、サン＝トメールで生まれたとしても、同郷人だと感じている。

イタリア人は、かれらにとっても世界にとっても不幸なことに、かれらの国民的な性格を失いはじめている。かれらは『ペルシャ人の手紙』や『カンディード』やクーリエ氏の小品に見られ、フランス生まれでない人の作品のなかにはほとんど決して見られない、あの何かしら分からないものに大いに尊敬を抱いている。かれらは外国人が何気なく会話にまじえる機知に疲れている。同じ調子で外国人に答えないなら、軽蔑されるのではないかと心配している。

これらの連中は細やかであり、どんな見せかけも見抜く。ほんとうのところ、かれらは時間がかかるが、誰しもこれをうまく使うことはできないものだ。というのは、かれらは不安を起こさせるものを完全に解明したあとでしか没入しないのだ。フランス人の友情を刺激的にしているものが、かれらには責め苦となるだろう。

それは恋愛においても同様である。きれいなフランス女性の才知は、自分から逃げていくように思える人に執着する。ローマ女性がある男について夢想をやめるのは、男がすっかり献身的になっていると確信する場合だけである。この点での見せかけの素振りは、女性にはこれ以上ない不誠実に思われる。僕たちは、愛想がよく礼儀正しいとてもハンサムな男たちが、ローマの社交界ですっかり評判を落しているのを何度か見た。なぜなら、ちょっと魅力を感じた人に対して、情熱があるふりをしたことで、かれらは非難されていたからだ。これらの連中は美しい外国人女性に言い寄り、そして僕たちがレイディ・M＊＊＊について見たように、彼女らを見捨てて、かれらを社交界に戻させたがっているローマ第一の女性、それもかなり凡庸な才能の女性に走っている。ここでは恋愛は数年続く。アヴェルサやヴェローナやミラノに設立されたカンパン夫人流の学校で、女性にフランス風の教育が授けられる以前、イタリアはつねに不屈の精神の国であった。

フレデリックが気づいたことだが、人を訪問するたびに、最初はあのちょっとした気詰まりが僕たちのあいだではしばしば存在するが、ローマの夫人の傍らでは、親しい友人同士のあいだに、そうした解きほぐすべき気詰まりは見られない。それはイタリア人の人の好さの結果である。これはパリでは奇妙な言い草に聞こえる！ イタリア人は重要な問題にしか細かさを持ち込まない。あの有名な外交官のコンサルヴィ枢機卿殿は、率直さをこのうえなく好ましい無邪気さにまで押し進めていた。かれはまさに必要なときしか嘘をつかなかった。フランスの外交官の細かさは決して休みない。

ちょっとした気詰まりは、フランスでは、その日の親しさの度合いを調整する時間のあいだなくならない。ローマでは、今日の某夫人はわたしにとって申し分なかった、などというようなことは決して言わないように思われる。情熱の嵐を除いて、仲たがいするまで、十年間いつも同じである。

――ローマの社交界がまもなくぼくをうんざりさせるとしたら、これがまさにその理由だね、と僕たちの話を聞いていたポールが大きな声で言った。修正したりあるいは克服したりしなければならないこれら毎日のちょっとしたニュアンスによって、親しくなることが娯楽や仕事になる。

ローマの人は、とフレデリックが答えた。かれらの関係に、それが一介の友人との関係であっても、情熱と成り行きを持ち込みすぎて、こうしたニュアンスにかかずらうのが好きではない。かれらはそれを見さえしない。それゆえに、当意即妙を必要とするあの種の機知を用いることがかれらには不可能なのです。

毎日、社交界の交際で、異なったニュアンスに注意しなければならないことは、まさしくローマでは面倒《セッカトゥーラ》と呼ばれているものになる。厄介者《セッカトゥーレ》という語は、それがいつも独特な発音でしばしば繰り返されるのを聞くかぎり、フィガロのゴッダム「ちくしょう」のように、確立した言葉づかいのようだ。それはフランスではかなり稀なくらいの面倒くささを表現し、阿呆が情熱的な魂の持主に惹き起こすものであり、情熱的な魂の持主にとっては、乱暴に夢想から引き出され、それだけの値打ちのない何ものかに心を向けさせられることを意味する。

僕たちは、ローマの人の論理をこれほど美しくこれほど明断にしている魂の有りようにとうとう辿り着いた。推論のなかで、気晴らしに何らかの皮肉ないしぴりっとした当てこすりを追い求めることが、当地では決して見られない。情熱は激しく、不変で、何よりも自分を欺かないことが問題である。

僕たちはしばしば、パリに行って一年を過ごしたいと思っているイタリアの友人のために、予算を立てることに関わった。

僕たちは国民的な虚栄心のせいで何ごとも気づかないふりをしてはいられない。ほとんど全員がそうであるように、挙措振舞いが素朴なローマ美人にとって、パリの家で少し厚遇してもらうことほどむずかしいことはない。僕が話したいと思っているこの挙措振舞いの素朴さや、あのぶっきらぼうな動作や、言葉でよりもむしろ表情で示されるあの返事は、とりわけそれらがすべてたいへんな美しさと結びついているなら、パリでは、見せてはいけない態度にかぎりなく近いと見做されるだろう。ローマ女性の動作は、この女性が劇場のとても明るい桟敷席の前列で目立っていても、あるいはすべての鎧戸が閉まっているサロンの奥にいても、素朴でもあり、活発でもある。ローマではみんなが知り合いであり、気兼ねすることが何の役に立とうか。それに、気兼ねというものはどんなものでも、いつも深く何ごとか、おそらくつまらぬことかもしれないが、それに心を奪われているこれらの魂には耐え難い。

美しい外国女性に対するパリ社交界の女性側のこうした気むずかしい、ほとんど敵対的な態度は、ローマの友人たちがフランスにくるとき、僕たちが役に立ってあげられる機会を生み出すことだろう。

デル・グレコ神父殿はマジョルカ島からやってきた。かれが僕たちに今晩語ってくれたことだが、毎年聖木曜日、各町村の中央教会近くの街路の片隅に、麦藁を詰めた羊皮紙の木偶人形が吊される。この実物大の人形はユダを表している。

聖木曜日に、教会では司祭が、救世主を売ったこの裏切者を弾劾する説教を必ずして、男とか子供は説教から出ると、それぞれ呪いの言葉を浴びせかけながら、卑劣なユダを短刀で突き刺す。かれらの怒りはとても激しいので、目に怒りの涙を浮かべている。翌日の金曜日にはユダを取り外して、泥のなかを教会のまえまで引きずっていく。司祭は信者たちに、ユダが裏切り者で、フリーメイソンで、自由主義者であったと説明する。説教は会衆の啜り泣きのなかで終わり、そしてそこで、民衆は泥水で汚れた人形を踏みつけて、裏切者や、フリーメイソンや、自由主義者に対する変わらぬ憎しみを誓う。そのあとで、ユダは強い火のなかに投げ込まれる。

◆一八二八年十一月二十日

僕は名誉を失い、悪い奴という評判を獲得するだろう。それがどうしたというのだ。勇気にはいろいろな姿があり、法廷の有罪判決を甘受するよりも、世論を操る新聞に立ち向かうようなものの方がたくさんある。

モンテーニュ、あの知的で好奇心の強いモンテーニュは、一五八〇年頃、病を癒し、気晴らしするために、イタリアを旅した。[320] 時として、夕方、心に留まった風変わりなことを記し、フランス語ないしイタリア語を無差別に用いた。それはまるで、書きたい欲求が怠け心をやっと征服し、困難を克服したことから得る小さな喜びを源泉にしてついに書く決心をする人が、そんなときに外国語を用いるようにである。

一五八〇年に、モンテーニュがフィレンツェを通ったとき、ミケランジェロが死んで十七年しか経っていなかったし、あらゆるものにかれの作品の反響が轟いていた。アンドレア・デル・サルトやラファエッロやコレッジョの崇高なフレスコ画もできたばかりであった。ところが、たいそう好奇心に富んだ、たいそう余裕のあるこれほどの才知の人モンテーニュが、それについてはひと言も語っていない。国民すべてが抱いている芸術の傑作に対する情熱は、おそらくかれにそれらを見るように促したことだろう。というのは、かれの天分は、国民の有りようを見抜いて注意深く研究することにあったからだ。しかしコレッジョやミケランジェロ、レオナルド・ダ・ヴィンチやラファエッロのフレスコ画は、かれを少しも楽しませなかった。

この例に、芸術について話すヴォルテールの例を重ね合わせてみたまえ。そして、しかも、諸君に生きたモデルに従って推論する才能があるなら、隣人の目を見たまえ。人なかで耳を澄ましたまえ。そうすれば諸君は、フランス人の才知、優れた才知、ラ・ブリュイエールの『人さまざま』、『カンディード』、クーリエの政治風刺書、コレの小唄のなかできらきらしているあの神々しい火が、芸術愛に対する確実な予防薬だということを知るだろう。

それは、ローマのドーリア美術館やボルゲーゼ美術館で出会うフランス人旅行者について観察したおかげで、僕たちの精神のなかに芽生えはじめた不快な真実である。前夜、あるサロンで、機知に細やかで軽快でぴりっとしたところのある人を見つけたが、そんな人であればあるほど、その人物は絵を理解しない。

このうえなく潑剌とした才知と、人間を卓越したものにするあの勇気を合わせ持つ旅行者でさえもが、絵や彫像くらい退屈に思えるものはないと率直に告白している。かれらの一人が、タンブリーニとボッカバダーティ夫人によって歌われるチマローザの崇高な二重唱を聞きながら、僕たちにこう言った。「鍵でピンセットを叩くのを聞く方がいいくらいです。」

読まれたばかりの文章は、よきフランス人という評判を著者から奪うだろう。しかし誰にも、民衆にさえも諂わないことが重要である。もっぱら栄光を欲し、おべっかを使って生きている才知の人なら、モンテーニュ、ヴォルテール、クーリエ、コレに芸術感覚があると認めないような悪しき市民の男は邪悪な性格を持っていると言うだろう。

ロラン夫人やレスピナス嬢などのような善良で心やさしい魂の持主、つまり唯一読者になってもらいたいこういった人々を不快にさせるのはつらいところだが、この邪悪さは、以下のようなとても単純な説明からあらたに証明されるだろう。フランス人の才知は、他人の印象に注意を払う習慣なしには存在しえない。美術感覚は少し憂鬱な夢想を抱く習慣なしには形成されない。夢想を邪魔しにくる異邦人の到来は、憂鬱で夢見がちな性格の持主にとって、つねに不愉快な出来事である。かれらはエゴイストでなく、エゴチスト[321]でさえないが、これらの人々にとっての大事件は魂を動転させる深い感動である。かれらは注意深くこれらの感動を眺める。なぜならこれらの感動の些細な状況から、かれらは少しずつ幸福ないし不幸のニュアンスを引き出すからである。この検討に夢中になっている人は、自分の考えにぴりっとした言いまわしをまとわせようとは思わないし、他人のことは少しも考えない。

しかしながら、美術感覚は、僕たちがその夢想を粗描したばかりの魂の持主にしか生まれない。

ヴォルテールは、その情熱のもっとも激しい有頂天のなかでさえも、自分の考えを表現する方法が生みだす効果のことを考えていた。フェルネー周辺の狩人がかれに若鷲をあげた。ヴォルテールは気紛れにそれを育てさせようと考え、それにとても惚れ込んだ。しかし鳥は雇い人の手で世話され、日に日に衰弱していった。それは恐ろしく痩せていった。ある朝、ヴォルテールはかわいそうな鷲を見に行った。召使の女がかれのまえに現われた。ああ！　旦那様、昨夜あれは死にました。とっても痩せて、とっても痩せて！

何だって、ろくでもない、とヴォルテールはがっくりして言った。あれは痩せていたから死んだのだと！　それじゃおまえはわしにも死んでほしいのか、こんなに痩せているわしに。

何かしら深い思いに支配されている人は、たまたまこのうえなく明晰な、このうえなく単純な表現を用いるが、しばしばそれが二重の意味を生み出す。とても真面目に、少しも考えなしに、このうえなく滑稽なことを言う。

そしてそれは明晰であり、明瞭に表現されるので、こうした機会に冗談を言いたがる連中のどんな冗談にも、それはしっかりした拠点を提供する。

この種の一、二の不幸によって辱めを受けた人は、その不幸が起こったサロンでは、機知が解されてその効果を生み出すのに必要な程度の引き立てを、もはや当てにすることができない。この名誉をなくした人は、不幸なことにいくらかの魂の繊細さが障害になっているので、知的な言葉が出てくるように励まされる必要がある。ところが、このサロンの阿呆は、かれが無邪気に使った言葉の二重の意味のせいで不幸になっているのに、もうかれの言うことを聞きたがらない。

急ぐようだが、ロワール河以北のフランス人は芸術の理論を学ぶことができると僕は結論する。才知ではかれらは現存するどんな民族よりも優れているので、理解することはかれらの大関心事である。かれらはレオナルド・ダ・ヴィンチの『最後の晩餐』に関して気のきいた深遠な事柄を言って、ドイツ人やイタリア人を驚かすだろう。しかしかれらにごくつまらない細密画を判断するように促したまえ。独自の見解を持つことが問題になる。言い換えれば、魂を持ち、この魂によって読まなければならない。

不可能である。たいそう雄弁なこの人は、暗唱[322]している文句をでたらめに諸君に小出しにする。このたいそう細やかな才知はもはやラシーヌについて語るボーフィス氏でしかない。

一千五百万のフランス人がロワール河とムーズ河と海とのあいだに住んでいる。これほど大勢のなかには、例外もありえる。プッサンはアンドリーに生まれたし、また僕は誰かドイツの学者に才知があるということも否定しないだろう。

僕は一通の懇願の手紙を見たばかりだ。世のなかで地位のある才人が、権力に近い男に宛てたものである。手紙はまったく敬意にあふれたものだし、これ以上丁重な言いまわしを、これ以上上品に集めることは不可能である。しかしながら、それは権力者に、成功がかれ次第であり、もし望みの地位を志願者が得られなければ、それを欲しがったことが知られないようにということをはっきりと口にしている。こういった手紙をイタリア語で書くことは不可能だ。

◆十一月二十一日

僕たちはしばしば、異教がまったく一掃される以前の四百年頃とか、中世でもいちばん野蛮な時期にあたる九世紀に建設された小教会に入いる。

サン・クレメンテ教会の中央にある白大理石の聖歌隊席は、八八五年頃に生きていたヨハネス八世の組合せ文字《モノグラム》が見られるので、僕たちをいちだんと感動させた。ヨハネス八世についてはいずれ諸君にお話ししよう。

十五カ月前に誰がそれを僕たちに話してくれたことだろう。中世ローマのキリスト教遺物は、僕たちにとって魅力にあふれているが、しかしながらそれらはしばしば美しさがない。美しいもの、それは一〇〇〇年頃ローマで生きた人物のうちの何人かの性質である。かれらが建てた城壁は形が定かでないが、僕たちに強くかれらのことを思い出させる。

八九一年から一〇七三年までのローマ

ローマが僕たちのうちに生じさせる情熱の類は、次のような話によって倍加された。

中世のあいだずっと、ドイツ皇帝が教皇を指名した。しかし次には教皇が皇帝に戴冠した。これらの両権力者のうち、気骨や明敏さをより多くもっている方が他方に勝利した。

戦いがどうやら決したのは、ヒルデブラントないしはグレゴリウス七世の名前で呼ばれ、たえずヴォルテールないしは自由主義派全体から罵詈雑言を浴びせかけられている偉人によってのことである。グレゴリウス七世の大きな誤りは、自分の利益を見て、それを追求したことである。学者ぶっている連中は、自分たちが晩餐に訪れる金持の財界人と同じ温和で理性的な性格を、一二〇〇年の人間が持っていることをいつも望んでいる。

一〇七三年には、一八二九年ほどすばやくは考えなかった。もっとも明白な事柄でも、分かるのには数カ月を要した。しかし反対に、たえざる危険の存在が、大部分の人に大いなる気骨を与えていた。僕たちは、一八二九年に、罷免された大臣が貴族院送りになることで充分に罰せられるのを見ている。[323] ルイ十五世のもとでは、ショワズール公爵が追放された。ルイ十四世は、寵臣のローザン公爵や大臣のフーケを恐ろしい牢獄に入れて処罰した。もっと時代を遡れば、大臣たちが首を吊されるのが見られるし、ルイ十三世はアンクル元帥を追い払うのに、ルーヴル宮殿の門前で暗殺させるしかなかった。僕たちにたいそう身近なこれらの例は、自由主義的な著述家が教皇の物語をする際、競争相手を殺させた十世紀の教皇のぞっとするような残酷さについて叫び声をあげるのを妨げない。僕はそれを以下のように訊ねる。あの見せかけの善良さと徳性（カント）の祖国である英国は、今日、現代で唯一の偉人にどんな扱いをしたか。

中世にローマの街路が舞台になったたくさんの聖職者悲劇の最初の役者は、教皇フォルモススである。[324] かれはポルトの司教であり、かれの経歴は外国人を自国に入れるために陰謀を企むことからはじまった。フォルモススはサラセン人をローマの主人にしようと思った。ヨハネス八世がかれを放逐し、八年後、フォルモススは、ローマを分割していた二つの分派の一方によって、教皇座に着けられた（八九一）。かれは貴族階級や、才知で卓越した人たちを味方につけた。反対派が別に教皇を選び聖別しようとしたときに、かれらを追放した。リウトプランドの著書で細かいことは読みたまえ。それは生彩に富んでいるが、ここに書き写すには場所を取りすぎる。フォルモススの死後、反対派がステファヌス六世を玉座に着けた。この教皇は、教皇フォルモススの遺骸を掘り出させ（八九六）、かれに教皇の衣装を着させ、司教会議のまん中に置かせて、どんな野心から、あつかましくもポルトの司教座をローマのそれと交換するようになったかを、かれに訊ねた。

フォルモススは答えなかったが、有罪を宣告された。かれの肉体は、着せられていた祭服一切を屈辱的に剝ぎ取られ、右手の三本の指を切りとられて、そのうえテヴェレ河に投げ込まれた。

リウトプランドは、漁師が手足をもがれた遺骸を見つけてサン・ピエトロ聖堂に運ぶと、不幸な教皇のまえに聖人たちの像が恭しく身を屈めたとつけ加えている。

ステファヌス六世の不品行にうんざりしたローマの人々は、かれを捕え、牢獄で絞殺した。セルギウス三世が選ばれた。しかし、幸運を手に入れた競争相手に追い出されると、トスカーナ侯爵で、かれの美しい情婦マロージャの父であるアデルベルト二世の家に引き籠もった。かれが不在のあいだに、ベネディクトゥス四世がヨハネス九世のあとを継いで、さらにレオ五世に交替した。こちらについては、昇ったばかりの高位を、礼拝堂司祭であるクリストフォルスが長くは享受させなかった。九〇三年にレオを投獄し、自分自身が教皇座を占めた。数カ月後、ローマの人々は、かれに飽きあきし、トスカーナで情婦としあわせに暮らしていた教皇セルギウス三世を、そこから呼び戻すことを考えた。セルギウスは、アデルベルト侯爵の兵士に支持されて、たやすくクリストフォルスを追い出し、七年間平穏に君臨した。

ローマは一人の女性によって治められ、しかも立派に治められた。テオドラはローマでいちばん強大な、またいちばん金持の家柄のひとつに生まれた。彼女には才知と気骨があり、情熱的に恋人たちを愛したという欠点だけが咎められた。教皇セルギウスの情婦のマロージャは彼女の娘だった。

テオドラはジョヴァンニという名前の若い司祭に恋心を抱いた。かれはラヴェンナの大司教によってローマに派遣され、当地で司教区の利益に心に配っていた。彼女はかれをボローニャの司教に任命させ、まもなくのちにラヴェンナの大司教に任命させた。とうとう、かれがいないことに耐えがたくなって、彼女はローマの主要な人物への影響力を利用して、かれを教皇にすることによってローマに呼び戻した。

ヨハネス十世は十四年間支配したが、かれの情婦の娘はかれの悲しみの種だった。マロージャはハドリアヌスの霊廟を奪い、しばしばローマを牛耳り、のちにはトスカーナの公爵グィドを夫に選んだ。

教皇は公爵とその妻に抗することができなかった。九二八年、二人は不幸なヨハネスの兄弟を殺させ、ヨハネス自身の方を牢獄に閉じこめた。まもなくかれはそこでクッションにより窒息死させられた。

二人の平凡な野心家の束の間の支配のあと、マロージャは教皇セルギウス三世とのあいだにもうけた息子を教皇の地位に昇らせた。教皇の息子であるこの教皇は、ヨハネス十一世と呼ばれた。マロージャは君臨した。夫を亡くすと、軍人の夫が必要だったので、イタリア王であり、トスカーナ公爵グィドの異父兄弟であって、彼女の義理の兄弟にあたるウーゴを代わりに選んだ。

国王ウーゴはアルベリコという名前の妻の連れ子をひどく侮辱した。アルベリコは敵対の先頭に着き、ウーゴを追い出し、政府の主人になり、母親を牢獄に入れ、かれの兄のヨハネス十一世を脅かし、事実上の支配者になった。ヨハネス十一世はまもなく亡くなった。アルベリコは、パトリキウス〔貴族〕の称号を持ち、ローマを治めた。かれは自分の宮廷の司祭に次つぎと教皇の肩書きを与えていった。九五四年に、かれはローマ公爵領をかれの息子のオッタヴィアーノに任せた。二年後、アルベリコに任命された教皇の最後の一人がたまたま死亡すると、十八歳でしかなかったオッタヴィアーノが、アルベリコに後継候補を示す代わりに、かれ自身が教皇になって、ヨハネス十二世の名前を採用した。しかしながら、かれはこの名前を、かれの霊的な仕事の遂行のためにしか用いなかった。

オッタヴィアーノつまりヨハネス十二世は、ロンバルディーア王アデルベルトを恐れていた。そこでかれは、このうえなく稀な才能を持った人物であるドイツ王オットーをイタリアに呼び、かれに皇帝の冠を授けた。ヨハネスはオットーに忠誠を誓い、オットーは別の仕事があって、ローマを離れた。しかしローマの人々はまもなくオットーのもとに代表団を送って、ヨハネスのみだらな生活を訴えた。代表たちはオットーに、教皇ヨハネス十二世が瀆聖、殺人、姦淫でその名誉を汚すもととなった女たちの名前をあげた。すでにたくさんの人妻、寡婦、処女が暴行に屈していて、ローマのすべての美しい女性が身を護るために、祖国から逃げざるをえないと言った。かれらはつけ加えて、ラテラノ宮殿が、かつては聖人の住居であったのに、売春の場所となり、そこではヨハネスが、ふしだらな女たちのなかでも特に、父の内縁の妻の妹をかれ自身の妻として抱えていると言った。

オットーはこれらのブルジョワに怒って答えた。「教皇は子供だ。かれは間違いを正すだろう。わしがかれに父親として教育をしよう。」ヨハネス十二世は謝った。大使が皇帝に言うには、若さの火が実際かれにいくつかの児戯を犯させたが、かれは生活を変えるでしょう、と。

そのあとまもなく、皇帝は、ヨハネス十二世がローマでかれの昔の敵であるロンバルディーア王アデルベルトを迎えたということを知った。オットーはローマに向かって進軍した。アデルベルトと教皇は逃亡したが、このことは善良な皇帝をとても困惑させた。信者たちの最高指導者である教皇に対するかれの行動の仕方は、かれ自身の臣下とかれを不和にするかもしれなかった。かれはサン・ピエトロ大聖堂に大宗教会議を召集する以外によい方法が見つからなかった。

ザクセン、フランス、トスカーナ、リグリアのたくさんの司教と、数かぎりない司祭と領主が、この公会議に集まった。オットーは参会者の見解を訊ねた。公会議の神父たちは皇帝に、かれが突然示した謙虚さに感謝し、教皇ヨハネス十二世に対する糾弾の検討が進められた。

ピエトロ枢機卿は、教皇が聖体拝領することなくミサを挙げるのを見たと断言した。ジョヴァンニ枢機卿は、牛小屋のなかで助祭を任命したことで告発した。別の枢機卿は教皇が司教の地位を売ったとつけ加え、教皇によって叙階されたたった十歳の司教の例をあげた。ついで、教皇の姦淫と瀆聖の破廉恥なリストに至った。ある枢機卿の殺害が語られたが、この枢機卿は教皇によって不具にされて、手術中に死んだ。不幸なヨハネス十二世は、悪魔の健康を祝して飲み、賭けごとに勝つために神霊ユピテルとウェヌスの加護を祈ったと告発された。最後に、このうえなく恐ろしいことに、かれは公然と狩りをしたと告発された。

僕は九六〇年に生きていた他の王侯がヨハネス十二世とほとんど似たり寄ったりだったと想像する。中世には、戦士は甲冑を、司祭は偽善を、つまり民衆に対してそれぞれの力で身を守っていた。お望みなら、かれらの役割を交代させることができるだろう。ヴォルテールとすべての子供っぽい歴史家がどう言おうと、ある者が別の者以上に邪悪だというわけではない。

最後にベネデット枢機卿が、公会議によって、神父たちのまえで教皇ヨハネス十二世の起訴状を読む役割を担わされた。司教、司祭、助祭、そして民衆が、そこに書かれていることすべてが正確な真実であると誓い、少しでも偽りを述べたなら永遠の責め苦も辞さないと宣誓した。荘厳な討議に続いて、公会議は皇帝に教皇を召喚するよう依頼した。[一]

オットーはいつもドイツ人家臣の莫迦さ加減を心配していたので、穏便に済ませたいと思った。かれはヨハネス十二世に手紙で、教皇のローマでの消息を訊ねたところおぞましい話を知り、その話といえば、このうえなく下劣な歴史家たちが取りあげても、かれらを恥辱で打ちのめすようなものだったと書いた。最後に皇帝は教皇聖下に、公会議に赴き司教たちのまえで釈明するように頼んだ。

司教たちもまた教皇に手紙を書いていた。かれらは返事を受け取った。「わたくしどもはあなた方が別の教皇を選びたがっていると聞いています。もしあなた方がそんなことをすれば、わたくしどもは神の名においてあなた方を破門するでしょうし、あなた方から聖職位叙任権を取りあげます。」残念なことに、ヨハネス十二世の脅しの手紙にはラテン語の大きな間違いがあり、これが教皇の叱責からその力一切を奪った。[二] 公会議では皆がどっと笑った。

神父たちは教皇におもしろい手紙を出し、かれができるだけ早く出頭しなければ、かれの方を破門すると脅した。報告するには長すぎるいくつかの滑稽な展開に続いて、神父たちは教皇にローマの町の主任書記官《プロトスクリテール》のレオを選んだ。バロニウス枢機卿や、ローマの宮廷へのとりたてを期待していたすべての歴史家は、この公会議と、会議がおこなった指名に対してこれ以上ないくらい激しく憤った。しかしながら、これ以上正しいことはなく、しかもこれ以上合法的なこともなかった。

後継者が指名されているあいだ、ヨハネス十二世は無為にしてはいなかった。オットーは、ローマの町に少しでも迷惑にならないよう、不用心にもかれのドイツ軍の一部を移動していた。ヨハネス十二世は金の力でローマの大衆をたぶらかし、皇帝と新しい教皇レオ八世を暗殺させようと試みた。民衆は皇帝の護衛兵に追い返され、多くのローマの人が殺された。レオ八世の涙がやっと皇帝の心を動かして、はじめて殺戮は終わった。この王はローマを離れた。レオ八世はもはやドイツ軍の存在によって支えられていなかったので、民衆はこぞってかれに対して蜂起し、ヨハネス十二世を呼び戻した。この教皇はローマへ帰還すると、こうした場合にいつもの残忍さを発揮した。かれは不幸なレオ八世の舌先、指二本、鼻を切り取らせた。

かれはただちに公会議を集め、この公会議ではオットー皇帝の宗教会議を呪い、ヨハネス十二世に、非常に聖なる、非常に敬虔な、非常に寛大な、非常に温和な教皇という尊称を授与した。

すっかり不具となったかわいそうなレオ八世は、逃亡の方法を見つけていた。かれがオットー皇帝と合流すると、皇帝は憤慨していた。かれらはローマに向かって進軍した。しかしそうこうするあいだに、非常に聖なるヨハネス十二世は、夕方は愛する女性のところに行っていたが、そこで夜のあいだ悪霊にたいそう悩まされたので、八日後には命を断った、とクレモーナの司教は言っている。ただちに、ローマの人々はベネデット枢機卿を教皇に任命し、こちらはベネディクトゥス五世の名のもとに、皇帝を破門すると主張した。この君主の軍隊がローマ市外に到着し、町を包囲した。ベネディクトゥスは城壁のうえに現われ、ドイツ人兵士に姿を見せたが、兵士たちはかれを嘲笑した。ローマは占領された。レオ八世が教皇座に返り咲き、ベネディクトゥス五世は、かれを裁くために招集された宗教会議に出頭しなければならなかった。

囚われの教皇はラテラノ宮殿に連れていかれた。公会議から派遣された枢機卿が、なぜレオ教皇の存命中に聖ペテロの司教座をあえて侵したのかをかれに訊ねた。ベネディクトゥスは以下の言葉によってしか答えなかった。「もしわたしが罪を犯したのなら、わたしにお情けを。」善良なオットー皇帝はこの情景に涙を抑えることができず、ベネディクトゥスを少しも苦しめないように切に求めた。風変わりなのは、今度はベネディクトゥスの方がこういった親切のしるしに感動して、皇帝とレオ教皇の足元に身を投げ出し、自分の過ちを告白し、教皇の祭服一式を脱ぎ、それを教皇に返したことだ。現代は、どんな小さな儀式にもたいそう美々しい言葉をまとわせるが、この感動的な場面に比較できるものはない。

オットー皇帝はイタリアを去った。混乱が再発した。レオ八世が亡くなって、ローマの人々は皇帝と合意して、ヨハネス十三世をサン・ピエトロの玉座に昇らせた。この教皇はローマの大貴族たちをたいそう高飛車な態度で扱ったので、かれらは教皇に対して陰謀を企み、かれの身柄を拘束して、カンパニアに囚人として送った。この知らせに、善良なオットーは辛抱できなくなり、イタリアに再び渡った。ローマの人々はかれの接近に、教皇を聖座に戻したが、皇帝は敵の徒党の指導者のうち十三人を吊させた。ヨハネス十三世は、頼みこんでローマの知事を自分の手に委ねてもらうことにした。かれはこの知事をもっともおぞましく、際限なく続く拷問にかけて殺した。

オットー大帝は死去し、ヨハネス十三世のあとをベネディクトゥス六世が継いだ。ボニファッチョ枢機卿が教皇の身柄を奪い、牢獄でかれを絞殺させ、教皇になった。ボニファティウスは聖座に昇ってやっと一カ月経ったとき、その地位が維持できないことに気づいた。かれはヴァチカンの大聖堂からの掠奪品をもってコンスタンティノープルに逃走した。かれの後継者にベネディクトゥス七世が就いた。この教皇の死により、ボニファティウスはコンスタンティノープルを出発し、幸運を手に入れるためにローマにやってきた。かれはそこでヨハネス十四世という名の新しい教皇を見つけた。ボニファティウスがかれに勝利すると、最初の権力行使は、ヨハネス十四世をハドリアヌスの霊廟に閉じこめ、飢え死にさせることであった。ヨハネス十四世の支持者たちを怖気づかせるために、その死骸を公衆の面前に晒した。まもなくしてボニファティウスが死んだ。その肉体は鞭で打たれ、突き刺され、民衆によってマルクス・アウレリウスの像のまえに引きずられていった。

支配者の選挙ということは、この野蛮な世紀にしては何かしら理にかないすぎるものがあったのは明らかである。近代史が描かなくてはならないもっとも風変わりな、もっとも高貴な人物の一人が、ローマの軋轢のただ中で育った。若いクレスケンティウスは自由へのこのうえなく激しい情熱に動かされていた。しかし、わが国の革命におけるジロンド党員やスペインのリエゴのように、庶民を買い被りすぎていた。

僕たちが到達した時代の九八五年には、クレスケンティウスはローマでもっとも大きな信用を獲得していた。すべての歴史家はこの偉人に中傷を浴びせかけているが、かれは中傷を受けるのも当然であった。なぜなら、かれはドイツ皇帝の軛と司祭たちの世上権とから同時に祖国を解放したいと思っていたようにみえるからだ。クレスケンティウスは教皇が一介のローマの司教にとどまることを欲していた。かれが古代のローマ共和国の行政官職を現在に復活させようと考えていたことが、歴史家たちの中傷を通じて分かる。唯一の行政官職が、当時ローマに住んでいた黄金と権力に飢えた俗人たちにはうってつけだったかもしれなかった。それは独裁官職であった。

クレスケンティウスはベネディクトゥス六世の流血沙汰を伴った廃位に貢献していた。なぜなら、皇帝に忠実な教皇、ドイツ兵により惹き起こされる恐怖に援けられた教皇の代わりに、優柔不断の教皇を立てることが、いちばん大きな重要性を持っていたからだ。同じ原因がヨハネス十四世の死に寄与した。ヨハネス十五世がボニファティウスのあとを継ぐと、クレスケンティウスは武力を使って、かれが自分の目論みに同調せざるをえないようにしようとした。しかし教皇はトスカーナに逃亡し、そこからオットー三世に訴えかけ救援を求めようとした。オットーとその軍隊が到着したら、自由の大義に大損害を与えたことだろう。執政官クレスケンティウスは教皇と和解し、こちらはさいわいなことに金への情熱以外の情熱は持っていなかった。クレスケンティウスはかれにたくさん金を与え、ヨハネス十五世はかれの最良の友となった。

しかし執政官は、オットー三世がローマに帝冠を要求しにくるのを防ぐことができるような充分な手段を持たなかった。クレスケンティウスが力を尽くしても、オットーはローマに向かって進軍した。そしてかれがまさにローマに到着しようというそのとき、教皇ヨハネスの死が通報された。オットーは、ローマの人々に、当時二十四歳だった甥のブルーノを任命するように推薦した。この新しい教皇はグレゴリウス五世の名前を採用し、急いでオットーに戴冠した。こちらはすぐ様クレスケンティウスからパトリキウスの肩書きを取りあげ、かれの国外追放処分を決めた。しかし若い教皇はクレスケンティウスの支持者を恐れ、この裁定の後段の部分を撤回させた。

自由を夢見ていたこの寛大な人物のすべての計画は、ドイツ兵を完全に意のままにしている王侯が聖ペテロの玉座に昇ったことによって覆されてしまった。それでもクレスケンティウスには頼みの綱が残っていた。つまり、オットー三世が出発したあと、かれはグレゴリウス五世を追い出し、ローマにはコンスタンティノープルのギリシア皇帝の支配権が及ぶと宣言した。かれは、コンスタンティノープルの皇帝の家臣に生まれたピアチェンツァ司教ジョヴァンニ・フィラガテを教皇に擁立し、霊的側面のみの支配をさせた。フィラガテはヨハネス十六世の名前を採用した。

しかしローマの人々には勇気が欠けていた。かれらは軽薄で、変化を渇望していた。コンスタンティノープルのギリシア人たちはクレスケンティウスの政府を護る手段も意志もなかった。いつものようにドイツ皇帝が、自分が擁立しようとしている教皇を連れて、ローマに向かって進軍した。ローマの人々は恐怖を抱き、かれらはヨハネス十六世を捕まえ、皇帝に忠実であることを示すために、この不幸な教皇の目を抉り取り、舌と鼻を切り落とした。クレスケンティウスが市民という名前を与えようと望んでいたのは、こういった連中だったのだ！

ローマで起こっていることを知って、グロッタフェラータの修道院（ドメニキーノが崇高なフレスコ画を描いてこの修道院を不朽にしたが）の創立者であるギリシア人僧侶ニルスは、非常な高齢に達していたが、勇敢にも住んでいたガエタから駈けつけて、不幸なヨハネス十六世の余命を奪わないように皇帝に懇願した。皇帝は感動した。しかしグレゴリウス五世はかれの不幸な競争相手を捕らえさせ、かれの命令で、すべての衣装を剝ぎ取り、下層民の口にする侮辱の言葉を記した驢馬に坐らせ晒し者にした。この状態で、ヨハネス十六世は、舌先しか切り取られていなかったようだが、民衆のまえで、かれ自身に対して向けられた悪口を唱えるように強制された。とりわけ、同時代の歴史家の語っているところによると、かれは、自分の味わっている責め苦は、誰であれ聖ペテロの座を横取りしようとする者に償いとして課せられる、と繰り返して言わねばならなかった。これほどの恐怖のなかで、ヨハネス十六世は息を引き取った。ニルスは憤激し、神の怒りが降ると教皇と皇帝を脅かした。

オットー三世とその軍隊の接近に、クレスケンティウスはかれが所有していたハドリアヌスの霊廟に引き籠った。かれはそこで包囲に持ちこたえが、悲しい結末によってかれの生涯とその高潔な計画は幕を閉じ、この要塞にかれの名前を残した。この要塞は難攻不落であった。しかしクレスケンティウスの小説的で楽天的な精神が最後に暴露された。この不幸な人は、一八〇〇年のナポリの愛国者のように、侮辱された絶対権力が、降伏を持ちかけてくるものと信じた。オットーは寵臣のタムヌスを派遣し、タムヌスはクレスケンティウスに、皇帝の慈悲に縋るなら危害を加えることはまったくないと誓った。オットーはこの誓いを保証した。かれはクレスケンティウスに通行許可証さえ与えると約束した。心の広いローマ人が要塞から出ると、十二人のおもな友人とともに、ただちに刑場に送られた。

タムヌスは、クレスケンティウスに約束を与えていたので、かれの処刑を見て後悔に苛まれた。有名なロムアルドがカマルドリ修道会を設立しばかりであった。タムヌスはこの修道会に入った。クレスケンティウスの未亡人のステファニアは、その美貌と毅然とした心で有名であった。オットーは彼女を愛人にした。かれが病気になると、ステファニアは、好機到来とばかりにかれを毒殺した。

諸君はこの話のなかで、クレスケンティウスとタムヌスとオットーの運命に、いずこも同じで次のようなことを見る。つまり、堅固で冷静な魂の持主は、良心の呵責があれば、それによってしか罰せられないが、愛情にあふれた寛大な魂の持主は、あらゆる不運に晒される。後者は、芸術のことしか考えるべきでないのだ。

とてつもなく才知のあるフランス人のジェルベールは、有名なユーグ・カペがランスの大司教にした人物であるが、シルウェステル二世の名前で教皇になった。この卓越した人物の同時代人は、かれの成功に驚き、かれをこのうえなく巧みな魔法使いのように見做した。かれが悪魔の援けで教皇位に到達したと広められ、謹厳な高位聖職者たちはジェルベールが悪霊に殺されたと書いた。しかし、かれらによれば、ファウストよりも幸福なことに、死ぬ前に、かれは悪魔に身を売ったことを後悔し、サンタ・クローチェ・イン・ジェルザレンメ教会（サン・ジョヴァンニ・イン・ラテラノの近く）に集まったローマの民衆のまえで過ちを懺悔した。ジェルベールの墓は、サン・ジョヴァンニ・イン・ラテラノの柱廊のなかに立てられ、教会にいくらかの修理が必要で移動するまで、止まることなく汗をかき続けた。この奇蹟はこのうえなく晴朗な天気のときにさえ起こった。中世イタリア史の父であるムラトーリは、その五十八番目の論文で、いく人もの聖人の墓から油ないしマンナが出るのが見られたと僕たちに教えてくれているが、またかれは、これらの奇蹟が一七四〇年にはもはや起こらなかったことに本気で驚いている。

ローマ教会は二十年間平穏を楽しんだ。一〇二四年、教皇ベネディクトゥス八世が亡くなり、かれの兄弟で当時はまだ在俗のヨハネス十九世が、金を払って教皇位を獲得した。九年後、この二人の教皇の兄弟が、息子のために教皇位を高値で買ったが、その息子は当時まだやっと十歳であった。

この子供の運命は変わっている。ベネディクトゥス九世がその名前であるが、ローマのおもだった領主たちによって最初に追放されたときは、まだ十五歳でしかなかった。かれは例によって、ドイツ皇帝に訴えかけ、皇帝は力づくで再びかれを聖座に着けた。しかしこの十六歳の教皇はとても放蕩者であった。かれは気に入った人妻がいるとその夫を殺させた。ローマの大領主たちは別な教皇を指名する決心をした。シルウェステル三世の名前を採用した司教が、かれらに高額を支払って即位した。

三カ月後、ベネディクトゥス九世は、かれの親族に支持されて再び玉座に昇った。しかしかれは逸楽的な生活に慣れていた。強力な敵たちがまわりにいた。かれは教皇位を、聖職者というよりも軍人の、あるローマの司祭に売ることに決めた。こちらはグレゴリウス六世と呼ばれた。グレゴリウスはクレメンスという名の副教皇を採用した。こうして三人の教皇がいたが、死んではいなかったベネディクトゥス九世とシルウェステル三世とを数に入れるなら、五人いたということになる[326]。

グレゴリウス六世とシルウェステル三世とベネディクトゥス九世は、ローマの町を分け合っていた。グレゴリウスがサン・ピエトロに、シルウェステルがサンタ・マリア・マッジョーレに、ベネディクトゥスがサン・ジョヴァンニ・イン・ラテラノに席を置いた。

ハインリヒ三世皇帝が、一〇四六年にスートリで公会議を開いた。神父たちはベネディクトゥス、シルウェステル、グレゴリウスのうち誰の選出も宣言しなかった。皇帝はローマの人々に教皇を指名するように促した。ところがかれらはそれを拒絶した。ハインリヒはスートリの公会議を構成していた司教たちをローマに召喚した。最後には、たやすく予想できたように、選択はドイツ人に決まった。

一年が経過したとき、このかわいそうな男はベネディクトゥス九世の命令で毒殺された。こうして、こちらは三度も聖ペテロの司教座に昇るのに成功した。

この成功は同時代人を驚かせ、かれらはこの美青年の魔力を告発した。ベノン枢機卿は報告しているが、ベネディクトゥス九世がこの術をたいそう遠くで起こすと、いちばん美しい女信徒たちがかれのあとを追って森のなかにやってきて、彼女らに、かれは悪魔のような仕業によって恋心を起こさせたという。これが原因でかれは罰せられたが、それは死後のことだった。もっとも権威のある著述家たちは、かれがローマの下水道を彷徨しているのが見られたと報告している。その姿かたちは、恐ろしい熊の肉体に、驢馬の耳と尻尾のついた怪物の容姿だった。これほど奇怪な変身について、ある聖人司祭から訊ねられると、ベネディクトゥスは、最後の審判の日までこうしたおぞましい姿でさまようように判決を下されたのだと答えた。

しばらくあとの一〇五四年には、有名なヒルデブラントが、ローマの人々によってドイツに派遣され、皇帝と教皇選挙について話し合うのが見られる。皇帝の寵臣が指名された。このドイツ人はウィクトル二世の名前を採用した。かれのあまりに厳しい生活態度は、ローマの人々をたじろがせ、かれらは毒によってかれを厄介払いしようとした。何人かの取るに足りない教皇の最後になるニコラウス二世が亡くなった。ヒルデブラント枢機卿はローマの隅ずみまで掌握していた。かれは、皇帝の知らない、かれが信頼する教皇を選ばせた。こうしてかれはアレクサンデル二世の名前に隠れて十二年間支配し、こちらが亡くなると、玉座に昇った。グレゴリウス七世がどうであったかを諸君に語る手間は、別な人たちに残しておくことにする。あるほんとうに有名な作家に、僕たちはこの偉人の物語を期待している。[三]

[一] リウトプランド『歴史』第六巻第七・八章、デュシェーヌ第三巻六三〇ページ所収。
[二] ヨハネス十二世は、書簡のなかで、司教たちからその権力を奪ったと言った。「かれらが誰にも命令する許可を持たないことのないように。」[327]
[三] フランス・アカデミーのヴィルマン氏。僕は読者に、これらの教皇、八九一年のフォルモススから一〇七三年のグレゴリウス七世までの記事を、ミショーの『人物事典』のなかで探すように勧める。僕はこの本を、一八一四年以前に印刷された聖職者の記事についてさえも、ジェズイット教徒流の手心のせいで非難した。

◆十一月二十三日

僕たちはとても高貴な、きわめて金持のロシア青年を知っている。そして明日になって、かれが貧しくなり、名前が知られなくなっても、かれは絶対に態度を変えることがないだろう。それくらい気取っていない。僕の方が誇張しているように見えよう。これで、もしかれがとてもハンサムだとつけ加えたら、僕に対する不信はもう限りがなくなるだろう。

かれは昨日僕たちにうっとりするようなコンサートを開いてくれた。あらかじめ作品を選べたが、僕たちはパチーニによる新しい小二重唱曲《デュエット》だけを聞きたいと思った。現在では世界一の歌手の一人であるタンブリーニが求めに応じて、いくつかの古い音楽作品を歌った。ペルゴレージ、ブラネッロ、そして崇高なチマローザが次つぎと光を放った。巧みな不協和音をもった音楽を勘定に入れるために、僕たちはベートーヴェンの交響曲を選んでいた。しかしそれは演奏が恐ろしくまずかった。社交界の一婦人が、チマローザの音楽によるメタスタージョの『アブラハムの犠牲』のあのアリアを気高く歌った。

「ああ！　話してくださいな、おそらくあなたがたは口を閉ざしているでしょうが」

サラは牧人たちに息子の消息を訊ねる。父親が殺そうと待ち受けている場所に向けて、息子が出発するのをかれらは見ている。

主題の最初の反復を導く移行部に比較できるようなものはこの世に何もない。

今晩、僕たちのイタリア人の友人がチマローザの天分に夢中になっていた。同様に、もうひとつのジャンルでは、カラッチ一族がコレッジョよりも巧みで、かれらの作品はたくさんの喜びを与えるが、それらを鑑賞したあとで、魂はつねに崇高なコレッジョに戻っていく。それは神のようなものであり、他のものは多少とも卓越した人間でしかない。

ボッカバダーティ夫人が、コンサートの最後に、チマローザによって作曲されたロマンスを、あの頃ローマにいたフランスの大臣アルキエ氏がこの偉人のために寄せたフランス語の歌詞で、僕たちに歌ってくれた。

舞踏会がはじまったが、イタリア人はこの種の楽しみにあまり心を動かされない。かれらは音楽のことで夢中になっていて、みんなが同時に話していた。

オペラをいちばんきちんと評価している平土間席といえば（一八二九年に）、異論の余地なく、メッツォ・チェトナポリのあとに、ローマとボローニャがくる。おそらくローマの人々の趣味にはもっと気高さがあり、ボローニャ（よきブルジョワ階級）の青年たちが芝居にきている日の、ナポリの平土間席である。

の趣味には、もっと学識があって、ちょっと流行を追いかけることに対していちだんと寛大である。ボッカバダーティ夫人によるアリア、恋人を銃殺されようとしている若い女性の絶望のアリアは、高貴で素朴な類のものだが、ローマでいちだんと気に入られるだろう。ボローニャでなら、マリブラン夫人の歌唱の、時として少し過剰な装飾音の洪水に対してはもっと寛大であろう。

イタリア全土がミラノに嫉妬している。今晩、教養ある観客には、音楽を評価するためのほとんどいかなる能力も認められなかった。かれらのために、『泥棒かささぎ』や『イタリアのトルコ人』が書かれたのに。たいそう陽気な土地ヴェネツィアでは、喜劇風の音楽がとてもよく理解されるし、トリノは、大いに臨機応変さを示して、あるオペラ・セリアの価値を認めた。トリノの劇場では、ブルジョワは自分の名前では桟敷席を借りることができない。かれの貴族の友人の一人から、名前を借りなければならない。

午前一時までチマローザとモーツァルトについて論争したあと、歌唱の魅力に魂を開く情熱について話すことになった。

僕はフランスでは、とりわけ上流階級で恋愛があまり流行らないことを知っている。二十歳の若者はすでに代議士になることを考えているし、何度か続けて同じ女性に話しかけるなら、真面目だという評判を傷つけることを心配するであろう。
フランス人の恋愛の原理は、無関心を示しているものにこだわることであり、離れるもののあとを追うことである。冷淡を装ったりされると、またどんな結果が生じるかはっきりしないと、イタリア人の魂のなかでは、逆にあの狂気の沙汰を不可能にする。その狂気の沙汰こそ、恋愛をはじめさせ、愛そうとしている人について作りあげるイメージにあらゆる美点をまとわせるのだが。(ある現代作家は、この狂気の沙汰に結晶作用という名前をつけた。[328])

フランスでは、ドイツ、英国、もしくはイタリアよりもずっと恋愛は少ない。百もの小さな気取りが毎朝僕たちに見せつけられ、そして、十九世紀文明によって認められないことのないように、それを受け入れなければならないのだが、そうした気取りのただ中で、情熱は、滑稽なことを仕でかしてそれが明らかになるときにしか、信用してはいけないように僕には思われる。貴族階級の歴史は、フランスの方が英国やドイツよりも、常軌を逸した結婚がずっと少ないことを示している。

ヨーロッパで、魂のなかの火よりも虚栄心や才知を多く持っている者ならすべてが、フランス人の考え方を引きつける。これこそ僕たちが今晩しっかりと見たものであり、僕たちの友人である大部分の旅行者は、ローマ美人の愛し方については何も理解していない。ここでは少しの気兼ねも、気詰まりもなく、他所では体系化されて社交界の習慣とか、あるいは節度とか、美徳とさえ呼ばれているあのきまりきったやり方もない。

ローマ女性は見ず知らずの若い男性が気に入る[329]と、かれを眺めることが楽しくなり、そしてそれがゆえに、社交界で会うたびに、かれしか眺めない。好きになりかけた相手の友人に、彼女はとても上手に次のように言う。「W**にわたしが愛していると言ってください。」もし彼女の愛している男が、同じ気持ちでいて、ローマ美人に「ぼくを愛してくれるの」と言いにくるなら、彼女は誠実にこう答えるだろう。「ええ、あなた。」このくらい単純に関係ははじまり、数年続く。そして関係が解消するとき、絶望するのはいつも男だ。ガッティ侯爵はパリから帰って頭に一発ぶちこんだばかりだ。なぜなら恋人が裏切っているのを見つけたからだ。

どんなわずかな諂い、どんなささやかな不作法な様子、あるいは別な女性への好意のしるしでも、一瞬にして、イタリア女性の心をときめかせる愛のはじまりを潰えさせる。このことは一年前にはポールには理解できなかったことだ。人間の心はどこでも同じだ、とかれは僕に言っていた。恋愛については、これ以上の間違いはない。野心や憎しみや偽善などについてなら、ご勝手に。

僕たちはいくつかの逸話を語ってもらったが、今度は僕がフランスについて話すよう求められた。読者はローマとはいかなる関係もない、長い話、しかも何ページもの逸話を赦してくださるだろうか。[330]

オート＝ピレネー県重罪裁判所（タルブ）

（私信）[331]

裁判長　ボリー氏　――　三月十九日の公判[332]

情婦殺害事件ならびに自殺未遂

去る一月末頃に、恐ろしい事件がバニェールの町を震撼させた。あまり素行のよいとはいえない若い女性が、まっ昼間、彼女の寝室で、情人のラファルグ青年に殺害された。青年は自分も死のうとした。この事件に関して明るみに出た詳細は、公衆の興味をこれ以上ないくらい煽り立てるのに役立った。バニェールの町の相当数の住人が、この事件の審理に出席するために県庁所在地まで赴いた。裁判所の回廊や中庭やあらゆる通路が、朝から、興奮に飢えた群衆によって身動きできなかった。十時半に、公衆の期待がついに満足させられる。扉が開く。

被告が入場すると、ただちにみんなの視線が集まる。

ラファルグは二十五歳である。かれは青いフロックコート、黄色いチョッキ、入念に結んだ白いネクタイを着けていた。かれは金髪で、天与の魅力的な顔だちをしていた。目鼻だちははっきりして、上品で、髪の毛は優美に整えてある。かれは、家具職人という職業の階級よりも上流の階級に属するように見える。傍聴人のなかでは、かれがかなりの家柄に属するとか、かれの兄弟が公職に就いているとか、別な兄弟の一人がパリで自由業をしているとか…囁かれている。かれは流暢に、一種優雅に話す。話言葉はゆっくりとしていて、考えぬかれているし、動作は控えめで、様子は穏やかである。しかしながら、興奮が極端に高まるのが見られる。かれの美しい目から洩れる視線は、普段はやさしいが、一点に集まり、その上下の睫が接近すると、不吉な性質を帯びる。

裁判長殿はかれに、犯罪以前の私的な事柄に関して様々な質問をする。かれはためらわずに答え、細かい点に渉って長ながと話す。しかし突然、話を中断し、「お望みなのは、ぼくの陳述全部なのでしょうか」と言う。「それならぼくの暮らしぶりを順序立てて、そしてまたぼくが理解したままに述べることをお許しください。お訊ねの答えは、そこに見つかるでしょう。」

裁判長殿は説明するように促す。すると被告は次のような言葉で表現する。「ぼくが有罪であるとしても、それはぼくの家族、わけても兄弟の過ちではありません。若いぼくにあふれるほどの思いやりをかけ、手紙でたえず名誉と美徳に満ちた助言を与えてくれたのです。二十四歳のバニェール到着の時期までは、ぼくは道徳的でしたし純粋でした。そこで、まず一人の婦人、一人の独身女性、失礼、彼女を指し示すことになるようなことは何も言うべきではないので、一人のひとと言いますが、彼女を知りました。彼女はぼくに彼女の心痛を話してくれました。ぼくは情に脆いんです。彼女の苦悩を共有し、まもなくぼくたちは二人してひ弱になりました。それは長く続きませんでした。ぼくは住まいを変えたいと思いました。運命に導かれてブールヴァール・ド・ラ・ポストにやってきました。質素な住まいを探し、豪勢な外観ではない一軒の家のまえで立ち止まりました。ぼくは入りました。数人の女性がひと部屋に集まっていました。住みこませてもらえるかどうか訊ねました。一人が立ちあがって、優雅な様子でぼくのところにやってきてました。それがテレーズでした。母親が留守だが、貸すことができるだろうと思う、と彼女は言いました。彼女は翌日また寄るように勧めました。ぼくはその通りにしました。テレーズと母親はぼくを一部屋に案内しました。

何ということでしょう！　惨事の部屋です。それは気に入りました。さらに不幸なことに、ぼくの提案が受け入れられました。賄い付きで決まったのです。

「テレーズは快活で、親切でした。最初の晩は、寝るとき、部屋まで足元を照らしてくれて、ぼくに《おやすみ》を言うだけでした。次の晩は、同じ心づかいをしてくれましたが、部屋を去るとき二度にわたって手を握りました。ぼくはそれに驚き、うれしい気持ちになりました。三日目の晩、彼女はまた随いてきてくれました。部屋に入ると、ぼくはチョッキを脱ぎました。テレーズが出ていくと思っていたのです…。彼女がぼくの首に飛びついてきて、ぼくに接吻したときには、驚きはどんなだったでしょう！　それから彼女は急いで逃げていきました。ぼくは自分が夢を見ているのかと思い、手で目をこすりました。それはまさに現実でした。これまで似たようなことは起こったことがありませんでした。娘がこんな風に振る舞うようなことがあるのか理解できませんでした。翌日彼女にこの接吻の理由を訊ねてみようと決心しました。偶然から二人っきりで食卓に着くことになりました。ぼくは言いました。《昨晩ぼくに接吻したのは、ぼくを高く買ってくれているからでしょう。》――《ええ、あなたを尊敬してますし、愛しています。あなたはそれに値しないというの》と彼女は答えました。――《尊敬に値することをしたかしら。それにどうしてぼくを愛してくれるの。》――《愛しているのは、あなたが愛するのにふさわしい方だからで、愛するときは、全身全霊愛するの。》

「同じ晩、テレーズは隣家に随いていってくれとぼくに頼みました。ぼくはいつも彼女をお嬢さんと呼んでいました。彼女はぼくに言った。《間違いに気づいてもらわなければならないわ。わたしはもうお嬢さんなんかではありません。結婚してるの。夫はわたしをとても不幸にして、出ていったわ。》――《ぼくを愛さずに、ご主人と縒りを戻しなさいな！》とぼくは彼女に言いました。ぼくの忠告に従うように迫りました。彼女は、それが不可能だし、もうあの男について話すのを聞きたくないと答え、泣きだしました。ぼくは心を打たれました。翌日の晩、ぼくたちは散歩に出かけました。彼女が執着するのを防ごうとして、ぼくは、父の友達の娘である若い貞淑な人と将来を決めている、と彼女に打ち明けようと決心しました。テレーズは答えず、ただ泣くだけでした。ぼくたちはそれぞれとても興奮して帰宅しました。

「数日が流れました。ある朝、彼女が捨て子に愛情のこもった世話をしているのを目撃しました。ぼくはそれに感動しました。《きみはいい人だ、テレーズ。尊敬されるのも当然のことだ》とぼくは彼女に言いました。――《いいえ、あなたは尊敬しちゃいない》と叫ぶと、彼女はわっと泣きだし、家の上階の方に逃げていきました。この涙とこの行動にぼくは動転しました。ぼくは負けました。これが策略かつ誘惑でしかないことが、もっとあとで分かりました。

「同じ晩、ぼくは彼女に言いました。《さあ、テレーズ、ぼくはきみのものだ。》ぼくは彼女とバニェールでの最初の情事、生涯で唯一の情事に耽りました。彼女は一年前から同様の関係は断っていると告白しました。ぼくが父の友達の娘と結婚するまで、お互いに裏切らないことを誓いました。そしてこのときから、夫と妻のようになりました。およそ一カ月後、ぼくは彼女に告げました。バイヨンヌに出発して結婚する、しかしバニェールでぼくの生涯を終わらせ、そこにぼくの骨を残すためなら、どんな手段でも使うことだろう、と。テレーズは、ぼくが妻としあわせになるようにいつも願っているし、これからも願うだろうとやさしく答えました。

「職人の習慣はお天道さんとともに起きることです。ぼくは早朝から仕事に行き、食事どきにしか戻りませんでした。ある日、道具を取りに行くだけの用事しかありませんでしたので、道具を持って戻りました。やっと九時でした。戸を開けようとしましたが、閉まっていました。テレーズはぼくの帰りを予期していませんでした。彼女はぼくが仕事をしていると思っていました。ぼくは開けるように大声を出しました。彼女がやってきました。彼女の顔が眠っていた顔ではなく、上気しているのに気づきました。疑惑がぼくを捉えました。ぼくは様々な色のペンキに染まった仕事用の前掛けを見つけました。《この前掛けはどうしたんだ、テレーズ。》――《わたしの伯父さんのだわ。あなたも知ってのように、ペカンテさんのところで藍をすりつぶしているの。》――《もしそれが伯父さんのだというなら、染料しか付いてないだろうが、これにはペンキが付いている。》ぼくはベッドの方へ目をやり、そしてその形から、人間がくるまっていて、しかも愚かにも一枚の覆い布のなかでからだを縮めているのを認めました。ぼくの手足は震えていました。二人のそれぞれを殴りつけ、見せしめにしたい気持ちでいっぱいでした。テレーズは外に出てくれと懇願しました。そのときは慎重になることができました。理性がそうするように促しました。というのは、理性を感じることができたときは、いつも理性に従いました。ぼくは外に出ました。

「数分後、ぼくは家に働きにきたあのペンキ屋と階段で擦れちがいました。彼女は少しも否定しようとはしないで、激しく哀願したり、多量の涙を流したりしながら、告白しました。あの男はかつて彼女の情人でした。かれに何も言わずにこらえました。テレーズと二人きりになると、こうした振る舞いの釈明を求めました。あの男はかつて彼女の情人でした。予期せず彼女の部屋に入ってきました。かれは彼女を押さえつけました。彼女ははじめぼくのことを考え抵抗しましたが、かれは彼女に昔の関係を思い出させ、彼女は負けました。彼女は絶望した口調で、ぼくに何度も何度も赦しを求め、髪を乱して床を転がりました。ぼくは言いました。《神はいつも最初の過ちはお赦しになる。ぼくも赦そう。》この言葉にテレーズは起きあがり、ぼくのまえに跪いて、胸を広げて、こう叫びました。《もし今後あなたに不実だったら、さあわたしの胸を見て、短刀を取ってここに奥まで突き刺して。あなたを赦すから！……》ぼくが言っていることは真実です。神がその証人でしたし、ぼくにはそれで充分です。

「テレーズとぼくのあいだに結びつきが回復しました。彼女の伯父さんとの話し合いのあとで、賢明な忠告に屈して、ぼくはカスタニェールの家を出ました。テレーズとは定めた待ち合わせ場所で逢い続けました。ある晩彼女はきませんでした。翌日ぼくはそのことを咎めましたが、彼女はどんな正当な理由も述べることができなかったので、白状しますが、ぼくは彼女を押して、泥のなかに転ばしました。でも、慌てて彼女をハンカチで拭きました。彼女はしばしば店に逢いにきました。あるときなど、彼女は三フラン貸してくれるよう頼みました。持ち合わせがないと、断ったことが不服そうでした。少しずつ彼女はぼくをないがしろにしました。彼女の冷たさがぼくを嘆かせ、苛立たせました。ぼくは彼女に逢いたいと伝えました。彼女の答えは、もう話したくないというものでした。そのとき、われを忘れて何かしら暴力をふるうかもしれないと感じ、返事を持ってきた人に言いました。《テレーズに言っといてください。ぼくは暴力をふるうかもしれないので、数日間は玄関に出るのを避けるように。この親切を受け入れてくれるように彼女に言っといてください。》ぼくは彼女が従うかどうか確かめたかった。彼女の家のまえを通りました。彼女は入口で他の女たちと働いていて、厚かましくもぼくを眺めました。家に戻ると、ぼくは過去を振り返りました。彼女の愛撫、彼女の誓い、彼女の涙を。この回想がぼくを憤激させ、彼女の説明のつかない行動を考えました。彼女の住まいのまわりをうろつき、彼女に話しかけようと努めました。

「ある晩、十時頃、彼女の部屋の鎧戸がなかば開いているのを見つけました。誰かが窓のところにいました。それが彼女だと思いました。ぼくは《償いをしろ》と言いながら、いつも持っている杖で彼女を脅かしたことは認めます。ぼくと、神と、ぼくを見てた相手しかいなかったので、こうした状況を否定しようと思えば否定できるでしょう。しばらくして、警視のところへ出頭を命じられました。かれはぼくを首席検察官代理のところに送りました。この司法官はぼくの行動を非難し、テレーズに逢おうとすることと、彼女の家に入ることを禁じました。かれは、警察がいつも監視しているからと警告しました。ぼくは、警察の屈辱的な監視のもとにありました！　テレーズに密告されて！……　残念な思いでした。こうした考えがぼくに付いてまわり、休息を与えませんでした。旅籠ボンソワールの女将が、ぼくの苦悩を目撃し、落ち着きを取り戻すためにミサを挙げてもらうように勧めてくれました。ぼくは彼女に言いました。いいえ、とんでもない！　ミサが何の役に立つでしょう。苦しすぎます。

「このときから、ぼくはもう自分が分かりませんでした。その日、誰かと一緒にいることに耐えられず、店に一人きりでいました……。不幸にもあまりに孤独でした！　夜は眠れず、ひどく動揺したものでした。何と、あれはあらゆる誓いを並べ立てたあとで、おまえを棄てたのだぞ！と心のなかで自分に言いました。あれは素行の悪い女だ。他の連中に罠を仕掛け、連中はそれに落ちるだろう。おまえ自身は、誠実すぎてこの世では生きられない。そしてぼくは近いうち夜中に彼女の死とともにぼくの死を決心しました。使える手段を考えながら、小火器を選択しました。翌朝、銃砲店に行き、翌日返す約束をして、二丁のピストルを貸してもらいました。どこで火薬と弾丸を探せるだろうかというぼくの質問に、グラシェット氏の店を教えられ、見本に使うために一発のピストルの弾をくれました。ぼくは二発の弾薬とふたつの弾丸しか買いませんでした。三十歩で目標をはずさないぼくが、至近距離からテレーズを撃ってはずすだろうとは予想していませんでした。はずすことを考えたら、きっと二発でなくむしろ六発の弾丸を買ったことでしょう。

「ぼくは銃砲店に戻って、ピストルに弾を込めることを頼みました。自分でやるよりもきちんとしてもらえると思ったからです。店主は了解してくれました。そいつがなくてはいけないんです、とかれに言いました。それからぼくはベッドの枕元にそれを置きに行き、縒りを戻すために何とかしてテレーズに話そうとしました。ぼくは彼女に逢えませんでした。それで、二丁のピストルを取ると、ポケットに入れました。長すぎたので、うまく入るようにポケットの底を破りました。さらに、握りが見えないように手を当てがいました。そうすることは滑稽ではありませんでした。冬のことでした。友人の一人に、かれの家にテレーズを誘い出すことを頼みました。かれは成功しませんでした。夜がやってきて、ぼくは旅籠ボンソワールに入りました。ポケットにピストルを入れては椅子に座ることができませんでした。ピストルを回廊に通じているドアのしたに密かに置きました。出るときに、それを取り出そうとすると、もうなくなっていました。ぼくは、旅籠に奉公している女が拾っていったにちがいないと想像して、彼女に要求しました。彼女は次のように言いながら、まずそれを返すことを拒絶しました。わたしゃあんたがそれでどうしようってのか知っとる…。不幸な人だな、そんな目論みはやめなされ。ぼくは彼女に答えました。ピストルを返してくれるなら多分それを諦めようし、まだ何も決めてはいず、テレーズがぼくのところに戻ってくればすべて元通りになるだろう。しかし意地を張って武器を返さないなら、ぼくはただちに銃砲店で別のピストルを買って、炉端で、どんな人に囲まれていようと、テレーズの脳天に一発ぶちこむだろうし、弾丸はおそらくさらに誰かにあたって、その血を彼女は浴びることだろう、と。ぼくが今回出かけて行かなかった銃砲店から次の機会に武器を入手するのを邪魔されないように、銃砲店の名前についても偽りました。彼女はとうとうぼくにピストルを返す決心をしました。

「遅くなっていました。ぼくは寝にいきました。ぼくが過ごした夜は、それを体験したことがなければ、想像するのが不可能です。ぼくには激しい動揺がありました。このうえなくおぞましいイメージが押し寄せました。テレーズが血のなかに溺れ、ぼくが彼女の傍らに横たわっているのを見ました。日の出が待ちどうしかった。彼女に逢うために早くに外出しました。酒場ボンソワールに入り、そこで、テレーズが家から出てくる瞬間を窺いながら、二人の知人に飲むように誘いました。そうこうするうちに、彼女が兵士のような様子で通りがかりました。彼女はぼくを物ともしないようでした。ぼくは彼女に随いていきました。しかし同時に彼女の母親を認め、ぼくは別な方向へ行くようなふりをし、酒場ボンソワールに戻りました。

「テレーズはすぐあとでそこにやってきて、結局ぼくが彼女にどうしてもらいたいのかを訊ねました。ぼくは彼女に言いました。それは、恋人同士では、内密にしか話し合わない事柄だし、ちょっとだけぼくと二人きりで出てもらいたい、と。彼女はそれを拒絶し、みんなのまえでぼくが説明してもいいと言いました。それで、彼女がまたぼくと逢うことに同意してくれるかどうかを訊ねました。《いいえ》――《なぜ》――《理由があるもの》――《きみは二人の人を不幸にするよ》――《あなたのことなんかどうでもいいわ。》そして彼女は軽蔑の身振りで唾を吐きました…。《行って、行って、首席検察官を…。》彼女はぼくたちがいた場所を出たところで、この最後の言葉を発しました。ぼくは彼女を追い、せめて一週間に二分だけでも逢うことに同意してくれと懇願しました。《それじゃ、あなたは力づくで愛するように強制したいの》と彼女は言いました。――《なぜきみは以前にぼくを愛したりしたの。強制したわけではないのに…。また強制したわけではないのに、きみは数々の誓いで愛することを証明した》とぼくは返答しました。彼女は頑として拒絶しました。

「ぼくは彼女と、彼女の家の戸口に着きました。ぼくが入ろうとしたとき、彼女の母親が現われ、帰るように命じました。ぼくは《まだ夜でもないのに!…》と言いながら、言う通りにしました。酒場ボンソワールに戻ると、ほとんど同時に母親が出ていくのを見ました。彼女は急いで歩いてました。ぼくは彼女が首席検察官のところに行くのだと思いました。好機到来でした。ぼくはテレーズの家に駆け込みました。階段のなかほどで、一挺のピストルの撃鉄を起こし、彼女を恐れさせないように背後に隠しました。大急ぎで部屋に入り、彼女をなかに閉じこめようとしました。鍵がなかったし、掛けがねの具合もよくなかった。ぼくはテレーズに頼みを繰り返し、足元に跪こうと言いました。彼女は拒絶し、人を呼ぶかのように窓に近づきました。それで、ぼくは彼女にピストルを一発撃ち、はずしました。彼女の腕を摑んで、こう言いました。《こっちを向け。》同時に、二発目を撃ち、彼女は倒れ、被っていたスカーフが彼女の目を覆いました。ぼくは自分を撃ちたいと思いましたが、ピストルに弾を込めようにも弾を持っていなかった。屋根裏部屋のうえから飛び降りようという考えが浮かびました。この目的で部屋を出たが、神がぼくを連れ戻しました。なぜならおそらく神はぼくの魂を救おうとしたのです。栓抜きとして備えてある頭のない釘のような、一塊の鉄片が目に映った。それを取り、無理やりピストルの一挺に込めました。しかしながら、撃つ前に、テレーズの肉体のそばに血がないことを見て取り、彼女は目をまわしただけではないのかと考え、ピストルを置き、そのときそこから、込めた鉄片が落ちたにちがいなかった。テレーズの目を覆っていたスカーフを持ちあげると、目は開いていました!…… おお! 今やぼくは呆然とし、おまえの方は、ぼくの死を嘲笑するために生き延びようというのか! いや、それは正しくない。それを正直に言いましょう。ぼくは他の武器を持っていなかったので、卑怯者の武器のナイフを取り出し、彼女の喉を掻き切りました。ぼくは自分自身にぞっとしました。彼女を見ないように彼女の顔を覆いました。証人たちはあなたに、彼女の顔はスカーフが被せられていたと言うでしょう。それから、きちんときれいにしたいという自然の気持ちから、ぼくはナイフを拭い、鞘に収め、ポケットに入れ、ピストルを口にくわえて引き金を引きましたが、知らないあいだに、火薬しか残っていなかったのです。ぼくは意識を失って倒れました。

「ぼくは数時間のあいだ何が起こったのか分かりません。耳に入ってくるぼくの名前が、ぼくを正気に返しました。まどろんでいると、大砲の音でも目覚めないのに、とても静かに発音されたぼくの名前がただちにぼくを目覚めさせました。ぼくは病院でベッドにいました。自分が死ななかったことに絶望し、ついで口のなかに舌が入るほどの穴があることに気づいて満足しました。さらに両腕から出血したのに気づき、出血させておくことで死ねるのではないかと希望を抱きました。縫合を上手にはずしました。ぼくの指が濡れ、力が抜けていくのを感じながら、どんなにしあわせだったことでしょう! ぼくは魂を神に委ね、誰かがぼくの状態に気づくのが間に合わなかったら息絶えたことでしょう。以上はすべて真実です。何も隠していません。神がご存じです!…… 人を死なせたのですから、死に値します。ぼくが死ぬ日は、ぼくの生涯でもいちばん平穏でいちばん美しいでしょう。ぼくは死の断頭台を待っています。恐れずにそこに昇りたいし、勇気を出して首を差し伸べたい!……」

この話は、最初の一発をしくじり、テレーズに「こっちを向け…」と言ったときまでが、被告によって穏やかな調子でおこなわれた。そのとき、かれの声は激しく動揺し、いくらかの涙が目にあふれ睫を濡らした。しかしほとんどすぐに外見上平静を取り戻し、冷静に、公判のあいだ中一瞬たりとも失わなかった落ち着きで続けられた。

われわれは傍聴人の様々な受けとめ方を描写しようとはしない。しかしながら、犠牲者の不幸やぞっとするような行動の恐怖よりも、被告が与えた印象に、関心が煽られたように見えたと言わねばならない。

数分して聴衆の興奮が収まってから、裁判長殿は証人の喚問を命じた。

テレーズの母親が出廷した。自分の娘と被告との関係を疑うどころではなかったと言った。彼女の兄弟の一人に対してかれが振るった重大な暴力沙汰から、彼女は家ではもうかれに我慢しないようになった。娘に対するかれのしつこさ、夜中に鎧戸に投げつけられた石、壊された排水溝の石、夜の十時に杖での脅迫、これらが首席検察官に訴えることを決心させた。被告がそれを知るや、かれは怒りで髪をかきむしった…。犯行の朝、彼女はかれが家のまえを行ったりきたりしているのを心配して見た。かれは、酒場ボンソワールにぶどう酒を買いに行ったテレーズを、家の入口まで追ってきた。かれは入ろうとしたが、彼女が駈けつけ、それを止めた。かれは、おそらく彼女らを共に殺すために、彼女に回廊に少し退くように言った…。かれはテレーズを手に入れることができないと見ると、脅迫的な動作をまじえて、こう言いながら、引き下がった。《まだ夜でもないのに！…》しばらくして、不幸にも彼女は外出し、帰ったときには、すべてが終わっていた。

被告は立ちあがり、テレーズの伯父との喧嘩を満足のいくように説明する。テレーズの伯父は、信頼するに足りる証人によれば、しばしば酒に酔っていた。被告は石を投げ、排水溝を壊したことに対しては、こういった振る舞いを犯すあの手合いの一人ではないと異議を唱える。また回廊でテレーズの母親を帰させたがったことにも異議を唱える。

酒場ボンソワールの下働きのマリヤンヌ・ラグランジュは、事件の前日の一月二十日に、酒蔵に通じるドアのしたにピストルを見つけたと述べる。彼女はそれを被告に返すのに何かしら問題を感じた。しかしそれを何に使おうとしているのかは知らなかったと断言する。被告は、かれが陳述していることを、彼女に何も言っていなかった。

被告は、彼女をさえぎって言った。裁判長殿、彼女は間違っています。彼女は忘れたのです…。かわいそうな女性はぼくの犯罪にまったく関係ありません。

この証人は、ほかのすべての人と同じく、同じ言葉づかいで酒場での場面を報告する。ただ一人、松葉杖をついて歩いている老人が、宣誓でキリストの名を引き合いに出しながらキリストの方に両手をあげたあと、被告が酒場ボンソワールを出る前に、なかば振り返り、ポケットから一掴みの紙を引き出し、ピストルに弾を込めているようだった、とつけ加える。

信じられないといったつぶやきが、被告の話にも他の証人の陳述のなかにもなかったこの場面を迎える。しかし裁判長殿に尋問された被告は、慌てて答える。「この証人はある点まで真実を言っています。ぼくはピストルに弾を込めたのではありません。それらは前日から装塡してあったのです。しかし一挺の火皿の火薬がポケットのなかで散って、このあわれな人が話している状況で、ぼくは再びピストルに火薬を詰めたのです。」

六十歳を越えている退役憲兵のガリュ殿が、公判手続きのなかで、被告の友人であったと告げられると、かれの態度の重々しさと言葉づかいの少し滑稽な荘重さによって、特別な注意を喚起した。

かれは言った。「ここにいる被告を、わしがよく出入りする指物師の店で知った。完璧な仕事に対するかれの熱烈な愛とかれの哲学的な考えが、わしとかれを親しくした。わしらはしばしば会っとった。ある日、かれはわしがどこで夕べを過ごすのか訊ねた。おやおや、わしには予定はないわ、とわしは言った。すると、かれはこう返答した。家にいらっしゃい。新しい本があるし、一緒にそれを読みましょう。マルモンテルの『ベリサリウス』です。ぼくは文学が好きです。それでわしはかれに会いにいった。わしらは何章かをざっと読んだ。かれはベリサリウスによって取られた措置に腹を立てていた。かれはいつもそんなで、地上には迫害された女性の美徳しかないと観ていた。今度はわしが、著者が語っていることを字義通りとってはいけないし、おそらくすべてこれは史実ではない、とかれに気づかせた。実際、裁判長殿、歴史のこの点を確かめるのは興味深いもんでしたし、ユスティニアヌスがベリサリウスの目を抉らせたのは間違いだとわしは確信していました…。以上が第一点…。別な状況では、わしはまたかれの部屋におって、かれは友人の一人のことでわしに考えてもらいたい問題があると言った。《さて、どんな問題だね。》――《あなたがある女性に執着し、彼女がもう逢いたがらずに、あなたを棄てるとしたら、どうしますか。》――《おやまあ、わしはそこから立ち直れるだろうかね。》

裁判長殿――あなたの言ったことは正しかった。立派な哲学だ。

証人――被告はわしに答えた。《話ではどうにでもなります。思索では見事でも、実践ではもっと困難です》――《間違いだよ、とわしはかれに反論した。もしきみの友人がそれに細かくこだわるなら、どんな苦しみも自尊心が傷つけられたことから生じているのを、理解しなくてはな。》被告は一瞬沈思黙考し、そしてわしに言った。《確かに、自尊心はそこでおもな役割を演じてます！》かれは考えこみ、そして会話は別なことに移った。

「別なときには、パリで弁護士をしている兄弟に、かれが忙しく手紙を書いているのを見ました。かれの手紙は、書きかけでしかなかったが、わしを驚かせた。それは、わしらが修辞の彩と呼んでいる三つのアポストロフからはじまっとった。思い出せるかぎりでは、それはほとんどこういった言葉づかいで記されておった。

「《ぼくのペン、いったいおまえの動かぬくちばしでどうしようというのだ。さあ、紙のうえを、歩め、走れ、転がれ。おまえは動かないのか。ああ！　分かった、おまえは自分自身では何もすることができないのだ。指の運動を受けなければならない。さあ、ぼくの指よ、動くのはおまえだ。何とまた！　おまえも動かないのか。分かるよ。刺激がもっとうえから、脳のなかにある思考から、おまえのところにこなければならない。脳よ、おまえにこそ、ぼくは訴えかける…。》

「被告はいつも夢想家、気懸かりな夢想家だった、と元憲兵は続ける。かれの想像力は常軌を逸しておった。かれには気晴らしが必要だった。わしらはちょくちょく一緒に散歩した。文学、美術、農業の話をした。かれにはどんな狂気の兆候も認められなかった。」

有名な弁護士のラポルト氏は、ラファルグを弁護する役目を担っていたが、反対にかれが錯乱状態だったことを証明しようと企てた。かれはあらたな狂気の証拠として、ある原稿の一節を紹介した。それは弁護人に情報として役立つように、被告が拘置所で書いたものだった。たくさんの細部に渉ったあとで、ラファルグはテレーズにこうした言葉づかいで訴えている。

「今やヴェールは開けられた、しかし残念なことに！　少し遅かった！　ぼくは何を見ているのか。おまえだ、十九の顔をもつおまえだ。第一の顔には、人当たりをよくするように無理に作られた頬笑みが認められる。第二の顔には、話しかけてくる人の言うことを、非常に興味深く聞いているふりをしているのが読める。第三の顔には、おまえがあらゆる点で、礼儀に反してさえも、その人に賛同するのをぼくは読みとる。第四の顔には、おまえが前述の人に、少しは富の愛好者であるかどうかを見つけようとするのが読みとれる。第五の顔には、その人が必ずしも富に敵対する者ではないことを実際に発見し、その結果、希望の微笑のせいで露出するおまえの歯が少し見えるのが読みとれる。第六の顔には、おまえがその人を好感をもって見ているようにとり繕うのが読みとれる。第七の顔には、おまえがその人に友情を持っているふりをするのが読みとれる。第八の顔には、おまえがその人のために寛恕の神の役割を演じて、ため息を洩らそうと努めるのが読みとれる。第九の顔には、等など…。

「一方、ぼくはおまえの心を見て、それを検討するが、そこにはいかなる傷跡も見ない。そのことは、どんな矢もその硬さゆえにそれを刺し貫くことができなかったことを証している。もしそこにただひとつの傷跡を認めたとしても、おまえの夫がそれを付けた当人だとぼくは思うかもしれない。しかし、かわいそうな男だ。おまえは夫も他の男も変わりなく愛した。」

三月二十一日の公判

裁判長のボリー氏は、弁論を要約する。

書記官によって、計画的な故殺の問題が読みあげられる。

ラポルト氏は重大な暴行による誘発が問題にされることを要求する。

首席検察官殿は、裁判長の求めで立ちあがり、法律の適用条文がたいそう明瞭に思えるので、問題の在処に反対することができるとは思えず、法廷の慎重さに裁定を仰ぐということを言明した。

数分間の審議のあとで、法廷は陪審員の審問に附されるようにと命令する。(様々な意味での動揺。)

陪審員は審議の部屋に移る。

四十五分後、陪審員長が、魂と良心にかけて、神と人のまえに、二つの問題の肯定的な全会一致の決議を告げる。すなわち、被告は、非計画的な故殺で有罪であるが、それは重大な暴行によって誘発された、と。

ただちに拍手が聞こえる。裁判長殿はそれを止めさせるように命じる。

裁判長殿は判決を言い渡すために、死刑を定める刑法第三百四条を読まねばならない。かれはすぐに長ながと続く不満のつぶやきに中断され、無意識的な恐れからこの条文を適用することを放棄した。ついに、禁固五年、高等警察による十年の監視、そして訴訟費用負担の判決が言い渡される。

被告はずっと心を動かされずにいる。裁判長殿はかれにちょっとした激励を与える。かれは感謝を表すためにおじぎをし、それから、傍聴人の方に元気に振り返り、こう叫ぶ。「実直で尊敬すべきこの町の住人の方々、みなさんがぼくに示してくれた愛情のこもった関心はよく分かっています。みなさんはぼくの心に生きています!」　涙がかれの声にとって代わる。あらたな拍手がかれに答え、群衆は急いで帰っていく。

情熱によってあのエネルギーと細やかさという特質を付与されている人は、自分の情婦に貸す三フランを持っていなかった。

気取りとうぬぼれの国では、法律的に証明されるものしか信じてはいけない。法廷新聞は毎年僕たちに五つ六つのオセロの物語を語ってくれる。

さいわいにもこれらの犯罪は、上流階級では遭遇しない。

それは通常の自殺と同じである。フランスではおそらく英国と同じくらいの自殺が発生している。しかし決して諸君は、カッスルレー卿のように強力な大臣、サー・サミュエル・ロミリーのような有名な弁護士が自殺するのを見たことがない。

パリでは、生活はくたびれていて、もはや自然さもおおらかさもない。一瞬ごとに模倣すべき手本を見なければならない。それが、ダモクレスの剣のように、諸君の頭上を脅かしているようだ。冬の終わりには、ランプの油が不足する。

パリは真の文明への道を辿っているのだろうか。ウィーン、ロンドン、ミラノ、ローマは、それぞれの生き方を改善しながら、同じ脆さに、同じ優雅さに、同じエネルギーの欠乏に到達するだろうか。

パリ社交界の上流階級は、激しく絶え間なく、感じる能力を失っているように思える一方で、プチ・ブルジョワ階級のなか、あの青年たちのあいだで情熱は恐るべきエネルギーを発揮している。その青年たちは、ラファルグ氏のように、よい教育を受けたが、財力がないゆえに労働に従事せざるをえず、まぎれもない貧困と戦っている。働く必要があるため、上流階級で果たさなくてはならないたくさんの小さな義務や、人生を凋ませるその見方と感じ方をまぬがれ、強い感受性があるゆえに、かれらは意欲を保持している。おそらく、すべての偉人は今後ラファルグ氏が所属する階級から出るだろう。ナポレオンはかつて、よい教育、燃えるような想像力、極端な貧しさといった、いくつかの同じ状況を合わせ持った。

僕にはひとつの例外しか見あたらない。つまり、美術にははったりが必要であるゆえに、そして肩書や十字勲章の誘惑がつきまとうせいで、彫像ないし絵画で卓越するためには、今後は金持で貴族に生まれなければならない。そうなればますます、ジャーナリストのご機嫌をとる必要性がふえ、聖アントニウスの絵の委託を手に入れるために美術のマネージャーのご機嫌をとる必要性が増す。

しかし、金持で貴族に生まれたら、どうして、優雅さや脆さなどから逃げられようか。またどうして、芸術家たちを生み出したりあんなにも滑稽な振る舞いをさせるあのエネルギーの過剰を保てようか。

僕は心の底から自分が完全に間違っていることを望んでいる。

◆十一月二十四日

僕たちは、外国人がどのくらい僕たちを羨んでいるかを見ることによって、シャルル十世の治めるフランスで享受している幸福[333]を、はじめてよく理解した。今晩、R＊＊＊氏のところで、ナポリのサンタピロ公が、外国人がパリで見いだすことのできる幸福について一時間しゃべった。公は止めどなくわが政府の讃美をおこなった。

かれはついにこう言った。「あのパリでは気候はひどいものだ。しばしば一日に三度も寒さと暑さが交替する。わたしはナポリに六万フランの年金を持っている。もし誰かがわたしの全財産と引き換えに、毎年パリで二万フランを支払ってくれるなら、わたしはわが悲しき祖国に戻らないだろう。」

公は英国人の暗さをひどく嫌っている。かれはこう言う。「かれらの街はいちだんと念を入れて整備されている。しかしみんなのこの暗さは最後には伝染するし、わずかばかりの清潔さをあまりに高く購うことになる。」

◆十一月二十六日

コンサルヴィ枢機卿ほど音楽に感じやすい人はあまり見られなかった。かれは夕方はたいてい＊＊＊大使夫人のところに行ったものだった。そこで、不滅のチマローザのいちばん美しいアリアを二十も暗唱している魅力的な青年に会っていた。ロッシーニ、それがかれだったが、かれは枢機卿が求めるアリアを歌った。そのときは、猊下は少し陰に置かれた大きな肘掛椅子に心地よさそうに坐っていた。ロッシーニが数分間歌ったあとで、大臣の目からひっそりと涙が出て、頬にゆっくりと流れるのが見られた。

こうした効果を生み出したのは、もっともおどけたアリアであった。枢機卿はチマローザを心から愛し、一八一七年にかれの胸像をカノーヴァに作らせた[334]。極右反動がこの胸像を、カピトリーノの暗い部屋に追いやったが、それはパンテオンで次のような銘とともに見られたものだった。

ドメニコ・チマローザに

エルコーレ・カルディナーレ・コンサルヴィ

枢機卿はしばしばナポリにいる友人たちに手紙を書き、チマローザの息子をかれらに推薦しているが、何かをしてあげることは不可能だった。

◆イスキア、一八二八年九月十二日（記載漏れ[335]）

——僕たちの旅仲間の女性の一人が、今日だけ、イタリアの風土が彼女に極端な嫌気を惹き起こしていることについて僕が話すのを許してくれた。「いつも雲のないこの太陽はわたしの目を焼くわ。こんなにも青いこの海が、国のノルマンディーの大洋の岸辺をわたしに懐かしがらせますの。」

こうした打ち明け話みたいなものは、どんなものも哲学的になりはしない。僕の感じ方によれば、イタリアの風土の幸福は、暖かいことでなく、涼をとることだ。パリでは、六月八日には、直前まで僕たちは火をたいていた。イタリアでは、四月から十月まで、僕にあの不愉快な気分を与える北西の風が決してない。確かに、ナポリのピッツォファルコーネの庭園のひとつで、ジャスミンの生い茂るなかを吹いてくる海のそよ風の涼しさに、気分を悪くする体質の人がいることだろう。だが、僕がこのわずかな言葉で喚起する口に出せない喜びは、チマローザの音楽やパルマの図書館にあるコレッジョの聖母像[336]が与える喜びととても似ている。

潮の満ち干によって、ノルマンディーの大洋は、海岸が切り立っていないところでは、半リューの幅もある砂と泥の帯に縁取られている。そして、一日の半分は、あの汚らしい泥が現われる[337]。この大海のすさまじい風が、岸の植物すべてを枯らしている。ジェノヴァ近く、アルバロ方向で、僕たちは、海に傾いたオレンジの木が荒天のときには枝を波に浸しているような庭園に住んでいた[338]。そのどんなこともノルマンディーの海岸の霧のかかった光景を忘れさせない。

僕たちの旅仲間の女性は、壮麗なサン・ピエトロよりも、自分の村の半分崩れた小教会の方を好んでいる。僕にはこの感じ方はいちだんと理解できるだろう。しかし、告白すれば、イタリアの風土に対して言われる悪口には腹が立つ。――以下はおそらく、この旅行案内がいく人かの人々に惹き起こす反応である。「あなたの日記は、嘘つきの絶えざる誇張のように思えます。わたしがほんとうのところを知っている事柄を、日記が曲げているだけにいっそう我慢なりません。道徳的政治的ないくつかの文章しか、わたしは褒めることができません。」僕の旅仲間の女性が、イタリアの風土についての彼女の意見のあとで、たった今書いてくれた評価は以上のようなものである。僕はそれを彼女の目のまえで記した。

◆十一月二十七日

僕たちは、カノーヴァのアトリエで、かれの彫像の塑像に囲まれて、午前を過ごした。[339] カノーヴァはパリに三度きた。最後は、梱包係としてである。かれはトレンティーノの条約でわが国に譲られた彫像を取り戻しにきた。その条約がなければ、アルコーレやリヴォリで勝利した軍隊はローマを占領していたはずだ。条約で獲得したものが、わが国から盗まれた。[340] カノーヴァにはこの論理が解らなかった。旧政府の時代にヴェネツィアで育ったかれは、ひとつの法律、力の法律しか考えることができなかった。条約はかれには無駄な形式としか思えなかった。

かれは僕たちに、一八〇三年に最初にパリにきたとき、ヴィレールでかれの『プシュケとアモル』の群像（今日ではルーヴルのアングーレーム美術館にある）に再会して嬉しかったと語ってくれた。かれはつけ加えて言った。「着衣の襞はおっそろしく下手くそに作られていて、まったく形をなしてない。ある時期、粗削りの着衣の襞が肉体を目立たせるという間違った考えを抱いていたからだ。ぼくは槌と鑿を借りて、一週間毎朝、賃借の無蓋馬車に乗ってヴィレールに行き、可能なかぎりこのひどい着衣の襞を直した。」

カノーヴァは言っていたが、チュイルリー宮殿、庭園、ルイ十六世広場、[341] シャン＝ゼリゼ大遊歩道、エトワール広場の門、ヌイイ橋、それらを越えて、ロータリーまで続く坂道、これらによって形成されるものと同じくらい壮大な全体を、どんな都市も見せてくれなかった、と。「空にくっきりと浮き出したロータリーのオベリスク、エトワール広場の凱旋門、ヌイイ橋上の彫像、凱旋門とヌイイのあいだの道端の建築の大きさ、装飾、これらが、ぼくの意見では、ギリシアにもローマにも決して存在しなかった全体をさらに完全なものにするだろう。しかし一戸建の家がなくなることが必要だ、とかれはつけ加えた。それらは、つねにパリでは古くさく、あまり質がよくない。」

僕は名誉なことにしばしばカノーヴァと身ぶりの問題をとりあげた。これは彫刻にとってたいそう重要であり、身ぶりによってしか何も表現できない。[342] しかしながら現代文明はそれを追放してしまった。イタリアは、フランスと同程度の文明に到達したときに、身ぶりをなくすだろうか。終始一貫、ナポリで、そしてローマでさえも、話すよりも身ぶりをすることを好む。それは心が感動のせいで陥る疲労状態と関係するのだろうか。それはスパイへの恐れとか、数千年の習慣から生じるのだろうか。

カノーヴァ『アモルとプシュケ』（ルーヴル美術館）

カノーヴァは、ある日ナポリのサン・ジェンナーロ教会に入ったと僕に言っていた。かれは赤いダマスクス織りの壁紙とかシャンデリアとか花綱とかで豪華に飾られた守護聖人の祭室を見にいった。かれはこれらすべてをたいそう悪趣味だと思ったので、気づかないうちに、かれの顔に軽蔑の表情が浮かんだ。あるナポリの人がそれを見て、胸のうえで両手を交差させてかれに近づき、その手がロバの耳の動きを真似た。カノーヴァにこう言いたいのだった。「驚かないでください、他所のお方、聖ジェンナーロの祭室の飾りを指導したのはロバです。」

アトリエのちょっとした逸話をお話ししましょう。カノーヴァのマグダレーナ像の二番模作は、今日ではロンドン[343]のウェリントン公の控室にあるナポレオン像の両脚のあいだからとられた大理石塊で作られた。ピウス七世の胸像は、腕のしたからとられた大理石塊で作られた。
テヴェレ河でこのナポレオン像を船積みし、海路フランスにきたが、もし英国艦隊に追跡されていることが分かったなら、それを三分間で海に投げ込めるように、船上に、可動式の二重張りの床が準備された。

◆ローマ、一八二八年十一月二十八日

僕たちの旅仲間の女性で、モーツァルトの解る人が、今晩僕にこう言った。「サン・ピエトロを最初に見たとき、わたしは混乱しましたが、少しも喜びを感じませんでしたし、それどころではありませんでした。わたしの想像力が描いていたイメージ、現実とはまったく違ったイメージを壊して、ついで、あるがままのサン・ピエトロを見、理解しなければなりませんでした。それから、わたしはこの記念建造物を少しも称讃しませんでした。ローマに到着する前にあなたがしてくださったお話から、わたしが想像していたあのサン・ピエトロの方に、わたしはまだすっかり心を奪われていました。やっと一年たって、わたしはこの昔の気持ちを忘れはじめ、あるがままにサン・ピエトロを眺めることに喜びを見いだしはじめています。」案内人《チチエローネ》はいかなる意見によっても、魂のこの見事な働きを乱さないようによく気をつけなければならなかった。

今晩、美しい月の光のなかを、僕たちはコロッセオに行った。[344] そこでは甘美な憂愁の気分を味わえると僕は思ったのだ。しかし、イジンバルディ氏が僕たちに言ったことはほんとうだ。この風土はとても美しいし、それはたいそう逸楽にあふれているので、ここでは月の光でさえ悲しみをすっかり失わせる。心やさしい夢想をともなう美しい月の光は、ウィンダミア（英国北部の湖）の岸辺にある。午前零時の鐘が鳴る。コロッセオの守衛《クストーデ》は連絡を受けていて、僕たちに戸を開けてくれた。しかしかれは僕たちに随いてこようとした。それがかれの務めである。僕たちはかれに、近くのオステリアに行って、水差し《ボッカーリ》入りのうまいぶどう酒を数本見つけてきてくれと頼んだ。

僕たちが、この広大な建造物で一度だけ味わった光景は、壮麗さにあふれていたが、少しも憂愁を含んではいなかった。それは大きく崇高な悲劇であり、悲歌ではなかった。崇高な『ビアンカとファリエロ』の四重唱曲《クァルテット》（ロッシーニの）がとてもうまく歌われたが、僕たちに押し寄せてくる威厳にあふれたイメージを追い払うことはできなかった。月の光はたいそう明るかったので、僕たちはもっとあとで、バイロン卿のいくつかの詩句を読むことができた。

I see before me the gladiator lie :
He leans upon his hand. — His manly brow
Consents to death, but conquers agony,
And his droop'd head sinks gradually low. —
And through his side the last drops, ebbing slow
From the red gash, fall heavy, one by one,
Like the first of a thunder-shower ; and now
The arena swims around him. — He is gone
Ere ceased the inhuman shout which hail'd the wretch who won
He heard it, but he heeded not. — His eyes
Were with his heart ; and that was far away,
He reck'd not of the life be lost nor prize,
But where his rude hut by the Danube lay,
There where his young barbarians all at play,
There was their Dacian mother. — He, their sire
Butchered to make a Roman holiday. —
All this rush'd with his blood. — Shall he expire

And unwenged? — Arise! ye Goths, and glut your ire.

『チャイルド・ハロルド』第四歌、第一四〇節

（ぼくは剣闘士がぼくのまえに横たわっているのを見る。かれは手で身を支えている。――かれの雄々しい視線は死ぬことを受け入れている。しかしかれは死の苦悶をこらえ、うなだれた頭がほんの少しずつ地面の方に崩れていく。――かれの大きな傷から血の最後の滴りが徐々に流れ落ちる。それは、雷雨の最初の雫のように、一滴一滴ゆっくりと落ちる。しかしかれの瀕死の目は濁っている。かれには周囲でこの大きな闘技場とあのすべての民衆が泳いでいるのが見える。かれは死に、歓声が、かれの軽蔑すべき勝利者を称讃して、まだ鳴り響いている。かれはこの叫びを聞いて、それを蔑んだ。――かれの目は心のなかに向いていて、かれの心は遥か彼方に行っている！　かれは失う命も、闘いのほうびも考えない。かれはドナウ河のほとりの岩山を背後にした人里離れた小屋を思う。そこでは、かれが死のうとしているときに、かれの子供たちが戯れている。かれらを愛撫する母親が見える。子供たちの父親であるかれは、ローマ人を一日歓ばせるために冷酷に虐殺される。こうした考えのどれもが、血とともに失せていく。――かれは、復讐もなく、死ぬのだろうか。――立て、ゲルマン人よ、おまえの憤怒を癒せ！）

僕たちがコロッセオを出たのは午前二時近かった。

僕は次の事柄を記す場所がなくなるのを心配している。

一、ヴァチカンで、スタンツェに隣接する広間に展示されているラファエッロのタペストリー、つまりアラッツィの叙述。これらの作品は、全体で二十二あるが、何カ月も前からローマにいる旅行者を大いに楽しませる。おそらく、ラファエッロが絵画で扱うべき主題をどんな風に考察したか（数学者なら問題の方程式を立てると呼ぶべきこと。『地震』を参照）を、これ以上によく教えてくれるものはない。

二、できれば僕は教皇政府の現在の機構を叙述したかった。それはおそらくそんなにおもしろいものではないだろ

う。しかし、この実際的な知識なしには、旅行者は奇妙な嘘を信じこまされることになる。
三、カピトリーノの彫像群と、ピオ＝クレメンティーノ美術館の彫像についての叙述を省略するのは、大した悔いもない。これらの彫像のリストは美術館の入口で売られている。僕はヴィスコンティの著作を示した。かれは彫刻の歴史と、彫刻家が充たさねばならなかった条件をかなりうまく教えてくれている。僕にはいくつかの判断用語しかつけ加えることができなかったことだろう。理想美について話さねばならなかったはずだが、これ以上にむずかしいものはない。

この種の議論を理解するためには、魂を持たねばならない。信頼のおける著者のなかで読んだものを真実ととる代わりに、自分自身の記憶に問うてみなければならないし、自分自身に対して誠実でなければならない。すべてこれはやさしいことではない。十九世紀の文明が僕たちに強要する絶えざる礼儀作法が、がんじがらめにし、人生を疲れさせ、夢想をとても稀なものにしている。フランスで、僕たちが何かしらを夢想するのは、何か自尊心が災難に遭うときである。

もし誰か旅行者が、理想美を理解するだけの素直さと感受性があると思うなら、その人に『イタリア絵画史』第二巻のはじめにある説明を、もちろんよいものだからでなく、僕の書いたものなので、教えておこう。[345] ここでは次のことを繰り返すだけにしておく。僕の目には、美は、世界のどんな時代にも、有用な性質の予言であった。大砲の火薬は、有用である方法を変えた。肉体的な力は尊敬を受ける権利を失った。

四、僕はこのローマ旅行記の最後に、ティヴォリとパレストリーナへの遠足と、周辺の別荘《ヴィッラ》への散策の日記をとっておいた。掲載の場所が足りない。それを入れていたら、この旅行記を三巻にしなければならなかった。そして、事実、よい政府を確立することというひとつの情熱しかない今世紀では、半分だけ余計だ。

以下は、僕たちを最高に楽しませたヴィッラの名前である。

ミルズは、アウグストゥスの家の廃墟のうえに建てられている。きれいな柱廊、ラファエッロのフレスコ画、ウェヌスの像。

ルドヴィージ ― グェルチーノの『曙』。

パンフィリ ― アルガルディの建築と粉ごなになっている風変わりな骸骨。[346]

ボルゲーゼ ― 彫像と美しい庭園。

アルバーニ ― 彫像、美しい建築。

コルシーニ ― ジャニコロの丘の斜面にある。快適な立地。

ランテ ― ジュリオ・ロマーノの建築。

アルドブランディーニ ― 別名ベルヴェデーレ荘、フラスカティにある。[347]

ジラオ ― 別名クリスタルディ、おかしな建築。

マダマ ― ラファエッロによる。優しい建築の傑作。

マッテイ ― 別名平和公の別荘、よい絵画。

メディチ ― 別名フランス学院。

オルジャーティ ― 別名ネッリ、ヴィッラ・ボルゲーゼ近く。かつてはラファエッロが居住。三つのフレスコ。『フロールへの捧げもの』。『ベルザーリョ』、たくさんの美しい裸像。そして最後にラファエッロにふさわしい絵『アレクサンドロスとロクサネの結婚式』。

ポニャトウスキー ― ヴァラディエ氏の建築。この人物はバブイーノ通りの入口に、各階にテラスのある家を建設した。かれにはスタイルがある。

ヴィッラ・アドリアーナ ― ティヴォリ近郊。[348]

メリーニ ― マリオ山にある。すばらしい眺望。そこから、シックラー氏がローマと近郊の展望図を描いた。この展望図は、これについている七十四ページの注とともに、僕たちにとってとても役に立つ。

僕たちがどんなに怒りの発作を起こそうと、政府は二十年後もほとんど今日と変わらないだろう。ホレース・ヴォルポールの回想録を形成する四折り本二巻が、今後二十年に僕たちが経験する難局を、明瞭に予言しているように僕には思える。ところが、この時期には、僕たちのなかの多くの者には、人生は終わりに近づいているだろう。したがって、完全な政府の確立があとになるというときに、美術や自然観察が僕たちに与えることのできる喜びを放棄するのは、賢明ではない。この面ではいつも怒りの種が残るだろうし、僕によれば、無力な怒りは悲しいことである。僕は、恋愛の情熱によって惹き起こされたたくさんの滑稽な行動を悔やまねばならないほんの少数の人々に、美術の勉強に専念するように勧める。

このことについてはとても少数の人にしか話さないことで満足しよう。

社交界における地位はそれには何の役にも立たない。パリでは、絵画に影響力を持っている父親は、息子を画家にする。こういった人物が、十年前から芸術家の状況を支配し、諸君をこのうえない気取りと天分で整えたアトリエに迎える。このアトリエは、芸術の香よりも、借金で投獄されたあわれなやつの臭いがする。僕はわざわざこの比較基準を選んだ。僕には人間が金持になるために辿る習慣以上に芸術に反するものはないように思える。金運のあとは、『王国人名録』に掲載される幸運が、美の崇拝にいちばん反する性質を表しているように思える。続いて、僕の追放名簿では、当意即妙の才と単なる機知がやってこよう。芸術のためには少し憂欝で不幸な連中が必要である。

秩序精神は夢想の欠如を表しているが、夢想というものは、それ自体ほどには甘美なものを何も見いだせず、いつも次の一瞬には必要な妥協を追い払ってしまう。僕にはまた、秩序精神は、美を感じるために必要なものがないことを表わす大きな指標であるように思える。

ローマにおけるフランス派美術

僕は『論争新聞《ジュルナル・デ・デバ》』で、現在の取り決めは道理にあわないということを読んだ。ローマのヴィッラ・メディチに滞在する若い芸術家たちが、イタリア社会から完全に孤立したオアシスを形成していて、しかもそこでは、パリで芸術を凋ませているあらゆる小礼儀作法が専制的に支配しているのだ、と言われる。

大賞を獲得した生徒は、ティチーノ川とトレッビア川のかなたでありさえすれば、イタリアの望むところに行ける、と決めることもできように。そうなれば、トリノとジェノヴァを除いて、どんな滞在も許されるだろう。かれらは前払いで三カ月ごとに、月に百五十ないし二百フランの給費を受けることになる。もし年末に、パリにどんな作品も送れないなら、その生徒の給費は半分に減額されよう。もし生徒が相変わらず勉学のしるしを見せないなら、三年目には、この給費は月に五十フランに減ることになる。


生徒からパリに送られた作品は、審査委員会によって審査される。最良の作品は、作者に二千四百フランのあらたな給費を一年間支払うという褒美が与えられる。それ以下の功績には、千八百、千二百、六百フランの給費が、同じく一年間、褒美として与えられる。『モニトゥール』は、毎年イタリアから送られてくる絵、彫像、版画についての評価をきちんと公表する。


しかし、パリ中を侵略している陰謀から、芸術家に関するこれらの審査をどうして護れようか。

困難はすべてそこにある。徒党精神を挫くにはマキアヴェッリの天分が必要だろう。

イタリアに行くことを求めている青年、ないしはすでにイタリアにいる青年の作品に序列を定めねばならない審査員は、自分が審査員になるのを、審議に入る一時間前になってやっと知らされることを僕は望みたい。

十一名の審査員が必要であると仮定してみよう。内務大臣殿が、携わるべき目的を示さずに、正午に二十五名の人を召集する。最初にやってきた十一名の委員が、展示室に閉じこもり、その場を離れずに、それぞれの絵、素描、ないしは彫像の評価を投票する。この審査委員会の長がただちに大臣に結論を持っていく。

もしこの最初の会合で仕事のすべてが遅滞なく処理されなければ、十五日ないし二十日のちに、同じ方法で召集された人が、パリではしきたりとか、改めるべき不公平とか、各教授が順番に自分の愛弟子を選ぶのが実態の教授の影響とか呼ばれるものに、同じ用心を払いながら、投票をおこなう。

この芸術審査委員会の名簿は、作成するのがそんなにむずかしくはないだろう。十一名の審査員のなかには、つねに三名の芸術家がいることが必要だろう。悪い事態は、十一名全員が芸術家の場合である。そうなると、パリ社会の意見は代表されないだろう。パリ社会は、遅かれ早かれ、運命が決する若い生徒を、その求めによって、養わねばならないのだ。

ルイ十四世の主席画家のシャルル・ルブランが芸術の暴君であったとき、かれは、自分とあまりに異なる才能によって嫌悪感を抱く恐れのある青年芸術家とは、面識を持つ機会を遠ざけるのを得策にしていた。オーフレーヌという名前の役者が、素朴で、自然で、誇張のない朗読をしていたが、ルカンの時代にテアトル・フランセに登場した。かれは流行していた仰々しさに邪魔された。もし諸君が一瞬でもそのことを考えてくだされば、諸君は芸術家相互の評価が、相似の保証でしかないことがお分かりになるだろう。もしラファエッロが、彩色法が画家の第一の値打ちだと思ったら、かれは自分のスタイルを放棄し、セバスティアーノ・デル・ピオンボとかティツィアーノのスタイルを採用したことだろう。 350

ヴィッラ・メディチ

現在の僕たちの大臣みたいな才人の某内務大臣が、芸術愛好で知られた百名の金持好事家と、芸術を解すると見做されている百名の才知ある人の名簿を、早急に作成するようになればいい。その名前は僕の記憶に浮かんでくるが、しきたりだけがこれらの二つの名簿の作成開始をここで妨げている。これら二百名の名前とともに、学士院の会員の名前や、最近の展覧会でいちばん優れていた二十名の青年芸術家の名前を加えることもできよう。

諸君は、これら四百名の名前のなかから偶然に指名された十一名が、日々不満が訴えられている結果よりも滑稽でない結果に到達すると思わないだろうか。召集のあとで実施される審査が、現在の決定のなかに見られるいちだんと嫌らしいものを遠ざけるように僕には思われる。

◆十二月二日

サンタピロ公殿は、トスカーナからやってきたが、ピサ大司教とこの高位聖職者に召集された憲兵に反抗して、ピサの女子修道院が攻囲に耐えた、と言っている。これらの婦人たちの何人かは、修道女としてはとても不幸な状態にあった。――そうなんです！　わたしたちは聖霊の訪問を受けましたの、と彼女らは誇らかに大司教に答えた。憲兵がついに修道院の門を開けるのに成功し、愛情で結ばれていた不幸な修道女たちは、サン・ジュリヤーノの温泉に送られた[351]。

実際、僕にはこの小話を信じることができないし、打ち消してもらいたいものだ。

公爵が語るには、トスカーナ地方では、けちな副知事つまりデレガーティが手中に収める権力に匹敵できるものは何もないという。これらの殿方がかれらの小さな町の劇場にやってきて、もし第二幕に入っていれば、俳優たちに作品を急いではじめからやりなおさせる。――金持の人間にとって、訴訟に敗れることはほとんどありえない。――マラスピナ事件[352]。

多くの地方の町村では、行政官の支配力は一般人には及ばない。それくらい、忌まわしい習慣の数が多く、それが法の力を持っている。イタリアでは、善行を施すことのできないのを真っ先に嘆く尊敬すべき人物たちがこの真実に気づいている。たとえば、T＊＊大公殿とかR＊＊＊大公殿[353]よりも礼儀をわきまえた人がどこで見つかるだろうか。僕はスピナ枢機卿殿について、かれの才能にふさわしい讃辞を述べなかった。この人は、僕がいた頃には、ボローニャで全能の教皇領州総督であった[354]。このローマ教会の殿様は、善を見るために不可欠な才知と、善を実行するのに必要な性格の力を持っていた。僕は清廉潔白な行政官とたくさん面識を持ったが、一旅行者がその名前をあげれば、かれらを危険に晒すことになるだろう。僕が思い切ってスピナ枢機卿の名前を書くのは、ローマ教会がこの著名な人物を失ったからだ。
青年詩人で炭焼党員《カルボナロ》のベネデッティ氏が一八二一年にフィレンツェにいた、という噂である。かれは郵便で不用意な手紙を受け取った。権力者はこの手紙の裏に「局で開封」と書いて親身な注意を与えた。かわいそうなベネデッティはこの警告がどういうことか分からなかった。かれは小二輪馬車《カレッシーノ》に乗り、すぐさまピストイアに行って頭に一発ぶち込んだ。ベネデッティ氏のたくさんの韻文が出版されたが、この青年には自分自身に対していちだんときびしくすることだけが足りなかった。

サンタピロ公はニッコリーニ氏の才能の大の讃美者だった。この若い劇詩人は劇的ではないが、見事な詩句を作った。『イノとテミスト』[355]『ファスカリーニ』『ナブッコ』などの悲劇を見られたし。この最後の作品はナポレオンに対する寓意である。

アラゴンのアルフォンソ一世は、ジョヴァンナ二世によってナポリの王座に呼ばれた。この王侯には、かれの宮廷の貴族であるガブリエレ・コレアレという寵臣[356]がいた。コレアレは亡くなったが、モンテ・オリヴェートの教会で、かれの墓のうえに、以下のような素朴な墓碑銘が読める。そこでは、ガブリエレに代わってマルクスとなっている。

　　昔はアルフォンソ王の最大の分身であった
　マルクスは、この小さな土の堆積のしたに埋まっている。

公はこの風変わりな墓碑銘を僕に説明してくれたが、僕には少しも解らなかった。

◆一八二八年十二月三日

僕は言い忘れていたが、ローマ滞在の一カ月目から、僕たちは芸術を庇護した教皇の紋章を見分けることを覚えた。かれらが再建したどんな小さな建物の壁面にもそれが見られる。メディチ家の五つの玉ないし丸はみんなに知られて

教皇の紋章

ユリウス二世デッラ・ロヴェレ

レオ十世メディチ

パウルス五世ボルゲーゼ

ウルバヌス八世バルベリーニ

いる。オークつまりロブールは、ユリウス二世を指し示し、かれはデッラ・ロヴェレ（オークの）と呼ばれた。鷲と龍はパウルス五世ボルゲーゼの紋章を形成する。ウルバヌス八世バルベリーニは紋章に蜜蜂をつけている。それらには刺針がなくはない、と同時代の機知のある連中は言っていた。

僕たちはしばしば、十六世紀の機知にはぴりっとしたところが少ないのにびっくりする。その時代の作家はかれらの著作物よりもずっと優れていた。機知はある程度の驚きを、したがって未知を必要とする。ヴォワチュールやバンスラードは世界でももっとも好ましい宮廷の魅力を作り出した。今日これ以上につまらないものがあるだろうか。おそらく機知は二世紀しか続くことはできない。いつかボーマルシェは退屈になるだろう。エラスムスやルキアノスは現在まさに退屈である。

一年前に、この国でもっともきれいな女性の夫であるドッドウェル氏[357]が、僕たちの一人に、ローマ近郊の山中にある建物の一覧表をくれた。そこにはキュクロペスの建造物の廃墟が見られる[358]。大きな石塊をとてもうまく積んで建設された壁で、その不規則な形が残されているのだが、それがしばらく前からそう呼ばれている。合わせ目を作るためにだけ石塊は削られている。プチ＝ラデルとドッドウェルの両氏は、これらの建設がローマ建国前一一〇〇年に遡ると主張している[359]。この学説では貧しい論理が少し無謀に扱われている。

僕に言わせれば、不規則な多角形で構成され、しかもキュクロペスのと呼ばれている壁 360 がそんなに古いということは、少しもうまく証明されていない。石が自然に多角形に壊れる石灰質の土地では、この建築方法が、いちばん手っ取りばやいとは言わないにしても、少なくとも、素朴な民族に自然に発生した方法である。スペインでは、百姓はまだリム付きの車を考案していない。かれらの気の毒な荷車は、乳母車のようなリムなしの車輪を付けている。ペルーにはキュクロペスの城壁がある。いくつかの町のキュクロペスの壁がローマ建設後に建てられたものではない、ということは少しも証明されていない。

石積みは完璧である。そこには包丁の刃も差し込むことはできないだろう。しかしこうした様子は、四角に削られ
361 た石によるいくつかの建造物で見られる。たとえば、ペストゥムの土台とか、ローマでいちばん古い建築であるカピトリーノのタブラリウムである。僕たちは八から十のキュクロペスの廃墟を見たが、いつも山岳地方で、しかも石灰質の山岳の地方でのことだった。もし読者が好奇心ないし疑いを抱くなら、僕はウィトルウィウスの第二巻第八章の次のようにはじまる一節を探すように勧める。「したがってギリシア人の建設を軽蔑してはいけない」云々。ウィトルウィウスはこの建築方法を充填組積《エンプレクトン》と呼び、「これをわが百姓も用いている」とつけ加えている。

到着の翌日から、ラファエッロの別荘に行きながら、ポポロ門から左に三百歩のところで、ムーロ・トルトの網目状《オプス・レティクラトゥム》にできた工事を見た。この城壁は、現在は傾いているが、小さな四角い石塊でできていて、この石塊は大文字のVのような角度で塡めこまれている。ガエタ湾周辺の大部分の廃墟は、こんな風に建てられている。

（この巻を終わりにするように言われている。そのことに僕はとても腹を立てている。あと百五十ページは欲しかった。僕は一八二九年のはじめの数カ月について、日記のいくつかの記事をできるかぎり圧縮することにしよう。）

◆一八二八年十二月四日

ミレディ・N＊＊＊は、僕がロシアの青年領主のすてきなコンサートについて話したことで名誉心を傷つけられ、

彼女も古い音楽のコンサートを開くことにした。タンブリーニがずば抜けていた。かれは確かに現在最高の歌手だ。ルビーニの声は少し震え、ラブラシュの声はからまっていた。タンブリーニ夫人は、ローマでもっともきれいな女性の一人であるが、パイジェッロの魅力的なアリアをとてもうまく歌った。

今晩の宴はものの見事だったが、英国人の家庭が催すすべての宴と同じで、少し勿体ぶっていた。いくつかの招待を断ることが大いに話題になった。

僕は北国のこうしたあらゆる嫌味な話を避けたいし、イタリア人としか話したくなかった。かれらによれば、他のすべての作曲家をひっくるめたよりも、パイジェッロだけに、いちだんと豊富なメロディがあるという。かれの歌唱はほとんどいつも一オクターヴのなかに閉じこもっているだけに、さらに独特なものがある。パイジェッロの管弦楽はまったく無に等しい。この二つの理由で、かれは歌手の声を無理強いしない。ルビーニは、おそらく三十歳にもなっていないが、すでに消耗している。それはかれがロッシーニを歌ったためだが、一方で崇高なテノール歌手のクリヴェッリは、六十四歳でまだとても申し分なく歌っている。かれは相変わらずなめらかな歌唱《スピアナート》をしていた。

今晩、名誉なことに音楽について僕の話相手になってくれた真の愛好家たちは、グリェルミ父子、ツィンガレッリ、某歌手の声の影響を受けたアリアの仕立屋でしかないナゾリーニを完全に軽蔑していた。フェデリーチ、ニッコリーニ、マンフロッチのすべての連中は考えなしだ。

かれらは、逆に、フィレンツェでとても若くして死んだラファエッロ・オルジターニを非常に重視している。かれはチマローザのスタイルで書いた。かれの『イェフテ』や『嫌々ながら医者にされ《メディコ・ペル・フォルツァ》』は傑作である。ロッシーニなら、三日で、それらのオペラを上演できるようにその管弦楽を強化することができよう。

フィオラヴァンティには才知がある。しかし才知しかない。

メルカダンテ氏は時として単純だが胸を打つ。それは美しい悲歌のようだ。Utinam fuisset vis! かれにはもう力がないのだ！　カラファ氏が非常に重要視されている。二十以上のオペラがかれによって作られ、拍手喝采を受けた。

ベッリーニ氏はおそらく何ものかを生み出すだろう。かれの『海賊』はいい。しかし、かれは第二作のオペラ『ストラニエラ』を上演したばかりだが、これは最初のにあまりに似すぎている。それは同じ性質の着想であり、同じ仕立てである[362]。十九世紀の多くの有能な人物が、最初の作品しか満足なものを作っていない。ロッシーニは、自分のスタイルから完全に脱却することによってはじめて、忘れ去られてしまうことはないかもしれないし、ベッリーニ氏はあまりにロッシーニを思い出させる。

十八世紀の有名な作曲家たちはメロディで創意を発揮した。ブラネッロ、サッソーネ（ハッセ）、マルティーニ、アンフォッシ、かれらすべてのうえに聳えるチマローザがそうであった。これら偉人の二つのオペラから、ひとつを作ることができる。最高に美しいアリアを終楽章《フィナーレ》とか三重唱曲《トリオ》に変えたり、伴奏とかベートーベンの交響曲のように鳴り響く序曲をつけ加えることだけが必要である。

今晩、僕たちは、モーツァルトの『魔笛』のなかで、笛を試すときのテノールのアリアを歌ってもらった。おそらくこのオペラでよいところはそれしかない。しかしイタリア人は驚き、かれらの目はこう言っているようだった。まさかイタリアの音楽とは別の音楽があるなんて！

ロッシーニ

ギルランダ氏は、ローマにおける『セビーリャの理髪師』初演の日（一八一六年、アルジェンティーナ劇場で）のロッシーニの不運な出来事をあまさず僕たちに話してくれた[363]。

まずロッシーニはオイクーニャの毛の服を着ていて、かれがオーケストラに現われたとき、この色彩が爆笑を巻き起こした。アルマヴィーヴァを演じたガルシアが、ロジーナの窓したで歌うためにギターを抱えて登場する。最初の音合わせで、かれのギターのすべての弦がいちどきに切れる。平土間席の野次と莫迦騒ぎが再びはじまる。その日、平土間席は坊さんであふれていた。

ザンボーニ扮するフィガロが、今度はマンドリンを持って現われる。かれが楽器に触れるやいなや、すべての弦が切れる。バジリオが舞台に登場した。かれは鼻から倒れこむ。白い胸飾が血だらけになる。バジリオを演じていたあわれな端役は、血を法服で拭おうと考える。これを見て、足踏みと、叫びと、口笛が、管弦楽と声とをかき消してしまう。ロッシーニはピアノを離れて、急ぎ帰って自宅に閉じこもった。

翌日、作品は絶讃を博した。ロッシーニは劇場にもカフェにも危険を冒して出かけていく勇気がなかった。かれは家のなかで凝っとしていた。真夜中頃、かれは通りでぞっとするような騒ぎを聞く。喧騒は近づく。ついにかれは、ロッシーニ、ロッシーニという大きな叫び声を聞き分ける。ああ！　これ以上はっきりしていることはない。ぼくのあわれなオペラは昨日よりもさらに口笛を吹かれたのだ。ほら坊さんたちが、ぼくをひっぱたくために探しにくる、とかれは考えた。これらの血気盛んな批評家たちがかわいそうなマエストロに与えたしかるべき恐怖に、かれはベッドのしたに隠れたと言われる。実際、喧騒は通りで止まず、階段を昇ってくるのをかれは聞いた。

まもなく、扉がノックされる。扉をぶち破らんばかりで、死者を目覚めさせる《スペリヤール・イ・モルティ》ようにロッシーニを呼ぶ。かれは、次第に震え、よく気をつけて返事をしないようにする。最後に、一団のなかで他のものよりも慎重な一人が、かわいそうなマエストロは恐がっているのかもしれないと考える。かれは跪いて、頭をさげながら、扉の隙間からロッシーニを呼ぶ。起きてくれよ、あんたの作品は大成功だ。俺たちはあんたを担いで練り歩くために、呼びにきてるんだ、と、興奮からロッシーニを《あんた》と呼びながら言う。

ロッシーニはそんなには安心せず、相変わらずローマの聖職者《アバティ》の悪い冗談を恐れながら、それでも目覚めたふりをして、扉を開けることを決心する。捉まえられると、かれは生きた心地もなく、舞台上に運ばれ、そこで『理髪師』が大成功なのを実際に納得する。この凱旋のあいだ、アルジェンティーナ通りは火のついた松明がいっぱいに灯され、ロッシーニは一軒のオステリアに連れてこられた。そこには急ごしらえで大夕食会が準備されていた。突発した莫迦騒ぎは翌朝まで続いた。ローマの人々は、外見は謹厳で賢明な連中だが、手綱をゆるめるや、無我夢中になる。それこそ去年のカーニヴァルで僕たちがしっかりと見たことだ。今年のカーニヴァルは、以前のように、さらにいちだんと飛拍子もないものになると予告されている。

僕は今晩、ヴェネツィアやフィレンツェやナポリのイタリア人たちと、レイディ・N＊＊＊のところにいた。これらの殿方はものごとを深く考える人々で、英国風パンチが僕たちを率直にさせた。このうえなく才能のある二人の人物がローマを代表していた。かれらの名前を出すことができないのが残念だ！　この旅行記を読む外国人は、どんな家にみんなが集まってくるか分かるだろう。このうえなく稀な良識、美術にとって必要な火のような魂、そして驚くべき才知を持ったこのうえなく完璧な集まりに遭遇する希望を抱いて、みんなはやってくる。一八二八年には、天才がどんな高度なものを持っているかを理解するのに好都合なフランス婦人の家で、僕はこれらの殿方に出会ったものだ。彼女はローマでもいちばん奥まった地区に住んでいたが、そんなことは無関係だった。僕たちは毎晩人気ない街を一リュー［約四キロ］歩いて出かけた。このうえなく活発で思いがけない才知、完璧な率直さ、このうえなく愛すべき陽気さに遭遇する希望を抱いていなければ、どこへ行ったというのだろう。

この陽気さは、今晩レイディ・N＊＊＊のコンサートで出合ったものとは明らかに違う[364]が、結局、僕たちがいたすっかりイタリア風の一隅では、僕たちは少しも暗くなかったし、カント（風俗と品格の偽善）が浸透してくることは不可能だった［二］。

ドン・F・G＊＊＊はしたがって僕たちに言ったものだ。金持で、若く、粋なローマの王侯でも、指物師の妻すなわち第二階級《セコンド・チェト》の女性とか、商人たとえばラシャ屋の妻とかに恋したら、その亭主を恐れる[365]、と。

この亭主は、腹を立てれば、王侯にしっかりと短刀をお見舞いして死に至らしめる。

以上が、イタリア全土よりローマが勝っている理由である。他の町では、浪費家で快楽好みの青年王侯は、人妻が気に入れば、亭主である指物師に金を支払い、ラシャ商人にはとても有利なうしろ楯を申し入れ、すべてがこのうえなく平穏に解決される。もしたまたま、亭主が不機嫌であっても、かれの怒りはせいぜい女房を殴るぐらいで、王侯に嫌な顔ができれば自分を英雄のように思う。まったく偏見がないか、まったく情熱がないいくつかの町では、亭主は王侯の最良の友であり、オステリアに行って正餐を注文するだろう。

繰り返すが、ローマでは亭主は遠慮なく王侯を殺す。

一八二四年に、ある英国人がスペイン広場の銃砲店に猟銃を修理に出した。翌日、職人が銃を届けて二エキュを要求する。この修理代が英国人には法外に思え、一エキュしか渡さないと、職人はこう言う。銃は渡せませんや。あっしが主人に叱られます。ごめんなすって、手入れ棒をいただきます。こいつを店に取りにきて、主人に話してもらいてえ。

英国青年は店にやってきて、自分の手入れ棒を要求する。まもなく口論になる。ローマの人々は、英国人が銃砲店の主人を乗馬用鞭で殴ったと主張している。英国人と銃砲店主が殴り合っているときに、若い職人が騒ぎに駆けつけて店に入ったのは事実だ。主人が殴られているのを見て、この若者は土間に放置されていた古い刀身を摑んで、英国人の太股に突き刺し、英国人はそのために危うく死ぬところだった。[366]

ローマにいた英国人たちは、烈火のごとく怒っていた。カヴァルキーニ枢機卿が非常に冷静に言った。英国人のみなさんは、英国やフランスで職人たちを殴るのに慣れているようだ。なぜローマにきなさる。古い諺をご存じないのか。《ローマで暮らすなら、ローマの習慣に従って暮らしなさい。》

ローマ人という偉大な名前が、庶民にこうした性格形成をするのに寄与していることを僕は疑わない。一七九八年、ローマ共和国の時代に、一介の労働者が兵士になったが、敵に出会った初日から英雄的な勇気を示した。

しかしローマの人々は、怒ったときしか殴り合わない。隣人を無視するか、憎むときしか隣人のことを考えない。他人への敬意は、見栄っぱりの国民が信義と呼んでいるが、かれらには未知のものである。試しにパリやロンドンやローマで労働者を殴ってみよ、ローマの連中は復讐するまでに敵意を抱くのが諸君には分かるだろう。——僕たちは考察をやめて、ランテ公爵夫人の娘たちが踊るのを見にいった。僕の意見では、彼女らはローマでいちばん美しい人たちだ。オルシーニとドッドウェルの両夫人は今晩とてもきれいだった。

夜会の終わり頃に、サヴァレッツリ氏が現われた。かれは僕たちの友人の一人で、イタリア北部からやってきている。かれはミラノに魅了されている。それは快楽の都であり、この点ではどこもここと比較できない。トリノとジェノヴァは監獄のようだ。

メッテルニヒ氏はミラノの人々に対するやり方を変更したばかりだ。逸楽によってかれらを籠絡しようと思っている。サヴァレッリ氏は言う。オーストリア軍のすべてのハンサムな軽騎兵士官が、ミラノに集まったようです。マレンゴ以来の二十九年間、貴族階級はすねて、節約していました。今日では、話といえば舞踏会とか宴会のことしか聞きません。英国馬を所有する贅沢が、信じがたい出費にまで達しています。

警察の事務総長であるヴォルピーニ氏はとても丁重な青年で、二年来、三人のフランス人しか追放されていないとサヴァレッリ氏に言っていた。その三人のうちの一人がH・B氏であった[367]。警察長官のロレンツァーニ・ランクフェルト氏はサヴァレッリ氏に巡察隊の人数を、ミラノ周辺をうろついているマスナディエーリ（泥棒）の数によって説明した。サヴァレッリはこれらの泥棒の存在を信じるつもりはない。しかしかれは、この発言のなかにランクフェルト氏の丁重な配慮を見る。氏は、この植民地を抑えるように定められた巡察隊が、楽しみにそっぽを向かないことを望んでいる。サヴァレッリは僕たちに心惹かれる逸話を語ってくれる。かれは最後に、要するに逸楽はこの愛すべき土地の女王であると僕たちに言う。ミラノは一八一〇年を忘れて、ゆっくりと一七六〇年に、ベッカリアが次のように書いたときの状態に戻っていくだろう。「ここには十二万人の住人がいるが、逸楽以外のことを考えているのは十二人もいない。」

ロンバルディーア駐屯部隊総司令官ヴァルモデン氏と知事のストラッソルド氏は[368]、互いに競って我先にと最高に楽しい宴会を開こうとしている。これらの方々の見せる悪趣味と言えば、時どき『立憲新聞《コンスティテューショネル》』や『フィガロ』について辛辣な冗談を言うことだけだ。この下手な冗談は善良なミラノの人々に、自分たちが少し奴隷になっていることを思い出させるかもしれない。

ルビーニは毎晩スカラ座で三つの新しいアリアを歌っている。この劇場はありとあらゆることをやっているが、カルカーノ小劇場で歌っているパスタ夫人と競うには、無駄である。才知ある連中がスカラ座近くのカフェに集まって、午前三時まで、音楽や恋愛やパリについて話している[二]。

ミラノはおそらく、今このときも、世界でもっともしあわせな町のひとつである。オーストリアの支配者たちは才知のある連中である。そして、きびしさが失敗したあと、懐柔を試そうと思っている。ミラノがナポレオンのもとでイタリアの首都であったときの政治の存在を懐かしがるのは、やがて、きれいな女性の目に、老年と耐えがたい陰気さのしるしに映るだろう。

［二］　バイロン卿は一八二二年の英国社会について話しながら、以下のように叫んでいる。「カントは、自分を甘やかす人間のあの不誠実で出まかせを言うときのたいへんな罪である。」『ドン・ジュアン』最終歌群の序文である。[369] 風俗のこの滑稽な偽善は、一八二九年には、カントがなければ平板でしかなかったたくさんの深刻な著作を、反発を買うものにしている。みんながある党派に所属し、みんなが多くの成金連中に気に入られようとしているが、この成金連中ときたら、この党派の力を作り出す微妙な事柄を正しく考えることができないときている。[370]

［三］　The day of paq,1829,nopr bylov ; the 21 of june nop bywa and hap. Ever sanscrit. Drama forpr. The death of Crescentius.[371]

◆一八二八年十二月十日

僕たちは、コルソのサン・カルロ側で、一軒の家の表門のしたにあるミケランジェロのあの粗彫りを再見したばかりだ。そのとき、大きな叫び声がして、僕たちは逃げていく一人の男を見た。僕たちはこう教えられた。あれは粉挽きの小僧で、金持の小麦商人を殺ったところでさあ。商人が、あの男の女房の情夫だったんで。

僕たちは、旅仲間の女性たちが怖がるのもものともせず、徒歩で、遠くからこの嫉妬深い夫のあとを追いかけた。かれは半時ほど走ったあとで、サンタ・マリア・マッジョーレの階段で倒れた。警察は人殺しを見張るために今しがた歩哨を置いて、その間に、教会の階段でかれを逮捕するのに必要な許可を求めに行ったのだった。モンティ地区の民衆が、睨み合っている殺人犯と歩哨を取り巻いた。とりあえず借りた近くの窓に陣取って、僕たちはこの事件の結末を待った。そのとき、突然民衆が歩哨と粉挽きの小僧のあいだにどっと入るのを見た。犯人は消えた。

コルソでは、かれが金持の小麦商人の家から出ようとしたとき、民衆は「あわれなやつ《ボヴェレット》だ!」と大きな声で言っていた。僕たちは、この関心の焦点が、息絶えようとしている男に向けられていると考えていたが、とんでもなかった。復讐をしたばかりの男のことだった。

◆十二月十一日

トラモンターナ（これは不快な北風である）がおそらく殺人を惹き起こす。以下は今晩ファルネーゼ館裏のヴィア・ジュリアで起こったことだ。時計師だと言われる一青年が、数年前から、メティルデ・ガリーネ[372]に言い寄っていた。かれは彼女の両親に、彼女をくれと頼んでいたが、両親はかれが無一物なので断っていた。メティルデにはかれと逃げるだけの気骨がなかった。彼女は金持の取引商人と結婚させられ、式が昨日おこなわれた。結婚式の食事のあいだに、メティルデの父母は激しく苦しんだ。二人は毒を盛られていて、夜の十二時頃死んだ。そのとき、音楽家に変装し、食堂付近をうろついていた若者が、メティルデに近づき、彼女に「今度はぼくたちにだ！」と言った。かれは彼女に短刀を突き刺し、そのあとで自分に突き刺した。父母が死ぬとすぐに、未来の夫は、どういうことかを覚って逃亡していた。

◆一八二八年十二月十二日

親切にもここまで僕に随いてきてくれた読者に理解してもらうのに、ローマ美人の顔だちの穏やかさがどんなものかを、どうして僕は描けないのだろうか！　フランスから出たことのない人間が、それについて想像することができないのを僕は承知している。パリでは、社交界のしきたりや、気に入られやすいある種の態度が、目とか口の端のほんのわずかの動きによってはっきりするが、このわずかな動きは少しずつ習慣になっている。

ローマ女性は、諸君が朝田舎で山を眺めるように、話しかける男性の顔を眺める。彼女らは何ごとかを言われて、笑うのにふさわしいときに笑うのでなければ、頬笑んだりするのはきわめて愚かなことだと思っている。彼女らの表情の完璧な硬さゆえに、少しでも関心のしるしを見せられれば、たいそうな喜びになる。僕は時として続けて三日間、田舎で、若いローマ女性の表情の動きを追跡した。それは不変だったし、何ごとも表情を変えさせなかった。表情には少しも気紛れがなかったし、少しも厳格でも高慢でもなく、この点では何でもなく、それはただ不変なだけなのである。このうえなく思慮深い人が呟いた。こういった女性を恋愛に夢中にさせるのは何としあわせなことだろう！と。

◆十二月十五日

一日をヴァチカン図書館で過ごす。クレスケンティウス、聖ニルス、タムヌス、聖ロムアルドについて調査。――ローマのたくさんの原稿がナポレオン時代のパリに移動し、見られることもなくここに帰ってきた。シャトーブリヤン氏のために働いているたった一人の学者が、そのいくつかを調べた。今晩、B＊＊神父殿が僕に言った。いく人かの気取り屋にとっていちばん恐ろしいものが、破棄されたり、少なくとも、盗まれて英国人に売却された、と。一八〇四年にポール＝ルイ・クーリエは言っていた。モンシニョール・アルティエーリはこの仕事で財をなした、と。

このパリへの移動は、ドイツの学者のからかい文句になっている。ヨーロッパ民族のあいだで、フランス人が天分にあふれたうぬぼれやの役割を演じているのが僕には分かる。ユピテル・フェレトリウスの逸話だ。あるフランスの学者がフェレトリウスの王ユピテルというとても有名な呼び方を、自分よりも前には歴史上知られてないものにしてしまい、大胆にも《ユピテルとフェレトリウス王》と訳した。[373] こういった行為は、ドイツないしイタリアでなら、一人の人間を失墜させるだろう。そこではまだみんなが文学的な事柄を考えるだけの暇がある。そこでは、すべての著述家が知り合いであり、新聞が評判を作ることができない。フランスでは、新聞が自由を創造し、そして文学を失墜させてしまうことだろう。

◆十二月十六日

ナポリへのパスポートを手に入れるためには、ローマ駐在フランス大使が個人的に旅行者を保証しなければならない。しかしながら、それは大使が非常に当然のこととして拒絶できるということだ。とにかく、僕が光栄にもこのお偉いさんと個人的に面識をもつということはないのだ。さて、パリからサン＝クルーへの旅行者のみなさん、[374] オーストリア臣民のタンブローニ氏を嘲笑したまえ。かれは自分が騎士《カヴァリエーレ》と呼ばれのを聞くのが好きだ。かれの小さな虚栄心を非難したまえ。この肩書きは、かつてナポレオンからかれに授けられた鉄の王冠の十字勲章に由来する。オーストリアはかれに言いがかりをつけていて、この才人が《タンブローニ、カヴァリエーレ・デッラ・コロナ・ディ・フェッロ（鉄の王冠の騎士）》と署名することを望み、《カヴァリエーレ・タンブローニ》とすることを望んでいない。こちらの書き方は、生れつきの貴族にしか許すべきでない、とウィーンの支配者集団は言っている。実際、イタリアでの《カヴァリエーレ》は貴族を意味する。この言語には貴族を表す《ド》がないので、外国人はたとえばファルコニエーリとかいう名前があると、「かれは貴族かしら」と訊ねる。

サー・ウィリアム・R＊＊は今晩とてもうまいことに次のように言っていた。虚栄心の喜びは他人との活発迅速な比較に基づいている。つねに他人が必要である。それだけで想像力を凍らせるのに充分である[375]。想像力の強い翼は、孤独によって、そしてすっかり他人を忘れることによってしか広がらない。

◆十二月十八日

ローマはまったく陽気ではないし、ナポリのような一大中心地のもつ活気と喧騒に沸き返ってはいない。はじめの日々は、地方にいるのかと思う。それでも、不思議に、ここで見られるあの静かな生活に愛着を覚える[376]。不安な情熱を和らげる魅力がある。素朴で公正で深遠な才知のあるフランス人が、昨日僕に言ったものだ。「実際、教皇が僕をモンシニョーレにしてくれたらなア。そうすれば、ここで記念建造物を眺め、それらの起源をあれこれ考えて生涯を過ごすだろう。」

コンサルヴィ枢機卿の時代であったら、僕はこの願いを共有したことだろう。社交界とか陰謀とか情熱とか

　　そしてそれらの苦難の海　　ハムレット[377]

に抗して、ローマはとても心地よい避難所になっていることだろう。
十三世紀に修道院中庭に人が集った感情がこれである。

◆一八二八年十二月二十日

この国では、政府がすべてに関与する。個人は許可なしには何もすることができないし、みんなは特権を手に入れようとする。心ならずも、外国人はこの政府の動きを考えてみたいという欲求を覚える。これ以上にむずかしいことはないが、何しろ、その影響が外国人を四方からとり囲んでいる。教皇政府の法律行為の大部分は、規則の適用除外で、それはきれいな女性ないし肥った僧侶の信用によって獲得される。

聖グレゴリウス五世の手紙には、しばしば枢機卿という名詞が見いだされる。[378]しかしこの単語は、そこでは教会の長を表している。この時代には、みんなに勇気があり、長老たちにはあまり懐柔の手だてがなかったので専制政治が滅多になかった。ローマ教会の司祭や助祭は教皇と一緒に治め、教皇は少しも暴君ではなかった。空位時代のあいだは、かれらがローマの司教区、さらには全ローマ教会をも支配していた。ローマ教会の司祭と助祭は、通常かれらのあいだで教皇を選んでいた。紀元一〇〇〇年以前に開催された宗教会議の記録は、司教が枢機卿より上位にいることを示している。助祭枢機卿は他のものよりずっと下位であった。

ついに、一一七九年、第三回ラテラノ宗教会議で、アレクサンデル三世は、教皇の選出には三分の二の枢機卿の賛同があれば充分であると言明した。インノケンティウス四世が、一二四四年、枢機卿に赤い帽子を与えた。この色彩が選ばれたのは、枢機卿がローマ教会の擁護のためにつねに血を流す覚悟でいなければならないことをかれらに示すためであった。パウルス二世は、一四五〇年頃、枢機卿に赤い椀型帽子を与え、アレクサンデル七世は、一六六六年頃、かれらがいかなる類の不幸にも決して黒を身につけないように決定した。

一二七七年には七人の枢機卿しかいなかった。一三三一年には二十人だった。レオ十世のもとでは、およそ六十人が数えられる。最後に、シクストゥス五世は、イエス・キリストには七十人の弟子がいたことを考え、一五八六年に、これを枢機卿の人数にすることを命じた。しかしこの巧妙な支配者は、つねに托鉢修道会出身の四人の枢機卿が入っていることを欲した。

七十人の枢機卿のうち、六人が司教であり、五十人が司祭枢機卿の身分を持ち、十四人が助祭枢機卿である。愛すべきコンサルヴィ枢機卿は結局助祭でしかなかったし、自分を少しも司祭みたいに考えたことはなかった。一八〇一年以来枢機卿のアルバーニ枢機卿［アレッサンドロ］殿は、一八二三年には副助祭でさえなかった。どんな俗人も加わることのできない教皇選挙会議に入るために、はじめて位階に連なった。

六人の司教枢機卿は、ポルト、アルバノ、サビーネ、フラスカティ、パレストリーナ、ヴェッレトリの司教である。ローマの五十の主要な教会は、五十人の司祭枢機卿の名義に役立っている。枢機卿たちの十四の施物所は、施療院の付属礼拝堂だが、昔は助祭が管理していた。

カメルレンゴ、尚書院副院長、教皇代理、国務卿の各地位は枢機卿が占めている。

ナポレオン支配下では、フランスの国務卿（マレ氏）ははじめは大臣職ではなかったが、ついで国務卿が大臣になるのが見られ、最後は大臣のなかでも筆頭のものになった。同様の変革がローマでも起こった。百五十年前に、国務卿の地位はほとんど重要性を持っていなかった。今日では、教皇国家の世俗の問題に関わり、総理大臣である。この地位ではしばしば教皇聖下に会うので、教会の問題にまでも大きな影響力を持っている。

カメルレンゴ枢機卿は、カメラ・アポストリカ、つまり国家財政の先頭にいるので、このように呼ばれている。教皇逝去の日には、かれの権威は絶大になる。スイス人の護衛がどこにでもかれに随いていき、かれの名前とかれの紋章を入れた貨幣が鋳造される。故教皇の指から罪びとの指輪［教皇の認印付き指輪］をはずすのもかれであり、かれはその瞬間宮殿の所有者になる。教皇の甥の枢機卿たちが権力を揮っていた時代には、かれらが通常はカメルレンゴであった。ブロス法院長は、一七三九年にクレメンス十二世[379]が死んだとき、カメルレンゴであった恐るべきアルバーニ枢機卿［アンニーバレ］の振る舞いを、とても生き生きと叙述している。

「ローマ、一七三九年三月十七日 [380]

「ついに、信心深いペルネが、今朝わたしの部屋に入ってくると、イエス・キリストの代理人にとってすべてが終わったと告げた。かれは午前七時と八時のあいだに亡くなった。〔二〕わたしはすでに、カピトリーノの鐘が鳴り、わたしたちの地区で太鼓が叩かれているのを聞いている。わたしは出かける。

「わたしはモンテカヴァッロの宮殿で、人間の偉大さの悲しい姿を見たばかりだ。すべての部屋は開いていて、人気なかった。それらの部屋を、猫一匹見ずに、教皇の部屋まで通っていった。教皇の肉体が普段どおりにベッドに横たえられ、お祈りを唱えているか、唱えているふりをしている四人のジェズイット教徒によって守られているのを、わたしは見た。カメルレンゴ枢機卿（アンニーバレ・アルバーニ）が役目を果たしに九時頃やってきた。かれは何度も繰り返して、小槌で故人の額を叩き、その名前で「ロレンツォ・コルシーニ！」と呼んだ。そしてかれが返事をしないのを見ると、「ほらそんな訳であなたのお嬢さんは口がきけなくなられたのです」[381]と言った。そして、指から罪びとの指輪をはずし、しきたりによってそれを砕いた。枢機卿が出ていくと、みんながかれに随いていった。そのあとすぐに、教皇の肉体は長く人まえに晒さなければならないので、髭が剃られ、あの死者の青白さを和らげるために、頬に少し紅がさされた。これでかれは、病気のあいだにわたしが会ったときよりも、よい顔色になったことは確かだ。勿論、かなり普通の顔つきになった。とても美男の老人である。かれの肉体は今晩防腐処理される。ただちに、たくさんの事柄が着手され、それが町を活気づかせる。葬儀、遺体安置壇、教皇選挙会議の準備である。カメルレンゴは空位のあいだ全権を掌握して命令する。かれには数日のあいだ、かれの名前で、かれの役に立つように貨幣を鋳造させる権利がある。かれは造幣局長に、もしこの先三日間に、相当額にのぼる貨幣を造らないなら、絞首刑にすると言いに遣ったばかりだ。局長は必ずそうするだろう。この恐ろしいカメルレンゴは、言ったことを守る人だ。」

僕は教皇政府についての叙述を省略する。それは少なくとも二十ページを占める。これが読まれるときには、おそらくすべてが変わっていることだろう。

行政の長を設けようとする最初の教皇は、現に存在するものを廃止して、フランスと同じ権限の四人の大臣を設置することになろう。列挙すれば

一、宗務大臣

二、外務および警察大臣

三、内務および法務大臣

四、大蔵大臣

もし、このすっきりと明らかな機構と四省とともに、教皇がかれの臣民に、フランス人の民法典と法組織を与えれば、恩恵は完璧になる。プロイセン国王はこんな風にして一八一三年に約束した憲章を忘れさせている。

［二］第三巻、二九九ページ。

◆十二月二十二日

今朝、僕たちはたくさんの近代の彫像を見た。それらは数年前に死んだ英雄もしくは英雄と称される連中を表現しようとしている。

それらすべてのどれもが、ダヴィッド氏の『ボンシャン』[382]にかなわない。ヴァンデのサン＝フロランの小さな町にある教会の墓碑に、致命傷を負ったボンシャン侯爵が、ショレの戦闘で捕虜にされたばかりの五千の共和国軍兵士の生命を保証するように命じているときの姿で表されている。英雄の怪我のせいで、ダヴィッド氏はかれを半裸で表現することができた。モデルよりも大きなこの彫像くらいに飾らなく、真実で、したがって感動的なものはない。それは、ボンシャンの言葉で救われた五千人の戦争捕虜が閉じこめられた当の教会に置かれている。

イタリアにある近代彫刻の胸像には、何かしら張りのない、間の抜けたものがある。トルヴァルセン氏によるバイロン卿の胸像を見られたし[383]。カピトリーノで、広場に入って右手のプロトモテカと呼ばれているものに集められたす

べての胸像を見られたし。ダヴィッド氏によるベランジェ、シャトーブリヤン、ラ・ファイエット、グレゴワール、ルージェ・ド・リール、ロッシーニの各氏の胸像よりも、優れているものとは言わないまでも、比較しうるものを僕たちは何も見なかった。

――フレデリックは今晩、長すぎるイタリア滞在ほど凡庸なフランス人を愚鈍にするものはないと指摘した。かれらは不作法になる。かれらの才知は、もはや碑文を見ても不安に掻きたてられず、麻痺状態に陥り、才知の沈黙に入れ代わって、いかなる情熱的衝動も起こるわけではない。[384]

僕は一種の嘘を言ったことで自分を咎めている。つまり、フェラーラの風俗は、ボローニャとかパドヴァの風俗ではない。イタリアでは二十リュー離れるごとにすべてが変わる。しかしながら、不謹慎にならないように、僕が触れる小逸話の舞台となる場所を変更しなければならなかった。僕は、イタリアのそれぞれの町について、その独特な相貌を持たせておくことができなかった。

ブレッシャの貴族のカジノで開催された舞踏会で、クレモーナのヴィタリアーニ青年が、所在なく途方に暮れた様子で歩きまわっていた。かれの十九歳という年齢がそうさせたのだった。かれは年配の男性から話しかけられる。かれはこの男性がきれいで華やかなペスカラ伯爵夫人のパティーティ「ファン」の一人であることを知っていた。――ねえきみ、とパティートはかれに言った。わたしはきみがペスカラ伯爵夫人に紹介されたがっているのを知ってる。きたまえ。あの人がきている。儀礼的《チェリモニア》なことはわたしに任してくれたまえ。――誰がですって。ぼくが！　ペスカラ伯爵夫人にですって、と青年は赤くなって答えた。とんでもない、ぼくはそんなことを少しも考えていません！――何て子供じみてるんだね！　わたしは逆だと確信している。きみは死ぬほどそれを望んでいるんだ、さあ、わたしと一緒にきなさい。

青年は臆病なために、抗い、離れていく。あわれなパティートは、自分の任務を釈明し、みんなから阿呆でへまだと言われる。

まもなく、人々でごった返している戸口で、ペスカラ伯爵夫人がヴィタリアーニ青年の肩を扇子で軽く叩いて、魅力的な微笑を浮かべてこう言う。あなたのことを伺ってますわ。——何ですって、奥様！、とヴィタリアーニは赤くなって言う。——わたくしのパーティでお目にかかりたいわ。明日二時にうちにいらして。

火が青年の顔に昇り、かれは何も言うことが見つからずに、ぎごちなく挨拶して、離れていく。夜は眠れず、生きた心地もしないで翌日の会う約束時間になった。結末は予想どおり。ヴィタリアーニは生涯でこれほどの幸福はなかった。夕方、幸福と喜びに酔って、かれは劇場でペスカラ夫人に出会う。かれが彼女に話しかけようとすると、彼女はほとんど、しかも取るに足りない数語でしか返事をしてくれない。翌日は、大人数の夜会で彼女を見かけるが、彼女はもうかれを知らないような様子をしている。翌々日には、彼女はかれをまったく知らない風で、大声でこう訊ねる。たえずわたくしを眺めているあの金髪の若い大男はいったい誰かしら。どこかで見たということもないけど、多分中学校を出たばかりね。

ドン・C・P＊＊＊公は、以上のような言い方はローマではたいそうめずらしく、そうした言い方をすれば、女性の評判を傷つけるだろうと力説する。この愛すべき青年は、フランスと代議政府の影響を知りたがっている。かれは、南フランスの小さな町に行って一年間暮らす計画を、僕に相談する。——そこではひどく退屈するでしょうし、開放されているサロンは見つからないでしょう。もう社交界もありません。フランス人は、あれほど話したり、自分の関心事を喋るのが好きだったのに、非社交的になっています。あなたがとても丁重で人づきあいのいい人を見かけたら、その人は五十歳以上であることに注目しなさい。

385

ヴィレール内閣の解散は、カオール、アジャン、クレルモン、ロデスなどで社交界をなくしました。次第に、ブルジョワは、自分のけちな地位を失う心配から、隣近所を訪問するのが稀になりました。カフェにさえ行くことが少なくなりました。身を危うくすることを恐れて、三十歳のフランス人は、妻の傍らで読書して夕べを過ごすようになりました。あなたはスパイと間違われるでしょう。あなたの滞在はその土地のニュースになり、おそらく侮辱されるでしょう。フランス人は、笑ったり楽しんだりしようとしたあの国民とはもはやまったく別な国民になっています。

パリのサロンは地方のサロンと同じくらい冷ややかで退屈なことでしょう。しかし、第一に、そこには医者、画家、代議士が、かれらの富をふやし、いかさまをするためにやってくる。第二に、そこではニュースを知ることができる。第三に、五十万以上の数に膨れた人間は、当然のこととして、愚かさも邪悪さも減っている。あなたは、わが国の小さな町で、金を貯めこみたいという欲求をちょくちょく見かけるでしょうが、それは未来への不安と、収入を楽しく消費することができないことから起こっているのです。

才士たちの町ディジョンで、僕が気づいたことですが、ディジョン生まれの有名人の卓越性が認められるのは、かれの名声によって虚栄心を満足させることのできる孫息子ないし従兄弟がもはやいないと確かめられるときにだけです。陽気さと楽しみたいという渇望の代わりに、あなたは羨望、分別、慈善、倹約、大読書熱を見いだすことでしょう[386]。一八二九年に、いちばん陽気でいちばん幸福な町は、小宮廷があって若い小専制君主のいるドイツの町です。

◆一八二八年十二月二十三日

僕たちは、ファルネーゼ館近くで開かれている考古学会から出た。考古学者たちは陰謀好きではない。仕事に精を出していて、成功を追求しているのではないことが分かる。かれらは自分たちが話題にしていることを、それぞれ才知を傾けて、真剣に研究してきた。ローマの学者たちは自分たちだけで暮らしている。しかしまた、交際のない生活によってからかいをまぬがれるものの、ある事実がかれらにとって好都合となるや、それを証明済みのもののように見做す。僕は、建築のスタイルに関することでは、きわめて鋭敏なかれらの直感を喜んで信じよう。碑銘の文字の形から、ある世紀のものであることを、すぐさまかれらは明らかにする。

当地では毎日何かしらの記念物が発見される。昨日は、カエキリア・メテラの墓の近くで、ローマ帝国初期に十九歳で死んだ騎兵隊大佐の墓石が見つかった。三人の学会員が、今朝発掘現場に降りていったが、今晩、味もそっけもないがとても実質的な報告を作成した。僕たちのまえに坐っていた一人ふたりの学者は、すっかり俄いかさま師の顔つきをしていたが、それは、歯医者の例でも同じことで、最高の技量とは少しも関係なく共存することのできる欠点である。——現在の教皇に護られていることが周知となっている説を、僕たちのまえで批判した学者の恐怖。しかし、逆に、キャラモンティという姓によってしか呼ばれないいちばん最近に亡くなった教皇について話すときの侮蔑的で下品な調子。

ローマ滞在は芸術への関心を生じさせる。しかし自然の気持ちもしくは反抗精神から、しばしばそれは奇妙な方向に行く。こうして、僕たちのうちの三人は、ローマ旅行以前には絵を見なかったのに、ルーベンスが画家のなかでいちばんだとか、サー・トマス・ロレンスがモローニやジョルジョーネやパリス・ボルドーネやティツィアーノよりも肖像画がうまいとかを、熱心に主張している。

サー・トマス・ロレンスは、目に崇高な表現を与えることができるが、いつも同じである。顔の肉は張りがなく、垂れ下っているようだ。肖像の肩もまたあまりに滑稽に描いている。僕の意見では、ホルバインの肖像くらい人間をよく知って制作しているものはない。ルーヴルでエラスムスの何の変哲もない横顔を見られたし。

ローマにいると、ローマを荒らしたり、その記念建造物を破壊したりしにやってきた異民族の襲来についてしばしば聞かされる。はっきりしないものがすべてそうであるように、この想念が執拗に想像力につきまとう。僕は本が厚くなりすぎることを心配しているにもかかわらず、ここに異民族に関する記事の書き出しを載せる。かれらの大部分には勇気と自由とがあったし、そしてその風俗の大きな名残りがタキトゥスによって『ゲルマニア』のなかに描かれている。

一、ゴート族の王アラリクスが、四一〇年にローマを占領。この侵略については、パウルス・ディアコヌスがその著作集第十二巻で語っている。諸君は、長くなく、学者たちによって作りなおされる以前の話を探してみたまえ。

アラリクスの軍隊はローマに三日しかいなかった。被害はローマ自体でよりも田舎で大きかった。アラリクスはキャンプをサラリア門の近くに置いて、荒らしまわり、損害はバッカーノやモンテロトンドの方に広がった。

アラリクスがコセンツァで死んだあと、ゴート族は、かれらの新しい王アタウルフに率いられてローマに戻った。山岳地帯を通ってテラチーナからローマに至る道筋のすべての地方が荒らされた。

二、四二四年に、ヴァンダル族の王ゲイセリクスがローマに入ったが、ローマは防衛できなかった。かれは二週間しかいなかった（パウルス・ディアコヌス第十五巻参照）。ゲイセリクスは彫像や美術品のうち可能なものすべてを運んでいった。かれに対する教皇聖レオの懇願が大成功を収めたが、ローマとナポリと海のあいだの平坦な地方全体が戦火と流血の場となった。

三、四七二年、ゴートの王リキメルがローマに侵入し、掠奪した。多くの家が焼かれた（パウルス・ディアコヌス第十六巻）。リキメルはチヴィタ・カステラーナとスートリに到達した。

四、五二〇年から五三〇年までに、エリュル族の王オドアケルが、ローマの野を二度に渉って荒らした。最初は、アウグストゥルスの退位後にローマにやってきて占領した。二度目は、東ゴート族の王テオドリクスにアクィレイアとヴェローナの近くで敗れて、これを避けてのことだったが、ローマは市門を開けることを拒否した（パウルス・ディアコヌス第十六巻）。

五、五二七年に、ゴート族の王ウィティゲスがローマを攻囲した。ベリサリウスが一年間防衛し、異民族は占領できなかった。その報復にウィティゲスは、ローマの野にあるすべての文明の遺蹟を打ち壊すようにかれの軍隊に命じた。かれは記念建造物と、ローマからテラチーナまでのアッピア街道沿いにある水道橋を破壊させようと努めた（パウルス・ディアコヌス第十七巻）。

六、五四六年から五五六年まで、ゴート族の王トティラがローマ周辺の廃墟をことごとく破壊した。数カ月の攻囲ののち、オスティア門からローマに入った。パレストリーナとフラスカティを経由してかれは到着したのだった。ローマを破壊し尽くす計画でいた（ムラトーリ第三部、プロコピウス第二巻、パウルス・ディアコヌス第十七巻参照）。

七、最後に、ロンバルディーア人がローマの野の荒廃に仕上げをし、かれらよりも先に襲来した全異民族よりも、かれらだけでいっそう多くの損害を与えた、と同時代の歴史家たちは言っている。かれらは五九三年にはじめてやってきて、二度目はそのあと長く経って、七五五年に、アストルフォ王に率いられてやってきた。（ムラトーリ第三部九六ページと一七七ページ、ローマ宮廷に買収された歴史家バロニウス十巻参照。）

僕たちはハインリヒ四世や、ロベール・ギスカールや、サラセン人の侵略というもっと複雑な歴史に到達した。これらのすべてについては、原資料の著者たちの五十ページが、現代の著述家を五百ページ読むよりも、多くを教えてくれる。現代の作家は、ほとんどみんなが権力ないし体制に買収されている。

アングル『システィーナ礼拝堂におけるピウス七世のミサ』(ルーブル美術館)

◆一八二八年十二月二十五日

今朝僕たちは、おそらく十回目になるが、教皇のミサに行った。[387]それは丁度チュイルリーにおける日曜日の接見のようだ。教皇がヴァチカン宮殿にいるときは、システィーナ礼拝堂でこのミサは挙げられる。そして、聖下がクィリナーレ宮殿に住んでいるときは、パオリーナ礼拝堂である。このミサは毎日曜日と祭日におこなわれ、教皇が元気でいるときは、必ず実施される。ひとつの教会のように大きなシスティーナ礼拝堂の奥の壁面は、ミケランジェロの『最後の審判』が占めている。教皇の礼拝日にはこのフレスコ画に、バロッチによる『聖処女のお告げ』を表すタペストリー作品が釘で打ちつけられる。祭壇が置かれるのは、このタペストリー作品のまえである。勿論、フランスではこのような野蛮なことはおこなわれない。教皇は礼拝堂の奥から入り、参会者の左手にあるとても背の高い肘掛椅子に座る。この玉座は天蓋のしたにある。アングル氏は一八二七年に、この儀式とシスティーナ礼拝堂の完全に正確なあらましを伝える小絵画を出展した。

左手の壁に沿って、赤い衣を着た司教や司祭の枢機卿が座っている。助祭の枢機卿は、とても少数だが、参会者の右手、教皇と向かい合って着座している。教皇のミサは、教皇庁のすべての廷臣が集まる。かなり多数の僧侶には参列する権利があり、かれらは必ず出席する。それらは修道会の総会長、修道会ローマ駐在代理人、修道会管区長などである。これらの人物たちは、胡桃の木の板でできた五ピエの高さのしきりによってしか、一般参列者と隔てられていない。かれらと会話をはじめることは、少し機転のきく外国人にとって少しも困難ではない。もし外国人がおもしろがってジェズイット教徒に対する果てしない称讃を呈するなら、これらの大部分の僧侶、とりわけ、ズルラ枢機卿のような、白衣を着た僧侶がロヨラの弟子に対して決然とした反発を洩らすのが見られる。

これらの会話は、礼拝がはじまる前と教皇を待つあいだにおこなわれる。次つぎとすべての枢機卿が到着するのが見られる。これらの方々の各人が、礼拝堂に入ると、祭壇の正面に置かれた祈禱台に行って跪き、このうえなく熱意のこもった祈りに没入するかのように、そこに三、四分留まる。何人かの枢機卿が、とても威厳をもって、しかもしんみりとこの儀式を遂行する。このうえなく敬虔な方のなかで、今朝僕たちは教皇庁赦院長のカスティリヨーニ枢機卿とカプチン会総会長の美男のミカーラ枢機卿に注目した。後者はあご髭をたくわえ、所属する修道会の衣を着ている。すべての僧侶枢機卿についても同じである。かれらは赤い椀型帽子によってのみ枢機卿であることを表している。

僕たちは教皇の廷臣のなかに、白い衣を着た二人の僧侶に着目したが、その衣装はとても優雅である。これらの方々は親切にも、入場してくる枢機卿の名前を告げて僕たちに周知させてくれた。非常に念を入れて着付けをすることは重要である。これら善良な僧侶は、十字架や装飾を吟味することにとても関心を持っていて、着るものによってしか人間を判断しない。

◆一八二八年十二月三十日

僕たちはいくつかの記念建造物に別れの訪問をしたが、それらの記念物について話すのを僕は忘れていた。今朝は、気持ちいい寒さのなかを、サン・タニェーゼ・フオーリ・レ・ムラ教会まで行った[388]。これが散歩のいちばんすてきな目的のひとつである。

ピア門外一マイルのあたりで、ひとつの小教会に気がつく。そのなかの四十五段の壮麗な階段を下ると、その左右の壁に沿って、いくつかの墓碑銘が見られる。こうした教会への入り方は、キリスト教徒への迫害の終結と、これを建てたコンスタンティヌスの時代を感動的に思い出させる。僕たちはここで古代キリスト教に対するあの敬意を再び抱いた。それは、キリスト教徒が最強になったときにかれらがおこなったことは忘れられないものの、時として僕たちの心を打つ〔二〕。

サン・タニェーゼ・フオーリ・レ・ムラ教会

サン・タニェーゼ教会には三つの身側廊がある。それは十六本の古代の円柱で形成されているが、そのうち十本が御影石、四本がポルタ・サンタ、二本が紫大理石でできている。この最後のものは刳型《くりかた》で飾られている。階廊席を形づくる上部柱廊は、もっと小さい規模の十六本の円柱で支えられている。
主祭壇は感じがいい。それは天蓋と四本の斑岩の円柱で飾られている。そのなかに聖女アグネスの像がある。上半身はオリエント・アラバスターでできた何かしら古代の彫像のものであった。
このきれいな教会のなかでは、すべてが貴重である。後陣はホノリウス一世時代の古いモザイクで飾られている。そこに聖女アグネスの名前が読める。僕たちは聖母の祭壇上にある救世主の頭像に気づいたが、僕はそれがミケランジェロのものだと言われたら、たやすく信じたことだろう。同じこの祭室に、美しい古代の大燭台がある。サン・タニェーゼは、ローマ人の一日の過ごし方であんなにも大きな役割を演じたあのバジリカの形にとても類似している。

図書館司書のアナスタシウスは、女教皇ヨハンナの逸話を語るあの不謹慎な作家であるが、こう言っている。コンスタンティヌス大帝は、サン・タニェーゼ教会を建設したあとで、その傍らに円形の洗礼堂を建立させ、そこで、かれの妹と娘の二人のコンスタンティアに洗礼を受けさせた、と。今日では、サンタ・コスタンツァ教会と呼ばれているこの洗礼堂のなかで、斑岩の石棺が発見された。そのうえには、ぶどうの房を持った妖精が浅浮彫りで刻まれている。ピウス六世はそれをヴァチカン美術館に運ばせた。

何人かの学者が主張しているが、この洗礼堂はバッコスの神殿であった。なぜなら、円形の身廊の穹窿に、ぶどうの房を持った妖精を表現する七宝のモザイクが見られるからだ。しかし原始教会のキリスト教徒たちはしばしばこの装飾を採用した。が、この建物は退廃期絶頂のものである。異教が支配していたあいだは、決して建築はこんなに堕落していなかった。

一二五六年に、教皇アレクサンデル四世は、僕たちが話した石棺に入れられていた遺骸が、聖女コンスタンティアのものであると認めた。かれはそれを大祭壇のしたに置かせて、この建造物を教会に転換させた。それは円形で、六十九ピエ［約二二・四一メートル］の直径をしている。祭壇は中央にあり、円天井は御影石でできた二十四本のコリント式の二本組円柱に支えられている。古代ではおそらく比類のない例である。これらの円柱と建物の円い壁とのあいだの空間は、回廊を形成し、回廊の天井に、妖精とぶどうと、ぶどうの収穫仕事とを表すあのモザイクが認められる。この好奇心をそそる建物のまわりには廊下があったが、今日ではほとんど完全に崩壊している。

おそらく軍事的防衛の目的で七世紀に建設された楕円形の城壁は、前世紀には、コンスタンティヌスの競馬場と考えられた。

ローマに帰りながら、僕たちはミネルヴァ・メディカの神殿と呼ばれているあの風情のある廃墟を再び見にいった。それは、あの美しい英国版画のどれかひとつの題材に用いるのに、お誂え向きにできていると言えるだろう。それらの版画は、イタリアを描いていると称しているが、その記念建造物の輪郭を除いてはすべてが偽りである。空中に聳えるこの屋根のない穹窿は、アウグストゥスによって建立されたカイウスとルキウスのバジリカ、もしくはブルートゥスによって建てられたヘラクレス・カライクスの神殿の一部であったと言われた。その後、偶然そこで、足元に蛇を従えたあの有名なミネルヴァの像が発見され、それをピウス七世がリュシヤン・ボナパルト氏から購入した（いまではヴァチカンのブラッチョ・ヌォーヴォにある）。そこから、現在の名前、ミネルヴァ・メディカがついている。

サンタ・コスタンツァ教会内部

僕には、この建物はただ単に、誰かローマの金持が自分の庭園のまん中に建てた四阿であったように思える。穹窿とそれを支える壁のスタイルが、ディオクレティアヌスの世紀を示しているようだ。

この廃墟は、サンタ・マリア・マッジョーレからサンタ・クローチェ・イン・ジェルザレンメのバジリカに至る美しい直線道路の東、庭園の中央に、とても遠くから見えるが、十角形（十の角がある）をしている。ひとつの角からもうひとつの角までの長さは、二十二ピエ半［約七・三〇メートル］であり、周囲の長さの総計は二百二十五ピエである。そこには十の窓と九つの彫像用の壁龕が見られる。ミネルヴァの彫像以外には、ユリウス三世の時代に、アエスクラピウス、ポモナ、アドニス、ウェヌス、ファウヌス、ヘラクレス、アンティノオスの彫像がそこで発見された。この廃墟の趣を生み出している煉瓦の穹窿は、レオ十二世のもとで修復されたばかりである。

ティトゥス、ディオクレティアヌス、トラヤヌス、そしてハドリアヌスの浴場は、おそらくどれもがひとつの広大な建造物から別れた部分でしかない。その建造物では、ローマ人が庭園や浴場や図書館を利用し、それに加えて会話の楽しみを見いだしていたのだ。それはコロッセオから、サン・マルティノ教会まで広がっていた。これらの廃墟について少し明確な概念を記すには、二十ページの叙述が必要であろう。しかし、そうまでするには及ぶまい。

外国人はティトゥスの浴場に魅力的な小フレスコ絵画を探求しにいく。それらはアラベスク模様である。ネロの家の広間のものだったが、この広間がのちになってティトゥスの浴場の土台として使われた。ラファエッロは、優雅さにあふれたこれらの作品をヴァチカンのアラベスク模様のために利用したあとで、現在それらが見られる部屋や廊下に土を入れさせたと言われている。これは中傷である。これらの地中に埋もれた部分は、十八世紀のはじめ頃には忘れられていたが、一七七六年にミッリによって発見された。一八一一年には、ナポレオンがここで重要な仕事を実行させた。このとき、六世紀にこの浴場内に建てられて、聖女フェリキタスに献じられた礼拝堂が発見された。

ティトゥスの浴場の近くに、皇帝ティトゥスの宮殿があった。そこには有名なラオコーンの群像があった。僕たちが知っている群像は、ユリウス二世のもとで、サンタ・マリア・マッジョーレとセッテ・サーレのあいだの、まさにこの宮殿が占めていた場所で発見された。

セッテ・サーレは、おそらくティトゥスの浴場以前に建設された貯水池、ピシーナであった。この建造物にはふたつの階があったが、したの階は地中に埋もれている。うえの階は、九つの回廊に分かれている。壁はとても厚く、二重の塗装材料で覆われている。最初のは、水を浸透させないパテであり、二番目のものは、水からの石灰質残留物によってできていた。あの優れた建築家のラファエッロ・ステルニが扉を付けたが、壁の強度を少しも弱めないその賢明な付け方に僕たちは感嘆した。中央の回廊は、十二ピエ［約三・九〇メートル］の幅、三十七ピエの長さ、八ピエの高さがある。

ローマでいちばん大きな浴場は、最高権力よりもレタス栽培を好んだあの風変わりな人物ディオクレティアヌスと、かれの同僚のマクシミアヌスによって建設された。それはガレリウスとコンスタンティウスによって奉献された。この浴場は、一辺が千六十九ピエ［約三四七メートル］の方形をしていて、一度に三千二百人が入ることができた。今日では、この方形のなかに、クレメンス十一世によって建てられた穀物倉、サン・ベルナルドとサンタ・マリア・デリ・アンジェリの両教会、、ふたつの大きな広場、庭園、ヴィッラ・マッシマの一部等などが見られる。僕たちはカストレンゼ［陣営の］円形闘技場を再び見にいった。こう呼ばれているのは、それが猛獣と兵士を闘わせることを目的にしていたからである。この建造物は周囲が半円柱とコリント式のつけ柱の二つの階から成っているのが認められる。それはホノリウスの城壁の一部に取り込まれた。最後におこなわれた発掘のときに、大きな動物の骨がいっぱいに詰まった地下室が発見された。

僕たちは、その長い碑文で注目すべきマッジョーレ門に到着した。古代人は水道橋が公道と交叉する場所で、この建造物を壮麗に装飾する習慣があった。十九の大きな街道がローマから出発していた。多数の水道橋がローマに水を運んでいた。諸君は、プロペルティウスやティブルスが生きていた時代に、この土地に、マッジョーレ門のような記念建造物がどのくらい林立していたかを理解しよう。

マッジョーレ門

クラウディウスは二つの水源をローマに引っ張ってきた。水道橋のひとつは四十五マイルの長さがあり、もうひとつは六十二マイルの長さだった。それは碑文のひとつが僕たちに教えてくれることだ。他の二つの水道橋はウェスパシアヌスとティトゥスのものである。

古代のローマ・マイルは、英国の五マイル二十三フィートであり、現代のローマ・マイルで四マイル八百八十三である。

クラウディウスによって建てられたその記念建造物には、二つの大きなアーチとそれより小さな三つのアーチがある。それは無機質石灰岩の大きな塊を漆喰を用いずに一つひとつ重ねて造られている。この建て方は、石塊の角に裂目を生じさせるという点で欠陥がある。

［一］ダロルモによるマドリッドでの一六八〇年のとても興味深い火刑物語。スペイン

語フォリオ版。[389]

◆十二月三十一日

僕たちは、パラティーノとアヴェンティーノの丘のあいだの、昔ムルキアと呼ばれていた谷を下った[390]。ロムルスはネプトゥヌス・コンススを祝って壮麗な競技会を挙行するためにこの谷を選んだ。僕たちがいる場所はサビーニの女たちの掠奪の舞台だった。ここにタルクィニウスはキルクス・マクシムスと呼ばれる競技場を設けた。ディオニュシオス・ハリカルナッセウスは、ユリウス・カエサルが修復、拡張したあとで、この競技場を見て、僕たちにその描写を残してくれている[391]。それがトラヤヌスとコンスタンティヌスによって再び拡張されたとき、四十万人の観客を収容することができた。

この大競技場は、ほかのすべての競技場と同じく、トランプ・カードの形をしていた。短い辺の一方は半円形をしていて、他方の短い辺はほとんど気づかないくらいの曲線を描いていた。大入場門は半円形のなかにあった。

競争すべき戦車は、正面を向いて位置に着いた。合図のときまで馬と戦車を止めておいた場所は、カルケレス「出走場」と呼ばれた。キルクス・マクシムスでは、カルケレスはテヴェレ河方向にあり、入場門はアッピア街道側にあった。

アレーナの中央に伸びる長く狭いあの台状の場所はスピナと呼ばれた。そのまわりを戦車は七周しなければならなかった。キルクス・マキシムスのスピナには、小祭壇、彫像、円柱、そして二本のエジプトのオベリスクが置かれていた。スピナの両端には、メタエと呼ばれる転回標があった。

転回標は焼けつくような
車輪によって避けられて
ホラティウス[392]

カルケレスの方を除いて、キルクス・マクシムスのアレーナは何層にもなった柱廊に囲まれていた。これらの柱廊のまえに、階段席があった。

ここで、アンドロクレスの有名な冒険がおこなわれたのだ。これは中学校で僕たちをたいそう喜ばせたものだった。アウルス・ゲリウスは語っているが、アンドロクレスが猛獣のまえに出され貪り食われようとしたとき、すでにかれに飛びかかろうとしていたライオンは、突然、それがアフリカで足に刺さった棘を抜いてもらった人であることを認めたのだ、と。ライオンは近づくとかれに擦り寄った。

パラティーノ丘の麓、キルクス・マクシムスの遺構のうえに、麦藁倉庫、物置、家が建てられている。廃墟があまりに形をなさないので図版が必要であるが、僕はそれについて語るのはやめておく。これは読者にとっては退屈すぎることだろう。この種の事柄は、それらを誇張しない覚悟ができているときに、見るべきである。

この近く、サン・グレゴリオ通りの方に、セプティミウス・セウェルス帝によって建てられた有名なセプティゾニウムがある。この壮麗な柱廊の形はどんなだったのだろうか。僕たちがそれについて知っていることといえば、それが三つの階を持っていたということと、シクストゥス五世がとり壊させて、円柱をサン・ピエトロのバジリカに使ったということに尽きる。セプティゾニウムは、おそらくカエサルの宮殿の門のひとつであった。

カラカラ浴場を再び見たあとで、僕たちはカラカラの競技場を見学した。これは今後はロムルスの競技場と呼ばれるだろう。というのは、それは三一一年頃、マクセンティウスの息子のロムルスのために建設されたと主張されているからだ。正面入口の近くに、諸君はこの事実を推測させる碑文を見いだすだろう。

この競技場は、ブラッチャーノ公爵の名前でたいそうよく知られているあの有名な麻紐商人によって掘り出された。サミュエル・ベルナールからブーレ氏まで、フランスのどんな成金も、芸術のためにこういったことをしなかった。僕はそのことでかれらを少しも咎めはしない。国民的性格の違いを記している。

トルローニア氏によって掘り出されたこの競技場は、僕がキルクス・マクシムスに関係して先刻叙述したような古

大円形競技場の復元図

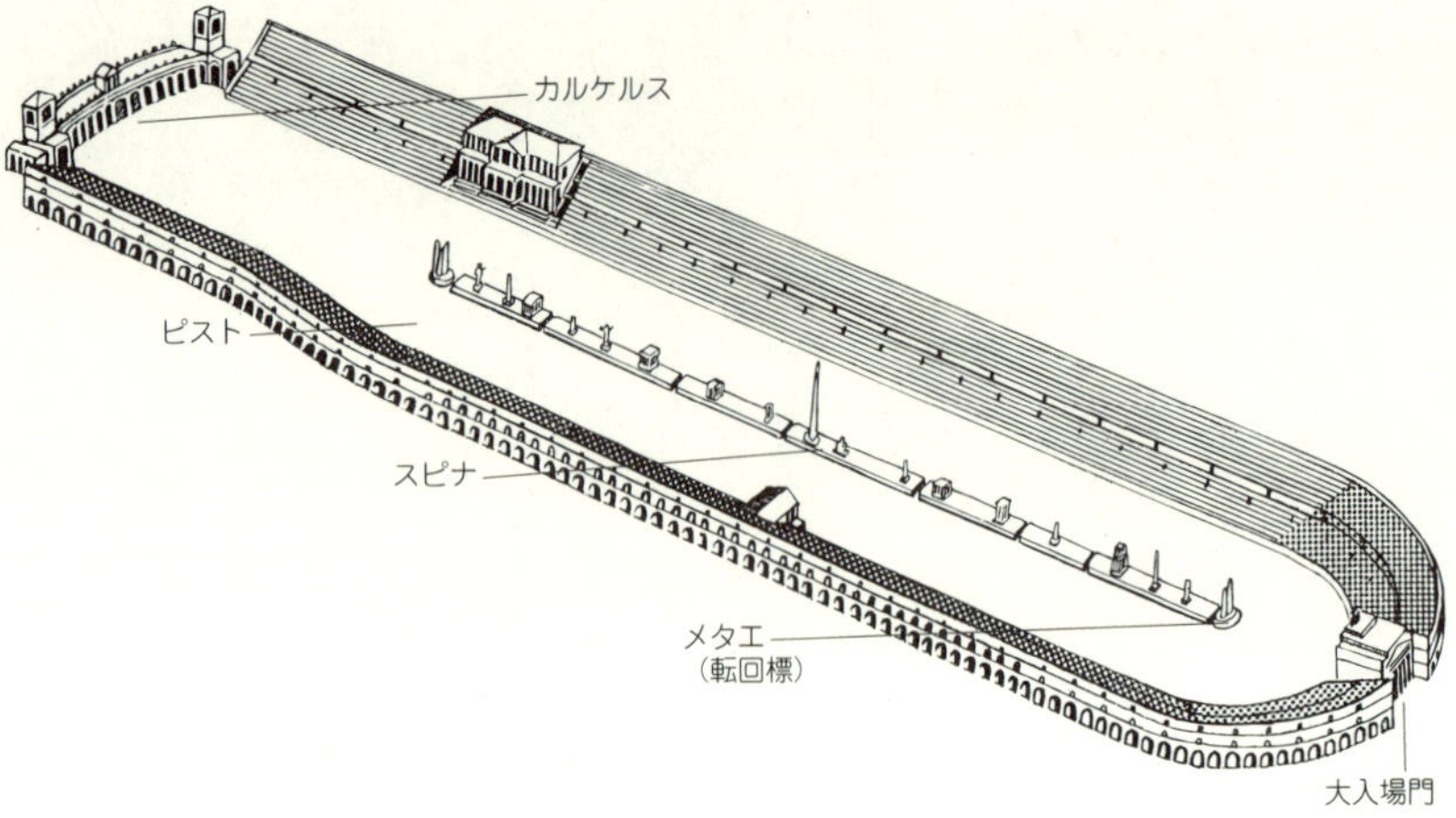

代の競技場について、完璧な概念を与えてくれる。階段席を支えるようについていた壁が、大門とともに発見されている。十五ピエの土を取り去らなければならなかった。ここにはスピナが見られる。またスピナの両端に置かれている転回標（メタエ）の土台が認められる。

この建造物の穹窿には、たくさんのテラコッタの壺が埋め込まれているのが見られる。このやり方は合理的であり、それは穹窿の重さを軽減している。しかし、完全な建築退廃期頃にしかその例は見られない。この競技場はコンスタンティヌスの凱旋門と同時代のものである。

それは千五百二十四ピエ〔約四九五メートル〕の長さと八百九十五ピエ〔約二九〇メートル〕の幅を持っていた。二万人の観客しか収容することができず、階段席は十列もなかった。スピナは競技場の中心になくて、戦車が出走するカルケレスと反対側の方、左側に三十三ピエだけ寄っていた。つまり、戦車がいちだんと容易に転回し、速度を競い、追い越すことができるようになっていた。

スピナの中央に、現在ナヴォーナ広場で見られるオベリスクがあった。一回の競争は、二ないし四頭の馬に繋がれた戦車四台でおこなわれた。ネロの悪戯から、馭者の服装の色彩が有名になった。青、緑、赤、白の四つの区分けがあった。

ローマ人は戦車競争を熱狂的に好んだ。不滅のヴィガノは、フランスではたいそう馴染が薄いが、見事なバレエ『ヴェスターレ』[393]の第一幕で、僕たちにこの情景を見せてくれた〔二〕。

まだ少し日の光が残っていた。僕たちはそれを利用して、マルティウスとトゥリウスの牢獄に降りていった。ローマの第四代の王アンクス・マルティウスは貧しく、昔の採石場にこの牢獄を建設した。セルウィウス・トゥリウスが、大罪を犯した連中に充てられていたその牢獄のしたに穴を掘って、二番目の牢獄をつけ加えた。かれの名前から、それはトゥリアーヌムと呼ばれた。

この建造物は火山石の大きな塊で構成されている。そのフォロの方を向いた正面は、十九ピエ［約六・一七メートル］の高さに対して、四十ピエ半の長さがある。無機質石灰岩で造られた一種のフリーズには、キリスト紀元二二年とローマ暦七七五年にこの牢獄を修復した執政官C・ウィビウス・ルフィヌスとM・コケイウス・ネルウァの名前が記されている。

僕たちは、うえの牢獄が二十五ピエの長さ、十八ピエの幅、十三ピエの高さをもっているのを知った。囚人は天井に開けられた丸い穴から、縄を使ってそこに降りた。

したの牢獄は十九ピエの直径と六ピエの高さがあるが、同様にして囚人たちは入れられた。

フォロの方に、嘆きの階段《スカラエ・ゲモニアエ》があった。牢獄に連行された不幸な連中のうめき声からこう呼ばれた。それはちょうどヴェネツィアの嘆きの橋《ポンテ・デイ・ソスピリ》みたいなものである。この階段から、罪人の死骸を投げ、民衆を怖がらせた。

この牢獄で、ユグルタは餓死した。そこにはヌミディアの王シファックスとマケドニア王のペルセウスが収容された。ネロの支配下で、聖ペテロはここに九カ月間閉じこめられたと言われる。プロテスタントの作家によれば、これ以上の虚偽はない。内部の階段は現代のもので、この牢獄のうえに小さなサン・ジュゼッペ教会がある。

今晩、T＊＊＊夫人のところで、愛すべきドン・F・C＊＊＊が、二、三の超自由主義的なへぼ詩人を嘲笑した。これらの連中は、アルフィエーリのすべてを、フランス人に対する愚かな怒りまでも、模倣している。狭量なアルフィエーリは、パンタン税関で千五百巻の仔牛皮装幀本を没収されたことで、ヨーロッパやアメリカに両院をもたらすはずのあの革命を絶対に許さなかった。イタリアのこれらすべての自由主義的へぼ詩人は、英国のいなか者《カントリー・スクエア》よりもさらに狭量な頭をしている。これら三流詩人は、アルフィエーリやダンテのなかで読んだこと以外は、絶対に何も理解しない。かれらはみんなを嫌悪しているが、オーストリア人よりもフランス人をもっと嫌っているのだと思う。

僕たちはミラノからヴィガノのバレエの楽譜を送ってもらう。この偉人は、かれのバレエが表現する情熱の効果を増すのに都合のいいアリアを選び編曲した。ランプニャーニ夫人はこの楽譜を見事に演奏し、それらは僕たちの夜会に招かれた少数の本物の愛好家に大成功を博したように思えた。これらの曲を扱うためには、滑稽なまでにチマローザを称讃しなければならない。今晩、N＊＊＊猊下は、『ガゼット・ド・フランス』を手にして、勝ち誇った様子で僕にこう言った。「あなた方の代議政府は、たえず経済のことを話してますね。あなた方はそのために家庭のどら息子のように行動しています。借りることのできるものはすべて借りて、気ちがいじみた消費に走っていて、もはや貸してもらえないときにしか止めようとしません。」――これ以上の真実はない。

〔一〕一八一八年ミラノで上演。

◆一八二九年一月一日

ナポリから戻ってから、わけあっていかなる旅行者にも見せないといういくつかの貴重な絵を、僕たちは見た。口が固いという評判と、とりわけトニー・ジョアノ氏の魅力的な版画のおかげで、僕たちはこの好意を受けた。この愛すべき芸術家が発行しているもの全部をパリから送ってもらい、ローマの友人たちのなかで明暗の驚異を愛する人々に、これらの趣があり知的な版画を、僕たちは進呈したのだ。五フランのエキュ金貨ほどの大きさの画面は、明解で高貴な観念を与える。

一八二四年に僕がナポリにいたとき[394]、グロ氏の『アブーキールの戦闘』を見にいった。この傑作はミュラ王の姿ゆえに流行っていなかった。しかし、外国人の好奇心から数カルリーネを手に入れようと、番人《クストーデ》はこの膨大なカンヴァスを広げてくれたものだった。それは大きな広間の床に平らにして広げられ、ピッツォで銃殺された有名な恩知らずの顔を見にいくのに、みんなはそのうえを歩いていた。この美しい作品は、あれほど毀誉褒貶があるが、ナポリの画家を少しも覚醒させなかった。制作に込められた熱意によっても、主要な群像の誇張そのものによっても、そして哲学者にもごろつきども《ラッツァローニ》にも理解しやすく感動的な行動によっても、この絵が画家たちを麻痺状態から引っ張りだすと思えたのに。何をしても無駄だった。『ヤッファのペスト』を見たとしても、かれらは以前と変わらずに気取って無感覚でいるだろう。

ミラノのアイエーズ氏と、おそらくパラージ氏を除いて、イタリアの現代画家はわが国の画家と競うことはできない。僕たちは、ドラロッシュ氏の『エリザベスの死』や『サン＝マールを処刑台に導くリシュリュー』に比較できるようなものを何も見なかった。ローマの画家自身は、シュネス氏の優越性を認めている。奇妙なことに、これほどの現実と成功を見ても、かれらをベンヴェヌーティ氏やカムッチーニ氏のさえない模倣から引き出せないし、この二人にしてから、ダヴィッドの退屈な模倣者である。

グロ『アブーキールの戦闘（部分）』（ヴェルサイユ美術館）

かれらはクール氏がローマで『カエサルの葬儀』を制作するのを見たが[395]、現実に立ち帰って芝居じみた類のものを放棄することを思いつかなかった。

パリにおける社会の現状は、時間と忍耐を要する仕事を認めない。それが、アンデルローニ、ガラヴァーリャ、ロンギ、イェジの各氏の版画が、わが国のものより勝っている理由なのか、僕は知らない。

――おそらく、旅行において帰郷の驚き以上に楽しいものは何もない。これはパリに帰って、ローマが僕たちに与えた観念である。

僕たちの旅仲間の女性たちは、ルーヴルの見苦しい入口とチュイルリー側の円窓《ウーユ・ド・ブフ》を隠すために、ローマのパンテオンの柱廊玄関のような、八本の円柱から成る柱廊玄関がどうして造られないのか理解できない。

彼女らは、わが国の建築家たちが、かれらの造る建築物で空の線（空中にくっきりと浮かぶ輪郭）にほとんど気を配っていないことが納得できない。煙突の醜い眺めをなくすには、実際の内部の高さを残しながら、正面を二十分の二十一だけ高くすれば十分であろう。

隣家よりも低い館はどんなものも、かれらには平板に思える。証券取引所の壮麗な円柱は、アーケードと単純な柱で構成される広間への入口となっているが、かれらにはふざけた錯誤に思える。

なぜ一定の間隔を置いて河岸に植物を植えないのか。今から百年後にチュイルリーの水辺のテラスはどうして二、三箇所で切断されないでいようか。王室庭園以外に、セーヌ河を臨んで木の間ごしの眺望が得られる三つの高台があればいいのだが。そうすれば、これらの高台の植栽された斜面は河まで下って続くことになる。

ローマでは、何かしらの犯罪や違反に衝撃を受け、僕たちはしばしばこう言った。なぜわが国の民法典、道理をわきまえたフランス風の行政を確立しないのかしら、云々と。パリに帰って、僕たちは今後百年の美化計画を目にする。ただしこの実行も、予算の倹約と共和国の悲しさが、雄弁な代議士の肖像画ないし墓碑用彫像を超えて、芸術のなかで聳えたつものすべてを麻痺させなければのことだ。

◆一八二九年一月六日

僕は友人の英国青年にローマを見せたばかりだ。かれはカルカッタで六年過ごしたのちに、当地にやってきた。父親はかれに一万フランの年金を残したが、かれは財産を増やすことを何もしないで、この小額で哲学者として生きるつもりだと宣言したために、ロンドンの友人たちの評判を落とした。インドに出発するか、さもなければ知人たちの侮蔑に晒されるかしなければならなかった。

かれは僕をクリンカー氏に紹介してくれた。かれは金持のアメリカ人で、一週間前に妻と息子をともなって、リヴォルノに下船した。サヴァンナに住み、一年間ヨーロッパを見物しにきた。かれは四十五歳の男で、非常に頭がよく、深刻な事柄にもある種の機知を欠かさない。

知己を得て三日になるが、以来、クリンカー氏は金と関係のない質問を僕にしなかった。ここではどうやって富を増やしているのか。経営している産業に余分な資金があるとき、それを投資するのにいちばん確実な方法は何か。それなりの家を持つのにどのくらいかかるか。インポーズド・アポン（金をだまし取られること）のないようにするには、どのようにすべきか。

かれは僕にフランスのことを話した。「ぼくが噂に聞いていることは、ムッシュウ、ほんとうですか。父親がビズ・オウン・マネー（自分自身の金）の絶対的な所有者ではなく、法律で子供たちそれぞれにいくらかを委ねるように決められているなんて、ありえるのでしょうか。」

僕はクリンカー氏に、遺言に関する法律の条文を見せた。かれの驚きは果てしなかった。かれは相変わらず繰り返して言った。「何ですって！　ムッシュウ、あなた方は、自分自身の金、自分が稼いだ金を自由に使う権利を人から奪っています！」

この会話全体は、ローマでもいちばん美しい記念建造物のまえでおこなわれた。アメリカ人は、支払いでかれに振り出された為替手形に向けるようなあの種の細心さで、すべてを検証した！　それに、かれはどんな美しさも絶対に分からなかった。かれの若妻は青白い顔をし、我慢強く、従順であったが、サン・ピエトロで彼女がスチュアート家の墓の天使像を眺めているあいだ、かれは僕に、アメリカにおける運河建設の迅速な方法を説明していた。運河沿いにあたる住民各人は、自分の所有地を横断する部分を入札する。「最終的な出費はしばしば見積りを下まわるんです！」とかれは勝ち誇った様子でつけ加えた。

結局、この金持のアメリカ人の会話からは、次の二つの感情表現しか出なかった。「ハウ・チープ！　ハウ・ディア！（何て安いんだ！　何て高いんだ！）」クリンカー氏は現実にはとても鋭敏な才知を持っている。ただ、人に話を聞いてもらうのに慣れた人間として、格言的言いまわしで話している。この共和主義者はたくさんの奴隷を持っている。

僕によれば、自由は百年以内に芸術感覚を破壊する。この感情は不道徳である。なぜなら、それは愛の誘惑を準備し、怠惰に陥らせ、誇張を準備するからだ。芸術感覚の持主を、運河建設を指導する立場に立たせてみよ。運河建設の実行を合理的に冷静に進める代わりに、運河を愛するようになり、気ちがい沙汰をするだろう。

僕は金持のアメリカ人と三日を過ごし、義務を遂行した。この男の社会は僕を深く悲しませた。対照を楽しむために、僕はかれをモンシニョール・N＊＊に紹介した。この二人はお互いを嫌悪している。

クリンカー氏は、スミルナからやってきたペルー人の若者と、ニューヨークからリヴォルノ、リヴォルノからローマへときた。ある金持のフランス人は、一年前に、スミルナですばらしい舞踏会を開いた。フランス人の友人のトルコの太守がそこにきた。舞踏会の終わりに、フランス人はかれに意見を訊ねた。トルコ人は三つのことに驚いたようだった。

「どうしてあなた自身が踊るのですか。あなたほどの金があれば、あなたに代わって踊る人を、金を払って雇うことができるでしょうに。

「わたしはあなたがそんなに金持だとは思っていませんでした。ここにいる女性たちのなかで、八十人はおそらくとてもきれいですし、あなたはとても高い金を支払ったにちがいありません。」

トルコ人は、目のまえに現われたすべての女性が、かれを招待した人の所有になるものと考えていた。かれは招待者をたいそう立派だと思っていたので、意見の形でこう言った。「妻たちがわたしにどんなに甘いことを言っても、これほど肌をあらわにしたドレスで人まえに出ることは認めないでしょう。」

——今朝、僕たちはヴィッラ・ルドヴィージのグェルチーノの崇高なフレスコのまえで、有名な磁器彩色画家のコンスタンタン氏と出会った。かれは現代でラファエッロをいちばんよく知っていて、その作品をいちばんうまく再現している人物である。

（フランスへの帰路、僕たちはトリノのカリニャン公殿のところで、フィレンツェにある美術品を磁器に写した十二の見事な複製を見たばかりだ。ラファエッロによるレオ十世の肖像、カルロ・ドルチの『詩神』、ティツィアーノの『ウェヌス』、『砂漠の聖ヨハネ』（おそらく黒人青年の顔に基づいて粗描された）、これらはどんな讃辞も超越しているように僕たちには思えた。コンスタンタン氏は現代のどんな卑小さにも陥っていない。かれは思い切って単純である。）

◆一八二九年一月十二日

僕たちの友人のさるドイツ人が、ローマについて語っているすべての自称学者の栄光を僕に懸念させるような、一冊の著作に取り組んでいる。フォン・S＊＊＊氏[396]は、ローマとそこから十リュー四方の田園地帯にあるすべての遺跡の一覧表を作成した。

かれはこれらの遺跡の名前に続いて、古代の著述家から、明らかにそれに該当するすべてのくだりを引用して、全部そこに書き写そうとしている。第二部は、別の活字で印刷され、遺跡との関係に疑問の余地がある古代の著述家の一節を掲載する。

第三部では、ナルディーニ、ヴェヌーティ、ピラネージ、ウッジェリ、ヴァジ、フェア等などの意見を、わずかの言葉で要約する。

最後にかれは、自分の分析を提起するが、それらはほとんどもっぱら、古代の著述家の原文、メダル、記念建造物の複製（たとえば、フォロのティトゥスの凱旋門はヴァラディエ氏によって壊されてしまったが、この凱旋門の複製であるベネヴェントの凱旋門）に基づくものである。

僕が話している書物は、良心的に制作され、数年の労力を必要とするだろう。ローマの古代の遺物に関してぎりぎりで是認できる推論の数が、どのくらいわずかなものか分かるだろう。この著作は一八三五年頃に学問の局面を変えるだろう。

僕はローマの記念建造物について、一八二九年現在でもっとも確かに思える意見を述べるように努めたが、これはおそらく一八三九年には覆されるだろう。

僕は読者に、多くの記念建造物でおこなわれた仕事、それは不幸にもしばしば誠意を疑わせるような仕事だが、その一例を城壁外のマルスの神殿に関係して紹介しよう。頻繁すぎるくらいに、学者たちはお互いのあいだで盗み合い、競争相手よりも先を行くために、古代の著述家が提供してくれるあらゆる証言で固める以前に、成り行きを公表したり打ち消したりする。僕は現代の例を引用するのは差し控えておく。

城壁外のマルスの神殿の状況はどうだったのか。

この神殿は城壁外にあるだけでなく、カペーナ門に隣接していた。セルウィウスは言っている。《町の外、城門近くに》と。この城門は、現在の城門よりも、カピトリーノにほぼ一マイル近かった。それは第一の番号を持つ里程標の円柱が証明していることだが、この円柱はナーリぶどう園で発見された。

マルスの神殿は正確にはアッピア街道沿いにあったのではなく、隣接するちょっとした高台にあった。そこへ到達するには、マルスのクリウスと呼ばれた坂道（クリウス）をしばらく登った。このクリウスは車も通れるようになっていて、スキピオ家の墓（一七八〇年に発見された）に達していた。以下のような文面の古代の碑文が見られる。《公共の財産であったクリウス・マルティウスを……ローマ元老院とローマ人民はプラニキウス家に返した。》聖シクストゥスの言行録のなかには次のようにある。《そして神殿のまえ、クリウス・マルティウスに。》オウィディウスは、それがカペーナ門外の門と向き合った小丘のうえにあったと教えてくれている。《カペーナ門外のまっすぐな道をどんなに近くに望見したことか。》アッピア街道は一直線に続いていたが、一方、ローマ近郊、カペーナ門の近くで、ラティーナ街道がアッピア街道から別れて、左に曲がっていくのが見られた。ストラボンは言っている。《ラティーナは…ローマの近郊で左にそれて行く。》今日でもまだサン・チェザレオ教会のすぐ近くに見られるように。

こうして、ナルディーニが蓋然性として示したものを、今日立証されたものと見做すことが起こっている。ナルディーニは言っている。「おそらく、チェリオーロ丘と考えられている丘の頂、今では古代建築の土台の大きな残骸が見られる場所に、あの城壁外《エクストラ・ムーロス》のマルスの神殿が存在した。おそらく、アウレリアヌスは、この丘を城壁内に入れることと、敵がこの壮麗なマルスの神殿を荒らすのを防ぐことの二重の目的で、城壁をここまで広げたのだ。」

◆一月二十二日

D＊＊＊夫人が僕たちに言った。十九世紀の文明は細かすぎるニュアンスにのめり込み、おそらく芸術はもはやこの文明に随いて行くことができないでしょう。そのときには、理想は通用しなくなるでしょう。ギリシアの美の愚かしい様子についてぶつぶつ言われはじめています。彫刻においてはアポロンの頭部よりもソクラテスの頭部が好まれることがありえるでしょうか。

◆一八二九年一月二十三日　四六[397]

今朝とても優れた画家のN＊＊＊氏宅にいたとき、おそらくとても美人ではあるが、そのいかにもローマ的な顔つきのつんとしたところでいちだんと際立っている女性が入ってきた。それは、かれが火刑台のソフォニスバ[398]（『エルサレム解放』第二歌）の像で使っているモデルである。この娘にはいくつもの短刀による傷跡がついていた。彼女は傷の一つひとつの話を僕たちにしてくれた。このうえなく神聖なる聖母さま《ペル・ラ・サンティッシマ・マドンナ》にかけて！　きっと復讐してやる！　と彼女はひとつ話し終えると激高して叫んだ。最後にはすっかり怒り狂っていた。『カエサルの葬儀』（リュクサンブール蔵）の作者クール氏は、この娘のすばらしい肖像を描いたが、手に短刀をもった姿を表現した。

ギータは二十二歳である。炭焼党員《カルボナリ》が、裏切った一人の仲間を刺殺する役目を誰が引き受けるかくじ引きしたとき、みんなの名前を入れた古代の壺から、ギータは二人の名前を引く役割を課せられた。ポポロ広場でこの二人の男は最後を迎えた。

ギータは恋人を失った。その稀な美しさにもかかわらず、彼女は決して次の恋人を作ろうとはしなかった。貧窮に陥り、彼女は女優になった。ある小劇場で悲劇を演じ、しかもなかなかのものだが、それが終わるとプリマ・バレリーナとしてバレエを踊り、全部で一日五フランもらっている。この劇場は一年のうち六カ月しか開いていない。ギータはふさわしい画家を見つけると、時としてモデルになる。しかも、彼女はいつも傍らに短刀を置いている。

僕の友人が『ソフォニスバ』に取りかかっているあいだに、デル・グレコ神父殿がやってきて、僕たちにとてつもない中傷の話をしてくれた。ある才人がそのためにまさに血祭りにあげられようとしている。かれはスパイだと非難され、そして、かれがまさか中傷されるなんて思わずにうっかり連中に羨望を抱かせたのに、連中の方は中傷のとりこになり、口先でしかそれを否定しない。僕たちは憤慨した。反撃の代わりに、神父は心をこめて次のソネットを僕たちに朗唱してくれた。

人間の栄光

栄光、いったいおまえは何ものだ。おまえのために大胆な者は
はかり知れぬ危険にそのたくましい胸を差し出す。
ほかの者は束の間の生のひと時を紙のうえに刻みこみ、
そしておまえには同じ死が美しく見える。
栄光、いったいおまえは何ものだ。おまえを欲する者も
おまえを所有する者も、等しく平安を失う。
おまえを獲得することはとても困難で、そして思慮深い魂の持主は
おまえを失う怖れの方がさらにいっそう激しい。
栄光、いったいおまえは何ものだ。長い苦痛の娘である
甘美な欺瞞、汗をかきながら追い求め、
そして手にすることのできない虚しいそよ風。
生ける者たちのなかに、おまえは気ちがいじみた羨望を掻きたてる。
死者たちのなかでは、おまえに耳をかさない者には、心地よい響き。
栄光、人間の虚栄をむしばむ禍!

◆一八二九年一月二十五日

僕たちの旅仲間の女性たちのなかで、毎日太陽が照り、海が青すぎる理由で、イタリアの風土を不快に思っている人が、僕に言った。あなたはイタリアの警察に対して背信行為をしてます。しばしば、いくつかのおぞましい事実を暴露できるとあなたはおっしゃっています。さあ、ためらわずに、その例をおっしゃいな。

返事。ある支配者が、自分自身で判事を任命した法廷に、たくさんの数の臣民を召喚する（一八二二）。続いて、この法廷はこれら不幸な連中のうち九名に死刑を宣告する。判事は、数カ月前、ちょうど被告たちが逮捕されたばかりのときに出された君主の布告を、判決のなかで引用する。こういった絶対君主の布告は、忠誠心の不足を決して罰しないではおかなかったが、法廷が被告の何人かに死刑判決を言い渡すときのために、死刑が執行される場所をあらかじめ示している。

◆一八二九年二月一日

僕たちの一人が幸運にも、十八カ月前からおそらく百回も噂話に聞いていたあの泥棒たちに出会った。以下はその友人の話である。[400]

ぼくは、ナポリで、[401]ローマまで三十八時間かけて（また五十五フランを費やして）やってくるあのアングリザーニの馬車に乗った。美しい月の光のなかを午前三時に出発。ぼくは無蓋席二つのうちのひとつを占め、わきには太ったハンブルクの男がいる。他の四人の乗客は車内にいる。馭者と二人の騎乗馭者と合わせて、ぼくらは総勢九人だ。四頭だてだが、まえの二頭は舵取りの馬と距離をおいて繋がれていて（それはナポリの習慣なので）、ぼくらを駆足で運ぶ。急いで、アヴェルサ、カプア、そしてスパラニゼを通り過ぎる。土地はとても美しい。ぼくは安心して眠っていた。そのとき、午前十時半、美しい日の光が照っていて、草木の生えていない土地のただ中にいたが、ぼくは騎乗馭者、馭者、乗客の叫び声と、二発の銃声に目覚める。少しずつ、ぼくらが泥棒の襲撃を受けていることを理解する。目から六プース［約一六センチ］のところに、ぼくを狙っている銃の銃身の内部が見えた。この銃身はとても錆びていた。

泥棒たちはかなり小さな声でとても早く喋り、そして銃の先端でぼくらの手や膝を叩いて、持物をすべてただちに《スービト》渡さなければならないと告げた。ぼくを狙っていた男に四十フランの硬貨をあげるが、それを取るために男は銃をはずす。この強盗団はたいそう滑稽であったので、ぼくはフランコーニの『洞窟』とか『ヴォージュの老人』とか『襲撃された乗合馬車』の様々な場面を考えた。[402]幾人かの乗客の極端な恐怖を笑いながら、ぼくは長靴のなかに二、三枚のナポレオン金貨を滑り込ませた。愛用の時計を救うための方法を考えていた。そのとき、愚かにも泥棒の一人にあげた四十フラン硬貨（ぼくは泥棒用に八ないし十枚の小額の銀貨を持つべきだった）を見た仲間が、金貨を出せと言いにくる。ぼくはイタリア語で、全財産の四十フランをあげたのだと返事をする。

ぼくは降りるよう命令される。全員が、馬車の背後、泥棒たちに背を向けて、道のまん中に立たされる。ぼくらは容赦なく所持品を調べられるのを覚悟する。ぼくの時計が犠牲になった。四、五人の強盗が狙い続ける一方で、他の者は驚くべき速さで馬車をからっぽにした。かれらははじめ、ぼくの小ボストンバッグを立派な獲物と思ったが、まもなく道に投げ出し、あとでぼくはそれを見つけた。ならず者《ビルバンティ》たちはトランクの鍵を要求する。しかし穀物を積んだ荷車が何台か近づいてくるのが見える。その荷車曳きたちは、起こっていることにあまり気を配っているようには見えない。しかしながら泥棒たちは逃げだす。ぼくらにはかれらが田園を逃げていくのが見えた。

かれらは八人いた。すべて十八から二十五歳の若者で、小柄な背丈で、百姓の身なりをしていた。着ているものにはとりたてて注目すべきものは何もなかったが、目から胸にかけてスカーフを垂らして、顔の大部分を隠していた。かれらはほとんどいかなる言葉も発しなかった。包丁、短刀、斧で武装していた。五人だけが銃を持っていた。かれらは、時計であれ金であれ、千から千二百フランに相当する金額を攫った。馭者は、財布とは別に、イアリングを失い、頭に棍棒の一撃を受ける。ほかの者は叩かれなかった。最初から馬は馬車から外されていた。馭者と騎乗馭者は、掠奪行為が続いている七、八分のあいだ、顔を地面に伏せて横たわっていた。――サン・タガタに到着する少し前、ラスカーナの憲兵隊に災難の最初の届出をする。モラ・ディ・ガエタの警視に二度目の届出をし、かれの書いた調書に署名をする。三度目の届出と、地方長官やその他の役人のあらたな調書。ぼくらはこのためにモラに三時間滞在し、たくさんの書類に署名する。その筋では、ぼくらをたいそう丁寧に扱い、金銭的な援助をこのうえなく慇懃な言葉づかいで申し出る。ぼくらは受けない。各人はおよそ旅行を終えるのに必要なだけは持っていた。――モラの長官のカリアーティ公殿は、最高に礼儀正しい人の態度である。それはまったくフランス人的である。かれは親しみをこめて握手する。ぼくらは再び馬車に乗って、アペニン街道沿いにある小さな町イトリやフォンディを通過する。これらの町の住人は昔は盗みだけで生活していた。テラチーナからモラ・ディ・ガエタへは海路で行くことができ、これらの恐ろしい町を飛び越すことができる。

ミケランジェロの生涯と作品[403]

一四七四年三月六日、ミケランジェロ・ブォナロッティはフィレンツェでとても高貴でとても貧しい家庭に生まれた。父親は偏見に満ちた人で、かれの根っからのデッサン好きを不安な面持ちで見た。しかしながらかれは結局ギルランダイヨの工房に弟子として入れてもらった（一四八八年四月一日、十四歳だった）[404]。

ある日、たまたまサン・マルコの庭園に行くと、そこではギリシアから到着した古代彫刻が荷ほどきされていた。ロレンツォ豪華王が大金を払って運ばせたものだった。最初に見た瞬間から、これらの不滅の作品はミケランジェロの心を打ったようだ。かれの親方の画家ギルランダイヨの成功は、男の肖像画を制作するとき、いぼとか皮膚の小皺をきちんと写すことに由来した。くだらない細部が、解りやすいために俗人には気に入られる。古代の美術品を見たことによって、ミケランジェロは、見る人の注目を引くばかりではいけないことを感じた。かれはもはやギルランダイヨの工房には行かないで、一日中サン・マルコ庭園で過ごした。

かれはファウヌスの頭部を模刻しようとした。大理石を入手することが困難だった。毎日、近くでこの若者を見ていた労働者が、かれに一塊の大理石を贈り、鑿まで貸してくれた。これらは生涯ではじめて触れたものだった。

ロレンツォ・デ・メディチは、庭園を歩いていて、模刻のファウヌスの頭部を磨いているミケランジェロを見つけた。かれはその作品に、そしてわけても作者の若さに心打たれた。「きみはこのファウヌスを《年寄り》にしたかったのだろう、とかれは笑いながら言った。きみは歯を全部残しているが、この齢ではいつもいくつかが欠けているのを知らないのかね。」ミケランジェロは急いでこの意見に従った。翌日の散歩で、大公はファウヌスの頭部を再び見た。労働者たちが、これがブォナロッティ青年の最初の作品であると言った。「お父さんにわたしが話したいと必ず伝えてくれ」と大公は別れ際に言った。

この伝言は、老貴族の家庭に混乱をもたらした。かれは息子が石工になることを決して認めないと誓っていた。そしてやっとのこと口説き落とされて、フィレンツェで全能の人物のまえに現われた。その日から、ロレンツォ・デ・メディチは宮殿のなかの一室をミケランジェロに与え、すべての点でかれを息子のように扱い、一緒の食卓につくことを許した。その食卓には、毎日、イタリアでもいちばんの大領主たちやこの世紀で最高の人物たちがいた。

ある日、有名なポリツィアーノは青年彫刻家に、デイアネイラの掠奪とケンタウロスの闘いは浅浮彫りの立派な主題になると言った。僕たちは、フィレンツェのブォナロッティ回廊で、ミケランジェロの粗彫りを見ている。かれはカルミネ教会でマザッチョのフレスコ画を研究した。かれの仲間の一人であるトリジャーニは、のちにスペインで火刑にされたが、かれの進歩を妬んで、かれの鼻にたいそう手酷い拳骨の一撃を加えたので、そのためにミケランジェロは顔が不恰好になった。

ロレンツォ豪華王が亡くなり、その息子のピエロは追放された。ミケランジェロはヴェネツィア、ついでローマに行った。その地で現在はフィレンツェの美術館にあるバッコス像を作った。それは見て気持ちのいい彫像ではないが、作品からはこのうえなく大きな将来性が感じられる。バッコス像のあと、ミケランジェロは、アレクサンデル六世のもとに常駐していたシャルル八世の大使ヴィリエ枢機卿のために、現在はサン・ピエトロにある『ピエタ』の群像を作った。

一五〇一年にフィレンツェに帰って、ミケランジェロは、現在ヴェッキオ宮殿広場にあるダヴィデの巨像を作った。阿呆どもによってフィレンツェ共和国の支配者にもちあげられた気の弱い男ソデリーニは、若いブォナロッティに、政庁評議会室の一部をフレスコで描くように勧めた。ピサの戦いで起こった戦闘を表すことが課せられた。戦闘の日、暑さは焼けつくようだった。歩兵の一部はアルノ河で静かに水浴していた。そのとき突然武器を取れという叫びがあがり、敵が進んできた。ミケランジェロは、この恐怖と勇気の入り混じった最初の動きを表現することに専念した。そこには戦闘はなかった。かれの画稿は残ってない。ヴェネツィアのアゴスティーノによる『登山家』の版画を見られたし。自然の冷徹で微細な模写から抜け出るために、芸術の払ったあの大きな努力のうち、僕たちに残されているものがこれである。

俗人は、ミケランジェロには理想が欠けていると言うのが慣いだが、近代人のなかで理想を創造したのは、まさにかれである。

ミケランジェロ

一五〇四年に、ユリウス二世はミケランジェロをローマに呼び、かれに自分の墓を作る任務を与えた。この偉大な君主は、ミケランジェロの素朴で熱情的な性格にたいそう魅了されたので、はね橋の建設を命じた。このことは、かれがこっそりといつでも芸術家の部屋へ赴くことを可能にした。嫉妬深い宮廷の連中が、教皇のお気に入りを失墜させるために結託したが、こちらは教皇の好意に驚き、自分では誰の機嫌もとらなかった。かれらは苦労するまでもなかった。かれの性格の尊大さが、それだけでかれを失墜させることになるのだから。

一五〇六年、ある日ミケランジェロが教皇のところへ行くと、聖下のいる部屋に入ることを拒否された。ミケランジェロは帰宅し、馬を入手すると、フィレンツェに向けて駆足で出発する。国境を越えるやいなや、かれは教皇

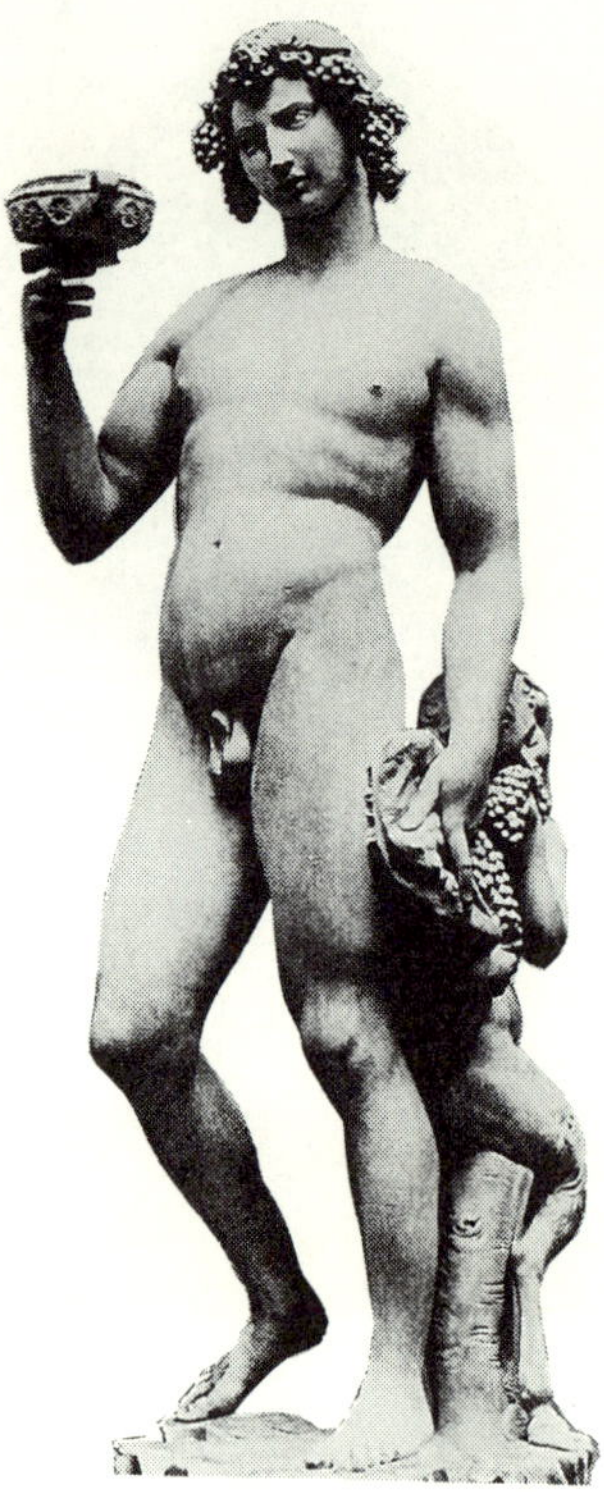

ミケランジェロ『バッコス』
（フィレンツェ、バルジェッロ美術館）

の護衛兵が五名やってくるのを見る。かれらは有無を言わせずかれを連れ帰る役目を負っていた。ミケランジェロは防衛し、これらの連中もあえて命令を実行しはしなかった。

ユリウス二世はフィレンツェ共和国にかれの引渡しを求めた。僕たちにはまた、一五〇六年七月八日の日付を持つあの奇妙な教皇書簡がある。教皇から逃れるためにに、ミケランジェロはまさにトルコ皇帝のところに立ち寄ろうとしていた。ユリウス二世は戦争中で、ボローニャを占領した。ミケランジェロはかれに会いにいき、その地で、この二人の変人のあいだに、最後にはある司教に拳骨を食らわすことになったあのたいそう興味深い和解が成立した。〔二〕

ミケランジェロはユリウス二世の巨大な像を作ったが、これは五年後に怒り狂ったボローニャの市民によって打ち砕かれた。

教皇はローマに帰っていたが、ミケランジェロの敵どもは教皇を煽って、この偉大な彫刻家に、ヴァチカンのシクストゥス四世礼拝堂の天井にフレスコで絵を描かせようとした。ミケランジェロは絶望した。いったい何ということ！　道なかばで才能の方向転換とは！　しかしかれは従わないわけにはいかなかった。そして二十カ月で、かれはシスティーナ礼拝堂の天井を完成した。そのとき、かれは三十七歳だった。穹窿天井と礼拝堂奥の『最後の審判』がミケランジェロの作品である。壁の残りの部分は、ペルジーノ、サンドロなどによって描かれた。

この天井を描写するには二十ページが必要であろう。それは平らであり、ミケランジェロは女神像柱によって支えられる穹稜《きゅうりょう》を想定した。天井のまわりと窓のあいだは預言者たちと巫女《シビュラ》のあのたいそう有名な像である。

システィーナ礼拝堂天井画見取図

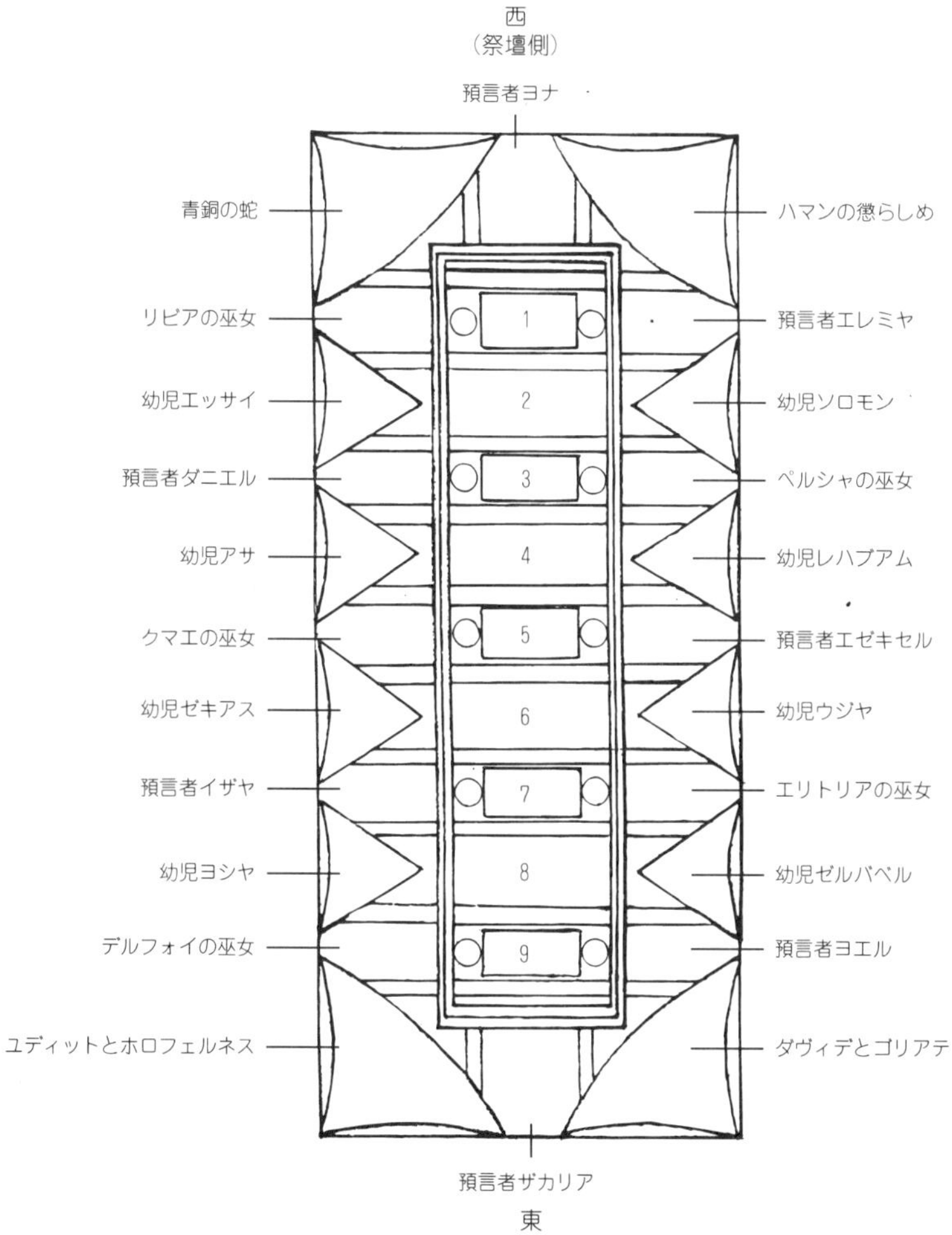

1．光と闇の分離
2．日と月の分離
3．海と陸の分離
4．アダムの創造
5．エヴァの創造
6．原罪と楽園追放
7．ノアの燔祭
8．大洪水
9．ノアの泥酔

353-352　2月1日

ミケランジェロ『ロレンツォ・デ・メディチ墓碑（部分）』（フィレンツェ、サン・ロレンツォ教会新聖具室）

教皇のミサが唱えられる祭壇のうえに、ヨナの姿が識別される。ヨナから入口のうえまでの天井中央部は、大小交互になった四角い区画のなかに、創世記の場面が表されている。

虚無のなかから最初の人間を誕生させている神の姿を探したまえ。「大洪水」の絵のなかで、不幸な人たちを乗せた小舟を見たまえ。それは方舟に近づこうと試みながら沈没していく。

ユリウス二世が亡くなった。レオ十世のもとで、ミケランジェロは九年間何もしなかった。一五二七年のローマ劫略はクレメンス七世の力を低下させた。フィレンツェは機会を捉え、メディチ家を追い払った。イエス・キリスト[二]が多数の票を集めてフィレンツェの王に任命された。しかし二十票が反対だった。

三年後、クレメンス七世はかれの郷里に対して、大部分がドイツ人からなる三万四千人の軍隊を差し向けた。フィレンツェの市民軍は一万三千人しかいなかった。こんな場合にいつも起こるように、フィレンツェの人々は裏切られた。しかし十一カ月続いた攻囲のあいだ、それでもかれらは教皇軍の一万四千の兵士を殺した。かれらの方は八千を失った。最後にフィレンツェは陥落し、それとともにイタリアの自由も失われた。それは、一八二〇年、ナポリ革命のときにしか、再興が試みられないはずだった[405]。

ミケランジェロは不幸な共和国の主任技師になっていた。かれの大胆で巧みな建築物は、フィレンツェ占領を引き延ばすのに大いに貢献した。占領の日、かれは消え、かれを見せしめにしようとしていたメディチ家の警察を大いに残念がらせた。

もっとあとで、クレメンス七世はミケランジェロの首を手に入れることを諦め、ローマから手紙を書いてかれを赦した。しかしそこには、フィレンツェのサン・ロレンツォ教会礼拝堂に、メディチ家の彫像を作るという条件がついていた。この礼拝堂のなかは、建築と彫刻のすべてがミケランジェロの作である。七つの像がある。左手に、『曙』と『夕暮』、そしてそのうえの壁龕に、このうえない卑劣漢で一五一八年に死んだウルビーノ公ロレンツォの像がある。かれの彫像は、天才の深い思想の、僕が知っているもっとも崇高な表現である〔三〕。右手に、『昼』と『夜』、そしてジュリアーノ・デ・メディチの彫像が見られる。扉のすぐ近く、俗な芸術家たちによる二体の老人像のあいだに、ミケランジェロ作の子供のイエスを抱いた聖母像が見いだされる。キリスト教においては恐怖が必要だというかれの考えが、どこに出てきても、これ以上に驚きを与えはしない。

　ミケランジェロは怯えながらやっとフィレンツェに残っていた。かれは自分がフェリペ二世の類の若い暴君アレッサンドロ公の手中にいることを知っていた。公は、少しあとで、きれいな町の女性といわゆる待ち合わせをしているときに、愚かにも暗殺された。ブォナロッティは好機到来とばかりにローマへ行き、そこで、現在サン・ピエトロ・イン・ヴィンコリ教会のユリウス二世の墓にある『モーゼ』を制作した。この巨大な像は着座している。僕には芸術家がその傑物に匹敵しているように思える。この彫像は、『アポロン』を模倣しながら古代美を作ろうと思っている彫刻家からはとても軽蔑されている。ユリウス二世の墓に使うことに決めていた二体の奴隷像は、ルーヴルのアングーレーム美術館にある。それらを現代人が作るものと比較することができる。

　パウルス三世ファルネーゼはミケランジェロに、システィーナ礼拝堂の奥の壁に『最後の審判』を描かせた。この広大な絵は、十一の群像に別れている。

　この大まかな図の援けを借りれば、おそらくそれについて何ものかが解るだろう。システィーナに行く前に、コルソで『最後の審判』の小さな図を買うことができる。それに基づいて、群像を探さねばならない。

　十一番目の群像の中央に、イエス・キリストが表現されている。かれはこの瞬間に、無数の人々を永劫の責め苦に処する恐ろしい判決を言い渡している。イエス・キリストには神たるものの崇高な美は少しもないし、審判者の動じない顔つきさえもない。それは、自分の敵を断罪することを喜んでいる恨みがましい人間である。

絵の左手、下方に、恐ろしい喇叭の響きによって墓の埃のなかで目覚めさせられる死者たちが、第一の群像として表されている。第二の群像を形成するのは、怯えながらイエス・キリストに近づく罪人である。一人の不幸な人に救いの手を差し伸べる像が見られる。

第三の群像は、キリストから見て右側にあり、救いが保証されている女たちで構成されている。天使たちが、受難に際して使われた道具を持っていて、これが第四、第五の群像を形づくる。

第六番目では、救済が確定した男たちが表されている。選ばれた連中のなかで抱き合っている者が見られる。それらは親戚同士であることが分かった連中である。何という瞬間！　これほどの世紀を隔てて、しかもこういった不幸を免れたばかりの瞬間に相まみえるとは！　この群像の端に位置する聖人たちが、地獄の亡者たちの絶望を増大させるために、かれらの殉教の道具を見せている。ここには、聖ブラ

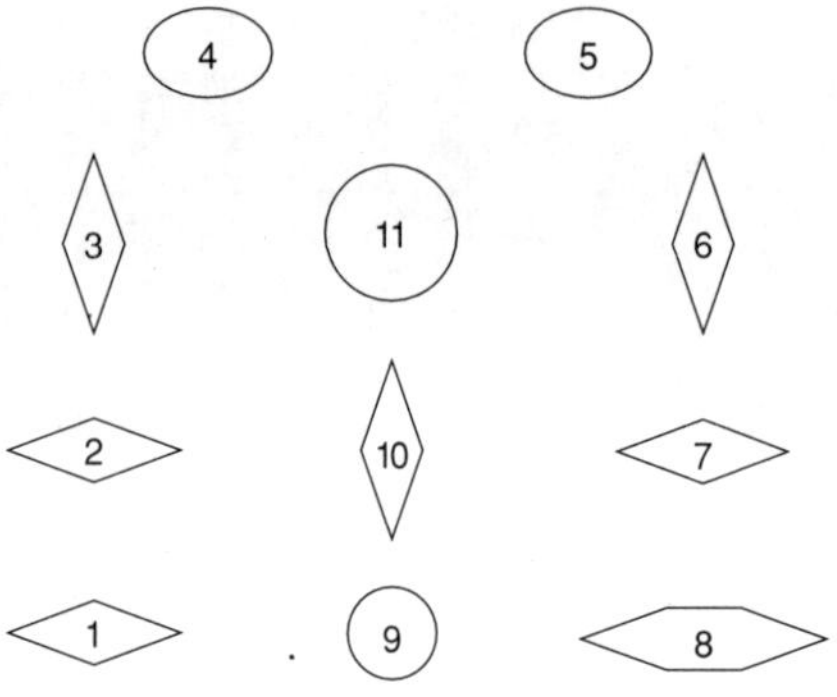

シウスと聖女カタリナがいるが、のちになって、ダニエーレ・ダ・ヴォルテッラが着衣を被せる役割を担った。

第七の群像は、見るすべを心得ている見物人には、これだけで記憶のなかにミケランジェロの思い出を永久に刻むほどのものだ。これまでいかなる画家も似たようなものを作ったことがなかったし、これまでこれ以上にぞっとする光景はなかった。それは堕天使によって責め苦に引かれていく不幸な罪人である。ミケランジェロは、かつてサヴォナローラの燃え立つような雄弁によってかれの魂に刻まれた恐ろしいイメージを、絵画のなかに移した。かれは大罪の一つひとつの例を選んだ。ダニエーレ・ダ・ヴォルテッラは、のちになって、いちばん右手、絵の縁近く、ぞっとするような悪徳の懲罰を部分的に覆い隠す仕事を課せられた。

亡者の一人は、逃げようとしたようだ。二人の堕天使が地獄に引っ張っていき、かれは巨大な蛇に苛まれている。かれは頭を抱えている。これはエネルギーのある人間のもっとも真に迫った絶望の姿である。もっと進んだ十九世紀

ミケランジェロ『カロンの舟(「最後の審判」より)』(ヴァチカンのシスティーナ礼拝堂)

の文明は、すべてが、エネルギーさえもが、不足している人間にそうした姿を与えることで、もっと醜い絶望の姿を僕たちに示してくれるであろう。

通常はこの亡者像によって、旅行者は『最後の審判』を理解しはじめる。ギリシア人にも、現代人のなかにも、こうした着想は少しもない。僕たちの旅仲間の女性の一人は、一週間この像が忘れられず想像に苦しめられた。

制作の天才ぶりについては話しても無駄である。あの俗に言う完璧さとは、僕たちは底知れず隔絶したところにいる。遠近法のもとに、このうえなく奇妙な姿勢で描かれた人体は、画家たちの永遠の絶望の種として、そこに存在する。

聖俗の奇妙な混淆は、慣習の攻撃に抗して、イタリアではダンテの権威が長く維持してきたものだが、そこから、亡者が地獄に到着するためには、カロンの小舟で渡らなければならないとミケランジェロは推測した。僕たちは、小舟からの下船に立ち合う。カロンは、怒りで燃える目をして、櫂の一撃でかれらを舟の外へ押し出す。堕天使がかれらを掴む。悪魔に先端の反った三股を背中に突き刺され、引きずりまわされて、恐怖に縮みあがっているあの像が見られる。

ミノスが相談を受けている。それはパウルス三世の儀典長で、ミケランジェロの敵の一人のビアジョ殿の肖像である。かれは、遠くに見える炎のまん中の、不幸な者たちが着くべき場所を指さしている。

カロンの小舟の左にある洞窟は、最後の審判の日に空っぽになる煉獄を表している。そのうえに、恐ろしい喇叭の音で死者を目覚めさせている七人の天使の群がいる。それらは数人の博士たちと一緒にいるが、博士たちは判決の由来する法を亡者たちに示す役割を担っている。

もっとも激しい恐怖がイエス・キリストの周囲にいるものすべてを凍りつかせている。聖母は身震いして顔を背けている。キリストの左に、アダムの厳粛な姿が識別できる。大きな災禍を巻きおこすエゴイズムでいっぱいのかれは、かれの子孫であるこれらすべての人間のことを少しも考えていない。かれの息子のアベルがかれの腕を摑んでいる。アダムの左の手の近くに、世紀ごとに年齢を重ねたノアの洪水以前のあの長老の一人が見られる。この極端な老齢はとてもうまく表現されている。

キリストから見て左手に、聖ペテロが、僕たちの知っているあの臆病な性格そのままに、その昔かれに委ねられた天国の鍵を、恐ろしい審判者にはっきりと示して、そこに入れないのではないかと心配している。戦士であり立法者であるモーゼは、注意深く、恐怖心もまったくなく、キリストをじっと見ている。

キリストのしたに、聖バルトロマイが、かれの皮膚を剝いだ包丁をキリストに見せている。聖ラウレンティスは、火格子のうえに乗せられて息絶えたのだが、その火格子を背負っている。

絵の下方の三つの群像の人物は三ピエ［約九七センチ］の大きさがある。イエス・キリストを取り囲む人物は十二ピエである。そのしたに置かれている群像は八ピエの大きさで、絵の上方を飾っている天使たちは六ピエしかない。この大きなドラマの十一の場面は、三つだけが地上で起きている。他の八つは多少見る人の目に近い雲の上方で起こっている。三百人の登場人物がいて、絵は五十ピエの高さ、四十ピエの幅がある。

像はいずれもとても鮮やかな空色にくっきりと浮かんでいる。この記念すべき日には、たくさんの人が呼び出されるにちがいなかったし、空気は非常に澄んでいなければならなかった。喇叭を鳴らしている天使は、目にいちばん近い画架版大の絵に対するのと同じ注意力で仕上げられている。ラファエッロの派は、左腕を広げている中央の天使を非常に称讃した。それはすっかり膨らんで見える。

ポールはとてもうまい反論を唱えた。最後の審判はひとつの儀式に属する事柄でしかない。それは、世界の終末が原因で死んだばかりの連中にとってだけ予期しない審判である。他のすべての罪人はすでにかれらの運命を知っていて、驚くことはありえない。

大芸術家はかれらの理想を形成しながらいくつかの細部を省略するのに、職人芸術家はかれらに向かって、これらの細部を見ないと言って非難する。

――芸術作品は美しい嘘でしかない。

ミケランジェロにおいては、動いてない筋肉は見当らない。伸筋は内転筋と同じくらい膨らんでいるが、これはかれの理想の方法のひとつである。

僕は打ち明けて言うが、十字架のうえを腿をまっすぐにして通っている天使（四番目の群像）は、平板な様式の持主の憎しみだけを掻きたてるような動きをしている。

建築家としてのミケランジェロを判断するには、フィレンツェのサン・ロレンツォ図書館、ローマのサン・ピエトロの外側部分を見なければならない。ミケランジェロをサン・ピエトロの仕事の監督に任じたのは、パウルス三世であり、芸術家はそれを引き受けることによって、天国に迎えられると信じた。フィレンツェに立ち寄ったら、サンタ・マリア・デル・フィオーレの大祭壇の背後にある、ミケランジェロの未完の群像を見ることを忘れないでくれたまえ。この偉人は一五六三年二月十七日にローマで亡くなった。八十九歳と十一カ月十五日であった。

［一］　コンディヴィ、ヴァザーリ『イタリア絵画史』、第二部、一七九ページ。

［二］　新王の公式の肩書きは《イエスス・クリストゥス、選挙にて選ばれたるフィレンツェ民衆王》であった。

［三］　プチ＝ゾギュスタン通りの美術学校は、その石膏像を所有している。

◆一八二九年二月五日

今晩、マレンターニ夫人のところで酷いコンサートがおこなわれた。ドニゼッティの音楽にうんざりして、僕はモンシニョール・N＊＊＊と延々と政治的なおしゃべりをした。優れた人物だが、根は並外れて極右である。

ローマでは、フランスを極度に恐れている。僕が思うに、この国の政治的目的には、僕たちがプロテスタントである方が望ましいのだろう。少し学識のある高位聖職者はそれぞれ、かれらの個人的安寧を危険に晒すとして、一六八二年の四つの提案[408]を憎悪している。

あなたは五十歳です、猊下、と僕は話相手に答えた。これから五十年以内に、四つの提案がローマまできてあなたにふりかかるでしょうか。

この見事な理屈は、モンシニョール・N＊＊＊に効き目がない。かれは、ナポレオンのように、後代を楽しみにしたり心配するあの寛大で小説的な魂の持主の一人である。かれはフランスにおける当局の不手際を恐れていて、それでも聖心会の信仰をたいそう当てにしている。それはまぎれもない教皇の宗教である。

トリエント公会議の宗教がフランスでその輝きを取り戻すには、と僕はかれに言った。主任司祭すべてが三年の訓練のあとで、判事みたいに罷免されなかったり、主任司祭たちが司教の選任権を持つことが必要でしょう。中世には、隣の貴族が自分の末息子を二十歳で司教に任命させました。こういったでたらめはもはや心配する必要がありませんが。

こうした方策がなければ、貧しいけれど立派な教育を受けた庶民の青年は、決して修道会には入らないでしょう。商人、弁護士、医者といった職業が、かれらにもっと有利な機会を与えるでしょう。あなた方は、粗野な百姓しか手に入れることができないでしょう…。

僕たちは心地よいナポリの歌に中断された。この歌は僕たちのイスキア滞在を僕に鮮やかに思い出させた。夕方に、水夫たちが岸辺近くを漕ぎながらそれを歌っていた。調子は切々として憂愁を帯びている。タンブリーニ夫人がそれをものの見事に歌った。彼女は彫刻家のトレンタノーヴェ氏の美声に援けられていた。以下はナポリの歌の詞の意味である。
「ぼくは海のまん中に家を建てたい（ええ、海のまん中に）。それは孔雀の羽根で造られるだろう（ええ、羽根で）。――ぼくは金と銀の階段と、宝石のバルコニーを造るだろう。――ぼくの可愛いネナがベッドから出るとき、太陽がまもなく現われるそうだ。」

歌のあいだ、僕たちは何か異常なことが起こっているのに気がついた。当主の女性が、いくつかの手紙を書いては手渡していた。少しずつみんなはマレンターニ夫人の気がかりな様子に注目し、舞踏会のただ中にかなり異様な深い静けさが生じた。マレンターニ夫人は、僕が今まで政治宗教的会話の相手をしていた才人を呼んだ。少しして、モンシニョール・N＊＊＊は親切にも僕のところにやってきて、レオ十二世が重病だと教えてくれた。この報せはグループからグループへと伝わった。何もつけ加えられなかった。最後に、二、三人のスパイが出ていくと、当主の女性はそれ以上長くは我慢していることができなかった。そして大声で言った。「教皇さまが臨終の床についていらっしゃいます。」

この報せは、医学的、外科的な議論を巻きおこし、僕を憤慨させた。みんながこのあわれな老人の死を望んでいることは明白すぎた。誰もこうした気持ちを率直に打ち明けないが、かれが二時間前から罹っている排尿困難症の症状の重さについてくどくどと言っていた。マレンターニ夫人は、おそらくローマで最初にこの大きな報せを知った人だ。

昨日はあさましく媚び諂い、今日は憎悪して公然とその死を望んでいる、そんな人々の世話でベッドにうち棄てられているあわれな老人、一人ぼっちで、家族もないあわれな老人。これは僕にとってあまりに醜悪なイメージを与える。みんなは、僕の感受性についてからかい、気取りを咎め、今や死にかけている教皇の偏見から刑場に追いやられた人々のことを僕に思い出させた。

苦しみ、みんなから見放された人しか、僕は見ることができなかった。モンシニョール・N＊＊＊は帰りがけに僕に言った。実際、わたしたちの職は、わたしたちよりも生き延びることでしょう。しかし、わたしたちの死の報せがどんな風に迎えられるかを知ることなんて、大したことではないのではないでしょうか。

――猊下、と僕は答えた。寛大で小説的な魂の持主は芸術家になるべきです。

三日前の二月二日、お浄めの祝日に、僕たち、フレデリックと僕は、システィーナ礼拝堂にミケランジェロのフレスコ天井画『ノアの方舟』を見にいった。僕たちはレオ十二世が『神を讃える歌《テ・デウム》』の先唱を務めるのを見た。普段どおり、とても青白い顔をしていたが、とても健康のように見えた。

◆一八二九年二月八日

あらゆる策謀に大きな変化が生じる。みんなは道理をわきまえ、情熱的ではなくなるだろう。教皇はよくなっている。昨日、一昨日は最悪だったが、今朝は希望がもてた。三日前から、教皇の医者はローマでいちばん研鑽を積んだ人たちになっている。ここでは何も隠しておけない。この町はあまりに小さく、その住人は分別がありすぎるので、誤報を惹き起こすことはない。パスクィーノの像に歩哨が置かれた。そこには魅力的な詩句が見られる。

◆二月九日

レオ十二世は臨終の聖体拝領を受けたばかりである。それはカメリエーレ・セクレト（つまり侍従）のモンシニョール・アルベルト・バルボラーニによって施された。

教皇はいちだんと悪くなっていると一般に言われている。別な人々は、聖体拝領の状況からは何も明らかではないと主張する。レオ十二世はとても敬虔であり、すでに総計十九回の聖体拝領を受けているのだから、と。医者たちは口が堅くなったと言う人もいる。心の動揺が頂点に達している。ある家で最近の報せを議論しはじめるや、次のような大問題にぶつかる。「誰が教皇になるだろうか。」そして少しあとには、次の問題に到達する。「誰に教皇になって欲しいか。」僕はイタリア人の性格の奥底の暗部をすべてよく見届けた。何人かの人が教皇制について話しながら、僕のまえでこう言った。《Da lui corda.》

この三つの小さな単語は次のようなことを意味する。「最悪の選択がなされることを願いましょう。わたしたちはどっちみち極端に走るでしょうし、そうすればいちだんと早く解放されるでしょう」〔二〕。

用心する習慣から、会話においては、ローマの外ではおそらく理解不可能なこれらの隠喩からほとんど出ないのがつねだ。僕については、しばしば変革とともに起こる犯罪を、イタリアは回避して欲しいものだと思っている。僕は、聖ペテロの玉座にいちばん道理をわきまえた枢機卿が着くのを見たいし、僕が希望をかけるのはベルネッティ氏だ。

臨終の聖体拝領を教皇に施す儀式が終わると、国務卿のベルネッティ枢機卿殿は、教皇聖下が危険な状態にあることを告げた。

一番目に、枢機卿会会長のデッラ・ソマーリャ枢機卿閣下に、
二番目に、教皇総代理、つまりローマにおいて司教の役割をするものだが、ズルラ枢機卿閣下に、
三番目に、外交機関に。

教皇庁内赦院長のカスティリヨーニ枢機卿が、枢機卿会会長から連絡を受け、教皇のところに入り、かれの心の面倒を見る。聖体がサン・ピエトロ、サン・ジョヴァンニ・イン・ラテラノ、そしてサンタ・マリア・マッジョーレのバジリカに掲げられた。教会のなかでは、《いまわの際にいる病める教皇のために》祈禱が唱えられた。

ローマにいるすべての外国人は、このうえなく強い好奇心で、この儀式に列席する。僕たちはとりわけ民衆の考えを探ろうとする。まず言うに言えない感情がある。ついで、教皇の死と後継者の指名は、この民衆にとっては賭けであり、つまりとびきりおもしろいものなのだ。僕たちの見たもののうちほんの一部しか僕は書き留めない。——僕に分かっているのは、一人の教皇の誕生とその死に際しておこなわれたことすべてを個別の条項として書くなら、この法典は二千以上もの条項になるだろう、ということだ。

今晩、すべての劇場は閉まっている。

教皇は深い嗜眠状態に陥ったという噂だ。いちばん情報通の家では、死が避けられないと見做している。精神的な動揺は頂点に達し、みんなの顔つきが変わっている。これらイタリア人は、通りをとてもゆっくりと歩くが、今日ばかりはほぼパリと同じ速さで歩いている。

［二］ Da lui corda.「この猛り狂った動物の綱をゆるめよ。それが自分で深淵に飛び込むように。」

◆一八二九年二月十日

僕たちは九時に起こされた。レオ十二世については、すべてが終わっていた。アンニーバレ・デッラ・ジェンガは一七六〇年八月二日に生まれた。五年と四カ月十三日君臨した。かれは、八時半に目立った苦痛もなく息を引きとったばかりだ。

僕たちは時間を無駄にしないでヴァチカンに赴いた。刺すような寒さだった。

二月四日、教皇聖下は僕たちの友人のロシアの青年領主と、二人の英国人に一時間の謁見をした。教皇はとても機嫌がよく、とても元気な様子だった。会話は、ロシア軍とプロイセン軍の様々な部隊の制服をめぐって展開した。N＊＊＊氏が僕たちに言った。わたしには教皇はとても醜いように思われました。とても細かく、おそらく少し意地悪な、才人老大使の調子がある。しばしば聖下は冗談を言い、しかもとてもうまかった。教皇は、最後に任命した枢機卿のうちの一人を、間接的に嘲笑しました。

カメルレンゴのガレッフィ枢機卿が《尊き教皇庁会計院《レヴェレンダ・カーメラ・アポストリカ》》の会議を召集し、午後一時に故教皇の部屋に入った。短い祈りのあと、カメルレンゴはベッドに近づいた。故人の顔を覆っていたベールが取り除かれると、カメルレンゴは身体を調べ、侍従長猊下《モンシニョール・マエストロ・ディ・カーメラ》がかれに罪びとの指輪を手渡した。

ヴァチカンから出ると、カメルレンゴは今や支配者の代理となり、半分が黄色で半分が青色をした十五世紀の大げさな衣裳を着たスイス人護衛兵を従えた。かれの通るところでは、軍隊の栄誉礼が捧げられた。故教皇は慌ただしく化粧をされ、服を着せられ、髭を剃られた。かれには少し紅がさされたと言われる。亡骸を護るのはサン・ピエトロの特別聴罪司祭たちである。防腐処理が施され、あとで顔にはよく似た蠟のマスクが被せられることになる。

二時に、ローマの市長が公式に教皇の死を聞くと、カピトリーノの大鐘を鳴らさせる。教皇代理のズルラ枢機卿の命令で、ローマのすべての鐘がカピトリーノの鐘に応えた。この瞬間はかなり雄大である。永遠の都のすべての鐘の音で、僕たちはローマのもっとも美しい記念建造物に別れの訪問をはじめた。僕たちの仕事がフランスへ僕たちを呼び戻していて、僕たちは教皇選挙会議が終わったあとただちに、ヴェネツィアに向けて出発するつもりでいる。

◆一八二九年二月十四日

故教皇の葬儀が今日サン・ピエトロではじまった。それは慣わしに従って九日間続く。僕たちは午前十一時からサン・ピエトロにいた。モンシニョール・N＊＊＊は親切にも僕たちに、目のまえで遂行されている礼式すべてを説明してくれる。教皇の遺体安置壇が聖歌隊の祭室に築かれた。それは金色の大佐の肩章のついた赤い制服に身を包んだ貴族の護衛兵に囲まれている。教皇の亡骸はまだそこにはない。

僕たちはこの遺体安置壇のまえで唱えられた大ミサに出席した。パッカ枢機卿が、枢機卿会副会長という資格で祭式を司宰した。パッカ枢機卿は極右派の候補者であり、大いにレオ十二世の後継者になるチャンスがある。僕はかれが知的な顔つきをしているのを見る。すべての外国人が群れをなしてこのミサにやってきた。

枢機卿たちの名前が囁かれ、かれらの顔つきがとり沙汰されていた。これらの方々の八から十人が、いかめしい様子というよりむしろ病気みたいな様子をしている。他の者は、サロンで話しているかのように、仲間うちで大いに話している。

ミサのあと、枢機卿たちは国政に携わりにいった。会議はサン・ピエトロの教会参事会室でおこなわれた。かれらはすべての役職を承認した。ローマ市の局長たちがやってきて、レオ十二世の死について哀悼演説をし、みんなを喜ばせる。もっとも、この教皇がシクストゥス五世のような教皇であったとしても、事情は変わらないことだろう。枢機卿たちのなかで、教皇選挙会議開催のためにモンテカヴァッロ宮殿に小さな住居《アパルトマン》を建設させる役目を負っている者たちが報告をした。

枢機卿たちが政治に関わっているあいだに、サン・ピエトロの聖職者は、レオ十二世の遺骸を、安置してあった礼拝堂に迎えに行った。『憐れみたまえ《ミゼレーレ》』がかなり下手くそに歌われた。教皇の亡骸が聖歌隊の祭室に到着すると、枢機卿たちがそこに戻ってきた。亡骸は白い衣に豪華に包まれている。亡骸には、ものものしく、とても複雑な祭式に合わせて、金色の刺繍と縁飾りのついた深紅の絹の屍衣が着せられていた。棺のなかには、メダイのいっぱい入った三つの巾着と、教皇の身の上を綴った羊皮紙が置かれた。

聖歌隊の祭室の大扉のカーテンは閉められていた。しかし数人の外国人が、護衛に付き添われて、密かに聖歌隊歌手用の階上席に案内された。

公証人が、すべての儀式の記録を作成しているが、僕は諸君にそのきわめて簡単な報告をする。一人の教皇の死で生じることすべてに、当然の警戒心が支配する。というのは、結局あわれな故人には存命する親族がいないし、後継者を選ぶことを任された人物たちが一人の教皇を生きたまま葬る可能性もあるからだ。

疲れて、死ぬほど寒くなって家に帰ろうとすると、僕たちは教皇選挙会議の警護の元締めであるドン・アゴスティーノ・キージ公が、かれの館の入口に儀仗隊を置いているのに気がついた。

◆一八二九年二月十六日

僕たちはサン・ピエトロで二時間を過ごした。大赦院長のカスティリヨーニ枢機卿は、教皇の遺骸に対してミサをおこなった。ローマの多くの教会が遺体安置壇を築いた。僕たちはサン・ジョヴァンニ・イン・ラテラノのそれを見にいった。

今晩バイエルン国王殿下が、アウグスブルク伯爵の名前で到着した。芸術家たちのなかで歓喜が起こる。殿下はかれらにとても愛されている。

◆二月十八日

枢機卿たちが一団になって到着する。バイエルン国王はピウス七世の墓碑をトルヴァルセン氏のところに見にいった。この墓碑はちょうど都合のよいときに準備されている。レオ十二世はサン・ピエトロの聖歌隊の祭室の近くの扉のうえに置かれるだろうが、善良なピウス七世に入れ代わることになる。こちらの教皇の遺骸は、墓の建設場所が見つかるまで、サン・ピエトロの地下に置かれるだろう。ご存じのとおり、コンサルヴィ枢機卿は遺言で、かれの主人が墓をもらえるように配慮したのだった。ここでは国家は九日間の葬儀のあとに、故人の教皇に対して何もしない。レオ十二世についてもすでに、あたかも二十年前に亡くなったかのように話されている。

　バイエルン国王はピウス七世の記念碑に使われる三つの彫像にたいそう満足したので、ただちにトルヴァルセン氏にコマンドゥール十字勲章を授与した。この新しい名誉は、ローマでは少しも評判になっていない。この芸術家は偽善者で、大策謀家[410]だと言われている。おそらく羨望がそう言わせているのだ。トルヴァルセン氏は八から十の飾りを一同に集めている。僕はかれの作品にあまり感心していないので、少しも紹介してもらおうとしなかった。

　僕たちは教皇選挙会議場を見るという途方もない好意を手に入れた。この幸運はとても大きく、この幸運を与えてくれた人にとってはたいそう危険なことだったので、僕たちは三分間しかそれを享受することができなかった。枢機卿の一人ひとりは三つの小さい部屋からなる住居《アパルトマン》をもらう。今日はこれらの方々が、教皇選挙会議のための住居を抽選した。フランス大使のシャトーブリヤン氏が枢機卿たちに最初の演説をおこない、かれに礼を言ったのはデッラ・ソマーリヤ枢機卿殿である。

◆二月十九日

　今朝、故教皇の亡骸のまえでミサをおこなったのは、デ・グレゴリオ枢機卿殿である。すべての外国人枢機卿が票を入れるのは、デ・グレゴリオ殿にである。というのは、ベルネッティ殿は玉座に昇るにはどう考えても若すぎるからだ。

◆二月二十日

　サン・ピエトロの大身廊中央に、壮麗な遺体安置壇が築かれたばかりだ。装飾は彫刻家のタドリーニ氏によるもの

トルヴァルセン『ピウス七世墓碑(部分)』(サン・ピエトロ大聖堂)

である。ティトゥスの凱旋門への冒瀆行為で知られるヴァラディエ氏が建築を担当した。こちらは実際悪くない。

　この墓は一般的なピラミッド型にされた。しかしたくさんの装飾がつけ加えられた。もっともなことである。レオ十二世の業績を表す浅浮彫りと、アマーティ神父殿のたくさんのラテン語の銘がついている。外交団が、この遺体安置壇のまわりでおこなわれた儀式に参列していた。これらの儀式は、いつも同じことだが、僕たちには長く思えはじめる。ナポリから駈けつけてきた英国人たちは、逆に怒り狂っていた。ナポリからの道みち、法外な値段で駅馬の代金を払った。ローマでは宿に泊まることはほとんど不可能である。僕たちはナポリの二家族のために、僕たちのグロッタフェラータの別荘を貸してあげる。僕たちがかれらの国に滞在していたあいだ、かれらは申し分なく尽くしてくれた。毎晩、寒いにもかかわらず、友人たちは辛抱してグロッタフェラータに帰っていく。葬式のすべての儀式が、僕たちとは違って、かれらにとっては重要なものであることが、かれらの目に読みとれる。

◆二月二十二日、日曜日

サン・ピエトロにおける儀式の最終日である。ヴァチカン図書館でたいそうご親切な司書補のモンシニョール・マーヨ[411]が、枢機卿や外交団の居並ぶなかで、レオ十二世の諸徳についてのラテン語演説をおこなった。この演説はキケロの断片的引用である。ひとつの観念もない。それは、治世に聖年を迎えたすべての教皇に対して等しく用いることができるようなものだ。

◆二月二十三日

昨日、夜中に、立派な縁故のおかげで、僕たちは不気味な見せ物に加わった。あの広大なサン・ピエトロの教会で、七つ、八つの松明に照らされて、数人の建具職人がレオ十二世の棺に釘を打っていた。次に石工が、縄と起重機でそれを扉のうえに持ちあげた。そこにピウス七世に代わって置かれる。これらの職人たちはたえず冗談を言っていた。それはマキアヴェッリ風の冗談で、気がきいていて深淵、かつ意地悪なところがあった。これらの男たちは、ルメルシエ氏の『パンイポクリジャド』の悪魔たちのように話していた。かれらは僕たちに意地悪を言った。僕たちの旅仲間の女性たちは、目に涙を浮かべていたが、釘を打ち込むために二度金槌をふるう機会をもらった。この不気味な光景は決して僕たちの記憶から去らないだろう。僕たちがレオ十二世を愛していたら、それはもっと恐ろしくないものだったろう。

葬儀はとうとう終わった。

デッラ・ソマーリャ枢機卿が、教皇選挙会議の開始にあたって、聖霊のミサを唱えたばかりだ。この儀式もまたサン・ピエトロの聖歌隊の祭室でおこなわれた。祭室は、その金塗り天井がたくさんの裸体像で飾られている。この不自然さが、葬儀のあいだずっと僕たちを悩ませた。今日はモンシニョール・テスタが教皇選挙についてラテン語で説教した。驚いたことに、あまりに退屈で、あまりに間違いだらけだった。みんなは別のことを考えているようだった。

枢機卿たちのなかで極右派は、どういうわけか分からないが、サルデーニャ派と呼ばれている。今日、この派が勝利するだろうと噂されている。未来の教皇は内政ではレオ十二世の治世を継続するだろうし、列強諸国との関係では同じ中庸はなくなるだろう。レオ十二世の晩年の見地にさからうには、これらの年とった枢機卿たちは動じない心を持たなければならない。僕は何よりも僕のまわりにいる人に愛されたいものだ。

今晩、二十二時に（日没二時間前に）僕たちは教皇選挙会議に入る枢機卿たちの祈願行列を見にいった[412]。この儀式はモンテカヴァッロ広場の巨大な馬の像のまわりでおこなわれた。枢機卿たちのまえを行く十字架は裏返されていた。

つまりこれらの方々は救世主の肉体を見ることができた。すべてこれらの事柄には神秘的な意味があり、これについては、親切なことにモンシニョール・N＊＊＊が僕たちに説明してくれた。枢機卿はそれぞれ自分の教皇選挙会議随員を従え、随員は教皇選挙会議から出たあかつきには、男爵の肩書きがもらえるようだ。

この枢機卿の集まりは、君主に払われる栄誉で扱われ、これらの方々は貴族の護衛兵と十五世紀の大げさな身なりのスイス人衛兵に囲まれていた。僕たちには、この衣裳はこの場合とてもよい趣味に思われた。

祈願行列はまず司教枢機卿からはじまった。五人を数えた。デッラ・ソマーリヤ、パッカ、ガレッフィ、カスティリヨーニ、ベッカゾリの閣下であった。僕たちのまわりで、民衆はこれらの方々のうちの一人が教皇になると言っていた。

かれらのあと、二十二人の司祭枢機卿が、フェッシュ枢機卿殿を先頭に進んできた。そして最後に五人の助祭枢機卿である。

ローマ知事で警察長官のモンシニョール・カペレッティは、枢機卿会会長のデッラ・ソマーリヤ殿の脇を歩いていた。

この祈願行列は、教皇選挙会議場の入口で、五人の枢機卿からなる委員会に迎えられた。ベルネッティ殿がそのなかに入っていた。行列でかれを見なかったわけである。行列では、すべての外国人、とりわけ今日到着した外国人がかれを目で探していた。

僕たちは夕食をとりに行った。そして、まぎれもない野次馬として、夜の三時に（夕方の八時半に）モンテカヴァッロ広場に戻り、有名な三点鐘を待った。それが鳴るのを聞くと、教皇選挙会議に関係のないすべての人が出てきた。キージ公はその衛兵隊を位置に着け、そして枢機卿たちは壁のなかに閉じこめられた。

さて、かれらはいつ出てくるだろうか。これは長くなるかもしれない。何かが決定されるのは、ボローニャ駐在教皇領州総督のアルバーニ枢機卿が到着してからであろう。かれはオーストリアの内々の意向を持っている。つまりオーストリアの拒否権を担っている（周知のとおり、一八二三年の教皇選挙会議でアルバーニ枢機卿は、セヴェローリ枢機卿の除外を申し出た)。

僕がすべてを言えないのはよくお分りだろう。ローマでは結構な詩句が流行っている。それはユウェナリスの力強さとアレティーノの無軌道が混淆したものである。

この詩句は、明白な三党派があると言っている。それらは、まずサルデーニャ派あるいは極右派で、この派はローマ教会と教皇領をこのうえなく厳しいやり方で支配しなければならないと主張している。この派閥はパッカ枢機卿が率いている。

次に、自由派で、先頭に立っているのはベルネッティ枢機卿である。

最後に、オーストリア派あるいは中心派で、指導者にガレッフィ枢機卿をいただいている。学識のある人物で、芸術を愛している。僕たち無知な者にとって奇妙に思えるのは、ジェズイット教徒が中心派に属していることである。これを裏切るためでもあるまい。《時は正義の味方》とN＊＊＊猊下は言う。これは、教皇選挙会議の最後に真実は分かるだろう、という意味だ。

僕たちはローマでそれを待てるだろうか。僕たちの予定では、教皇選挙会議の閉幕後ただちに出発する。それにしても寒いし、僕たちはトラモンターナ［北風］に向かって北へ行く。しかし旅仲間の女性たちは、教皇の戴冠式を見たがっている。僕は賛成ではなかったが、最終的にこの大事件を三十日間待つことに決まった。友人の英国人たちは、このことに関して大きな賭けをした。教皇選挙会議が二十四時間の三十回以上、つまり七百二十時間以上続くだろうということに、千に対して千五百ギニーで賭けている。

◆三月四日

僕は教皇選挙会議について話さなければならないのに、ある青年外交官[413]がローマから書いた手紙の断片を引用したい誘惑に負ける。才知も才能も先祖から受け継いでいる家系にかれは生まれている。

「ローマは選挙の都と呼ぶことができます。その建設の年以来、つまり二十六世紀近くのあいだ、その政府の形態はほとんどつねに選挙に基づいていたのです。わたしたちはローマ人が、かれらの王、かれらの執政官、かれらの護民官、かれらの皇帝、かれらの司教、そして最後にかれらの教皇を選ぶのを見ています。確かに、教皇の選挙は特権的な集団の手中に委ねられています。しかし、この集団は少しも世襲的なものでなく、世界のあらゆる階層やあらゆる国民から出た個人でたえず補充されていますので、直接選挙の原理が曲げられているにもかかわらず、それは相変わらず、社会階層の頂点に到達した人々の機関によって実施される民衆の選挙であると言えます。

「……国民全体が執政官を選びました。もっとのちには、司教を選ぶのも国民全体ですし、制度が崩壊して堕落すると、皇帝を選ぶのは親衛隊です。教皇を選ぶのは枢機卿です。

「……ローマの霊的指導者は、まずカタコンベの奥に隠れたキリスト教徒の集団によって選ばれます。帝国が東方に移り、異民族の到来がキリスト教徒にいちだんと力を与えたとき、選挙は民衆によって公然とおこなわれます。あとになって、司教がいちだんと権力を獲得し、聖職者が組織されると、この聖職者集団の構成員によって司教が選ばれます。民衆はすでに消えています。まもなくシャルルマーニュとその後継者が、西ローマ帝国を甦らせることを考え出します……。そして帝国に宗教のうしろ楯を得るために、ローマ以外では帝冠を戴くことができないようにしようとかれらは考えます……。すでにヨーロッパでは一般的になっていた司教の称号が、教皇の称号に代わっています。位階制が聖職者のなかにできあがったのです。教皇は一介の司祭としての自分の権威を保つことを潔しとしません。以後、枢機卿だけが教皇選挙で競いあうことになります……。

「……ある日、民衆は選挙人たちの作業の長さにうんざりして、選挙人の集まっている宮殿の入口を塞いでしまい、選出が布告されるまでかれらを閉じこめたままにすることを思いつきました。この前例が決まりになり、それ以降、選挙のたびに、教皇選挙会議は閉じこもっておこなわれています……。

「……最後に、いくつかのカトリック勢力から、教皇選挙会議の最中に、代弁者の枢機卿を通じて、かれらに疑念をもたらすようなある種の選択に反対する習慣と権利が導入されました。

「あらたな西ローマ皇帝[414]が、ローマを帝国に結びつけ、次のように宣言したときの状況は、以上のようなものでした。

《外国主権はすべからく帝国内において霊的権力のいかなる行使もおこなうことはできない。

「《代々の教皇は、称讃の祝日に、一六八二年の聖職者会議において決定したフランス教会の四つの提案[415]に反対して何らかの手段を講ずることは決してないと宣誓するだろう。》（一八一〇年二月十七日の元老院決議）

「……今日、教皇選挙会議においていちばん影響力を及ぼしているのは、フランスとオーストリアの両大国です。両国の利害は異なっている。しかし万事うまくいっています。一方が教皇選挙で勝利すれば、他方は国務卿の選出で優位に立ちます。

「……フランスにおける聖職者は、いかめしく敬虔で、尊敬を起こさせます。ローマでは、神父たちは現代のしあわせ者です。かれらは陽気で、滑稽で、時としておどけています…。それは抹香臭いわが国旧制度のけちな神父ではありません。イタリア人は、人となりに細かな配慮をしません…。ポケットにクロエの小詩句を詰めこんでいません…。しかしほとんどつねに、カプチン会修道士ないしカルトゥジオ会修道士に関する何かしら品のよくない物語を知っています。かれらは、新しい歌手が別の歌手よりも脚が短いということを発見しました。かれらには神々の哄笑があります。

「……ピア通りの両端は、古いタペストリーを被せた板の仕切りで閉ざされます。一人のスイス人の役人が、十四世紀にいるような衣裳をつけ、長い矛つき槍で武装して、この無力な障壁を守っています。

「モンテカヴァッロ宮殿の大門は開いていますが、詰所を置いて多数の衛兵によって守られています。二階正面の窓は鎧戸が閉まっています。大門のうえ、バルコニーに面した中央の窓だけが塞がれています。[一]」


［一］アンリ・シメオン氏。

◆一八二九年三月五日

僕たちはモンテカヴァッロ広場にくる途中で、迅速な教皇の選出を神に願うためにおこなわれている三つの祈願行

モンテカヴァッロ（クィリナーレ）宮殿

列に遭遇した。ローマのどんな下層の手工業者でも、選出が早期におこなわれないことを知っている。諸党派は自分の力を認識する必要がある。最初の何回かの投票は、いかなる結果も出すことはできず、まったくの儀礼である。枢機卿たちは、公開の場で尊敬のしるしを示すために、敬意を表したいと思っている仲間うちの枢機卿に票を入れる。

僕たちは発煙《フマータ》と、あいかわらずそれが巻きおこす騒々しい爆笑を見にいった。以下はその様子である。

巨大な馬の像を目のまえにするモンテカヴァッロ宮殿正面、塞がれた窓にもっとも隣接した窓から、七、八ピエの長さの煙突が出ている。この煙突は教皇選挙会議のあいだ大きな役割を演じている。

新聞は、閉じ込もった貴人たちが毎朝選挙に行くことを諸君に教えてくれた。枢機卿はそれぞれ、短い祈りを捧げたあとで、パオリーナ礼拝堂の祭壇に置かれた聖杯に、封印をした小さな封筒を置きにいく。独特の折り方をしたこの封筒には、選んだ枢機卿の名前、聖書から取った格言、選挙人の枢機卿の名前が入っている。

毎晩、その朝投票された候補者たちのあいだで第二次投票がおこなわれる。封印をした手紙には次のような言葉が入っている。《われは以下のごとく賛成す　N》

この投票にはいかなる理屈も、いかなる条件もつけ加えられてはいけない。ここによく注目したまえ。この夕方の儀式は確定投票という名前がついている。時として、朝の投票で挙がった候補者に不満な枢機卿は、夕方の投票用紙にこう書く。《われは誰にも賛成せず》

一日に二度、開票を担当する枢機卿が、どの候補者も三分の二の得票がないと分かると、投票用紙を燃やし、その煙が、僕の話した件の煙突から出る。それがフマータと呼ばれるものである。このフマータのたびに、モンテカヴァッロ広場に集まった群衆から、野心家の落胆を想像して大きな笑いが起こる。みんなはこう言いながら帰っていく。「さあ行こう、今日のところはわしらにはまだ教皇さまはいない。」

◆三月六日

精神的な動揺は頂点に達している。三月二日、三日は、ナポリのルッフォ＝シッラ、ミラノのガイスルックの両枢機卿閣下が到着した。これらの方々は、サン・ピエトロに祈りに行き、多少内々の訪問客を迎え、それから教皇選挙会議に入るが、それは見ておもしろい儀式に従う。この描写は、おそらくすでに教皇関連の事柄に少し飽きている読者をうんざりさせることだろう。僕たちの旅の道連れの女性たちは、本来の仕事とはまったく異なった事柄に深く関わっている連中によって実施されているこれらの儀式を、とても楽しんでいる。僕については、レオ十二世の選出のときに、こういったことすべてをすでに見ていた。

僕たちは今朝、枢機卿たちの正餐の到着する様子を見た。正餐はいつも、行列を作ってローマをゆっくりと横断する。まず、枢機卿の従僕が進むが、これは主人の富に従って、多少ともかなりの人数になる（もっともきらびやかなのは、デ・グレゴリオ枢機卿の従僕である）。

その次に、二人の運搬人《ファッキーニ》によって運ばれて台がやってくる。そのうえには、枢機卿の紋章で飾られた大きな籠が載っている。この籠に正餐が入っている。行列は特別仕立て《ガラ》の二、三台の馬車で終わる。似たような行列が、毎日それぞれの枢機卿の館を出発して、モンテカヴァッロに到着する。

モンシニョール・N＊＊＊のおかげで、僕たちは今朝正餐の搬入に立ち合った。いくつもの行列がすでに到着していた。僕たちはわけなく門を通って、モンテカヴァッロ宮殿の広い中庭を横断したあとで、板とタペストリーで間に合わせに作った広間に到着した。その奥にはふたつの櫓が建っていた。

そこで、一人の司教が正餐の搬入を進めていた。籠が開けられ、料理の皿を一つひとつ司教の手に渡す。こうした搬入は、一切の通信を防止することを目的にしているにちがいない。司教は料理の皿をおごそかな様子で眺め、それがおいしそうだと匂いを嗅ぎ、そして下役に手渡した。下役はそれらを櫓のなかに運んだ。その正餐のどれにも、鶏肉のなかとか野菜の型詰め料理のなかに、五、六通の手紙を入れることができたのは明白である。

二、三の正餐の搬入のあとでは、こうしたどの料理も僕たちをうんざりさせた。僕たちが出ようとしていると、教皇選挙会議場の内部から、櫓を経由して、二十五と十七の二つの番号を書いた紙片が、宝くじで賭けるようにという依頼とともに、届けられるのを見た。

賭けごとはイタリア人の大きな情熱のひとつである。ローマの男性が恋人に棄てられるとする。かれの絶望がどんなであろうと、かれは恋人の歳の数と、仲たがいの日が示す月の日付を宝くじで賭けることを怠らない。不貞という単語自体、ロットの辞典のなかで探すと、僕に間違いがなければ、三十七の数字に該当する。教皇選挙会議場の内部から出てきた番号は、今朝の投票で、二十五番の住居《アパルトマン》を占めている枢機卿が、十七票を得たということ、あるいはまったく別のことも意味することができた。これらの十七と二十五という番号は、間違いなく、P＊＊枢機卿の召使に手渡された。

枢機卿の正餐の教皇選挙会議場への搬入の描写は、諸君に朝の通信ほどたやすいものはないということを明らかにした。夕方には、フマータのあと、みんなが帰ってしまうと、モンテカヴァッロ広場ないしはピア通りに、薄紙に書いた短い手紙の入った中空のピアストル硬貨が投げられ、いつも偶然誰かしらがいて、それを拾っている。

公式のニュースが唯一教えてくれるのは、開票にあたる位階別主任枢機卿の名前である。三月五、六、七日の位階別主任枢機卿は、司教位階のアレッツォ、司祭位階のテスタフェッラータ、助祭位階のグェッリエーリ＝ゴンザーガの閣下たちである。

◆三月七日

大事件があったのだが、おもいきって僕がそれを話したものか。それはローマの社交界にとって強い電気ショックみたいなものだった。当地では故教皇の支配の仕方にうんざりさせられていたことと、極右派が勝利して選択がおぞましいものになるだろうと確信されていることを知らなければならない。（穏健な外国人たちの意見はこういったものではない。）

突然今晩、十時頃、選択はまさに最良のものになろうとしているのが分かった。

数日前から、元ローマ知事で当地ではとても好かれているベルネッティ枢機卿、それはこの国のベレイム氏といった人物だが[416]、そのベルネッティ枢機卿が、イタリア人枢機卿たちと協議していたようだ。「宗教はすべての党派を超えていなければならない。もし宗教がオーストリアに傾くなら、一千九百万のイタリア人のなかで燃えているオーストリアに対する憎しみを、根拠の有無にかかわらず、同じように宗教も買うことになる。したがって、オーストリアの拒否権を持ってくるアルバーニ枢機卿が到着する前に指名をしようではないか。」以上が元ローマ知事のものと見做されている論理であり、僕はこれについて少しも責任が持てない。他の人たちからオーストリアにあらかじめ買収されていると言われている数人の臆病な枢機卿は、決心するのに二度の二十四時間を待ってくれと要求した。

とうとう昨日、アルバーニ枢機卿は遅れずに到着するにちがいないと判断された。今朝、みんなは投票に行った。はっきりしていなかったすべての枢機卿は、自由派の候補者のデ・グレゴリオ枢機卿に投票するよう指示を受け取っていた。はっきりしている枢機卿たちは今晩、デ・グレゴリオ枢機卿に確定投票して指名を決定するはずだった。

今晩、指名必要数ぎりぎりで、得票が数えられる。デ・グレゴリオ枢機卿は三分の二の得票を集めていて、表敬を受けるところだった。不幸にして、ベンヴェヌーティ枢機卿殿が才気をひけらかして、自分の投票用紙に二、三の文句をつけ加えていたので、これが無効と宣せられた。ただちに、翌朝うまくいくように万端整えられた。しかし、まさに今晩、アルバーニ枢機卿殿が教皇選挙会議に入った。すべてはご破算となった。

こんな風なのがローマの噂である。以上がいちばん情報を持っているサークルで語られていることだ、と僕は答えることができる。それは真実だろうか。

◆三月九日

教皇選挙会議に関わる元気はもうない。昨日と今日はティヴォリに行って、僕たちは日中を過ごした。天気はすばらしかった。今晩、帰ってくると、ローマの人々が絶望に沈んでいるのを見つけた。かれらの顔つきは実際に変わっていた。教皇の指名はあなた方にはどうでもいいことでしょう、とかれらは僕たちに言う。あなた方には好奇の対象にすぎません。一人の教皇は通常八年間続き、今回の指名によって、何年もに渉るわたしたちの平穏が保証されたのですが、それをわたしたちは逸しました。これには何も答えられなかった。ロマーニャ地方では、不満は頂点に達していると言われる。

シャトーブリヤン

◆三月十日

シャトーブリヤン氏が教皇選挙会議で演説をした。ありがたくも栄誉なことに、モンテカヴァッロへ行くのに、かれの馬車はすべての枢機卿の馬車を従えていた。これらの方々が、教皇選挙会議場の内部から、そのために命令を出していた。シャトーブリヤン氏は結構な宴を催したし、発掘作業をさせたし、プッサンの墓を立てる計画を予告している。かれはフェッシュ枢機卿殿に対して礼を尽くしていた。この有名人は、枢機卿たちには大いに受けているように僕には思える。

シャトーブリヤン氏が、卵も通らないような小さな開口部と向かい合って話したのは、正餐の搬入がおこなわれる広間でのことである。この穴の反対側には、教皇選挙会議の構成員がいた。カスティリヨーニ枢機卿殿が大使の演説に答えた。僕たちはこの返事の断片を第一巻二七三ページ〔本訳書I巻二三八ページ〕で引用した。

スペイン大使殿の演説はラテン語であった。シャトーブリヤン氏はフランス語で話した。かれの演説はとても自由主義的であった。少し「わたくしは」と「わたくし」が多すぎる。これを除けば、魅力にあふれていて、大成功である。枢機卿たちには気に入られなかった。無意味になりかねない危険を冒して述べられたフランス政府の私的見解がどうであれ、イタリアではかれは何としても自由派の擁護者である。今晩、すべてのサロンでシャトーブリヤン氏の演説の写しが読まれた。

◆三月十五日

教皇の迅速な選出に向けての祈願行列と祈願が相変わらずである。盛んに不平が囁かれはじめている。ローマの人々はかれらの聖週間のために心配している。四月十九日の復活祭の日に教皇が指名されていなければ、聖週間はなく、法外な賃貸料もない。僕たちを招待してくれた主人たちは、聖週間を収穫のように話している。かれらはそれが今年はとてもうまく行きそうな兆しがあると主張している。教皇選挙会議の儀式がローマに引き寄せた外国人は、立ち去らないだろうし、さらに別の外国人がたくさんくるだろう。昨日、今日、僕たちはローマのすべての地区を走りまわった。シチリアからきた友人の一人に、宿を見つけたかった。手に入れるのは困難だった。値段が滑稽の極みだ。

◆三月二十日

おそらくスペインはその利害を、フェルナンド七世の個人的友人だと言われるジュスティニアーニ枢機卿殿に委ねた。かれはローマでは、枢機卿の衣裳のうえにいつも着けているスペインの大綬章で有名である。[一] スペインにおけるご立派な行動によって、極右過激派はパッカ枢機卿よりもかれに親近感を持つところだった。実際のところ、フランスとオーストリアだけが、現実に教皇の指名に関心のある二大強国である。ローマではフランスを大いに怖がっている。それに、わが国はイタリア人枢機卿のために何もしてあげることができない。オーストリアは自国のために投票する枢機卿の甥に司教区を与えることができる。

[一] ジュスティニアーニ枢機卿殿はイーモラの司教である。一八二九年六月はじめに、聖遺物に関係して、イーモラで起こった騒乱を諸君は語ってもらいたまえ。418 何というエネルギー！ ほんとうは犯罪的なあるいは滑稽な目的であった。イーモラに対して発せられ、イーモ

ラが嘲笑した聖務停止を読みたまえ。――ユダヤ人たちの追放。

◆一八二九年三月三十一日

今朝は奔流のように雨が降っていた。さながらに熱帯の雨だ。そんなとき、僕たちがいくらかの稼ぎを約束してあげていたかつら師が、僕たちの食事をしていた広間に、息急き切って、文字通りとり乱して入ってきた。《Signori, non v'è fumata.（みなさん、フマータはなかった。）》これがかれの発することのできた唯一の言葉だ。ということは、今朝の投票は燃やされなかった。したがって、教皇が指名されたということだ。

僕たちは不意を打たれた。チェーザレ・ボルジアのように、教皇指名の日のために用意万端整えていたが、嵐のような雨は別だった。僕たちはそれをものともしなかった。

僕たちは辛抱してモンテカヴァッロ広場で三時間を過ごした。実際、十分もすると、テヴェレ河に投げ込まれたかのように、ずぶ濡れになってしまった。僕たちの防水タフタの外套が、僕たちと同じくらい果敢な旅仲間の女性たちを少し保護した。僕たちは広場に面している窓を眼中に収めていたが、新教皇の名前を告げる枢機卿の声が聞こえるように、塞いだ窓に近い宮殿の入口のすぐそばに行きたかった。こんな群衆はこれまで見たことがなかった。立錐の余地もなかったし、しかもこの篠つく雨にだ。

前もって味方に引き入れていた純朴なスイス人兵士たちが、宮殿の入口のすぐ近く、僕たちのためにとっておいてくれた場所へ僕たちを辿り着かせてくれた。隣に陣取ったとてもきちんとした身なりの男性は、すでに一時間前から雨に晒されていたが、僕たちにこう言った。こっちの方が宝くじの抽選よりも百倍もおもしろい。考えてもごらんなさい、皆さん、わたしたちが知らされる教皇の名前が、ローマで上等の毛織物の服を着ている連中全員の富と計画にじかに影響を及ぼすのです。

これほどの悪条件のなかで待っていることから、少しずつ民衆は怒りはじめる。こうした場合には、誰もが民衆だ。バルコニーに面し、注目を集めていたあの塞がれた窓から、小石が剥がれ落ちたとき、それを見るやいなや僕たち全員をどよめかせた喜びと期待の熱狂を、僕は諸君に描いてみせようとするが、不可能である。みんなの歓声が僕たちの耳を聾するほどだ。開口部は急速に大きくなり、数分すると、破れ目は人がバルコニーへ出てこれるくらいに大きくなった。

一人の枢機卿が現われた。僕たちはアルバーニ枢機卿殿を認めたように思った。しかし、このとき降っていたひどく激しい雨にたじろいだこの枢機卿は、たいそう長く閉じこもっていたこともあって、雨のなかに思い切って出てこなかった。一瞬のためらいののち、かれは引き下がった。この瞬間の民衆の怒り、激怒の叫び、下品な悪態を誰が描くことができるだろうか。僕たちの仲間の女性は実際それに恐れをなしてしまった。この憤激は、教皇選挙会議を覆して、かれらの新しい教皇をそこからもぎとってこようと言っていた。この奇妙な場面は三十分以上も続いた。最後には、僕たちのまわりにいた人は、もはや声が出なくて、叫ぶどころの状態ではなかった。

雨が一瞬小降りになった。アルバーニ枢機卿がバルコニーに出てきた。あの途轍もない群衆が満足のため息を漏らした。それから蝿の飛ぶのが聞こえるほどの静けさが生じた。

枢機卿は言った。《Annuntio vobis gaudium magnum, Papam habemus eminentissimum et reverentissimum dominum (注意が増した) Franciscum-Xaverium[一], episcopum Tusculanum, sacrae Romanae Ecclesiae Cardinalem Castiglioni, qui sibi nomen imposuit Pius VIII.》

「フランシスクム・グザヴェリウム」という言葉に、枢機卿の名前をよく知っている何人かの人々は、カスティリヨーニ枢機卿のことだと見抜いた。僕はこの名前がとてもはっきりと発音されるのを聞いた。アルバーニ枢機卿の言うことを何事も聞き漏らさないように、「エピスコプム・トゥスクラヌム」という言葉に、たくさんの声がこの言葉を繰り返したが、とても小さな声でだった。「カスティリヨーニ」という言葉には、押し殺した叫びのようなものがあったが、続いてはっきりした喜びの反応が起こった。この教皇にはあらゆる徳がそなわっているという噂だ。とりわけかれは邪にはならないだろう。

引きさがる前に、アルバーニ枢機卿は、かれがたった今読みあげたばかりの言葉と同じものが記されている一枚の紙を、民衆に向かって投げた。かれは最後に拍手をした。拍手喝采の嵐がかれに答えた。同時に、サン・タンジェロ要塞の大砲が、この大事件を町や野の人々に告げた。

僕は多くの人の目に涙を見た。それはこれほど長く待った出来事に対する単なる感動だったのだろうか。この涙は、あれほど大きな不安ののちに、これほど立派な支配者を手に入れた幸福の表現なのだろうか。民衆は立ち去りながら、二、三の枢機卿をとても嘲笑していた。かれらが指名されたら民衆は悲嘆に暮れたことだろう。

僕たちは急いで帰り、暖まった。僕たちのうち誰一人として、これまでにこんなに濡れたことはなかった。

以下は、用心を考えれば、記すことができるぎりぎりの詳細である。

ピウス八世に選出を決定した三、四票をもたらしたのは、ピウス七世の一種の予言である。伝え聞くところでは、ピウス七世はかれを枢機卿にするとき、かなり曖昧にではあったが、こう言ったとのことだ。「あれがわたしの後継者になるだろう。」[419] 極右過激派は成功しなかった。自由派は、三月七日に勝利を逸したあとは、もはや希望はなかった。カスティリヨーニ枢機卿を玉座に着けたのは、穏健オーストリア派である。

〔二〕「わたくしはみなさんに大きな喜びをお伝えする。わたくしたちは教皇を得ました。このうえなく徳高き尊師であるフランチェスコ・サヴェーリオ殿で、聖ローマ・カトリック教会のフラスカティ司教、カスティリヨーニ枢機卿です。ピウス八世の名前をいただきました。」

◆一八二九年四月一日

昨晩、社交界の様子は口数が少なかった。各人は新教皇と新教皇の友人たちに対する自分の立場を計算していた。僕たちのローマの友人たちが話したのは、僕たちには理解できないピウス八世選出のいくつもの小さな影響に注目させるためであった。

あらゆる徳がこの教皇とともに玉座に昇った。新教皇は、一八〇九年から一八一四年までのナポレオン支配下をマントヴァ、ミラノ、パヴィアで過ごした。かれは神学にとても造詣が深いと言われる。コンサルヴィとても親交があったし、デ・グレゴリオ枢機卿を昇進させるだろう。しかし病気がちである。誰がかれの大臣になるだろうか。

ピウス八世は四十九日の空位、三十六日の教皇選挙会議ののち指名された。僕たちの友人のH＊＊＊は千ギニーの賭けに勝つ。カスティリヨーニ枢機卿の指名は夜中に決定された。かれは朝の投票で選ばれた。デッラ・ソマーリャ枢機卿がかれに受諾するか訊ねて、かれはあれこれ言わずに「はい」と答え、ピウス八世の名前を選んだ。ただちに聖座の公証人のモンシニョール・ズッキが、選出の調書を作成した。

アルバーニとカッチャ・ピアッティの両枢機卿殿は、新しく選ばれた人をパオリーナ礼拝堂の聖具室に連れていき、そこで教皇の衣裳を着せた。三つの異なったサイズが用意されていた。

教皇はついでパオリーナ礼拝堂の祭壇に着き、そして手への接吻と二回の抱擁[420]から成る最初の表敬の儀式を受けた。カメルレンゴのガレッフィ枢機卿がかれに罪びとの指輪をつけさせた。

◆一八二九年四月一日、夕方

今朝、十五時（午前九時）頃に、新教皇はクィリナーレ宮殿からヴァチカンに赴いた。かれは熱狂的に迎えられた。民衆はこう言っていた。「でも誰を国務卿に選ぶかしら。」教皇の手によって自発的《モトゥ・プロプリオ》に書かれたもので昨日アルバーニ枢機卿が任命されたのを、ローマの人々は知らなかった。僕たちは教皇聖下の馬車のなかに、デッラ・ソマーリャとガレッフィの両枢機卿殿を見つけた。僕たちはサン・ピエトロの大祭壇の教皇を見た。『神を讃える歌《テ・デウム》』が歌われ、ピウス八世が三度目の表敬の儀式を受けた。

かなり長いこの儀式のあいだ、M＊＊＊夫人のところで僕にレオ十二世の病気を知らせてくれたあの愛すべき人物のN＊＊＊氏が、これまでも充分な配慮をしてくれ、僕たちの友人になっていたが、ピウス八世の物語をしてくれた。

フランチェスコ・サヴェーリオ・カスティリヨーニは、一七六一年十一月二十日、マルケ・アンコーナの小さな町チンゴリに生まれた。かれはまずモンタルトの司教になった。一八一六年三月八日、ピウス七世によって枢機卿とチェゼナの司教に任じられた。この折りに、この教皇は「かれはわたしのあとにくるだろう」と言った。まもなく大赦院長の地位に学識のある人物が必要であることが分かった。というのは、伝統あるしきたりが中断していたからだ。

そしてカスティリヨーニ枢機卿が、もっぱらかれの深遠な博識ゆえに任命された。

アルバーニ枢機卿殿は七十八歳である。かれは年をとりすぎていて、次の教皇選挙会議で教皇になることはできない。かれは快楽を愛する大殿様である。どんな立場に立つだろうか。憎まれ役になろうとしているのか。人が自分自身でいられるのは、ふたつの立場で可能だと僕は思う。無であるときか、すべてであるときだ。生涯、アルバーニ枢機卿殿は、オーストリア王家の政治に献身的に尽くしてきたので、大臣指名に際してたくさんの疑念に見舞われた。青春時代には少しドン・ファンだった愛すべき人物である。かれはイタリア人にしては優雅な物腰をしている。僕はボローニャのデリ・アントニ氏の夜会でかれを見ていたが、そこでは、かれの作曲した音楽をカンタレッリ嬢に演奏させた。

ピウス八世

この音楽のスタイルは古風であった。が、アルバーニ枢機卿殿が学んだと推測される時期の一七七五年であったら、それはうまいと見做されたことだろう。かれは一八二三年の教皇選挙会議の際に、はじめて司祭になった。

新しい国務卿は、デ・グレゴリオ殿に対して大赦院長に任命されたと告げ、パッカ枢機卿殿にはプロダタリオの地位に正式に任じられたと告げたばかりである。

◆一八二九年四月四日

ベルネッティ枢機卿殿はボローニャに追放され、かの地で教皇領州総督になるだろう。この報せはみんなを呆然とさせる。

僕たちはラファエッロのロッジャから出た。教皇讃美の機会に、教皇聖下付司祭のソーリャ猊下は、ヴァチカンのベルヴェデーレの中庭に集まったローマの貧乏人に、一人一パオロの施しをしたところだ。ガルの弟子が僕たちに、宮殿の低い窓からこの光景を見るように誘ってくれた。こんなにもたくさんの特徴顕著な頭をまえにして、僕たちの友人はとても上品に話したが、僕たちを納得させなかった。この学説には、ほんとうのところせいぜいありきたりの理論しかない。ローマのごろつきどもにあっては、情熱の中枢は知性の中枢よりもずっと発展している。僕たちはエドワーズ博士[422]の人類に関する考えを確認した。僕は言うのを忘れていたが、四月一日と二日に、大イルミネーションがあった。

◆**四月五日**

春の美しい日。今朝、サン・ピエトロで、僕たちはピウス八世の戴冠式に列席した。十四時（午前八時半）に、教皇聖下がクィリナーレからサン・ピエトロに到着するのを見た。フランスとオーストリアへの礼儀から、教皇はかれの馬車にラ・ファール枢機卿殿と、尊敬すべきミラノ大司教のガイスルック枢機卿殿を乗せていた。サン・ピエトロの儀式はとても美しかった。庶民と外国人の大群衆。みんなは完全にゆったりしていたが、そのくらいこの教会は広大だ。

教皇はオーストリア人に傾くだろうか、それともフランス人に傾くだろうか。これがもっか話題になっている疑問である。炭焼党が庶民のなかにたいそう深く浸透しているので、僕たちがN＊＊＊公殿としたばかりの会話とぴったり同じ会話を、僕たちの辻馬車の馭者が日雇いの使用人としていた。

ピウス八世はチンゴリに数人の兄弟がいるが、その一人が司教代理であり、まもなく枢機卿になるだろう。

◆**四月十二日**

ピウス八世の列席した最初の教皇ミサ。大勢の人がいた。教皇が小枝を配った。王室の間《ま》では祈願行列があった。聖下は担ぎ椅子《ジェスタトリア》に座って（ラファエッロの『神殿から追われるヘリオドロス』のなかのユリウス二世のように）運ばれた。

◆一八二九年四月二十三日

聖週間の諸儀式は壮麗だった。ローマでこんな群衆を見た記憶がない。たくさんの外国人がアルバノに行って宿をとらなければならなかった。とてもけちな小部屋に、一日一ルイまでも支払わされている。食事については、解決困難な問題である。普段はかなり清潔さに欠けるオステリアが、午前十時から、入口にも入れないほどに混んでいる。食事時間となると、初演の日の劇場まえのように人だかりがする。

最低限必要なものを提供してくれるような友人がローマにいない外国人は、とても不幸である。ローマの人の怠惰がこうした機会に勝利を収める。僕は料理人見習いの子供が、あばら肉を焼いてもらうために差し出された五フランを傲慢に断るのを見た。数人のナポリからきた見物人は、一日をチョコレートと数杯のコーヒーで過ごした。——とてもおもしろい風刺詩。

ローマは小枝の日曜日以来、とても変わった祭りの様相を帯びている。みんなが急ぎ、みんなが早足で歩いている。僕には聖週間の儀式を描写する勇気がない。二、三の瞬間は壮麗だった。この時期に当地にいれば、カンチェリエーリ神父殿によって、ローマについてフランス語で出版された八十二ページの一巻を買うことができる。——教皇は、彫刻家のファブリス氏の二回の制作モデルになることに同意を与えたところだ。僕たちはこの胸像を見にいったが、それはとても似ている。

明日、僕たちはローマを出発する。とても名残り惜しいことだ。僕たちはヴェネツィアに行く。この夏の二週間をルッカの温泉で、一カ月をパドヴァ近郊のバッターリヤの快適な温泉で過ごすだろう。

これらの気晴らしの場所で、イタリアの天才は恐れたり、憎んだりすることを忘れる。アルバーニ枢機卿殿の任命は、その影響が出はじめている。今朝、白い蠟石を用いて大きな文字で、ローマのたくさんの場所に、また教皇の住んでいるモンテカヴァッロの宮殿の門に、次のように書かれているのが発見された。

われわれは奴隷だ、しかしいつもおののいている奴隷だ

アルフィエーリ 423

付　録

■十日間でローマを見る方法

僕たちは毎日、ローマで、見たいという好奇心を覚えた記念建造物を探求した。もっとむらのない、とりわけもっとずっと便利な、別のローマの見方がある。それはある地区の好奇心を惹くものすべてを観察してから、別な地区に移ることである。

一般的に言えば、ローマを十日間で見ることができる。僕たちの友人の一人は四日でローマを見たし、ペストゥムとヴェネツィアを含む全イタリアを三十二日で見た。

十日間でローマを見ようとするとき、古代史研究家を雇い（一日一ツェッキーノ）、コルソ通りで、二、三の手ごろな古代と現代のローマ地図を買う。マダマ・ジャチンタのホテルの主人に、きちんとした臨時雇いの従僕を教えてもらうと、その従僕は優秀な馬を繋いだ小型四輪馬車を供給してくれる。これだけの備えがあれば、物理的にはローマを四日間で見ることができる。しかし楽しめるだろうか。何かしらはっきりした思い出を残せるだろうか。この著作の第一巻十八ページ［本訳書第一巻二十一ページ］に示した主要な十二の事柄からはじめそして終わりにすることが必要であろう。それは記憶すべき重要な事柄である。

第一日

サン・ピエトロ、ヴァチカン、コロッセオ、パンテオン、モンテカヴァッロの宮殿、コルソ通り、カピトリーノとヴァチカンの美術館、ボルゲーゼとドーリアの美術館、サン・パオロ・フオーリ・レ・ムラ、ケスティウスのピラミッド、市壁の一周、ローマの気ままな逍遥。——もし見学の許可を手に入れたいなら、イタリア名で記念建造物や通りを訊ねなければならない。

第二日

モッレ橋、フラミニア街道沿いの記念物、ポポロ門、ポポロ広場、サンタ・マリア・ディ・モンテ・サント教会、サンタ・マリア・デイ・ミラコリ教会、ジェズ・エ・マリア教会、サン・ジャコモ・デイ・インクラービリ教会、サン・カルロ教会、ルスポリ館、サン・ロレンツォ・イン・ルチーナ教会、サン・シルヴェストロ・イン・カピーテ教会、キージ館、コロンナ広場、モンテ・チトーリオ、クリア・インノチェンツィアーナ、宣教師たちの家と教会、アントニヌスの神殿、サン・ティニャッツィオ教会、シアッラ館、サン・マルチェッロ教会、サンタ・マリア・イン・ヴィア・ラタ教会、ドーリア館、いわゆるヴェネツィア館、トルローニア館、ジェズ教会、サンタ・マリア・ダラコエリ教会、カピトリーノ丘、現代のカピトリーノ、セナトーリ館、カピトリーノ美術館、コンセルヴァトーリ館、プロトモテカ、カピトリーノ絵画館。

第三日

フォルム・ロマーヌム［フォロ・ロマーノ］、ユピテル・トナンスの神殿、フォルトゥーナの神殿、コンコルディアの神殿、セプティミウス・セウェルスの凱旋門、マメルティノとトゥリアーヌムの牢獄、サン・ルカ教会、アエミリウスのバジリカ、フォカスの柱、グラエコスタシス、クリア、サン・テオドーロ教会、ロストラ［演壇］、アントニヌスとファウスティナの神殿、ロムルスとレムスの神殿、コンスタンティヌスのバジリカないしはむしろ平和の神殿、サンタ・フランチェスカ・ロマーナ教会、ティトゥスの凱旋門、ウェヌスとローマの神殿、パラティーノ丘、カエサルの宮殿、ファルネーゼ庭園、ヴィッラ・パラティーナないしはミルズ、コンスタンティヌスの凱旋門、コロッセオ、サン・クレメンテ教会、サント・ステファノ・ロトンド教会、サンタ・マリア・イン・ドムニカ教会、サンティ・ジョヴァンニ・エ・パオロ教会、サン・ジョヴァンニ・イン・ラテラノ広場、サン・ジョヴァンニ・イン・フォンテ教会、サン・ジョヴァンニ・イン・ラテラノのバジリカ、サンタ・スカラ、サン・ジョヴァンニ門、サンタ・クローチェ・イン・ジェルザレンメのバジリカ、ヴァリアーニ庭園、カストレンゼ円形劇場、通称ミネルヴァ・メディカの神殿、マリウスの戦勝記念碑、サンタ・ビビアーナ教会、サン・テウセビオ教会、サン・ロレンツォ門、サン・ロレンツォのバジリカ、ガリエヌスの門、サンタ・マリア・マッジョーレのバジリカ。

第四日

サンタ・プラッセーデ教会、サン・マルティノ教会、セッテ・サーレ、サン・ピエトロ・イン・ヴィンコリ教会とモーゼ像、ティトゥスの浴場、サンタ・プデンツィアーナ教会、サン・パオロ・プリーモ・エレミタ教会、サン・ヴィターレ教会、サン・ディオニージ教会、サン・カルロ・アッレ・クァトロ・フォンターネ教会、サン・タンドレア教会、サン・ベルナルド教会、フェリーチェ水道の泉水、ディオクレティアヌスの浴場、サンタ・マリア・デリ・アンジェリ教会、サンタ・マリア・デッラ・ヴィットリア教会、ピア門、サン・タニェーゼ教会、サンタ・コスタンツァ教会、聖なる山、サラリア門、ヴィッラ・アルバーニ、サラリオ橋、サルスティオ庭園、ヴィッラ・ルドヴィージ、サン・ニコラ・ディ・トレンティーノ教会、バルベリーニ広場、カプチン会士教会、バルベリーニ宮殿、トリニタ・デイ・モンティのオベリスク、ヴィッラ・メディチ、ヴィッラ・ボルゲーゼ、ムーロ・トルト。バブイーノ通りのシュネス氏、カノーヴァ、バルベリーニ広場のトルヴァルセン氏、タドリーニ氏、マレジーニ氏、カムッチーニ氏、アグリコラ氏の各アトリエ。

第五日

バブイーノ通り、スペイン広場、トリニタ教会、サン・タンドレア・デッレ・フラッテ教会、トレヴィの泉、モンテカヴァッロ広場、教皇の宮殿、コンスルタ館、ロスピリョージ館、サン・シルヴェストロ教会、サンティ・ドメニコ・エ・シスト教会、トラヤヌスの広場、サンタ・マリア・ディ・ロレート教会、コロンナ館、サンティ・アポストリ教会、サン・マルコ教会、カイウス・プブリキウス・ビブルスの墓、フォルム・パラディウム、ネルウァの広場、ネルウァの神殿、リペッタ通り、アウグストゥスの霊廟、サン・ロッコ教会、リペッタ港、ボルゲーゼ館、カンポ・マルツィオ広場、サンタ・マリア・マッダレーナ教会、オルファーニ［孤児］教会、ロトンダ広場、パンテオン。

第六日

ミネルヴァ広場、サンタ・マリア・ソプラ・ミネルヴァ教会、サピエンツァ大学、マダマ館、ジュスティニアーニ館、サン・ルイジ・デイ・フランチェージ教会、サン・タゴスティーノ教会、サン・タントニオ・デイ・ポルトゥゲージ教会、サン・タポリナーレ教会、ローマ神学校、サン・サルヴァトーレ・イン・ラウロ教会、サンタ・マリア・ヴァリチェッラ教会、サンタ・マリア・デッラ・パーチェ教会、サンタ・マリア・デッラニマ教会、ナヴォーナ広場、サン・タニェーゼ教会、ブラスキ館、サン・パンタレオーネ教会、マッシーミ館、サン・タンドレア・デッラ・ヴァッレ教会、マッテイ館、コスタグーティ館、サンタ・マリア・イン・カンピテッリ教会、オクタウィアヌスの柱廊、マルケルスの劇場、サン・ニコラ・イン・カルチェーレ教会、ジャノ・クァドリフロンテ、サン・ジョルジョ・イン・ヴェラブロ教会、セプティミウス・セウェルスの四角い凱旋門、大下水道、大円形競技場、サン・グレゴリオ教会、カラカラ浴場、サンティ・ネレオ・エ・ダキッレオ教会、エゲリアの谷間、スキピオ家の墓、ドルススの門、アッピア門別名サン・セバスティアーノ門、サン・セバスティアーノのバジリカ、マクセンティウスの息子のロムルスの神殿、ロムルスの競技場、カエキリア・メテラの墓、バッコスの神殿、一般的にエゲリアの洞穴と言われているもの、俗にレディキュル神の神殿と呼ばれているもの、サン・パオロのバジリカ、サン・パオロ・アッレ・トレ・フォンターネ教会、サン・パオロ門、ガイウス・ケスティウスのピラミッド、モンテ・テスタッチョ、サン・サバ教会、サンタ・プリスカ教会、ナヴァリア［港］、ズブリーチョ［ズブリキウス］橋、アヴェンティーノ丘、サンタ・マリア・イン・コスメディン教会、ウェスタ神殿、フォルトゥーナ・ウィリリスの神殿、リエンツォの家、パラティーノ橋別名ロット橋。

第七日

ファブリッチョ橋別名クァトロ・カピ橋、テヴェレ河の島、サン・バルトロメオ教会、グラティアーノ［グラティアヌス］橋、サンタ・チェチリア教会、リパ・グランデ港、サン・ミケーレ施療院、ポルテーゼ門、サン・フランチェスコ教会、サンタ・マリア・イン・トラステーヴェレ教会、サン・クリゾゴノ教会、サンタ・マリア・デッラ・スカラ教会、ジャニコロ丘、サン・ピエトロ・イン・モントリオ教会、パオリーナの泉水、サン・パンクラーツィオ門、サン・パンクラーツィオ教会、ヴィッラ・パンフィリ・ドーリア、コルシーニ館、カッシーナ・ファルネーゼとラファエッロのフレスコ画、サン・トノフリオ教会とその図書室にあるタッソの胸像、サント・スピリト門、シスト橋。

第八日

シスト橋の泉水、トリニタ・デイ・ペッレグリーニ教会、サン・カルロ・アイ・カティナーリ教会、カンチェレリア館［尚書院］、サン・ロレンツォ・イン・ダマソ教会、ファルネーゼ館、スパダ館、ファルコニエーリ館、サン・ジョヴァンニ・デイ・フィオレンティーニ教会、ヴァチカン橋。

見た記念建造物の名前を鉛筆で消すこと。

第九日

エリウス橋別名サン・タンジェロ橋、ハドリアヌスの霊廟、サント・スピリト病院、サン・ピエトロ広場、ヴァチカンのオベリスク、サン・ピエトロのバジリカ、バジリカ正面、バジリカ内部、サン・ピエトロのコンフェッツィヨーネ、主祭壇、大円天井、トリブーナ、バジリカの南の部分、南の交叉廊、クレメンティーナ祭室、南の側廊、聖歌隊の祭室、奉献の祭室、洗礼盤の祭室、ピエタの祭室、聖セバスティアヌスの祭室、聖体の祭室、聖処女の祭室、北の交叉廊、バジリカの地下、サン・ピエトロの聖具室、サン・ピエトロのうえの部分、ヴァチカン宮殿、システィーナ礼拝堂、パオリーナ礼拝堂、ラファエッロのロッジャ、ボルジアの住居、碑文の回廊、ヴァチカン図書館、キャラモンティ美術館、ブラッチョ・ヌォーヴォ、エジプト美術館、ピオ＝クレメンティーノ美術館、ラファエッロのスタンツェ、ラファエッロの下絵に基づいてアラスで作られた二十二のタペストリー作品、ヴァチカンの収蔵絵画作品、ヴァチカン庭園。モンテ・マリオとヴィッラ・ミリーニ、その最高の眺望。シッククラー氏がローマの展望図を描いたのはそこからであるが、これは役に立つ作品。

第十日

ローマからティヴォリに行く街道、ソルファタラ湖、プラウトゥス家の墓、ヴィッラ・アドリアーナ、ティヴォリのヴィッラ、ウェスタ神殿、ネプトゥヌスの洞窟、シレーノスの洞窟、ティヴォリの小滝、マエケナスのヴィッラ、ヴィッラ・デステ、パレストリーナ、フラスカティ、グロッタフェラータとドメニキーノのフレスコ、マリノ、カステル・ガンドルフォ、アルバノ、アリッチア。

日程を二倍にして、二十日でローマを見ることができる。

ローマの記念建造物を照らす光は、パリの光とは異なる。それゆえ、一群の効果と一般的な相貌は、言葉で表現することが不可能である。

とりわけ、太陽が沈んだばかりで、町中の鐘が鳴っているアヴェ・マリアのときに、僕がパリでは見たことのない光の効果を、諸君もローマで見るだろう。

ヴィスコンティ氏が今日僕たちに言ったことだが、ニビー氏はフォロの平和の神殿の名前を変えようとして、これをコンスタンティヌスのバジリカと呼ぶこのうえなく大きな間違いをした。

古代の碑文によって証明されていない名前には、いかなる注意も払わないようにしたまえ。

ローマの古代について書いた人のなかで、少し卓越している唯一の人物は、ファミアーノ・ナルディーニであった。かれは一六六一年に死去し、かれの書物はやっと一六六六年に、『古代ローマ《ローマ・アンティカ》』の表題で出た。この初版は、とても細かな活字で四折り版五百八十三ページある。僕たちは第三版を買ったが、それは一七七一年に出ている。ナルディーニ以降、たくさんの発見がなされたと信じられている。その新発見は数年間もてはやされるが、それから、共通認識が得られないのに気づかされる。

ローマ出発の前日、僕たちはカニーノに行き、ギリシア時代のイタリアの壺や物品を再び見る。そこでは、毎日そうしたものが発見されている。とても大きな壺には、競技者たちに関するギリシア語の碑文がある。

最近の発掘で、ヴィア・サクラはティトゥスの凱旋門のしたを通っていなかったことが証明されるようだと、ローマからの手紙が僕たちに書いてよこした。

僕たちの友人の画家は、一万五千フランを使って、百日間でイタリア全土を見たばかりだ。

ローマの単位についてもう一言。

ローマ周辺の街道の里程標によって示されているローマ・マイルは、七五八トワーズある［一トワーズは六ピエで、一・九四九メートル］。古代ローマのピエは、一〇プース一一リーニュ［一プースは二・七〇七センチメートル、一リーニュは一プースの一二分の一」、カピトリーノにある古代のいくつかの例は、正確には同じ長さではない。

ローマのスタジオンは、六二五古代ピエである。マイルは八スタジオンないしは七五八トワーズである。

ローマのユゲルムは七二四平方トワーズあった。現在のルビオは四八六六平方トワーズある。

ローマの商人のパルモは九プース三リーニュと十分の四ある。

ギリシアのピエは一一プース四リーニュ。穀物の単位はルビオというが、六四〇ローマ・リーヴルないしは四四三リベラ・マール。

ぶどう酒のバリルは二九七六立方プース。バリルは三二ボッカリに分けられる。

ローマのリーヴルは、フランスの六六三八グラン［一グランは約五三ミリグラム］の重さがある。

古代ローマ人のリーヴルは、六一四四グランの重量があった。パルモ・ダ・ムラトーレは八プース三リーニュと三十分の一ある。

イタリアに行くように勧めることは、必ずしもみんなに向かって言えることではない。この国では虚栄を楽しむことがないし、各人は自分自身の貯えで生きなければならず、もはや他人にもたれかかることはできない。パリで社交界の地位が輝かしいものであればあるほど、イタリアでは早くに退屈するにちがいない。

幸福なる少数者に

ローマ散歩　II　《内容目次》

一八二八年五月二十九日（ローマ）　7
修道院の内部、ルクレツィア・フランジマーニの情事
五月三十日　16
フォルム・パラディウム、二本の円柱、エンタブラチュア、フリーズ、パラスの像／パンターニの門／モルタルなしに積み上げられたペペリーノ塊の大城壁／ネルウァの神殿、煉瓦の鐘楼が乗っている三本の壮麗な溝入り大理石柱／パウルス五世によって破壊されたパラスの神殿／コロッセオで馬に乗った英国人／コンティの塔／ティトゥスの凱旋門／ヴァラディエ氏の冒瀆／コンスタンティヌスの凱旋門／コンスタンティヌスの凱旋門のトラヤヌスの生涯を記す浅浮彫り
六月一日　26
ハドリアヌスの霊廟別名サン・タンジェロ城／クレスケンティウスとシラーのポーザ侯爵／サン・タンジェロ城に投獄された炭焼党員とエジプト人の大司教／マリア・グラッツィ／ヴァチカンからサン・タンジェロへの回廊／一五二七年のローマ劫略／ブールボン大元帥の死／クレメンス七世は宮殿から逃走／歴史家ヤコポ・ブォナパルテの報告する前代未聞の残忍さ／カール五世の偽善的な祈願行列／もっとも神聖な聖遺物
六月四日　37
一八一四年のローマにおける虐殺の危険／バスヴィユ氏の暗殺とモンティの詩
六月五日　39
サンティ・アポストリ教会、ある青年細密画家の毒殺／ローマではかなりめずらしい離婚、モンティの美しいソネット／大使と産業家
六月七日　43
美術哲学
六月九日　44
ローマの人の性格の卓越性
六月十日　47
六月十二日　48
サン・ピエトロといくつかの有名な建造物の正確な規模
六月十四日　52
正確に模倣する才能、これなしには画家ではない／ルーベンスのニンフたちの巨大な姿形／カムッチーニ氏とアグリコラ氏

六月十五日　55
外国人たちが羨むシャルル十世治下のフランスの幸福／モデナ公殿によって公布された法令
六月十六日　58
カノーヴァがその仕事の出発点を語る／芸術理解
六月十七日　60
ラウラ亡きあとのペトラルカのソネット
六月十八日　62
ローマの政府／裁判の機構
六月十九日　63
カティリナの陰謀、カスティ神父の魅力的な笑劇／セント・ヘレナ島の岩壁から海を見つめるナポレオンの頭像／彫刻における滑稽な大きな動作
六月二十日　66
身ぶりと一七四〇年のドイツ社会／芸術はタルマの身ぶりを真似ることしか知らない／絵は記号として働く／新聞に対する芸術家の憎しみ／モグラと夜鳴き鶯（寓話）
六月二十一日　70
キリスト教徒の処女
六月二十二日　71
カラカラ浴場
六月二十三日　72
六月二十四日　72
サン・タンドレア・デッラ・ヴァッレで体験した侮辱／ローマではありえないぺてん
六月二十五日　74
ローマに降ってきた十二ピエの土／廃墟の名前などどうでもいいのか
六月二十六日　75
十九世紀における芸術の凋落／教皇支配のローマに対するアルフィエーリの警句／女教皇ヨハンナの逸話／買収された歴史家ブロンデル氏／現代のドイツ派、バルトリ氏宅のフレスコ／ラファエッロによるナヴィチェッラ教会、きれいなイタリア語の申し分なさ
六月二十七日　84
一七七八年のローマ／ベルニス枢機卿殿の晩餐／アントニオ・ボルゲーゼ公の言葉／一八二九年の枢機卿の寂しい装備／アクァヴィーヴァ枢機卿の逸話
六月十五日　91
トラヤヌスの円柱／ローマの検閲当局はナポレオンの命によって実施された膨大な仕事について話すのを望まない
六月三日　93
ローマの下層民は情熱によって奮い立つ／クラリッサ・ポルツィアと馭者ベリネッティ／モリエール、権力の手先
六月十五日　97

ヴェラブロ／テヴェレ河畔のウェスタ神殿／フォルトゥーナ・ウィリリスの神殿、ローマで最古の記念建造物のひとつ／ポンテ・エミーリョ／マルケルスの劇場／アウグストゥスの転倒／ジャノ・クァドリフロンテの門／セプティミウス・セウェルスの四角い凱旋門／ヘラクレスとカクスの物語／凱旋門／十一のオベリスク

六月三十日 108

七月一日 108

ファルネーゼ館／図版集のきれいな素描／アンニーバレ・カラッチと年老いた枢機卿／自然のなかに理想を選び、自然を模倣しないこと／バルベリーニ宮殿／バルベリーニのカプチン会士教会、グィド、ミカーラ枢機卿殿／一八二九年におけるイタリア第一の歌手タンブリーニ

七月二日 115

見にいくべき十二の宮殿・館／二次的興味の二十五の館

七月三日 117

シャルル八世のローマ入市／戦争の美、ナポレオンとワシントン

七月四日 120

サン・パオロ・フオーリ・レ・ムラのバジリカ／シチリアの円柱、バックギャモンのチップの山

七月五日 126

サン・ジョヴァンニ・イン・ラテラノの歴史と描写／サン・ジョヴァンニ・イン・ラテラノのコルシーニ家祭室／サン・ジョヴァンニ・イン・ラテラノのローマ最大のオベリスク／ポンテ・チェンティーノとローマ税関で書物を通過させることの困難／コンスタンティヌスの洗礼の物語と洗礼堂／パリの泥、六十歳での衰弱／サンタ・マリア・マッジョーレのすばらしい円柱

七月六日 136

サンタ・マリア・マッジョーレの歴史と描写／パウルス五世ボルゲーゼの祭室／精彩とぴりっとした妙味の不調和

七月七日 140

コンサートにおけるつねに新しい音楽、ドニゼッティ氏／イッポーリト・デステ枢機卿とその兄弟ドン・ジュリオの逸話／フェラーラの陰謀／一五〇〇年頃君主たちは歴史家を買収する

七月八日 144

サント・ステファノ・ロトンド／サント・ステファノ・ロトンドの嫌悪すべき殉教者の図／ベンガルで焼身自殺する女たちが示す殉教／ペルペトゥアの物語／平和公についての逸話／十九世紀のすべての政府によって追放された真の喜劇は、マリオネットに避難する

七月九日 149

一五五〇年頃の建築／十五人の建築家の名前と時代／サンタ・マリア・デッラ・パーチェ、ラファエッロのフレスコ／二人の小さな娘の墓／ミケランジェロの油絵の希少性／

いくつかの教会
七月十日　153
友人の死についてのボナパルトの手紙、この人は神聖な火を持っていた
七月十一日　155
サン・タゴスティーノ教会、ミケランジェロ・ダ・カラヴァッジョ／ラファエッロのフレスコ画『預言者イザヤ』、一五一二
七月十二日　157
サン・カルロ・ボッロメオ教会／円天井の半球
七月十五日　158
クラカス、ローマ公認の新聞
七月十六日　159
青年芸術家にとって、かれの飛び込む流派の重要性／修辞学のよき生徒である詩人
十月一日　160
七十五日の不在、シチリアへの小旅行／イスキアでの心地よい滞在／バイアーノの修道院の廃絶の物語／精神的オアシス／陸軍少尉がたくさん集まる通り
十月二日　163
サン・トノフリオ／タッソの死／レオ十二世は、サン・トノフリオの図書室にあるタッソの胸像を外国人に見せることに反対する／ユスタス司祭とフェラーラにおけるタッソの拘留／アルフィエーリのソネット
十月三日　167
フランチェスカ・ポーロの物語
十月五日　174
カトリック教と憲章／ローマでもっとも注目すべき二十四の教会／教会は、中世には殉教者の歴史であったように、一二〇〇年から一七〇〇年までは時代の精神的な表現であった／ローマの八十六の教会に関する略述
十月七日　195
熱病
十月十日　196
十月十一日　196
若いフランス人旅行者の悲しい生き方、神秘的な世紀
十月十二日　199
バルガス氏の熱意、罰せられた毒殺者／暗殺者の三つの希望
十月十五日　201
コロッセオ近くのサン・クレメンテ教会の描写、教会の原始的な形／一四四三年に毒殺されたマザッチョ
十月十六日　203
一八二三年の教皇選挙会議、レオ十二世の選出／オーストリアによって提出されたセヴェローリ枢機卿の拒否／オーストリア軍の大尉により惹き起こされた大事件

十月二十日　217
イタリア史瞥見／ロレンツォ豪華王、その時代でもっとも醜かった人／ミケランジェロへのかれの好意／インノケンティウス八世／アレクサンデル六世ボルジア／ブルクハルトの興味深い日記／サヴォナローラ／ロレンツォ・デ・メディチが祖国に自由を戻さないうちは、臨終の床で罪の赦しをおこなうことを拒絶する／サヴォナローラは火あぶりの刑に処せられる、その勇気とその温和さ／少し民主的なトリエントの宗教会議／アレクサンデル六世の家系における愛と殺人／ローマ周辺での内戦／ルクレツィア・ボルジア／アレクサンデル六世の死の逸話／ジョルジュ・ダンボワーズ／ユリウス二世／ぺてん師の小専制君主バリョーニの物語／ユリウス二世の死／民衆の子供っぽさ／レオ十世の選出／ペトルッチ枢機卿が牢獄で窒息死させられる／レオ十世の宮廷、この世でいちばん好ましい宮廷／暗殺計画、現代の歴史家の幼稚さ／レオ十世の毒殺／芸術の不幸／偶然ハドリアヌス六世が選出される／レオ十二世に迫害されるユダヤ人／一五二三年の教皇選挙の物語／クレメンス七世のあわれむべき支配／ローマは個人的検討の危険を理解する／社交界にもたらされた莫大な余暇／パウルス三世ファルネーゼ
トリエント公会議後の教皇たち／ピエトロ・カラファ、変り者の狂信者／グレゴリウス十三世はサン＝バルテルミーを容認する／シクストゥス五世／かれは七十人の枢機卿とそのうち四人はつねに托鉢修道会から選ぶことを確立する／労働は庶民の目にいちばん愚かしい欺瞞となる／イタリアの泥棒ないしは強盗の歴史／一六六〇年に強盗団は唯一の反対勢力を形成する／ナポリの暗殺団／スペインの傲慢さがイタリアにシジスベの習慣をもたらした／一六五〇年にはイタリアの街路には女性は見られなかった／パウルス五世の支配／現代の農業／ウルバヌス八世、教皇軍の敗走／インノケンティウス九世とルイ十四世、保護権／クレメンス十一世と「教書ウニゲニトゥス」／ベネディクトゥス十三世と詐欺師の大臣コッシャ枢機卿／プロスペロ・ランベルティーニ／ガンガネッリと手鏡／ピウス六世／モンシニョール・デッラ・ジェンガの寵愛／ブラスキ公爵夫人とモンシニョール・キャラモンティ／一八〇〇年の教皇選挙会議、ヴェネツィアの庭園／市民枢機卿キャラモンティの司教書簡／『タイムズ』所載のレオ十二世伝

十一月十五日　254
ローマの社交界／ちょっとした気詰まりをほぐさなければならない／ローマの素朴さがパリではお気に召さないだろう／マジョルカで焼き殺されたユダ

十一月二十日　258
イタリアにおけるモンテーニュ、一五八〇／芸術感覚と相容れない機知

十一月二十一日　261
八九一年から一〇七三年までのローマ史／裁かれたフォルモススの死骸／テオドラがローマを治める、しかもとても

立派に／セルギウス三世の息子ヨハネス十一世／オッタヴィアーノ、ローマ公爵、そして教皇／善良な皇帝オットーがローマに公会議を召集する／ヨハネス十二世に対する不満／ヨハネス十二世のラテン語の誤り／ローマの反抗／ヨハネス十三世／クレスケンティウス、当代でいちばんの偉人／聖ニルス／クレスケンティウスの死／その未亡人ステファニアが皇帝に毒を盛る／ジェルベールの墓は汗をかく／ベネディクトゥス九世、十歳の教皇／一度に五人の教皇／ヒルデブラント

十一月二十三日 274

完璧なコンサート／フランス語によるチマローザのロマンス／フランスの上流階級では恋愛はあまり流行らない／ラファルグ氏の物語と裁判／礼儀正しい生活の疲れ

十一月二十四日 292

外国人はフランスの幸福を羨む

十一月二十六日 292

九月十二日（イスキア）（記載洩れ） 293

イタリアの気候と太陽への心底からの憎しみ

十一月二十七日 294

カノーヴァはヴィレールで『アモルとプシュケ』の群像を直す／彫刻家と身ぶり

十一月二十八日（ローマ） 296

はじめてのサン・ピエトロの見学／月光のなかでのコロッセオ／闘技場における瀕死の異邦人、バイロン卿の詩／理想美、むずかしい主題／ローマ周辺の十六のヴィッラ／芸術感覚と相容れない利益／ローマにおける美術のフランス派／有益であること／芸術審査委員会とすばやい判断

十二月二日 304

ピサの修道院が持ちこたえた攻囲／ニッコリーニ氏とかれの悲劇『フォスカリーニ』

十二月三日 305

教皇の楯型紋章／キュクロペスの城壁を信じるべきなのか／キュクロペスの城壁がペルーで見られる／オプス・レティクラトゥムとムーロ・トルト

十二月四日 307

北国の社交界の嫌味／考えなしの作曲家、グリェルミ、ツィンガレッリ、など／『セビーリャの理髪師』の初演／カント、もしくは風俗と品性の偽善／ローマでは情人は夫を恐れる／英国人とスペイン広場の銃砲店員の逸話／ローマの労働者はたいそう悪辣なので叩かれれば復讐する／一八二九年のミラノ／きびしさのあとで懐柔策

十二月十日 314

粉挽きの小僧がサンタ・マリア・マッジョーレに避難する

十二月十一日 315

情人が情婦の結婚式をぶち壊す

十二月十二日 315

表情の完全な不動
十二月十五日 316
ヴァチカン図書館で盗まれた原稿／ユピテルとフェレトリウス王
十二月十六日 316
肩書き、侮辱に対する防壁
十二月十八日 317
十二月二十日 318
枢機卿という顕職の歴史／教皇の死に際しての全能者カメルレンゴ枢機卿
十二月二十二日 321
ダヴィッドの『ボンシャン』／ヴィタリアーニとペスカラ伯爵夫人の物語／ヴィレール内閣はカオール、アジャンなどの社交界をなくす
十二月二十三日 324
考古学アカデミー／ラファエッロやジョルジョーネよりも好まれるルーベンスとサー・トマス・ロレンス／最初の七回の異民族侵入の物語
十二月二十五日 327
教皇のミサ
十二月三十日 328
ピア門外のサン・タニェーゼ教会／洗礼堂ないしはサンタ・コスタンツァ教会／ミネルヴァ・メディカの神殿／ティトゥス、ドミティアヌスなどの浴場／ティトゥスの浴場のフレスコ画／ディオクレティアヌスの浴場／マッジョーレ門
十二月三十一日 334
大円形競技場、四十万の観客／カルケレスとスピナ／セプティゾニウム／マクセンティウスの息子ロムルスの競技場／マルティウスとトゥリウスの牢獄／スカラエ・ゲモニアエ／アルフィエーリの卑屈な模倣者の超自由主義者詩人
一八二九年一月一日 338
ナポリの画家とグロ氏／今日のイタリア人画家／帰国の驚き、ローマがパリの僕たちにくれた諸考察
一月六日 340
一万フランで暮らそうとしたために軽蔑された英国青年／ローマの一アメリカ人／舞踏会のトルコ人／コンスタンタン氏の磁器彩色画
一月十二日 343
フォン・＊＊＊氏は本格的な古代ローマ案内を作る／市壁外のマルスの神殿
一月二十二日 345
ギリシアの美の愚かしい様子
一月二十三日 345
ギータ、その風変わりな生涯／羨望と栄光、ブッシのソネット

一月二十五日　347
死刑執行の場所
二月一日　347
泥棒たちの襲撃／ミケランジェロの生涯と作品／ロレンツォ豪華王はミケランジェロを自分の子供の一人のように扱う／ミケランジェロは理想を創造する／二十カ月でシスティーナ礼拝堂の天井に絵を描く／イエス・キリストがフィレンツェの王に指名される／ミケランジェロはフィレンツェをクレメンス七世から護る／サン・ロレンツォの七つの彫像／サン・ピエトロ・イン・ヴィンコリのモーゼの巨像／『最後の審判』の十一の群像／芸術作品は美しい嘘でしかない
二月五日　360
司教の選挙人である主任司祭／ナポリの歌／レオ十二世の病気
二月八日　362
ブラスキ館近くのパスクィーノに歩哨が立つ
二月九日　362
臨終の儀式
二月十日　364
レオ十二世の死
二月十四日　365
九日間の葬儀
二月十六日　366
二月十八日　366
バイエルン王がピウス七世の墓碑を見学する
二月十九日　367
二月二十日　367
サン・ピエトロの大身廊の遺体安置壇
二月二十二日、日曜日　368
二月二十三日　369
夜の十二時に柩に釘を打つ／教皇選挙会議に入る枢機卿の祈願行列／サルデーニャ派、自由主義派、オーストリア派
三月四日　371
ローマ、選挙の都
三月五日　373
フマータ／教皇選挙会議における投票と確定投票
三月六日　375
枢機卿たちの正餐の厳かな到着／不信心者という語が宝くじの引く番号になる
三月七日　376
指名を逸してローマの人びとの慨嘆
三月九日　378
三月十日　378
シャトーブリヤン氏の講演

三月十五日　379
三月二十日　379
イーモラの反抗と聖務停止、ユダヤ人の追放
三月三十一日　380
激しい雨、ピウス八世即位の宣言
四月一日　382
ピウス八世選出の物語
四月一日、夕方　383
僕たちは教皇がサン・ピエトロで崇敬されるのを見る／アルバーニ枢機卿殿がセグレターリョ・ディ・スタートに選ばれる
四月四日　384
四月五日　385
ピウス八世の戴冠式
四月十二日　385
小枝の日曜日、ピウス八世によっておこなわれた最初の教皇ミサ
四月二十三日　386
ローマの大群衆と聖週間の儀式／ローマの人々の気持

訳註

エピグラフ

1　タヴェルニエ本のタイトル・ページに「この第二巻のエピグラフ。［一二八〇。ローマでは至る所でぶつかるあの退屈した顔、しかも熱烈な称讃を装うあの顔ほどおもしろいものはない。第二巻二八〇ページ（本巻一九七ページ）」という書き込みがある。本文二八〇ページ（本巻一九七ページ）に見られる同文をエピグラフに採用しようと考えたものか。

五月二十九日

2　この「修道院の内部」についての逸話は、一八二七年十一月二日付の末尾と、一八二八年十月一日付で触れられている「バイアーノの修道院」に関する年代記からヒントを得て創作されている。

3　マルケ地方（当時教皇領）にはカタンツァーラという名前の町はない。場所はあくまでも架空のものとして設定されている。

4　人名の訳に際して、リュクレスをルクレツィア、ロドリーグをロデリーゴという具合にフランス名をイタリア名に変更したが、クララについてはあえてキアーラと変更しなかった。

5　「レオナルド・ダ・ヴィンチがそのヘロディアスの顔のなかで不滅にしたロンバルディーア風の美」については、一八二八年十月三日付（本巻一七三ページ）の逸話「フランチェスカ・ポーロ」の女主人公の美しさの比喩にも使われている。スタンダールの著書ではしばしば、美しい女性にこの比喩が用いられているが、かれが一八一八年にミラノで知遇を得て恋したメチルドことマティルデ・デンボウスキー（旧姓ヴィスコンティーニ）のうちに、まず、このヘロディアスの美しさを発見した。したがって、この比喩にはつねにメチルドの思い出がつきまとう。『イタリア旅日記（ローマ、ナポリ、フィレンツェ、一八二六年版）』一八一六年十一月二日付に付した訳註（I巻四九ページ）参照。

6　アルフィエーリについては、『イタリア紀行（一八一七年のローマ、ナポリ、フィレンツェ）』の随所に名前が登場する。青年スタンダールが心酔した作家の一人。『紀行』邦訳一一二ページの訳註参照。

7　憲法制定を求めて、一八二〇年七月に炭焼党が中心となってナポリで起こした革命は、二一年三月オーストリアの介入であえなく潰え去った。これについては一八二八年六月二十四日、十月一日、一八二九年二月一日付など他の箇所でも述べられている。I巻訳註126もあわせて参照。

8　プレイヤード版では「二つ」の代わりに単なる複数不定冠

詞になっているが、理由は不詳。

五月三十日

9　プレイヤード版では「古代研究家」が省かれている。つまり「別な説明をする別な人たち」となっている。ミシェル・レヴィ版では「別な説明をする古代研究家」と「別な」が省かれている。セルクル・デュ・ビブリオフィル版全集では初版を踏襲している。

10　この逸話はラランドの『一七六五年、六六年におこなわれた一フランス人のイタリア旅行』（一七六九）から借用したもの。

11　この逸話はニビーの『フォロ・ロマーノ、ヴィア・サクラ…について』（一八一九）からの借用のようだ。

六月一日

12　いわゆるセルジュ・アンドレ本の第一巻巻末の註に「一二ページ。ハドリアヌスの青銅の松毬。ピーニャ。ヴァッカのなかから採るべき興味深い文章。ハドリアヌスの霊廟について《徹底的に》探求され、明らかに除外されたもの。一二ページ、リコルド六一。「リコルド七四、一四ページ。同じ年にフィレンツェで、ニオベの彫像群の発見。」とある。

13　セルジュ・アンドレ本の註で「今日ではいくつかのとても低い稜堡のうえに丸い全体が見られる」と訂正されている。ミシェル・レヴィ版では、これを採用している。

14　ミシェル・レヴィ版では、「おそらく…」以下の文章が省略されている。

15　ミケランジェロの設計に基づいて建設されたチヴィタヴェッキア港の要塞を暗に指し示している。

16　セルジュ・アンドレ本の註に「この天使は若い娘のもつ無邪気な様子をしていて、聖ミカエルの日に開かれた［判読不能］その剣を、鞘にしっかりと収めようとしているに過ぎない」とある。この文章は、ミシェル・レヴィ版のなかに「この天使は十八歳の若い娘の持つ無邪気な様子をしていて、その剣を鞘にしっかりと収めようとしているに過ぎない」と訂正され、改行のうえで挿入されている。

17　初版に「ヴァンシェフェルト」とあるが、プレイヤード版により訂正。

18　スタンダールのこれまで四回のローマ滞在は、この花火の時期にあたっていないので、実際に見たことはなかった。ラランドからの情報と推測される。

19　セルジュ・アンドレ本の註に「否。自由の身になってC・V［チヴィタヴェッキア］で死去。荷物運搬人［ファッキーノ］として、他人の先頭に立って働いた」とある。バルボーネについて、スタンダールはジュゼッペ・イッポーリト・サント・ドミンゴ伯爵の『ローマ覚書帳』（一八二四）のなかで知ったようだ。

20　『パルムの僧院』で主人公ファブリスがファルネーゼ塔に囚われ、外の世界を見るときの様子を連想させる。

21　このタッソの詩句は、スタール夫人の『コリンヌ』第四巻第三章で引用されたものの孫引きと推測される。
22　スタンダールは、サント・ドミンゴ伯爵の前掲書のなかでマリア・グラッツィについて知ったようだ。そこではマリア・グラッツィアとなっている。
23　のちにローマのフランス学院院長となる歴史画家シュネスは「子供と逃走する強盗の妻」を描いた絵を展覧会に出品し、スタンダールはそれを見ていた。一八二四年十月十五日付アドルフ・ド・マレスト男爵宛の手紙でそれを報告し、それとほぼ同時期に『ジュルナル・ド・パリ』に記事を書いている。
24　セルジュ・アンドレ本の註に、スタンダールとは別人の筆跡で「ポネンティーノ」とあり、スタンダールの筆跡で以下のようにある。「一、六月にはそれは事実だ。五月にはしばしば寒い。「二、クセルニー宅で五月一日に二度火を焚く。」ミシェル・レヴィ版では「ヴェンティチェッロ・ポネンティーノ」と訂正されている。ポネンティーノは西寄りの微風のこと。
25　以下のローマ劫略の物語は、シスモンディ著『中世イタリア共和国史』やポッテル著『教会精神』などに負っていると言われる。
26　セルジュ・アンドレ本の註で「それを高慢にも拒んだ」と訂正されている。これはミシェル・レヴィ版で採用されている。
27　ベンヴェヌート・チェッリーニ『自伝』第三四〜三八章を参照。
28　サンドバルによって詳細に記述されていることをポッテルの『教会精神』によって知ったというのが正確のところであろう。
29　バンデッロの『小説集』第二部第三六話参照。
30　ヤコポ・ブオナパルテの語っていることについても、ポッテルの前掲書によるとのことである。

六月四日

31　ダリュ家は、スタンダール（本名アンリ・ベール）の母方の遠縁にあたり、理工科学校に入学するためにパリに上京した際に、世話になっている。スタンダールが進路変更して軍務に着いたのも、陸軍省でイタリア遠征軍監督官に着任したピエール・ダリュのおかげである。マルシャルはその弟にあたり、スタンダールはこのダンディーな弟にあこがれを抱いた。ナポレオン帝政時代の一八一一年にテヴェレとトラジメーヌ県の帝室財産監督官に就任、ローマの美化に努めた。『旅日記』一八一七年八月二十九日付（邦訳Ⅱ巻二三一ページ）でも、名前こそ出していないが、その「見事な仕事」を讃えている。一八二七年七月に亡くなった。
32　モンティの『バスヴィリヤーナ（バスヴィユに捧ぐ）』（一七九三）については、『紀行』一八一七年七月二十四日付の原註（邦訳二二七ページ）や『旅日記』一八一六年十二月十四日付の原註（邦訳Ⅰ巻一四四ページ）でも触れられているが、スタンダールは一八二五年九月の『ロンドン・マガジン』所載の「イタリア文学の現状について（二）」のなかで細かく紹介している。またこの記事は翌年一月の『ルヴュ・ブリタニック』に仏訳再録されている。

33　ラファルグの事件については、一八二八年十一月二十三日付（本巻二七七ページ以降）で詳細に報告されている。

六月五日

34　この逸話は『旅日記』一八一七年一月四日付（邦訳Ⅰ巻二〇二ページ）で語られている。

35　ミシェル・レヴィ版では「今日散歩しているような…」が省かれている。

36　コルネイユのものとされているこの詩句は、スタンダールの記憶違いで、実際はロトルーの『ヴァンセスラス』第二幕第四場で王女のテオドールがおこなう独白のなかにある。「愛は、王杖なしに権力を確立するすべを心得てい、そして秘めやかな色香によってわたしたちの心を服従させ、平等を生み、平等を求めない。」

37　一八二七年の『ルヴュ・ブリタニック』（第十四巻）に掲載された逸話を利用しているとのことである。

38　スタンダールは、ここで大いに利用しているポッテルの『教会精神』については沈黙を守り、クレメンス十四世の毒殺にからんで同じポッテルの『ピストイアとプラートの司教シピオーネ・リッチ伝』（一八二五）の方の書名を出している。こちらは『旅日記』一八一六年十一月二十二日付の原註（邦訳Ⅰ巻九一ページ）で触れられているが、一八二五年九月一日発行の『ニュー・マンスリー・マガジン』に、一八二五年八月一日付のローマからの手紙という体裁で、スタンダールは書評を寄稿している。

六月七日

39　『エリザとクラウディオ』はメルカダンテのオペラで一八二一年初演。スタンダールは『ジュルナル・ド・パリ』一八二六年十一月二十三日号に、このオペラのパリでの再演に関して批評を寄稿している。

40　タンブリーニは一八一九年から三二年までイタリアで歌ったあと、パリのイタリア人劇場に所属した。

41　スタンダールがミラノで知遇を得たメチルドことマティルデ・デンボウスキーを思い出しているのであろう。メチルドは一八二五年に亡くなった。ミシェル・レヴィ版では「マティルデ」と訂正されている。

42　既にエピグラフでマーキューシオの台詞のなかに出ている。

43　同じ名前の青年が『旅日記』一八一六年十一月十四日付（邦訳Ⅰ巻七四ページ）に登場している。

44　作家スカロンの若い妻フランソワーズは、夫の死後、モンテスパン夫人とルイ十四世のあいだに生まれた子供の家庭教師となり、ルイ十四世と知り合った。のちに王の寵姫となり、マントノンの領地をもらい、マントノン夫人と称した。王妃の死後、王と秘密裏に結婚した。
45　タヴェルニエ本の註に次のようにある。「統治者の庇護が偉人を育てるサークルを狭めてしまい、画家の数が減少するのと同時に、色の扱いに熟練した労働者の数は毎日増大することだろう。」

六月九日

46　「植物的な人間」という表現はアルフィエーリによっている。『紀行』一八一七年六月十日付（邦訳一七二ページ）参照。
47　スタンダールの『イタリア絵画史』は一八一七年に出版されているが、その続巻が予定されていた気配はない。

六月十日

48　パオロ・ジョヴィオについては一八二八年六月一日付の原註〔二〕（本巻三七ページ）を参照。ポッテルについては、『シピオーネ・リッチ伝』や訳註25にあげた『教会精神』などを指す。

六月十二日

49　グロ氏は、スタンダールが少年時代にグルノーブルで数学を習った幾何学者。自伝『アンリ・ブリューラールの生涯』で回想し、第三五章では、「僕はかれを崇拝し、尊敬し、たぶんそのためにかれは気を悪くしたかもしれない」と書いている。コロン氏は、スタンダールの従弟。
50　ここに記されている尺度は、「ロンドンのセント・ポールの身廊の幅」までが、ラランドの著書から、「メキシコのチョルラのピラミッド」以下は別のところから借用している。
51　スタンダールは一八〇六年にはじめてストラスブールに立ち寄り、大聖堂の鐘楼に昇った。妹のポーリーヌ宛十二月三十日付書簡参照。
52　プレイヤード版では「一八一〇年八月十五日」と月日が入っている

六月十四日

53　タッソの『エルサレム解放』の一場面について叙述。『絵画史』第八七章参照。
54　アグリコラの描く顔について『絵画史』第九七章に次のようにある。「もし諸君がヴァチカンにあるラファエッロの『パルナッソス山』の何かしら正確な図をご存じなら、オウィディウスの像を探したまえ。よいものがないなら、アグリコラによって描かれ、ギージによって版画に彫られた顔を収集することができる。」
55　タヴェルニエ本の註に次のようにある。「カム〔ッチーニ〕氏はかれのさびしい絵を、右に左に撒き散らした人物像で構成している。かれの不幸、それは行動の主人公がいつも茫然とした様子をしていることだ。つまり『スキピオの節度』のなかのスキピオ、『カエサルの死』におけるカエサル、『ウィルギニアの死』におけるウィルギニアとアッピウス。この見事な外交官は大いに名声をあげた。かれは今日トルヴァルセン氏やジェラール氏と同じくらいの評価を獲得している。」

六月十五日

56　スタンダールは、フランス国民がシャルル十世の反動的な政治のもとで幸福であると本心から思っているわけではない。こういった表現は「避雷針」の役割を持っている。

57　『赤と黒』の主人公のジュリヤン・ソレルを想到させる。

58　モデナ公については『旅日記』でもそれとなく触れられている（たとえば一八一六年十二月二十日付）が、のちには『パルムの僧院』の専制君主のモデルとなった。

59　以下のモデナ公の布告は、『グローブ』一八二九年四月十五日号から借用している。

六月十六日

60　カノーヴァは一八二二年に死去しているが、かれについての情報はメルキオッレ・ミッシリーニの著書（一八二五）から借用しているとのことである。

61　スタンダールが当時交際しはじめていたシエーナのジュリア・リニエリ・デ・ロッキを頭に浮かべているものと推測される。

62　すでに一八二七年八月二十七日付（I巻五三ページ）で同じ考えを述べている。

六月十七日

63　ペトラルカ『カンツォニエーレ』第二部三十九からの引用。

六月十八日

64　セルジュ・アンドレ本の註に、別人の筆跡で「このことはどこでも絶対に真実ではない。かれらには研究協力者がいて、高位聖職者は無知でいることができる」とある。スタンダールが意見を求めたイタリア人の意見と思われる。

65　タヴェルニエ本の註に次のようにある。「一八一七年以来、司祭にするのはいちばん愚かだと僕に断言する人がいる。少し抜け目のない若者は誰も黒い衣を望んでいない。僕はこの後者の事実を確信しているが、前者の方はどうだろう。」

六月十九日

66　カスティ神父については、『紀行』一八一七年六月十六日付（邦訳一八七ページ）で、その風刺詩『お喋りな動物』を種に陽気に過ごした様子が語られている。

67　同一の意見が『紀行』一八一七年三月十七日付（邦訳九九ページ）に見られる。

68　ギリシア人の美意識や愛については、既に同一の考えが『紀行』一八一七年三月十七日付（邦訳九九ページ）や『絵画史』に見られる。

69　スタンダールがアメリカの作家フェニモア・クーパーの冒険小説を読んだという証拠は残っていない。

70　既に一八二七年十一月二十四日付（I巻一三六ページ）でヘラクレスがアドメトスの妻アルケスティスを救ける話が比喩として述べられている。この逸話についてはI巻の訳註224を参照のこと。

六月二十日

71　ラヴァレット氏（一七六九〜一八三〇）と解される。ナポレオンの副官を務め、百日天下の際ナポレオンに協力したため、逮捕され、死刑判決を受けた。妻の尽力で刑の執行はまぬがれた。

72　グェルチーノの『ハガルの離別』については、『旅日記』一八一六年十一月十一日付（邦訳I巻六三ページ）および『絵画史』第一六章原註を参照。

73　この寓話はスタンダールが一八二二年に記した『サー・ジョン・アーミテイジの日記』と称する断片のなかに見られる（セルクル・デュ・ビブリオフィル版全集第四九巻「雑録（文学篇）」七ページ参照）。フォルテゲッリの『リッカルデット』という詩がその出典であると考えられている。

74　バイロイト辺境伯夫人の回想録については、『紀行』一八一七年六月十八日付（邦訳一七九ページ）で既に名前が登場している。一八一一年にパリで刊行された。

六月二十二日

75　スエトニウスの『十二皇帝伝』は、一八二二年にパリのサンソン・フィスから、ラアルプによる註と解説を付した翻訳が出版された。

六月二十四日

76　マガロンは風刺紙『アルボム』の編集人の一人で、王政復古下にジェズイット教団や極右的宗教団体コングレガッションを批判して禁固刑の判決を受けた。『ロッシーニ伝』第一七章、『赤と黒』第二部第一三章でも名前が出てくる。

77　一八二〇年にナポリで起こった蜂起については、I巻訳註126、本巻訳註7を参照。

六月二十五日

78　ペール＝ラシェーズについては、既に一八二八年四月十八日付（I巻一八二ページ）で「墓に見栄をはる…云々」とある。パリ市は一八〇三年、ルイ十四世の告解師ラ・シェーズ神父が滞在していたことのある市内東部のジェズイット教団の土地を入手し、一八〇四年墓地に整備した。

六月二十六日

79　スタンダールはウォルター・スコットの愛読者で、スコットについての言及も多い。『旅日記』一八一六年十一月十八日付（邦訳Ⅰ巻七八ページ）でも「一〇六三年以後のミラノ史は、ウォルター・スコットのようにおもしろい」と比喩に名前をあげている。

80　スタンダールはミッソンの『イタリア紀行』から女教皇ヨハンナについての知識を得ているようだ。

81　スタンダールは「原書を確かめた」と言っているが、相変わらずミッソンに負っている。デイヴィッド・ブロンデルの小論文『レオ四世とベネディクトゥス三世のあいだでローマの教皇座に一女性が坐ったかどうかの問題のおなじみの解明』（アムステルダム、一六四七）についてもミッソンのなかで言及されている。

82　既に一八二八年一月二十七日付（Ⅰ巻二〇九ページ）に「ルーヴル美術館に保存されていて、教皇選挙の逸話を思い出させるあの斑岩の椅子」とある。ミッソンによると、この穴の開いた椅子は「昔、教皇の性を確かめる儀式で使われた」というが、ほんとうだろうか。

83　研究者の調査によると、実際にプロイセン領事のバルトルディ（バルトリではなく）は、スペイン広場近くのカーサ・ズッカーリの三階に住んでいたとのことである。

84　セルジュ・アンドレ本の註に別人の筆跡で次のようにある。「行き過ぎが、国民性の中核と力を維持するとしてドイツ諸政府によって護られている。それらは、そんなに多くはなくそんなに全体的ではないのでまじめな仕事を奪うことはなく、また異性に対するドイツ学生の完全な禁欲によって相殺されている。」

85　ラッセルの『ドイツ周遊記』（ロンドン、一八二四）とドイツの学生（ブルシェン）については『旅日記』一八一六年十二月十六日付の原註［三］（邦訳Ⅰ巻一五六ページ）で触れられている。

86　セルジュ・アンドレ本の註に別人の筆跡で次のようにある。「これは少し強すぎる。滅多に外国人はゲーテの『ファウスト』の値打ちを隅々まで理解することができない。それに、かれの『ファウスト』あるいは『ウェルテル』だけを引用するのは莫迦げている。あなたはいったいかれの『タッソ』、『ゲッツ』、『エグモント』を知らないのか。「おまけに、ドイツ人は、フランスや英国の大著述家に、著者が知らないような大人物を対抗させる。」

87　タヴェルニエ本の註に「ドイツ哲学は、つまらないことに、いつも諸君に信じてもらおうとする。諸君がそうしてあげると、哲学はすべてを説明するだろう。それは宗教と同じくらい莫迦げていて、信じることに対し、それは名誉ないしお金で僕に支払ってくれないゆえに、もっと莫迦ばかしい」とある。

88　セルジュ・アンドレ本の註に別人の筆跡で「それは七〇

年前のことだった」とある。

89　セルジュ・アンドレ本の第一巻の巻末に次のような書き込みがある。「醜いナヴィチェッラ。「一八二六年には僕はどこに目をつけていたか分からない。僕はナヴィチェッラをランプニャーニ夫人と見たし、したがってよく見ていない。ナヴィチェッラは少しもきれいではないし、どんな称讃にも値しない。側面の壁は小さすぎる柱を押し潰している。」

六月二十七日

90　セルジュ・アンドレ本の註に「これこそ復古精神だ」とある。

91　ベルニス枢機卿はルイ十五世の外務大臣を務めたあと、ローマ駐在大使を一七六九年から九四年まで務めた。

92　カザノヴァの回想録、邦訳岩波文庫版第四四章を参照。

93　セルジュ・アンドレ本の註に「ディゾアール」とある。ディゾアール枢機卿（一七六六～一八三九）はガスコーニュ地方オーシュの大司教だった。

94　ミシェル・レヴィ版ではフランス大使に「ブラカス氏」と名前が入っている。

95　セルジュ・アンドレ本に次のような追加書き込みがある。「ローマでは、テアトル・フランセに出しているように、年一万二千フランの給付を十件、六千フランの給付を三十件といった具合に補助金を設けることによってしか、信用を得ることはできない。大使によって指導を受け、外務大臣が選択すればはかどるだろう。一般的に年功序列でやればいい。年四万フランの給付が一件あってもいい。」この追加は、ミシェル・レヴィ版では本文に採用されている。

96　このカザノヴァの回想録については、I巻訳註125を参照。

97　デュクロの回想録を参照。後出の、ローマのごろつきの一団にアクァヴィーヴァ枢機卿が発砲した逸話も同書に見られる。

98　ブロス法院長の『イタリア書簡』のなかで、一七三九年のベネディクトゥス十四世選出の教皇選挙会議について触れられているのは、第五一信と五二信のコルトワ・ド・カンセー神父宛の書簡だが、本書でアクァヴィーヴァ枢機卿について示唆している記述は特定できない。

六月十五日

99　トラヤヌスの円柱にまつわる記述の基本は、ニビーとランドからの借用である。

100　以下、日記は六月二十七日と三十日の日付を持つものとのあいだに、六月の十五、三、十五日の日付を持つものが前後して挿入されているが、理由は不詳。

101　スタンダールの遠縁のマルシャル・ダリュのこと。本巻訳註31参照。遺蹟発掘への貢献という点では、帝政下ローマ知事だったカミーユ・ド・トゥールノンの名前も忘れるべきではないだろう。

六月三日

102　ラファルグについては、一八二八年十一月二十三日付を参照。スタンダールのラファルグ礼讃は本書で繰り返されるが、ここで述べられているほどの讃辞に値するのだろうか。

六月十五日

103　「フォン・スタンダール氏」ということであろう。一八二八年四月十七日付（I巻二七一ページ）には「フォン・＊＊＊氏」、一八二九年一月十二日付（本巻三四三ページ）には「フォン・S＊＊＊氏」が登場するが、同様に解することができる。

104　ニビーの著書に次のようにある。「この自然の窪みになった空間は、古代の文法学者によれば、ウェラブルムと呼ばれ、これを横断するために縄で小舟や筏を引かねばならなかったゆえに、ア・ウェヘンディス・ラティブスと呼ばれた。」

105　セルジュ・アンドレ本では「直径」が「周囲」と訂正されていて、ミシェル・レヴィ版ではこの訂正が採用されている。

106　ニビーによれば、ローマの護民官コーラ・ディ・リエンツォの家と称するものがウェスタ神殿の近くにあるという。

107　ポンテ・エミーリョ、ラテン名アエミリウス橋は、ポンテ・ロット（壊れた橋）という名前で知られている。

108　ウェルギリウス『アイネーイス』第六巻八八三行からの引用。

109　セルジュ・アンドレ本の註に次のようにある。「しかしながら、王は偉人に以下のようなおべっかを強力に言うかもしれない。もしきみがこれこれの作品を書いてくれるなら、某大臣はきみに八折版の一巻につき六〇〇〇フランを支払うだろう。こうしてきみの怠け心を乗り越えてもらいたい。美しい家具を買いたまえ、見事な猟場を所有したまえ。」（最後の部分の判読は疑問が残る）

110　セルジュ・アンドレ本の書き込みで「流行にべったりの人の目には醜く映る遺蹟」と加えられている。ミシェル・レヴィ版では本文に採用されている。

111　オーストリア皇帝フランツ一世は、一八一四年にナポレオンが退位して王政復古となると、北イタリアに領土を回復してロンバルディーア＝ヴェネツィア王国を建設し、君主となってミラノに凱旋した。モンティは『アストライアの再来』という詩を作り、それを祝福した。

112　スタンダールは「ヴァンタドール街の劇場」を既に引き合いに出している。一八二七年八月十六日付（I巻二七ページおよび訳註47）参照。

113　以下の内容はニビーからの情報。

114　オウィディウス『変身物語』第一五巻二三四行からの引用。

115　フランスのオート＝ヴィエンヌ県のミニェで、一八二七年二月十七日の夕方、教会まえの広場の上空百ピエのところに、長さ八十ピエの銀色に光輝く十字架がくっきりと出現するという奇蹟が起こった。この報告は土地の主任司祭から、多数の証人による連署とともに、ポワチエの司教に報告された。

116　この英単語 drawback は『アンリ・ブリュラールの生涯』で二度にわたって使用されている。第二章に「才知を持つという大きな不都合」、第二七章に「ルソーには二重の不都合があった」とある。

117　以下の記述の基本はラランドに負っている。

118　宝くじ局（インプレーザ・デル・ロット）は、今日では存在しない。

119　この本はアベ・ヴラント著『世紀の不信仰と無関心に報い、あるいはローマ教会の神性のあらたな証明として考えられ、やがてくるフランスの不幸をほんとうの信者に予告するものとして示されたミニェの十字架』（パリ、一八二九）とされる。

七月一日

120　ファルネーゼ館についての記述の骨子はラランドから借りている。

121　セルジュ・アンドレ本の第二巻巻末に次のようにある。「一八三一年十月二日。「ファルネーゼ館。「屋根、あるいは、もっときちんと言えば、コーニスだが、これはまっすぐではない。少し小さい門。これをもっと大きくすることは不可能。入口内側の称讃すべき美しさ。ミケランジェロのまぎれもないスタイルすべてがここに表れている。「中庭の高貴で厳かな美しさ。これは館のなかにあっていちだんとよいものである。他所にはこれほどゆったりしたものはまったくないが、それはとてもいかめしい。「それは、モンテカヴァッロの中庭より遥かに上をいくヴァチカンのラファエッロの中庭に較べても、もっと整い、したがって建築の美にあふれている。しかし、認めなければならないことだが、それはとても淋しい。完全な対照をお望みだろうか。それなら、ここからすぐ近くにあるユリウス二世によって建てられたカンチェレリア館のミラノ風の円柱と柱廊でできた中庭を見にいきたまえ。「ファルネーゼ館では、中庭の方へ行く玄関廊下の出口で二つの平行した通路の遠近法穹窿が、悪趣味ということでは、ローマでドーリア館とか他の数々の館を建てた建築家たちにお誂えだ。階段の最初の踊り場にある中庭装飾の悪趣味。しかしながらこの中庭は配置がいい。「内部は、ナポリ大使が住んでいるにもかかわらず、不潔なまでになおざりにされている。僕たちはアンニーバレの回廊に急いで行った。「入口扉のうえ、ガラテアのなかで〔…〕二人の子供が、カラカラに似たトリトンに攫われていくのが見え、フレスコを縁取るようにしている。フレスコには明るい部分と影の部分があるが、これは僕たちを取り囲むものすべて、僕たちが見るものすべてと調和している。「天井中央の大きなフレスコ画は、セイレーンの優れた群像がある。カラッチ一族は、貧しく、上流社会を決して見たことがなかった。そこからバッコスとアリアドネの俗っぽい様子がくる。ユピテルとユノの称讃すべき絵のなかで、ユノの俗っぽい様子。それは美人の百姓だ。この絵は恥知らずにならずに意味あり気である。同様に、ウェヌスとアンキセスについても同じくらいにそうだと言える。《ゲヌス・ウンデ・ラティヌム》「僕たちを魅了するもの、それは次のような形をした四つの小さな風景画である。

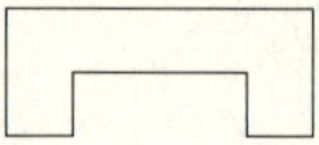

入口扉が通っている壁のうえだ。［…］を持つ若い娘の俗っぽい様子。それは、これまた貧しいドメニキーノの作品だ、と思う。かれのアンドロメダはすっかり修正され、台なしになっている。とても悪い父王のうしろ、遠くに、ラファエッロ的な群像がある。「小部屋には、アンニーバレの別の見事なフレスコ。冥界の番犬ケパロスの現実味。ペルセウスがメデューサの首を切る変わったやり方。天井中央の岐路に立つ「アル・ビヴィオ」ヘラクレス、複製。僕たちはこのグリザイユの小部屋で一時間を過ごした。そこを出て、ドメニキーノの作とされる三つのお粗末なフレスコを見にいった。優れた［…］、若いカリグラのとても自然な彫像。「重い文体を調整して縮めること。」

122　当時ファルネーゼ館は教皇領駐在両シチリア王国大使館となっていた。一八七四年からフランス大使館。

123　ナポリのアリスティデス像とジェノヴァのウィテリウス像については、『紀行』一八一七年三月十七日付（邦訳九七ページ）でも触れられている。

124　アントワーヌ・マラン・ルミエール（一七二三～九三）『年代記あるいは年のならわし』第一歌からの引用。

125　ジラオ館は、サン・ピエトロとサン・タンジェロ城の中間に位置したスコッサカヴァッリ広場にあったが、都市計画により広場が消滅し、現在ではコンチリアツィヨーネ通りに面して、その名もトルローニア館と変わっている。

126　ストッパーニ館は現在ヴィドーニ館と呼ばれている。一五〇〇年にローマの富豪カッファレッリ家から依頼を受けラファエッロが設計し、ロレンツォ・ロットが施行にあたった。カール五世が宿泊するなど由緒ある建物である。コルソ・ヴィットリオ・エマヌエーレに面する。

127　サンタ・マリア・デリ・アンジェリは、カルトゥジオ会の教会と修道院として、一五六一年ピウス四世が当時八十六歳になっていたミケランジェロに設計を依頼した。ミケランジェロの計画は古代の浴場をそのまま活用するものであったが、二人の死後、当初の計画は変更され、統一のないものになっていった。一七四九年、ルイージ・ヴァンヴィテッリが全体のプランをまとめることを依頼されて、ミケランジェロの計画を手直しした。

128　現在はローマ国立博物館となっている。

129　グルンネルの噴水は、パリのグルンネル通りのブールヴァール・ラスパーユとバック通りにはさまれたところにある「四季の噴水」のこと。一七三九年にブーシャルドンによって造られた。

130 「かつら」については、一八二八年三月二十五日付（I巻二四六ページと訳註371）を参照。

131 『エミール』第五巻参照。女主人公ソフィーはフェヌロンの『テレマクの冒険』を読んで、カリュプソに仕えるニンフの一人エウカリスに嫉妬するようになる。

132 ミシェル・レヴィ版ではこのあと次の文章が挿入されている。「とても信心家のドメニキーノは、この教会で、三番目の祭室にある聖フランチェスコ像を褒めたたえていた。——アンドレア・サッキのいくつかのよい絵。——扉のうえにジヨットによる一三〇〇年の作品『聖ペテロの小舟』の下絵を見られたし。モザイクがサン・ピエトロにある。」

133 セルジュ・アンドレ本の第二巻巻末に次のようにある。「バルベリーニのカプチン会士の箇所に。「総会長ミカーラ枢機卿に対する反抗。「青年修道士の冒険。家族は数カ月来かれの消息がつかめず、その庇護者のサンタクローチェ修道院長に問い合せる。「(庇護者の不可欠)「まずあいまいな回答。ついで、かれはナポリに派遣された、という回答。ナポリでの調査。そこではこの名前のカプチン会士を知る人はいない。数カ月が過ぎる。ついに、サンタクローチェ修道院長は腹を立て、教皇に話すと脅迫する。「そのとき、かれは、バルベリーニ広場の修道院で若者が閉じこめられている独房がナポリと呼ばれていることを打ち明けられる。」この全体は、ミシェル・レヴィ版の本文に採用されている。

七月二日

134 セルジュ・アンドレ本の第二巻巻末に次のようにある。「『ダナエ』。「ボルゲーゼ館の『ダナエ』は実際にコレッジョの作品である。足先が僕にそれを証明してくれている。修復家は他のほとんどあらゆるところでコレッジョの彩色を隈なく取り去ってしまった。洗うのを忘れたところを探すこと。色彩がとても古いと、それはもろくなるし、少し絵を洗うと、それを取り去ってしまう。「一八三一年十月二十一日。」ミシェル・レヴィ版ではこの書き込みは、少し改変されて註として挿入されている。

135 アルティエーリ館はデ・ロッシによって一六七〇年に建設された。プレビシト通りを挟んでジェズ教会と反対側にある。

136 昔のコスタグーティ館はカルロ・ロンバルディによって設計された。マッテイ広場に面している。

137 ファルコニエーリ館は、ジュリア通りでファルネーゼ館と筋向かいにあり、テヴェレ河の河岸通りであるルンゴテーヴェレ・デイ・テバルディに挟まれた位置にある。

138 デミドフ氏のヴォードヴィル上演については、一八二八年一月十五日（I巻一九七ページ）参照。

139 マリオネットについては『紀行』一八一七年一月六日付（邦訳四一ページ）、『旅日記』一八一七年十月十日付（邦訳Ⅱ巻二四五ページ）参照。なお、後者には『カッサンドリーノ』の粗筋が記されている。

140　ジュスティニアーニ館は、ドガナ・ヴェッキア通りを挟んでマダマ館と向かい合ったところにある。

141　オデスカルキ館はサンティ・アポストリ広場に面し、もう一方の正面がコルソ通りにある。

142　ジェローム・ボナパルト公が住んだ館は、ボッカ・ディ・レオーネ通りとコンドッティ通りの角にある現在のトルローニア館で、デ・ロッシによって建てられた。

143　紀元前五五年に建てられたポンペイウスの劇場は、中世にオルシーニ家が所有し、そのあとでピオ家が入手して改築した。さらに所有者が代わり、コンドゥロマーニ家のものとなって、リゲティ館と呼ばれた。

144　サルヴィアーティ館は、ジャニコロ丘のサン・トノフリオ寄りの麓、テヴェレ河畔に位置する。コルソのサルヴィアーティ館ではない。

145　昔のヴェロスピ館は、現在はトルローニア館と名前を変えて、コロンナ広場近くのコルソ通りに面する。

146　ヴェネツィア広場のトルローニア館は現存しない。

七月三日

147　以下のフィリップが語るシャルル八世のローマ入市の物語は、シスモンディの『中世イタリア共和国史』から借用している。

148　初版では一五九四年となっているが、数行まえに一四九四年と記されているのを見れば、これは明らかに誤植であり訂正した。

149　ジェネラーリ作曲の『日陰の丘の伯爵夫人』については、『紀行』一八一七年六月五日付（邦訳一六八ページ）で「カテリーナ・リッパリーニを忘れないだろう」と語っている。

150　この絵については、『旅日記』一八一六年十一月十八日付（邦訳七九ページ）で描写されている。

七月四日

151　スタンダールが、火災前にサン・パオロを見学した可能性はなきにしもあらずだが、その記録は残っていない。ここではニビーの著書に負っていて、火災の状況については、『論争新聞（ジュルナル・デ・デバ）』一八二三年八月二十三日付のドレクリューズの記事によっていることが明らかにされている。

152　スタンダールは日記の日付が「一八二八年」であることを忘れている。

153　サン・パオロの再建は、レオ十二世によって計画され、ピウス九世のもとで完成し、一八五四年に献堂式がおこなわれた。

154　ミシェル・レヴィ版では、この段落全体が省略されている。

155　パリのマドレーヌ寺院は一七六四年に設計されたが、設計変更などで進捗せず、一八〇六年にナポレオンの命令で本格的に着工された。内部の装飾まで含めて完成するのは一八四二年。

156　ビアンキの設計したサン・フランチェスコ・ディ・パオラ教会については、『紀行』一八一七年二月十六日付（邦訳六七ページ）で既に触れられている。一八一六年に着工され、完成は一八四六年になる。

157　スタンダールは一八二三年にローマに滞在していたが、火災の起こった七月ではなく、十二月だった。この折りにサン・パオロを訪ねた様子はない。

158　スタンダールが『紀行』出版後、増補版を出版するつもりで書きためていた草稿は、のちにアンリ・マルチノやヴィットリオ・デル・リットによって『一八一八年のイタリア』という題名でまとめられているが、そのなかの「旅行者と女性たち」という文章に、「今日彼女らが夢中になっている本はリョレンテの『スペイン異端審問史』である。その黒い亡霊によって、この本は彼女らを眠れなくしている。異端審問官が今ミラノにくれば、とても流行し、とても人気が出るかもしれない」とある（プレイヤード版『イタリア紀行文集』二四二ページ参照）。

159　セルジュ・アンドレ本には、「マッキ枢機卿」とつけ加えられている。

七月五日

160　『ユードルフォの秘密』（一七九四）はアン・ラドクリフの暗黒小説。スタンダールはラドクリフの記念建造物や自然を描写する力量を高く評価し、『旅日記』で再三に渉り触れている（一八一六年十一月二十二日付ほか参照）。

161　以下はラランドとニビーからの借用を混ぜている。

162　セルジュ・アンドレ本では「とても美しい二重の柱廊玄関」と形容詞がつけ加えられている。これはミシェル・レヴィ版で採用されている。

163　セルジュ・アンドレ本では、「バロックの凡庸な建築家」と形容詞がつけ加えられている。ミシェル・レヴィ版で採用。

164　ミシェル・レヴィ版では「本正面には五つのバルコニーがある」と変えられている。

165　セルジュ・アンドレ本では「粗末な彫像」と形容詞がつけ加えられている。ミシェル・レヴィ版で採用。

166　セルジュ・アンドレ本では「きれいな鉄柵」と形容詞がつけ加えられている。ミシェル・レヴィ版で採用。

167　正しくはカザナーテ枢機卿。ローマのカザナテンセ図書館の創立者。

168　セルジュ・アンドレ本では「交叉廊には左に」とある。ミシェル・レヴィ版で採用。

169　セルジュ・アンドレ本ではこの文は次のよう変えられている。「金ぴかの飾り、色彩、車、豪華絢爛、そして隣人の尊敬をもたらすこうした金のかかる豪華さがないければ、大貴族とは何なのか。」ミシェル・レヴィ版に採用。

１７０　ミシェル・レヴィ版、プレイヤード版では「愚かな民族」が省略されている。セルクル・デュ・ビブリオフィル版では初版が踏襲されている。

１７１　セルジュ・アンドレ本では以下に次の文章がつけ加えられている。「かれらの聖刻文字は、実際に見抜ければ、月並みなことしか言っていない。」

１７２　チェンティーノ橋とは、フィレンツェからローマへ向かう街道のローマ側国境の町チェンテーノのことであろう。ポーリャ川の支流が国境になっていて、橋を渡ればトスカーナからローマの領土に入る。

１７３　セルジュ・アンドレ本では「ローマの税関に近づいたら」とある。ミシェル・レヴィ版では、「ポポロ門の近くのローマの税関に」と訂正されている。ローマの税関は、スタンダールが一八二七年十二月八日付（I巻一五九～一六〇ページ）に書いているようにピエトラ広場にあったが、ポポロ門からの入市の際には、当然のこととして所持品の検査があった。

１７４　セルジュ・アンドレ本の註に「たくさんの金を費やして、大きなありふれた建物にやってくる」とある。

１７５　以下の叙述はラランドによる。

七月六日

１７６　ミニェの奇蹟については一八二八年六月十五日付（本巻一〇四ページ）参照。

１７７　プレイヤード版では「ニコラウス」とだけあり「四世」が落ちている。

１７８　ミシェル・レヴィ版では「シクストゥス五世が葬られているその見事な祭室」となっている。

１７９　パウル・ブリルはヴァチカンに『錨に繋がれて海に投げ込まれる聖クレメンス』と題する二十メートルの風景画を描いた。サンタ・マリア・マッジョーレには、パウル・ブリルの風景画はないようだが。

１８０　サンタ・マリア・マッジョーレからトラヤヌスのフォロまでの直線道路は、まずサンタ・マリア・マッジョーレ通り、ついでパニスペルナ通りと呼ばれる。

七月七日

１８１　この逸話はシスモンディの『中世イタリア共和国史』からの借用である。

七月八日

１８２　セルジュ・アンドレ本第二巻巻末に次のような書き込みがある。「殉教者たち。サント・ステファノ・ロトンド。付け加えるべきこと。「毎年たくさんの信者が団体を組んでガンジス河にやってきて、聖なる河の水のなかで命を断つ。

「僕には［フォー・ミー］。「殉教は、決闘からブラミンのまですべての宗教のために証明している。殉教は宗教のなかでいちばんの犯罪である。それは宗教が寛大で詩的な魂から取りあげる十分の一税である。「ド［ミニ］ク。」ミシェル・レヴィ版ではこの註をもとに次のようなテキストが付け加えられている。「エベール氏はインドの女性のこの恐ろしい犠牲が、大部分は、寡婦でいる女性の生活費を払いたくない親戚の吝嗇や、若い嫁の貞淑を、彼女らが死んだあとまでも確かめようとする老人たちの嫉妬のせいにしている。おまけに、ヒンドゥー教徒たちは女性の命をほとんど重んじていない。——毎年たくさんの信者が団体を組んでベナーレスにやってきて、信心深さゆえに、聖なる河であるガンジス河で溺れる。聖地のただ中で生を終えることは、救霊を確固としたものにすることなのだ。」

183　以下の逸話は『グローブ』の一八二九年五月二十三日の記事から借用している。ギボンの名前が出ているが、逸話はギボンとは何の関係もない。

184　「クロケ氏の話」とは前記『グローブ』の記事による。

185　ヴィッラ・マッテイは現在チェリモンターナ公園になっている。当時、亡命していた元スペイン国王カルロス四世に随行して、その大臣だった平和公マヌエル・ゴドイもローマで暮らしていた。スタンダールは既に『紀行』一八一七年三月十七日付（邦訳九八ページ）でそのセネカ像について記している。

186　ボーセの回想録については、一八二八年五月三十日付原註［一］（本巻二六ページ）に既出。

187　フィアーノ館のマリオネットについては、一八二八年七月二日付（本巻一一六ページ）参照。

七月九日

188　ミシェル・レヴィ版では、「ナヴィチェッラ」が省かれている。

189　サン・ジロラモ・デッラ・カリタ教会はファルネーゼ広場の近くである。

七月十日

190　ブーリエンヌの回想録（一八二九）参照。

191　ミシェル・レヴィ版では、「第四年ジェルミナル十六日（一七九六年四月五日）と日付が訂正されている。

192　『ロッシーニ伝』第三五章の註でナポレオンのジョゼフィーヌ宛ラヴ・レターについて記し、「その一通は、二人が結婚する前のものである。ナポレオンの親友であるショヴェ氏の予期せぬ死に関係して、魂の不死、死などについてプラトンないしはウェルテルの言葉といってもいいような、独特な警句が見られる」と書いている。

七月十一日

193　セルジュ・アンドレ本ではスタンダールは最後の部分

を鉛筆で消し、それに対して、「間違いだ、何も書かれていないページにエネルギーを見ること」と註を付け、さらに、裏表紙に「一二三〇。ブラゲットーネによって着衣をつけさせられたイザヤのひどい愚かしさ」と書き込みをしている。タヴェルニエ本では次のように付け加えられている。「しかし、僕の意見では、それはミケランジェロからほど遠い。畏怖すべき類、聖書的な類はラファエッロにはふさわしくない。かれの神々しい優美さはそうしたものではいつも不釣り合いである。サン・ダマソの中庭のロッジャにある最初の十三のアーチ型のフレスコはキリスト以前の聖書の主題を表現していると記憶するが、繊細な魂の持主向きには、不釣り合いであり時代錯誤である。ローマの学者であり芸術家であるランチ氏によって翻訳された聖書を見ること。というのはイザヤはブラゲットーネによって着衣を着せられているからだ。」ブラゲットーネとは、猿股を穿かせる人ともいうべき意味で、画家ダニエーレ・ダ・ヴォルテッラ、通称ヴォルテラーノに付けられたあだ名である。かれはミケランジェロの『最後の審判』の裸体で描かれた登場人物に、着衣をつける仕事を委ねられた。ランチ氏の聖書は『絵入り聖書、附フェニキア、アッシリア、エジプトの記念建造物』（ローマ、一八二七）のことである。

194　『フェードル』や『イフィジェニー』はラシーヌの代表作と言える著名な作品であるが、『アタリー』はラシーヌがサン＝シールの女学院の生徒たちのために書いた最後の作品で、優れた作品であるにもかかわらずそれほど知られていない。スタンダールは執筆時には『預言者イザヤ』をそうした作品と考えたようだ。

195　ラ・ボーム本の註に「間違い」とある。事実、サン・タゴスティーノ教会はコンドッティ通りからサン・ピエトロへの途上にはなく、むしろコロンナ広場からサン・ピエトロに向かう線上にあると言った方がいいだろう。

七月十二日

196　初版では一四七一年となっている。プレイヤード版により訂正。

197　聖カルロ・ボッロメオについては『旅日記』一八一六年十一月十一日付（邦訳I巻六二ページ）にも「ミラノの人のなかにある力を破壊した」とある。

198　円蓋の構造に関する記述はラランドから借用している。

七月十五日

199　ラ・ボーム本で「三回」と訂正されている。

200　『外国文学新聞』については、研究者の調査にもかかわらず判明していない。スタンダールの記憶違いか、あるいは、ローマについての外国のいい加減な情報を揶揄するつもりで創作したものか。

十月一日

201　スタンダールは実際にシチリア旅行の計画を立て、旅程を立てたりしているが、計画は実現しなかった。にもかかわらず、シチリアに行ったことがあるかのように、『ロッシーニ伝』第四五章や短篇小説『パッリアーノ公爵夫人』の序文に書いている。

202　セルジュ・アンドレ本の第二巻巻頭に次のように付け加えている。「一八二七年九月十六日、日曜日。「僕がフリアに行くのは二度目だ。僕の住んでいる茅屋の百姓たちとの集まり。田舎暮らし。僕は雌鶏に餌を与える。このことはおそらくドイツで軍が民宿したとき以来なかったことだ。「（イスキア島の生活。）」」スタンダールは『紀行』一八一七年二月二十一日付（邦訳七三ページ）でイスキア島に行ったことになっているが、実際にこの島を訪れたのは一八二七年になってからのことである。

203　ポンペイについては『紀行』一八一七年二月二十六日付（邦訳七八ページ）でも同様な記述をしている。

204　ラ・ボーム本第一巻巻末に次のように付け加えられている。「一八三一年一月二十一日。「ナポリからの帰還。「ナポリからローマに到着すると、墓のなかに入るような気がする。こんなにもつらい対照はほとんどない。このうえなく陽気な町からこのうえなく陰欝な町への移動だ。「ナポリの最悪の建築。よいところは両開きの大きな門と各階の高いことだけだ。」

205　マザニエッロの反抗についてはラランドで触れられている。その最後に『故ギュイーズ公爵殿の回想録』（パリ、一六六八）についての記述がある。

206　バイアーノの修道院については、一八二七年十一月二日付（Ⅰ巻九一ページ）や一八二八年六月九日付原註［一］（本巻四七ページ）で既に名前が出ている。

207　歴史家ジャンノーネの監禁と死については、『旅日記』で一八一六年十二月十八日付原註［一］（邦訳Ⅰ巻一五九ページ）と一八一七年一月十二日付（邦訳Ⅱ巻三〇ページ）の二度にわたって触れられている。その著書『ナポリ史』で教皇の俗権を誹謗したために、破門され、亡命後捕われ、サルデーニャ島の牢獄に終生監禁された。

208　セルジュ・アンドレ本では、スタンダールとは別の筆跡でイタリア語の誤りが訂正されている。しかし、初版本の正誤表［エラータ］では正しいイタリア語の表現《Vedi Napoli e poi mori.》に訂正されている。プレイヤード版では、元の誤ったイタリア語をそのまま採用して、ミシェル・レヴィ版がセルジュ・アンドレ本の訂正を採用していることを指摘している。

209　カステル・ヌオーヴォはアンジュー家のシャルル一世によって十三世紀末に建てられた。ナポリを支配したアンジュー家ついでアラゴン家の居城となった。

210　フランス政府の提示した憲章については、一八二八年六月二十四日付（本巻七三ページ）でも触れられている。

十月二日

２１１　彫刻家ジュゼッペ・デ・ファブリスによる記念碑が一八五七年に作られた。

２１２　セルジュ・アンドレ本第二巻巻頭に次のようにある。「一八三［ママ］十一月五日。「サン・トノフリオ。「サン・トノフリオのレオナルドの聖母像は、目と額上部のあいだが指一本分の幅だけ長くて、今日の僕たちの考えでは美しくない。それはこの像に深く考え込んでいる様子を与えている。それは逸楽だけしか考えていないメディチ家のウェヌスとこの像を隔てている。僕については、このレオナルドの欠点が好きだ。」

２１３　セルジュ・アンドレ本では「回廊に通じる扉の右にあると教えられた」と訂正されている。これはミシェル・レヴィ版に採用されている。

２１４　セルジュ・アンドレ本では「ホラティウスやウェルギリウスを写さねばならないと思わないときには、何てタッソは美しいのだろう！」と付け加えられている。

２１５　実際、スタンダールは一八二七年十二月にフェラーラを通っている。

２１６　アルフォンソ二世が錯乱したタッソを捕らえて地下牢に監禁したのは、実際に、教皇庁や強国スペインへの政治的な思惑が絡んでいたようだ。

２１７　『アンリ・ブリュラール』第二十一章に「僕の目には、幸福によってタッソがウェルギリウスあるいはホメーロスを模倣することを忘れたとき、詩人のなかでもかれはいちばん感動的である」と書いている。

２１８　スタンダールは、十九歳のころ『エルサレム解放』の原文を読解しながら、タッソに心酔した。セルクル・デュ・ビブリオフィル版全集第三三巻「文学日記Ⅰ」六九〜八二ページ参照。

十月三日

２１９　この逸話は、研究者によると、バンデッロの『小説集』第一巻第一七話にヒントを得て作られたと言われる。

２２０　セルジュ・アンドレ本では「通りで冷たくなっているのが発見された」と訂正されている。ミシェル・レヴィ版ではこれを採用している。

２２１　セルジュ・アンドレ本では「かれの庇護を約束することを承知した」と訂正されている。

２２２　ミシェル・レヴィ版では「彼女はやっと二十二歳でしかなかった」と訂正されている。

２２３　セルジュ・アンドレ本では「かれはとても濃い褐色の髪をしたたいそういい男だった。内気な様子をしていたが…」と訂正されている。ミシェル・レヴィ版では「かれはたいそういい男だったが、とても濃い褐色の髪をしていた。かれは内気な様子をしていた…」と変更されている。

２２４　セルジュ・アンドレ本では「この答えはファビオを絶望させた。しかしながら、かれはラヴェンナを離れる勇気を出すことができなかった…」と訂正されている。これはミシェル・レヴィ版に採用されている。

225　ここに描かれたフランチェスカ・ポーロの肖像には、スタンダールが一八一八年にミラノで知遇を得て恋したマティルデ・デンボウスキーの面影が反映している。レオナルドの描くヘロディアスについては、一八二八年五月二十九日付（本巻七ページ）参照。

十月五日

226　タヴェルニエ本の註に「ラムネー氏の『ある信者の言葉』について、だと推測するが、五月二十四日の『論争新聞』の記事を見て引用すること」とある。この記事は一八三四年五月二十三日の記事で「ラ・ムネー氏が『ある信者の言葉』という題名で出版したばかりの本は、たいそう変わっていて、たいそう突飛なので、それをどう性格づけたらよいかわれわれには分からない」という書き出しではじまる長文の書評である。スタンダールは一八四一年になって、自分の所有する本に「僕には読みづらい。聖人たちの本のつぎはぎの類だ」と書き込んでいる。

227　サンタ・サビーナ教会はチェリオ丘ではなくアヴェンティーノ丘にある。一八二七年十月二十六日付（I巻八四ページ）、同十二月五日付（I巻一五六ページ）には間違いなく記されている。

228　ミシェル・レヴィ版では「二十二」として、サン・カルロ・アイ・カティナーリとサンタ・マリア・デッラ・ナヴィチェッラが省かれている。前者はスタンダールがこのあとで列挙している教会のなかに移されている。後者はそこに繰り返し登場するために、ここでは省略したものと思われる。

229　セルジュ・アンドレ本には「凡庸な建築」とつけ加えられている。

230　セルジュ・アンドレ本にはフレスコ画に「神々しい」という形容詞が付け加えられている。ミシェル・レヴィ版で採用。

231　セルジュ・アンドレ本では次のように追加されている。「魅力的な教会で玄関の立派な外観。それは勝者たちが持っていた外観である。ジャニコロ丘を視野に収められる。スキピオの時代には、田園を遠くまで見晴らせた。左手最初の祭室にピントゥリッキオの感じがいいフレスコ画。技術は幼稚だが、真に迫ったところは、たいそう迅速に仕事をする一八二〇年の群小画家よりも価値がある。」ピントゥリッキオのフレスコは、正面を入って右手最初の聖ベルナルディーノ・ダ・シエーナの祭室を飾っている。聖人の生と死が描かれている。ミシェル・レヴィ版では、この註のはじめだけを採り入れて「古代のユピテルの神殿」のあとに挿入している。

232　ミシェル・レヴィ版ではサン・グレゴリオについての記述が大幅に改められていて、グイドのフレスコについての叙述になっている。

233　セルジュ・アンドレ本の註で「間違いだ、一八三一年九月二十七日」と記されている。
234　セルジュ・アンドレ本では「建築によって少しも隠されていない美しい古代の円柱。勝利者モーゼ」と付け加えられている。ミシェル・レヴィ版では「ギリシア大理石の美しい古代の円柱。ミケランジェロの…」と変更のうえ挿入されている。
235　セルジュ・アンドレ本では「ジェズイット教徒がフランスを抑圧していることに傷つけられて」と付け加えられている。
236　セルジュ・アンドレ本の註に「避雷針。自由主義者にとって心配な判決があった。一八二九年にはドローネーはとても臆病だった」とある。また同じ本第二巻の裏表紙に「二六〇。避雷針。ドローネー氏は一八二九年に怯えていた」とある。ドローネーは本書を出版した書店主。
237　「カント」については、一八二八年七月一日付（本巻一一一ページ）を参照。
238　ミシェル・レヴィ版では「七十七」となっている。つまり九つ少なくなっている。サン・カルロ・アイ・カティナーリが加わり、十の教会が省かれている。つまり、サン・カルロ・アル・コルソ、キエーザ・デッラ・コンチェツィヨーネ・デ・カプッチーニ、サンタ・コスタンツァ・フオーリ・レ・ムラ、サンタ・フランチェスカ・ロマーナ、サン・ジャコモ・スコッサカバッリ、サン・ジョヴァンニ・デイ・フィオレンティーニ、サン・ジョヴァンニ・イン・フォンテ、サンタ・マリア・デリ・アンジェリ、サンタ・マリア・デッラニマ、サンタ・マリア・デッラ・ヴィットリアである。これらは本書で記述が重複しているために、省略されたようだ。
239　初版本では「一六九〇」となっているが、プレイヤード版によって訂正。
240　ブッチ本に次のように付け加えられている。「器用で、前掲のアグリコラ氏とほとんど同じ力量の凡庸な画家。サン・ジョヴァンニの翌日の最初の訂正、一八四一年六月二十五日…。」
241　セルジュ・アンドレ本に「右手の壁の大きな柱列に注目すること」と付け加えられている。
242　スタンダールは間違って「聖女シンプリキア」と書いているが、訂正。
243　セルジュ・アンドレ本第二巻の巻頭に次のように付け加えられている。「サン・カルロ・カティナーリ。「ドメニキーノのフレスコは少しどぎつい。それは、髭づらの老聖人でなくて、天空を眺める恥ずかしがりやのきれいな女性たちを表現するという光栄に浴している。一八三一年十月二十一日。」ミシェル・レヴィ版で採用されている。
244　セルジュ・アンドレ本では「魅力的な小教会、サン・ピエトロの円蓋のつけ柱一本の基部に匹敵する平面積を持つゆえに有名」と付け加えられている。ミシェル・レヴィ版では「サン・ピエトロの円屋根を支える四本の支柱のうちの一本の基部に匹敵する平面積を持つゆえに有名」と訂正のうえ採用されている。

２４５　スタンダールは一八三一年に『サン・フランチェスコ・ア・リパ』という表題の短篇小説を執筆している。未完。

２４６　スタンダールは「サン・グリゾゴノ」と書いているが、訂正。

２４７　これはマドレーヌ寺院のことを指している。マドレーヌ寺院については本巻訳註１５５を参照。

２４８　この女性はポーリーヌ・ド・ボーモン旧姓モンモランで、一八〇三年にローマで亡くなっている。シャトーブリヤンはこの教会に彼女の墓碑を建てた。

２４９　セルジュ・アンドレ本第二巻巻末に次のように付け加えられている。「サン・ルイジ、四月三十日に見学。聖女カエキリアが貧者に彼女の美しいドレスを配っている魅力的なフレスコ。群像の飾り気のなさ。聖女カエキリアは頭部が大きすぎるし、脚が適切ではない。背景の美しさ。「聖女の死に際して、教皇が立ち合って聖水を与えているが、不合理である。教皇は彼女とともに殉教するか、もしくは死刑執行人たちを吊させたかだ。かれらは聖女を完全には殺さずに放置したのだろうか。これもまた不合理である。「みんなが泥棒をするか、少なくとも有力な連中は盗みをして、他の連中はフランスの［…］行政のなかでなすに任せている、八〇〇。正面に、聖セバスティアヌスの祭室。宣伝も競争もなく、建築家サルヴィ氏によって寄贈されたマッセイとかいう名前の人のフレスコによる絵画。」ミシェル・レヴィ版では最初の二節を本文に採り入れている。

２５０　セルジュ・アンドレ本第二巻巻末の註で「この二人の墓はないと言う人がいる。その事実と、シャトーブリヤン氏による若い女性亡命者ポーリーヌ・ド・モンモラン嬢の墓碑の銘を確かめること」とある。

２５１　セルジュ・アンドレ本では「黄と赤の大理石でできた魅力的な円柱［…］。残念なことに、これらの円柱は教会の壁を支えられるほど強くはなかった。四角のとても醜い柱で補強しなければならなかった」と付け加えられている。

２５２　ミシェル・レヴィ版では、この教会の項目を一八二七年八月二十九日付（I巻五四ページ）に入れている。I巻訳註１０７参照。

２５３　初版では「聖女キリアクス」となっているのを訂正。

２５４　セルジュ・アンドレ本の註で「否、一八三一年九月二十六日」と記されている。

２５５　セルジュ・アンドレ本の註に次のようにある。「大身廊と側廊を分けている柱のうえのアーチは尖っていて、つまりゴティック式である。僕は初版で間違って、ローマには尖ったアーチは見つからなかったと言った。」

２５６　ミケランジェロの有名なキリスト像については『絵画史』一六六章参照。比喩として挙げられているスコットの小説については、『一八二七年のサロン』でも「肉体的な力は、火薬発見以前の古代や中世ではすべてであった。『ジャクリーの乱』［メリメの史劇］の登場人物を見よ、一二五〇年ころのことだが、『パースのきれいな娘』の終章をなす六〇人組の戦闘を見よ。ホメーロスにも匹敵するこの戦闘では、肉体的な力がすべてを決する…」（セルクル・デュ・ビブリオフィル版全集第四七巻「雑録（絵画篇）」一〇一ページ）とある。『パースのきれいな娘、副題セント・バレンタインズ・デイ』は、『キャノンゲイト年代記』の第二集として一八二八年に刊行された。一四〇〇年ころの時代設定で、主人公の馬具師ヘンリー・スミスの活躍の冒険物語。

257　カザナテンセ図書館については、一八二八年七月五日付（本巻一三二ページ）参照。

258　セルジュ・アンドレ本第一巻巻末に次のように付け加えられている。「サンタ・マリア・ソプラ・ミネルヴァ。「一五六〇年の日付が読みとれる一群の墓で称讃すべき教会。墓にとってはよい時代だったが、しかしながらラファエッロの生きていた一五一二年から一五二〇年までよりはよくない。あの時代に逝った死者たちにさいわいあれ！　墓の形の美しさは、かれらの身の上をとても立派に見せている。一方、たとえば一七五〇年のすべての死者は滑稽に見える。「ある墓に近づきながら、墓碑銘の最後の一行を眺める。そこに《一五五三年に死せり》とあれば、目をあげるだけの価値がある。ラファエッロの思い出は一六〇〇年ころまでローマを支配していた。それから忌まいましいベルニーニとその弟子たちが到来した。一六五〇年からカノーヴァまで、有名な死者の墓は、当人に逆らう風刺書の様子をしている。「サンタ・マリア・ソプラ・ミネルヴァには、右の交叉廊の奥に中世の魅力的なフレスコがある。「一八三一年九月二十九日。」ミシェル・レヴィ版には、最後の一節を除いて採用されている。

259　パーク・クレセントの柱廊は、リージェント・ストリートを北に行き、通りの名前がポートランド・プレイスと変わって、その突き当たりにある。

260　セルジュ・アンドレ本の註に「ふんだんに使われている見事な大理石」とある。

261　セルジュ・アンドレ本第二巻の書き込みに次のようにある。「一七一。サンタ・マルティナ。シクストゥス五世。「僕たちは聖女マルティナの彫像に感動した。それはたくさんの欠点があるが、うまく置かれている。首が胴体から離れている。聖具室には畏怖すべきシクストゥス五世がいるが、その肖像は僕なら充分に信頼した。かれは雄の山羊に似ているが、ずる賢いというよりも邪悪である。」

262　セルジュ・アンドレ本では「ラファエッロのものと見做される絵」と訂正されている。この訂正はミシェル・レヴィ版に採用されている。

263　『キリストの変容』についてはこれまでも再々触れられているが、I巻の訳註93を参照。

264　実際は、カトリック王と言われたフェルナンド五世（一四五二～一五一六）のこと。スタンダールはニビーの記述の誤りを引きずったようだ。

265　サン・ピエトロ・イン・モントリオについては、セルジュ・アンドレ本第一巻巻末に一八三一年十月二十五日の日付と三十一日の日付の二つの改訂文案が記されている。ミシェル・レヴィ版では、これらの記述を採用して、初版とは、そしてまた他の教会の記述とはかなり趣の違った全体となっている。最初の部分だけを訳出する。「僕たちは今朝、サン・ピエトロ・イン・モントリオで見たすばらしい景色にとても驚いた。それはローマでもいちばん美しいものだ。ここではローマのほんとうの眺めを見つけ出すことができる。雲が風に吹き飛ばされる晴れた日を選ばなければならない。そのときは、ローマのすべての円屋根が、順繰りに、影と明るみのなかに現われる。アルバノ山、フラスカティ、カエキリア・メテラの墓等など。」これは自伝『アンリ・ブリュラール』の書き出しを想起させる。

266　サンティ・クァトロは、小説『カストロの尼』で修道院監督者の枢機卿の名前に付けられている。

267　セルジュ・アンドレ本に「魅力的な教会」と付け加えられている。

268　セルジュ・アンドレ本に「この施療院は十五万エキュの所得がある。諸君はジル・ブラースが貧者の財産を管理している者のもとで働くのを思い出すだろうか」と付け加えられている。

269　セルジュ・アンドレ本に「パリのヴァレンヌ通りのサクレ＝クールは、この教会を侵略し、貧者から三万一千フランを奪った」と付け加えられている。

十月七日

270　キケロの別荘についてはⅠ巻訳註55を参照。

十月十日

271　ボローニャの墓地については、『旅日記』一八一七年十二月二十八日付（邦訳Ⅰ巻一六七ページ）に「ボローニャの住民の虚栄心は町の墓地を自慢している」とある。ナポレオン支配下チザルピーナ共和国時代の一八〇一年に建設された。

十月十一日

272　ランツィの『イタリア絵画史』（一七八九）のフランス語訳はアルマンド・ドゥーデ夫人によって一八二四年にパリで出版された。スタンダールは原書を一八一一年に読み、これを翻訳しようとしたが、その後方針を変更して、かれ自身の『絵画史』を書きあげ、一八一七年にM・B・A・Aの著者名で出版した。スタンダールの著書はこのランツィの著書を大いに利用し、剽窃したと言われた。

十月十二日

273　この逸話は最初『旅日記』（原題『ローマ、ナポリ、フィレンツェ』）の新版に挿入する予定だったと言われる。

274　スタンダールは同じ指摘を、一八二八年十月十六日付

（本巻二〇八ページ）の「一八二三年の教皇選挙会議」のなかで繰り返している。
275　スタンダールは「まえがき」で述べているイタリア体験と矛盾したことを言っている。軍人としてのイタリア滞在は一年半あまりで、龍騎兵少尉でしかなかった。

十月十五日

276　サン・クレメンテの叙述はニビーから借りている。
277　セルジュ・アンドレ本に「それは同じ天分であった」と付け加えられている。ミシェル・レヴィ版に採用。

十月十六日

278　以下の記事は、スタンダールが一八二五年に『ロンドン・マガジン』に寄稿した「最近の教皇選挙会議の話」を書きなおしたものである。そこでも、一八二五年三月三日の日付をもつ、宛名のない架空の友人への手紙の形式が採られている。この記事は、一二九年になって『ルヴュ・ブリタニック』に『ロンドン・マガジン』からの仏訳というかたちで掲載された。
279　『ルヴュ・ブリタニック』の記事も手紙の体裁をとっているが、日付は入っていない。本書であらたに記された宛先も日付も架空のものである。
280　一八二四年のコンクラーヴェは二月二日からはじまり、二十八日にレオ十二世を選出して閉幕した。
281　セルジュ・アンドレ本にスタンダールとは別の筆跡で「リヴァローラ、かれは単に高位聖職者だった」とあり、ミシェル・レヴィ版は「高位聖職者のリヴァローラ」としている。したがってこのあとも「未来の枢機卿」と訂正している。
282　初版では「ゴンザルヴィ」となっている。
283　『ルヴュ・ブリタニック』では「フランスの」と記されている。
284　一八二〇年スペインで起こった革命に、二三年フランスが介入して、この年の八月三十一日、カディスに近いトロカデロの戦いでフランス軍は革命軍を敗り、革命政府はあえなく瓦解した。この遠征軍を指揮したのはルイ十八世の甥でシャルル十世の息子のアングーレーム公だった。
285　レプリ事件については、『旅日記』一八一六年十二月二十九日付（邦訳I巻一七一ページ）参照。
286　初版、ミシェル・レヴィ版、ビブリオフィル版では「九票に対して、八票を集めることに成功した」とある。プレイヤード版では「七票に対して、八票を…」となっているが、これはどこから出てきたものだろうか。翻訳の本書では数字を合わせるために「七票に対して、六票を…」とあえて変更した。
287　セルジュ・アンドレ本に別人の筆跡で「クアラトッティ」と訂正されている。ミシェル・レヴィ版で採用。
288　セルジュ・アンドレ本第二巻巻末に次のようにある。「一八一五年から一八三〇年までの人間の精神史。「現在の野次馬たちは、ギゾ氏、クーザン氏、そして『グローブ』によって流行させられている衒学に惑わされて、問題外の学問を愛好している。こちらは、曇らせ、光を減らし、記憶力を許さない。この原理に基づき、レオ十二世の教皇選挙会議のなかでのカルボナリという単語に註を加えること。「つまり、紀元前五七〇年ころにピュタゴラスは、今日ナポリ王国と呼ばれているもののなかで、秘密結社を創設した。この秘密結社が騒ぎを起こし、かれの弟子たちはその犠牲になった。」

289　これは「アルベルト・ド・リュバンプレ」と読むことができる。彼女は一八二九年はじめ、スタンダールの恋人だった。かれのアルベルトに対する思いについては、邦訳I巻の訳者あとがきを参照。

十月二十日

290　ロデリーゴ・レンツォーリについては、『パルムの僧院』創作のヒントとなったイタリアの古文書『ファルネーゼ家興隆の起源』のロデリーゴ枢機卿のモデルで、後出の恋人ヴァノージアはヴァンノッツァのモデル。枢機卿が恋人の甥アレッサンドロを庇護して、アレッサンドロが枢機卿、さらには教皇になるというのは、年代記作者のまったくの創作。

291　スタンダールはブルクハルトの日記を、ロスコーの著書によって知ったようだ。『絵画史』序文の原註でこの日記を抜粋しているが、研究家のデル・リット氏は『スタンダールの教養生活』で、それがロスコーの著書からの引用であることを明らかにした。

292　ルクレツィア・ボルジア（一四八〇～一五一九）は一四九三年にペーザロ伯ジョヴァンニ・スフォルツァ、一四九八年にビシェリエ公アルフォンソ・ダラゴン（ナポリ王の私生児）、一五〇一年にフェラーラ公アルフォンソ・デステと、生涯に三度に渉って政略結婚をさせられた。ペーザロの領主と結婚する以前に婚約者はいたが、結婚はしていない。

293　「原典を読まなければならない」と言っているスタンダール氏は、ムラトーリ、グィッチャルディーニ、ロスコーの発言をシスモンディの『中世イタリア共和国史』によって記している。

294　「避雷針」として記述。

295　スタンダールはミショーの『人物事典』の名前を挙げているが、逆に大いに利用しているシスモンディの著書については相変わらず沈黙している。

296　『ファルネーゼ家興隆の起源』では、ヴァンノッツァの甥アレッサンドロがパウルス三世となり、クレリアという女性とのあいだにピエル・ルイジほかの子供をもうけることになる。

297　ファーノの若い司教の死はブルクハルトが語っていることだが、スタンダールは『絵画史』序文の原註でその話を紹介している。ピエル・ルイジは教皇の息子ということで、したい放題の蛮行を重ね、ファーノの町では若い司教を部下に押さえつけさせ獣欲を充たしたうえ虐殺したという。

298　短篇小説『ヴィットリア・アッコランボーニ』では、のちにシクストゥス五世となった枢機卿の甥にフェリーチェ・ペレッティという名前を付けて登場させている。

299　シュネスの『シクストゥス五世に未来を予言するジプシー女』は一八二〇年の官展（サロン）に出品された。

300　アントニオ・チッカレッリは十六世紀末に教皇史やローマ皇帝史を執筆した。

301　セルジュ・アンドレ本では次のように付け加えられている。「今日イタリアでは、旅行者は警察と泥棒にいちだんと怯え、うんざりさせられている。」この部分は改変されてミシェル・レヴィ版の原註に採用されている。

302　スタンダールはシスモンディからの借用を続けている。

303　ユースタスの『イタリア周遊記』（一八一三）のこと。この本については、既に一八二七年十一月十一日付（Ⅰ巻九七ページ）で「滑稽な人間によって書かれたいちばん興味を惹く旅行記」と書かれている。ユースタスに対しては『紀行』一八一七年八月十日付の原註（邦訳二三五ページ）でも反感をあらわにしている。

304　セルジュ・アンドレ本には「ジラルド・チンティオ、一六〇八年版『ヘカトンミティ』第二部二一六ページ」と付け加えられている。また巻末には次のように書かれている。「三五三ページのための註。「ジラルド・チンティオのなかで、アドリア（フィレンツェ）の憲兵隊長がローマ近在の森のなかで、犬を使って攻めた強盗団の逸話を参照。「ジラルド・チンティオの『ヘカトンミティ』第二部二一六ページ、ヴェネツィア、一六〇八。「僕は、チンティオが百の中編小説に仕立てた逸話の大部分が真実だと見做している。バンデッロの小説集『ペコローネ』は僕には同様に史実に思える。バンデッロは小説の技術を語り、そして、真実の逸話を収集しなければならないとはっきり言っている。ボッカッチョの方は職業作家であり、アジャンの司教のようにほんとうの好人物ではないし、僕はもっと信用していない。「僕はこの種の証明を省くのがよいと思ったが、時代は衒学的であり大袈裟である。」野次馬は僕には重々しさがないと言っている。『グラビュール』のような新聞ならチンティオを大袈裟に書き立てて二ページを生み出すだろう。」

305　ミシェル・レヴィ版では「ブリュメール十八日に…」以下のこの文章が省かれている。

306　ラ・ボーム本とセルジュ・アンドレ本に「間違い」と書かれている。後者の巻末に「かれは少なくとも三人の枢機卿を出した。一〇、一一、一二行を抹消のこと」とある。

307　コッシャ枢機卿については既に一八二七年八月三日付（Ⅰ巻一四ページ）で触れられている。Ⅰ巻訳註14を参照。

308　ブロス法院長は『イタリア書簡』第五十一、五十二信コルトワ・ド・カンセー神父宛でこの教皇選挙会議について記している。スタンダールはブロス法院長が出版を意図せずに手紙を書いていると述べているが、真実は、イタリアから帰国後に、出版を頭に置きながら、ブロス法院長はこの書簡集を構成した。ただ存命中には出版されなかった。

309　クレメンス十四世ガンガネッリの名前は、ロレンツォではなくジョヴァンニ・ヴィンチェンツォ・アントニオ。

310　この逸話がどのようなものか不詳。カザノヴァの回想録で語られているのだろうか。

311　セルジュ・アンドレ本の註に「ジュスティニアーニ公妃は十八歳から二十八歳までの十年間に千百万フランもしくは九百万フランを浪費した。［空白］から教えられた正確な数字を僕は書いた」とある。

312　キャラモンティ枢機卿が教皇ピウス七世となった経緯については、『旅日記』一八一六年十二月二十九日付（邦訳Ⅰ巻一七一ページ）にも「ランベルティーニ夫人の話」として記されている。

313　『旅日記』一八一七年一月七日付（邦訳Ⅰ巻二一三ページ）では「いつかマルヴァージャの逸話が印刷されたら、世間はびっくりするだろう」とある。

314　一八二四年十一月六日の『タイムズ』が掲載している記事は、スタンダールが一八二四年十一月一日の『ニュー・マンスリー・マガジン』に「ローマからの手紙」として寄稿した記事の再録であると言われる。後者でスタンダールは、教皇レオ十二世になる以前のアンニーバレ・デッラ・ジェンガのキャリアについて記している。そのなかで、一八一四年に教皇から派遣されて、ブールボン家の復帰したパリにやってきたデッラ・ジェンガ猊下が、外交交渉成功の見込みを早々に本国に報せたものの、結局うまく行かず、外交で評判を落としたことが記されている。

315　クラヴェン卿とグレアム夫人の著書については一八二八年六月九日付（本巻四六ページ）で既に触れられている。フォーサイスの旅行記は『一八〇二、一八〇三年のイタリア周遊旅行と遺蹟、芸術、文学に関する見解』（一八一三）のことで、一八二七年十一月十一日付（Ⅰ巻九七ページ）や、『旅日記』一八一七年一月九日付（邦訳Ⅱ巻一〇ページ）で「最良の旅行記」のひとつとして数えられている。

316　アーサー・ヤングの旅行記は『一七八七、一七八八、一七八九、一七九〇年のフランス旅行』（一七九二）のことで一七九三年に仏訳された。リュランの旅行記は『一八一二、一三年にシャルル・ビシュ宛に書かれた手紙』（一八一五）のこと。後者については『旅日記』一八一七年一月三十一日付（邦訳Ⅱ巻一〇七ページ）を参照。

317　リドルフィとランブルスキーニは、一八二七年から三二年までフィレンツェで刊行された『トスカーナ農業新聞』の発行協力者。ヴィユースーは一八二七年十二月十日付（Ⅰ巻一六一ページ）に既出の『アントロジア』の編集者。

十一月十五日

318　この表現については『旅日記』一八一六年十一月二十五日付（邦訳Ⅰ巻九六ページ）参照。

319　ここに示された「特権的な存在」こそ、本書巻末に付された「幸福な少数者」ということになろう。

十一月二十日

320　モンテーニュは持病の腎臓結石を温泉で治療するために、一五八〇年九月一日にパリを出発してイタリアに向かった。翌年、ルッカの温泉滞在中にボルドー市長に選任されて、十一月三十日に故郷に帰った。

321　「エゴチスト」という単語は、『旅日記』一八一七年一月二十三日付（邦訳Ⅱ巻八四ページ）に登場し、本書「まえがき」でも使われている。

322　ボーフィス氏はエティエンヌ・ジューイの芝居『ボーフィス氏、別名事前協議』と『ボーフィス氏の結婚、別名借用名声』に登場する主人公。パリのサロンで成功したいと思い、暗唱した決まり文句を小出しにする地方の気障男の戯画。

十一月二十一日

323　シャルル十世の内務大臣のマルティニャック子爵のことを示唆する。ヴィレール内閣が瓦解したあとの暫定内閣で、議会の左右の党派の調停に努めたが、一八二九年更迭された。三〇年の七月革命後も貴族院議員に留まった。

324　以下はポッテルの『教会精神』から借用している。

325　一七九九年のナポリ革命については『旅日記』一八一七年四月三十日付（邦訳Ⅱ巻一七八ページ以下）に「旅の道連れのT＊＊＊の話」として報告されている。

326　スタンダールは本書第一巻付録の歴代ローマ教皇一覧のなかで、一〇四五年に即位したシルウェステル三世を抜かし、ベネディクトゥス九世の二度の復位についても省略している。一方、ここで言う五人とは正確には誰のことだろうか。二度数えられているベネディクトゥス九世については、ヨハネス十九世を考えるべきなのだろうか。

327　否定を重ねて文意を逆にしてしまうという間違い。

十一月二十三日

328　スタンダールは自身のことを言っている。『恋愛論』のなかの「結晶作用」は今日ではあまりに有名。

329　プレイヤード版では「若い」という形容詞が、「見ず知らずの男性」でなく「ローマ女性」の方に付いている。

330　スタンダールがここにローマと関係のない裁判の話を挿入した意図については、研究者によって探求されているものの、正確なところははっきりしない。

331　ラファルグの裁判について『法廷通信（クーリエ・デ・トリビュノー）』一八二九年三月三十日・三十一日号と『法廷新聞（ガゼット・デ・トリビュノー）』三月三十一日・四月一日号が詳報を掲載している。スタンダールはこれらを借用しながら、自分流に書き換えている。この事件は、郷里グルノーブルで一八二七年に起こったアントワーヌ・ベルテ事件とともに、スタンダールを『赤と黒』執筆に向けて動かした。
332　セルジュ・アンドレ本の書き込みに「著者は年号を忘れたが、おそらく一八二八年だ。おまけに、ここにこの長い記事を挿入することをためらっていた。それを挿入したのはよかった。もし著者がそれを引用するだけにしていたら、今日それをどこで取りあげるか。一八三四」とある。

十一月二十四日

333　ミシェル・レヴィ版では「シャルル十世の治める」が省かれている。

十一月二十六日

334　カノーヴァ作のチマローザの胸像については『紀行』一八一七年一月四日付（邦訳三七ページ）を参照。

九月十二日

335　イスキア旅行については、十月一日付（本巻一六一ページ）で「二週間の休息」として言及されている。
336　パルマの図書館にあるコレッジョの聖母像については、『紀行』一八一六年十二月一日付（邦訳二三ページ）で「涙が出るほど感動させられた」と記している。
337　同じ観察は、スタンダールが一八三八年に出版することになる『ある旅行者の手記』に見られる。
338　『ある旅行者の手記』では、「ジェノヴァ一八三七年」の章で以下のように記している。「僕は辻馬車に乗ってアルバロに行った。ポルチェヴェラとかいう谷だと思うが、谷によってジェノヴァから隔てられているきれいな小邑である。［…］ディ・ネグロ氏の紹介により、N＊＊＊侯爵殿が僕をアルバロ近くのかれの庭園に入れてくださった。レモンの木の小枝が海に向かって垂れ下がり、風が木を揺すると、レモンは海に落ちる。こんなことは、一日に二度も、岸辺が見るもぞっとする泥に半リューにわたって覆われる大西洋岸ではありえない。」

十一月二十七日

339　カノーヴァのアトリエで過ごした時間については『紀行』一八一七年一月七日付（邦訳四二ページ）でも語られている。
340　スタンダールは『絵画史』のエピローグで「連合国は僕たちから千百五十の絵画を奪った。僕たちが条約、トレンティーノの条約によって最良のものを獲得したのだということを指摘してもいいだろう」と記している。トレンティーノの条約は一七九七年にイタリア遠征軍司令官ナポレオンが教皇と結んだ講和条約。
341　ルイ十六世広場は現在のコンコルド広場のこと。革命時代にコンコルド広場と呼ばれていたが、王政復古で革命以前の名前のルイ十五世広場に戻り、一八二六年にルイ十六世広場と変更になった。

342　「身ぶり」については一八二八年六月二十日付（本巻六六ページ）で既に取りあげられている。

343　このナポレオン像は一八〇一年にチザルピーナ共和国のジャン・バッティスタ・ソンマリーヴァの注文を受け、一八〇六年に完成した。一八一〇年に海路パリに運ばれたが、ナポレオンはこの平定者マルスを模した裸体像が気に入らなかったようで公開されることはなかった。ナポレオン退位後の一八一五年英国政府に売却され、ワーテルローの勝利者ウエリントン公に贈られた。ウジェーヌ公の注文を受けて、一八〇九年この大理石像と同じナポレオン像が青銅で制作された。これが現在ミラノのブレラ美術館の中庭に立っているものである。

十一月二十八日

344　月光のなかでのコロッセオ見学は月並みな話になっていた。ゲーテは『イタリア紀行』の一七八七年二月二日付で「満月の光を浴びてローマを彷徨う美しさ」を記しながら、コロッセオの光景を描写している。

345　『絵画史』第二巻は第六七章「美の歴史」からはじまる。

346　セルジュ・アンドレ本に「見事な松、魂を高揚させる」と付け加えられている。

347　セルジュ・アンドレ本に「崇高なフレスコ、ドメニキーノの『ユディット』」と付け加えられている。

348　セルジュ・アンドレ本に「そんなに高い城壁は少しもない。そこでは何かを見分けることはむずかしい」と付け加えられている。

349　ホレース・ウォルポールは、ジョージ二世支配の末年十年間についての回想を記したが、それは一八二二年に刊行された。一八一一年に出版されたデュ・デファン夫人からウォルポールに宛てた書簡集とともに、スタンダールは愛読した。

350　ミシェル・レヴィ版では「現在の僕たちの大臣みたいな」が省かれている。当時の内務大臣はマルティニャック子爵であった。

十二月二日

351　サン・ジュリアーノ・テルメはピサとルッカのあいだに位置する。

352　マラスピナ事件については不詳。『旅日記』一八一六年十月一日付にマラスピナという青年がジーナという恋人と愛しあうが、金持のジリエッティという男に金力で妨害されるという逸話がある（邦訳I巻一五、一六ページ）。

353　T＊＊＊大公は、トスカーナ大公のこと。つまりオーストリア大公で、一八二四年以来トスカーナ大公のレオポルト二世を指す。R＊＊＊大公は、オーストリア大公でロンバルディーア＝ヴェネツィア王国の副王のラニエーリ公を指すと思われる。

354 『旅日記』一八一七年一月十八日付の原註（邦訳Ⅱ巻七四ページ）に「ボローニャは、ランテ枢機卿のあと、パリでボルゲーゼ公妃付きの司祭であったスピナ枢機卿によって立派に治められている」とある。

355 『旅日記』一八一七年一月十四日付（邦訳Ⅱ巻四二ページ）で同様な見解が見られる。

356 この墓碑銘をスタンダールはラランドの旅行記で知った。

十二月三日

357 ドッドウェル氏は、劇作家ジローの姪テレーサ・ジローと結婚した。ドッドウェル夫人の美しさについては、スタンダールは本書で既に再々述べている。

358 キュクロペスの壁については、『旅日記』一八一七年一月三十一日付（邦訳Ⅱ巻一〇七ページ）で「見学した」と述べている。

359 スタンダールは一八一二年の『官報（モニトゥール）』紙の抜き刷りで、「キュクロペスの記念建造物がきわめて古い時代のものであることに反論する外国の学者に引用された数人の著述家についてのルイ・プチ＝ラデル氏のモニトゥール・ユニヴェルセル編集者への手紙」と題された数ページの小冊子を読んで情報を得たようだ。プチ＝ラデル氏は、ドッドウェルの名前をあげ、後出のウィトルウィウスを引用し、エンプレトンという建築方法について語っている。スタンダールは以下でそれらを適当に利用している。

360 セルジュ・アンドレ本の註に次のようにある。「フチーノ湖の近くのアルバでコンスタンタン氏と真相を発見、一八三二年の旅行。穹窿を形成しながらも、切り石は可能なかぎり小さな被害にとどまっている。以上がきまりだ。僕たち以前にはそれを誰も言わなかった。」

361 セルジュ・アンドレ本第二巻巻末に次のように付け加えられている。「キュクロペスの城壁。「以下は「キュヴィエ――人名だが洗濯盤の意味があるためそれを図示して文字に替えている」の言っていることだ。「ペラスゴイ人はインドから出た。というのはかれらの祖語はサンスクリットから派生しているからだ。かれらの文明は少し進歩していた。かれらは建築し、かれらの建造物のいくつかはまだ残存している。キュクロペスと呼ばれている壁はかれらによって建設された。「（検証すること）パウサニアスは、かれの時代には既にとても古いもので、エジプト人入植者の到来以前のものと見做されていたこれらの壁について言及している（クラヴィエのパウサニアスを参照）。「プチ＝ラデル氏（とドッドウェル氏）は最近イタリアでまったく類似した建造物を発見した。それらは、こちらの国がペラスゴイ人とこのうえなく似通った民族によって居住されたことを証明している。「キュヴィエ――図示」「アカデミーの用語でのこれらの城壁の定義。「すべてのキュクロペスの城壁は、ギリシアのものであろうが、イタリアのものであろうが、裁断され完全に合致する面で接しているにもかかわらず、いかなる幾何学的で規則的な形もしていない石で建設されている。［［キュヴィエ――図示］一八二九年十二月二十六日。「パントラン氏がこの城壁について言っていることを参照。」

十二月四日

362　セルジュ・アンドレ本の註に「まったく純粋なグルックの曲は、少しの歌唱も、大きな叫び声も、管弦楽伴奏付き叙唱もない。微妙な部分は何もない。つまりベッリーニ氏が歌うと、それはコントルダンスの曲に陥る」とある。

363　この「ロッシーニ伝」（一八二三）で触れられていない。

『ロッシーニ伝』（一八二三）で触れられていない。

364　カント cant という英語については、一八二八年七月一日付（本巻一一一ページ）と十一月二十一日付（本巻二六二ページ）でも使用されている。

365　ラ・ボーム本の巻末の註に次のようにある。「ローマのブルジョワは、妻と同じくらいに愛情をもって、妻の恋人に執着する。僕が今カンポン・アビア［?］氏から受け取った手紙。」

366　この逸話は、一八二五年七月一日号の『ニュー・マンスリー・マガジン』掲載の「ローマからの手紙」に見られるが、これはフランス語に翻訳されて、一八二七年十月の『ルヴュ・ブリタニック』（第十四号）で「イタリアの思い出」として語られている。そこでは英国人の性格の悪い面の一例になっている。「ある英国人が、スペイン広場の鍛冶職人と修繕料金で折り合いがつかず、鍛冶職人を罵った。すると負けずに職人はやり返したため、喧嘩を仕掛けた方が職人に乗馬用鞭で一撃を食らわせた。父親が英国人から侮辱を受けているのを見て、十六、七歳の鍛冶屋の息子が、手に持っていた尖った道具で英国人の太股を突き刺した。教皇の町の英国人とイタリア人の交際社会ではもっぱらこの殺人が話題になっている。鍛冶屋の青年は逃走し、英国人たちは銀行家のブラッチャーノ公爵トルローニアや数人の枢機卿のサロンで不平不満をがなりたてていた。云々」『ルヴュ・ブリタニック』では『マンスリー・マガジン』の銃砲店が鍛冶屋に変わっている。

367　セルジュ・アンドレ本の註にスタンダールの従弟ロマン・コロンの筆跡で「アンリ・ベール」とある。ミシェル・レヴィ版では編者の註として「この本の著者、アンリ・ベール氏」と記されている。一八二七年十二月三十一日にミラノに到着したスタンダールは、翌日一八二八年一月一日、十二時間以内にオーストリア領を出るように命令を受けた。原因は『旅日記』におけるオーストリア支配に対する批判にあったようだ。

368　ストラッソルド伯爵は一八一五年以来ミラノ警察の署長であった。スタンダールは、「かれは貴族や司祭を憎んでいる」とミラノの政府の様子を伝えるマレスト男爵への手紙（一八一八年四月十四日付）で書いている。

369　バイロンの叙事詩『ドン・ジュアン』の第六、七、八歌につけられた序文からの引用で、最終歌群というのは正確ではない。この長詩は、一八一九年から刊行が開始され、二四年に第十六歌まで出版されたが、バイロンの死により未完となった。なお、この序文には「ピサ、一八二二年七月」という日付がついている。

370　セルジュ・アンドレ本の註に「英国の宗教は、野菜の生産と南洋の島々における幸福を減らした。［空白］の旅行、『論争［デバ］』三六年四月一、ないし二日」とある。

371　この謎のような註は、四月十八日付の日記に付された註と対をなしている。研究者のヴィニュロンによると次のように解読される。「一八二九年復活祭の日、恋愛により校正できず。六月二十一日、戦いと幸福により校正できず。いつもサンスクリット。出版予定の劇『クレスケンティウスの死』」。サンスクリットについては、すでに四月十八日付の訳註で説明を加えたように、スタンダールの恋人のアルベルト・ド・リュバンプレのあだ名（I巻訳註413参照）。「戦い」はスタンダールにあっては激しい情熱を意味する。スタンダールが『クレスケンティウスの死』という劇を計画していたことについては、何の情報も伝わっていない。

十二月十一日

372　メティルデは、スタンダールが恋したマティルデ・デンボウスキーの名前を想像させる。マティルデが、ミラノでベルジョイヨーゾ広場に住む以前に住んでいたのが、ガリーネ広場であった。この逸話には、何かしらスタンダールの不幸な恋愛が別なかたちで表現されているように思われる。

十二月十五日

373　セルジュ・アンドレ本の註に「繰り返し。…ページを見よ」とある。実際、この逸話は一八二七年十一月十五日付（I巻九九ページ参照）に登場している。

十二月十六日

374　「パリからサン＝クルーへの旅行者」という表現はすでに『旅日記』一八一七年一月十三日付（邦訳II巻三四ページ）に登場する。サン＝クルーはパリ郊外で、ほとんどパリを離れたことのなく外の世界を知らない人のことを意味する表現のようだ。

375　セルジュ・アンドレ本の註に「フランス人の凋んだ想像力はそこに由来する。もし六カ月のあいだ左腕を使わなければ、それを動かすときに痛むだろう」とある。

十二月十八日

376　スタール夫人の『コリンヌ』に次のようにある。「ナポリから戻ると、ローマは何て人通りがないのだろう！　サン・ジョヴァンニ・イン・ラテラノ門から入る。人気ない長い街路を通る。ナポリの喧騒、その人だかり、住人の生き生きした様子から、ある程度の活気に慣れているので、はじめはローマが妙にものさびしく見える。しばらく滞在したあとで、再びローマが気に入るようになる。」（第十五巻第三章）

377　シェイクスピアの『ハムレット』第三幕第一場の有名な台詞を借りている。「生きるか、死ぬか、それが問題だ」に続くハムレットの台詞に「寄せくる苦難の海に敢然と抗して」とある。

十二月二十日

378　以下の枢機卿に関する記事は、ラランドの『イタリア旅行』のなかの枢機卿とその主要な役目を記した部分からの借用である。

379　セルジュ・アンドレ本の第二巻巻末の註に「この教皇は一七四〇年二月十日に死去したのだと思う。訂正すること」とある。ミシェル・レヴィ版では「一七四〇年」と訂正されている。

380　セルジュ・アンドレ本で「一七四〇年二月十日」と訂正されている。ブロス法院長の『イタリア書簡』には日付は入っていない。この書簡は第五一信のコルトワ・ド・カンセー神父宛の一部を構成している。

381　モリエールの笑劇『嫌々ながら医者にされ』の第二幕第四場でにわか医者となったズガナレルの言う台詞。

十二月二十二日

382　ダヴィッド・ダンジェによるヴァンデの反乱の首領ボンシャンの彫像は一八二五年の作である。

383　トルヴァルセンによるバイロンの胸像は一八一七年の作で、コペンハーゲンのトルヴァルセン美術館にある。

384　セルジュ・アンドレ本の第二巻巻末に「そして、品のない魂の動きがむきだしで見られる」と付け加えられている。

385　ヴィレール内閣はその反動的な政策で知られているが、一八二六年には、長子権の復活に関する法律を貴族院に認めさせることができず、また一八二七年には出版の自由を制限する法律が議会の反対に遇い、この年十一月に議会を解散した。

386　セルジュ・アンドレ本ではこの文に「フランスで」と付け加えられている。

十二月二十五日

387　教皇のミサについては一八二八年三月八日付（I巻二二七ページ）でも語られている。あわせて『紀行』一八一六年十二月十五日付（邦訳二八ページ）も参照。

十二月三十日

388　以下のサン・タニェーゼ・フオーリ・レ・ムラ教会、ミネルヴァ・メディカ、皇帝たちの大浴場についての記述はニビーによっている。

389　ホセ・ビセンテ・オルモ著『われらがカルロス二世王隣席のもとに一六八〇年にマドリッドでおこなわれた宗教裁判所判決の歴史的関連性』（マドリッド、一六八〇）。

十二月三十一日

390　以下の記述はニビーによっている。

391　ミシェル・レヴィ版では「四十万五千人」となっている。

392　ホラティウスの『オード集』からの引用。

393　ヴィガノの『ヴェスターレ（ウェスタ神殿の巫女）』については、すでに四月十八日付（I巻二七七ページ）で触れられている。I巻の訳註405参照。

一八二九年一月一日

394　スタンダールは一八二四年にナポリに行っていない。この年は二月四日までローマに滞在したあと、パリに向かい、三月からは二六年の六月までパリで暮らしている。

395　ダヴィッドの弟子である歴史画家クールの『カエサルの葬儀』は、一八二七年の作品。

一月十二日

396　「スタンダール氏」と読むことができる。一八二七年十二月二十一日付（I巻一八一ページ）にもスタンダール自身を指すと思われる「フォン・＊＊＊氏」という人物が登場する。

一月二十三日

397　アンリ・ベール（スタンダール）は一七八三年一月二十三日に生まれた。この日四十六歳になった。

398　『エルサレム解放』でサラセンの王に火刑を宣告されるのはソフロニアであり、ソフォニスバではない。スタンダールの勘違いであろう。

399　ジュリオ・ブッシという詩人については未詳。

二月一日

400　ミシェル・レヴィ版では友人のあとに「R・コロン氏」と入っている。つまりスタンダールの従弟でミシェル・レヴィ版の編者でもあるロマン・コロンのことで、コロンは泥棒との遭遇をのちにその著書『一八二八年のイタリア・スイス旅行記』（一八三三）に記している。

401　ミシェル・レヴィ版ではナポリでのあとに丸括弧に入って「一八二八年五月五日」と付け加えられている。

402　フランコーニはミモドラム（黙劇）の作者。言葉少なく行動する強盗たちがパントマイムの登場人物を想像させたのであろう。

403　ミシェル・レヴィ版ではこの章全体が省かれている。これは内容的に『絵画史』第七巻「ミケランジェロの生涯」の繰り返しになるからであろう。

404　実際には満年令で十三歳。ミケランジェロは一四七五年三月六日生まれ。
405　一八二〇年のナポリ革命についてはI巻訳註126、本巻訳註7を参照。
406　セルジュ・アンドレ本の註に「四肢の配置に比して、頭部、より正確に言えば顔は、もっと表現力に劣る」とある。
407　ブッチ本では、「ここには」に代わって「あいまいな位置に」と訂正されている。

二月五日

408　一六八二年ルイ十四世は、フランスのカトリック教会が教皇よりもフランス国家に従うよう求めて、四カ条の提案をフランスの聖職者会議に受け入れさせ、聖職者会議は四カ条の宣言をおこなった。つまり、世俗の問題においては国王は独立権を有すること、公会議が教皇に優先すること、フランス教会の慣習を尊重すること、教皇教令には教会の同意が必要であること、である。これはモーの司教ボシュエが起草した。

二月八日

409　パスクィーノについては一八二八年三月十七日付（I巻三四四ページと訳註368）を参照。

二月十八日

410　セルジュ・アンドレ本第一巻巻頭に次のようにある。「トルヴァルセン、一八二九年十一月。［空白］ページ用の註。「アルバーニ枢機卿は、トルヴァルセンが完成したばかりのピウス七世の墓碑をサン・ピエトロに置くことを認めたがらない。そのわけは、トルヴァルセンが（ソボレウスキ伯爵）異端者だからだ。ポリニャック大臣の愚行愚言の反響。パリはヨーロッパで善も悪もすべてを支配している。一八二二年に、ムールト河の地方がイタリアの運命を左右していた。ブルターニュ出身の議員モンヴェルの答弁。とこい［いとこ］の答弁。」」ミシェル・レヴィ版では、この註の最初の二節を採用している。

二月二十二日

411　モンシニョール・マーヨについては一八二八年三月十一日付（I巻二三四ページと註356）を参照。司書補という言い方にはスタンダールの感情が表れているのではないだろうか。

二月二十三日

412　以下は『ルヴュ・ド・パリ』（一八二九年第四号）所載のアンリ・シメオンの「最近の教皇選挙会議のあいだのローマにおける二週間」という記事によっている。スタンダールはこのあと三月四日付でその記事から長い引用をしている。

三月四日

413　アンリ・シメオンのこと。引用の最後に原註で名前があがっている。

414　ナポレオンのこと。

415　フランス教会の「四つの宣言」については本巻訳註408を参照。

三月七日

416　ミシェル・レヴィ版では、この部分が「この国の警視総監だが」となっている。ベレイム氏については一八二八年四月三十日付（I巻二八六ページと訳註416）を参照。

三月十日

417　カスティリヨーニ枢機卿の返事は、一八二八年三月十四日付（I巻二三八ページ）でとりあげられている。

三月二十日

418　ロマーニャ地方のイーモラで起こった騒乱とは、一八二九年六月八日、聖職者たちがコラーリャと呼ばれる聖母像を祈願行列に持ち出すことを拒んだため、怒った住民が司教のジュスティニアーニの住居に侵入し荒らしたというもの。

三月三十一日

419　セルジュ・アンドレ本では「あれがわたしの後継者になるか、さもなければわたしのあとをくるだろう」と訂正されている。

四月一日

420　プレイヤード版では抱擁 embrassement が「熱意」などの意味を持つ empressement となっているが、誤植であろう。これは同じ編者によるフォリオ・クラシック版（一九九七）でも訂正されていない。

四月四日

421　ガルは骨相学の理論で有名。かれによれば、人間の能力は頭蓋を触ってみれば明らかになるという。

422　エドワーズ博士は、一八二九年に『歴史との関係で考察された人類の生理学的特徴』を出版した。スタンダールはのちに『ある旅行者の手記』（一八三八）でかれの考えを大いに借用している。

四月二十三日

423　アルフィエーリの『ミゾガッロ（フランス人嫌い）』からの引用だが正確ではない。これは、スタール夫人の『コリンヌ』第四巻第三章の引用から受け継いだものと思われる。正確には「そうだ、われわれは奴隷だ、しかし少なくとも奴隷であることにおののいている。」『コリンヌ』からの孫引きについては一八二八年六月一日付（本巻三一ページと訳註21）のタッソの詩についても参照。

訳者あとがき

本書はスタンダール（一七八三〜一八四二）著『ローマ散歩』*Promenades dans Rome* の翻訳（全二巻の第二巻）である。一八二九年に出版された原著そのままに二分冊になっていて、その第二巻が本書にあたる。しかし、一巻と二巻のあいだに、はっきりした連続性といったものはなく、読者がこの巻から読みはじめるのは、一向に差し支えない。スタンダールが言うように、繰り返しもあり、いずれにしても気ままな散歩となっているので、最初から日付を追って読み進める必要はない。スタンダールの作成した「内容目次」（第二巻では三九七〜四〇五ページ）によって、あるいは偶数ページのしたに付したそのページ前後に出てくる内容項目（原著は毎ページのうえに付いていて、しかもページ数が多いのでもっと項目が多いが、翻訳では主要なものを拾い出している）によって、関心のある事柄を拾い読みすることができる。

したがって、以下にわざわざ本書の内容について述べるのは、屋上屋を架すことになり、しかもそれでいて内容を網羅することもできないのだが、それは第二巻を最初のページから読みはじめる読者の衝撃を少しでも和らげたいという配慮からである。何しろ、本巻は「修道院の内部」という《あまり読者の興味をそそりそうにない》逸話からはじまっている。しかもどう見ても、ローマとは関係のない話である。これを通り過ぎて、はじめて「皇帝たちの広場」や「トラヤヌスの円柱」の名所旧跡の案内がやってくる。

ローマの案内人としてのスタンダール氏は、名所旧跡のみならず、ローマの歴史、現在のローマの風俗など、非常に多岐に渉って案内してくれるが、それは文字通り寄り道の多い「散歩」であって決して体系的になっていない。しかし、この本は案内書として必要にして充分な内容を備えていると言っていいだろう。

まず、名所旧跡については、何といっても古代ローマの遺蹟である。主要なものをあげれば、コロッセオ、パンテオン、カピトリーノ丘、フォロ・ロマーノ、カラカラ浴場については第一巻で、皇帝たちの広場、トラヤヌスの円柱、ティトゥスの凱旋門、コンスタンティヌスの凱旋門、ハドリアヌスの霊廟、マルケルスの劇場、大円形競技場については第二巻で触れられる。近代の名所では、教会や館が大部分を占めることになるが、第一巻ではサン・ピエトロ大聖堂とヴァチカン宮殿の美術館について詳しく紹介され、第二巻ではサン・ジョヴァンニ・イン・ラテラノやサンタ・マリア・マッジョーレのバジリカにはじまるローマの主要な教会巡りとファルネーゼ館などの見学がおこなわれる。

こうした名所旧跡案内が単なる旅行のガイドブックと異なるのは、当然のことながら、観光の対象がつねに著者スタンダールの視線を通して見られ、独自の観察と考察に満ちているからである。フォロの古代の遺蹟については、歴史的な記述だけでなく、そのうえに積もった土の謎やその発掘作業について何度となく言及される。そして、ひと口に古代とは言っても年月を隔てて建てられたり、建てかえられたりしたものを同じ一枚の地図上に記すことを批判している。否、こうした一般的考察だけでなく、記念物の一つひとつに著者の考察は及び、そこにはスタンダール流の形容詞が付されたり、感想が付け加えられる。それは、時には思いもかけないものとの対比によって読者を驚かせる。

さて、ローマの歴史については、スタンダールは王が支配するローマ、共和制ローマ、皇帝の支配するローマ、そして中世と近代の教皇が支配するローマときわめて一般的に区分している。共和制と帝政のローマは古代の遺蹟や教会などの案内に付随させて断片的に触れられているだけであるが、伝承となっているローマ建国に至る歴史とその後の王たちの支配については第一巻で、中世と近代の教皇史および数次にわたるローマ劫略史が第二巻で記される。これらの歴史は逸話(例えば、女教皇ヨハンナなど)によって彩られていて、読物としてのおもしろさを備えている。

以上の内容に関しては、名所旧跡案内がラランドの『一七六五年、六六年におこなわれた一フランス人のイタリア旅行』(一七六九)やニビーの『フォロ・ロマーノ、ヴィア・サクラ…について』(一八一九)から借用され、ローマの歴史に関する記述がスイスの歴史家シスモンディの『中世イタリア共和国史』(一八〇七)やベルギーの反教権主義的な歴史家ポッテルの『教会精神』(一八二一)から引き写されている、と言われる。スタンダールには、剽窃や無断引用の汚名が『ローマ散歩』以前の著作でもついてまわっているが、かれは驚くべき読書量によって、読んだ書籍のなかから利用できるものを取り込んで自家薬籠中のものとしてしまうところがある。ここに掲げた著作物だけでなくかれが利用しているものの多くは、執拗な研究家たちによってその出所が突き止められている。

教皇の支配する近代のローマ史においては、支配者を選ぶ教皇選挙会議（コンクラーヴェ）が非常な重要性を持っていることは言うまでもないが、スタンダールはレオ十二世選出の教皇選挙会議と、ピウス八世選出の会議について詳しく報告している（第二巻）。前者は「ロンドンのサー・ウイリアム・D＊＊＊に」宛てた手紙という形式で、スタンダールが過去に『ロンドン・マガジン』に寄稿した文章を書きなおしたものである。後者は、スタンダール氏ら一行がローマ滞在中に遭遇した出来事として、レオ十二世の逝去にはじまり新教皇選出に至る日々の状況が、いわば実況中継のように報告されているが、これは『ローマ日々新聞』の記事が利用されているようだ。しかし、読者はローマの運命を決める指導者の選出に、現実に立ち合っているかのような興味を覚えるにちがいない。

名所旧跡を訪ね、ローマの歴史を振り返りながらも、スタンダール氏の関心は、つねに現在のローマの政治、社会、風俗と、それとは相反する不朽の芸術作品の両方にあるのは明らかである。

一八二八年当時のローマは、ナポレオンのフランス帝国の崩壊によってその支配から独立してしばらくになるが、政治はレオ十二世支配下で後戻りをはじめ、迷信と奇蹟話がはびこり、ナポレオンの一掃した殺人や強盗事件が再発している、とスタンダールは見ている。スタンダール氏一行が、サン・トノフリオ教会でタッソの胸像を見せてもらえなかったり、サン・タンドレア・デッラ・ヴァッレ教会で番人に注意を受けるのもレオ十二世の時代のせいとなると、これは八つ当りに近い。しかし炭焼党の反抗が起こるなか、無為に、貴族としての特権を貪っている教皇庁の宮廷人の愚かさは、革命の波が接近してくることになすすべを知らないようだ。スタンダールが批判するのはこの支配者層である。ローマのブルジョワ階級については、それなりの良識をもち、他の国民に較べても優れている、とかれは言っている。この階層こそ、《シャルル十世支配下のフランスを羨み》、憲章を渇望しているのである。

スタンダールは、ローマないしイタリアに、パリあるいはフランスを対比させることをしばしばおこなっている。とりわけ、国民性の相異について記し、フランス人にきびしい。

フランス人の機知が、イタリアではどんなに嫌悪の対象であるかが繰り返される。すぐ打ち解けるイタリア人に対しいつまでも気詰まりなフランス人。ひとの好いイタリア人と、才知を鼻にかけて、気のきいた皮肉を捻りだそうとするフランス人。流行しているものにしか関心のないフランス人。他人の思惑を気にして、自分の思ったとおりのことを口に出さないフランス人。スタンダールはイタリア人と較べながらフランス人の現実を率直に述べる。それは、フランス人への批判というよりも、同胞に対するスタンダールの愛情であるように思われる。スタンダールはイタリアを愛し、この国について書く一方で、自分の生まれた国に対しても愛国心をにじみ出させている。かれの怒りが、愛情から出ていることは明らかで、このことがスタンダールに対して好感を抱かせるように思われる。

スタンダールの愛情といえば、かれの愛好する絵画や、彫刻や、建築について眺めるのはこの散歩の大きな楽しみである。かれは、第一巻でラファエッロの生涯と、そのローマにある作品群に案内してくれる。とりわけヴァチカンのラファエッロのスタンツェについては、ラランドに依拠しながらであるが、時間をかけて見学することになる。そして、ラファエッロの同時代人であるが、正反対の立場のミケランジェロについては、第二巻でその生涯と作品が語られるが、スタンダールはこの巨人に対しては愛情よりも敬意を捧げているように思える。また、ラファエッロやミケランジェロに較べれば遥かにマイナーだが、かれの偏愛するボローニャ派の画家たち、つまりグィド、ドメニキーノ、グェルチーノといった画家の作品が、ローマのあちこちの教会や美術館に探求される。かれがコンチェツィヨーネ教会に赴くのはグィドの『悪魔を踏みつける聖ミカエル』を見るためである。グロッタフェラータの僧院は、かれによれば、ドメニキーノのフレスコ画があるために不朽となっている。ロスピリョージ館の四阿にあるグィドの『曙』とともに、ヴィッラ・ルドヴィージにあるグェルチーノの『曙』が称讃される。彫刻では、ローマのあちこちでぶつかるバロックの巨匠ベルニーニよりも、かれは現代のカノーヴァに親近感を覚え、その『ペルセウス』を称讃し、『三美神』についてや、トルローニア館の『リュカスを投げるヘラクレス』について言及する（第一巻）ばかりか、カノーヴァとの対話までが記される（第二巻）。建築については、ミケランジェロやベルニーニのほかにも、たくさんの名前が登場し、読者が案内人に追いついていくのに骨を折る様子が、訳者には想像できるようである。

さて、盛りだくさんの内容のなかで、とりわけ注目を引くのが第二巻の長短様々な逸話であろう。あるものはローマと関係のないものはローマ的な性格を表す具体例となっているが、ローマと関係のないものをどう考えようか。これが確かにインテルメッツォのように、読者に遺蹟や教会から目を転じ、疲れた目を休ませる効果があるかもしれないが、スタンダールはあくまで自身の関心でこれらを採り入れている。いずれも犯罪に絡む逸話だが、「クラリッサ・ポルツィア」の逸話はどちらかというと、娘を救った馭者ベリネッティの話であって少し異質である。なかでも二巻冒頭の「修道院の内部」は、貴族修道院の修道女たちが院内に恋人を引き入れるという不謹慎な話だ。恋人との逢瀬を妨害されたルクレツィアが修道院長の毒殺を謀り、院長の姪クララとロデリーゴの恋もクララの死によってあえなく潰えるという、いわゆる情熱犯罪が描かれる。これらはイタリア風の短篇小説に発展可能な素材としてスタンダールの個人的関心をそそったのかもしれない。ところがついには、ローマやイタリアとは関係のない「ラファルグ事件」というフランスの犯罪実話までが登場する。

読者は、スタンダールの代表作の『赤と黒』が、ジュリヤン・ソレルという主人公の青年の野心と犯罪の物語であるのを覚えていることであろう。この『赤と黒』が出版されるのが、『ローマ散歩』の翌年の一八三〇年であることに想到すれば、当時のスタンダールが情熱犯罪にいかに関心を寄せていたかが明らかであろう。『赤と黒』のモデルとなったアントワーヌ・ベルテ事件は一八二七年にスタンダールの郷里のドーフィネ地方で起こった。ベルテという青年が、以前家庭教師をしていた家の主婦を狙撃したという事件である。しかし、この小説の執筆に至る動機には、一八二九年一月に起こったこの「ラファルグ事件」が引き金となっているとも言われている。

『ローマ散歩』で繰り返し言及される《教育はあるが財力がないゆえに労働に従事せざるをえない階級》に『赤と黒』のジュリヤン・ソレルは所属している。スタンダールは、芸術家においても、才能がありながらその日の糧を得るために働かなければならない状況があり、労働で才能を消費しないためには芸術家は貴族で金持ちである必要がある、と述べている。ところが、貴族で金持ちであるような人間は芸術家になれないとも指摘する。人間が脆弱になるからである。また、スタンダールは、ジャーナリズムの影響ということに注目し、芸術家がそのご機嫌を取り結ぶことに卑屈になっている姿を批判している。

この『ローマ散歩』のなかで、読者に読み取ってほしいのは、スタンダールの観察や考察の真率さである。たとえば、かれは、ユダヤ人を迫害するレオ十二世の政治を非難するが、レオ十二世が死の床にあるときに、社交界でおこなわれる教皇をめぐる無神経な議論に憤慨する。また、フランスが優れた芸術家にイタリア賞を送って、ローマのヴィッラ・メディチに給費留学をさせていることに関して、かれなりに選考方法の案を提示しているが、これを見て、読者は何かしら微笑ましい感じさえ覚えるのではないだろうか。

この『ローマ散歩』のなかには、ローマの名所旧跡やローマの歴史だけでなく読み取るべきことはたくさんあり、そのいずれかは読者の心のなかに強く残ってくれるものと、訳者は思っている。

訳者は、『イタリア紀行』(原題「一八一七年のローマ、ナポリ、フィレンツェ」)、その一八二六年版である『イタリア旅日記』(原題「ローマ、ナポリ、フィレンツェ、第三版」)そして本書『ローマ散歩』とスタンダールのイタリア紀行文を訳出してきたが、最後にこれらの翻訳出版にあたってお世話になった方々にお礼を申し述べたい。まず、最初の『紀行』について〈新評論〉からの出版を薦めてくださり、その後も叱咤激励してくださった『ある旅行者の手記』の訳者、山辺雅彦氏にあらためてお礼を申しあげたい。氏の推薦にもかかわらず、訳者の力不足と翻訳不慣れなところから、必ずしも氏の意にかなった仕事とならなかったのではないかと内心忸怩たる思いがあるが、今後も自らの翻訳を見直し続けていずれはご期待に添えるように努力したいと思っている。また、特に名前を記さないが、翻訳にあたってご教示いただいた方々、各種資料収集のためにご協力いただいたパリの友人のル・ディベルデール夫妻、そして最後に、この出版を引き受け、立派な本にして出してくださった〈新評論〉社長二瓶一郎氏、同編集部の山田洋氏、ならびに『紀行』と『旅日記』の編集をそれぞれ担当してくださった田中達也、清水澄子の両氏にもお礼申しあげる。なお、『ローマ散歩』関連の資料収集には、訳者の勤務する跡見学園から一九九三年度の特別研究費による助成を受けていることを付け加えておく。

アレクサンデル六世　221
ラファエッロ『ユリウス二世』(フィレンツェ、ウフィッツィ美術館)　227
ラファエッロ『レオ十世と二人の枢機卿』(フィレンツェ、ウフィッツィ美術館)　235
ティツィアーノ『パウルス三世』(ナポリ、カポディモンテ国立絵画館)　237
ベルニーニ『ウルバヌス八世墓碑（部分)』(サン・ピエトロ大聖堂)　247
カノーヴァ『アモルとプシュケ』(ルーヴル美術館)　295
ヴィッラ・メディチ　303
教皇の紋章　306
ロッシーニの肖像☆　309
アングル『システィーナ礼拝堂におけるピウス七世のミサ』(ルーヴル美術館)　327
サン・タニェーゼ・フオーリ・レ・ムラ教会　329
サンタ・コスタンツァ教会内部　331
マッジョーレ門　333
大円形競技場「復元図」　336
グロ『アブーキールの戦闘（部分)』(ヴェルサイユ美術館)　339
ミケランジェロの肖像☆　351
ミケランジェロ『バッコス』(フィレンツェ、バルジェッロ美術館)　352
システィーナ礼拝堂天井画「見取図」　353
ミケランジェロ『ロレンツォ・デ・メディチ墓碑（部分)』(フィレンツェ、サン・ロレンツォ教会新聖具室)　354
ミケランジェロ『カロンの舟（「最後の審判」より)』(ヴァチカンのシスティーナ礼拝堂)　357
トルヴァルセン『ピウス七世墓碑（部分)』(サン・ピエトロ大聖堂)　368
モンテカヴァッロ（クィリナーレ）宮殿　374
シャトーブリヤン☆　378
ピウス八世　384
(後見返し）現代のローマ

☆印は　ヴィットリオ・デル・リット編集の『アルバム・スタンダール』(プレイヤード版）および『スタンダールの時代のイタリア』(アシェット社）による

参考図版一覧

（口絵１）トラヤヌスの円柱とフランスの行政府によって発見されたバジリカ（オリジナル版口絵石版画より） 1
（口絵２）古代ローマ地図（オリジナル版第１巻挿入の地図より） 2
皇帝たちの広場「平面図」 17
ティトゥスの門（コロッセオ側） 22
ティトゥスの門の浅浮彫り 23
コンスタンティヌスの門 24
コンスタンティヌスの門の浅浮彫り 25
サン・タンジェロ城 27
サン・タンジェロ城の大天使像 29
マルシャル・ダリュの肖像☆ 37
カノーヴァ『クレメンス十四世墓碑』（サンティ・アポストリ教会） 39
ファーブル『アントニオ・カノーヴァ』（モンペリエ、ファーブル美術館） 59
ジロデ『アタラの埋葬』（ルーヴル美術館） 67
トラヤヌスの円柱 91
ウェスタ神殿 98
フォルトゥーナ・ウィリリスの神殿 99
マルケルスの劇場跡 101
ジャノ・クァドリフロンテの門 103
ファルネーゼ館 109
アンニーバレ・カラッチ『ウェヌスとアンキセス』（ファルネーゼ館） 110
バルベリーニ宮殿 113
再建されたサン・パオロ・フオーリ・レ・ムラ教会 121
火災直後のサン・パオロ（十九世紀の石版画より） 124
ピラネージ『サン・ジョヴァンニ・イン・ラテラノ教会』 127
サン・ジョヴァンニ・イン・ラテラノ大聖堂「平面図」 129
コンスタンティヌス像（サン・ジョヴァンニ・イン・ラテラノ教会） 130
サンタ・マリア・マッジョーレ教会正面 137
サンタ・マリア・マッジョーレ大聖堂「平面図」 138
ドメニコ・フォンターナ『シクストゥス五世像』（サンタ・マリア・マッジョーレ教会） 139
ラファエッロ『四人の巫女と天使たち』（サンタ・マリア・デッラ・パーチェ教会） 151
ラファエッロ『預言者イザヤ』（サン・タゴスティーノ教会） 156
トルクァート・タッソの肖像（十九世紀の銅版画より） 165
アンニーバレ・カラッチ『聖女マルゲリータ』（サンタ・カテリナ・デイ・フナーリ教会） 181
ベルニーニ『福者アルベルトーニ』（サン・フランチェスコ・ア・リパ教会） 183
カラヴァッジョ『聖マタイの殉教』（サン・ルイジ・デイ・フランチェージ教会） 185
ミケランジェロ『キリスト』（サンタ・マリア・ソプラ・ミネルヴァ教会） 188
サン・クレメンテ教会 202
レオ十二世 211

ロンドン橋　44,45
ロンバルディーア地方　*215,252,267*；7,123,157,179,244,248,313

『論理学』トラシーの著書　88

ワーテルロー　*72,146,176,302*

102, 126, 209, 302；31, 53, 67, 81, 120, 135, 197, 225, 262, 325, 339, 355
ルカニア地方　*242*
『ルカーノ橋』　ガロファロの絵画、ドーリア館　*48*
ルスティクッチ広場　*108, 110*
ルスポリ（カフェ）　*176*；196
ルスポリ館　*176, 197*；116
ルツェルン　*247*
ルッカ　386
ルドヴィージ（ヴィッラ）　*245, 278, 279, 285*；54, 163, 342
ル・パラクレ　パリ南東の町　147
ルビエラ　*106*
『ルフィヌスに反対す』　クラウディアヌスの詩　*34*
ルンガラ通り　*81*；34

『レオ十世』　ラファエッロの絵画に基づくコンスタンタンの彩色磁器　342
『レオ十世伝』　ジョヴィオの著書　238
『レオ十世伝』　ロスコーの著書　231
『レオニダス』　正しくは「テルモピュライのレオニダス」　ダヴィッドの絵画、ルーヴル美術館　*47, 48*
『歴史』　正しくは「イタリア史」　グィチャルディーニの著書　231
『歴史』　テルトゥリアヌスの著書　147
『歴史』　リウトプランドの著書　273
『歴史概論』　パオロ・ジョヴィオの著書　37
『歴史叢書』　*227*
『歴史論文集』　コロメシウスの著書　80
『レクイエム』　モーツァルト作曲　*144*
レゴラ地区　*89*
『レダ』　コレッジョの絵画「ユピテルの愛の物語」の部分、ベルリン国立美術館　*89*
レッジョ・エミリア　*215, 216*；56, 58
レッジョ・ディ・カラブリア　*89*
レッチェンタール峡谷　*249*
列柱廊、ラファエッロの　→　ラファエッロのロッジャ
レバノン山　123
レムスとロムルスの神殿　*152, 209*
『煉獄篇』　ダンテの「神曲」の第２編　*270*

『牢獄の聖ペテロを天使が解放する』　→　『聖ペテロの解放』
ローザンヌ　*249*
ロスピリョージ館　*2, 54*
ロッジャ　→　ラファエッロのロッジャ　*97*
ロット橋　→　エミーリョ橋
ロディ橋　ミラノ近郊の　*97*；245
ロデス　南フランス中部の町　323
ロトンダ広場　107
ローヌ河　127
『炉ばたの戯れ』　クレヴィヨン・フィスの小説　70
ローマ学院［コレッジョ・ロマーノ］　*161*
『ローマ教会の四博士』　ネッビアの作品、サン・ジョヴァンニ・イン・ラテラノ教会　132
『ローマ教皇庁尚書部の免償表』　*157*
『ローマ近郊での半年間』　グレアム夫人の著書　46, 254
『ローマ劫略史報告』　37
ローマ市長の館　→　セナトーリ館
『ローマ人支配以前のイタリア史』ミカーリの著書　*186, 189*
『ローマ人伝』　プルータルコスの著書　*189*
『ローマ人の偉大』　正しくは「ローマ人の偉大と衰退の原因についての考察」　モンテスキューの著書　*189*
『ローマ日々新聞』　*82*；158
ロマーニャ地方　*80, 215, 216, 264, 265*；214, 242, 378
『ローマの田園地帯の再建方法について』　ミカーリの著書　254
ローマの神殿　*206*；25, 182
『ローマ文学史』　バエールの著書　*159*
ロムルスとレムスの神殿　→　レムスとロムルスの神殿
ロムルスの競技場　335
ロレート　*62, 250*；186
ロワイヤル橋　パリの　44
ロワール河　*191*
ロンガラ通り　→　ルンガラ通り
『論争新聞［ジュルナル・デ・デバ］』　1789年創刊のフランスの新聞　301
ロンチリョーネ　246
ロンドン　*18, 28, 53, 102, 131, 177*；49–51, 92, 153, 188, 203, 207, 291, 295, 312, 340

のサン・ロレンツォ教会新聖具室　339
『夕べ』 フォスコロの詩　*217*
『ユードルフォの秘密』 アン・ラドクリフの暗黒小説　127
ユピテル・オプティムス・マクシムス［至高至善のジュピター］の神殿　*188,189*
ユピテル・カピトリヌスの神殿　*185*；132,175
ユピテル・クストゥス［守護神ジュピター］の神殿　*200*
ユピテル・スタトール［奉仕神ジュピター］の神殿　*202*；74
ユピテル・トナンス［雷神ジュピター］の神殿　*199,208*
ユリア（アクワ）　ユリウス水道　106

ヨーク　51
『預言者イザヤ』 ラファエッロのフレスコ画、サン・タゴスティーノ教会　156,175
『四人の巫女』ラファエッロのフレスコ画、サンタ・マリア・デッラ・パーチェ教会　151
『ヨブ』 カルロ・マラッタの絵画、サント・スピリト・イン・サッシア教会　194
『夜』 別名「羊飼いの礼拝」 コレッジョの絵画、ドレスデン絵画館　*139,297*
『夜』 ミケランジェロの彫像、フィレンツェのサン・ロレンツォ教会新聖具室　355
ヨルダン河　22

ライン河　*188*
ラウィニウム　古代のローマ近郊の町　*84*
ラヴェノ　*250*
ラヴェンナ　*15,296*；142,167-170,173,206,228,242,263
ラヴェンナ峡谷　*264*
ラ・ヴールト　リヨン近郊の町　135
『ラオコーン』 古代の群像、ヴァチカンのピオ＝クレメンティーノ美術館　*112,223,229,242*；92,332
ラスカーナ　349
ラティーナ街道　344
ラテラノ宮殿　133,265,267
『ラファエッロの生涯』 無名の著者による　*60*
ラファエッロのスタンツェ［室］　ヴァチカンの　*16,21,60,65,69,71,73,224,232,289,298*；155,298
ラファエッロのロッジャ［列柱廊］　ヴァチカンの　*21,60,224,228*；112,130,384
ラペ（ケ・ド・ラ）　パリのセーヌ河岸　38
ラ・ベレッタ　*160*
ラメンターノ橋　ローマ近郊の　*278*
『ラ・ロシェル攻囲』 ジャンリス夫人の歴史小説　76
ランス　フランスのシャンパーニュ地方の都市　52,271
ランテ（ヴィッラ）　*101,208*；300

リヴォリ　294
リヴォリ通り　パリの　*220*
リヴォルノ　*174*；8,234,340,342
リエージュ　ベルギーの都市　207
リグリア地方　41,265
リージェント・ストリート　ロンドンの　*177*；188
リスボン　174
『立憲新聞［コンスティテューショネル］』 1815年創刊のフランスの日刊紙　*237,265*；313
リッチモンド　ロンドン郊外テームズ河畔の住宅地　*47*
リド　ヴェネツィアの　*35*
リパ地区　*89*
『理髪師』 →『セビーリャの理髪師』
リペッタ港　*88*
リペッタ通り　*174*
『リュカスを投げるヘラクレス』 カノーヴァの彫刻、トルローニア館．現在は国立近代美術館にある　*21,166*
リュクサンブール宮殿ないし庭園　パリの　198,239,345
リュッフィネッラ（ヴィッラ）　*46*
リヨン　*30,98,247,249*；135,136

ルイ十四世騎馬像　パリのヴィクトワール広場の　*190,246*
ルイ十六世橋　パリの　*110,284*
ルイ十六世広場　パリの．現在のコンコルド広場　294
『ルヴュ・ブリタニック』 203
ルーヴル宮殿ないし美術館　パリの　*31,70,*

108,136
ミネルヴァ教会 → サンタ・マリア・ソプラ・ミネルヴァ教会
『ミネルヴァ・メディカ』 古代の彫像、ヴァチカンのブラッチョ・ヌォーヴォ *241*
ミネルヴァ・メディカの神殿 330
ミュンヘン *80,231*；82,213
ミラノ *11,18,37,38,56,57,62,95,96,149,151,161,215,233,247,249,250,252,267,302*；38,49-51,67,80,109,120,139,157,231,235,236,239,244,275,291,312-314,338,339,375,382,385
ミラノ公国運河 123
『ミラノ史』 ヴェッリの著書 *37*
ミリ コモ湖畔の 150
ミルウィウス［ミルヴィオ］橋 → モッレ橋
ミルズ（ヴィッラ） パラティーノ丘の 299
『民衆にホロフェルネスの首を見せるユディット』 ドメニキーノのフレスコ画、サン・シルヴェストロ・ア・モンテカヴァッロ教会 193
ミンチオ河 *295*

『ムーザ』 古代の彫像 ヴァチカンのブラッチョ・ヌオーヴォ *245*
ムーズ河 *191*；261
ムルキア パラティーノ丘とアヴェンティーノ丘のあいだの谷の古代の呼称 334
ムーロ・トルト *21,87*；307

メスキータ コルドバの 51
メゾン・カレ ニームの *265*
メディチ（ヴィッラ） 115,300,301
メリーニ（ヴィッラ） 300
『メルクリウス』 別名「ヴァチカンのアンティノウス」 古代の彫像、ヴァチカンのピオ＝クレメンティーノ美術館 *241,242*
『メレアグロス』 古代の彫像、ヴァチカンのピオ＝クレメンティーノ美術館（動物の間） *242*

『黙示録』 122
モスクワ 120
『モーゼ』 ミケランジェロの彫刻、サン・ピエトロ・イン・ヴィンコリ教会 *12,21,120*；159,176,355
『モーゼ』 メングスのフレスコ画 *239*
モッレ橋 別名ミルヴィオ［ミルウィウス］橋 *150,171,291,292*
モデナ *42,44,77,95,103-106,215,216*；56,58,223,231
『モナルデスキ』 正しくは「クリスチーナ女王とモナルデスキ」 1827年のサロンに出品されたフォーヴォー嬢の浅浮彫り、現在はルーヴィエ美術館（ユール県）にある *230*
『モニトゥール』 1789年創刊．1799年末より「官報」となる 302
『モーニング・クロニクル』 1793年創刊の英国の新聞 *269*
モラ・ディ・ガエタ 349
『モルガンテ・マッジョーレ』 → 『巨人モルガンテ』
モレ・アドリアーナ → サン・タンジェロ城
モン＝スニ峠 *247,249*；73
モンタナーラ広場 102
モンタルト 383
モンテ～ → ～丘ないし山
モンティ地区 *82,210*；314
モンティチェッロ 220
モンテ・オルヴェート 305
モンテカヴァッロ クィリナーレ丘あるいは宮殿の別の呼称 *16,101,287*；37,103,112,176,206,250,320,365,373,374,378,386
モンテカヴァッロ広場 *22,285*；108,140,207,369,370,373,375,376,380
モンテ・サクロ［聖山］ ローマ近郊の *278*
モンテチトーリオ *39*；107,116
モンテノット 155
モンテロトンド 325
モンドラゴーネ（ヴィッラ） *46*
モン＝ブラン通り パリの *178*
モンペリエ 南フランスの都市 135
『モンミラーユの戦い』 ヴェルネの絵画 *233*

ヤ行、ラ行、ワ行

『ヤッファのペスト』 正しくは「ヤッファのペスト患者を見舞うボナパルト」 グロの絵画 ルーヴル美術館 339

『夕暮』 ミケランジェロの彫像、フィレンツェ

『ボルゴの火災』 ラファエッロのフレスコ画、ヴァチカンの火災の間 *71,307,308*
ボルジアの住居 ヴァチカン宮殿の *246,289*
『ボルセナの奇蹟』 ラファエッロのフレスコ画、ヴァチカンのヘリオドロスの間 *295*
ポルタ～ → ～門
ポルティア（バジリカ） *220*
ポルテーゼ門 *88*
ポルト ローマ近郊の町 220,262,319
ポルトガル門 1660年にアレクサンデル七世によって破壊されたローマの市門 106
ボローニャ *10,53,73,75,96,135,143,216,250,251,279,280*；39,47,95,109,150,162,185,196,206,214,228,246,249,263,275,322,352,384
『ボンシャン』 ダヴィッド・ダンジェの彫像 321
ボンソワール バニェールの旅籠 282-284
ポンタリエ フランス東部の町 *247*
ポンテ～ → ～橋
ポンテ地区 *89*
ポンティーニ *216*；251
ボンディの噴水 パリの *288*
ポン＝ヌフ パリの *190*
ポンペイ *210,250,289*；66,71,161
ポンペイウスの劇場 117
『ポンペオ・コロンナ伝』 ジョヴィオの著書 37,238

マ行

マインツ 80
マカオ通り パリの *277*
『マグダレーナ』 カノーヴァの彫像 295
マジョルカ島 257
マダマ（ヴィッラ） モンテ・マリオの *7,22*；84,150,300
マチェル・デ・コルヴィ広場 *94*
マチュラン街 パリの *11*
マッシマ（ヴィッラ） 333
マッシーミ館 マルケルスの劇場跡を利用した館 102,116
マッジョーレ湖 *10,249*
マッジョーレ門 *88*
『マッダレーナ』 正しくは「悔悛するマグダラのマリア」 グィドの絵画、コルシーニ館 *163*
マッテイ（ヴィッラ） *92*；147,148,300
マッテイ館 117
『魔笛』 モーツァルトのオペラ 309
マドリッド *287*；249
マドレーヌ寺院 パリの 124,125
マドンナ・ディ・サン・チェルソ教会 ミラノの *112*
マドンナ・デッラ・パーチェ → サンタ・マリア・デッラ・パーチェ教会
『マノン・レスコーと騎士デ・グリューの物語』 アベ・プレヴォの小説 67
マメルティーノの牢獄 183,337
マリアナ庭園 ヴァチカンの 232
マリア・ルイザ美術館 パルマの *146*
マリオ山 *22,101,185,292*；300
マリニャーノ *60,77*
『マリヤンヌ』 正しくは「マリヤンヌの生涯」 マリヴォーの小説 70
マルキア（アクワ） マルクス水道 106
マルクス・アウレリウス・アントニヌスの円柱 *179*；92
マルクス・アウレリウス騎馬像 カンピドーリョ広場にある古代の青銅像 *185,190,193*；268
マルケ地方 7
マルケ・アンコーナ 383
マルケルスの劇場 100-102,109,116
マルスのクリウス［クリウス・マルティウス］ 344
マルスの神殿 城壁外の 344
マルスの野［カンポ・マルツィオ］ *102,173,185*；28
マルセイユ *79*；161
マルタ小修道院 → サンタ・マリア・デル・プリオラート教会
マルフォルリ坂 *94*
マルリ パリ近郊の *31*
マレンゴ 313
マレンマ シエーナの *271*
マントヴァ *250,295*

『ミケランジェロ伝』 コンディヴィの著書 149
ミッレジーモ 155
ミニェ フランスのポワトゥー地方の町 104,

の群像、ヴィッラ・ルドヴィージ *284*
プロトモテカ カピトリーノの 321
ブーローニュの森 *176*；197
プロブス・アニキウスの神殿 *112*
『フロールへの捧げもの』 ヴィッラ・オルジャーティのフレスコ画 300

『平穏な人生』 正しくは「ラファエルもしくは平穏な人生」 アウグスト・ラフォンテーヌの小説 *51*
平和通り［リュ・ド・ラ・ペ］ パリの 74
平和の神殿 コンスタンティヌスの神殿の旧称 *97,205*；97,205
『ペコライオ』 シュネスの絵画 242
ペーザロ *56,62*；223
ペスキエラ *295*
ペストゥム 307
ペゼンタ *273*
ペトラ ヨルダンの古代都市 *32*
『ペトラルカ著作集』 *107*
ベネヴェント 22
ベネヴェントの凱旋門 343
『ヘラクレス』 古代の彫像、カピトリーノ美術館 104
『ヘラクレス』 正しくは「河神アケローオスを打ち倒すヘラクレス」ポジオの彫刻 *282*
『ヘラクレス』 → 『リュカスを投げるヘラクレス』
ヘラクレス・カライクスの神殿 ミネルヴァ・メディカの神殿が付属していた建物といわれる 331
ヘリオガバルスの競技場 107
ヘリオポリス 古代エジプトのナイル河口の町でギリシア人が命名 *111,174*
『ベリサリウス』 マルモンテルの著書 287
ベリンゾナ *247*
ベルヴェデーレ荘 → アルドブランディーニ（ヴィッラ）
『ベルヴェデーレのアポロン』 古代の彫像、ヴァチカンのピオ＝クレメンティーノ美術館 *12,140,229,230,241,243,245,294*；68,92,355
ベルヴェデーレの中庭 ヴァチカン美術館の *241,289,297,303*；384
ベルヴェデーレぶどう園 223
ベルガモ *97*
ヘルクラネウム ヴェスヴィオ火山の噴火で埋没した古代都市 *289*；86
『ベルザーリョ』 ヴィッラ・オルジターニのフレスコ画 300
ペルージャ *56–58,60,89,251*；54,222,226,236,246
『ペルシャ人の手紙』 モンテスキューの書簡体小説 255
『ペルセウス』 カノーヴァの彫像、ヴァチカンのピオ＝クレメンティーノ美術館 *229,230,242,245*；187
ベルフォール フランス東部の町 *247*
『ヘルメス』 古代の彫像、ヴィッラ・マッテイ 147
ヘルモポリス 250
ペール＝ラシェーズ パリの墓地 *282*；75
ベルリン *146,231,257,287*；83,164,207
ベルン *249*
ベンガル インドのヒマラヤからベンガル湾に至る広い地域 145
『変容』 → 『キリストの変容』

ポー ピレネー山脈の麓にあるフランスの町 39,94
ポー河 *216*；9,141
『法学』 ラファエッロのフレスコ画、ヴァチカンの署名の間 *304*
『訪問』 マラッタの絵、サンタ・マリア・デッラ・パーチェ教会 152
ポジリポ *100*
ポッサーニョ *257*
ボッロメオ島 マッジョーレ湖の *10,249,250*；123
ボナパルト（ヴィッラ） ミラノの *303*
ボナパルト館 *164,169*
ポニャトウスキー館 300
ポポロ広場 *174*；107,345
ポポロ門 *15,21,81,87,88,171,172,174*；118,119,128,138,215,307
ホリトリウム 古代のローマ近郊の町 *93*
ボルゲーゼ（ヴィッラ） *38,87,175*；54,300
ボルゲーゼ館ないし美術館 *16,32,44,47,48,50,55,59,88,163*；115,192,246,259
ボルゴ地区 *89,307*；32,34

ファーノ　237
ファブリッチョ［ファブリキウス］橋　別名クァトロ・カピ橋　*88*
ファルコニエーリ館　116
ファルネジーナ館　*22,65,56,102,173*；115
ファルネーゼ（ヴィッラ）　*92*
ファルネーゼ館　*12,102,178*；108,110,111,115,315,324
ファルネーゼ庭園　パラティーノ丘の　26
ファルネットの城　オルヴィエートの　237
フィアノ館　*177*；106,116,148
フィカナ　古代のローマ近郊の町　*93*
『フィガロ』 1825年パリで創刊された週刊紙　*63*；313
フィレンツェ　*10,11,15,21,43,44,50,51,65,74,79,96,98,106,114,131,136,145,149,157,161,179,186,192,197,215,251,267,284,285,304*；9,15,34,37,109,131,141,149,150,152,160,193,202,217,218,225-228,233,235-237,254,258,305,308,311,342,349-355,359
『フィレンツェ絵画史』 マルヴァージャの著書　*280*
『風車』 クロード・ロランの絵画、ドーリア館　*48*
『風俗論』 デュクロの著書　*246*
『フェードル』 ラシーヌの悲劇　156
『フェネスト男爵』 ドービニェの小説　*44*
フェラーラ　141-143,165,223,231,322
フェルネー　スイス国境に近いフランスの町　*247*；259
フォカスの柱　フォロ・ロマーノの　*97*；16
ブォナロッティ回廊　ウフィッツィ美術館の　*309*；350
フォリーニョ　*22*
フォルトゥーナ・ウィリリスの神殿　99
フォルム・トランジトリウム　「ネルウァの広場」の別名　18
フォルム・パラディウム　「ネルウァの広場」の別名　18
フォルム・ボアリウム　104,105
フォルリ　7,8,214
フォロ　フォロ・ロマーノ［フォルム・ロマーヌム］つまり「ローマ広場」の略称　*86,152,185,193-195,197,200,203,206,207,220,221,256,307*；16,19-21,24,25,74,75,107,124,130,135,182,337,343
ブォンコンパーニ館　*288*
フォンディ　349
フォンティナーレ門　180
フォンテーヌブロー　パリ近郊　59,253
『福音史家聖ヨハネ』 アルピーニ騎士の絵、サンタ・マリア・デッラ・パーチェ教会　152
『福音史家聖ヨハネ』 ジョヴァンニ・バッティスタ・デッラ・ポルタの青銅像　135
ブザンソン　フランス東部の町　*102*
『プシュケとアモル』 もしくは「アモルとプシュケ」 カノーヴァの群像、ルーヴル美術館　294
『プシュケの冒険』 ラファエッロのフレスコ画、ファルネジーナ館　*22*
プチ＝ゾギュスタン通り　パリの　359
フチーノ湖　*124,273*
ブッフ座　パリの　59
プーラ　クロアチアの港町　*30*
フラスカティ　*44-46,61,103*；32,245,300,319,326
ブラスキ館　112,116
『ブラック・ウッド・マガジン』 英国のトーリー党の機関誌　*213*
ブラッチャーノ（ヴィッラ）　*46*
ブラッチョ・ヌォーヴォ　ヴァチカン美術館の　*241,245*；331
フラミニウスの大競技場　180
フランクフルト　88
フランス学院　ヴィッラ・メディチの　*101*；184,300
フランス館　コルソ通りの「サルヴィアーティ館」の旧称　*253*
『フランス婦人肖像集』　*53*
フリア　161
ブリュッセル　47,153
ブールヴァール・ド・ラ・ポスト　バニェールの大通り　278
ブルゴーニュ地方　*142*；243
ブレッシャ　*38*；322
ブレラ美術館　ミラノの　*56,57*；67
プロヴァンス通り　パリの　*178*
フロジノーネ　*45*
『プロセルピーナを奪うプルトン』 ベルニーニ

パラスの神殿　ネルウァの広場のミネルヴァの神殿のこと　18
パラッツォ～　→　～館ないし宮殿
パラティーノ［パラティヌス］丘　*86,92,183*；105,334,335
パラティーノ橋　*80*
パリ　*10,11,15,25,27,40,43,51–53,64,66,71,89,92,95,102,107,132,142,151,162,166,170,174,178,188,190–192,195,211,213,219,220,231,232,235,237,246,247,253,255,263,264,266,272,287,299*；34,38,44,50,52–54,59,66,70,71,74,81–83,114,124,131,135,140,141,155,159,161,178,184,190,196–198,207,210,218,235,239,244,249,253,256,257,276,288,291–295,300–302,312,313,315,323,338,340,363
パリオーネ地区　*89*
『パルナッソス山』　アッピアーニの絵画、ヴィッラ・ボナパルト（ミラノ）　*303*
『パルナッソス山』　メングスの絵画、ヴィッラ・アルバーニ　*279,303*
『パルナッソス山』　ラファエッロのフレスコ画、ヴァチカンの署名の間　*70,75,298,303*
バルビ通り　ジェノヴァの　*177*
バルベック　レバノンの都市　*32*
バルベリーニ宮殿　*39,40,44,59,127,157*；112,116,131,246
バルベリーニ図書館　80
バルベリーニ広場　*230*；54,113,175
パルマ　*10,146,149,233,251*；232,238,246
パルミラ　古代シリアの都市　*32*
パレストリーナ　299,319,326
パレルモ　161
パレ＝ロワイヤル　パリの　*220*
バレンシア　219
パロス島　109,124,135,193
『パンイポクリジャド』　ルメルシエの風刺的な叙事喜劇　369
パンターニ門　ヌマの時代のローマの市門のひとつ　19,106,107
パンタン税関　パリの　337
パンテオン　*13,21,64,114,119,120,124,125,178,203,219,256,257,259–266,288*
パンテオン　パリの　*286*
パンフィリ（ヴィッラ）　*271*
ハンブルク　49,347
パンプローナ　スペインのナヴァラ地方の町　35

ピアチェンツァ　232,237,246,270
ピアツェッタ　ヴェネツィアの　*35*
ピアッツァ～　→　～広場
ピア通り　*286*
ピア門　*21,174*；329
『ビアンカとファリエロ』　ロッシーニのオペラ　296
『ピエタ』　ミケランジェロ作の群像、サン・ピエトロ大聖堂　*124*；153,186,350
ピエモンテ地方　*106,215,240*；101,201
ピオ＝クレメンティーノ美術館　ヴァチカン美術館の　*22,229,231*；64,65,251,299
『日陰の丘の伯爵夫人』　正しくは「深草台の伯爵夫人」　ジェネラーリのオペラ　120
ピサ　*244,247*；50,304,351
『被昇天』　アルピーニ騎士の絵、サン・ジョヴァンニ・イン・ラテラノ教会　132
ピストイア　42,305
ピッソーネ　150
ピッツォ　*89*；338
ピッツォファルコーネ　ナポリの　293
ピッティ宮殿　フィレンツェの　*72*；37,165
『人さまざま』　ラ・ブリュイエールの著書　258
ピーニャ地区　*89*
『碑文アカデミー論文集』　*266*
『百科全書』　1751年から72年にかけて、ディドロとダランベールの編集によって刊行された百科事典　*26*
『昼』　ミケランジェロの彫像、フィレンツェのサン・ロレンツォ教会新聖具室　355
『瀕死の剣闘士』　古代の彫像、カピトリーノ美術館　*192*
ピンチオ［ピンキウス］丘　*18,101,102,125,171,174–176,279*；107,117,157

『ファウスト』　正しくは「フォースタス博士」マーローの悲劇　82
ファエンツァ　207
『ファスカリーニ』　ニッコリーニのオペラ　305
『ファスキクルス・テンポルム』　ロオルヴィンクの著書　80

254,271,275,292,293,295,305,311,316,317,338,347,354,360,368,375,385
『ナポリにおけるギュイーズ公爵の物語』 161
『ナポレオン』カノーヴァの彫像 295,296
『波間から出るウェヌス』 フィネッリの彫刻 54
ナーリぶどう園 344

ニース *247*
ニーム 南フランスの町 *227,265*；99
ニューヨーク *45*；342
『人間嫌い』 モリエールの喜劇（1666年初演） *149*
『ニンフといるサチュロス』 古代の彫像、ヴァチカンのピオ＝クレメンティーノ美術館 *244*

ヌイイ橋 パリ近郊の 294,295
ヌォーヴァ教会 → サンタ・マリア・ヴァリチェッラ教会

ネプチューンの洞窟 ティヴォリの *54*
ネルウァの神殿 ネルウァの広場のミネルヴァの神殿のこと 18,20,107
ネロの塔 *101*
『年代記』 タキトゥスの著書 *115*
『年代記』 トゥールのグレゴリウスの著書 108

『ノアの洪水』 ジロデの絵画、ルーヴル美術館 *73,231*；69
『ノアの方舟』 ミケランジェロのフレスコ天井画、システィーナ礼拝堂 362
『ノヴェリエーレ』 バンデッロの小説集 *38*
ノジャン＝ル＝ロトルー パリ南西部の町 192
ノートル・ダム寺院 パリの *122*
ノートル・ダム島 パリの *92*
ノーメ・ディ・マリア教会 191
ノルマンディ地方 298

ハ行

バイアーノ *90*；47,161
『ハイモンとアンティゴネー』 古代の彫像、ヴィッラ・ルドヴィージ *282*
バイヨンヌ 南フランスの大西洋岸の町 *28*；280
バイレン スペインのアンダルシア地方の町 *28*
パヴィア 382
バヴェノ *249*
パオリーナの噴水 ジャニコロ丘の 20
パオリーナ礼拝堂 ヴァチカンの *224,227,228*
パオリーナ礼拝堂 クィリナーレ宮殿の 214,327,374,383
『墓に運ばれるアタラ』 ジロデの絵画 ルーヴル美術館 67
『ハガル』 正しくは「ハガルの離別」グェルチーノの絵画、ブレラ美術館 67
ハギア・ソフィア コンスタンティノープルの 50
ハグリ・パーク バーミンガム近郊の *47*
バジリカ～ → ～（バジリカ）
『バスヴィリャーナ［バスヴィユに捧ぐ］』 モンティの詩 *14*；38
バスティーユ パリの *43*
『パースのきれいな娘』 ウォルター・スコットの小説 187
バーゼル スイスのフランスとの国境の町 *10,247,249*
バッカーノ 325
『バッコス』 ミケランジェロの彫像、フィレンツェのバルジェッロ美術館 350
『バッコスとアリアドネの勝利』 アンニーバレ・カラッチのフレスコ画、ファルネーゼ館 109
バッターリャ *19*；386
バーデン ドイツ南西部の大公領 82
パドヴァ 322,386
ハドリアヌスの霊廟 サン・タンジェロ城ないし要塞の前身 28,121,264,268,270
パトリツィ（ヴィッラ） *277,278*
バニェール 正しくはバニェール・ド・ビゴール ピレネー山脈に近いフランスの町 277,278,280
パパ・ジュリオ（ヴィッラ・デイ） → ジュリア（ヴィッラ）
バブイーノ通り *174*；300
バーミンガム イングランド中部の工業都市 *47*

テルニ　94-96
デルフィーノ　ボッロメオ島のホテル　*249*
テルミニの泉　*275*
テレーナ　古代のローマ近郊の町　*93*
『テレマク』　フェヌロンの小説　*105,295*
『伝記集』　ジョヴィオの著書　47
『天使たちに運ばれる聖ペテロ・ノラスクス』　ボローニャ派の絵画、サン・タドリアーノ教会　177
『天使たちによって天に運ばれる聖クリゾゴノ』　グェルチーノの絵画、サン・クリゾゴノ教会　184
『天上の愛と俗界の愛』　ティツィアーノの絵画、ボルゲーゼ館　*47*

ドゥオモ　ミラノの　*18*；49,51
『闘技者』　カノーヴァの彫像、ヴァチカンのピオ＝クレメンティーノ美術館　*229,242*
『洞窟』　フランコーニのミモドラム　348
トゥスクルム　159,195
動物の間　ヴァチカンのピオ＝クレメンティーノ美術館の　*243*
トゥリアーヌム　→　マメルティーノの牢獄
トゥール　フランスのロワール河畔の町　108
トゥールトマン　スイスのローヌ河畔の町　*249*
『登山家』　アゴスティーノの版画　351
『トスカーナ史』　ガルッツィの著書　254
『トスカーナ史』　ピニョッティの著書　*38,111*
トスカーナ地方　*63,79,89,107,236,251*；8,37,46,134,246,254,263-265,269,304
ドナウ河　298
ドーフィネ地方　252
ドミティアヌスの宮殿　*177*
ドミネ・クォヴァディス教会　181,188
ドモドッソーラ　*249,252*
ドラギニャン　フランスの地中海沿岸の町　*247*
トラジメーノ湖　*10,251*
トラステーヴェレ地区　*60,81,88,89,210,212*；34,38,204
トラットーリア・デッラルメリーノ　*159,160*；148
ドラベラとシラヌスの凱旋門　106
トラヤヌスの円柱　*71,87,97,179,218,222,266,290*；91-93,141
トラヤヌスのバジリカ　*97,218*；18,93
ドーリア館ないし美術館　*22,48,163,164,253*；115,192,197,259
トリアノン　ヴェルサイユ宮殿の離宮　*171*
トリエント　神聖ローマ帝国領のイタリアの町．現在のトレント　131,203,220,221,238,242,360
トリニタ・デイ・ペッレグリーニ教会　195
トリニタ・デイ・モンティ教会　*18,19,146,253*；107,140,194
トリノ　*37,96,215*；62,167-171,173,275,302,312,342
トリブーナの間　ウフィッツィ美術館の　*44,58,59*
ドルススの凱旋門　21,106
『トルソ』　古代の彫像、ヴァチカンのピオ＝クレメンティーノ美術館　*229,241,245*
トルローニア館　ヴェネツィア広場の　117
トレヴィ地区　*89*
トレヴィの泉　*287-289*
ドレスデン　*139,142*
トレッビア川　302
トーレ・デル・グレコ　ナポリ近郊の町　162
トレンティーノ　294
トロイ　もしくはトロイア　*83,306*
『泥棒かささぎ』　ロッシーニのオペラ　275
『ドン・ジュアン』　バイロンの叙事詩　*223*
『ドンナ・カリテア』　メルカダンテのオペラ　71
トンブクトゥ　14～16世紀に栄えた西アフリカ内陸の交易都市．1828年フランス人カイエがヨーロッパ人としてはじめて到達　78

ナイル河　133
ナヴィチェッラ　→　サンタ・マリア・イン・ドムニカ教会
ナヴォーナ広場　*64*；107,112,158,251,336
嘆きの橋［ポンテ・デイ・ソスピリ］　ヴェネツィアの　337
『ナブッコ』ニッコリーニのオペラ　305
ナポリ　*11,37,46,61,62,68,78,79,89-91,96-98,100,103,149,156,174,180,188,190,207,215,216,221,236,250*；40,64,66,73,90,94,95,108,111,118,125,133,134,150,161-163,213,215,217,223,236,242,244,245,

49–51

『ソフォニスバ像』 345
ソリアーノ 220
ソールズベリー イングランド中部の町 151
ソルボンヌ パリの *133*
ソロモン神殿 エルサレムの *136*
『ソロモンの審判』 ラファエッロのフレスコ画、ヴァチカンの署名の間 *304*

タ行、ナ行

大円形競技場［キルクス・マクシムス］ *208*；334
『大革命史』 ティエールの著書 44
『大教皇レオ一世とアッティラの邂逅』 ラファエッロのフレスコ画、ヴァチカンのヘリオドロスの間 *70, 71*
大下水道［クロアカ・マクシマ］ *88, 197*
『大洪水』 → 『ノアの洪水』
『タイムズ』1785年に創刊された英国の日刊紙 *269*
『ダヴィデ』 ミケランジェロの彫像 フィレンツェのアカデミア美術館 351
タヴェルナ（ヴィッラ） *46*
タブラリウム［国家記録保存所］ *191*；307
ダマスクス *156, 222*；37, 92
タルブ ピレネー山脈の麓にあるフランスの町 277
タルペイウス山 カピトリーノ丘の古い呼称 *86, 102*
『タンクレーディ』 ロッシーニのオペラ 141
ダンケルク フランスのノルマンディー地方の町 194

チヴィタヴェッキア 29, 248
チヴィタ・カステラーナ 36, 326
チェージ祭室 サンタ・マリア・デッラ・パーチェ教会の 152
チェゼナ *80*；250, 383
チェリオ［カエリウス］丘 *87, 92, 94, 102*；26, 106, 144, 147, 174, 344
チェリオーロ丘 → チェリオ丘
チェンティーノ橋 トスカーナと教皇領との国境の 134
チェント *280*
チッタ・レオニーナ地区 のちのボルゴ地区 *88, 89*；31
チーボ祭室 サンタ・マリア・デル・ポポロ教会の 158
『チャイルド・ハロルド』 バイロンの叙事詩 *205*；298
チャンベッラの門 *265*
チュイルリー宮殿ないし庭園 パリの *175, 178, 242, 279, 282*；83, 206, 294, 327, 339, 340
『中世史体系』 238
『チュルカレ』 ルサージュの喜劇（1709年初演） *99*
チョルラのピラミッド 51
チンゴリ 383, 384

テアトル・フランセ 303
『ディアーナの狩』 ドメニキーノの絵画 ボルゲーゼ館 *47, 55*
ディアーナの神殿 アヴェンティーノ丘の 193
ディアーナの神殿 ニームの 99
ティヴォリ *30, 48, 54*；26, 32, 94, 99, 160, 299, 300, 398
ディオクレティアヌスの浴場 113
ディジョン フランスのブルゴーニュ地方の都市 86, 135, 196, 324
ティチーノ川 185, 302
ティトゥスの凱旋門 *203*；21, 22, 106, 343, 368
ティトゥスの浴場 *242*；19
ディヤーヌの間 ルーヴルの *258*
テヴェレ河 *22, 55, 60, 84, 86, 88, 93, 100, 102, 158, 175, 183, 185, 188, 208, 265, 292*；27, 28, 30, 32, 97, 98, 105, 123, 128, 153, 186, 189, 204, 222, 263, 295, 380
テヴェローネ川 *278*
テオドリクスの家 中世の一時期におけるサン・タンジェロ要塞の呼称 28
テスタッチョ丘 *68, 88, 208*；63, 126
『テセウス』 古代の彫像、ヴァチカン *245*
『哲学』 ラファエッロのフレスコ画、ヴァチカンの署名の間 *304, 306*
テーバイ 古代ギリシアの町 *283*；65
テーベ 古代の高地エジプトの都市 133
テラチーナ 241, 325, 326, 349

『聖女テレサ』ジェラールの絵画 185
『聖女ペトロニラ』 正しくは「聖女ペトロニラの埋葬」 グェルチーノの絵画、カピトリーノ美術館 *307*
『聖女マルゲリータ』 アンニーバレ・カラッチの絵画、サンタ・カテリナ・デイ・フナーリ教会 180
『政治論文・風刺文撰』 159
『聖セバスティアヌス』 正しくは「聖セバスティアヌスの殉教」 ドメニキーノの絵画、サンタ・マリア・デリ・アンジェリ教会 *54*
『聖体の論議』 ラファエッロのフレスコ画、ヴァチカンの署名の間 *5,70,290,299*
『聖体拝領』 → 『聖ヒエロニムスの聖体拝領』
『聖パウロの回心』 ミケランジェロの絵画、ヴァチカンのパオリーナ礼拝堂 *227*
『聖ヒエロニムス』 ヴェヌスティの彫像、サンタ・マリア・デッラ・パーチェ教会 152
『聖ヒエロニムス』 コレッジョの絵画 69
『聖ヒエロニムスの聖体拝領』 ドメニキーノの絵画、ヴァチカンの絵画館 *51,132,142,229,253*；153,183
『聖フランシスコ・ザビエル』 ルグロの絵画、サン・タポリナーレ教会 178
『聖フランチェスコ』 ドメニキーノの絵画、コンチェツィヨーネ教会 180
『聖フランチェスコ』 ドメニキーノの絵画、サンタ・マリア・デッラ・ヴィットリア教会 *276*
『聖フランチェスコ』 トレヴィザーニの絵画、スティンマーテ教会 194
『聖ペテロ』 ティツィアーノの絵画 *146*
『聖ペテロ像』 古代の青銅像、サン・ピエトロ大聖堂 *123*
『聖ペテロの解放』 ラファエッロのフレスコ画、ヴァチカンのヘリオドロスの間 *70*
『聖ペテロの磔刑』 グィドの絵画、ヴァチカンの絵画館 *51*
『聖ペテロの磔刑』 ミケランジェロの絵画、ヴァチカンのパオリーナ礼拝堂 *227*
『聖ペテロの舟』 ジョットの素描、コンチェツィヨーネ教会 180
『聖母』 アンニーバレ・カラッチの絵、サンタ・チェチーリア教会 180
『聖母』 カルロ・マラッタの絵、ミネルヴァ教会 188
『聖母』 コレッジョの絵画、パルマの 66,293
『聖母』 コレッジョ作とされる．サン・ルイジ・デイ・フランチェージ教会 183
『聖母』 ミケランジェロの彫像 フィレンツェのサン・ロレンツォ教会新聖具室 355
『聖母』 ペルジーノの絵画、サン・タポリナーレ教会 178
『聖母被昇天』 アンニーバレ・カラッチの絵画、サンタ・マリア・デル・ポポロ教会 *173*
『聖母被昇天』 ティツィアーノの絵画、サンタ・マリア・グロリオーザ・デイ・フラーリ教会（ヴェネツィア） *146*
『聖母被昇天』 フィリッポ・リッピのフレスコ画、ミネルヴァ教会 188
聖マタイの祭室 サン・ルイジ教会の 185
『聖ミカエル』 グィドの絵画、コンチェツィヨーネ教会 *230*；175,180
『聖ミカエル』 ピエトロ・ダ・コルトーナの絵画、コンチェツィヨーネ教会 180
『聖ヨハネ』 トルヴァルセンの彫像 135
『聖レオがアッティラの軍隊を止める』 → 『大教皇レオ一世とアッティラの邂逅』
『聖レオ三世によるシャルルマーニュの戴冠』 ラファエッロのフレスコ画、ヴァチカンの火災の間 *71,308*
『聖レオ三世の弁明』 ラファエッロのフレスコ画、ヴァチカンの火災の間 *303*
『聖ロムアルド』 アンドレア・サッキの絵画 *303*
セスト・カレンデ *249*
セッテ・サーレ 332
セナトーリ館 *190,191,193*；117
セーヌ河 340
『セビーリャの理髪師』 ボーマルシェ原作のロッシーニのオペラ *41*；141,309,310
セプティゾニウム 335
セプティミウス・セウェルスの凱旋門 *193,195,203*；25,104,106
セルヴィ（カフェ・デ） *95*
セルヴィ教会 ミラノの *252*
セルウィウス・トゥリウスの市壁 *87,93,94*
セント・ヘレナ島 52,64
セント・ポール教会 ロンドンの *18,28,131*；

劇 *244*
証券取引所 パリの 340
『消息［ノティッツィエ］』 → 『今日の消息』
勝利者ヘラクレスの神殿 ウェスタ神殿の別名 98,99
ショッセ・ダンタン パリの 162
署名の間 ヴァチカン美術館ラファエッロ室の *298*
ショレ フランスのヴァンデ県の町 321
シヨン スイス西部の町 *249*
ジラオ館 112,116,300
シラクーサ *298*；163
『ジル・ブラース』 ル・サージュのピカレスク小説 89
『死霊』 カノーヴァの彫刻、ウフィッツィ美術館 *179*
『新エロイーズ』 ルソーの小説 *63*
『神学』 ラファエッロのフレスコ画、ヴァチカンの署名の間 *304,306*
『神殿から追われるヘリオドロス』 ラファエッロのフレスコ画、ヴァチカンのヘリオドロスの間 *69,295*；385
『神殿での奉献』 バロッチの絵画、ヌォーヴァ教会 189
『神殿への聖処女の奉献』 ペルッツィのフレスコ画、サンタ・マリア・デッラ・パーチェ教会 152
『シンナ』 コルネイユの悲劇 *220*
『人物事典』 ミショーの 236,273
シンプロン峠 *10,247,249*

『水浴から出る裸のウェヌス』 古代の彫像、「クニードスのアフロディテ」の模作、ヴァチカンのピオ＝クレメンティーノ美術館 *245*
スカラ座 ミラノの *161*；313
スカラ・サンタ 133
『スキピオ・アフリカヌス』 古代の彫像 *245*
『スクフィアーラ』 パイジェッロのオペラ・ブッファ *52*
スタンツェ → ラファエッロのスタンツェ
スティンマーテ教会 194
『捨てられたアリアドネ』 正しくは「微睡むアリアドネ」 古代の彫像、ヴァチカンのピオ＝クレメンティーノ美術館 *245*
ストゥーディ ナポリの *246*；64
ストッパーニ館 112,117,150
ストラスブール *18,131*；49-51
『ストラニエラ』 ベッリーニのオペラ 308
スートリ 272,326
ストロッツィ（ヴィッラ） *217*
スパダ館 117
スパラニゼ 347
『図版入りヴァチカン寺院』 フォンターナの著書 *115*
スビヤコ *273*；220
スフォルツェスカ 184
スブッラ通り 18,19
ズブリーチョ［スブリキウス］橋 *88*
スペイン館 89
スペイン広場 *19,160*；89,312
スポレート *162,175*；96,216
スミルナ トルコのイズミールの古名 342
『坐るウラニア』 古代の彫像、ヴァチカンのピオ＝クレメンティーノ美術館 *244*；342

『聖アンドレアスの殉教』 正しくは「殉教に向かう聖アンドレアス」 グィドの絵画、サン・グレゴリオ教会聖アンドレアス礼拝堂 *51*；175
『聖アンドレアスの殉教』 正しくは「聖アンドレアスの鞭打ち」 ドメニキーノの絵画、サン・グレゴリオ教会聖アンドレアス礼拝堂 *51,146*；175
『聖エラスムスの殉教』 プッサンの絵画、ヴァチカンの絵画館 *129*
『政治均衡の歴史』 アンシヨンの著書 238
『聖女アグネス』 グェルチーノの絵画 191
『聖女エリザベス』 アグリコラの絵画、サン・タントニオ・デイ・ポルトゲージ教会 178
『聖処女詩編集』 *157*
『聖処女のお告げ』 バロッチのタペストリー 327
『聖処女の結婚』 ラファエッロの絵画、ブレラ美術館 *57*
『聖女スザンナ』 デュケノワの彫像、サンタ・マリア・ディ・ロレート教会 187
『聖女チェチーリア』 正しくは「聖女カエキリアの法悦」 ラファエッロの絵画、ボローニャ絵画館 *146*；185

サン・マルコ教会　186
サン・マルコ広場　ヴェネツィアの　30
サン・マルチェッロ教会　185
サン・マルティノ教会　→　サンティ・シルヴェストロ・エ・マルティノ・アイ・モンティ教会
『サン＝マールを処刑台に導くリシュリュー』ドラロッシュの絵画　339
『三位一体』グィドのフレスコ画、サンタ・トリニタ・デイ・ペッレグリーニ教会　195
『三位一体』ピエトロ・ダ・コルトーナの絵画、サン・ピエトロ大聖堂　*133*
サン＝モーリス　スイス西部ローヌ河畔の町　*249*
サン・ラザーロ門　106, 107
サン・ルイジ・デイ・フランチェージ教会　179, 184, 185
サン・ルカ美術院　*50, 51*；190
サン＝ロック教会　パリの　196
サン・ロレンツォ・イン・ミランダ教会　184
サン・ロレンツォ・イン・ルチーナ教会　*176*；184, 196
サン・ロレンツォ教会　フィレンツェの　355
サン・ロレンツォ［ラウレンツィアーナ］図書館　フィレンツェの　359
サン・ロレンツォ・フオーリ・レ・ムラ教会　*64*；176
サン・ロレンツォ門　*88*

シアッラ館ないし美術館　*22, 163, 287*；117
ジェズイット教徒の修練場　→　サン・タンドレア・アル・クィリナーレ教会
ジェズ・エ・マリア教会　182
ジェズ教会　*169, 170*；158, 176
シエーナ　*57, 58, 96, 149, 173, 251, 270, 271, 290*；35, 150, 195, 228, 229, 254
ジェノヴァ　*96, 149, 177, 247*；41, 81, 111, 141, 205, 293, 302, 312
ジェンガ　スポレート近郊の　*162*
『詩学』ラファエッロのフレスコ画、ヴァチカンの署名の間　*304*
『四季』ポリドーロ・ダ・カラヴァッジョのフレスコ画、ヴァチカンのヘリオドロスの間　*293*
シクストゥス四世礼拝堂　→　システィーナ礼拝堂
『地獄篇』ダンテの「神曲」の第1篇　*270*
『詩神』カルロ・ドルチの絵画に基づくコンスタンタンの彩色磁器　342
『地震』298
システィーナ礼拝堂　ヴァチカンの　*36, 136, 146, 224, 227*；130, 151, 327, 352, 355, 362
シスト橋　*88*；34
シチリア　11, 51, 108, 124, 161, 379
『自伝』チェッリーニ　*266*
『シピオーネ・リッチ伝』ポッテルの著書　42, 47
ジムナーズ座　パリの劇団　*197*
諮問法院　→　コンスルタ
斜塔　ピサの　50
ジャニコロ［ヤニクルム］丘　*93, 101*；20, 32, 163, 176, 300
ジャノ・クァドリフロンテ［ヤヌス・クァドリフロンス］の門　*84, 197*；102, 103, 106
『シャルル禿頭王伝』メズレーの著書　80
シャン＝ゼリゼ大遊歩道　パリの　294
『ジャンヌ』→『オルレアンの少女』（ヴォルテール）
シャンパーニュ地方　243
『襲撃された乗合馬車』フランコーニのミモドラム　348
『十字架降下』カラヴァッジョの絵画　54
『十字架降下』ラファエッロの絵画、ボルゲーゼ館　*47, 48, 58*
『十字架降下』（ダニエーレ・ダ・ヴォルテッラ）→『キリスト降架』
『十字架像』誤ってジョット作と伝えられた彫像、ミネルヴァ教会　189
ジュスティニアーニ館　116
『受贈者のいる聖処女』正しくは「フォリーニョの聖母」ラファエッロの絵画、ヴァチカンの絵画館　*224*
『受胎告知』ジョヴァンニ・ダ・フィエーゾレの絵画　189
『受胎告知』バロッチの絵画、ヌォーヴァ教会　189
ジュネーヴ　*190, 228, 233*
ジュリア（ヴィア）315
ジュリア（ヴィッラ）*22*
『ジュリアス・シーザー』シェイクスピアの史

サンタンジェロ　ローマ近郊の町　220,223
サン・タンジェロ橋　別名エリウス橋　*88,291*；128
サン・タンジェロ城ないし要塞　もとのハドリアヌスの霊廟　*14,239,240,291*；28-33,112,121,194,221,229,232,246,382
サン・タンジェロ地区　*89*
サン・タントニオ・デイ・ポルトゲージ教会　178
サン・タンドレア・アル・クィリナーレ教会　103,151,178
サン・タンドレア・デイ・ノヴィツィアート教会　→　サン・タンドレア・アル・クィリナーレ教会
サン・タンドレア・デッラ・ヴァッレ教会　*16,54,132*；72,73,158,175
サン・タンドレア・デッレ・フラッテ教会　178
サン・タンナ教会　*156*
サン・チェザレオ教会　180,344
サンティ・アポストリ教会　*21*；39,116,175
サンティ・ヴィンチェンツォ・エ・アナスタージョ・アッラ・レゴラ教会　195
サンティ・ヴィンチェンツォ・エ・アナスタージョ・ア・フォンターナ・ディ・トレヴィ教会　195
サンティ・クァトロ・コロナーティ教会　192
サンティ・コスマ・エ・ダミアーノ教会　181
サン・ティシドロ教会　184
サンティ・ジョヴァンニ・エ・パオロ教会　183
サンティ・シルヴェストロ・エ・マルティノ・アイ・モンティ教会　193,331
サンティ・ドメニコ・エ・シスト教会　181
サン・ティニャッツィオ教会　*161*；176,179
サンティ・ネレオ・エ・ダキッレオ教会　190
サン・テウスタッチョ地区　*89*
サン・テウセビオ教会　181
サン・テオドーロ教会　194
サンテルノ橋　イーモラ近郊の　*264*
サン・トゥルバノ教会　195
サント＝ジュヌヴィエーヴ教会　パリの　*28*；52
サント・ステファノ・アッレ・カロッツェ　ウェスタ神殿の別名　99
サント・ステファノ・ロトンド教会　*22*；144,145,147,175
サント・スピリト・イン・サッシア教会　194
サン・トト　→　サン・テオドーロ
サン＝ドニ　パリ近郊の　*133*
サン＝ドニ教会　52
サン・トノフリオ教会　*16,208*；163,166,176
サン＝トノレ通り　パリの　*178,257*
サン＝トメール　フランス北部ベルギー国境近くの町　255
サン・トレストの丘　193
サン・ニコラ・イン・カルチェーレ教会　191
サン・ニコラ・ディ・トレンティーノ教会　191
サン・ニル修道院　カステリ・ロマーニの　*54*
サン・パオロ・フオーリ・レ・ムラ教会　*7,21,23,64,112,152,259*；28,120-126,175
サン・パオロ門　*88*；106
サン・バルトロメオ・イン・リゾラ教会　179
サン・バルトロメオ橋　*88*
サン・パンクラーツィオ門　*88*
サン・パンタレオーネ教会　191
サン・ピエトロ・イン・ヴィンコリ教会　*12,21,23,120,131*；176,355
サン・ピエトロ・イン・モントリオ教会　192
サン・ピエトロ大聖堂　*12,17,18,21,28,29,36,38,39,52,59,65.74,88,97,108-146,157,182,210,224,229,234,239,273,274,286,292,307*；20,32,34,48-50,52,71,107,122,123,125,135,150,156-158,163,174,175,181,182,197,223,224,228,237,240,245,246,263,265,268,272,294,296,335,341,350,359,363-369,375,385
サン・ピエトロ門　232
『三美神』　カノーヴァの群像、ポッサーニョの展示室　*147*
サン＝フィリップ＝デュ＝ルール教会　パリの　131
サン・フランチェスコ・ア・リパ教会　182
サン・フランチェスコ・ディ・パオラ教会　ナポリの　125
サン＝フロラン　フランスのヴァンデ県の町　321
サン＝フロランタン通り　パリの　*178*
サン・ベルナルド教会　179,333
サン・マッテーオ広場　ピサの　50
サン・マルコ（修道院）　フィレンツェの　349

サンタ・ジュスティナ教会　パドヴァの　*19*
サンタ・スザンナ教会　*275*；194
サン・タタナージョ・デ・グレチ教会　178
サンタ・チェチリア教会　180
サン・タドリアーノ教会　130,177
サン・タニェーゼ・イン・アゴーネ教会　*64*；158,178
サン・タニェーゼ教会　→　サン・タニェーゼ・イン・アゴーネ教会
サン・タニェーゼ・フオーリ・レ・ムラ教会　328–330
サンタ・バルビナ教会　179
サンタ・ビビアーナ教会　179
サンタ・プラッセーデ教会　*16,63*；176
サンタ・フランチェスカ・ロマーナ教会　*206*；182
サンタ・プリスカ教会　192
サン・タポリナーレ教会　178,193
サン・ダマソの中庭　ヴァチカンの　*51,228,246*；150
サンタ・マリア・アド・ニヴェス　→　サンタ・マリア・マッジョーレ教会
サンタ・マリア・アド・マルチュレス教会　パンテオンの別名　*264*
サンタ・マリア・イン・アヴェンティーノ教会　→　サンタ・マリア・デル・プリオラート教会
サンタ・マリア・イン・アクィーロ教会　187
サンタ・マリア・イン・ヴィア・ラタ教会　189
サンタ・マリア・イン・カンピテッリ教会　187
サンタ・マリア・イン・コスメディン教会　187
サンタ・マリア・イン・ドムニカ教会　別名ナヴィチェッラ　*22,63*；84,145,147,150,176,187
サンタ・マリア・イン・トラステーヴェレ教会　*65*
サンタ・マリア・イン・トランスポンティーナ教会　*152*
サンタ・マリア・イン・トリヴィオ教会　189
サンタ・マリア・イン・モンティチェッリ教会　188
サンタ・マリア・ヴァリチェッラ教会　通称ヌォーヴァ教会［キエーザ・ヌォーヴァ］188
サンタ・マリア・エジツィアカ教会　190
サンタ・マリア・ソプラ・ミネルヴァ教会　*21*；107,132,187
サンタ・マリア・ダラコエリ教会　*185,186*；175
サンタ・マリア・デイ・ミラコリ教会　188
サンタ・マリア・ディ・モンテサント教会　188
サンタ・マリア・ディ・ロレート教会　158,187
サンタ・マリア・デッラ・ヴィットリア教会　*22,275*；190
サンタ・マリア・デッラ・コンチェツィヨーネ教会　*189*；175
サンタ・マリア・デッラ・ナヴィチェッラ　→　サンタ・マリア・イン・ドムニカ教会
サンタ・マリア・デッラニマ教会　*63*；153,186
サンタ・マリア・デッラ・パーチェ教会　151,152,175
サンタ・マリア・デッレ・パルメ教会　→　ドミネ・クオヴァディス教会
サンタ・マリア・デッレ・ピアンテ教会　→　ドミネ・クオヴァディス教会
サンタ・マリア・デリ・アンジェリ教会　*22,54*；113,175,186,332
サンタ・マリア・デル・ソーレ教会　ウェスタ神殿の別名　189
サンタ・マリア・デル・フィオーレ教会　フィレンツェのドゥオモ　359
サンタ・マリア・デル・プリオラート教会　別名マルタ小修道院　*93,100,208*；144,187,189
サンタ・マリア・デル・ポポロ教会　*172,173*；157,158,176
サンタ・マリア・トランスポンティーナ教会　189
サンタ・マリア・マッジョーレ教会　*16,64,89,157,205,210*；108,122,131,133,135,136,139,140,175,272,314,331,332,363
サンタ・マリア・マッジョーレ広場　*205*；135
サンタ・マリア・リベリイ　→　サンタ・マリア・マッジョーレ教会
サンタ・マルタ広場　*144*
サンタ・マルティナ教会　190
サン・タレッシオ教会　174

サクサ・ルブラ *171*
ザクセン　ドイツ北部の大公領 265
サクラ（ヴィア）［聖道］ *25,203,204*
『ザディーグ』 ヴォルテールのコント 162
サトゥルニウス山 カピトリーノ丘の最初の呼称 *187*
サトゥルヌスの神殿 *187*；178
サナ・ウィウァリア 146
『砂漠の聖ヨハネ』 コンスタンタンの彩色磁器 342
『サビーニの女たち』 正しくは「サヴィーニ女たちの調停」 ダヴィッドの絵画、ルーヴル美術館 *296*
サビーネ 319
『サラセン人に対する聖レオ四世の勝利』 ラファエッロのフレスコ画、ヴァチカンの署名の間 *308*
サラリア門 *88*；325
サラリオ橋 34
サルヴィアーティ館 コルソ通りの → フランス館
サルヴィアーティ館 ジャニコロ丘の麓の 117
サルデーニャ島 *308*
サロンノ *233*
サン・ヴィト教会 *93*
サン・カルロ・アイ・カティナーリ教会 175
サン・カルロ・アッレ・クァトロ・フォンターネ教会 *125*；179
サン・カルロ・アル・コルソ教会 157,158,179,314
『サン・カルロ・ボッロメオ伝』 203
ザンクト・シュテファン教会 ウィーンの 49
サンクト・ペテルブルク *10*；115
ザンクト・ミハエル教会 ハンブルクの 49
サン・クリゾゴノ教会 184
サン＝クルー パリ近郊の 316
サン・グレゴリオ教会 *51,146,244*；175
サン・グレゴリオ通り 335
サン・クレメンテ教会 175,201,202,261
サン・コスマ・エ・サン・ダミアーノ教会 → サンティ・コスマ・エ・ダミアーノ教会
サン・ゴタール峠 *247,249*
サン・ジェンナーロ教会 ナポリのドゥオモ 295
サン・シスト・パーパ教会 194
サン・ジャコモ・スコッサカヴァッリ教会 *156,157*；182
サン・ジャコモ・デイ・インクラービリ教会 182
サン・ジャコモ・デリ・スパニョーリ教会 182
サン・ジャコモ通り ナポリの 134
『斬首』 ジョルジョーネの絵画、シアッラ館 *163*
サン・ジュゼッペ教会 183,337
サン・ジュリアーノ 304
サン＝シュルピス教会 パリの *144*；198
サン・ジョヴァンニ・イン・フォンテ教会 *16,33,64,138,156,190,263,292*；183
サン・ジョヴァンニ・イン・ラテラノ教会 18,29,36,74,108,123,127,128,131–135,140,175,177,188,189,203,228,247,271,272,363,366
サン・ジョヴァンニ・デイ・フィオレンティーニ教会 152,182
サン・ジョヴァンニ病院 *244*
サン・ジョヴァンニ門 *88*
サン・ジョルジョ・イン・ヴェラブロ教会 183
サン・ジョルジョ修道院 ヴェネツィアの 252
サン・シルヴェストロ・ア・モンテカヴァッロ教会 193
サン・シルヴェストロ・イン・カピーテ教会 *156*；193
サン・シルヴェストロ・イン・ポルティク 192
サン・シルヴェストロ教会 → サン・シルヴェストロ・イン・カピーテ教会
サン・ジロラモ・デッラ・カリタ教会 153,183
サン・セヴェロ教会 ペルージャの *58,66*；226
サン・セバスティアーノ教会 *64*
サン・セバスティアーノ門 *88,241*；21
サン・タガタ 349
サンタ・カテリナ・ダ・シエーナ教会 180
サンタ・カテリナ・デイ・フナーリ教会 180
サンタ・クローチェ・イン・ジェルザレンメ教会 *65,156*；271,331
サンタ・コスタンツァ・フオーリ・レ・ムラ教会 181,330
サン・タゴスティーノ教会 155,156,175
サンタ・サバ教会 193
サンタ・サビーナ教会 *84,156*；174,193

『競馬』 ヴェルネの絵画　38
ケスティウスのピラミッド　*21*；75,126
『ケパロスを奪うアウロラ』 アンニーバレ・カラッチのフレスコ画、ファルネーゼ館　110
『ゲリュオンを殺すヘラクレス』 古代の彫像、ヴァチカン　*244*
『ゲルマニア』 タキトゥスの著書　325
『ゲルマニクスの死』 プッサンの絵画、現在はミネアポリス美術館所蔵　*40*；116
ケルン　*131,255*
『ケンタウロス』 古代の彫像、ヴァチカンのピオ＝クレメンティーノ美術館（動物の間）　*244*
ケントゥム・グラドゥス・ルピス・タルペイアエ　カピトリーヌ丘に登る古代の道　*185*
ケンブリッジ大学　*213*
「賢明」 ジャコモ・デッラ・ポルタによるパウルス三世の墓碑彫刻　71

ゴア　インド南西部の港町でポルトガルの植民地だった　187
コスタグーティ館　116
コセンツァ　*89*；80,325
『古代さらには現代のローマ』 ドナートの著書　*214*
コッリス・ホルトゥロルム　ピンチオ丘の古代の別名　*172*
コペンハーゲン　*83*
コモ　*247*；150
コモ湖　*8,207*
『コリオレイナス』 シェイクスピアの悲劇　*275*
『コリンヌ』 スタール夫人の小説　*25,243,288*
コルシア・デイ・セルヴィ［セルヴィ通り］ミラノの　51
コルシカ　*15*
コルシーニ館　*102*；115,300
コルシーニ家祭室　サン・ジョヴァンニ・イン・ラテラノ教会内の　*263*；131
コルソ通り　*21,48,52,94,102,159,163,169,171,173,177,178,227,253,255,287*；31,44,71,117,121,157,188,196,314,355
コルドバ　51
コルナーロ祭室　サンタ・マリア・デッラ・ヴィットリア教会の　190
コルネート　223,224
コルネリア門　昔のローマの市門　28
コルフ　173
コレッジョ・クレメンティーノ　158
コレッジョ・ロマーノ　→　ローマ学院
コロッセオ［コロセウム］ *12,16–19,21,23,25,26,28–34,36,164,191,203,205–208,220*；18,20–23,25,26,71,108,163,182,201,296,298,331
コロンナ館　117
コロンナ地区　*89*
コロンナ広場　*171*
コンスタンティヌスの凱旋門　*25*；23–25,106,336
コンスタンティヌスの洗礼堂　134
コンスタンティヌスのバジリカ　*205*；25,135
コンスタンティヌスの間　ヴァチカン美術館内ラファエッロ室の　*69,233,290*
コンスタンティノープル　*262*；50,122,268,270
コンスルタ館［諮問法院］ *286*；116
コンセルヴァトーリ館　*192,193*；116
コンチェツィヨーネ・デ・カプッチーニ教会　→　サンタ・マリア・デッラ・コンチェツィヨーネ教会
コンティ（ヴィッラ） *46*
コンティの塔　21
コンドッティ通り　117,156
『今日の消息［ノティッツィエ・デル・ジョルノ］』 クラカス発行の新聞　*14*；158
コンピエーニュ　パリ近郊　*137*

サ行

『最後の審判』 ミケランジェロのフレスコ画、ヴァチカンのシスティーナ礼拝堂　*190,224,227,233*；327,352,355–357
『最後の晩餐』 バロッチの絵画、ミネルヴァ教会　188
『最後の晩餐』 レオナルドのフレスコ画、ミラノのサンタ・マリア・デッレ・グラツィエ教会　260
サヴォイア地方　*215*
サヴォーネ　*113*

オ・ロマーノのフレスコ画、ヴァチカンのコンスタンティヌスの間 *292*
『犠牲論』 メストルの著書 66
キプロス 41
『休息するマルス』 ベルニーニの修復した古代の彫像、ヴィッラ・ルドヴィージ *282*
『教会史』 ル・シュウールの著書 80
『教訓小話集』 マルモンテルの著書 115
『教皇教令集』 *302*
教皇の美術館 ヴァチカン美術館の *22,229,309*
『教皇列伝』 47
『虚栄と謙遜』 レオナルドの絵画、シアッラ館 *163*
『巨人モルガンテ』 プルチの物語詩 *76*
『ギリシア黎明期の歴史』 クラヴィエの著書 65
『キリスト』 ミケランジェロの彫像、サンタ・マリア・ソプラ・ミネルヴァ教会 *21*；187
『キリスト教精髄』 シャトーブリヤンの著書 *235*
『キリスト降下』 コレッジョの絵画、パルマのマリア・ルイザ美術館 *146*
『キリスト降架』 ダニエーレ・ダ・ヴォルテッラの絵画、トリニタ・デイ・モンティ教会 *146,253*；194
『キリスト像』 ステファノ・マデルノ作、サン・ジョヴァンニ・イン・ラテラノ教会 *157*；131
『キリストの事績』 レイスキイの著書 *157*
『キリストの復活』 アンニーバレ・カラッチの絵画、ルーヴル美術館 *146*
『キリストの変容』 ラファエッロの絵画、ヴァチカンの絵画館 *51,132,142,224,229,253*；192
『キリストの鞭打ち』 セバスティアーノ・デル・ピオンボの絵画、サン・ピエトロ・イン・モントリオ教会 192
キルクス・マクシムス → 大円形競技場

クァトロ・カピ橋 → ファブリッチョ橋
クィリナーレ［クィリナリス］丘 *87,92,102,210,244,286,287*；18,19,75,91,92,107,130
クィリナーレ宮殿 115,327,383,385
クータンス フランスのノルマンディー地方の都市 51
『クニードスのアフロディテ』 ギリシアの彫像 *245*
『クブライ』 カスティ原作の音楽劇 64
『クマエの巫女』 ドメニキーノの絵画、ボルゲーゼ館 *47*
クラウディア（アクワ） クラウディウス水道 106
クラウディウス・ドルススの凱旋門 → ドルススの凱旋門
クラウディウスの神殿 144
グラエコスタシス［外国使節宿舎］ *200,201,307*；74
グラスゴー スコットランド中部大西洋岸にある都市 *77*
グラナダ 52
クラブラ（アクワ） *208*
『クララ・ガズュル』 メリメの偽名による戯曲集 115
グラン＝ダルメの円柱 パリのヴァンドーム広場の 52
クリウス・カピトリヌス カピトリーノ丘に登る古代の道 *185,199,203*
クリウス・サケール カピトリーノ丘に登る古代の道 *185*
『クーリエ・フランセ』 1820年創刊の自由主義的日刊新聞で、1851年廃刊 *63*
クリスタルディ（ヴィッラ） → ジラオ館
『狂えるオルランド』 アリオストの叙事詩 143
グルノーブル *247*；48,135
グルンネルの噴水 パリの 113
クレヴォラ橋 *249*
『クレオパトラ』 ヴァチカンの古代の彫像 *241*
グレゴリアーナ通り *18,20*
『グレゴリウス十三世伝』 チッカレッリの著書 254
クレセントの柱廊 ロンドンの 188
クレモーナ *294*；267,322
クレルモン フランスのオーベルニュ地方の都市．現在のクレルモン＝フェラン 323
グロッタフェラータ *44,49,52,63*；195,270,368
『君主論』 マキアヴェッリの著書 223

『回想録』 ロヴィーゴ公爵 254
『海賊』 ベッリーニのオペラ *217*；308
カーヴァ ナポリ近郊 90
カヴァレッジェーリ門 *88*
カエキリア・メテラの墓 75,102,148,324
『カエサルの死』 カムッチーニの絵画 54
『カエサルの葬儀』 クールの絵画 339,345
ガエタ 270
ガエタ湾 307
カオール フランスのミディ＝ピレネー地方の都市 323
学士院 パリの *133,307*
『火刑台上の聖コスマスと聖ダミアヌス』 サルヴァトール・ローザの絵、サン・ジョヴァンニ・デイ・フィオレンティーニ教会 153
カザナテンセ図書館 188
『カザミア』 207
ガスコーニュ地方 *194,229*；118
カスティリヨーネ *251*
カステル・ガンドルフォ *44–46*
カステル・テアルド フェラーラの 231
カステル・ヌォーヴォ ナポリの 162
カストレンゼ 333
カストロ 246
『ガゼット・ド・フランス』 1631年に週刊紙として刊行され、のちに週２回、さらには日刊となる．王政復古後は王党派に立つ 338
カタンツァーラ マルケ地方に設定された架空の町 7,9-11,13-15
『カッサンドリーノ、絵の生徒』 フィアーノ館のマリオネット 116
カッセル *104*；62
カッファレッリ館 *185*
『カティリナの陰謀』 カスティ原作の音楽劇 63,64
『カトーとポルキア』 古代の胸像 ヴァチカンのピオ＝クレメンティーノ美術館（胸像の間） *244*
カピトリーノ［カピトリヌス］丘 *16,22,86,92,94,101,102,169,183,185–187,190,192,195,197,199,203,208,288*；75,97,117,307,320,344,364
『カピトリーノのウェヌス』 古代の彫像、カピトリーノ美術館 *192*
カピトリーノ美術館 *127,193,204,257,263*
ガビニウス［ガビーノ］湖 *241*
カプア 223,347
カプチン会士教会 → サンタ・マリア・デッラ・コンチェツィヨーネ教会
カプリ *220*
カプリーノ丘 カピトリーノ丘の一方の峰 *185*
カペーナ門 *242*；106,344
『雷に打たれた牝狼』 エトルリア彫刻、セナトーリ館 *193*
仮面の小部屋 ヴァチカンのピオ＝クレメンティーノ美術館内の *245*
『カラカラの頭像』 古代の彫像、ファルネーゼ館 111
カラカラ浴場 *22,208,211*；71,335
カラブリア地方 *61,89,90,240*
ガリエヌスの門 106
ガリリャーノ 226
カルカータ小教区 チヴィタ・カステラーナの 36,37
カルカッタ 340
カルカーノ小劇場 ミラノの 313
カルーゼルの凱旋門 パリの 22,23,26
カルーゼル広場 パリの *195*
カルタゴ 古代チュニジアの都市国家 145
カルミネ教会 フィレンツェの 202,350
カンタベリー僧院 78,79
カンチェレリア館［尚書院］ 115
『カンディード』 ヴォルテールのコント 162,255,258
カンパニア地方 268
カンピテッリ地区 *89*
カンピドーリョ → カピトリーノ丘
カンピドーリョ広場 *185*
カンピ・ラウレンティ *83*
カンブレー フランス北部のベルギー国境近くの町 225
カンポ・マルツィオ地区 *89,156*
『寛容』 ジュリオ・ロマーノないしペンニのフレスコ画、ヴァチカンのコンスタンティヌスの間 *291*

キエーザ～ → ～教会
キージ館 コロンナ広場の *178*；115
『寄進』 正しくは「ローマの寄進」 ジュリ

311,337,350,351,365,386
ヴェネツィア館　*164*；117,119
ヴェネツィア広場　*20,21*；117
ヴェラブロ　*84*；18,97,102
ヴェルサイユ宮殿　*171,279*
『ウェルテル』　正しくは「若きウェルテルの悩み」　ゲーテの小説　82
ヴェロスピ館　*244*
ヴェローナ　24,103,150,244,255,326
『ヴォージュの老人』　フランコーニのミモドラム　348
ヴォルテール河岸　パリの　*72*
『ウニゲニトゥス』　クレメンス十一世の教書　247
『海にリュカスを投げるヘラクレス』　→『リュカスを投げるヘラクレス』
ヴュルテンベルク　ドイツ南西部の公国．1871年ドイツ帝国に併合された　82
ウルビーノ　*55,60*
『うろたえた家庭教師』　ジローの喜劇　*15*；238

『永遠の父』　グィドのフレスコ画、トリニタ・デイ・ペッレグリーノ教会　195
『永遠の福音』　*157*
エスクィリーノ［エスクィリヌス］丘　*30,93,102,242*；19,135
『エゼキエルの幻像』　ラファエッロの絵画、ピッティ美術館　*241*
エディンバラ　*30,83*；82
エトルリア　*13,22,93*
エトワール広場　パリの　294,295
エピロス　ギリシアのイオニア海沿岸の地方　*61*
エミーリョ［アエミリウス］橋　壊れてからの別名ロット橋　*158*；100
『エミール』　ルソーの著書　114
『エリザとクラウディオ』　メルカダンテのオペラ　43,114
『エリザベスの死』　ドラロッシュの絵画　339
エル・エスコリアル　スペインのマドリッド近郊の王宮　51
エルサレム　*126,127,292,294*；21,22
『エルサレム』　→『エルサレム解放』
『エルサレム解放』　タッソの叙事詩　165,345
エレクティオン　アテネのアクロポリスの　*262*

『王国人名録』　301
王立図書館　パリの　*64,66*
『幼子イエスといる聖母』　カルロ・マデルノの柱頭彫刻　136
オスティア　*21,103,224,308*；220
『オスティアの戦い』　ラファエッロのフレスコ画、ヴァチカンの火災の間　*71*
オスティア門　326
『オセロ』　シェイクスピアの原作に基づくロッシーニのオペラ　141
オックスフォード大学　*213*
オデスカルキ館　117
オート＝ピレネー地方　フランスの　277
乙女の水［アクワ・ヴェルジネ］　*265,288*
オトラント　*89*
オトリコリ　*244*
オルヴィエート　237
オルジャーティ（ヴィッラ）　別名ヴィッラ・ネッリ　300
オルレアン　フランス中部地方の都市　194
『オルレアンの少女』　ヴォルテールの長詩　*62*；162
『オレステスを認めるエレクトラ』　古代の群像、ヴィッラ・ルドヴィージ　*282*

カ行

カイウスとルキウスのバジリカ　ミネルヴァ・メディカの神殿が付属していたという建造物　330
『絵画史』　→『イタリア絵画史』(スタンダール)
『蓋然的トロイ戦史』　クラヴィエの著書　*83*
『回想録』　カザノヴァ　*266*；86,87,89
『回想録』　ダンジョー　*31*
『回想録』　デュクロ　86
『回想録』　バイロイト辺境伯夫人　70
『回想録』　ブランカス公爵夫人　47
『回想録』　ボーセ　147
『回想録』　ボベル　*32*
『回想録』　ボーマルシェ　*20*
『回想録』　ランブルスキーニ　254
『回想録』　ルイ・ド・ラ・トレモワル　120

『イタリア絵画史』 スタンダールの著書 *124*；47,299
『イタリア絵画史』 ランツィの著書 197
『イタリアの宮廷の歴史』 ゴラーニの著書 *284*
『イタリアのトルコ人』 ロッシーニのオペラ 275
『異端外道』 バイロンの叙事詩 *35*
『異端審問官聖ペテロの殉教』 ティツィアーノの絵画 *73*
『異端審問史』 リョレンテの著書 126
『一群のニンフとトリトンに囲まれて海を駈けめぐるガラテア』 アンニーバレ・カラッチのフレスコ画、ファルネーゼ館 110
イトリ 349
『猪に右腿を傷つけられたアドニス』 古代の彫像、ヴァチカン *245*
『イノとテミスト』 ニッコリーニのオペラ 305
『イフィジェニー』 ラシーヌの悲劇 *233*；156
イベリア半島 39
イーモラ *264*；253,379
『嫌いやながら医者にされ』 ラファエッロ・オルジターニのオペラ 308
『イーリアス』 ホメーロスの叙事詩 82
イール・ド・フランス地方 *63*
インテルモンティウム カピトリーノ丘の二つの峰のあいだの土地、現在のカンピドーリョ広場 *183,185*

ヴァチカン［ウァティカヌス］丘 *112,115,134*；32,34
ヴァチカン宮殿ないし美術館 *16,21,25,51,60,65,69,75,108,111,112,157,171,208,224,231,232,234,239,241,246,289,298,306,308,309*；27,31,33,75,108,112,115,130,150,155,206,223,224,228,229,298,327,330-332,352,383,384
ヴァチカン橋 *88*
『ヴァチカン素描』 タヤの著書 *224*；158
ヴァチカン図書館 *116,234,239,246*；316,368
ヴァランス フランスのローヌ＝アルプ地方の町 252
ヴァル・ド・グラース修道院 パリの 198
ヴァレーゼ *250*；157
ヴァンタドール街 パリの *27*；102
ヴァンデ フランス大西洋岸の県 321
ヴァンドーム広場 パリの 52
ヴィア〜 → 〜通り
ヴィクトリーヌ パリの洋装店 *53*
ヴィクトワール広場 パリの *190,246*
ヴィチェンツァ 150,245,254
ヴィッジウ ヴァレーゼ近郊 157
ヴィッラ〜 → 〜（ヴィッラ）
ヴィッラ・ディ・パパ・ジュリオ → ジュリア（ヴィッラ）
『ウィテリウス像』 古代の彫像 111
ヴィテルボ *52*；210,212,214
ヴィミナーレ［ウィミナリス］丘 *93,102*；19
『ウィルギニアの死』 カムッチーニの絵画 54
ヴィレッタ庭園 ジェノヴァの *96*
ヴィレール パリ近郊の町 294
ウィーン *142,247*；49,210,249,251,291,317
ウィンダミア イングランド北西部の湖とその湖畔のリゾート地 296
ウェイイ 古代のローマ近郊の町 *183*
ウェスタ神殿 *31*；98,99,189
『ヴェスターレ（ウェスタ神殿の巫女）』 ヴィガノのバレエ 336
ウェストミンスター・アベイ ロンドンの 51
ヴェッキオ宮殿 フィレンツェの 37
ヴェッキオ宮殿広場 フィレンツェの 351
ヴェッレトリ 248,249,255,319
『ウェヌス』 アンニーバレ・カラッチの絵画 *164*
『ウェヌス』 ティツィアーノの絵画に基づくコンスタンタンの彩色磁器 342
『ウェヌスが編みあげ靴の片方を脱ぐのをアンキセスが手助けする』 アンニーバレ・カラッチのフレスコ画、ファルネーゼ館 110
『ウェヌスとアドニスの別れ』 カノーヴァの彫刻 60
ウェヌスの神殿 フォロ・ロマーノの *206*；25,182
ヴェネツィア *35,37,44,73,96,98,183,215,231,250,304*；30,39,58,86,94,95,123,141,160,162,167,173,219,225,245,252,272,294,

トゥディ　111
アリッチア　*53,54,65*
アルクス　カピトリーノ丘の一方の峰　*185*
『ある現代女性の手記』イダ・ド・サンテルムの著書　*144*
アルコ・ディ・ジャノ・クァドリフロンテ　→　ジャノ・クァドリフロンテの門
アルコーレ　294
アルジェ　109
アルジェンティーナ劇場　59,309,310
アルジダ山　アルバノ山塊の山（？）　106
アルティエーリ（ヴィッラ）　127
アルティエーリ館　116
『アルテンプス館のパリス』　古代の彫像、ヴァチカン　*244*
『ある特権階級者のナポリ近郊の旅』　クラヴェン卿の著書　46
アルトドルフ　スイスの町　*247*
アルドブランディーニ（ヴィッラ）　フラスカティの　*46,61,63*；245,300
『アルドブランディーニの婚礼』　古代のフレスコ画、現在はヴァチカン図書館にある　*246,289*
アルノ河　351
アルバ　古代のローマ近郊の国　*84,86,87,92*
アルバーニ（ヴィッラ）　*278,279*；300
アルバノ　*44,191*；319,386
アルバノ湖　*44*；195
アルバノ山　*39,44,54,228,242*
アルバロ　293
アルバ・ロンガ　古代のローマ近郊の町　*84*
アルハンブラ宮殿　グラナダの　*8*；52
アルブラ河　テヴェレ河の旧称　*84*
アルベンガ　154
アルマク　ロンドンのセント・ジェイムズの社交場　*98*
『アルミダ』　正しくは「アルミダとリナルド」ロッシーニのオペラ　*252*
アルメリーノ　→　トラットーリア・デッラルメリーノ
アレキサンドリア　*286*；133
『アレクサンドロスとロクサネスの結婚』ヴィッラ・オルジャーティ所蔵　300
アレッツォ　*63,96,251*
アローナ　*249*
アンヴァリッド［廃兵院］　パリの　*116*；50
アングーレーム回廊　ルーヴルの　*103*；294,355
アンコーナ　*250*；22,241
アンジェリカ門　*88*
アンティウム　古代のラティウムの町　*248*
『アンティゴネーの死骸を抱えて死に向かうハイモン』　古代の群像、ヴァチカン　*245*
『アンティノウス』　→　『メルクリウス』
アンドゥハル　スペインのアンダルシア地方の町　206
アントニヌスとファウスティナの神殿　*203,204*；184
アントニヌスの円柱　→　マルクス・アウレリウス・アントニヌスの円柱
アントニヌス・ピウスの神殿　*21,160,161,203*
アンドリー　フランスのノルマンディー地方の町　261
『アントロジア』　ヴィユースー編集の新聞　*161*
アンブロジアーナ図書館　ミラノの　*302*
アンリ四世騎馬像　パリのポン＝ヌフの　*190*
『アンリ四世の生涯』　→　『アンリ四世の礼讃』
『アンリ四世の礼讃』　ルーベンスの絵画、ルーヴル美術館　*70*；53

『いいなずけ』　マンゾーニの小説　*132*
『イエス・キリストと聖フランチェスコの一致点』　*157*
『イェフテ』　ラファエッロ・オルジターニのオペラ　308
『怒れるヘラクレスがリュカスを海に投げる』　→　『リュカスを投げるヘラクレス』
『異国の女』　ベッリーニのオペラ　*217*
イシスの神殿　185
イスキア島　*103,123,188*
『椅子に座る聖母』　ラファエッロの絵画、ピッティ美術館　*72*
イゼッレ　*249*
イゾラ・ベッラ　*249*
『イタリア絵画史』　コンディヴィとヴァザーリの著書　359

事項索引（地名，施設，建造物，作品）

イタリック体の数字はⅠ巻、ゴチック体の数字はⅡ巻のページを示す

ア行

『アイネーイス』 ウェルギリウスの叙事詩 *196,307*
『相棒マチュウ』 ドゥリールの小説 *62,81*
アヴィニョン *28*；127,128,182
アヴェルサ 244,255,347
アヴェンティーノ［アウェンティヌス］丘 *84,92,100,102,156*；104,144,334
アウグストゥスの霊廟 *291*；27,140
アウグスブルク ドイツ南部バイエルンの都市 80
アウリス 古代ギリシアの港町 *233*
アウレリアヌスの市壁 *94*
アエミリア（バジリカ） フォロ・ロマーノの *221*；124
アエミリウス橋 → エミーリョ橋
アクィノ 242
アクィラ *123*；242,243
アクィレイア 326
アクティウム ギリシア西海岸の岬．この沖合でオクタウィアヌスはアントニウスとクレオパトラの艦隊を敗走させた *258*
アクワ〜 → 〜（アクワ）
『曙』 ミケランジェロの彫像、フィレンツェのサン・ロレンツォ教会新聖具室 355
『曙（アウロラ）』 グィドのフレスコ画、ロスピリョージ館 *22,54*
『曙（アウロラ）』 グェルチーノのフレスコ画、ヴィッラ・ルドヴィージ *280,281,308*；300
アジャン フランスのアキテーヌ地方の都市 *37*；243,323
アスコリ *123*
アソンプション教会 パリのサン＝トノレ通りの *64,257*
『アタリー』 ラシーヌの悲劇 156
アチェトーザ（アクワ） *22*
アッシージ 96
アッピア街道 *100*；26,106,326,334,344
『当て外れの志願者たち』 オペラ・ブッファ 254
アテナイ もしくはアテネ *241,254,260,262*；92
『アテナイの学堂』 ラファエッロのフレスコ画、ヴァチカンの署名の間 *70,300,302*
アドリアーナ（ヴィッラ） 27,300
『アナカルシスの旅』 バルテルミー神父の著書 65
アニマ教会 → サンタ・マリア・デッラニマ教会
アヌンツィアータ教会 20
『アブーキールの戦闘』 グロの絵画 338
『アブラハムの犠牲』 チマローザ作曲メタスタージョ作詞のアリア 274
アブルッツォ地方 *179,180,197,228*；242
アペニン街道 349
アペニン［アペニーノ］山脈 *11,78*；206,250
『アポストリカム』 クレメンス十四世の教書
『アポロン』 → 『ベルヴェデーレのアポロン』
『アポロン』 エトルリア彫刻 *245*
アポロン神殿 51
アポロンの回廊 ルーヴルの *302*
『アマゾン・マッテイ』別名「傷ついたアマゾン」 古代の青銅彫像 *244*
アミヤン フランスのピカルディ地方の都市 86
アラコエリ教会 → サンタ・マリア・ダラコエリ教会
アラゴン もとは一国を形成していたスペインの地方 305
アラス パリ近郊の町 *60*
アラッツィ ラファエッロのタペストリー作品ヴァチカン美術館 *60*；298
『アリステイデス像』 古代の彫像、ナポリのス

214
ロマネッリ　Romanelli, colonnello　逸話の人物　*208*；179
ロマーノ、ジュリオ　→　ジュリオ・ロマーノ
ロミリー　Romilly, Sir Samuel（1757～1818）英国の法律家．妻の死後すぐに自殺　291
ロムアルド（聖）Romuald（952頃～1027）イタリアの聖職者．カマルドリ会の設立者　271, 316
ロムルス　Romurus（ローマ神話）レア・シルヴィアの子でレムスと双子の兄弟．ローマを建設し、支配した（前／753～716）*84, 86, 87, 92, 152, 183, 185, 204, 208, 219, 296*；78, 97, 105, 194, 334
ロムルス　Romurus Silvius　ローマ建国以前のアルバの王　*84*
ロムルス　Romurus　マクセンティウス帝の息子　335
ロヨラ　→　イグナチウス
ローラゲー　→　ブランカス
ロラン　Rollin, Charles（1661～1741）フランスの作家で、『古代史』や『ローマ史』の著者　*81, 223*
ロラン夫人　Mme Roland　本名 Jeanne-Manon Philipon（1754～93）大革命時代そのサロンがジロンド派の集会所となった　60, 146, 259
ロラン、クロード　→　クロード・ロラン
ロレンス　Lawrence, Sir Thomas（1769～1830）英国の肖像画家．王立美術学校長　325
ロレンツァーニ・ランクフェルト　Lorenzani-Langfeld　警察長官　313
ロレンツィーノ・デ・メディチ　→　メディチ、ロレンツィーノ
ロレンツェット　Lorenzetto　イタリアの彫刻家　*263*
ロレンツォ公　→　コロンナ、ロレンツォ
ロンギ　Longhi, Giuseppe（1766～1831）イタリアの画家、銅版画家　*57, 60*；339
ロンギヌス（聖）Longinus（新約聖書）キリスト磔刑の際の百人隊長ないし兵士で、最初の改宗者　*126*

ワシントン　Washington, George（1732～99）アメリカ合州国初代大統領（1789～97）*192, 286*

216, 245
レオ十二世［デッラ・ジェンガ枢機卿］Leo XII, Annibale Della Genga（1780～1829）教皇（1823～） *15, 41, 43, 80, 140, 152, 162, 168, 169, 174, 180, 197, 218, 229, 234*；18, 81, 123, 148, 163, 165, 200, 203, 213, 214, 216, 217, 234, 251-253, 258, 260, 331, 361, 362, 364-369, 375
レオナルド・ダ・ヴィンチ　Leonardo da Vinci（1452～1519） *40, 49, 72, 73, 75, 163, 285*；7, 83, 123, 164, 173, 198, 221, 229
レオミュール　Reaumur, René-Antoine Ferchauld de（1683～1757）フランスの物理学者、博物学者　72
レスピナス嬢　Lespinasse, Mlle Julie-Jeanne-Eléonore de（1732～76）ダルボン伯爵夫人の私生児．そのサロンと書簡で有名　60, 114, 259
レダ　Leda（ギリシア神話）テュンダレオスの妻だが、ゼウスが白鳥に変身して接近、ヘレネを生ませた　*73, 229*
レタージュ　Lestage　フランスの画家　185
レツォニコ家　i Rezzonico　銀行家の一族　*130*；63
レツォニコ枢機卿　→　クレメンス十三世
レッシング　Lessing, Gotthold Ephraim（1729～81）ドイツの作家　68
レッス枢機卿　Retz, Jean François Paul de Condi, cardinal de（1613～79）回想録の著者　90
レティ　Leti, Gregorio（1630～1701）イタリアの歴史家　203
レドゥレル　Roederer, Antoine-Marie　1782年生まれの政治家．ナポリ王ジョゼフ・ボナパルトのもとで大蔵大臣を務めた父親とともにイタリアにきて、トラジメーノ県知事に就任　*175*
レニエ　Regnier, Mathurin（1573～1613）フランスの詩人　160
レプリ家　i Lepri　18世紀にスキャンダルに巻き込まれたローマの一家　*284*；200, 208, 209, 248
レムス　Remus（ローマ神話）　レア・シルヴィアとマルスの子で、ロムルスの兄弟　*84, 86, 152, 204*；97, 194
レーンスベルグ　Laensberg, Matthieu　17世紀リエージュで暦を刊行した　207
レンブラント　Rembrandt Harmensz van Rijn（1606～69）オランダの画家　*285*

ロヴァレッラ枢機卿　cardinale Rovarella　202
ロヴィーゴ公爵　Rovigo, Anne-Jean-Marie-René Savary, duc de（1774～1833）フランスの将軍で政治家　254
ロオルウィンク　Roolwinck　歴史家で『ファシクルム・テンポルム』の著者　80
ロカテッリ　Locatelli　版画家　*95*
ローザ　Rosa, Salvator（1615～73）ナポリの画家　*18*；113, 153, 183
ローザン公爵　Lauzun, Antonin-Nompar de Caumont, duc de（1633～1723）フランスの元帥　262
ロジーナ　Rosina　ロッシーニの『セビーリャの理髪師』の登場人物　309
ロスコー　Roscoe, William（1753～1831）英国の歴史家　*37, 267*；217, 231
ロスピリョージ家　i Rospigliosi　ローマの一族．教皇クレメンス九世の出身家系　63
ロセッティ　Rossetti　13世紀のモザイク作家　136
ロタール　Lothar I（795～855）西ローマ皇帝（840～） *305*
ロック　Locke, John（1632～1704）英国の思想家　*213*
ロッシーニ　Rossini, Gioacchino（1792～1868）イタリアの有名な作曲家　*252*；18, 83, 156, 292, 296, 308-310, 322
ロッセリーノ　Rossellino　本名 Bernardo Gamberelli（1409～64）イタリアの建築家、彫刻家．ドナテッロの影響を受ける　*113*
ロドヴィーコ　→　スフォルツァ、ロドヴィーコ
ロドヴィーコ・ディ・ゴンザーガ　→　ゴンザーガ
ロドルフ大公　Rodolf　オーストリアの大公　211, 213, 215
ロバートソン　Robertson, William（1721～93）スコットランドの歴史家　*267*
ロベスピエール　Robespierre, Maximilien（1758～94）フランスの政治家、国民公会議員

ルカ（聖） Loukas（新約聖書）1世紀にアンティオキアに生まれた福音書の著者 *157*；139, 189
ルカ・ダ・コルトーナ Luca da Cortona 本名 Luca Signorelli（1441～1523）イタリアの画家 *65, 290*
ルカン Lekain 本名 Henri-Louis Cain（1728～78）フランスの悲劇俳優 303
ルキア（聖女）Lucia 304年頃殉教したシチリア島シラクーサの少女 132
ルキアノス Loukianos（120頃～80頃）ギリシアの風刺詩人 306
ルクレティア Lucretia 前6世紀のローマ女性．タルキニウス・スペルブスの王子に凌辱されて自殺した．夫が復讐に立ちあがり、ローマの王政は終わった *278*
ルグロ Legros, Pierre dit le Jeune（1666～1718）フランスの彫刻家 *170*；130, 132, 178
ルージェ・ド・リール Rouget de Lisle, Claude Joseph（1760～1836）工兵士官．「ラ・マルセイエーズ」の作詞作曲をした 322
ルシフェル［ルキフェル］ Lucifer（ローマ神話） 暁の明星．神に背いて堕落した天使で悪魔となる *281*
ルシュウール Lesueur, Jean-Baptiste-Cicéron（1794～1883） フランスの建築家．『古代ローマの記念建造物撰』（1827）の著者 *26*
ル・シュウール Le Sueur『教会史』の著者 80
ルスコーニ Rusconi, Camillo（1658～1728）イタリアの彫刻家 130
ルソー Rousseau, Jean-Jacques（1712～78）*25, 41, 89, 263*；101
ルチーナ Lucina 3世紀のローマの女性、寡婦 185
ルッフォ=シッラ枢機卿 cardinale Ruffo-Scilla 375
ルッター Luther, Martin（1483～1546） ドイツの宗教改革者 *13, 77, 78, 124*；32, 82, 90, 220, 230, 236, 238, 239, 245
ルドヴィージ、アレッサンドロ → グレゴリウス十五世
ルドヴィージ枢機卿 Ludovisi, cardinale Ludovico グレゴリウス十五世の甥 *279*
ルートヴィヒ → バイエルン王
ルトロンヌ Letronne, Jean Antoine（1787～1848）フランスの考古学者 *81*
ルネ René シャトーブリヤンの小説の主人公 183
ルビーニ Rubini, Giovanni Battista（1795～1854）イタリアのテノール歌手 308, 313
ルブラン Lebrun, Charles（1619～90） フランスの画家．ルーヴルのアポロンの回廊を装飾、首席宮廷画家となり、ローマにフランス学院を創設した *280, 283*；303
ルーベンス Rubens, Peter Paul（1577～1640）フランドルの画家 *70*；53, 188, 325
ルメルシエ Lemercier, Népomucène（1771～1840）フランスの詩人 369
ルンギ、マルティノ Lunghi, Martino（？～1657） イタリアの建築家 157, 178, 188
ルンギ、オノリオ Lunghi, Onorio（1569～1619）イタリアの建築家．前者の息子 157

レア・シルウィア Rhea Silvia（ローマ神話）ウェスタ神殿の巫女で、マルスとのあいだにロムルスとレムスの双子をもうける *84*
レアンドロ Leandro 逸話の人物 88
レイスキイ Reiski, J.『キリストの事績』の著者 *157*
レヴェック Lévesque, Pierre-Charles（1736～1812）フランスの歴史学者 *188*
レオ一世（聖） Leo I 教皇（在位440～461）大教皇と称され、アッティラやゲイセリクスからローマを守ったことで知られる *74, 144, 290, 296, 306*；125, 126, 326
レオ三世（聖） Leo III, Bruno 教皇（在位795～816） カール大帝に戴冠した *308*；133
レオ四世（聖） Leo IV 教皇（在位847～855）*71, 88*；78
レオ五世 Leo V 教皇（903） 263
レオ八世 Leo VIII 対立教皇（963），教皇（964）266-268
レオ十世 Leo X, Giovanni de' Medici（1475～1521）教皇（1513～） *28, 59, 60, 70, 78, 112, 114, 123, 124, 137, 171, 228, 229, 241, 291, 296, 302, 304, 309*；98, 153, 187, 194, 196, 216, 218, 227-229, 231, 232, 318, 342, 354
レオ十一世 Leo XI, Alessandro Ottaviano de' Medici（1535～1605）教皇（1605） *142*；

ランフランコ　Lanfranco, Giovanni（1582～1647）イタリアの画家　*132, 264, 282*；155, 182
ランブルスキーニ　Lambruschini, Rafaello（1788～1873）イタリアの作家　254
ランベルティーニ　→　ベネディクトゥス十四世
ランベルティーニ夫人　Lambertini, principessa　ボローニャ在住の夫人　60

リヴァプール　Liverpool, Robert Banks Jenkinson, 2nd Earl of（1770～1828）英国の政治家．1812年から15年間首相を務めた　*213*
リヴァローラ　Rivarola, Augusto（1758～1842）ローマの知事．*264, 265*
リウィウス　Livius, Titus（前59～後17）ローマの歴史家　*18, 35, 182, 183, 186, 187, 189, 234, 277*；104, 134
リウトプランド　Liutprand（920頃～972）イタリアの僧侶で歴史家　262, 263, 273
リエゴ将軍　Riego y Nuñes, Rafael del（1785～1823）スペインの軍人．フランスの侵略に反抗し、民主憲法の導入を実現したが、王党派に処刑された　146, 268
リエンツォ　Rienzo ないし Rienzi, Cola di　本名 Niccolo Gabrini（1313～54）1343年ローマで革命を起こし共和制を確立．専制的になってローマを追われた　100
リカード　Ricard, David（1772～1823）英国の経済学者　*191*；62
リキメル　Ricimer　ゲルマン民族のスエーヴェン人．西ローマ帝国の将軍となって支配　326
リゴーリヨ　Ligorio, Pirro（1550頃～83）イタリアの建築家　*241, 246*；150
リシュリュー　Richelieu, Armand Jean du Plessis, duc de（1585～1642）フランスの政治家．ルイ十三世の最高顧問を務める　*133, 170*；205, 218, 226
リシュリュー元帥　Richelieu, Louis François Armand de Vignorot du Plessis, duc de（1696～1788）外交官、軍人　47
リッパリーニ　Lipparini, Caterina（？～1837）イタリアの女流オペラ歌手　120
リッピ　Lippi, Filippo（1406～69）フィレンツェの画家　188
リドルフィ侯爵　Ridolfi, marchese Cosimo（1794～1865）イタリアの農学者　254
リベリウス（聖）　Liberius 教皇（在位352～366）136
リヤンクール　Liancourt, François Alexandre Frédéric de La Rochefoucauld, duc de（1747～1827）篤志家、貯蓄銀行設立者　*14*
リュクルゴス　Lykourgos　古代スパルタの立法家で諸制度を施行　*170*
リュブー枢機卿　cardinal Rubeus　127
リュラン　Lullin, Jacob Frédéric（1772～1842）スイスの作家で農学者　254
リョレンテ　Llorente, Juan Antonio（1756～1823）スペインの作家　126
リンドハースト　Lindhurst, lord　英国の政治家　*213*

ルイ（聖）Louis Ⅸ（1214～70）フランス国王（1226～）十字軍を組織しチュニスで死去　*51, 74, 296*；185
ルイ十一世　Louis Ⅺ（1423～83）フランス国王（1461～）*134*
ルイ十二世　Louis Ⅻ（1462～1515）フランス国王（1498～）*296*；221, 225
ルイ十三世　Louis XIII（1602～43）フランス国王（1610～）*164*；262
ルイ十四世　Louis XIV（1638～1715）フランス国王（1643～）*31, 83, 159, 160, 164, 190, 219, 235, 246, 280, 286*；43, 45, 81, 87, 97, 185, 220, 221, 226, 228, 245-247, 262, 303
ルイ十五世　Louis XV（1710～74）フランス国王（1715～）*41, 151, 219, 237, 246*；47, 53, 61, 144, 196, 262
ルイ十六世　Louis XVI（1754～93）フランス国王（1774～）*214, 216, 219, 246*
ルイ十八世　Louis XVIII（1755～1824）フランス国王（1814～24）*18, 216*；55, 73, 93, 194, 236
ルイ・ド・ラ・トレムーユ　Louis de La Trémouille　正しくは Louis Ⅱ de La Trémoille　イタリア戦争に従軍して回想録を残した　120
ルイニ　Luini, Bernardino（1480頃～1532）イタリアの画家　*49, 232*

rie de（1701～74）フランスの数学者で探険旅行家．アマゾン河流域の地図を作成　*266*
ラシーヌ　Racine, Jean（1639～1709）フランスの劇詩人　*59, 233*；43, 82, 131, 145, 156, 196, 260
ラッセル　Russell, count John（1792～1878）英国の政治家　82
ラティヌス　Latinus　ラティウムの王　*84*
ラティヌス・シルウィウス　Latinus Silvius　ローマ建国以前のアルバの王　*84*
ラヌッチョ　Ranuccio　ローマの神父　*237*
ラ・ファイエット　La Fayette, Marie-Joseph-Paul-Yves Roch Gilbert du Motier, marquis de（1757～1834）フランスの軍人、政治家　322
ラファエッロ　Raffaello Sanzio（1483～1520）*12, 16, 20, 22, 37, 40, 44, 47–52, 55–60, 65, 66, 69–73, 75, 76, 78, 88, 114, 116, 122, 126, 127, 131–133, 142, 144, 146, 163, 171–174, 178, 195, 224, 228, 229, 231–233, 241, 246, 256, 263, 275, 289–309*；53, 54, 60, 66, 75, 76, 81, 83, 84, 110, 112, 113, 115, 117, 130, 144, 145, 149–151, 155, 156, 159, 160, 175, 176, 184, 187, 190, 192, 197, 198, 203, 222, 225, 226, 228–233, 298–300, 303, 307, 332, 342, 358, 384, 385
ラファエッロ・ダ・モンテルポ　Raffaello da Montelupo（1505～66）イタリアの彫刻家、建築家　30, 187
ラファエッロ・デル・コッレ　Raffaello del Colle（1480～1576）イタリアの画家　*293*
ラファエリーノ・ダ・レッジョ　Raffaellino da Reggio（1563～1620）ローマの画家　180
ラファエリーノ・デル・ガルボ　Raffaellino del Garbo（1470頃～1525）フィレンツェの画家　188
ラ・ファール枢機卿　La Fare, cardinal Anne-Louis-Henri de（1752～1829）サンス大司教　211, 385
ラファルグ　Lafargue, Adrien　バニェールで事件を起こした青年　39, 60, 94, 277–291
ラ・フォンテーヌ　La Fontaine, Jean de（1621～95）フランスの作家　*34, 233*
ラフォンテーヌ、アウグスト　Lafontaine, August（1758～1831）フランスの亡命者の家柄のドイツの作家．200編以上の小説を書き、フランスで人気を集めた　*51*
ラブラシュ　Lablache, Lodovico（1794～1858）ナポリの歌手　308
ラ・ブリュイエール　La Bruyère, Jean de（1645～96）フランスのモラリスト　*164*；258
ラブレー　Rablais, François（1494頃～1553頃）フランスの物語作者、人文主義者　*78*
ラポルト　Laporte「ラファルグ事件」の弁護士　288, 289
ラムセス［ラ・メス］R'-mssw II（前／1301～1234）エジプト第19王朝の王．数多くの建造物を遺す　*174*
ラムネー　Lamennais, abbé Hugues-Félicité de（1782～1854）フランスの作家、論争家　210
ラモット　Lamothe　テルトゥリアヌスの著作の訳者　147
ラランド　Lalande, Joseph-Jérome Le François de（1732～1807）フランスの天文学者、旅行家　*97, 107, 170*；63
ラ・ロシュフーコー枢機卿　La Rochefoucauld, cardinal Frédéric-Jérome de　18世紀にブールジュ大司教を経てローマ大使となった　88
ランクフェルト　→　ロレンツアーニ・ランクフェルト
ランゴーニ　Rangoni　ローマの神父　*103, 105*
ランゴーネ伯爵　conte Rangone　1527年のローマ劫略の際防衛にあたった軍人　32, 34
ランツィ　Lanzi, Luigi（1732～1810）『イタリア絵画史』の著者　197
ランテ公　principe Lante　ローマ在住の貴族　*255*
ランテ公爵夫人　duchessa Lante　*41*；312
ランテ枢機卿　Lante, cardinale Alessandro（1762～1818）1816年枢機卿となる．ボローニャ駐在教皇領州総督．教皇政府の収入役．器用で愛想よく気のきいた人という評判だった　*213*
ランディ　Landi, Gaspare（1756～1830）イタリアの肖像画家、風俗画家．ローマのサン・ルカ美術院長　*165*
ランドリアーニ、ロデリーゴ　Landriani, Roderigo「修道院の内部」の登場人物　11–16
ランプニャーニ夫人　Madama Lampugnani　ローマ在住のミラノ女性　*67, 105, 147, 180, 277, 286*；58, 108, 140, 141, 338

352, 354, 355, 385
ユリウス三世　Julius Ⅲ, Gian Maria Del Monte（1487～1555）教皇（1550～）*171, 302*；100, 238, 331

ヨアキム師　Joachim di Fiora（1130～1202）カラブリア生まれで、フローラに修道院を設立　*152*
ヨーク枢機卿　cardinal York（1752～1807）スチュアート家のジェームズ三世の息子　*139*
ヨシュヤ　Jehosua（旧約聖書）モーセの死後、イスラエルの民を率いてカナンに植民した　*161*
ヨーゼフ二世　Joseph Ⅱ（1741～90）神聖ローマ皇帝（1765～）．マリア・テレジアの長男．フランス哲学に啓蒙された　*216*；250, 251
ヨナ　Jona（旧約聖書）紀元前８世紀の預言者　130, 354
ヨハネ（聖）Ioannes　（新約聖書）イエス・キリストに洗礼をほどこしたため、洗礼者と呼ばれる．苦行と伝道に生涯を送る　*74, 138*；134, 193
ヨハネ（聖）Ioannes　（新約聖書）12使徒の一人．福音書や黙示録の著者　*55, 58, 66*；135, 152
ヨハネ（聖）、ダマスクスの　Ioannes Damascos　８世紀シリアの神学者　*156*；37
ヨハネス八世　Johannes Ⅷ　教皇（在位872～882）201, 261, 262
ヨハネス九世　Johannes Ⅸ　教皇（在位898～900）263
ヨハネス十世　Johannes Ⅹ　教皇（在位914～928）263, 264
ヨハネス十一世　Johannes Ⅺ　教皇（在位931～936）264
ヨハネス十二世　Johannes Ⅻ, Ottaviano　教皇（在位956～964）79, 264-267
ヨハネス十三世　Johannes XIII　教皇（在位965～972）268
ヨハネス十四世　Johannes XIV　教皇（在位983～984）268, 269
ヨハネス十五世　Johannes XV　教皇（在位985～996）269
ヨハネス十六世　Johannes XVI, Giovanni Philagathe　対立教皇（在位997～998）270
ヨハネス十九世　Johannes XIX　教皇（在位1024～1033）272
ヨハンナ　Johanna　伝説的な女教皇　78-81, 84, 330
ヨリック　Yorick　シェイクスピアの『ハムレット』の登場人物　*177*

ラアルプ　La Harpe　本名 Jean-François Delaharpe（1739～1803）フランスの文芸批評家　*99, 140*；71
ライネス　Lainez, Diego（1512～65）カスティーリャ生まれの聖職者で、イエズス会第２代総会長（1558～）*170*
ライヘンバッハ　Reichenbach, Georg von（1772～1826）ドイツの技術者で士官　*82*
ライモンディ　Raimondi, Marcantonio（1488頃～1534頃）イタリアの彫刻家、版画家　*294*
ラヴァル公爵　duc de Laval, Adrien de Montmorency（1768～1837）ローマ駐在フランス大使　*274*；132
ラヴァルダン侯爵　marquis de Lavardin, Charles-Henri de Beaumanoir（1644～1701）地方総督代理を務めた　247
ラヴィニア　Lavinia　ラティヌス王の娘でアイネイアスの妻　*84*
ラウフ　Rauch, Christian Daniel（1777～1857）ドイツの彫刻家．ローマに滞在し、カノーヴァやトルヴァルセンの影響を受けた　*146, 231*；164, 194
ラウラ　Laura　ペトラルカの『カンツォニエーレ』の女主人公　*303*；61
ラウレッティ　Lauretti, Tommaso（1508頃～92）イタリアの画家、建築家　*293*
ラウレンティウス（聖）Laurentius　258年にウァレリアヌス帝の迫害によって殉教したキリスト教の聖人　*74, 204*；51, 358
ラオコーン　Laokoon（ギリシア神話）トロイの王子．大蛇に二人の子供とともに絞め殺された　*223*；332
ラグランジュ　Lagrange, Marianne「ラファルグ事件」の登場人物．酒場の下働きの女　286
ラ・コンダミーヌ　La Condamine, Charles Ma-

モデナ公 → フランチェスコ四世
モーツァルト Mozart, Wolfgang Amadeus（1756〜91） *20,35,55,59,144*；66,125,275,296,309
モノ Monnot, Etienne 17世紀末にブザンソンに生まれローマで暮らした彫刻家 *142*
モリエール Molière 本名 Jean-Baptiste Poquelin（1622〜73）フランスの有名な喜劇作家 *191*；83,97
モリノス Molinos, Miguel de（1628〜96） スペインの神秘主義神学者．はじめ教皇インノケンティウス十一世に支持されたが、著書によって異端審問にかけられ獄死した *43*
モルゲン Morghen, Raphaello（1758〜1833） ドイツ出身のイタリアの版画家．ヴォルパトの弟子で娘婿 *72,232,304*
モロー Moreau, Jean-Victor（1761〜1813） 革命期のフランスの軍人．ライン軍司令官としてホーエンリンデンで勝利した 83
モローニ Moroni, Giovanni Battista（1523〜78） イタリアの画家 198,325
モンスー・ヴァランタン → ヴァランタン
モンティ Monti, Vincenzo（1754〜1828）イタリアの有名な詩人 *14,254*；38,41,42,73,101
モンテスキュー Montesquieu, Charles-Louis de Secondat, baron de（1689〜1755） フランスの作家 *41,82,189,235,284*；97,100
モンテスパン夫人 Montespan, Françoise-Athénaïs de Rochechouart, marquise de（1641〜1707）ルイ十四世の寵姫．はじめ王妃に仕えていたが、王の愛人となり７人の子供をもうける．王の寵愛がマントノン夫人に移ると宮廷を去った 221
モンテーニュ Montaigne, Michel de（1533〜92）フランスの文人．『エセー』の著者 258,259
モントイア（モンシニョール）monsignor Montoja 182
モントルソリ Montorsoli, Martino da 17世紀フィレンツェの彫刻家 *242*
モンモラン Montmorin de Saint-Hérem, Armand Marc, comte de（1745頃〜92） フランスの政治家 185
モンリュック Monluc, Blaise de（1502〜77） フランスの元帥、回想録の著者 161

ヤ行、ラ行、ワ行

ヤコブ Iakob（新約聖書）キリストの12使徒の一人 *297*
ヤング、アーサー Young, Arthur（1741〜1820） 英国の農業経済学者 254
ヤング、トマス Young, Thomas（1773〜1829） 英国の医者、物理学者、考古学者．古代エジプト文字の解読を躍進させた *174*

ユウェナリス Juvenalis, Decimus Junius（50頃〜130）ローマの風刺詩人 351
ユグルタ Jugurtha（前／160以後〜104）ヌミディア王．ローマで獄死した 184,337
ユースタス Eustace, John Chetwode（1762〜1815） アイルランド生まれのカトリック司祭．中傷に満ちたイタリア紀行の著者 *97,98*；165,242
ユスティニアヌス Justinianus（483〜565）東ローマ皇帝（527〜） *70,303*；50,287
ユダ（聖） Iudas （新約聖書）キリストの弟子でユダ書の著者 49
ユダ Iudas Iscariothes （新約聖書）キリストの使徒の一人だったが、キリストを裏切ったため、のちに使徒から除外された *156*；257,258
ユノ Juno （ローマ神話）ギリシアのヘラに相当するローマの女神 *244,279*；162
ユピテル Jupiter（ローマ神話） ローマ人の最重要な神で、光、雷、降雨などの神 *99,123,186–189,199,200,202,208,244,258,262*；41,74,132,175,265,316
ユリア Julia セプティミウス・セウェルスの妻 104
ユリアヌス（聖）Julianus 1824年に列聖されたといわれる人物 *80*
ユリウス家 Julius ローマのカエサルの一族 *258*
ユリウス二世 Julius II, Giuliano della Rovere（1443〜1513）教皇（1503〜）サン・ピエトロ大聖堂を再建し、芸術家を庇護した *23,28,58–60,65,66,70,78,113,114,123,133,241,290,293–295,301,302*；44,98,119,175,218–221,225–228,233,239,305,332,351,

モシュネの娘たちで、芸術を司る　*303*；195
ムーニエ　Mounier, Jean-Joseph（1758～1806）革命期の演説家　159
ムラトーリ　Muratori, Lodovico Antonio（1672～1750）イタリアの歴史家　*38*；231, 271, 326

メストル　Maistre, Joseph de（1754～1821）フランスの政治家、思想家、文学者　*215*；66
メズレー　Mézeray, François Eudes de（1610～83）フランスの歴史家　80, 84, 143
メタクサ　Metaxa　博物学者、ローマの教授　195
メタスタージョ　Metastasio　本名Pietro Bonaventura Trapassi（1698～1782）イタリアの詩人、劇作家　*14*；162, 274
メッテルニヒ　Metternich, Klemens Wenzel Lothar, Furst von（1773～1859）オーストリアの政治家　*15, 80*；101, 128, 162, 248, 313
メデイア　Medeia（ギリシア神話）コルキス王の娘で、魔女キルケーの姪　*282*；65
メディチ家　i Medici　13世紀末からフィレンツェで商業、金融業で栄え、のちには政治権力を握ってトスカーナ地方を支配した一族　*131, 145*；37, 216, 232, 236, 239, 305, 354, 355
　ロレンツォ　de' Medici, Lorenzo Il Magnifico（1449～92）国父と呼ばれるコジモの孫にあたる．政治手腕と芸術家の庇護、なかんずくミケランジェロの庇護で有名．豪華王といわれる　*78*；217, 218, 220, 228, 232, 349, 350
　ジュリヤーノ　de'Medici, Giuliano（1453～78）ロレンツォの弟　228
　ピエロ　de'Medici, Piero（1472～1503）ロレンツォの息子　218, 350
　ジョヴァンニ　→　レオ十世
　ジュリオ　→　クレメンス七世
　ジュリヤーノ　de'Medici, Giuliano（1479～1516）ロレンツォの息子　355
　ロレンツォ　de'Medici, Lorenzo（1492～1519）ウルビーノ公　355
　アレッサンドロ　de'Medici, Alessandro（1510～37）ジュリオ・デ・メディチの庶子、フィレンツェ公．ロレンツィーノに殺される　24, 355
　コジモ一世　de'Medici, Cosimo I（1519～74）国父コジモの弟ロレンツォの家系から出て、フィレンツェ公ののちトスカーナ大公（1569～）となり、メディチ家の最盛期を築いた　*79, 244*
　ロレンツィーノ　de'Medici, Lorenzino もしくは Lorenzaccio　国父コジモの弟ロレンツォの家系に生まれた．ローマ滞在中に古代の彫像の首を叩き壊すといいう事件のため追放になった　24
　メディチ枢機卿　→　レオ十一世
メテラ　Metella, Caecilia　メテルスの娘で金持ちのクラッススの妻．その墳墓で有名　*100, 191*；75, 102, 109, 148, 324
メテルス　Metellus, Caecilii　ローマの名門貴族　*223*
メドゥーサ　Medusa（ギリシア神話）ゴルゴン3姉妹の一人．その目を見たものは石に変えられたといわれる．ペルセウスによって殺される　*242*
メネニウス・アグリッパ　Menenius Agrippa, Lanatus（前／？～493）第1次聖山事件で、ローマを離脱した平民を呼び戻したことで知られる貴族　*18, 275, 278*
メネラオス　Menelaos（ギリシア神話）スパルタの王で、妻ヘレネをトロイアの王子パリスに奪われ、奪回するために戦争を起こした　*244*
メルカダンテ　Mercadante, Saverio（1795～1870）イタリアの作曲家　*52*；71, 114, 308
メルキオッリ　Melchiorri, marchese　ピウス七世の護衛士官　*287*
メルシエ　Mercier, Louis-Sébastien（1740～1814）フランスの作家　72
メンキオーニ　Menchioni　フィレンツェの馬車屋　*251*
メングス　Mengs, Anton Raphael（1728～79）ドイツの画家　*239, 279, 303*；182

モスカ　Moscaあるいは Moschino　本名Simone Cioli da Settignano（1492～1553）彫刻家　152
モーゼ　Mose（旧約聖書）ユダヤの立法者　*156, 158, 170, 297, 298*；203, 358

マルティネッティ夫人　Martinetti, Cornelia Rossi（1781～1867）美貌で有名なボローニャの女性で、サロンを開いていた　*41, 106*
マルモンテル　Marmontel, Jean-François（1723～99）フランスの作家　*40*；86, 115, 287
マレ　Maret, Hugues-Bernard（1763～1839）バッサーノ公、ナポレオン支配下の国務卿　319
マレンターニ夫人　Marentani　ローマ女性　360, 361
マロ氏　M. Malo　フランスの仲買い商人　42
マーロー　Marlowe, Christopher（1564～93）英国の劇作家　82
マロージャ　Marosia　アデルベルト二世の娘でイタリア王ウーゴの妻　264
マンヴィエル　Mainvielle-Fodor, Joséphine（1789～1870）女流オペラ歌手　141
マンガー　Manger　カッセルの人　*104*
マンゾーニ　Manzoni, Alessandro（1784～1873）イタリアの詩人、小説家　*132*
マントヴァ侯爵夫人　marchesa di Mantova　35
マンテーニャ　Mantegna, Andrea（1431～1506）パドヴァ出身の画家で、ドナテッロの影響を受ける　*244, 304*
マントノン夫人　Maintenon, Françoise d'Auvigné, marquise de（1635～1719）ルイ十四世の寵姫．はじめ作家スカロンの妻で、王の子女の養育係を務めた　247
マンニ　Manni, Agostino　ローマの薬剤師．スタンダールと親交を結ぶ　*267–269, 287*
マンフロッチ　Manfrocci, conte Nicolas Antonio（1791～1813）イタリアの作曲家　308

ミカエル　Michael（新約聖書）サタンどもを敗った天使たちの長　*127*；29, 113
ミカーラ枢機卿　Micara, cardinale Luigi（1775～1847）カプチン会総会長　114, 240, 328
ミカーリ　Micali, Giuseppe（1769～1844）イタリアの歴史家．『ローマ支配以前のイタリア』（1810）の著者　*95, 186*；254
ミケランジェロ　Michelangelo　本名Michel angelo Buonarroti（1475～1564）　*12, 21–23, 25, 28, 36, 37, 47, 49, 54, 59, 60, 72, 73–75, 103, 114, 116, 119, 120, 122–126, 130, 131, 133, 134, 136, 144, 146, 172, 187, 190, 227, 233, 239, 241, 244, 257, 277, 282, 292*；30, 77, 109, 113, 130, 131, 149, 151–153, 156, 159, 175, 176, 186, 187, 192, 194, 197, 217, 218, 220, 222, 225, 228–230, 233, 258, 314, 329, 349–359, 362
ミケランジェロ・ダ・カラヴァッジョ　→　カラヴァッジョ
ミゲル（ドン）　Miguel, don（1801～66）ポルトガルの王位簒奪者　*216*
ミショー　Michaud, Joseph François（1767～1839）フランスの歴史家．『人物辞典』を出版　236, 273
ミッソン　Misson, François-Maximilien　1722年に死去したフランスの文学者　*97*；136
ミッリ　Mirri　18世紀の考古学者　332
ミニャール　Mignard, Pierre（1612～95）フランスの画家で、ローマで修業したのち宮廷画家となる　*282, 286*
ミネルヴァ　Minerva（ローマ神話）ギリシアのパラス＝アテネと同一視されるローマの女神　*284*；71, 330, 331
ミノス　Minos（ギリシア神話）クレタ王．ゼウスとエウロペの息子　357
ミュラ　Murat, Joachim（1767～1815）ナポレオンの義理の弟．ナポリ王（1808～14）*89, 91, 228*；338
ミュラー　Müller, Karl Otfried（1797～1840）考古学者、文献学者．『エトルリア人』（1828）の著者　*159*
ミヨリス　Miollis, Sextius-Alexandre-François, comte de（1759～1828）ナポレオンの将軍、ローマ総督　*253*；200
ミラボー　Mirabeau, Honoré-Gabriel, comte de（1749～91）フランスの政治家．立憲議会の名演説家　*40, 90*；55, 159
ミル　Mill, James（1773～1836）英国の哲学者、経済学者．ジョン・スチュワート・ミルの父　62

ムア　Moore, Sir John（1761～1809）スペインでフランス軍と戦い、敗れ、戦死した英国の将軍　*131*
ムーサ　Musa（ギリシア神話）ゼウスとムネ

マデルノ、ステファノ　Maderno, Stefano（1575～1636）イタリアの彫刻家、建築家　131, 180
マヌエル　→　ゴドイ
マーヨ　Majo 正しくはMai, Angelo（1782～1854）イタリアの言語学者　*234*；368
マラ　Marat, Jean-Paul（1743～93）フランスの国民公会議員、暗殺された　*214*
マラスピナ　Malaspina　304
マラスピナ　Malaspina　レオ十世の従者　232
マラッタ　Maratta, Carlo（1625～1713）イタリアの画家　*138, 140, 293, 305*；112, 113, 134, 152, 157, 178, 183, 184, 186, 188, 189, 194
マラッティ　Maratti　彫刻家　130
マラテスタ家　i Malatesta　ラヴェンナの支配者一族　*78*
マランゴニウス　Marangonius もしくは Marangoni, Giovanni　建築家　*31*
マリア　→　聖母
マリア・クリスチーネ　Maria Christine（1742～98）マリア・テレジアの娘で、ザクセン＝テッシェン公アルベルトと結婚した　*131*
マリア・マグダレーナ（聖女）Maria Magdalena（新約聖書）イエス・キリストの女弟子　36
マリヴォー　Marivaux, Pierre Carlet de Chamblain de（1688～1763）フランスの劇作家、小説家　*51*；70
マリニー　Marigny, Abel François Poisson de（1725～81）王室建造物監督官でポンパドゥール夫人の兄弟　*219*
マリブラン　Malibran, Maria Felicia Garcia（1808～36）フランスのオペラ歌手　141, 275
マルヴァージャ　Malvasia, Carlo Cesare（1616～93）イタリアの美術史家　*280*
マルヴァージャ枢機卿　cardinale Malvasia　253
マルクス・アウレリウス・アントニヌス　Marcus Aurelius Antoninus（121～180）ローマ皇帝（161～）義父アントニヌス・ピウス、ついで義兄弟のヴェルスと共同で統治したのち単独統治．生涯を遠征に費やした　*171, 177, 179, 185, 190, 191, 193, 258*；92, 106, 250, 268
マルクス・アグリッパ　→　アグリッパ
マルクス一世（聖）Marcus Ⅰ　教皇（在位336・1・18～10・7）　186
マルグッテ　Margutte　プルチの物語詩『巨人モルガンテ』の登場人物　*76*
マルケリヌス、アンミアヌス　→　アンミアヌス・マルケリヌス
マルケルス　Marcellus, Marcus Claudias（前／270頃～208）ハンニバルを敗ったローマの将軍　*298*
マルケルス　Marcellus　アウグストゥスの甥で23年に死去　100, 101, 116
マルケルス（聖）Marcellus　聖ペテロの弟子　*112*；185
マルケルス二世　Marcellus Ⅱ, Marcello Cervini degli Spanacchi　教皇（在位1555・4・9～5・1）　238
マルサス　Malthus, Thomas Robert（1766～1834）イギリスの経済学者で『人口論』（1798）の著者　62
マルシュアス　Marsyas（ギリシア神話）アポロンと笛吹きを競って敗れ、生皮を剝がされた　*304*
マルス　Mars（ローマ神話）ローマの軍神でユピテルにつぐ神　*258*；26, 181
マルゼルブ　Malesherbes, Chrétien Guillaume de Lamoignon de（1721～94）フランスの政治家で、ルイ十六世のもとで大臣を務める．革命の際に処刑された　*289*
マルタ　Martha（新約聖書）マリア・マグダレーナの姉でイエス・キリストの女弟子　*43*；36
マルティアリス（聖）Martialis　250年頃の聖人で、デキウス帝の迫害を逃れてローマからフランスのリムーザン地方にきて布教したといわれる　*143*
マルティウス　→　アンクス・マルティウス
マルティナ（聖女）Martina　3世紀の伝説的な殉教聖女　190
マルティーナ　Martina「修道院の内部」の登場人物　9, 10, 12, 15, 16
マルティーニ　Martini, il Padre Giambattista（1706～84）イタリアの神父で作曲家　309
マルティニアヌス（聖）Martinianus　49
マルティヌス五世　Martinus V, Ottone Colonna（1368～1431）教皇（1417～）　128, 132

イツの画家．父ハンスに学び、イタリア・ルネッサンスの影響を受け、肖像画家として名声を得た *102*；325
ポルポラーティ　Porporati, Carlo Antonio（1740～1816）イタリアの版画家　*73*
ポーロ、フランチェスカ　Polo, Francesca　逸話の人物　168-173
ボロニェッティ家　i Bolognetti　ローマの一族　182
ポロヌス　Polonus, Martinus　インノケンティウス四世の赦院長　80
ボワソナード　Boissonnade, Jean - François（1774～1857）フランスのギリシア学者　*83*
ボワロー　Boileau-Despréaux, Nicolas（1636～1711）フランスの詩人　202
ボンシャン侯爵　Bonchamps, Charles Melchior Artus, marquis de（1760～93）ヴァンデの反革命軍の首領．ショレの戦闘で負傷すると、数千人の共和国軍捕虜の赦免を入手してから死去　321
ポントルモ　Pontormo, Carrucci Jacopo da（1494～1557）フィレンツェの画家　198
ポンバル　Pombal, Sebastiao Jose de Carvalho e Mello（1699～1782）ポルトガルの政治家．国王ジョゼ・マヌエルを支え、積極的に政策を進めた　205
ポンペイウス　Pompeius Magnus（前／106～48）ローマ共和制時代の政治家．カエサル、クラッススと三頭政治を起こし、クラッススの死後、カエサルと対立した　117

マ行

マイノ　Maino d' Alessandria　アルプスの皇帝と呼ばれた盗賊　*240*
マウリキウス（聖）　Mauricius　3世紀末の殉教聖人　*133*
マエケナス　Maecenas, Gaius（前／70～8）ローマの政治家．文芸の庇護者　135
マガロン　Magallon『アルボム』紙の編集者　72
マキアヴェッリ　Machiavelli, Nicolo（1469～1527）イタリアの歴史家、思想家　*48*, *60*, *75*, *183*；223, 224, 230, 302, 369
マーキューシオ　Mercutio　シェイクスピアの『ロミオとジュリエット』の登場人物、ロミオの友人　*6*；6
マクシミアヌス　Maximianus, Gaius Galerius Valerius（？～310）ローマ皇帝（286～305、306～308）、ディオクレティアヌスやマクセンティウスと共同統治し、キリスト教徒を迫害した　332
マクセンティウス　Maxentius, Marcus Aurelius Valerius（280～312）ローマ皇帝（306～）コンスタンティヌスとミルウィウス橋で戦い溺死　*83*, *171*, *200*, *205*, *233*, *291*, *292*；24, 186, 335
マグダレーナ　→　マリア・マグダレーナ
マザッチョ　Masaccio, Tommaso Guido（1401～28）フィレンツェの画家　202, 203, 350
マザニエッロ　Masaniello　本名Tommmaso Aniello（1620～47）ナポリの反抗の首謀者　161
マザラン公爵　Mazarin, Jules（1602～61）イタリアに生まれ、教皇特使を務めたあと、リシュリューの信任を得てフランスで政治に携わり、宰相となって権力を揮った　*164*, *287*；195
マザリーノ　→　マザラン
マージ　Magi　ピエモンテのブルジョワとされる人物　*255*
マタイ（聖）Matthaios（新約聖書）12使徒の一人．第1福音書の著者　185
マッジ　Maggi, Carlo Maria Giuseppe（1630～99）ミラノのギリシア学者で詩人　*106*
マッシーミ一族　i Massimi　ローマの一族　102
マッツケッリ　Mazzuchelli, conte Giovanni Maria（1707～65）イタリアの伝記作家　*38*
マッテイ枢機卿　Mattei, cardinale Alessandro（1744～1820）　85, 252, 253
マティルデ伯爵夫人　Mathilde di Toscana（1046～1115）トスカーナ辺境伯の娘．教皇に広大な領地を寄進し、それに反対する神聖ローマ皇帝と教皇とのあいだで長く争いを招来した　*133*
マデルノ　Maderno もしくは Maderna, Carlo（1556～1629）イタリアの建築家．伯父ドメニコ・フォンターナの弟子となり、サン・ピエトロ大聖堂の工事を担当した　*115*, *246*, *275*；135, 150, 194

ボニファティウス八世　Bonifatius Ⅷ, Benedetto Caetani（1217頃～1303）教皇（1294～）132, 180
ボニファティウス九世　Bonifatius Ⅸ, Pietro Tomacelli（1355～1404）教皇（1389～）*191*
ホノリウス　Honorius, Flavius（384～423）西ローマ帝国最初の皇帝（395～）*88, 94, 189*；120, 333
ホノリウス一世　Honorius Ⅰ　教皇（在位625～639）329
ホノリウス三世　Honorius Ⅲ, Cencio Savelli（？～1227）教皇（1216～）176
ボーフィス氏　Beaufils　フランスの作家エチエンヌ・ジューイの作中人物　260
ボベル　Bober　東方の皇帝とされる　*32*
ポマランチョ　il Pomarancio　本名 Niccolo Circignani（1520頃～93）フィレンツェの画家　144
ボーマルシェ　Beaumarchais, Pierre-Augustin, Caron de（1732～99）フランスの劇作家 *20*；306
ホメーロス　Homeros　古代ギリシアの詩人 *70, 303*；162, 165
ポモナ　Pomona（ローマ神話）果実の女神 331
ポラストロ　Polastro　フィレンツェの馬車屋 *251*
ホラティウス　Horatius　ローマの英雄3兄弟 *48*
ホラティウス　Horatius（前／65～8）ラテンの詩人　*303*；135, 334
ホラティウス・コクレス　Horatius Cocles　ローマ共和国がエトルリア軍に囲まれた際にテヴェレ河の橋を落してローマを救った英雄 *93*；75
ボリー　Borie「ラファルグ事件」の登場人物、タルブの裁判長　277, 289
ポリツィアーノ　il Poliziano　本名 Angelo Ambrogini（1454～94）イタリアの人文主義者、詩人　350
ポリドーロ・ダ・カラヴァッジョ　Polydoro da Caravaggio　本名 Polydoro Caldara（1495～1543）ローマの画家　*49, 71, 290, 293*
ボーリュ　Beaulieu, Jean Pierre, baron de（1725～1819）オーストリア軍の将軍　154
ポリュネイケース　Polyneikes　（ギリシア神話）オイディプスとイオカステの子で、共同統治のテーバイを兄に簒奪されたため、アルゴスの将軍に援けられテーバイを攻めた *282, 283*
ポール　Paul　スタンダールが旅仲間として設定した人物　*19, 20, 36, 68, 151, 182, 195, 207, 211, 219, 256, 265, 267, 272–274, 284*；32, 77, 90, 108, 167, 169, 173, 256, 277, 359
ボルゲーゼ家　i Borghese　シエーナに興った一族　*212*；63, 245
　ボルゲーゼ枢機卿　→　パウルス五世
　シピオーネ　Borghese, cardinale Scipione Caffarelli　パウルス五世の甥．ヴィッラ・ボルゲーゼを造る　190
　アントニオ　Borghese, principe Antonio　87
　カミッロ　Borghese, principe Camillo（1775～1832）ナポレオンのイタリア遠征を援助し、その妹マリ=ポーリーヌと結婚、ピエモンテの州知事を務めた　*98, 99*；54
　ボルゲーゼ公　→　ボルゲーゼ、カミッロ
ボルジア家　i Borgia
　ロデリーゴ　→　アレクサンデル六世
　フランチェスコ　Borgia, Francesco　カンディア公、アレクサンデル六世の長男 221
　チェーザレ　Borgia, Cesare（1475～1507）アレクサンデル六世の庶子で聖職に就くが、権勢欲が強く、イタリア中部に権力を広げて失敗する　*47, 54*；46, 221–225, 380
　ルクレツィア　Borgia, Lucrezia（1480～1519）アレクサンデル六世の娘　220, 221, 223, 238
ボルジア伯爵　conte Borgia　ミラノの貴族とされる人物　*60*
ポルタ、ジャコモ・デッラ　→　ジャコモ・デッラ・ポルタ
ポルツィア（シニョール）　signor　Porzia　ヴェットゥリーノのベルネッティが語る逸話の人物　96
ポルツィア、クラリッサ　Porzia, Clarissa　前者の娘　94–96
ボルドーネ　Bordone, Paris（1500～71）ヴェネツィア派の画家　325
ホルバイン　Holbein, Hans（1497～1543）ド

(1779～1852) 教皇政府の行政官 47, 363, 367, 370, 371, 377, 384
ペルペトゥア (聖女) Perpetua, Vibia 203年にカルタゴで殉教したローマ女性. 召使のフェリキタスとともに迫害され、猛獣のなかに投げ込まれた 145–147
ベレイム Belleyme, Louis-Marie de (1787～1862) パリの警察長官 *286* ; 377
ペレッティ → シクトゥス五世
ヘレナ (聖女) Helena (250頃～330頃) コンスタンティヌス帝の母で、離婚後改宗し、キリスト教に私財を投じた *126, 157* ; 182
ヘレネ Helene (ギリシア神話) ゼウスとレダの娘で、スパルタ王メネラオスの妃となるが、トロイアの王子パリスに誘拐される 82
ヘロ Hello, Rodolf フェラーラ公アルフォンソ・デステの警護隊長 231
ヘロディアス Herodias (新約聖書) ヘロデス・アンティパスの姪で後妻. 洗礼者ヨハネを殺させた 7, 173, 198
ベロワ Belloy, cardinal de フランスの枢機卿 *122*
ペロンティ Peronti フランス軍の陸軍大佐とされるイタリア人 *61, 62*
ベンヴェヌーティ Benvenuti, cardinale Giacomo Antonio (1765～1832) 枢機卿 *45* ; 242, 377
ベンヴェヌーティ Benvenuti, Pietro (1769～1844) イタリアの画家 193, 339
ベンサム Bentham, Jeremy (1748～1832) 英国の法律家、作家 *191, 235, 243, 300, 301* ; 66
ペンニ Penni, Giovanni Francesco 通称 il Fattore (1488頃～1528) ローマの画家 *292*
ベンボ Bembo, Pietro (1470～1528) 枢機卿、ヴェネツィアの修史官 *263*

ホガース Hogarth, William (1697～1764) 英国の画家 53
ポーザ侯爵 Posa シラーの『ドン・カルロス』の登場人物 28
ボジオ Bosio, Francesco Giuseppe (1768～1845) 彫刻家 *282*
ボシュエ Bossuet, Jacques-Benigne (1627～1704) フランスの司教、説教家 *235* ; 88
ボーセ Bausset, Louis-François-Joseph de (1770～1835) 回想録の著者 26, 147
ポセイディッポス Poseidippos 3世紀のマケドニア出身の喜劇作家 *244*
ボッカッチョ Boccaccio, Giovanni (1313～75) イタリアの人文主義者、物語作者 *303*
ボッカバダーティ夫人 Boccabadati, Luisa (1800～50) イタリアの歌手 259, 275
ボッタ Botta, Carlo (1766～1837) イタリアの歴史家、詩人 *37, 267*
ボッティチェリ Botticelli, Alessandro 通称 Sandro (1444～1510) フィレンツエの画家 352
ポッテル Potter, Louis de (1786～1859) ベルギーの政治家、作家 42, 47
ポッライウォーロ Pollaiuolo, Antonio Benci (1426～98) フィレンツェの画家 *133, 140*
ボッロミーニ Borromini, Francesco (1599～1667) イタリアの建築家 128, 129, 178, 179, 188
ボッロメオ Borromeo, conte Vitaliano 17世紀にイゾラ・ベッラの館と庭園を造った貴族 *249*
ボナヴェントゥラ (聖) Bonaventura (1221～74) イタリアの神学者 *66*
ボナコルシ Bonnaccorsi, Giulia Braschi, duchessa ローマの貴婦人 *41*
ボナパルト、ナポレオン → ナポレオン
ボナパルト、リュシヤン Bonaparte, Lucien (1775～1840) ナポレオンの弟. カニーノ公 *241* ; 331
ボナパルト、カロリーヌ Bonaparte, Carolone (1782～1839) 前者の妹. ナポリ王妃. ジョアシャン・ミュラと結婚した 244
ボナパルト、ジェローム Bonaparte, Jérome (1784～1860) ナポレオンの末弟. ウェストファリア王 *176* ; 117
ボニファッチョ枢機卿 → ボニファティウス七世
ボニファティウス四世 (聖) Bonifatius Ⅳ 教皇 (在位608～615) フォカス帝からパンテオンを寄進され、教会に変更した *256, 262, 264*
ボニファティウス七世 Bonifatius Ⅶ 教皇 (在位974・985) 268, 269

（在位964～965） 266, 267
ベネディクトゥス六世 Benedictus Ⅵ 教皇（在位972～974） 268, 269
ベネディクトゥス七世 Benedictus Ⅶ 教皇（在位975～983） 268
ベネディクトゥス八世 Benedictus Ⅷ 教皇（在位1012～24） 272
ベネディクトゥス九世 Benedictus Ⅸ, Theophylacte 教皇（在位1033～46） 79, 272, 273
ベネディクトゥス十三世 Benedictus ⅩⅢ, Vincenzo Maria Orsini（1649～1730） 教皇（1724～） *14*；248
ベネディクトゥス十四世 Benedictus ⅩⅣ, Prospero Lambertini （1675～1758） 教皇 （1740～） *14, 23, 33, 132, 264*；30, 46, 125, 136, 137, 178, 247, 249, 250
ベネデッティ Benedetti, Francesco（1795～1822）詩人で炭焼党員 305
ベネデット枢機卿 → ベネディクトゥス五世
ベネフィアル Benefial, cavaliere Marco（1684～1767）ローマの画家 130
ベノン枢機卿 cardinal Bennon 273
ペパン Pepin le Bref（714～768） カール大帝の父で、カロリング王朝の開祖. イタリアの占領地を教皇に寄進し、教皇領の基を造る *305*
ヘフリン Heflin, kardinal von バヴァリアの大臣でローマに滞在 *41*
ヘラクレス Herakles（ギリシア神話） ゼウスとアルクメネの子で、冒険で有名 *55, 136*；66, 104, 105, 331
ベラスケス Velazquez, Diego Rodriguez de Silva y（1599～1660） スペインの画家 *48*
ベラルミン Béllarmin 正しくは Bellearmin, cardinale Roberto（1542～1621） イタリアの神学者. 列聖される 80
ベランジェ Béranger, Pierre-Jean de（1780～1857）フランスの小唄詩人 322
ヘリオガバルス Heliogabalus, Varius Avitus Bassianus（204～222） ローマ皇帝（218～）シリアのエラガバルス神の祭司となり、14歳で皇帝に即位したが、軍隊の暴動で殺される *32*；107
ヘリオドロス Heliodoros シリアの王セレウコス四世の高官 *294*
ベリサリウス Belisarius（505頃～565）東ローマ帝国の将軍. ペルシャをはじめ異民族との戦いに終生を送る 28, 189, 250, 287, 326
ベリネッティ Berinetti 「クラリッサ・ポルツィア」の逸話の語り手であるヴェットゥリーノ 94, 96, 97
ベール Beyle, Pierre（1647～1706）フランスの哲学者 *164, 300*
ペルゴレージ Pergolesi, Giambattista（1710～36）イタリアの作曲家 156, 189, 274
ベルゴンディ Bergondi イタリアの彫刻家 *289*
ペルジーノ il Perugino 本名 Pietro Vannucci（1446～1523）イタリアの画家 *49, 51, 57, 65, 66, 70, 71, 172, 290, 296, 301, 308*；178, 186, 222, 236, 352
ペルセウス Perseus（ギリシア神話） ゼウスとダナエの子. メドゥーサの首をとり、その威力によってアンドロマケーを妻とする *242*
ペルセウス Perseus（前／212～165頃） 最後のマケドニア王（前／179～168）パウルス・アエミリウスに敗れ、囚われの身となる 337
ペルッツィ Perizzi, Baldassarre（1481～1537）イタリアの画家、建築家 *171, 304*；102, 150, 152
ベルトラン博士 Bertrand, Alexandre（1795～1831）フランスの医者 147
ベルナール三兄弟 les trois Bernard *178*
　サミュエル Bernard, Samuel（1651～1739）ルイ十四世、十五世の銀行家で新教徒 *178*；335
ベルニス枢機卿 Bernis, cardinal François-Joachim（1715～94） フランスの政治家、外交官 86-88, 185, 252
ベルニーニ Bernini, Giovanni Lorenzo（1598～1680） イタリアの画家、彫刻家、建築家 *88, 108, 110, 115, 118-122, 126, 132, 133, 141, 143, 178, 246, 276, 282, 284*；29, 107, 112, 117, 131, 150, 155, 156, 178, 179, 182, 188-190, 246
ペルネ Pernet ブロス法院長の『イタリア書簡』の登場人物 320
ベルネッティ Bernetti, cardinale Tommaso

フレレ　Fréret, Nicolas（1688～1740）フランスの学者　98
ブレンヌス　Brennus　紀元前4世紀にローマを劫略したガリア人の指導者　*193, 195*
プロカッチーニ　Procaccini, Andrea（1671～1742）ローマの画家　130
プロクス　Procus　ローマ建国以前のアルバの王　*84*
プロケッスス（聖）　Processus　49
プロコピウス　Procopius（5世紀末～565）ビザンティンの歴史家．ベリサリウスの秘書となりその事績を記した　28, 326
ブロス法院長　Brosses, Charles, président de（1709～77）ディジョン高等法院院長、『イタリア書簡』の著者　*97, 98, 196, 206*；89, 196, 249, 319
ブロッキ　Brocchi, Giovanbattista（1722～1826）イタリアの博物学者　*102*
プロブス帝　Probus, Marcus Aurelius（232～282）ローマ皇帝（276～）ゲルマン民族の掃討、エジプトの反乱の鎮圧によって帝国の秩序を回復した　*93, 219*
プロブス・アニキウス　→　アニキウス
プロペルティウス　Propertius, Sextus Aurelius（前／50頃～16頃）ラテンの詩人　*283*；135, 333
フロルス　Florus, Lucius Annaeus　2世紀のローマの歴史家、詩人　*35, 189*
フロレンツィ侯爵夫人　marchesa Florenzi　ペルージャの夫人　54
フロレント枢機卿、アドリアーン　→　ハドリアヌス六世
フロロニア　Floronia　ローマのウェスタ神殿の巫女　*277*
ブロンズィーノ　Il Bronzino　本名 Angiolo di Cosimo di Mariano（1503～72）イタリアの画家　*74*
ブロンデル　Blondel, David（1591～1655）プロテスタント神学者　81
フンシャル　Funchal, Conde, comte de　ローマ駐在ポルトガル大使　*42*

ベアート・ジョヴァンニ・ダ・フィエーゾレ　→　ジョヴァンニ・ダ・フィエーゾレ
平和公　→　ゴドイ
ペカンテ　Pecantet「ラファルグ事件」の登場人物　280
ベザンヴァル男爵　Bésenval, Pierre－Victor baron de（1722～91）スイスの軍人．回想録（1808年刊）の著者　47
ベジーニ、ジュリオ　Besini, Giulio　モデナの警察長官　*104, 105*
ベジーニ（父）Besini　前者の父で裁判所判事　*104*
ペスカラ伯爵夫人　contessa Pescara　逸話の登場人物　322, 323
ベダ（尊者）　Beda（675～735）イングランドの僧侶、歴史家　*152*
ベッカゾリ　cardinale Beccazzoli　1829年の教皇選挙会議に出席した枢機卿　370
ベッカリア　Beccaria, Cesare Bonesana, marchese di（1738～94）イタリアの思想家　313
ベッリーニ　Bellini, Vincenzo（1801～35）イタリアのオペラ作曲家　*217*；308, 309
ペッレグリーニ　Pellegrini, Pellegrino（1527～98）イタリアの画家、建築家　*133*；150
ペッロ　Perro　ナポリの図書閲覧所の経営者　134
ペテロ（聖）Petros　12使徒の筆頭に立ち、パウロとともにローマ教会を創立したとされる　*66, 74, 112, 117, 118, 120, 122, 123, 132, 142, 144, 152, 271, 290, 292, 295, 297*；30, 78, 79, 81, 92, 122, 123, 125, 130, 132, 181, 189, 192, 207, 213, 238, 239, 267, 269, 270, 273, 337, 363
ベートーヴェン　Beethoven, Ludwig Van（1770～1827）　*71*；274, 309
ペトラルカ　Petrarca, Francesco（1304～74）イタリアの詩人　*63, 107*；60, 61, 128, 217
ペトルッチ　Petrucci, Pandolfo（1450頃～1512）シエーナの専制君主　226, 228
ペトルッチ枢機卿　Petrucci, cardinale Alfonso　前者の息子．1517年に死亡　218, 229, 230
ペトロニラ（聖女）　Petronilla　1世紀末イタリアの聖女　*127*
ベネディクトゥス三世　Benedictus Ⅲ　教皇（在位855～858）　78, 80
ベネディクトゥス四世　Benedictus Ⅳ　教皇（在位900～903）　263
ベネディクトゥス五世　Benedictus Ⅴ　教皇

フランチェスコ・ディ・パオラ（聖） Francesco di Paola（1436？～1507） カラブリアのパオラの修道士．ミニモ会を創設した 178,194
フランチェスコ二世ゴンザーガ → ゴンザーガ、フランチェスコ
フランチェスコ一世 Francesco I（1777～1830） 両シチリア国王（1825～） 217
フランチェスコ四世 Francesco Ⅳ（1779～1846） エステ=ロートリンゲン家の出で、モデナ公、オーストリア大公．『パルムの僧院』の暴君のモデル *106*；55,56,58
フランツ一世 Franz I（1708～65） 神聖ローマ皇帝（1745～）マリア・テレジアの夫 88
フランツ二世 Franz Ⅱ（1768～1835） 神聖ローマ皇帝（1792～1806）．ついでフランツ一世としてオーストリア皇帝（1804～）となり、神聖ローマ帝国を解体した 101,210,215
プリアーポス Priapos（ギリシア神話）生殖の神で男根がその象徴 64,66
ブーリエンヌ Bourrienne, Louis-Antoine Fauvelet de（1769～1834） フランスの外交官 153
ブリギッタ（聖女） Brigitta（1303頃～73）スウェーデンに生まれ、僧院を開き、ローマに巡礼者のための施設を作った *152*
プリスカ（聖女）Prisca 3世紀の伝説的な殉教聖女 192
フリートリヒ二世 Friedrich Ⅱ（1712～86） プロイセン国王（1740～） *41,90*；148
プリーナ Prina, Giuseppe conte（1766～1814） イタリア王国の財務大臣．王政復古になるとミラノの市街で虐殺された 38
プリニウス Plinius（23～74）ローマの将軍、博物学者．甥で養子のプリニウスに対して大プリニウスと呼ばれる *111,262*；124
ブーリニョン嬢 Bourignon, Antoinette（1616～80） リールに生まれ、神と直接交信することができると評判になり、多数の信者を獲得した *43*
プリマティッチョ il Primaticcio 本名 Francesco Primaticcio（1504～70） イタリアの建築家、画家 83
プリュドン Prud'hon, Pierre（1758～1823） フランスの画家 44,76,110
ブリル Bril, Paul（1556～1626）フランドルの画家、版画家 139
フルヴィア・F＊＊＊ Fluvia F＊＊＊ ローマのあるモンシニョーレの姪 48
フルウィウス Fulvius, Marcus 古代ローマの監察官（ケンソル） 100
ブルクハルト Burckhardt, Johan 1506年死去．年代記筆者の家系に生まれた 220,223,238
プルータルコス Plutarkos（46頃～120頃） ギリシアの歴史家 *189*
プルチ Pulci, Luigi（1432～84） イタリアの詩人．滑稽英雄詩『巨人モルガンテ』の作者 *76*
ブルートゥス Brutus, Marcus Junius（前／85～42） ローマの共和主義的政治家で、カエサルの暗殺者の一人．小カトーの娘ポルキアと結婚．フィリッピの戦いで敗れ、自殺 *192,199,244,279*；28,330
プルトン Pluton 別名 Hades（ギリシア神話） 冥府の神 *284*
ブルーノ（聖） Bruno Coloniensis（1030～1101） カルトゥジオ修道会の創始者 *132*
ブルーノ → グレゴリウス五世
ブールボン家 les Bourbon 87,213,216
ブールボン元帥 Bourbon, Charles duc de 通称 Connétable de Bourbon（1490～1527）フランスの軍人．イタリア戦争の際フランソワ一世、ついでカール五世のもとで活躍 *195,232*；32,33
ブーレ Bouret, Etienne-Michel（1710～77） 徴税請負人 335
フレーアー Freher, Marquard（1565～1614） ドイツの学者 80
プレヴォ（アベ） Prevost d'Exiles, Antoine François 通称 Abbé Prevost（1697～1763） フランスの小説家 *129*；67
フレシヌー伯爵 Frayssinous, Denis, comte de（1765～1841）フランスの聖職者．ヘルモポリス司教、宗務大臣などを務める 250
フレデリック Frédéric スタンダールの旅仲間として設定された人物 *19,20,39,46,51,54,82,107,150,151,159,267,277*；32,97,140,194,195,256,322,362

de（1657～1757）フランスの思想家、文学者　*41*
フーガ　Fuga, Fernandino（1699～1781）フィレンツェの建築家　137
ブーガンヴィル　Bougainville, Louis-Antoine comte de（1729～1811）フランスの船乗り　72
フーケ　Fouquet, Nicolas（1615～80）ルイ十四世の財務長官　262
プシュケ　Psyche（ギリシア神話）エロスの妻　*60*；115
プチ＝ラデル　Petit－Radel，Louis－Charles－François（1756～1836）フランスの考古学者　306
プッサン、ガスパール・デュゲ　→　デュゲ
プッサン、ニコラ　Poussin, Nicolas（1594～1665）ローマに住んだフランスの画家　*40, 49, 100, 177, 287*；116, 133, 184, 194, 198, 261
ブッシ、ジュリオ　Bussi, Giulio　詩人（？）347, 378
プトレマイオス　Ptolemaios　エジプトを支配したマケドニアの王朝（前／323～30）　*301*
プブリコラ　Publicola, Publius Valerius　ローマの執政官　*18*
フラ・セバスティアーノ　→　セバスティアーノ
フラ・バルトロメオ　→　バルトロメオ
フラゴナール　Fragonard, Jean Honoré（1732～1806）ロココを代表するフランスの画家、版画家　*57*
ブラシウス（聖）　Blasius　316年頃殉教したアルメニアのセバストの司教　356
ブラスキ　→　ピウス六世
ブラスキ公　Braschi, principe Luigi Onesti（1745～1816）イタリアの政治家．教皇ピウス六世の甥　209, 251
ブラスキ夫人　principessa Braschi　前者の妻　88, 253
ブラダマンテ　Bradamante　アリオストの『狂えるオルランド』の登場人物　143
フラックス　Flaccus, Valerius　1世紀のラテンの詩人　*150*
ブラッチ　Bracci, Pietro（1700～73）ローマの彫刻家　*132, 289*；24
ブラッチャーノ公爵　→　トルローニア
フラーテ　→　バルトロメオ（フラ）
プラトン　Platon（前／427～347）　*127, 243, 300, 301*；83, 135
プラニキウス家　Planicius　344
ブラネッロ　Buranello　本名 Baldassarre Galluppi（1706～85）イタリアの作曲家　274, 309
ブラマンテ　Bramante　本名 Donato d'Angelo Lazzari（1444～1514）イタリアの建築家　*28, 55, 58, 113, 114, 119, 122, 124, 125, 246, 290, 292, 301*；112, 116, 152, 158, 174, 192
ブラマンティーノ・ダ・ミラーノ　Bramantino da Milano　本名 Bartolomeo Suadi（1455～1536）イタリアの画家　*65, 290*
フラミニウス　Flaminius, Gaius　紀元前3世紀共和制ローマの政治家．街道や大競技場の建設で有名　183
ブランカス公爵［ローラゲー］　Brancas-Lauragais, Louis Félicité, duc de（1733～1824）　フランスの大貴族　47
ブランカス公爵夫人　Bnancas, duchesse de　前者の祖母で回想録を残す　47
フランク　Franck　ローマのホテル経営者　*18*
フランケ　Franke　ラウフの彫像の人物　194
フランコーニ　Franconi, Antoine（1738～1836）オリンピック・サーカスの創設者で曲馬師．ミモドラム（黙劇）を自作自演した　348
フランシスコ・ザヴィエル（聖）　→　ザヴィエル
フランジパーニ一族　i Frangipani　ローマの一族　104
フランジマーニ家　i Frangimani　逸話「修道院の内部」に登場する家柄　7, 8
　ルクレツィア　Frangimani, Lucrezia　「修道院の内部」の登場人物　7-12, 16
フランソワ一世　François I（1494～1547）フランス国王（1515～）　*37, 77, 126*；226
フランチア　Francia　本名 Francesco Raibolini（1450頃～1517）イタリアの画家　*50*
フランチェスカ　→　ピエロ・デッラ・フランチェスカ
フランチェスコ（聖）Francesco d'Assisi　本名 Giovanni Bernardone（1181～1226）フランシスコ修道会の創立者　*74*；96

世
フィランジェリ　Filangieri, Carlo（1784～1867）ナポリの軍人　*215*
フィリップ　Philippe　スタンダール氏の旅仲間　108,118,120
フェア　Fea, Carlo（1753～1836）案内書『古代と近代の新ローマ素描』（1819）の著者　*37*；93,343
フェイディアス　Pheidias（前／490頃～430頃）アテナイに生まれた彫刻家．ペリクレスのもとでパルテノン建設の総監督を務め、アテナ・パルテノス像を制作した　*230*；92
フェッシュ枢機卿　Fesche, cardinal Joseph（1763～1839）リヨン大司教　87,205,211,370,378
フェッリ　Ferri, Ciro（1634～89）イタリアの建築家、画家、版画家　*137*,186
フェデリーチ　Federici, Camillo（1749～1802）イタリアの笑劇作家　308
フェヌロン　Fénelon, François de Salignac De La Motte（1651～1715）フランスの司教、作家　*43,132,295*；150,167
フェラーラ公　→　エステ、アルフォンソ
フェリキタス（聖女）　Felicitas　アフリカにおける殉教聖女　146,332
フェリクス四世（聖）Felix Ⅳ（？～530）東ゴート族の王テオドリクスによって教皇に任命された（526～）　*204*；181
フェリペ二世　Felipe Ⅱ（1527～98）スペイン国王（1556～）．神聖ローマ皇帝カール五世の息子でイタリアやネーデルランドに広大な領土を受け継いだ　239,355
フェリペ四世　Felipe Ⅳ（1605～65）スペイン国王（1621～）　137
フェルディナンド　Ferdinando（1751～1825）ナポリ国王四世（1759～1806,15）ついで両シチリア国王一世（1816～）　*91*
フェルナンド二世　Fernando Ⅱ（1452～1516）カスティーリャのイサベルと結婚し五世王（1474～1504）となり、父の領土を継いでアラゴン王（1479～）二世となる．カトリック王と呼ばれる　*305*；192
フェルナンド七世　Fernando Ⅶ（1784～1833）スペイン王（1808,14～）父のカルロス四世を退位させて即位．フランスに幽閉されたのち復位して反動的な支配をおこなった　379
フェンツィ　Fenzi　銀行家とされる人物　*284*
フォーヴォー　Fauveau, Felicie de（1799～1886）フランスの女流彫刻家　*230*
フォカス　Phocas　610年に殺された東ローマ皇帝（602～）　*97,200–202,204,256*；16
フォーサイス　Forsyth, Joseph（1763～1827）スコットランドの旅行家　*97,231*；254
フォスコロ　Foscolo, Ugo（1778～1827）イタリアの詩人　*217,218*
フォッソンブローニ　Fossombroni, conte Vittorio（1754～1844）トスカーナ大公国の総理大臣　37
ブォナパルテ、ヤコポ　Buonaparte, Jacopo『ローマ劫略史報告』（1756）の著者　34
フォリャーリ　Fogliari　ラファエッロの『神殿から追われるヘリオドロス』に描かれた当時の大臣の一人　*294*
フォルティス　de'Fortis, padre　イエズス会の総会長（1820～29）　*169*
フォルトゥーナ・ウィリリス　Forutuna Virilis（ローマ神話）豊穣あるいは運命の女神　*220*
フォルナリーナ　la Fornarina　ラファエッロの恋人　*40,44,47,59,309*；116
フォルモスス　Formosus　教皇（在位891～896）262,263,273
ブォンコンパーニ家　i Buoncompagni　ピオンビーノ公領領主の家系　*279*
ブォンコンパーニ　→　グレゴリウス十三世
フォン・スタ＊＊＊　Von St＊＊＊　97
フォンターナ、カルロ　Fontana, Carlo（1634～1714）建築家．ベルニーニの弟子　*21,95,101,115,138*；152
フォンターナ、ジャコモ　Fontana, Giacomo 1780年に出版されたローマの案内書の著者　*30*
フォンターナ、ジョヴァンニ　Fontana, Giovanni（1540～1614）イタリアの建築家　150
フォンターナ、ドメニコ　Fontana, Domenico（1543～1607）シクストゥス五世の建築家　*111,239,246*；128,133,137,150
フォンターナ、ラヴィニア　Fontana, Lavinia（1552～1602）ボローニャ派の閨秀画家　152
フォンテブオーニ　Fontebuoni　画家　179,192
フォントネル　Fontenelle, Bernard Le Bovier

ビビアーナ（聖女）Bibiana　4世紀の殉教聖女　179
ピュグマリオン　Pygmalion　フェヌロンの『テレマク』の登場人物　*105*
ピュタゴラス　Pythagoras（前／582頃〜497）ギリシアの宗教家、哲学者、数学者　71
ピュトン　Python（ギリシア神話）パルナッソス山の洞窟に生息していた大蛇．アポロンに殺される　*301*
ピュロス王　Pyrros（前／319〜272）エペイロスの王　74
ピラト　Pilatos, Pontior（新約聖書）ユダヤ総督．ユダヤ人を抑圧し、キリストに死刑を宣告した　133
ピラネージ　Piranesi, Giambattista（1720〜78）イタリアの建築家、銅版画家　*102*；343
ヒルデブラント　→　グレゴリウス七世
ピンダロス　Pindaros（前／522〜442）ギリシアの叙情詩人．とくに合唱用の壮麗、絢爛とした詩を作った　*303*
ピントゥリッキオ　Pinturicchio もしくは Pintoricchio　別名Lo Sordicchio　本名Bernardino di Betto（Biagio）（1454〜1513）ウンブリア出身の画家．教皇アレクサンデル六世の宮廷画家　*57,58,173,244,289*

ファウスティナ　Faustina　ローマ皇帝アントニヌス・ピウスの妻　*203,204*；184
ファウスト　Faust　ドイツの伝説上の人物で、悪魔に魂を売ったとされる。ゲーテの同名の作品の主人公となる　271
ファウストゥルス　Faustulus　ロムルスとレムスを養育した伝説の羊飼い　97
ファウヌス　Faunus（ローマ神話）森林の神．ギリシアのパーン、サテュロスと同一視される半獣神　331, 350
ファビウス・マクシムス　Quintus Fabius Maximus Rullianus（前／？〜290頃）ローマの軍人．サムニウム戦争で活躍した　*18*
ファブリス　Fabris, Giuseppe de（1790〜1860）ヴェネツィアの彫刻家　386
ファマ　Fama（ローマ神話）「噂」の擬人化された女神　*281*
ファラモン王　Pharamond　フランク族の王　78
ファルコネ　Falconet, Etienne-Maurice（1716〜91）フランスの彫刻家．『絵画に関する考察』（1781）の著者　*107,187,188*
ファルチオラ　Falciola　ローマ在住とされる人物　*254,255*
ファルネーゼ家　i Farnese　12世紀にオルヴィエート近郊に興った一族　246
　アレッサンドロ　→　パウルス三世
　ジュリア　Farnese, Giulia　通称 Giulia Bella（1474〜1524）前者の妹でオルシーノ・オルシーニの妻．アレクサンデル六世の情婦　221
　ピエル・ルイジ　Farnese, Pier Luigi（1603〜47）アレッサンドロ（パウルス三世）の息子．初代パルマ公（1545〜）237
　オッタヴィオ　Farnese, Ottavio（1520〜86）前者の次男．パルマ公（1547〜）．兄に枢機卿となったアレッサンドロ、弟にオラッツィオがいる　238
　アレッサンドロ　Farnese, Alessandro（1545〜92）前者の息子．パルマ公（1586〜）*239*；238
　オドアルド　Farnese, cardinale Odoardo（1564〜1626）前者の弟　*240*
　ラヌッチョ　Farnese, Ranuccio（1569〜1622）アレッサンドロ（パルマ公）の息子．パルマ公（1592〜）*239,240*
　オドアルド　Farnese, Odoardo（1612〜46）前者の息子．パルマ公（1622〜）246
フィオラヴァンティ　Fioravanti, Valentino（1764〜1837）イタリアの作曲家　308
フィガロ　Figaro　ボーマルシェの喜劇『セビーリャの理髪師』や『フィガロの結婚』の主人公．これらの作品はオペラになった　45, 256, 309
フィデリゴ二世　→　ゴンザーガ、フィデリゴ
フィネッリ　Finelli, Carlo（1780〜1854）イタリアの彫刻家　54
フィヒテ　Fichte, Johann Gottlieb（1762〜1814）ドイツの哲学者．カントの哲学を出発点にして知識の根源としての哲学を体系化した　*300*
フィヤンミンゴ　→　デュケノワ
ブイヨン　→　ゴドフロワ・ド・ブイヨン
フィラガテ、ジョヴァンニ　→　ヨハネス十六

lamo Francesco Maria Mazzuoli（1503～40）パルマ生まれの画家、版画家．コレッジョやラファエッロの影響を受ける　*49*；110
パロッタ枢機卿　cardinale Palotta　211, 212
バロッチ　Barocci もしくは Baroccio, Federigo（1526～1612）イタリアの画家　*40, 163*；188, 189, 327
バロニウス　Baronius, cardinale Caesar（1538～1607）イタリアの教会史家．28巻の教会年史を著す　79, 266, 326
ハロルド、チャイルド　Harold, Childe　バイロンの同名の長詩の主人公　*65*
バンスラード　Benserade, Isaac de（1613～91）フランスの劇詩人　306
パンタレオン（聖）Pantaleon　305年頃死去．ディオクレティアヌスの侍医　191
バンデッロ　Bandello, Matteo（1484頃～1562）イタリアの物語作家．その『小説集』はローペ・デ・ベーガやシェイクスピアといった作家たちの想像力を刺激した　*37, 167, 270*；37, 243
ハンニバル　Hannibal（前／247～183）カルタゴの将軍．第2ポエニ戦争で活躍　*279*
パンフィリ家　i Pamphili　ローマの旧家　*163*；191
パンフィリ公　principe Pamphili　*164*

ビアジョ　Biagio　パウルス三世の儀典長　357
ピウス二世　Pius Ⅱ, Enea Silvio de'Piccolomini（1405～64）教皇（1458～）人文主義的教養人であった　*58*
ピウス三世　Pius Ⅲ, Antonio Francesco Todeschini de' Piccolomini（1439～1503）教皇（1503）　225
ピウス四世　Pius Ⅳ, Giovanni Angelo Medici（1499～1565）教皇（1559～）　31, 128, 186, 239
ピウス五世（聖）　Pius Ⅴ, Michele Ghislieri（1504～72）教皇（1566～）　137, 181, 239
ピウス六世［ブラスキ枢機卿］　Pius Ⅵ, Giovanni Angelo Braschi（1717～99）教皇（1775～）　*21, 111, 118, 137, 168, 211, 229, 246, 279, 284*；46, 84, 85, 187, 208, 209, 248, 251, 252, 330
ピウス七世［キャラモンティ枢機卿］Pius Ⅶ, Barnaba Luisi Gregorio Chiaramonti（1740～1823）教皇（1800～）　*33, 51, 80, 141, 158, 212, 213, 240, 241, 286, 287*；22, 25, 37, 46, 47, 85, 93, 123, 125, 204-207, 240, 247, 252, 253, 296, 331, 366, 367, 369, 382
ピウス八世［カスティリヨーニ枢機卿］Pius Ⅷ, Francesco Saverio Castiglioni（1761～1830）教皇（1829～）　*273*；253, 328, 363, 366, 370, 378, 381-385
ピエトロ枢機卿　cardinale Pietro　265
ピエトロ・ダ・クレモーナ　Pietro da Cremona　コレッジョの弟子の画家　*294*
ピエトロ・ダ・コルトーナ　Pietro da Cortona　本名 Pietro Berrettini da Cortona（1596～1669）イタリアの画家、建築家　*40, 133, 137, 298*；112, 114, 150, 151, 157, 179, 180, 188-190, 246, 325
ピエトロ・デッラ・ガッタ　Pietro della Gatta　本名 Bartolomeo Piero Antonio dei Gatta（1448～1502）フィレンツェの画家　*65, 290*
ピエリーノ・デル・ヴァーガ　Pierino del Vaga　本名 Pietro Buonaccorsi（1500～47）ローマの画家　30, 186
ピエル・ルイジ　→　ファルネーゼ、ピエル・ルイジ
ピエルレオーニ家　i Pierleoni　ローマの一族　102
ピエロ・デッラ・フランチェスカ　Piero della Francesca　本名 Piero dei Franceschi（1416～92）ウンブリア派の画家　*65, 290*
ヒエロニムス（聖）Hieronymus, Sophronius Eusebius（340～419）キリスト教の教父、教会博士　*66*；147, 152, 183
ピオ公　principe Pio　117
ピオンビーノ公　→　ソラ公爵
ビージョ　→　バッチョ・ビージョ
ピッコロミーニ、アルフォンソ　Piccolomini, Alphonso（1550頃～91）傭兵隊長　242
ピッコロミーニ、エネアス・シルウィウス　→　ピウスⅡ
ピッチーニ　Piccini, Niccolo（1728～1800）イタリアの作曲家　83
ピニョッティ　Pignotti, Lorenzo（1738～1812）イタリアの歴史家　*38, 95, 111*
ピネッリ　Pinelli　ローマの青年　*211*

バッフォ　Baffo, Giorgio（1694〜1768）ヴェネツィアの詩人　66
パッラディオ　Palladio, Andrea（1508〜80）イタリアの建築家　*47*；20, 150, 194
ハドリアヌス　Hadrianus, Publius Aelius（76〜138）ローマ皇帝（117〜）帝国の安寧を図り学芸を奨励したことで知られる　*206, 207, 258, 261, 262*；26–28, 182, 331
ハドリアヌス一世　Hadrianus I　教皇（在位772〜795）　144, 190
ハドリアヌス六世　Hadrianus VI, Adrian Florent（1459〜1523）教皇（1522〜）　152, 233–235
パトリキウス　Patricius, Johannes　4世紀のローマ市民　136, 139
バブーフ　Babeuf, François Emile　別名Gracchus Babeuf（1760〜97）　フランスの社会思想家、革命家．第1共和制時代に総裁政府打倒の陰謀を企て、逮捕、処刑された　*90*
ハムレット　Hamlet　シェイクスピアの同名の悲劇の主人公　*177*；317
バーヤェジット　Bayazit II（1446〜1512）オスマン・トルコの第8代スルタン（1481〜）．弟イェムとの内紛など波乱に富んだ生涯を送り、最後は第3子セリムに殺された　238
パラージ　Palagi, Pelagio（1775〜1860）ボローニャの画家、彫刻家、建築家　*60, 165*；120, 339
パラス　Pallas（ギリシア神話）女神アテナの別名．ローマではミネルヴァと同一視されている　18, 20
バラス　Barras, Paul François Jean Nicolas, vicomte de（1755〜1829）革命期の軍人、政治家　154, 155
パラッジ　→　パラージ
パラディージ　Paradisi, conte Giovanni（1760〜1826）チザルピーナ共和国執政官．イタリア王国元老院議長　*8*
バラモン　brahmana　インドのバルナ制度で最高位の祭司階級に属する者たち　149
パリス　Paris, Pierre-Adrien（1747〜1819）フランスの建築家　*102*
バリョーニ、ジョヴァンニ・パオロ　Baglioni, Giovanni Paolo　ペルージャの領主　226, 236
バルガス　Vargas　ローマ駐在スペイン大使　199
パルトマシリス　Parthomasiris　トラヤヌスによって玉座を追われたアルメニア王　26
バルトリ　Bartoli 正しくは Bartholdy, Salomon（1779〜1825）　ローマ駐在プロイセン大使　81
バルトロ　Bartholo　ロッシーニのオペラ『セビーリャの理髪師』の登場人物　*41*
バルトロマイ（聖）　Bartholomaios（新約聖書）キリストの12使徒の一人　179, 358
バルトロメオ（フラ）　Fra Bartolommeo　本名Bartolommeo di Pagola del Fattorino（1472〜1517）フィレンツェ派の画家．サン・マルコ修道院の修道士　*49, 58, 69, 75, 304, 307*；229
バルナーヴ　Barnave, Antoine-Pierre-Joseph-Marie（1761〜93）革命期の国民議会の演説家　159
バルビエリ　→　グェルチーノ
バルブス　Balbus, Lucius Cornelius　カエサルの代理人で、オクタウィアヌスのもとで執政官を務めた　*190*
バルベリーニ家　i Barberini　16世紀から商業によって富を築いたローマの一族．枢機卿や教皇を出している　*27, 28, 204*；63
　バルベリーニ公　principe Barberini　*39*
　マッフェオ　→　ウルバヌス八世
　タッデーオ　Barberini, Taddeo　ウルバヌス八世の甥　246
　フランチェスコ　Barberini, cardinale Francesco（1597〜1679）ウルバヌス八世の甥　180
バルボーネ　Barbone　強盗団の首領　30
バルボラーニ（モンシニョール）　Barbolani, monsignor Alberto　レオ十二世の侍従　362
パルマ・ヴェッキオ　Palma Vecchio　本名Giacomo Palma（1480〜1528）ヴェネツィアの画家　*50*
パルマ・ジョヴァネ　Palma Giovane　本名Jacopo Palma（1544〜1628）　画家．前者の甥または姪の息子　*50*
パルマローリ　Palmaroli, Pietro　1828年に死去したローマの画家．フレスコ画の修復を専門とした　*253*
パルミジャニーノ　il Parmigianino　本名Giro-

366, 367
パイジェッロ Paisiello, Giovanni（1740～1816）イタリアの作曲家 *52*；308
ハイモン Haemon（ギリシア神話）テーバイの王クレオンの末の息子で、アンティゴネーと婚約 *283*
バイヤール Bayard, Pierre Terrail（1476～1524）フランスの軍人．15世紀末からの数次に渉るイタリア遠征で武勲をたてた *296*
バイヤンヌ Bayanne 教皇庁控訴院判事 86, 87
バイロン Byron, George Gordon lord（1788～1824） ***35, 213, 233, 271***；18, 38, 97, 123, 165, 238, 292, 314, 321
ハインリヒ三世 Heinrich Ⅲ（1017～56） 神聖ローマ皇帝（1039～）．教会の改革に努めた 272
ハインリヒ四世 Heinrich Ⅳ（1050～1106）神聖ローマ皇帝（1056～）．グレゴリウス七世が叙任権を奪おうとしたのに反対して破門され、カノッサに赴き赦免を請うた 327
パウルス一世 Paulus Ⅰ 教皇（在位757～768）182
パウルス二世 Paulus Ⅱ, Pietro Barbo（1417～71）教皇（1464～） ***28, 113***；318
パウルス三世 Paulus Ⅲ, Alessandro Farnese（1468～1549）教皇（1534～） ***70, 114, 122, 124, 127, 131, 145, 190, 227, 239, 241, 303***；28, 29, 71, 109, 237, 238, 246, 355, 357, 359
パウルス四世 Paulus Ⅳ, Giovanni Pietro Caraffa（1476～1559）教皇（1555～） ***78, 158***；238, 239
パウルス五世 Paulus Ⅴ, Camillo Borghese（1552～1621）教皇（1605～） ***114, 115, 133, 141, 205, 206***；20, 135, 139, 140, 182, 190, 245, 246, 306
パウルス・アエミリウス Paullus Aemilius ローマの軍人の一族．バジリカの建設者 ***221***
パウルス・ディアコヌス Paulus Diaconus（720頃～797頃）ロンバルディーアの歴史家 325, 326
パウロ（聖） Paulos（新約聖書）初期キリスト教の大伝道者 ***25, 33, 66, 74, 117, 122, 144, 152, 179, 295***；30, 120, 122, 123, 130, 132, 181, 189, 190, 203
バエール Baehr, Johann Christian Felix（1798～1872）ドイツの学者で『ローマ文学史』の著者 *159*
パオラ Paola ローマの名門夫人 183
ハガル Hagar（旧約聖書）アブラハムの奴隷で、かれとのあいだにイシュマイルを生むが、妻のサラに嫉妬されて去っていく 67
パキエ Pasquier, Etienne-Denis（1767～1862）フランスの政治家 79
バーク Burke, Edmund（1728～94）英国の政治家、思想家 *98*
バサースト miss Bathurst 英国の外交官ベンジャミン・バサーストの娘 *167*
バジリオ Bazilio, don ロッシーニのオペラの登場人物 309, 310
バスヴィユ Basseville, Nicolas Jean Hougoude（1753～93）フランスの外交官 38, 210
パスカリス二世 Paschalis Ⅱ, Ranieri（1050頃～1118） 教皇（1099～） 192
パスクィーノ Pasquino イタリア喜劇の登場人物 *244*；362
パスタ Pasta, Giudetta Negri（1797～1865）イタリアの女流歌手 ***55, 282***；65, 141, 313
ハーゼ Hase, Karl Benedikt（1780～1864）ドイツのギリシア学者 *83*
バチッチャ il Baciccia 本名 Giovanni Battista Gaulli（1639～1709）ジェノヴァに生まれローマで活躍した画家 *170*
パチーニ Pacini, Giovanni（1796～1867）イタリアの作曲家 274
パッカ枢機卿 Pacca, cardinale Bartolomeo（1756～1844）国務卿 214, 365, 370, 371, 379, 384
バッコス Bakchos （ギリシア神話）ディオニュソスの別名．ゼウスがセメレとのあいだにもうけた子で、豊穣とぶどう栽培ないし酒の神 ***279, 282***；330
パッシニャーニ il Passignani 本名Domenico Cresti（1560～1638）フィレンツェの画家 192
バッチョ・ビージョ Baccio Bigio, Nanni di イタリアの彫刻家 153, 186
パッツィ家 i Pazzi フィレンツェの一族 226

79,92,97,99,106,108,112,118,141,159,175,176,180,188,194,200,205,211,215,216,221,222,240,244,252,255,259,263,266,267；18,28,37,50,52,59,60,64,77,88,92,93,97,98,100,112,153−155,189,190,196,201,204,205,210,240,244,248,253,291,305,314,316,317,319,332,360,382
ナルセス　Narses（478頃～573頃）東ローマ帝国の将軍．ユスティニアヌス一世の宦官　*278*
ナルディーニ　Nardini, Famiano（？～1661）イタリアの考古学者　*95*；343,344

ニオベ　Niobe（ギリシア神話）タンタロスの娘、アンフィオンの妻　*127*；65,198
ニコラウス（聖）　Nicolaus Myranus（？～350頃）小アジアのミラの司教、慈善と奇蹟によって著名　*197*
ニコラウス一世（聖）　Nicolaus Ⅰ　教皇（在位858～867）　80
ニコラウス二世　Nicolaus Ⅱ　教皇（在位1058～61）　273
ニコラウス四世　Nicolaus Ⅳ, Girolamo Masci d' Ascoli（1230～1292）教皇（1288～）　132,137
ニコラウス五世　Nicolaus Ⅴ, Tommaso Parentucelli（1397～1455）ローマ教皇（1447～）芸術と文学の擁護者として知られる　*22,112,234,289*；144,175
ニストロム　Nystroem, Per Axel（1793～1868）スウェーデンの建築家　*107,126*
ニッコリーニ　Niccolini, Giovanni Battista（1782～1861）イタリアの悲劇詩人　305,308
ニッコロ　Niccolo　クレスケンティウスの息子　100
ニビー　Nibby, Antonio（1792～1839）イタリアの考古学者　*95*；74
ニーブール　Niebuhr, Berthold（1776～1831）ドイツの歴史家　*95,189*
ニルス（聖）Nilus（910～1004）カラブリアのギリシア人で940年に妻子を亡くして修道院に入り、以降その善行によって知られる。教皇グレゴリウス五世と皇帝オットー三世の仲裁をした。グロッタフェッラータに修道院を建設　*54*；270,316
ヌマ・ポンピリウス　Numa Pompilius　ローマ第２代の王（在位前／715？～673？）でサビーニ人．数々の善行や改革がかれの事績として伝承されている　*87,92,298*；19,107
ヌミトール　Numitor　アルバの王でロムルスの祖父　*84,86*
ヌムール公　Nemours, Jacques d' Armagnac duc de　（1437～77）ルイ十一世の知事　*134*
ヌンコレ　Nuncore　エジプトの王（？）　*111*

ネストール　Nestor（ギリシア神話）ピュロスの王．トロイ戦争にギリシア軍の将軍として参加し、最年長者の英知で将軍間の諍いを調停した　*241*
ネッビア　Nebbia, Cesare（1536～1614）イタリアの画家　*126*；132
ネッロ・デッラ・ピエトラ　Nello Della Pietra　中世の年代記に登場する人物　*270,271*
ネナ　Nena　ナポリ歌謡の主人公　361
ネプトゥヌス　［ネプチューン］ Neptunus（ローマ神話）ギリシア神話のポセイドンと同一視される水の神ないしは海の神　*54*
ネプトゥヌス・コンスス　Neputunus Consus（ローマ神話）コンススは農業ないし収穫の神といわれ、祭壇がキルクス・マクシムスの中央地下にあった．馬の神でもあったネプトゥヌスと同一視された　334
ネラルコ　Neralco　本名 Giuseppe Maria Ercolani　18世紀の建築家、作家　*31*
ネーリ、フィリッポ（聖）　Neri, Filippo de（1515～95）　フィレンツェに生まれたローマの聖職者．オラトリオ会の創設者　188,189
ネルウァ　Nerva, Marcus Cocceius（30～98）ローマ皇帝（96～）　高齢で帝位を受け、トラヤヌスを養子にして権力を委ねた　18−20,337
ネルボーニ　Nerboni　ナポレオン軍の軍人　*264*
ネロ　Nero, Lucius Domitius（37～68）ローマ皇帝（54～）　*29,102,111,112,116,172,209,219*；181,332,336,337

ハ行

バイエルン王［ルートヴィッヒ一世］ Ludvig I（1786～1868, 在　位1825～48）　*22,99*；84,

てローマを劫略した *27, 278*
ドナテッロ　Donatello　本名 Donato di Niccolo di Betto Bardi（1386頃～1466）イタリアの彫刻家　135, 183
ドナート　Donato　イタリアの歴史家で考古学者 *204*
ドニゼッティ　Donizetti, Gaetano（1797～1848）イタリアの作曲家　141, 360
ドービニェ［オービニェ］　Aubigné, Théodore Agrippa d'（1552～1630）フランスの貴族、ブリの領主．アンリ・ド・ナヴァールのもとで軍事、外交に才能を発揮し、数多くの著述をおこない、文人として叙事詩や風刺小説を残す *44*
ド・ブロス　→　ブロス
トマス（聖）Thomas Aquinas（1225～74）イタリアの神学者、哲学者 *66, 143*
ドミティアヌス　Domitianus, Titus Flavius（51～96）ローマ皇帝（81～96）権力の絶対を主張し、恐怖政治をおこない、キリスト教徒を迫害した *177, 188, 262*；18, 27
ドメニキーノ　il Domenichino　本名 Domenico Zampieri（1581～1641）イタリアの画家 *16, 47, 50, 51, 54, 55, 75, 132, 133, 146, 161, 246, 276, 281*；66, 116, 153, 164, 175, 176, 180, 182, 184, 185, 190, 193, 198, 270
ドメニコ（聖）Domenico　本名 Domingo de Guzman（1179～1221）カスティーリャ出身の聖職者 *135, 156*；193, 194
ドラ　Dorat, Claude-Joseph（1734～80）18世紀の凡庸な詩人 *118*
ド・ラヴ＊＊＊　De Lav＊＊＊　66, 72
ドラクロワ　Delacroix, Ferdinand Victor Eugène（1798～1863）フランスの画家 *143*
トラシー　Tracy, Claude Destut comte de（1754～1836）フランスの哲学者 *300*；88
ドラベラ　Dolabella, Publius Cornelius（前／70～43）ローマの軍人でカエサルの軍隊を指揮した．執政官となる　106
トラヤヌス　Trajanus, Marcus Ulpius Crintus（52～117）ローマ皇帝（98～） *22, 71, 87, 97, 179, 207, 218, 220, 262, 266, 290*；18, 19, 22–26, 91–93, 140, 331, 334
ドラロッシュ　Delaroche, Paul（1797～1856）フランスの画家　339
ドーリア家　i Doria　ジェノヴァの船主の家系 *212*
トリジャーニ　il Torigiani もしくは Torrigiano　本名 Pietro d'Antonio（1472～1522）フィレンツェの彫刻家．ミケランジェロの鼻を砕いたことで有名．イングランドついでスペインに渡って制作した　350
トルヴァルセン　Thorwaldsen, Bertel（1768～1844）デンマークの彫刻家．ローマで暮らした *141, 143, 264*；135, 321, 366, 367
ドルスス　Drusus, Nero Claudius Germanicus（前／38～9）ローマの将軍でティベリウスの弟．ゲルマニア方面の遠征で功績をあげ、かれとその子孫にゲルマニクスの称号が与えられた　21, 106
ドルチ　Dolci, Carlo（1616～86）フィレンツェの画家　342
トルロニア　Torlonia, Giovanni, duca di Bracciano（1755～1828）ローマの銀行家 *21, 99, 165–169, 256*；252, 335
トレヴィザーニ　Trevisani, Francesco（1656～1746）イタリアの画家　194
トレンタノーヴェ　Trentanove, Raimundo（1792～1832）ボローニャの彫刻家．カノーヴァの弟子　360
ドロウ　Dorow, William（1790～1846）考古学者．プロイセン王家の依頼で古代エトルリアの発掘をおこなう *159*
トロメイ、ピア　Pia de Tolomei　ダンテの『神曲』の登場人物 *270, 271*
ドン・アッボンディオ　→　アッボンディオ
ドン・キホーテ　Don Quijote　セルバンテスの同名の小説の主人公　104
ドン・ジュリオ　→　エステ、ジュリオ
ドン・フェルディナンド　→　エステ、フェルディナンド
ドン・ミゲル　→　ミゲル

ナゾリーニ　Nasolini もしくは Nazolini, Sebastiano（1768頃～1806）イタリアの作曲家　308
ナトワール　Natoire, Charles-Joseph（1700～77）フランスの画家　185
ナポレオン　Napoleon Bonaparte（1769～1821）フランス皇帝（1804～14） *19, 25, 26, 33,*

デュシェーヌ　Duchesne, André（1584～1640）フランスの歴史家　273
デュ・デファン夫人　Du Deffand, Marie de Vichy-Chamrond, marquise（1667～1780）サロンと書簡で有名　114
デュパティ　Dupaty, Charles-Marguerite-Jean-Baptiste Mercier（1746～88）フランスの行政官、文学者　*98,306*
デュパン　Dupin, André-Marie-Jean-Jacques（1783～1865）弁護士、政治家　*137*
デュフォ　Duphot, général Léonard（1769～98）フランスの軍人　*195*；38,204,210
デュボワ師　Dubois, abbé Guillaume（1656～1723）枢機卿で政治家　248
デュポン・ド・ヌムール　Dupont de Nemours, Pierre Samuel（1739～1817）フランスの政治家、経済学者　*90*
デュモン氏　Dumont, Gabriel-Pierre-Martin（1720～90）フランスの建築家　49
デュロー・ド・ラマール　Dureau de La Malle, Adolph-Jules-César-Auguste（1777～1857）フランスの学者　*189,277*
デリ・アントニ　Degli Antoni（1747～1810）ボローニャの法学教授　*8*；68,384
テリニー　Téligny, Charles de　コリニー提督の娘婿で、1572年にサン=バルテルミーの虐殺で義父とともに殺害された　*226*
テル、ウィルヘルム［ウィリアム］　Tell, Wilhelm　スイスの伝説的英雄　*247*
デル・グレコ神父　abate Del Greco　ローマの人　257,345
テルトゥリアヌス　Tertullianus, Quintus Septimius Florens（160頃～222以降）教会作家でキリストの奇跡を擁護する論を展開　147
デル・モンテ枢機卿　→　ユリウスⅢ世
デル・モンテ、インノチェンツォ　Del Monte, cardinale Innocenzo　ユリウス三世のお気に入り　238
テレサ（聖女）　Teresa de Jesus（1515～82）スペインの宗教家．神秘的体験により回心したのち、カルメル会の刷新をおこなった　*22,43,276,277*
テレーズ　→　カスタニェール
テレンティウス　Terentius（前／195頃～159頃）ラテンの喜劇作家　*234*
デ・ロッシ、アンジェロ　De Rossi, Angelo（1616～95）建築家、彫刻家　*145*
デ・ロッシ、ゲラルド　De Rossi, Giovanni Gherardo（1754～1827）ローマの滑稽詩人　*151,213*；238
デ・ロマニス　De Romanis, Filippo　ローマの出版局の副支配人　*107*
テンペスタ　Tempesta　本名 Pieter Mulier de Jonge（1637～1701）オランダの画家．おもに風景画、海の嵐の絵で知られる　144
デンボ＊＊＊、メティルデ　Dembo＊＊＊, Metilde　43

トゥー　Thou, Jacques-Auguste de（1553～1617）フランスの司法官、歴史家　241
トゥー　Thou, François de（1607～42）司法官、友人のサン=マールの陰謀を暴露しなかったために、ともに斬首される　*219*
トゥッリータ　Turrita, Jacopo　ルネッサンスのモザイク画家　139
ドゥニゼ　Denizet　18世紀の建築家　191
ドゥノン　Denon, baron Dominique-Vivant（1747～1825）第1帝政時代の美術館総監　*137*
トゥリウス　→　セルウィウス・トゥリウス
トゥリヌス　Turinus　アレクサンデル・セウェルスの廷臣　19
ドゥリール　Delille, abbé Jacques（1738～1813）詩人．風景描写に優れていた　*35,40,144,145*
トゥルス・ホスティリウス　Tullus Hostilius　ローマの第3代の王　*87,92,93*
トスカーナ大公［レオポルト二世］　Leopold Ⅱ（1797～1870）父のフェルディナンド三世の後継として1824年に大公となるが，59年革命によって追放された　165
トッコ　Tocco, Leonardo　ナポリの政治家．ミュラによってロンドンに派遣された外交官　*90*
ドッドウェル　Dodwell, Edward（1767～1832）英国の考古学者　306
ドッドウェル夫人　Dodwell, Teresa Giraud　前者の妻　*41,44,103*；306,312
トティラ　Totila　本名 Baduila（？～552）東ゴート族の王（541～）．東ローマ帝国を破り南部イタリアを占領したのち、二度にわたっ

ティトゥス・リウィウス → リウィウス
ティートーノス Tithonos (ギリシア神話) 曙の神に愛され、ゼウスから永遠の命をもらったが、老いて生き長らえなければならなかった *281*
ディドロ Diderot, Denis (1713〜84) フランスの思想家. ダランベールとともに百科全書の編集をおこなう *57*
ディ・ネグリ Di Negri 正しくはDi Negro, marchese Gian Carlo ジェノヴァの貴族 *96*
ティブルス Tibullus, Albius (前48頃〜後19) ラテンの詩人 333
ティベリウス Tiberius, Julius Caesar Augustus (前42〜後37) ローマ皇帝 (後14〜) *220, 241* ; 75
ティベリヌス Tiberinus ローマ建国以前のアルバの王 *84*
ティモテオ Timoteo Viti 別名 Timoteo da Urbino (1467〜1523) イタリアの画家 *47*
ティントレット il Tintoretto 本名 Jacopo Robusti (1518〜94) ヴェネツィアの画家 *50*;198
テウトモシス Theutomosis エジプトの王 133
テオドシウス Theodosius (346〜95) ローマ皇帝 (379〜) ローマ帝国東部の正帝となったのち帝国を統一した. しかし二人の子に帝国を分割して譲ったため東と西に分裂した 120
テオドラ Theodora ヨハネス十世の情婦のローマ女性 263
テオドリクス Theodoricus (456頃〜526) 東ゴート族の王 (474〜) 28, 326
テオドン Theodon, Jean-Baptiste (1646〜1713) フランスの彫刻家. ローマに30年滞在し教会のために制作した *170*
デカルト Descartes, René (1596〜1650) *164*
デ・グレゴリオ cardinale De Gregorio (1758〜1839) 枢機卿 *40* ; 213, 367, 375, 377, 382, 384
デケバル Decebale ダキアの王ないし長を意味する 26
デゴデ Desgodets, Antoine (1653〜1728) フランスの建築家 *266*
テスタ (モンシニョール) monsignor Testa 369
テスタフェッラータ枢機卿 cardinale Testaferrata 376
デステ → エステ
デステ Deste カノーヴァの弟子 69
デスデモーナ Desdemona シェイクスピアの悲劇『オセロ』の登場人物 *270*
テセウス Theseus (ギリシア神話) アテナイの英雄 *140*
デッラ・ジェンガ → レオ十二世
デッラ・ソマーリャ枢機卿 Della Somaglia, cardinale Julio Maria (1744〜1830) レオ十二世の国務卿 164, 209, 210, 363, 367, 369, 370, 383
デッラ・ビアンカ Della Bianca 架空の人物 43, 68
デッラ・ポルタ Della Porta, Giovanni Battista (1542〜97) イタリアの彫刻家 135
デッラ・ポルタ Della Porta, Tommaso (1544〜1618) イタリアの彫刻家 92
デッラ・ロヴェレ、ジュリヤーノ → ユリウス二世
デッラ・ロヴェレ、フランチェスコ・マリア Della Robere, Francesco Maria ウルビーノ公、レオ十二世の甥 *301*
テネラーニ Tenerani, Pietro (1789〜1869) 彫刻家. カノーヴァとトルヴァルセンの弟子 *40*
デノワイエ Desnoyers, Auguste (1799〜1857) フランスの画家、版画家 *72*
デミドフ Demidoff, Nicolas Nikititch (1773〜1828) サンクト・ペテルブルク生まれで、フィレンツェ在住のロシア人 *43, 197, 271* ; 18, 25
デュクロ Duclos 本名Charles Pinot (1704〜72) フランスのモラリスト、歴史家 *97, 245* ; 86, 88, 116
デュゲ Dughet, Gaspard 別名 Le Guaspre, Gaspard-Poussin (1615〜75) ローマに住んだフランスの画家で、ニコラ・プッサンの義弟 *45, 48* ; 193
デュケノワ Duquesnoy, François 別名 Francesco Fiammingo (1597〜1643) ベルギーの彫刻家. サン・ピエトロの天蓋の大部分の彫刻を制作 *126* ; 153, 157, 187

270,303；40,97,217,337,357
ダンティ　Danti, Ignazio（1536～86）イタリアのドメニコ会修道士で数学者　*231*；108
ダントン　Danton, Georges Jacques（1759～94）フランスの政治家．大革命の闘士　83
ダンネッカー　Dannecker, Johann Heinrich von（1758～1841）ドイツの彫刻家　*231*
タンブリーニ　Tamburini, Antonio（1800～76）イタリアの歌手　43,114,259,274,308
タンブリーニ夫人　Madama Tamburini　歌手　308,360
タンブローニ　Tambroni, Giuseppe（1773～1824）イタリアの作家　*8,91,164,211*；67,68,112,316,317
タンブローニ夫人　Madama Tambroni　前者の妻　58
ダンボワーズ［アンボワーズ］、ジョルジュ　Amboise, cardinal Georges d'（1460～1510）ルイ十二世の大臣　225,235

チェーヴァ　Ceva, il Padre Teobaldo（1697～1746）イタリアのイエズス会神父、詩人　*106*
チェージ枢機卿　cardinale Cesi　152
チェッキーナ　Cecchina　ローマ女性　87
チェッコーネ　Ceccone「クラリッサ・ポルツィア」の逸話に登場する悪党のヴェットリーノ　95,96
チェッリーニ　Cellini, Benvenuto（1500～71）フィレンツェ生まれの彫刻家　*266*；33,83
チェルカラ　Cercara「フランチェスカ・ポーロ」の逸話の登場人物　167-170
チェルカラ、ファビオ　Cercara, Fabio　前者の弟　167-173
チェンチ、ベアトリーチェ　Cenci, Beatrice　父親を殺したことによって1599年処刑された娘　*15,39*；46,116
チコニャーラ　Cicognara, Leopoldo（1767～1834）彫刻史の著者　*144,145*
チッカレッリ　Ciccarelli, Antonio　16世紀に教皇史を執筆した作家　240,254
チーボ　→　インノケンティウス八世
チマブエ　Cimabue, Giovanni（1240～1301）フィレンツェの画家　136
チマローザ　Cimarosa, Domenico（1749～1801）イタリアの作曲家．スタンダールはその音楽を熱愛した　*25,90,192*；81,94,159,162,189,236,259,275,292,293,308,309,338
チャッコニオ　Ciacconio　別名Ciacconius　本名Pedro Chacon（1525～81）スペインの学者　*134*

ツィンガレッリ　Zingarelli, Nicola Antonio（1752～1837）イタリアの作曲家　308

ディアナ　Diana（ローマ神話）ギリシアのアルテミスと同一視される女神　26,193
デイアネイラ　Deianeira（ギリシア神話）ヘラクレスの妻．ヘラクレスの愛情を取り戻すつもりで死なせてしまうことになり、自殺する　350
ティアリーニ　Tiarini, Alessandro（1577～1668）イタリアの画家　*135*
ディエゴ（聖）Diego（1400頃～63）スペイン人のフランシスコ会修道士　182
ティエール　Thiers, Adolphe（1797～1877）政治家、歴史家　44
ディオクレティアヌス　Diocletianus, Gaius Aulerius Valerius（230頃～316頃）ローマ皇帝（284～305）親衛隊長から帝位につき、帝国の四分割統治制度を設ける　*205,209*；103,105,113,179,186,331,332
ディオゲネス　Diogenes　ギリシアの彫刻家　*260,262*
ディオゲネス　Diogenes　紀元前5世紀のギリシアの哲学者　*301*
ディオニュシオス・ハリカルナッセウス　Dionysios Halikarnasseus（前／？～8頃）ギリシアの歴史家．建国以来のローマの歴史を著わす　*188*,334
ディオン　Dion Cassios（155～235）ギリシアの歴史家　*260*；91
ティツィアーノ　Tiziano　本名Tiziano Veccelli（1477～1576）ヴェネツィアの画家　*12,47,50,70,73,75,146,163,178,304*；53,110,157,160,198,229,233,303,325,342
ティトゥス　Titus Flavius Vespasianus（40頃～81）ローマ皇帝（79～）*25,27,28,30,33,197,203,209,242*；19,21-23,25,106,250,331-333,343,368

ア文学の研究者　*83*
ダヴィッド　David, Pierre-Jean　通称David d'Angers（1788～1856）フランスの彫刻家．カノーヴァの影響を受ける　321, 322
ダヴィデ　Davide（旧約聖書）前10世紀のイスラエル第2代の王（在位前／1010～971）．牧童であったがサウル王の後継者として神に選ばれた　351
ダヴィラ　Davila, Enrico Caterino（1576～1631）イタリアの歴史家　241
タキトゥス　Tacitus, Gaius Cornelius（55頃～120頃）ラテンの歴史家　*115, 234*；325
タキトゥス　Tacitus, Marcus Claudius　ローマ皇帝（在位275～276）　*93*
タッソ　Tasso, Torquato（1544～95）イタリアの有名な詩人　*16, 233, 305*；31, 163-167, 176
タティウス　Tatius, Titus　サビーニ人の王　*86, 203*
タドリーニ　Tadolini, Adam（1789～1868）イタリアの彫刻家　367
ダニエル　Daniel（旧約聖書）前6世紀はじめのユダヤの預言者　132
ダニエル神父　Daniel, père Gabriel（1649～1728）イエズス会士で歴史家　143
ダニエーレ・ダ・ヴォルテッラ　Daniele da Volterra　本名Daniele Ricciarelli（1509～88）イタリアの建築家　*146, 253*；186, 194, 356
ダマスス（聖）　Damasus I（304頃～384）教皇（366～）ローマ教会を強大にした　*290*
ダミアヌス（聖）Damianus　聖コスマスの双子の兄弟．ディオクレティアヌス帝の迫害により殉教　*204*；183
タムヌス　Tamnus　オットー三世の寵臣　271, 316
ダモクレス　Damokles　紀元前4世紀の人．シュラクサイのデュオニシオス一世の廷臣．支配者の幸福を羨んだが、その幸福がつねに不安に付きまとわれるものであることを、一本の馬の毛の先に吊された短剣のしたに立たされて、王から教えられた　291
タヤ　Taja, Agostino Maria　『ヴァチカン素描』の著者　*224*
ダラン神父　abbé Dalin　72
ダランベール［アランベール］　Alembert, Jean Le Rond d'（1717～83）フランスの哲学者、数学者　*138*；88
タリヤン　Tallien, Jean-Lambert（1767～1820）革命政治家　155
タリヤン夫人　Tallien, Jeanne-Marie Ignas Theresia Cabarrus, marquise de Fontenay, citoyenne（1775～1835）前者の妻．スペイン生まれの才媛　155
ダリュ、マルシャル　Daru, Martial（1774～1827）スタンダールの遠縁　37
タルクィニウス・スペルブス　Tarquinius Superbus, Lucius　後出プリスクスの息子でローマの7代目の王（在位前／534～510）．6代目の王セルウィウス・トゥリウスの女婿となり、義父を殺害して王位を簒奪した　*187*；334
タルクィニウス・プリスクス　Tarquinius Priscus, Lucius　本名Lucumo　4代目のローマの王（在位前／616～579）と伝えられる．タルクィニイ出身のエトルリア人．スペルブスに対して大タルクィニウスと呼ばれる　*186, 187*；98
タルジーニ侯爵　marchese Targini　*286*
ダルディーニ　Dardini　ローマの教授とされる人物　*271*
タルペイア　Tarpeia（ローマ神話）ローマのウェスタ神殿の巫女．ローマ人を裏切りサビーニ人にカピトリヌス丘への登り口を教えたが、サビーニ人に殺された　*187*
タルマ　Talma, François-Joseph（1763～1826）フランスの有名な悲劇俳優　*217*；27, 66, 68
ダロルモ　Dall'Olmo, Jose Vincente　17世紀スペインの歴史家　333
ダンクール　Dancourt, Florent Carton（1661～1725）フランスの俳優、劇作家　*219*；93
タンクレーディ　Tancredi　タッソの叙事詩『エルサレム解放』の主人公　52
ダンジヴィリエ［アンジヴィリエ］　Angivillier, Charles-Claude de La Billarderie, comte d'（1730～1809）ルイ十五世の建物・庭園監督官、アカデミー総監　*219*
ダンジョー　Dangeau, Philippe de Courcillon, marquis de（1638～1720）回想録の著者　*31*；220
ダンテ　Dante Alighieri（1265～1321）　*251*,

スフォルツァ枢機卿　Sforza, cardinale Ascanio Maria　ロドヴィーコの弟　119, 219
ジョヴァンニ　→　ジョヴァンニ・ダ・ペーザロ
スフロ　Soufflot, Jacques-Germain（1713～80）フランスの建築家．パリのパンテオンを設計した　52
スマラグデ　Smaragde　7世紀の東ローマ帝国イタリア地方総督　*200–202*
スラ　Sulla, Lucius Cornelius　(前／138～78) ローマの将軍、政治家　*87, 188*
ズルラ　Zurla, Placido（1769～1834）教皇代理枢機卿　71, 328, 363, 364

聖母　Madonna　イエスの母マリアの別称　*58, 66, 72, 74, 135, 152–156*；177, 179, 186, 193
セヴィニェ夫人　Sevigné, Marie de Rabutin-Chantal, marquise de（1626～96）書簡で有名なフランスの貴族女性　*164*
セウェルス　→　セプティミウス・セウェルス
セヴェローリ　Severoli, Filippo（1767～1822）イタリアの将軍．ナポレオン軍で目覚ましい働きをした　*264*
セヴェローリ枢機卿　cardinale Severoli　ヴィテルボ司教　*41*；210–214, 216, 370
ゼウクシス　Zeuxis　紀元前5世紀の画家　66
セネカ　Seneca, Lucius Annaeus（前5～後65）ローマの詩人、哲学者　112, 113, 147
セバスティアヌス（聖）　Sebastianus　3世紀頃のキリスト教殉教者　*54, 74, 133*
セバスティアーノ・デル・ピオンボ　Sebastiano del Piombo　本名Sebastiano Luciani（1485頃～1547）イタリアの画家で、ミケランジェロの友人で協力者　*50, 59*；192, 303
セプティミウス・セウェルス　Septimius Severus, Lucius（146～211）　ローマ皇帝（193～）*193, 195, 196, 199, 203, 223, 244, 258, 261, 262*；25, 99, 103, 104, 106, 145, 335
セリメーヌ　Célimène　モリエールの喜劇『人間嫌い』の登場人物　*149*
セール　Serres, comte Hercule de（1776～1824）フランスの政治家、外交官．ドカーズ内閣、ついでリシュリュー内閣の法務大臣を務め、のちにナポリ大使となった　*43*
セルウィウス　Servius　4世紀のラテン語文法学者　344
セルウィウス・トゥリウス　Servius Tullius（前／578～535）ローマの6代目の王　*87, 93, 94*；99, 128, 180, 190, 337
セルギウス三世　Sergius Ⅲ　教皇（在位904～911）　263, 264
セルベトゥス　Servetus, Miguel（1511頃～53）スペインの医学者、神学者．ジュネーヴでカルヴァンに焚刑に処せられる　*233*
セレウコス　Seleukos（前／358頃～280）　シリアの王（前304～）セレウコス朝を開く　*294*

ソクラテス　Sokrates（前／460～399）　*51, 300*；147, 345
ソデリーニ　Soderini, Piero（1450頃～1513）フィレンツェ共和国の行政長官　351
ソドマ　il Sodoma　本名Giovanni Antonio de' Bazzi　別名De Bazzi（1477～1549）イタリアの画家．シエーナ、ついでローマで制作した　*66*
ソフィー　Sophie　ルソーの『エミール』の登場人物　114
ソフォクレス　Sophokles（前／496頃～406）ギリシアの悲劇詩人　*283*
ソフォニスバ　Sophonisba（前／235～203）カルタゴの将軍の娘で西ヌミディアの王妃．捕虜となったとき敵将の求愛を退けて、毒を仰いだ　345
ソーメーズ　Saumaise, Claude de（1588～1653）フランスの文献学者　80
ソラ公爵　duca di Sora, principe di Piombino　ヴィッラ・ルドヴィージの所有者　*279*
ソーリャ猊下　Mgr Soglia　ピウス八世付きの司祭　384
ソルロフラ　Madama Sorlofra　ローマの夫人　*41*
ゾロアスター　Zoroastres　紀元前7世紀ペルシャに生まれた宗教家　*301*

タ行、ナ行

ダヴィッド　David, Jacques-Louis（1748～1825）フランスの画家　*47, 73, 130, 141*；69, 111, 359
ダヴィッド　David, Charles-Louis-Jules（1783～1854）前者の息子．パリ大学教授でギリシ

（69～140頃）ローマの文人．皇帝の伝記の著者　*189, 220*；71
スカモッツィ　Scamozzi, Vincenzo（1552～1616）イタリアの建築家　150
スカラ　Scala, Can Grande della（1291～1329）ヴェローナの支配者で、ダンテやジヨットの庇護者　*78*
スカルヴァ　Scalva　フランチェスカ・ポーロの逸話の人物　171-173
スカロン　Scarron, Paul（1610～60）フランスの作家　43
スキアセッティ　Schiassetti, Fortunato（1776～1813）イタリアの将軍　*264*
スキピオ家　Scipio　古代ローマの名家　*241*
バルバトゥス　Scipio Barbatus, Lucius Cornelius　紀元前3世紀の執政官．エトルリア人、サムニウム人に対して戦功をたて、墓碑に讃辞が記されているが、これはアルカイック・ラテン語の主要なテキストのひとつとして有名　*231, 242*；344
大アフリカヌス　Schipio Africanus Major, Publius Cornellius（前／236～184）スペインをカルタゴから奪い、さらにザマの戦いでハンニバルを撃破した　*245*；100, 189
スキュラ　Skylla（ギリシア神話）6個の頭と12の尾をもつ怪物で、メッシーナ海峡の南に住む　*182*
スコット、ウォルター　Scott, Walter（1771～1832）スコットランドの小説家　76
スコット、ジョン　Scot, John Duns（1274～1308）英国の神学者　*66*
スコット、マリアヌス　Scott, Marianus　9世紀のスコットランドの僧侶　80
スタティウス　Statius, Pullius Papinius（60頃～100頃）ナポリ生まれのローマの詩人　124
スタニスラフ　Stanislav Kostka　1568年に死去したポーランドのイエズス会士　178
スタール夫人　Madame de Staël, Germaine Necker（1766～1817）フランスの文学者　*288*
スチュアート家　the Stuart　スコットランドに興った王家で、のちにイングランドをも支配するが、名誉革命でジェイムズ二世が王座を追われる．その息子と孫の三代にわたって王座奪還を目指すが家系が断絶した　*21, 38, 52, 139*；341
メアリ・ソビエスカ　Stuart, Mary Clementine Sobieska（1702～35）ジェイムズ三世を僭称するジェイムズ・フランシス・エドワード・スチュアートの妻　*138*
ズッカーリ　→　ズッケーロ
ズッキ（モンシニョール）monsignor Zucchi　教皇選挙会議における聖座公証人　383
ズッケーロ、タッデーオ　Zucchero もしくは Zuccari, Taddeo（1529～66）イタリアの画家　*171*；186
ズッケーロ、フェデリゴ　Zucchero もしくは Zuccari, Federigo（1542～1609）画家で前者の弟　*224*；180, 186
スティリコ　Stilicho, Flavius（？～408）ヴァンダル族出身の家柄に属し、西ローマ帝国の司令官に出世した　*189*
ステファニア　Stephania　クレスケンティウスの妻　271
ステファヌス（聖）　Stephanus　教皇（在位254～257）　*66*；99, 144
ステファヌス六世　Stephanus Ⅵ　教皇（在位896～897）　263
ステルニ　Sterni もしくは Stern, Raffaello（1780～1817）ローマの画家　*175, 240*；25, 103, 332
ストラッソルド　Strassoldo, conte Giulio Giuseppe（1773～1830）ミラノの警察長官　313
ストラボン　Strabon（前／64～21以後）ギリシアの地理学者　344
ストロッツィ　Strozzi, Maddalena　36
スパダ公　principe Spada　*255*
スパダリノ　Spadarino　本名Gian Antonio Galli　17世紀の画家　*143*
スパルティアヌス　Aelius Spartianus　*209*
スピナ枢機卿　Spina, cardinale Giuseppe（1756～1828）ボローニャの教皇領州総督を務めた　*28, 40, 107, 144, 216, 236*；85, 205, 304
スフォルチェ　Sforce　スフォルツァをフランスの年代記筆者はこう呼んだ　185
スフォルツァ家　gli Sforza　15世紀に傭兵隊長からロンバルディーアの領主となった一族　*78*
ロドヴィーコ　Sforza, Lodovico　通称 Lodovico il Moro（1451～1508）ミラノ公　118, 120, 219

ジョヴァンニ　Giovanni　召使　*278, 281*
ジョヴァンニ枢機卿　cardinale Giovanni　265
ジョヴァンニ・ダ・ウーディネ　Giovanni da Udine もしくは Giovanni Ricamador（1487～1564）ヴェネツィアの画家、建築家で、ラファエッロの工房に加わり、装飾に才能を示す　*242*
ジョヴァンニ・ダ・フィエーゾレ　Giovanni da Fiesole　別名 Fra Angelico　本名 Guido di Pietoro（1387～1455）フィレンツェの画家　188
ジョヴァンニ・ダ・ペーザロ　Giovanni da Pesaro 正しくは Giovanni Sforza, conte di Pesaro　ルクレツィア・ボルジアの最初の夫　220
ジョヴァンニ・デ・ヴェッキス　Giovanni de Vecchis（1560～1610）フィレンツェの画家　*126*
ジョヴァンニ・ディ・サン・ジョヴァンニ　Giovanni di San Giovanni　本名 Giovanni Mannozi（1592～1636）イタリアの画家　192
ジョヴィオ　Giovio, Paolo（1483～1552）イタリアの歴史家　33, 37, 47, 120, 143, 223, 224, 232, 238
ショヴェ　Chauvet　ナポレオンのイタリア遠征軍の軍人　154
ジョコンド　Giocondo　アリオストの『狂えるオルランド』の登場人物　*306*
ジョージ四世　George Ⅳ（1762～1830）1811年に摂政となりのちに英国王（1820～）*139*
ジヨット　Giotto, Ambrogio Bondone（1266～1336）フィレンツェの画家、建築家　132, 180, 183, 188
ショーヌ公爵　duc de Chaulnes　逸話「真夜中のヴォワズノン師」の登場人物　39, 160
ジョフロワ　Geoffroy, Julien-Louis（1743～1814）『論争新聞』の劇評家．スタンダールは愚弄して「神父」と付けている　27, 68
ジョルジョーネ　il Giorgione　本名 Giorgio Barbarelli（1478～1510）ヴェネツィア派の画家　*44, 50, 54, 59, 163*；198, 325
ショワズール公爵　Choiseul, Etienne-François, duc de（1719～85）ルイ十五世の外務大臣　53, 262
ジョンソン　Johnson, Samuel（1709～84）英国の文人　*213*
シラー　Schiller, Friedrich von（1759～1805）28
シラヌス　Silanus　106
シルヴァ　Silva　逸話「修道院の内部」の人物．ヴェットゥリーノ　9, 15, 16
シルウァヌス　Silvanus（ローマ神話）未開地ないし森の精　26
シルウィウス　Silvius　アスカニウスの息子、アイネイアスの孫　*84*
シルウェステル（聖）Silvester　コンスタンティヌス帝に洗礼を施したと伝えられ、キリスト教を隆盛に導いた教皇（在位314～335）*290, 292*；134, 190, 193
シルウェステル二世　Silvester Ⅱ, Gerbert（940頃～1003）ランス、ラヴェンナなどの大司教ののち、フランス人最初の教皇（999～）となった　271
シルウェステル三世　Silvester Ⅲ　教皇（在位1045）272
シルヴェストリ　Silvestri, Giovanni　ミラノの出版編集者　*38*
シルウェリウス（聖）Silverius　教皇（在位536～537）東ゴート族の王によって擁立された　189
ジロー［ジラオ］Giraud, conte Giovanni（1776～1834）イタリアの喜劇、風刺劇作家　*15*；238
ジロデ　Girodet-Trioson　本名 Anne-Louis Girodet de Roucy（1767～1824）フランスの画家　*73, 231, 233, 296*；67, 69
ジロラモ・エミリアーニ（聖）Girolamo Emiliani（1486～1537）1518年のペストの際に私財を投じて北イタリア各地に救貧院を設けた　*132*
シンナ　Cinna　コルネイユの同名の悲劇の登場人物　*145*
シンプリキウス（聖）Simplicius　教皇（在位468～483）144, 179
シンフロニウス　Sinfronius　ディオクレティアヌスの時代のローマ知事　178
シンマクス（聖）Symmachus　教皇（在位498～514）125

スエトニウス　Suetonius Tranquillus, Gaius

67
ジャコモ（マエストロ） maestro Giacomo きこり．陰謀を企む 89
ジャコモ・デッラ・ポルタ Giacomo Della Porta（1540～1602）イタリアの建築家．フラスカティのヴィッラ・アルドブランディーニなどを建設 *41, 114, 122, 141*；71, 178, 191
ジャチンタ Madama Giacinta ローマの宿の経営者 *159, 160*
シャトーブリヤン Chateaubriand, François-René, vicomte de（1768～1848）フランスの作家、外交官．スタンダールは嫌った *98, 177, 237*；150, 184, 316, 322, 367, 378, 379
ジャネ Janet, baron 1809年から1814年までローマの財務監督官を務めた *284*
シャブロル Chabrol de Volvic, Gilbert-Joseph-Gaspard, comte de（1773～1843）フランスの県知事 *247*
シャルル八世 Charles Ⅷ（1470～98）フランス国王（1483～） *133*；29, 118-120, 194, 221, 350
シャルル九世 Charles Ⅸ（1550～74）フランス国王（1560～） *226*
シャルル十世 charles X（1757～1836） フランス国王（1824～30）ルイ十六世、十八世の弟．反革命の反動政治により、七月革命で王座を追われる *29*；55
シャルル豪胆公 Charles le Téméraire（1433～77）ブルゴーニュ公 228
シャルルマーニュ［カール大帝］Carolus Magnus（742～814）フランク国王（768～）ついで西ローマ皇帝（800～） *117, 189, 224, 246, 305, 308*；372
ジャンニ Gianni アリオストの『狂えるオルランド』の登場人物 142, 143
ジャンヌ・ダルク Jeanne d'Arc（1412～31）「オルレアンの少女」と呼ばれる百年戦争のヒロイン 78
ジャンノーネ Giannone, Pietro（1676～1748）イタリアの歴史家．教皇庁を批判して迫害され、サルデーニャ島に監禁された 161, 236
シャンフォール Chamfort 本名 Nicolas-Sébastien Roch（1741～94）フランスのモラリスト *138, 169*
シャンポリヨン Champollion, Jean François（1790～1832）フランスのエジプト学者．象形文字解読への道を拓く *174*
ジャンリス夫人 Genlis, Stéphanie-Félicité-Du Crest de Saint-Aubin, comtesse de（1746～1830）フランスの女流作家 76
シュジェ神父 abbé Suger（1081頃～1151）サン＝ドニの僧侶 52
ジュスティニアーニ大公妃 principessa Giustiniani *269*；252
ジュスティニアーニ枢機卿 Giustiniani, cardinale Giacomo（1769～1843）イーモラ司教 379
ジュゼッペ・カラザンス（聖）Giuseppe Calasanz（1556～1648）イタリアの聖職者．庶民の子供のために慈善学校を設立した *132*
シュテディング Steding ドイツの哲学者とされる人物で、シェリングのことか？ *300*
シュトロンベック Strombeck, Baron Friedrich Karl（1771～1848） スタンダールがブラウンシュヴァイク滞在中に知己をえた人物 *99*
シュネス Schnetz, Jean-Victor（1787～1870）フランスの画家 *287*；31, 239, 241, 339
ジュリア・ベッラ → ファルネーゼ、ジュリア
ジュリア・V＊＊＊ Giulia V＊＊＊ 60
ジュリアーノ・ダ・サンガッロ Giuliano da Sangallo 本名 Giuliano Giamberti（1445～1516）イタリアの建築家 *114*；109
ジュリオ・ロマーノ Giulio Romano 本名 Giulio Pippi de Gianuzzi（1499～1546） イタリアの画家、建築家で、ラファエッロの弟子 *28, 40, 47, 49, 69, 126, 233, 291, 294*；30, 149, 153, 186, 222, 230, 300
シュレーゲル Schlegel, Friedrich von（1772～1829） ドイツの哲学者、詩人 68
ジョアシャン → ミュラ
ジョアノ Johannot, Tony（1803～52）フランスの版画家 338
ジョイア Gioia, Melchiorre（1767～1829）イタリアの経済学者 *61, 62*；68, 69
ジョヴァンナ二世 Giovanna Ⅱ（1371～1435）ナポリ女王（1414～） 305
ジョヴァンニ → ヨハネス十世

1849）ミラノの画家、舞台装置家　*161*
サン＝シモン　Saint-Simon, Louis de Rouvroy, duc de（1675～1755）フランスの文人で回想録の著者　*31*；143
サンソヴィーノ　Sansovino　本名 Jacopo Tatti（1486～1570）イタリアの建築家、彫刻家　*173*；150
サンタクローチェ家　i Santacroce　222
サンタクローチェ公妃　Santa-Croce, principessa Giulia Falconieri　88, 252
サンタピロ　Santapiro　ナポリの王侯　292, 304, 305
サンツィオ、ジョヴァンニ　Sanzio, Giovanni（1435～94）画家で、ラファエッロの父　*56*
サンドバル　Sandoval, Prudencio de（1560～1621）スペインの歴史家．パンプローナ司教　35
サントーリ家　i Santori　ローマの一族．枢機卿を出している　131
サンドロ　→　ボッティチェリ
サンナザーロ　Sannazaro, Jacopo（1456～1530）イタリアの詩人．田園詩『アルカディア』で著名．ラファエッロの『パルナッソス山』に描かれる　*303*
サン＝プリ＊＊＊　Saint-Pri＊＊＊　ローマ在住のフランス青年　*169*
ザンボーニ　Zamboni, Luigi（1767～1837）イタリアの歌手　309
サンミケーレ　San Michere もしくは Sammicheli, Michele（1484～1559）イタリアの建築家．ブラマンテの弟子　150

シアッラ家　i Sciarra　ローマの一族　*277*
シアッラ　Sciarra, Marco　16世紀にローマからアブルッツォにかけて暗躍した強盗団の首領　242
シェイクスピア　Shakespeare, William（1564～1616）　*6, 70, 244, 246, 275*；6, 37, 82, 234
ジェイムズ三世　James Francis Edward Stuart（1688～1766）　英国王ジェームズ二世とその二番目の妻マリアとのあいだに生まれたが、名誉革命によって王座を逸し、その回復を企てて、ジェイムズ三世を僭称した　*139*
ジェラール　Gérard, François-Pascal（1770～1837）フランスの歴史画家、肖像画家　*143*；185
シェリング　Schelling, Friedrich Wilhelm Joseph von（1775～1854）ドイツの哲学者　83
ジェルベール　→　シルウェステル二世
ジェンナーロ（聖）　Gennaro　3世紀に殉教．ナポリの守護聖人　*62, 79, 90, 91*；295
シクストゥス（聖）　Sixtus　344
シクストゥス三世（聖）　Sixtus Ⅲ（360頃～440）教皇（432～）　136
シクストゥス四世　Sixtus Ⅳ, Francesco della Rovere（1414～84）　教皇（1471～）ヴァチカンの図書館およびシスティーナ礼拝堂を建設し、画家たちに仕事を与えた　*133*；151, 178
シクストゥス五世　Sixtus Ⅴ, Felice Peretti（1521～90）教皇（1585～）サン・ピエトロの円蓋を建造した　*89, 111, 114, 179, 239, 240, 244, 246, 293*；48, 92, 128, 133, 137, 139, 140, 190, 239, 240, 245, 318, 335, 365
ジーグラー　Giegler　ミラノの出版社主　*95*
シーザー　→　カエサル
シスモンディ　Sismondi, Sismonde de（1773～1842）ジュネーヴの歴史家　*87, 267*
シックラー　Sickler, Friedrich Karl Ludvig（1773～1836）　ドイツの考古学者　300
シッラ　Sylla もしくは Silla　17世紀のミラノの彫刻家　139
シビュラ　Sibylla（ギリシア・ローマ神話）バビロニアからイタリアにかけて存在した女預言者たちのこと　*298*；151
シファックス　Syphax　ヌミディアの王、スキピオに捕われ、紀元前203年頃ローマで死去　337
シメオン　Symeon（新約聖書）幼児キリストに神を讃える歌を唄って聞かせたエルサレムの人　*144*
シメオン　Simeon, Henri（1803～74）フランスの行政官、政治家　373
シモーネ・ダ・ペーザロ　→　カンタリーニ
シモン（聖）　Simon　キリストの12使徒の一人　49
シモン　Simond, Louis（1767～1831）フランスの旅行家　*190, 233*
シャクタス　Chactas　シャトーブリヤンの小説『アタラ』と『ルネ』の登場人物　*296*；

コンスタンス　Constans, Flavius Julius（323頃～350）ローマ皇帝（337～）父のコンスタンティヌスの副帝を務めたあと皇帝となった　182
コンスタンタン　Constantin, Abraham（1785～1855）画家、磁器彩色画家　342, 343
コンスタンティア　Constantia　コンスタンティヌスの妹あるいは同名の娘　330
コンスタンティウス　Constantius Ⅰ, Chlore（225頃～306）ローマ皇帝（305～）コンスタンティヌスの父　332
コンスタンティウス　Constantius Ⅱ（317～361）ローマ皇帝（337～）コンスタンティヌスの息子　133, 134
コンスタンティヌス　Constantinus, Gaius Flavius Valerius（274頃～337）ローマ皇帝（324～）キリスト教を公認し、ビザンティウムに首都を移してローマ帝国の再建を計ったことで知られる　*25, 65, 69, 83, 111, 112, 117, 126, 136, 157, 171, 204, 205, 233, 244, 286, 291, 292*；23-26, 106, 120, 127, 130, 133-135, 175, 176, 180, 182, 183, 186, 189, 190, 192, 194, 329, 330, 334, 336
コンスタンティヌス二世　Constantinus Ⅱ, Flavius Claudius（317～340）コンスタンティヌス帝の長男で、父帝の死後ローマ皇帝として帝国の西半分を治める（337～）が、東半分を治める弟コンスタンスと争い敗れる　*262*
コンティ家　i Conti　11世紀にローマに興隆した家柄で19世紀に消滅　21, 222
　コンティ公　Conti, Luigi Francesco, principe di（1717～76）　101
コンディヴィ　Condivi, Ascanio　イタリアの画家．ミケランジェロの弟子　149, 359

サ行

サヴァレッリ　Savarelli　ローマの人　312, 313
ザヴィエル［シャヴィエル］（聖）Xavier, Francisco de（1506～52）イエズス会創立者の一人．ポルトガル王の要請でアジアで布教活動をする　*74, 79, 135, 136*
サヴェッリ家　i Savelli　ローマの一族　102, 222
サヴェッリ　Savelli　ローマの貴族　*267*
サヴェッリ夫人　Madama Savelli　ローマ女性　140
サヴェッリ枢機卿　cardinale Savelli　119
サヴェリア　Saveria　ナポリの貴族女性　*79*
サヴォナローラ　Savonarola, Girolamo（1452～98）イタリアの教会改革を企てた宗教家で、火刑に処せられた　*136*；220, 222, 238, 356
サッキ　Sacchi, Andrea（1598～1661）ローマの画家．アルバーニの弟子　*142, 163, 303*；132, 134, 180, 183, 184
サックス　Saxe, Maurice, le Maréchal de（1696～1750）フランスの元帥　*131*
サッソーネ　Sassone　本名 Hasse, Johann Adolfo（1699～1783）ドイツのオペラ作者．ローマでスカルラッティに師事した　309
サッソフェッラート　Sassoferrato　本名 Giovanni Battista Salvi（1605～85）イタリアの画家　*48, 84*；193
サッフォー　Sappho　紀元前612年に生まれたギリシアの女流詩人　*70, 213, 303*
サトゥルヌス　Saturnus（ローマ神話）ギリシアのクロノスと同一視される農業の神で、カピトリヌスの丘のうえの神殿に祭られた　*187*
サビーナ（聖女）　Sabina　2世紀ローマの殉教聖女　193
サラ　Sara（旧約聖書）　アブラハムの異母妹で妻　274
サリチェッティ　Salicetti, Christophe（1757～1809）コルシカ選出の全国三部会、国民公会代議員．ナポリ王ジョゼフ・ボナパルトのもとで警察長官を務める　*104*
サルヴァトール　Salvator, Joseph（1796～1873）著述家．ユダヤ教についての著書が多数ある　*137*
サルヴィ　Salvi, Nicola（1699～1751）イタリアの建築家　*289*
サルスティウス　Sallustius, Gaius Crispus（前／86～35）ラテンの歴史家、元老院議員　*234*
サンガッロ　→　ジュリアーノ・ダ・サンガッロ
サングィネッティ　Sanguinetti, marchese　モデナ公の取り巻きの一人　*106*
サンクィリコ　Sanquirico, Alessandro（1777～

クトゥス十三世の国務卿　*14*；248
ゴドイ、マヌエル　Godoy y Alvarez de Faria, Manuel de（1767～1851）スペインの政治家でカルロス四世の寵臣．フランス革命政府に宣戦したのち敗れ講和条約を結んだ　147, 300
ゴドフロワ・ド・ブイヨン　Godefroy de Bouillon（1060頃～1100）ロレーヌ伯、第１回十字軍に参加し、エルサレム王となる．タッソの『エルサレム解放』の主人公　*305*
コーラ・ディ・リエンツォ　→　リエンツォ
ゴラーニ　Gorani, conte Giuseppe（1744～1819）イタリアの作家、経済学者．自由主義的な思想のためにオーストリア支配下ではロンバルディーアに住むことを禁止された　*284*
コリニー　Coligny, Gaspard de Chatillon, comte de（1519～72）フランスの提督．ユグノー戦争で新教徒として戦い、のちにサン=バルテルミーの虐殺の犠牲になる　*224, 226*
コリンヌ　Corinne　スタール夫人の同名の小説の主人公　*303*
コルシーニ家　i Corsini　フィレンツェ出身のイタリアの旧家　*263*；63, 131
　アンドレア（聖）Corsini, Andrea（1302～73）カルメル会の司祭．フィレンツェの修道院長を務めた　131
　コルシーニ教皇　→　クレメンス十二世
　ネーリ　Corsini, cardinale Neri（1685～1770）クレメンス十二世の叔父　131
コルナッキーニ　Cornacchini, Agostino　18世紀トスカーナの彫刻家　*242*
コルネイユ　Corneille, Pierre（1606～84）フランスの劇詩人　*59, 163*；42
コルネリウス　Cornelius, Peter von（1783～1867）ドイツの画家．ローマに遊学した　*231*
コルネール大佐もしくは伯爵　Corner, Andrea　ヴェネツィアの貴族．元ウジェーヌ公の副官　*67, 276*
コルビエール　Corbière, Jacques-Joseph-Guillaume-Pierre, comte de（1767～1853）フランスの政治家　*14*
コルブロ　Corbulo, Gnaeus Domitus（？～67）ローマ帝国の将軍．ゲルマニア軍を指揮．ネロに自殺を強要された　*244*
コルベール　Colbert, Jean-Baptiste（1619～83）フランスの政治家．ルイ十四世の財務長官として、国力の増大に務めた　84
コレ　Collé, Charles（1709～1783）フランスの劇作家、小唄作家　258, 259
コレアレ　Correale, Gabriele　ナポリ王アルフォンソ一世の寵臣　305
コレッジョ　il Correggio　本名 Antonio Allegri（1494～1534）イタリアの画家　*12, 20, 48, 49, 69, 72–75, 126, 139, 146, 149, 164, 191, 207, 232, 233, 275, 285, 294, 297, 304, 307*；66, 69, 81, 110, 160, 185, 198, 229, 233, 258, 274, 293
コロメシウス　Colomesius　『歴史論文集』の著者　80
コロン　Colomb, Romain（1784～1858）スタンダールの従弟で、遺言執行人　48
コロンナ家　i Colonna　ローマの一族でローマ教会史上重要な役割を演じた　222, 242, 243
　コロンナ枢機卿　Colonna, cardinale Giovanni　15世紀の人　119, 220
　ポンペオ　Colonna, cardinale Pompeo（1479～1532）ブールボン元帥のローマ劫略の際にクレメンス七世を敵の手から解放した　35, 233–235
　ロレンツォ　Colonna, principe Lorenzo　116
コロンナ神父　abate Colonna　ローマの人　37, 39, 41, 44
コンカ　Conca, Sebastiano（1676～1774）ナポリの画家、彫刻家　130
ゴンザーガ家　i Gonzaga　マントヴァの支配者（1328～1627）　143
　フランチェスコ二世　Francesco II Gonzaga（1466～1519）　143
　フィデリゴ二世　Fiderigo II Gonzaga（1500～40）　*301*
ゴンザーガ　Gonzaga, Lodovico di　1527年のローマ劫略の際の歩兵隊長　34
コンサルヴィ　Consalvi, cardinale Ercole（1757～1824）ローマに生まれる．教皇政府の国務卿　*8, 80, 101, 141, 158, 192, 211, 213, 264*；22, 48, 73, 196, 204–206, 208–210, 213, 214, 251, 253, 256, 292, 293, 317, 319, 367, 382

(1478～1534) 教皇 (1523～) *241,292* ; 29, 32-35, 187, 228, 233-237, 354
クレメンス八世 Clemens Ⅷ, Ippolito Aldobrandini (1536～1605) 教皇 (1592～) *15, 142* ; 139, 180, 181, 245
クレメンス九世 Clemens Ⅸ, Giulio Rospigliosi (1600～69) 教皇 (1667～) *305* ; 137, 140, 246
クレメンス十世 Clemens Ⅹ, Emilio Altieri (1590～1676) 教皇 (1670～) *129* ; 140, 246, 332
クレメンス十一世 Clemens Ⅺ, Giovanni Francesco Albani (1649～1721) 教皇 (1700～) *265* ; 247, 248
クレメンス十二世 Clemens Ⅻ, Lorenzo Corsini (1652～1740) 教皇 (1730～) *262, 289, 291* ; 24, 25, 128, 131, 140, 191, 249, 319, 320
クレメンス十三世［レッツォニコ枢機卿］ Clemens XIII, Carlo Rezzonico (1693～1769) 教皇 (1758～) *12, 21, 38, 40, 129–132* ; 144, 191, 250
クレメンス十四世 Clemens XIV, Giovanni Vincenzo Antonio Ganganelli (1705～74) 教皇 (1769～) イエズス会の解散を図ったため毒殺されたと噂された．スタンダールはロレンツォ・ガンガネッリと間違って呼んでいる *14, 21, 229* ; 39, 46, 48, 175, 240, 247, 250, 251
クレルモン＝トネール枢機卿 Clermont-Tonnerre, cardinal Anne-Antoine-Jules, duc de (1749～1830) 枢機卿、トゥールーズ大司教 211
グロ Gros, Louis-Gabriel (1765～1812) 幾何学者 48
グロ Gros, baron Antoine-Jean (1771～1835) フランスの画家 *143, 233* ; 338
クロエ Chloe ロンゴスの小説『ダフニスとクロエ』の主人公 373
クロケ Cloquet, Jules (1790～1883) フランスの外科医、解剖学者 147
グロッシ Grossi イタリアの彫刻家 *289*
クロディウス Clodius, Publius Appius ローマの扇動政治家 187
クロード・ロラン Claude Lorrain 本名 Claude Gellée (1600～82) フランスの画家でローマに定住した *48, 49*
クロリンデ Clorinde タッソの叙事詩『エルサレム解放』の登場人物 52

ゲイセリクス Geisericus (390頃～477) ヴァンダル族の王 (428～)．455年ローマを劫略した *189, 260* ; 326
ケスティウス Gaius Cestius Epulo ローマの法務官で、その墓所のピラミッドが著名 *22* ; 75, 126
ゲスラー Gessler 1307年頃スイスのシュヴァーツ州を治めていた代官で、ヴィルヘルム・テルに殺されたと伝えられる *247*
ゲタ Geta セプティミウス・セウェルス帝の息子でカラカラの弟 *195, 196* ; 104
ゲーテ Goethe, Johann Wolfgang (1749～1832) 82
ゲラルディ・ディ・リエティ Gherardi di Rieti イタリアの画家 189
ゲラン Guérin, baron Pierre-Narcisse (1774～1833) フランスの画家．ローマのフランス学院院長 184
ゲリウス Gellius, Aulus (123頃～165) ローマの文法学者 335
ゲルマニクス Germanicus, Julius Caesar (前15～後19) ローマの将軍．ゲルマニア遠征で功績をたてた 71, 72
ケンタウロス Centauroi (ギリシア神話) 上半身が人間、下半身が馬の種族 350

コエテン公爵 duc de Coethen 82
コケイウス・ネルウァ → ネルウァ
コジモ一世 → メディチ、コジモ一世
コシャン Cochin, Charles-Nicolas (1715～90) フランスの素描画家、版画家．その『イタリア旅行記』のためにスタンダールは侮蔑した *107*
コスタ Costa, Giovanni パルマのヴェットゥリーノ *251*
コスタグーティー家 i Costaguti ローマの名家 *277*
コスマス(聖) Cosmas 双子の兄弟のダミアヌスとともに、キリキアで医学を修め、弱者の救済に献身した．ディオクレティアヌス帝に迫害された *204* ; 183
コッシャ枢機卿 cardinale Coscia ベネディ

クリヴェッリ　Crivelli, Gaetano（1774～1836）ベルガモ生まれのテノール歌手　308
クーリエ　Courrier, Paul-Louis（1772～1825）フランスのギリシア学者、風刺文作家　*83, 99, 144, 191*；83, 255, 258, 259, 316
グリェルミ父子　Guglielmi, Pietro Alessandro（1727～1804）と Pietro Carlo（1763～1817）イタリアの作曲家　308
クリスチーネ　→　マリア・クリスチーネ
クリストファリ騎士　cavaliere Christofari もしくは Christoforo　イタリアのモザイク画家　*127, 132, 133*
クリストフォルス　Christophorus　教皇（在位903～904）　263
クリストフォロ　→　クリストファリ
クリュソストムス（聖）Chrysostomus 正しくは Joannes Chrysostomus　アンティオキア生まれのギリシア教会の博士．398年コンスタンティノープル大司教に選ばれた　*121*
クリンカー　Clinker　金持ちのアメリカ人とされる人物　340-342
クール　Court, Joseph-Désiré（1797～1865）フランスの画家　339, 345
グルーズ　Greuze, Jean-Baptiste（1725～1805）フランスの画家　*197*
クルーソー、ロビンソン　Crusoe, Robinson　デフォの同名の小説の主人公　44
グレアム夫人　Graham, Mary　英国の女流作家　46, 254
クレヴィヨン・フィス　Crébillon, Claude-Prosper Jolyot de（1707～77）フランスの作家　70
グレヴドン　Grévedon, Pierre-Louis-Henri（1776～1860）画家、石版画家　*232*
クレオパトラ　Kleopatra Ⅶ（前／69～30）エジプトの女王（前51～）　*245, 258*
クレオン　Creon（ギリシア神話）テーバイ王ライオスの妻イオカステの兄弟で、ライオスが実子オイディプスに殺されたあと、テーバイを支配した．妻エウリュディケとのあいだに、エテオクリスとポリュネイケスの息子たちをもうける　*283*
グレゴリウス（聖）Gregorius I, Magnus（540頃～604）教皇（590～）　のちの教皇領の基礎を築き、ゲルマン民族への布教や教会の綱紀の粛正に力を注いだ　*66, 142, 152-155, 290*；78, 190
グレゴリウス三世　Gregorius Ⅲ　教皇（在位731～741）　*262*
グレゴリウス四世　Gregorius Ⅳ　教皇（在位827～844）　*267*
グレゴリウス五世　Gregorius Ⅴ　教皇（在位996～999）　269, 270, 318
グレゴリウス六世　Gregorius Ⅵ　教皇（在位1046～47）　272
グレゴリウス七世　Gregorius Ⅶ, Hildebrand（1015～85）教皇（1073～）　44, 262, 272, 273
グレゴリウス九世　Gregorius Ⅸ, Ugolino Segni（1145～1241）教皇（1227～）　*70, 302*
グレゴリウス十一世　Gregorius Ⅺ, Pierre-Roger de Beaufort（1331～78）教皇（1370～）127, 128, 182
グレゴリウス十三世　Gregorius ⅩⅢ, Ugo Buoncompagni（1502～85）教皇（1572～）　反宗教改革運動の先鋒となると同時に教会の改革を進めた．コレッジョ・ロマーノを設立．サン=バルテルミーの虐殺を容認した　*132, 133, 158, 226, 293*；144, 193, 239
グレゴリウス十四世　Gregorius ⅩⅣ, Niccolo Sfondrati（1535～91）教皇（1590～）　*133*；240
グレゴリウス十五世　Gregorius ⅩⅤ, Alessandro Ludovisi（1554～1623）教皇（1621～）*279*；246
グレゴリウス（聖）、トゥールの　Grégorius Turonensis（538～594）フランスの司教、歴史家　108
グレゴワール　Grégoire, abbé Henri（1750～1831）フランスの政治家　322
クレスケンティウス　Crescentius　10世紀のローマの貴族　28, 100, 268-271, 316
クレメンス（聖）Clemens I（30頃～101頃）教皇（88頃～97）．新約聖書の『コリント前書』の著者　*290*
クレメンス二世　Clemens Ⅱ　教皇（在位1046～47）　272
クレメンス五世　Clemens Ⅴ, Bertrand de Got（？～1314）ボルドー大司教、教皇（1305～）127, 128
クレメンス七世　Clemens Ⅶ, Giulio de'Medici

ギュイーズ家　les Guise　フランスの名門貴族．代々ロレーヌ公を継承する　*89*
ギュイーズ公爵　duc de Guise, Henri II de Lorraine（1614～64）　161
ギュイーズ公爵夫人　duchesse de Guise　*164*
ギュイヨン夫人　Mme Guyon de Chesnoy, Jeanne-Marie Bouvier de La Motte（1648～1717）フランスの宗教家．夫の死後宗教生活に入り、著書は華々しい成功を収めるが、宗教界からは疎まれ、晩年は流謫の生活を送る　*43*
キュクロペス　Kyklopes（ギリシア神話）単眼の巨人族　306, 307
キュテレイア　Kythereia（ギリシア神話）ウェヌスの別称　41
キリアクス(聖)　Cyriacus　309年頃のローマの殉教聖人　187
キリスト　→　イエス・キリスト
ギルランダ　Ghirlanda　ローマの人　309
ギルランダイヨ　Girlandaio　本名Domenico di Tommaso Bigordi（1449～98）　フィレンツェの画家　*107*；81, 180, 349
キンキンナトゥス　Cincinnatus, Titus Cincitus　紀元前5世紀のローマの独裁官として活躍したといわれる　*286*

グァスプル　→　デュゲ
クァランティーニ枢機卿　cardinale Quarantini　コンサルヴィ枢機卿の叔父　213
グィッチャルディーニ　Guicciardini, Francesco（1483～1540）　イタリアの歴史家　37, 143, 230, 231
グィド　Guido　本名Guido Reni（1575～1645）ボローニャ派の画家　*39, 50–52, 54, 75, 76, 112, 122, 127, 142, 143, 163, 176, 264, 277, 285, 309*；110, 113–115, 131, 139, 175, 180, 184, 189, 190, 195, 198
グィド　Guido　トスカーナの公爵　264
クィンクティウス　Quinctius　ローマの執政官　191
グェッリエーリ＝ゴンザーガ枢機卿　cardinale Guerrieri-Gonzaga　376
グェルチーノ　Guercino da Cento 本名Giovanni Francesco Barbieri（1591～1666）ボローニャ派の画家　*50, 75, 127, 129, 143, 178, 193, 277, 280, 281, 285, 307*；67, 108, 116, 155, 157, 177, 184, 190, 191, 198, 300, 342
クーザン　Cousin, Victor（1792～1867）フランスの哲学者で、ヘーゲルの影響を受けた．プラトンなどの翻訳者　*237, 300*；196
クーパー　Cooper, Fenimore（1789～1851）アメリカの作家　65
クラヴィエ　Clavier, Etienne（1762～1817）ギリシア学者で『ギリシア黎明期の歴史』（1809）の著者．娘のエルミニーはクーリエと結婚した　*83*；65
クラヴェン卿　Craven, lord Keppel Richard　英国の旅行家　46, 254
クラウディアヌス　Claudianus　4世紀末にアレクサンドリアに生まれたラテンの詩人　*34*
クラウディウス帝　Claudius, Nero Germanicus Tiberius（前10～後54）　ローマ皇帝（41～）　74, 140, 144, 333
クラウディウス　Claudius　ローマの執政官　*220*
クラウディウス・アッピウス　Claudius Crassus Appius　紀元前5世紀のローマの政治家で、成文法の作成に携わる．ウィルギニアへの邪恋によって自滅したという伝説がある　*278*
クラウディウス・ドルスス　→　ドルスス
クラカス　Cracas　ローマの出版業者　*14, 42, 159*；123, 158, 159
グラシェット氏　M.Graciette　「ラファルグ事件」に登場する火薬商人　282
グラックス一族　Gracchus　ティベリウス・センプロニウスとその息子たちの一族．紀元前2世紀にローマの護民官を務めた　*186*；98
グラッシーニ　Grassini, Giuseppina（1773～1850）イタリアの歌手．パリやロンドンでも大成功を収めた　*53*
クラッスス　Crassus　ローマの人．カエキリア・メテラの夫　75
グラッツィ　Grazzi, Maria　ローマ女性　31
クララ　→　ヴィスコンティ、クララ
クラリッサ　→　オルシーニ、クラリッサ
クラリッサ　→　ポルツィア、クラリッサ

ガリレイ　Galilei, Galileo（1564～1642）イタリアの物理学者、天文学者　*161*
ガリレイ　Galilei, Alessandro（1691～1737）フィレンツェの建築家　131
ガル　Gall, Franz Joseph（1758～1828）ドイツの医者　384
カール五世　Karl V（1500～58）神聖ローマ皇帝（1519～）　*63, 78*；35, 36, 112, 153, 233, 236, 241, 243, 244
カール大帝　→　シャルルマーニュ
ガルシア　Garcia, Manuel（1775～1832）スペインの歌手、作曲家　309
ガルッツィ　Galuzzi, Jacopo Riguccio（1739～1801）イタリアの歴史家　254
ガルデル　Gardel, Pierre（1758～1840）フランスのバレエ作家、舞踊家　*120*
カルネヴァーレ　Carnevale, fra Bartolomeo Carrandini　1478年頃死去したウルビーノのドメニコ会僧侶　*57*
カルノ　Carnot, Lazare Nicolas Marguerite（1753～1823）　フランスの革命期の政治家　83
カルロ（聖）　Carlo Borromeo（1538～84）ミラノ大司教　*249*；157, 189
カルロス三世　Carlos Ⅲ（1716～88）　フェリペ五世とエリザベッタ・ファルネーゼの息子で、ルイ十四世の曾孫．パルマ・ピアチェンツァ、ついで両シチリア王国を支配したのちスペイン王（1759～）となる．啓蒙的専制君主として政治からイエズス会勢力を一掃　*40*；213
カルロス四世　Carlos Ⅳ（1748～1819）スペイン国王（1788～1808）パルマ公の娘マリア・ルイザと結婚．ゴドイを宰相にした．フランスの介入で退位したのちはローマに滞在　147
ガレッフィ枢機卿　cardinale Galeffi（1770～1837）　カメルレンゴを務めた　364, 370, 371, 383
ガレリウス　Galerius, Valerius Maximianus（242頃～311）ローマ皇帝（305・11）ディオクレティアヌスの副帝としてキリスト教徒を迫害．のちにコンスタンティウスと帝国東部を共治　332
ガロファロ　il Garofalo　本名Benvenuto Tisi（1481～1559）ローマの画家　*49, 163*
カロリーヌ　→　ボナパルト、カロリーヌ
カロン　Charon（ギリシア神話）　冥府の河ステュクスの渡し守　357, 358
ガンガネッリ　→　クレメンス十四世
カンタリーニ　Cantarini, Simone　別名Simone da Pesaro ないしil Pesarese（1612～48）イタリアの画家　*50, 52*
カンタレッリ　Cantarelli　女流歌手　384
カンチェリエーリ神父　Cancellieri, Francesco Girolamo（1751～1826）　考古学者．布教聖省出版局長　386
カント　Kant, Immanuel（1724～1804）　*243, 300*；70, 83
カンバセレス　Canbacérès, Jean-Jacques-Régis, duc de（1753～1824）フランスの政治家　*259*
ガンバラ　Gambara　使徒座書記官　231
カンパン夫人　Mme Campan, Jeanne-Louise-Henriette Genet（1752～1822）　フランスの教育者　244, 255
カンポレージ　Camporesi, Giuseppe（1764～1822）ローマの建築家　187

キケロ　Cicero, Marcus Tullius（前／106～43）ラテンの弁説家　*29, 110, 171, 220, 234*：63, 195, 368
キージ家　i Chigi　シエーナ出身の一族で、学芸を庇護した　*173*；63, 206
　アゴスティーノ　Chigi, Agostino（1465～1520）　ペルッツィにヴィッラ・ファルネジーナを建設させた　*60, 167*
　アゴスティーノ（ドン）　Chigi, don Agostino, principe　1823年と29年の教皇選挙会議の守備隊長　206, 212, 366, 370
　キージ公妃　principessa Chigi　*173*
ギスカール　Guiscard, Robert（1015頃～85）ノルマンの征服者．イタリアを遠征してシチリアにノルマン王国をつくる　*193, 195*；192, 327
ギータ　Ghita　逸話のローマ女性　345
ギボン　Gibbon, Edward（1737～94）イギリスの歴史家で『ローマ帝国衰亡史』全6巻の著者　*116, 189*；71, 145
キャラモンティ　→　ピウス七世

ガッディ　Gaddi, Gaddo di Zanobi（1260～1333）フィレンツェの画家、モザイク画家　136
カティリナ　Catilina, Lucius Sergius（前／108～62）国家要人の暗殺計画がキケロによって暴かれ、ローマを逃亡してエトルリアで反撃に出るがローマ軍に敗れた　*171*
カトー　Cato Uticensis, Marcus Porcius（前／95～46）小カトーあるいはウティカのカトーと呼ばれるローマの政治家．権力者から離れアフリカのウティカに逃れるが、カエサルの軍隊の接近に自殺する　*101, 219, 221, 265*
カトゥルス　Catulus Quintus Lutatius（前／？～87）ローマの執政官　*191*
カトリーヌ・ド・メディシス　Catherine de Médicis（1519～89）ウルビーノ公ロレンツォ・デ・メディチの娘でフランスのアンリ二世王妃となる　185
カトルメール　Quatremère de Quincy, Antoine-Chrysostome（1755～1849）フランスの考古学者．ラファエッロの伝記の著者　*51*
カノーヴァ　Canova, Antonio（1757～1822）イタリアの彫刻家　*12, 21, 38, 40, 52, 58, 118, 122, 129–132, 135–137, 139, 144, 147, 148, 165, 166, 179, 192, 229, 230, 241, 242, 244, 245, 257, 282, 287*；39, 58–60, 64–69, 76, 108, 131, 159, 175, 178, 187, 197, 250, 292, 294, 295
カバニス　Cabanis, Pierre-Jean-Georges（1757～1808）フランスの医者、哲学者　*300*
カピス　Capis もしくは Capys　ローマ建国以前のアルバの王　*84*
カペ　Capet, Hugues　フランス国王（在位987～996）　271
カペトゥス　Capetus　ローマ建国以前のアルバの王　*84*
カペラーリ　Cappellari, fra Mauro（1765～1846）カマルドリ会修道士で、のちに教皇（1831～）となりグレゴリウス十六世を名乗った　*183*
カペレッティ　monsignor Cappelletti　ローマ知事　370
カムッチーニ　Camuccini, Vincenzo（1771～1844）ローマの著名な画家　*73, 143, 165*；53, 54, 339
カラヴァッジョ、ポリドーロ・ダ　→　ポリドーロ・ダ・カラヴァッジョ
カラヴァッジョ、ミケランジェロ・ダ・　Caravaggio, Michelangelo da 本名 Michelangelo Merisi（1573～1610）イタリアの画家　*49, 173*；54, 156, 185, 198
ガラヴァーリャ　Garavaglia, Giovita（1790～1835）イタリアの版画家　*60*；339
カラカラ　Caracalla　本名 Marcus Aurelius Severus Antoninus（188～217）父セウェルス帝の死後弟ゲタと共に帝国を治める(211)が、弟を殺して独裁者となる（212～）　*195, 196, 199, 223, 258, 262*；104, 106, 111
カラッチ一族　i Carracci　ボローニャの画家の一族。アゴスティーノとアンニーバレの兄弟、その従兄弟にあたるロドヴィーコ　*50, 75, 178*；81, 198, 274
　アゴスティーノ　Carracci, Agostino（1557～1602）　179
　アンニーバレ　Carracci, Annibale（1560～1609）　*12, 22, 48, 126, 146, 164, 173, 263, 264*；109–112, 155, 180, 182
　ロドヴィーコ　Carracci, Lodovico（1555～1619）　*233*
カラファ　→　パウルス四世
カラファ　Carafa, Michele（1787～1872）ナポリの作曲家　308
カリアーティ公　principe di Cariati　モラ・ディ・ガエタの地方長官　349
ガリェ　Galiey「ラファルグ事件」の退役憲兵　287
ガリエヌス　Gallienus, Publius Licinius Egnatius（218～268）ローマ皇帝（253～）　106
カリグラ　Caligula　本名 Gaius Julius Caesar Germanicus（12～41）ローマ皇帝（37～）その残虐行為で有名　*111, 218, 244*；71
カリストゥス三世　Calixtus, Alphonso Borja（1377～1458）教皇（1455～）　219
カリニャン公　Carignan, Charles-Albert, prince de Savoie（1798～1849）1832年にサルデーニャ王になる貴族　342
ガリーネ　Galline, Metilde　逸話の登場人物　315
カリュブディス　Charybdis（ギリシア神話）メッシーナ海峡の北にある大渦巻きで、ポセイドンとガイアの娘とされる怪物　*182*

オピミア　Opimia　ローマのウェスタ神殿の巫女　*279*
オーフレーヌ　Aufrène　18世紀フランスの俳優　303
オモデイ枢機卿　cardinale Omodei　157
オリヴィエーリ　Olivieri, Pietro Paolo（1551～99）イタリアの建築家　150, 182
オルジターニ　Orgitani, Rafaello　イタリアの作曲家　308
オルシーニ家　gli Orsini　12世紀に興隆したローマの一族でコロンナ家に対立した　221, 222, 243
　オルシーニ枢機卿　cardinale Orsini　219, 235
　ナポレオーネ　Orsini, Napoleone（1263～1345）枢機卿．教皇クレメンス五世とともにアビニョンに移った　127
オルシーニ氏　signor Orsini　102
オルシーニ夫人　Madama Orsini　312
オルシーニ、クラリッサ　Orsini, Clarissa　逸話の人物．後出ルクレツィアの娘　36
オルシーニ、フラヴィア　Orsini, Flavia　逸話「修道院の内部」の人物　7, 8, 15
オルシーニ、ルクレツィア　Orsini, Lucrezia　36
オルレアン公　duc d'Orlean, Louis（1703～52）*57*
オルレアンの少女　→　ジャンヌ・ダルク

カ行

カイウス・ポブリキウス・ビブルス　Caius Poblicius Biblus　*94*
ガイスルック枢機卿　Gaysruck, conte Gaetano di　ミラノ大司教　375, 385
カヴァルキーニ枢機卿　cardinale Cavalchini　元ローマ知事　*41, 277*；208, 312
カエキリア（聖女）　Caecillia　236年頃ローマで殉教した聖女　158, 184
カエサル［シーザー］　Caesar, Gaius Julius（前／100～44）ローマの政治家　*25, 29, 102, 192, 221, 223, 244, 245, 265, 279, 282*；116, 334, 335
カエターニ家　i Caetani　ローマの旧家　116, 180
ガエタノ（聖）　Gaetano di Thiene（1480～1546）イタリアの聖職者．テアティヌス修道会の設立者　*132*
カクス　Cacus（ローマ神話）　ウォルカヌスの子．アウェンティヌス丘の洞窟に住む三つ頭の怪物で三つの口から炎を吹いた．ヘラクレスがゲリュオンの牛を奪って帰る途中、知らぬまにカクスに牛の一部を盗まれた　104
カザナッタ枢機卿　cardinale Casanatta 正しくは Casanata, Girolamo（1620～1700）ヴァチカン図書館の司書　131
カザノヴァ　Casanova de Seingalt, Giovanni Giacomo（1725～98）ヴェネツィア生まれの山師で回想録を書き残す　*68, 97, 266*；86, 87, 89
カザーレス　Cazales, Jacques-Antoine-Marie de（1758～1805）大革命の三部会議員、立法議会で王権を支持したのち亡命．スイスで反革命軍に参加した　159
カシオドルス　Cassiodorus, Magnus Aurelius　6世紀のローマの作家　91
カスタニェール、テレーズ　Castagnère, Thérèse「ラファルグ事件」におけるラファルグの恋人　278-289
ガスタルディ枢機卿　cardinale Gastaldi　*174*
カスティ神父　Casti, abate Giambattista（1724～1803）イタリアの作家　63, 64
カスティリヨーニ枢機卿　→　ピウス八世
カスティリヨーネ　Castiglione, conte Baldas-sare（1478～1529）イタリアの外交官、文学者　*127*
カステッリ　Castelli, Pantaleon　ローマの執政官　122
カタリナ（聖女）　Catharina Alexandria　307年車裂きのうえ斬首によって殉教　152, 193, 202, 356
カタリナ（聖女）　Catharina Senensis（1347～80）ドメニコ会修道女．奇跡的な体験と、教皇グレゴリウス十一世をアヴィニョンからローマへ戻すことに尽力したことで有名　*74*
カッスルレー　Castlereagh, Henry Robert Stewart, viscount of（1769～1822）英国の政治家　64, 291
カッチャピアッティ枢機卿　cardinale Caccia-piatti　383
ガッティ侯爵　marchese Gatti　276

ジュリオ（ドン） d'Este, don Giulio 141-143
イッポーリト枢機卿 cardinale Ippolito 141, 142
エストゥートゥヴィル［デストゥートゥヴィル］ Estouteville, Guillaume d'（1403頃～83） ルーアンの大司教 155
エストレ［デストレ］公爵 duc d'Estrées, François Annibal（1573～1670） フランス国王アンリ四世の寵妃ガブリエル・デストレの弟．ローマ駐在フランス大使 247
エスメナール Esmenard, Joseph-Etienne（1769～1811）作家、詩人．演劇ついで書籍の検閲官を務める．スタンダールは『アンリ・ブリュラールの生涯』でスパイと呼んでいる *163*
エッランテ Errante, Giuseppe（1760～1821） 画家 195
エドワーズ Edwards, William Frederic（1777～1842） 医師、民族学者．スタンダールの友人 385
エノー Hénault, Charles-Jean-François（1685～1770） パリ高等法院院長 *22*
エピカルモス Epicharmos（前／560頃～450頃） シチリアの喜劇作者．断片のみ残存 *300*
エピクロス Epikouros（前／342～271） ギリシアの哲学者 *301*
エラスムス Erasmus, Desiderius 本名 Gerhard Gerhards（1465～1536） オランダの人文主義者 *102*；144, 306, 325
エルヴェシウス Helvétius, Claude-Adrien（1715～71）フランスの哲学者 *235*
エルギン Elgin, Thomas Bruce, count of（1766～1841） 英国の外交官．コンスタンティノープル駐在大使時代、トルコ政府からアテネのパルテノン神殿の彫刻大理石を譲り受け、英国政府に売却した *140, 243*；92
エルドン Eldon, John Scot, first earl of（1751～1838） 英国の政治家．反動弾圧の中心人物 *213*
エレミア Jirmejahu 紀元前7世紀に活動したイスラエルの預言者 130
エロイーズ Héloïse（1101？～55？） パリのブルジョワの娘．アベラールに教えを受けた．のちにはル・パラクレの女子修道院長 66, 147
エンペドクレス Empedokules（前／493頃～433頃） ギリシアの哲学者．自然科学や詩にも通じ、当代一の名声を得た *300*
エンリケ Henrique（1512～80）ポルトガルのアビシュ王朝最後の王（1578～）．ブラガついでエボラの大司教、宗教裁判所長官、枢機卿 191

オイラー Euler, Leonhard（1707～83） スイスの数学者、物理学者 37
オウィディウス Ovidius Naso, Publius（前43～後17） ラテンの詩人 *84*；109, 344
オクタウィア Octavia（前／？～11）アウグストゥスの姉．マルケルスついでアントニウスの妻となり、夫と弟の和解に努め、タレントゥムの和約にこぎつける *223*
オクタウィアヌス → アウグストゥス
オセロ Othero シェイクスピアの同名の悲劇の主人公で、この悲劇に基づくオペラの主人公 39, 290
オッサ枢機卿 Ossat, cardinal Arnaud d'（1537～1604）フランスの外交官 240
オッシュ Hoche, Louis-Lazare（1768～97） フランスの将軍 83
オッタヴィアーノ → ヨハネス十二世
オットー Otto I der Grosse（912～973）ドイツ王、イタリア王、初代神聖ローマ皇帝（962～） 264-268
オットー二世 Otto II（955～983）前者の息子．父の在世中に神聖ローマ皇帝の帝位を継いだ *138*
オットー三世 Otto III（980～1002）ドイツ王（983～）神聖ローマ皇帝（996～） 28, 269-271
オットーニ Ottoni 17世紀イタリアの彫刻家 130
オドアケル Odoacer（433～493） ゲルマンのスキリア族出身の傭兵隊長として、西ローマ皇帝に仕えたが、エリュル族の王に選ばれてから反抗し、西ローマ帝国を滅亡させた 326
オニアス Onias ラファエッロの『ヘリオドロス』の登場人物 *294*

ヴェネツィアーノ　Veneziano, Carlo（1401～61）ヴェネツィアの画家、彫刻家　153, 186
ヴェリー　Velly, Paul-François（1709～59）フランスの歴史家　143
ウエリントン　Wellington, Arthur Wellesley, duke of（1769～1852）英国の将軍、政治家　295
ウェルギリウス　Vergilius Maro Publius（前／70～19）ラテンの詩人　*194, 303*；58, 65, 100, 101, 113, 135
ヴェルシャッフェルト　Verschaffelt, Pierre de 別名 Pietro il Fiammingo（1710～93）フランドルの彫刻家　30
ウェルテル　Werther　ゲーテの小説の主人公　*287*
ヴェルネ　Vernet, Horace（1789～1863）フランスの画家　*233*；38
ヴェルモン神父　Vermond, abbé Matthieu-Jacques de（1735～97）マリー＝アントワネットの聴罪司祭　47
ヴェロニカ（聖女）Veronica　シリアの架空の聖女　*123, 126*
ヴェロネーゼ　Veronese　本名 Paolo Caliari（1528～88）ヴェネツィア派の画家　*50, 75*
ウォピスクス　Vopiscus, Flavianus　4世紀のラテンの歴史家　*94*
ヴォーバン　Vauban, Sébastien Le Prestre, marquis de（1633～1707）フランスの元帥で経済学の先駆者．戦術と築城に優れ、ルイ十四世のもとで戦功を立てた　29
ウォルジー枢機卿　Wolsey, cardinal Thomas（1471～1530）英国の政治家　234
ヴォルテール　Voltaire　本名 François Marie Arouet（1694～1778）フランスの作家、思想家　*20, 41, 62, 79, 81, 91, 140, 144, 178, 182, 191, 232, 263, 307*；42, 75, 78, 82, 83, 88, 90, 97, 98, 131, 196, 250, 258–260, 262, 266
ヴォルパト　Volpato, Giovanni（1733～1802）イタリアの版画家　*66*
ヴォルピーニ氏　signor Volpini　警察長官　313
ウォルポール　Walpole, Horace（1717～97）英国の作家　300
ヴォワズノン神父　abbé de Voisenon　逸話の人物　39
ヴォワチュール　Voiture, Vincent（1597～1648）フランスの作家　42, 306
ウーゴ　Ugo（？～947）926年頃のイタリア王　264
ウッジェリ　Uggeri, Angelo（1754～1837）建築家、考古学者　343
ウードン　Houdon, Jean-Antoine（1741～1828）フランスの彫像作家　39
ウルバヌス（聖）　Urbanus I 教皇（在位222～230）　*69, 291*
ウルバヌス七世　Urbanus Ⅶ, Giovanni Battista Castagna（1521～90）教皇（1590）　240
ウルバヌス八世　Urbanus Ⅷ, Maffeo Barberini（1568～1644）教皇（1623～）　芸術を奨励し、ベルニーニに仕事を与えた　*27, 122, 127, 204, 263*；31, 180, 181, 246, 306
ウルビーノ公　Duca d'Urbino, Francesco Maria Della Rovere　教皇ユリウス二世の甥　*40*
ウンテルペルガー　Unterperger　画家　*242*

エヴァ　Eva　*304*
エウゲニウス四世　EugeniusⅣ, Gabriele Condulmaro（1383～1447）教皇（1431～）．バーゼルの宗教会議に敵対し、対立教皇と争う　*262*；128
エウセビウス（聖）　Eusebius　4世紀の殉教聖人　181, 182
エウセビオス　Eusebios（263頃～339）パレスチナに生まれた神学者．カエサリア司教．パンフィロスのエウセビオスと称した　*156*
エウリピデス　Euripides（前／485～406頃）ギリシアの悲劇作家　*283*
エゲリア　Egeria（ローマ神話）水と出産の女神．カペーナ門の近くに泉をもつ　195
エスカラス　Escalus シェイクスピアの『ロミオとジュリエット』の登場人物．ヴェロナ大公　*6*；6
エステ家　gli Este　231
　アルフォンソ　d'Este, Alphonso Ⅰ（1486～1534）フェラーラ公．1501年ルクレツィア・ボルジアと結婚　223, 231, 233
　アルフォンソ二世　d'Este, Alphonso Ⅱ（1533～1597）フェラーラ公．前者の孫．タッソを庇護したといわれる　142, 143
　フェルディナンド（ドン）d'Este, don Ferdinando　142, 143

る　*143*
ウァレンティニアヌス二世　Valentinianus Ⅱ（371頃～392），ローマ皇帝（375～）　120
ヴァレンティヌス（聖）Valentinus　4世紀の殉教聖人．生涯については分かっていない　36
ヴァンヴィテッリ　Vanvitelli, Luigi（1700～73）イタリアの建築家　113, 155, 186
ヴァンニ　Vanni, Francesco（1563～1609）イタリアの画家、建築家、版画家　*144, 308*
ヴァンヌッチ、ピエトロ　→　ペルジーノ
ヴァンロー　Vanloo　オランダ出身のフランスの画家の一族　*57*
ヴィガノ　Vigano, Salvatore（1769～1821）イタリアの舞踊家、舞踊作家　*277*；336, 338
ウィクトル二世　Victor Ⅱ，Gebhard（1018～57）教皇（1055～）　273
ヴィーコ　Vico, Giambattista（1668～1744）イタリアの哲学者　*215*
ヴィスコンティ、クララ　Visconti, Clara　逸話「修道院の内部」の登場人物　7, 11-16
ヴィスコンティ　Visconti, Ennio Quirino（1751～1818）イタリアの考古学者．ヴァチカンのピオ=クレメンティーノ美術館のカタログ編集や、パルテノンの研究で著名　*14, 95, 231, 241*；251, 299
ヴィタリアーニ青年　Vitaliani　逸話の人物　322, 323
ウィティゲス　Vitiges　6世紀のゴート族の王　326
ヴィテッリ家　i Vitelli　ローマの一族　221
ウィテリウス　Vitellius, Aulus（15～69）ローマ皇帝（69）　111
ヴィテレスキ　Vitelleschi　僧侶．架空の人物（？）　*213*
ウィトルウィウス　Vitruvius Pollio, Marcus　紀元前1世紀の建築家　307
ヴィニョーラ　Vignola, Giacomo Barozzi　本名 Giacomo Barocchio（1507～73）イタリアの建築家，画家　*169, 171*；150, 176
ウィビウス・ルフィヌス　Vibius Lufinus, Caius　ローマの執政官　337
ヴィユースー　Vieusseux, Gian Pietro（1779～1863）フランス出身の家系で、1819年にフィレンツェに図書閲覧所を開設し、当時のフィレンツェ、ついでイタリアの文化の中心となる．1821年『アントロジア』を創刊．1828年1～2月号でスタンダールの小説『アルマンス』に関する記事を掲載した　*161*；254
ヴィラール元帥　Villars, Claude-Louis-Hector, duc de（1653～1734）フランスの元帥　*286*
ウィリアム・D＊＊＊（サー）　sir William D＊＊＊　203
ウィリアム・R＊＊＊（サー）　sir William R＊＊＊　317
ヴィリエ枢機卿　cardinal de Villiers　シャルル八世時代のサン=ドニの僧侶　*134*；350
ウィルギニア　Virginia　紀元前440年頃のローマの女性．権力者アッピウス・クラウディウスの邪な欲望に名誉を汚されることを拒み、死を選んだ　*278*
ヴィルトゥ伯爵　conte di Virtu, Gian Galeazzo Visconti（1347～1402）ミラノ公　157
ヴィルマン　Villemain, Abel François（1790～1870）フランスの文学者、ソルボンヌ大学教授．政治家　273
ヴィレール　Villèle, Jean-Baptiste-Séraphin-Joseph, comte de（1773～1834）フランスの政治家　323
ヴィレルメ　Villermé, Louis-René（1782～1863）フランスの医者．医学的統計の仕事で有名　*53*
ヴィンケルマン　Winckelmann, Johann Joachim（1717～68）ドイツの美術史家で古代美術史研究の先鞭をつけた　*243, 263*；68
ウェスパシアヌス　Vespasianus, Titus Flavius（9～79）ローマ皇帝（69～）ユダヤの反乱平定に功績を収めて、ネロ帝死後に軍隊に支持されて皇帝となり、帝国の秩序と威信を回復した　*25, 27-29, 180, 220*；21, 71, 78, 333
ヴェッリ　Verri, Pietro（1728～97）イタリアの経済学者．『カフェ』紙の創立者
ウェヌス［ヴィーナス］　Venus（ローマ神話）ギリシアのアプロディテと同一視される美と愛の女神　*147, 206, 207, 258, 287*；25, 182, 265, 299, 331
ヴェヌスティ　Venusti, Marcello（1512～79）イタリアの画家　152
ヴェヌーティ　Venuti, Niccolo Marcello（1700～55）古代学者　343

アンミアヌス・マルケリヌス　Ammianus Marcellinus（330頃～400頃）ラテンの歴史家．タキトゥスの『歴史』を継続させる目的で執筆した　134
アンリ二世　Henri II（1519～59）フランス国王（1547～）　*37*
アンリ三世　Henri III（1551～89）フランス国王（1574～）　117
アンリ四世　Henri IV（1553～1610）フランス国王（1589～）　*142, 190*；132, 238

イェジ　Jesi, Samuele（1788～1833）イタリアの版画家　339
イエス・キリスト　*30, 43, 57, 58, 66, 78, 122, 126, 132, 134–137, 143, 156, 170, 197, 235, 238, 295*；36, 79, 126, 133, 135–137, 177, 181, 187, 202, 214, 252, 287, 318, 320, 355, 356, 358
イエス・キリスト（フィレンツェの王の）Jesus Christus, re di Firenze　354, 359
イェム　Jem　オスマン・トルコの太守であるバーヤェジットの弟　238
イグナチウス（聖）　Ignatius de Loyola　本名Inigo de Ones y Loyola（1491～1556）スペイン人でイエズス会（ジェズイット教団）の創立者　*170*；176, 189, 328
イサク　Jishaq（旧約聖書）アブラハムと妻サラの子．アブラハムによって犠牲として神に捧げられる　*156, 297*
イシス　Isis（ギリシア神話）オシリスの姉妹で妻．両者で冥界を支配．強い母性の象徴　185
イジンバルディ　Izimbardi ミラノ在住のスタンダールの友人　*8*；296
イタリンスキー　Italinsky-Souvarow, Andre（1743～1827）ロシアの外交官　*41, 44, 215*；72, 111, 252
イッポーリト枢機卿　→　エステ、イッポーリト
イナ　Ina もしくは Ini　ウェセックス王．726年にローマで死去　194
イーロス　Irus（ギリシア神話）トロスとスカマンドロス河神の娘カリロエのあいだの息子で、トロイ（イーリオン）の建設者　*267*
インノケンティウス三世　Innocentius III, Giovanni Lotario, conte di Segni（1160～1216）教皇（1198～）教権の強化に務めた　21
インノケンティウス四世　Innocentius IV, Sinibaldo Fieschi（1195～1254）教皇（1243～）　80, 318
インノケンティウス八世　Innocentius VIII, Giovanni Battista Cibo（1432～92）教皇（1484～）　*140*；144, 218–220
インノケンティウス九世　Innocentius IX, Giovanni Antonio Facchinetti（1519～91）教皇（1591）　240, 245
インノケンティウス十世　Innocentius X, Giambattista Pamphili（1574～1655）　教皇（1644～）　*48, 163*；128, 178, 246
インノケンティウス十一世　Innocentius XI, Benedetto Odescalchi（1611～89）教皇（1676～）　*133, 142*；29, 247
インノケンティウス十二世　Innocentius XII, Antonio Pignatelli（1615～1700）教皇（1691～）　247
インノケンティウス十三世　Innocentius XIII, Micherangelo Conti（1655～1724）教皇（1721～）　248
インノチェンツォ・ダ・イーモラ　Innocenzo da Imora　本名 Innocenzo Francucci（1494～1550頃）イタリアの画家　*163*

ヴァザーリ　Vasari, Giorgio（1511～74）イタリアの画家、建築家　*60, 224*；152, 156, 359
ヴァジ　Vasi, Giuseppe（1710～82）『教訓的ローマ案内』（1777）の著者　*137*；343
ヴァッレ　Valle　イタリアの彫刻家　*289*
ヴァノージア　Vanosia もしくは Vannoza de Cattanei　アレクサンデル六世の恋人　219
ヴァラディエ　Valadier, Giuseppe（1762～1839）イタリアの建築家、考古学者　21, 22, 93, 191, 300, 343, 368
ヴァランタン　Monsù Valentin もしくは Valentin de Boulogne（1591～1634）フランスの画家．クロミエに生まれるがローマで生涯の大半を過ごす　*163*
ヴァルモデン　Walmoden, Herr von　ロンバルディーア駐屯軍総司令官　313
ヴァレリア（聖女）Valeria　ディオクレティアヌスの娘．母プリスカとともにキリスト教徒に好意的であった．副帝ガレリウスの妻とな

アレクサンデル七世　Alexander VII, Fabio Chigi（1599～1667）教皇（1655～）．文学、芸術の愛好者　*115, 143, 144, 177, 263*；106, 130, 151, 177, 246, 318
アレクサンデル八世　Alexander VIII, Pietro Ottoboni（1610～91）教皇（1689～）　*145*；247
アレクサンデル・セウェルス　Alexander Severus, Marcus Aurelius（208～235）ローマ皇帝（222～）　*32*；19
アレクシス　Alexis　ウェルギリウスの叙事詩の登場人物とされる　65
アレッサンドロ公　→　メディチ、アレッサンドロ
アレッツォ枢機卿　cardinale Arezzo　1829年の教皇選挙会議のメンバー　376
アレティーノ　Aretino, Pietro（1492～1556）イタリアの作家　*56, 63, 75, 303*；230, 371
アーロン　Aaron（旧約聖書）モーゼの兄．大祭司となる　*156*
アンキセス　Anchises（ギリシア神話）トロイの英雄．アイネイアスの父．『アイネーイス』では、トロイア陥落の際、息子に背負われて脱出した　*306*
アングィッラーラ　Anguilala, Flaminino　マッダレーナ・ストロッツィの夫　36
アンクス・マルティウス　Ancus Martius あるいは Ancus Marcius　ローマ第4代の王　*93*；184, 337
アングリザーニ　Angrisani　ナポリの馬車路線経営者　347
アンクル元帥　maréchal d' Ancre, Concino Concini（？～1617）フィレンツェ生まれ．マリー・ド・メディシスに従ってフランスにきて、のちにルイ十三世の大臣となる　262
アングル　Ingres, Jean-Auguste-Dominique（1780～1867）フランスの画家　*70*；327
アングーレーム公　duc d' Angoulème, Louis-Antoine de Bourbon（1775～1844）フランス国王シャルル十世の長男　209
アンシヨン　Ancillon, Jean-Pierre-Frédéric（1769～1837）フランス系ドイツ人の歴史家　72, 238
アンティゴネー　Antigone（ギリシア神話）年老いた父オイディプスと放浪したあと、兄ポリュネイケースの亡骸を叔父クレオンの命令に背いて葬ったために、生きながら岩穴に閉じこめられた　*282, 283*
アンティノオス　Antinoos（110頃～130）ハドリアヌス帝の寵を得たギリシアの美少年．ナイル河で溺死し、神格化され、影像が祭られた　331
アンデルローニ　Anderloni　イタリア19世紀の版画家兄弟．ファウスティノ Faustino（1766～1847）とピエトロ Pietro（1785～1849）　*60*；339
アントニウス（聖）　Antonius（251頃～356頃）20歳の頃親と別れ、ナイル東岸の山中で修業し、隠修士の制度を定着させる．晩年は砂漠に引退した　76, 291
アントニウス　Antonius, Marcus（前／82～30）ローマの政治家、統領　*258*
アントニヌス・ピウス　Antoninus Pius, Titus Aelius Hadrianus（86～161）ローマ皇帝（138～）ハドリアヌス帝の養子となって後を継ぎ、善政を施した　*21, 159–161, 201, 204, 262*；184
アントラチーノ　Antracino, Giovanni　ハドリアヌス六世の侍医　234
アンドレア・デル・サルト　Andrea del Sarto　本名 Andrea Domenico d'Agnolo di Francesco（1486～1531）フィレンツェの画家　*48, 49, 163, 304*；229, 258
アンドレアス（聖）（新約聖書）Andreas　キリストの12使徒の一人で、ペテロの兄弟．殉教　*126, 171*
アンドロクレス　Androcles　アウルス・ゲリウスの著書の登場人物　335
アンニバルディ一族　gli Annibaldi　13世紀から15世紀にかけて政治的に重要な役割を演じたローマの一族．オルシーニ家に対抗するためにシャルル・ダンジューと同盟を結ぶ　*191*
アンフォッシ　Anfossi, Pasquale（1736～97）イタリアの作曲家　309
アンブロシウス（聖）　Ambrosius（333頃～397）ミラノ司教．教会4博士の一人　*66, 121*
アンマンナーティ　Ammannati, Bartolomeo（1511～92）イタリアのルネッサンス期の彫刻家、建築家　150

族の王（395～） 410年にローマを劫略した 325
アリオスト　Ariosto, Ludovico（1474～1533） イタリアの有名な詩人　*59, 213, 302, 305*；110, 141–143, 230
アリステイデス　Aristeides（前／520頃～468頃） アテナイの将軍、政治家．清廉の士として有名　111
アリストテレス　Aristoteles（前／384～322） *300, 301*
アルガルディ　Algardi, Alessandro（1602～54） バロックを代表するローマの建築家、彫刻家　*122, 142, 144, 145*；178, 186, 189, 300
アルキエ　Alquier, Charles-Jean-Marie（1759～1826） フランスの外交官、大臣　275
アルキビアデス　Alkibiades（前／450頃～404）アテナイの将軍、政治家　*300*
アルキメデス　Alchimedes（前／287～212） シチリアに生まれたギリシアの天文学者、数学者、物理学者　*298, 301, 306*
アルキュタス　Archytas　紀元前4世紀のタレントゥムの将軍で政治家．数学をはじめ諸学に通じ発見、発明を残した　*300*
アルケスティス　Alkestis（ギリシア神話）夫アドメトスの身代わりとなって死んだが，ヘラクレスによって冥界から連れ戻される　*136*
アルセスト　Alceste　モリエールの韻文喜劇『人間嫌い』の主人公　*149*
アルティエーリ（モンシニョール）　monsignor Altieri　ローマの高位聖職者　316
アルバ　Alba　ローマ建国以前のアルバの王　*84*
アルバーニ　Albani, Francesco（1578～1660） イタリアの画家　117, 152, 182, 193
アルバーニ家　gli Albani　ローマの貴族．教皇や枢機卿を出している．古代の美術品の収集で有名　*212*；63
　ジョヴァンニ　→　クレメンス十一世
　アルバーニ枢機卿、アンニーバレ　Albani, Annibale　クレメンス十一世の甥にあたり、1740年にカメルレンゴを務める　319, 320
　アルバーニ枢機卿、アレッサンドロ　Albani, Alessandro（1750～1834）ボローニャの教皇領州総督を務めたのち、ピウス八世の国務卿となる　209, 211, 212, 216, 319, 370, 377, 381, 383, 384, 386
アルバニー伯爵夫人　Albany, Louise Mary Caroline, countess of（1753～1824） スチュアート家のジェームズ三世の息子チャールズ・エドワードの妻．夫の死後アルフィエーリと再婚した　*139*
アルピーニ騎士　cavaliere d'Arpini　本名Giuseppe Cesari（1568～1640） ローマの画家．ローマの宮殿や教会のフレスコ画で知られる　*126*；132, 152, 156, 179
アルフィエーリ　Alfieri, Vittorio（1749～1803） イタリアの有名な劇作家　*139*；8, 77, 101, 166, 337, 387
アルフォンソ　→　エステ、アルフォンソ
アルフォンソ一世　Alfonso Ⅰ（1396～1458） シチリア王（1416～）．ナポリ王（1443～）．アラゴン王としては五世（1416～） 305
アルフォンソ二世　Alfonso Ⅱ　ナポリ王（在位1494～95） 223
アルフォンソ・ダラゴン　Alfonso d' Aragon　ビシェリエ公．前者の私生児で、ルクレツィア・ボルジアの二度目の結婚相手　223
アルベリコ　Alberico　ローマの支配者、教皇ヨハネス十二世の父　264
アルベルティ　Alberti, Leon Battista（1404～72）ルネッサンスの芸術家、文人　*113*
アルベルトーニ（福者）Albertoni, beata Ludovica（1474～1533）アッシージのサン・フランチェスコ教会の修道女　182
アルマヴィーヴァ　Almaviva, conte　ロッシーニのオペラの登場人物　309
アルミニウス　Arminius（前18～後19？） ローマ支配に反抗したゲルマンの勇者　82
アレクサンデル二世　Alexander Ⅱ　教皇（在位1061～73） 273
アレクサンデル三世　Alexander Ⅲ, Orlando Bandinelli　教皇（在位1159～81） 318
アレクサンデル四世　Alexander Ⅳ, Rinaldi, conte di Segni　教皇（在位1254～61） 330
アレクサンデル六世　Alexander Ⅵ, Rodrigo Lancol Borja（1431～1503）教皇（1492～）．芸術家の庇護者として有名　*39, 108, 125, 133, 289, 290*；29, 31, 44, 98, 108, 128, 189, 191, 218–222, 224, 225, 233, 243, 350

84
アストライア　Astraia（ギリシア神話）ゼウスとテミスのあいだに生まれた娘．天界で星になる　101
アストルフォ　Astolpho　ロンバルディーア王（在位749～756）　*120*；326
アタウルフ　Ataulphus（？～415）西ゴート族の王（410～）．412年にガリアを侵略した　325
アタナシウス（聖）　Athanasius Magnus（296頃～373）　アレクサンドレイアの司教．教会博士　37
アダム　Adam（旧約聖書）人類の祖先とされる男性　*304*；358
アッティラ　Attila（406頃～453）５世紀中頃ヨーロッパ各地を脅かしたフン族の王．「神の鞭」と呼ばれた　*70,144,295,296*
アッティリウス　Attilius　ローマの執政官　191
アッピアーニ　Appiani, Andrea（1754～1817）ミラノの画家　*303*
アッピウス　→　クラウディウス・アッピウス
アッポンディオ（ドン）Appondio, don　マンゾーニの小説『いいなずけ』の主人公、司祭　*132*
アティス　Atis もしくは Atys　ローマ建国以前のアルバの王　*84*
アデルベルト　Adelbert　10世紀のロンバルディーア王　264,265
アデルベルト二世　Adelbert II　トスカーナ侯爵　263
アドニス　Adonis（ギリシア神話）キュプロス王キニュラスとその実の娘とのあいだに生まれる．アフロディテとペルセフォネに愛される　331
アドメトス　Admetos　（ギリシア神話）テッサリアのフェライの王　66
アドリアーニ　Adriani, Giovanni Battista（1513～79）フィレンツェの歴史家　240
アドリアーノ枢機卿　cardinale Adoriano　223
アドリアーン・フロレント　→　ハドリアヌス六世
アナクレトゥス　Anacletus　第３代ローマ教皇（在位76～88）　*112*
アナスタシウス　Anastasius　教皇（在位398～401）　80
アナスタシウス　Anastasius　図書館司書．９世紀の宗教書著者　330
アニキウス　Anicius Probus　395年に死去したローマの知事　*112,136*
アブガルス　Abgarus V（１世紀頃）　メソポタミアのエデッサの王．キリストとの往復書簡がエウセビオスによって伝説的に伝えられている　*156*
アブドゥル・ラハマーン　Abdu'r-Rahman I　コルドバの太守（在位756～788）　51
アブラハム　Abraham（旧約聖書）イスラエル民族の父とされる　*297*；67
アベラール　Abélard, Pierre（1079～1142）フランスの神学者　66
アベル　Abel（旧約聖書）アダムの第２子．兄カインに殺される　358
アペレス　Apelles　紀元前325年頃のギリシアの画家．アレクサンドロス大王の宮廷画家となった　66
アポニー　Apponyi, Antal Rudolf, Graf von（1782～1852）　オーストリアの外交官でフィレンツェ、ロンドン、ローマ、パリなどで大使を歴任　*42*
アポニー夫人　Frau Apponyi 前者の夫人　*164*
アポロドーロス（ダマスクスの）　Apollodoros Damaskos　２世紀頃のギリシアの建築家．トラヤヌス帝の時代のローマで活躍したが、ハドリアヌス帝に処刑された　*207,222*；92
アポロニオス　Apollonios Tralles　紀元前１世紀のギリシアの彫刻家．ヴァチカンの『ベルヴェデーレのトルソ』の作者　*241*
アポロン　Apollon（ギリシア神話）　ゼウスとレトのあいだに生まれる．オリュンポス12神のなかで，音楽、医学、牧畜などの神とされる　*243,277,303,304*；26,345
アマーティ神父　abate Amati　ラテン文学者　368
アムリウス　Amulius　ローマ建国以前のアルバの王　*84,86*
アモル　Amor（ローマ神話）　愛の神．クピドもしくはエロスとも呼ばれる　*55*
アラーリ伯爵　conte Alari　もとナポレオンの側近　120
アラリクス　Alaricus（370頃～410）西ゴート

人 名 索 引

イタリック体の数字はⅠ巻、ゴチック体の数字はⅡ巻のページを示す

ア行

アイエーズ Hayez, Francesco（1791～1882）ヴェネツィアの画家 *231*；339
アイネイアス Aineias ウェルギリウスの叙事詩『アイネーイス』の登場人物 *83,84,306*
アーヴィング Irving, Aman Edward（1792～1834）スコットランドの説教師 *77*
アウェンティヌス Aventinus ローマ建国以前のアルバの王 *84*
アウグスティヌス（聖） Augustinus Aurelius（354～430）キリスト教の教父 *66,76,120,298,305*；147,155
アウグスティヌス（聖）、カンタベリーのAugustinus 布教のためイングランドに派遣され、カンタベリーの僧院を設立. 604年頃死去 78
アウグストゥス［オクタウィアヌス］ Gaius Julius Octavianus（前63～後14） ローマ帝国初代皇帝（在位前27～） *22,88,199,219,220,244,245,258–260,265,288,291,298*；27,75,100,101,105,132,140,299,330
アウグストゥルス Augustulus, Romulus 西ローマ帝国最後の皇帝（在位475～476）326
アウグスブルク伯爵 → バイエルン国王ルートヴィヒ一世
アウレリアヌス Aurelianus, Lucius Domitius（214頃～275）ローマ皇帝（270～） 騎兵隊長から帝位にのぼり、帝国を再建した. 城壁を築いてローマの防衛を固めた *89,93,94*；28,344
アウロラ → 曙［アウロラ］
アエスクラピウス Aesculapius（ローマ神話）ギリシア神話のアスクレピオスで、アポロンの子だがケイロンに養育され、名医となった 331
アエネアス・シルウィウス Aeneas Silvius ローマ建国以前のアルバの王とされる *84*
アエミリウス → パウルス・アエミリウス
アガペトゥス二世 AgapetusⅡ 教皇（在位946～955） 79
アガメムノン Agamemnon（ギリシア神話）ミュケナイ王、トロイ戦争でギリシア軍の総大将を務める *32*
アキレウス Achilleus（ギリシア神話） トロイ戦争の英雄 *32*
アクァヴィーヴァ Aquaviva, Claudio（1543～1615）枢機卿. イエズス会第4代総会長 89,90
アグネス（聖女）Agnes 3世紀ないし4世紀はじめにローマで殉教した聖女 178,329
アグリコラ Agricola, Filippo（1795～1857）イタリアの画家 53,178
アグリッパ Agrippa ローマ建国以前のアルバの王 *84*
アグリッパ、マルクス Agrippa, Marcus Vipsanius（前／62頃～12） ローマの将軍、統領. アクティウムの戦いで活躍し、アウグストゥスの娘ユリアと結婚. 水道、浴場、パンテオンなどを建設した *257–261,265,288,289*；131
アグリッパ、メネニウス → メネニウス・アグリッパ
曙［アウロラ］ Aurora（ローマ神話）ギリシア神話のエーオス. ヒューペリオンの娘. 2頭の馬を駆って天空を駈ける *281*
アゴスティーノ Agostino ヴェネツィアの版画家 351
アザラ Azara, Jose Nicolas de（1731～1805）スペインの外交官 *239*
アジャンクール Agincourt, Jean-Baptiste-Louis-Georges Séroux d'（1730～1814） フランスの歴史学者、考古学者 38
アスカニウス Ascanius（ローマ神話）アイネイアスの息子. アルバ・ロンガの建設者

訳者紹介

臼田　紘（うすだ・ひろし）

1940年　東京生まれ
早稲田大学文学研究科博士課程修了
跡見学園女子大学短期大学部教授
専攻　フランス文学

著書『フランス小説の現在』（共著、高文堂出版社、1982）
訳書　スタンダール『イタリア紀行』（新評論、1990）
　　　スタンダール『イタリア旅日記』Ⅰ・Ⅱ（新評論、1991、92）
　　　スタンダール『ローマ散歩』Ⅰ（新評論、1996）

ローマ散歩　Ⅱ　（検印廃止）

2000年4月30日　初版第1刷発行

訳者　臼田　紘
発行者　二瓶一郎

発行所　株式会社　新評論

〒169-0051 東京都新宿区西早稲田3-16-28
http://www.shinhyoron.co.jp
TEL 03（3202）7391
FAX 03（3202）5832
振替 00160-1-113487

定価はカバーに表示してあります
落丁・乱丁本はお取り替えします

装幀　山田英春
印刷　新栄堂
製本　河上製本

ISBN4-7948-0483-0 C0098

Printed in japan

現代のローマ

❶ ディオクレティアヌスの浴場跡（ローマ国立博物館）
❷ マッシモ館（国立博物館分館）
❸ バルベリーニ宮殿（国立絵画館）
❹ トレヴィの泉
❺ コロンナ館（絵画館）
❻ ドーリア館（絵画館）
❼ ヴィットリオ・エマヌエーレ二世記念堂
❽ 皇帝たちのフォロとトラヤヌスの円柱
❾ カンピドーリョ広場
カピトリーノ宮殿（美術館）
コンセルヴァトーリ館（美術館）
❿ マルケルスの劇場跡
⓫ アルテンプス館（国立博物館分館）
⓬ ファルネーゼ館（フランス大使館）
⓭ スパダ館（絵画館）
⓮ ヴィッラ・ファルネジーナ
⓯ コルシーニ館（絵画館）
⓰ ヴァチカン宮殿（美術館）